# SEN

Sen
Selvi Atıcı
Nemesis Kitap / Roman
Yayın No: 327
Yazan: Selvi Atıcı
Yayına Hazırlayan: Hasret Parlak Torun
Düzelti: Pınar Şentürk
Dizgi: Ceyda Çakıcı Baş
Kapak Tasarım ve Uygulama: Başak Yaman Eroğlu

ISBN: 978-605-9809-77-1

© Selvi Atıcı
© Nemesis Kitap

Tanıtım için yapılacak kısa alıntılar dışında
yayıncının izni olmaksızın hiçbir yolla çoğaltılamaz.
Sertifika No: 26707

1. Baskı / Temmuz 2016

Baskı ve Cilt:
Vizyon Basımevi Kağıtçılık Matbaacılık Ve
Yayıncılık San. Tic. Ltd. Şti.
İkitelli Org. San. Bölg. Deposite İş Merk.
A 6 Blok Kat: 3 No: 309 Başakşehir / İstanbul
Tel: 0212 671 61 51 Fax: 0212 671 61 52

Yayımlayan:
NEMESİS KİTAP
Gümüşsuyu Mah. Osmanlı Sok. Osmanlı İş Merkezi 18/9
Beyoğlu/İstanbul
Tel: 0212 222 10 66 - 243 30 73 Faks: 0212 222 46 16

# SEN

BİR İNTİKAM, BİR YEMİN, BİR AŞK

## SELVİ ATICI

## Giriş

İnsan kalabalığının arasından zikzaklar çizerek, ama hızını koruyarak geçti. Saat nerdeyse gece yarısına geliyordu. Ve hava it gibi titremesine sebep olacak kadar soğuktu. Ama insanlar buna aldırıyor gibi görünmüyordu. Tıpkı kendisi gibi... Onlar da hızlı bir ritim tutturmuş, sokak lambalarının altında bir belirip bir kayboluyorlardı. Hatta kalabalık bazen öyle artıyordu ki; birilerinin yanından geçerken omuz atmak ya da sürtünmek zorunda kalıyordu.

Son yirmi dakikadır kaç kez yaptığını hatırlamıyordu, ama başını tekrar havaya kaldırdı ve boynunu uzatarak neredeyse on adım önünden ilerleyen figürün hâlâ orada olup olmadığını kontrol etti. Oradaydı. Bir kıvırcık koyun kadar kıvırcık olan saçları, uzun bacaklarının attığı her adımla başının etrafında coşkuyla yaylanıyordu. Ve bu hareket içinde bir noktanın titremesine neden oluyordu. Onu taksiden inerken görmüştü. Bir adım atmıştı ve neredeyse çarpışacaklarken, adımları bir arabanın aniden fren yapmasıyla kayan lastikler gibi hafifçe kaymış ve o, donup kalmıştı. Tüm bedeninde tek bir nokta hariç bütün hareket fonksiyonları durmuştu. Kadın ona şöyle bir bakmış ve kalbinin boğazından yukarı tırmanmasına neden olmuştu.

Dolgun dudaklarında koyu renk bir ruj vardı ve hepsini kendi ağzıyla silip süpürmek istemişti. Sokak lambasının loş ışığında gözlerinin rengini seçememişti, ama keskin bakışları vardı. Cin gibiydi! Ve o kısa anda bedenine bakabilme fırsatını yakalayabilmişti. Uzun boynu, bir kadına göre geniş omuzları, büyük göğüsleri, incecik beli ve dolgun kıvrımları vardı.

Kadın kayıtsızlıkla arkasını dönmüş ve o, tuttuğu soluğunu sersemlemiş bir halde dışarı salmıştı. Kulağına çarpan tüm sesler o ilerlerken beyninin gerilerine doğru itilmiş, geriye sadece onun sivri topuklu ayakkabılarından çıkan *tak tak* sesleri kalmıştı. Kendine geldiğinde adımları onun adımlarının ardından gidiyordu.

Bir farklılık oldu. Kadın, insanların arasından kendisine hızla yol açarak sağ tarafa doğru ilerlemeye başladı. Ardından dar sokaklardan birine hızlı bir dalış yaptı. Nihayet! Kendi adımları hızlanırken, kalp atışları da adımlarıyla yarışa geçti. Ceplerinde duran ellerinden biri hafifçe yana kayarak, engel olamadığı bir harekette bulundu. Ağzı beklentiyle kurumuş, kasları gerilmişti. Kadının peşinden dar sokağa hızla adım attı. Boş ve karanlık sokakta tepeden parıldayan tek ışık kadının üzerine keskin bir açıyla düşüyor, gölgesi asfalta uzanıyordu. Gölgesi de en az gerçeği kadar nefes kesiciydi.

Kadının aniden hızlanmasıyla kaşları çatılıp, yüzü gerildi. Kasları da gerilerek kendi hızını arttırdı. Üzerine düşen ışıktan sıyrılıp bedeni karanlık bir siluet olarak kalırken, gölgesini de ortadan kaldırmış oldu. Hızı ciğerlerinin oksijen ihtiyacını arttırmış, nefes alışları hırıltılı bir hâl almaya başlamıştı. Hava soğuk olmasına rağmen atletini ıslatacak kadar terlemişti.

Kadın bir anda keskin bir dönüş yaparak iki binanın arasına daldı. Kalbi onu kaybedebilecek olmasının endişesiyle hafifçe titredi ve ayakları birbirine dolandı. Ama sadece sendeleyerek hızını kesmeden takibine devam etti. Kadının adımını attığı sokağa heyecanla daldı.

Sersemletici ilk darbe burnunun üzerine inen bir kafa darbesiydi. İnlemeye ve daha ne olduğunu anlamaya vakti bulamadan omuzları sıkıca kavrandı. Sertçe aşağıya çekildi ve hayalarına sert bir diz darbesi aldı. Şaşkınlıkla fark etti ki; kendisini bile sıçratan acı çığlık kendi dudaklarından fırlamıştı. Ve son, ölümcül darbe yüzünde patlayıp nefesini kesen bir yumruk oldu.

Sanki kemiklerin üzerini kaplayan et değil de sert bir cisimmiş gibi darbe resmen çenesinin dağılmasına neden olmuş, aniden dizlerinin üzerine çökerken çenesinden gelen çatırdama yüreğini ağzına getirmişti.

Ağlayarak haykırmak istiyordu. Canı öyle çok yanıyordu ki tüm bedeni zonklamaya başlamıştı. Ama kesilen nefesi yüzünden dudaklarının arasından hava bile çıkmıyordu. Acısını durdurmak ister gibi yerde iki büklüm oldu ve sonunda cenin pozisyonunu aldı. Kulakları öfkeli bir homurtu duydu. Ama sesler o an kendisi için kargaşadan, mide bulandırıcı bir uğultudan başka bir şey değildi.

Ama ironik olarak duyduğu son ses; onu tahrik ederek peşinden gelmesini sağlayan ve ona fena bir şey yapma düşüncesini aklına düşüren figürün sivri topuklarından çıkan *tak tak* seslerinin boş sokakta yankılanışıydı...

# Bölüm 1

Kulakları uğulduyor, ama kalbinin giderek hızlanan atışlarını bu uğultunun arasında bile duyuyordu. Gözleri kapalıydı. Açmak istemediğinden değil... Denemiş ama bir türlü başaramamıştı. Ruhu, vücudundan akıp giden ve suya karışan kanla birlikte bedenini terk ediyordu. Bunu hissediyordu. Bir mide bulantısı, bir baş dönmesi ve ayak parmaklarında artık cılız bir şekilde hissettiği karıncalanmanın dışında bedeninde hareketlenme kalmamıştı. Bir de hâlâ akıp gittiğine inanamadığı kanı, içinde uzandığı suyu kızıl bir göle çevirmeye devam ediyordu.

Ne garip... Varoluş; bedenden akıp giden her damlayla böylesine şaşırtıcı bir kolaylıkla sona yaklaşırken gelecek planlarının her biri buharlaşmış, geriye sadece anıları kalmıştı. Oysa geleceğe dair ne kadar çok hayali vardı.

İnsan ölmek üzereyken neden yaşamayacağı dakikalara hayıflanmak yerine geçmişin gülümseten anılarını düşünür durur? Umur bunu bilmiyordu. Korkacağını sanmıştı, ama korkmuyordu. Garip bir şekilde kendini tatlı bir huzurun kollarında bulmuştu. Ölüm gerçekten bu kadar huzurlu muydu?

Ertesi gün artık yaşayan, canlı kanlı biri olmayacaktı. Gözlerini açar açmaz Meltem'in dudaklarını büzüp çektiği fotoğraf eşliğinde gönderdiği günaydın mesajını göremeyecekti. Hâlâ onu düşünüyor olması şaşırtıcıydı. Gerçekten onu bu kadar sevmiş ve önemsemiş miydi? Önceleri sadece bir hoşlanma iken, her geçen gün araya giren mikroplar yüzünden bir inatlaşmaya dönüşen ilişkisi sandığı gibi bir kendini kanıtlama savaşı değil miydi?

Ona bu kadar derinden bağlandığını ölmek üzere olduğu dakikalarda anlaması da ironikti. Keşke ona da bir not bırakabilseydi. Lanet olsun! Ölmek istemiyordu. İstemiyordu. Eğer bedenini kıpırdatabiliyor olsaydı son bir yaşam savaşı verebilirdi. Ama daha gözlerini bile açamıyordu. Bileklerinden akıp giden ve buz gibi suya karışan kan, yaşamını ondan çalıyordu. Gözleri kapanmadan önce görüntü kendisine bile mide bulandırıcı gelmişti. Onu bulacak kişinin yaşayacağı şoku düşünmek bile istemiyordu.

Annesinin onu görmesini istemiyordu. O çok nadide, kırılgan ve narin bir kadındı. Kendi aptallığı yüzünden ne acı çekmesini ne de hastalanıp yataklara düşmesini isterdi. Ama kaçınılmaz olanı; evlat acısını dibine kadar yaşayacak olması için yapabileceği hiçbir şey yoktu. Keşke daha akıllı davransaydı.

Ablası onu bulabilirdi. O güçlüydü! Tanıdığı en güçlü insandı. Acı çekerdi, canı yanardı ama bir kale gibi dimdik ayakta kalırdı. Ona hayrandı. Bu aralar biraz morali bozuk olabilirdi, ama o her şeyin üstesinden gelirdi. O yanında olsaydı ölmesine asla müsaade etmezdi.

İşte! Yine olmuştu. Yine bir anıyı birkaç saat önce yaşamış kadar net ve berrak bir şekilde hatırlıyordu. Liseye yeni başladığında, okuduğu okulun çevresinde sürekli gezinen ve bela arayan serseriler dolaşıyordu. Umur, bir gün halı saha maçına yetişebilmek için kestirmeden gitmeye karar vermiş ve ara sokaklardan birine girmişti. Ve serseri bir grupla karşılaşmıştı. Arkasını dönmeye bile fırsat bulamadan ablasının birkaç gün önce hediye ettiği cep telefonundan, cüzdanında bulunan tüm parasından ve kolundaki saatinden olmuştu. Elbette onlarla sıkı bir mücadeleye girdiği için üzerine bir araba da dayak yemişti.

Ablası akşam eve döndüğünde onu görmüş, dehşete düşmüş, küplere binmiş ve ilkokul çocukları gibi ertesi gün onunla okula gitmişti. Umur, onun yaptığından utanmış, egosu derin bir yara almışsa da kendini güvende hissetmişti. Ve sonra geldiği için minnet duymuştu. Ablası serserileri bulmuş, onun gözünün önünde bir güzel pataklamış, telefonunu ve saatini geri almıştı. Ona hayrandı.

İlkokulda bir erkekten yediği dayak yüzünden karate kursuna giden ablası daha sonra bu hobiyi meslek edinmişti. Babaları olmadığı için kendisini ailenin koruyucusu, direği olarak görüyordu. Öyleydi de! Kendisini bu sanat üzerinde geliştirmiş, bir dövüş sanatları salonu açmış ve rahat bir geçinmelerini sağlamıştı. Mükemmel bir eğitmen, harika bir öğreticiydi. Ve bir zekâ küpüydü.

Zaten her zaman diğer kadınlardan çok farklı olmuştu. Hiçbir zaman çok güzel olmamıştı ki bunun için de hiç çaba harcamamıştı. Ama sıkı bir dosttu ve çok değer verdiği ailesine kendisini adamıştı.

Umur sahip olduğu bu iki insana acı çektirecek olmaktan nefret ediyordu. Bedenini hissetmediği halde kapalı gözkapaklarının ardından sızan damlaların teninden aşağı yuvarlandığını fark etti. Ölmek istemiyordu. Daha on dokuz yaşındaydı ve yaşayacak çok fazla şeyi vardı. Gerçekleştireceği çok fazla hayal vardı. Ölmek istemiyordu.

Bıraktığı notu fark ederler miydi? Alelacele yazılmış nottan bir şeyler anlarlar mıydı? Gözlerini açıp karabasanlarına bakmak istiyordu. Belki de gitmişlerdi. Kim bilir...

Nefes alış verişinin sıklaştığını ve giderek daha fazla oksijene ihtiyacı olduğunu hissediyordu. Düşünceleri tutarsız bir hâl almaya başladı. Ölmek istemiyordu. Hayır. Ölmek istemiyordu. Bu düşünce sık sık düşüncelerini bölüyordu. Ölmek istemiyordu. Yaşamak istiyordu. Bir şey dikkatini çekti. Su hareketlenmişti. Biri suyu mu boşaltıyordu? Yoksa zangır zangır titreyen bedeni mi suyu hareketlendirmişti? Belki de birileri onu bulmuştu ve yaşama döndürmeye çalışıyordu. Keşke!

Ama ablası gece gelmeyecekti. Annesinin de uyanmasının imkânı yoktu. Meltem ne yapacaktı? Ne düşünecekti? Onu unutur muydu? Başka birini daha sever miydi? tabii severdi! Nereye kadar yas tutabilirdi ki?

Ölmek istemiyordu. Ölmek istemiyordu. Daha on dokuz yaşındaydı. Ne kadar aptaldı. Ne kadar saftı. Hayatın onun için çok güzel şeyler getireceğini sanmıştı. Nasıl da çabuk kanmış ve aldanmıştı. Nasıl küçük bir oyunla ayağı takılmış ve Azrail'in orağının üzerine yuvarlanmıştı. Ne olmuştu? Hatırlamıyordu. Hatırlamak için çabaladı, ama yapamadı. Ölüyordu. Kimse onu bulup kurtaramayacaktı.

Kulaklarındaki uğuldamanın yerini sağır edici bir sessizlik aldı. Düşüncelerini bir türlü yakalayamıyordu. Biraz önce ne düşünüyordu? Beyninin içinde kara bir delik vardı ve tüm kelimelerini, harflerini bu boşluğa çekiyordu. Yaşadıklarını, anılarını, kahkahalarını... Tüm her şey o kara deliğin içinde bir bir kayboluyordu. Oksijen isteği artıyor, aldığı nefesler artık yetersiz kalıyordu.

Ve sonrası derin, karanlık bir kuyu... Ölümün uğursuz sessizliği...

—*—

Taksi şoföründen para üstünü alan genç kadın araçtan indi. Alışkın olduğu gibi attığı seri ve sert attığı bir adımdan sonra yüzünü buruşturdu. Geçirdiği küçük operasyonun canını bu kadar yakıp, bedenini bu derece bitkin düşüreceğini hesaplamamıştı. Aslında ruhu bedeninden çok daha yorgun düşmüştü. Küçük yaşlarda ağlamanın bir fayda getirmediğini anladığından beri ağlamak nedir hatırlamıyordu. Ama istemişti. Sıkışıp kalmış gibi hissettiği ruhunun rahatlamaya ihtiyacı vardı. Eğer ağlayabilseydi belki bir nebze olsun gevşeyebilirdi. Utanç ve verdiği kaybın getirdiği acıyı bir nebze olsun dindirebilirdi.

İçindeki canın yaşamına son vermek hayatı boyunca aldığı en zor karar olmuştu. Ki genelde hızlı ve mantıklı kararlar alırdı. Vicdanı onu yiyip bitirirken daha ne kadar süre acısını çekeceğini bilmiyordu, ama başka seçeneği yoktu. Keşke o da kendisi kadar üzgün olsaydı. Bu, karışık duygularının arasından öfkeyi çekip almasına neden olurdu. Ama biliyordu. Bir göz kırpma ânı kadar bile üzüntü duymamıştı. Duygusuz bir evlenme teklifiyle her şeyin yoluna gireceğini inanan bir asalaktan başka bir şey değildi. Ama zaten o evlenme teklifini üç ay önce yapıp, olumlu cevabını almamış mıydı? Başka birinin kollarında yatarken, "Madem öyle, bir an önce evlenelim bari..." dediğinde nasıl bir cevap almayı umuyordu ki? Gerçekten ona 'Evet' mi diyecekti? Burnunun üzerine attığı sağlam kroşe çok daha mantıklı bir cevap olmuş ve iç rahatlatıcı bir görüntü sunmuştu.

Neden her konuda mantıklı davranabiliyorken duygusal konularda hep yanlış kararlar veriyordu? Süheyla gördüğü manzarayı silmek ister gibi başını iki yana salladı. İnsanlar neden bu kadar çiğ ve sığ oluyorlardı? Olgun'a öyle büyük bir aşkla bağlanmış değildi. Ama seviyeli bir birliktelikleri olduğunu düşünmüştü. İkisinin de aman aman bir güzellikleri yoktu, ama anlaşabildikleri bir sürü konu vardı. Ya da var gibi görünmesi için elinden geleni yapan bir adamla yanlış ve büyük bir adım atmıştı.

Olgun, salonunda çalışan eğitmenlerden biriydi ve onun salona ortak olmak için kendisiyle birlikte olduğunu, ancak ağzından duyduktan sonra anlaması sinirlerinin zıplamasına ve öz güveninin yerle bir olmasına neden olmuştu.

-Süheyla kadın mı be!
-Şu salonu bir alayım, gör bak!
-Annem de hiç sevmiyor onu!
-Her şey köprüyü geçene kadar!

Hesap etmediği tek şey; yeni sevgilisini kuzen adı altında kendisiyle tanıştırmış olmasıydı. Kız salona gelmiş, gayet samimi bir dille anahtarlarını eline tutuşturup kapı zilinin ve apartman kapısının kilidinin bozuk olduğunu söylemiş, adresini vermiş ve onu akşam yemeğine davet etmişti. Aptal Süheyla da ona inanmıştı!

Süheyla çantasından anahtarlığını çıkarıp derin bir iç çekti. Kendisini o kadar kaptırmıştı ki, ondan hamile kaldığını öğrendiğinde genç kızlar gibi pembe hayaller bile kurmuştu. Salonu işletmeyi ona bırakıp, çocuğuna bakmayı düşünmüştü. Çantasını portmantoya asarken kızgınlıkla alnına bir tokat attı. Aptallığı aklına geldikçe kendisini bir güzel benzetmek istiyordu.

Romantik biri değildi. Öyle ahım şahım bir güzelliği de yoktu, ama biriyle birlikte olmak için illa bunların olması gerektiğini de düşünmüyordu. Çünkü sığ biri de değildi. Yirmi sekiz yaşındaydı. İlk defa ciddi bir ilişkisi olmuştu ve daha ilk ilişkisinde çuvallamıştı. Bile isteye bir cana kıymıştı. Ama yapmak zorundaydı. Kendisi babasız büyümenin zorluğunu hayatının her anında yaşamış biri olduğundan ve Olgun'dan da babalık yapmasını beklemediği için onun adına karar vermek zorunda kalmıştı. Tüm hayatı boyunca vicdan azabı duyacağı bir karar...

Ağrıyan omzunu şöyle bir oynatıp, sıcak bir banyonun hayaliyle koridorda ilerlemeye başladı. Annesine durumu nasıl açıklayacaktı? Duyduğu utançla iki kelimeyi bir araya getirip nasıl anlatacaktı, bilmiyordu. Belki de hiç anlatmamalıydı. Sadece nişanlısından ayrıldığını söylemesi yeterli olabilirdi. Zaten bir şeylerin ters gittiğinin farkındaydı, ama durumun ciddiyetinin boyutunu anlaması imkânsızdı.

Süheyla banyo kapısını açtı. Aldatılmışlığı, bebeği, yaşadığı acı, hüzün ve vicdanı... Hepsi ayrı bir yere savruldu. Bir daha gelmemek üzere her biri kendi yoluna ilerledi. Filmlerde olur ya hani, doğaüstü bir şeyler gören insanlar gördüklerine inanmamayı seçerler; çünkü mantık, manzarayı algılamak, ona bir isim vermek istemez. Süheyla da karşısındaki manzarayı reddediyordu. Mantığının böyle bir şeyi kabul etmesi imkânsızdı. İçinde bir yerlerde, duyguları artık her nerede ise, işte orası da kabul etmek istemiyordu.

Acı, bedeninin bir noktasına saplanıp zevkle yayılırken, gülmek istedi. İçi çıkana, organları ağzından dökülene kadar kahkaha atmak istedi. Sonra ağlamak istedi. Geriye hiçbir şey kalmayana kadar kendini tüketmek istedi. Kaskatı kalmış bedeni, gözlerinin gördüğü ama aklının yetmediği görüntü karşısında çözülmek nedir bilmiyordu. *Hayır. Hayırr. Hayıır. Olamaz. HAYIR.* Zihninin içindeki harfler yüksek sesli ve büyük harfliydi, ama dudaklarının arasından ince bir soluk dahi çıkmıyordu. Nefesi içinde hapsolmuş, olduğu yerde yanıyor, acıyı kucaklıyordu. *HAYIR.*

Onu neyin tetiklediğini bilmiyordu. Bir anda çözülerek küvete atıldı. Kardeşi Umur, bir kan gölünün ortasında uyuyor gibi görünüyordu. Bu da onun eşek şakalarından biri olmalıydı. O hep şaka yapardı. Süheyla'yı deli etmeye bayılırdı. Titreyen parmakları çılgınca boynundaki nabzı, cılız da olsa yaşam belirtisini aradı durdu. Dudaklarının morarmış olmasını umursamak istemiyordu. Bir şey olmalıydı. Hafifçe de olsa nabzı atmalıydı. Buz gibi soğuk olabilirdi, ama ölmüş olamazdı. Onun kardeşi bunu yapmış olamazdı. Parmakları boynunun derisine saplandı. Yoktu. Hiç yaşam belirtisi yoktu.

Ellerini kan gölünün içine daldırdı. Umur'un kolunu sıkıca kavrayıp, gölün içinden çıkardı. Görüntü mide bulandırıcı ve kan dondurucuydu. Tüm kanı sanki bileklerindeki açık yaradan küvete boşalmış gibi tek bir damla sızmıyordu. Onun öldüğünü kabullenmek istemeyen tarafı hâlâ bunun eşek şakalarından biri olduğuna inanmak istiyordu. Öyle olmalıydı. Öyle olması lazımdı. Umur, hayattan vazgeçmiş olamazdı.

Fısıldadığının farkında olmadan sordu: "Neden?" Kardeşinin başını avuçları arasına aldı ve sarsmaya başladı. "Neden? Neden? Neden?"

―◆―

Ayakları geri adımlar atmak isterken basamakları güçlükle çıktı. Bedenindeki uyuşukluğu atmasının üzerinden günler geçmişti, ama eve adımını atmak istemiyordu. Eğer annesi evden çıkma isteğine karşı gelmiş olmasaydı taşınmak için bir gün dahi beklemezdi.

Umur'un hayaleti sanki yakasına yapışmıştı, onu boğazlıyordu. Annesi istediği kadar inanmak istemesin, Süheyla biliyordu. Kardeşinin intihar ettiğine inanmıyordu. Daha bir gün önce sinemaya gitmek için bilet aldığını söylememiş miydi?

"Olgun yüzünden bize zaman ayırmaz oldun! Üç tane bilet aldım ve müsrifliği sevmediğine göre gelmek zorundasın!" Gözleri ışıl ışıldı. Sesinden yaşam akıyordu. Yüzündeki gülümseme ölmeyi planlayan birinin gülümsemesi değildi.

Evin giriş kapısına baktı ve yutkundu. Kapıyı açıp içeri girdiği anda kasvet dolu ağır hava yüzüne tokat gibi çarptı. His, baş ağrısını tetiklemeye yetmişti. Odasına gitmeden önce bir ilaç almak için mutfağa ilerledi. Aslında eve girdiği ilk anda banyoya koşardı, ama artık banyosunu salondan çıkmadan hemen önce yapıyordu.

Annesini küçük mutfak masasının başında otururken buldu. Masa örtüsünün üzerinde porselen bir demlik ve bir fincanın resimleri vardı. Süheyla bu örtüden nefret ediyordu. Umur da sevmiyordu, ama her seferinde sırf ona inat annesine, "Bu örtüye bayılıyorum, mutfağı daha ferah bir yer haline getiriyor," derdi. Ve sonra dönüp, gözlerini deviren Süheyla'ya dil çıkarıyordu. Bir örtü yüzünden tartıştıklarına inanamıyordu.

"O ne?" diye sordu. Tarazlı sesi aslında yumuşaktı, ama annesini sıçratmaya yetmişti. Her iki yanında birer inci olan gözlük ipleri yüzünün iki yanından sarkan annesi, başını eğdiği ve dikkatle okuduğu kâğıt parçasından gözlerini kaldırıp ona döndü. Üç haftada belki yirmi yaş yaşlanmıştı. Yüzünde beliren çizgilerin üzerine katlar eklenmiş, gözlerine hiç gitmeyecek acı bir ifade yerleşmişti.

"Otopsi raporu." Annesinin gözlerinin sulanmasından ne olduğunu anladı, ama kendi gözleriyle görmek için iki adımda yanına ulaşarak kâğıdı elinden çekip aldı.

Resmî bildiri yazılarını direkt atlayıp ilgilendiği kısma geçti. Cümlenin sonuna gelmeden yumruklarını sıkıp kâğıdı avucu içinde top haline getirdi.

"İntihar etmiş!" Annesinin kısık sesindeki yıkılmışlığı duyunca şaşırdı. Süheyla aksini iddia ettikçe onu inandırmaya çalışan birinin sesi değildi bu! Belki de artık polis memurlarıyla tartışmasını istemiyordu. Süheyla iddiasını sonuna kadar savunuyordu ve tüm bulgular onun intihar ettiği gerçeğini işaret ediyordu. Hâl böyle olunca da öfkesini karşısında, işini yapmaya çalışan insanlardan alıyordu.

Yine de, elindeki rapora rağmen onun intihar ettiğine inanmıyordu. Bu his ve inancı içinde öylesine devleşmişti ki, belki de kardeşinin yaşama sevincine bağladığı umut gözlerini kör etmişti. Onun ölmeyi gerçekten istediğine inanana kadar da durmayı düşünmüyordu.

Hızla arkasını dönüp buzdolabına ilerledi. Kendini cezalandırır gibi sürekli gözlerinin önünde durması için bir magnetin altına yapıştırdığı notu sertçe çekti. Kendini cezalandırıyordu, çünkü suçlu hissediyordu. Dertlerinin içinde debelenip durmasaydı etrafında dönüp duran dünyanın ve kardeşinin içinde bulunduğu durumun farkına varabilirdi. Yazıyı tekrar tekrar okurken odasına ilerledi, ezbere giden adımları yatağının yanında durdu ve sırtüstü uzandı.

"Bu hayata artık katlanamıyorumm. Ölümümmün, ne sizinle ne de başkka biriyle ilgisi var. Saadece arrtık yaşamak isteemiyorum. Özür dilerim. SİZİ SEVİYORUM. Umur..."

Batan gözlerini sımsıkı kapattı. İki parmağının tersini burnunun ucuna doğru götürdü ve sızlamasının geçmesini bekledi. Fiziksel acının üstesinden gelmek kolaydı, ama bu acıyla nasıl başa çıkacağını bilmiyordu. Babasını küçük yaşta kaybettiği için yokluğunu hissetse de acısı derinlerde gömülmüş bir sızıydı. Ama bu... kardeşinin acısı... Kapanmayacak, derin bir yaraydı.

Gözlerini açtı. Burnunu sertçe çekti ve gözlerini tekrar nota dikti. Bulanık görüşü yüzünden gözlerini birkaç kez kırptı. Onun yazısıydı. Bu su götürmez bir gerçekti. Ama bir tuhaflık vardı. Onu huzursuz edip duran bir nokta vardı. Yazı kargacık burgacık, alelacele yazılmıştı. Harflerin kâğıda dökülüşünde bir gariplik vardı. Ellerinin titrediği belliydi ve gözyaşları notun uğursuz süslemeleri olmuştu. Titremesi ve ağlaması normaldi. Ama Süheyla'nın böyle bir durum için empati kurması çok zordu. Çünkü ne yaşarsa yaşasın asla ölmeyi düşünmemişti. Yine de kendini onun yerine koymaya çalıştı. Hayata katlanamadığına bir anda karar vermiş olamazdı. Ölmeyi düşünüyorsa derin bir buhranın ve çökmüşlüğün içinde olmalıydı.

Ölmeyi düşünen bir insan sinemaya gitmekten bahsetmezdi. Ve eğer ölürken not bırakmayı düşünüyor olsaydı bunu kafasında onlarca kere kurmuş olurdu. Yazı kâğıdın bir noktasından başlayıp, cümlenin sonuna doğru sayfanın aşağısına kayıyordu. Umur düzenden hoşlanan bir insandı. Ve Süheyla insanın ölürken bile karakter özelliklerinden vazgeçeceğini sanmıyordu. Bazı harfler iki kere yazılmıştı.

Süheyla birden doğruldu. Kalbine bir el dokunmuş gibi titredi. Hızla yataktan fırlayıp Umur'un odasına koştu. Polis memurlarının inceleyip hiçbir şey bulamadığı dizüstü bilgisayarı çalışma masasının üzerinde duruyordu.

Bir elinde Umur'un notu, bilgisayarın kapağını açıp, açma düğmesine bastı. Umur'un sürekli kasılıp durmasından şikâyet ettiği bilgisayarın nazlanarak açılmasını bekledi.

"Niye koşturuyorsun?"

Annesinin sesiyle yüzü gerildi. Umur'un ölümünden sonra en ufak sese dahi tepki vermeye başlayan annesini tamamen unutmuştu. Arkasını döndü ve sakin bir sesle, "Umur'un bilgisayarını kontrol edeceğim," dedi.

Annesi uzun sayılabilecek saniyeler boyu ona baktı ve başını hafifçe salladı. O gözden kaybolduğu anda bir sandalye çekip bilgisayarın başına oturdu. Umur'un arka arkaya iki kere tekrarladığı harfleri bir not kâğıdına geçirdi.

*'MMKARE'*

Ve tüm dosyaları tek tek incelemeye başladı. Sabah ezanı okunduğunda hâlâ dosyaları incelemeye devam ediyordu. Bir tanesini atlamadan tek tek tüm dosyaların, gizli dosya ve klasörlerin içinde ne aradığını bilmeden gezindi. Annesi birkaç kez yanına geldi, yiyecek bir şeyler getirdi -ki getirdikleri hâlâ masanın üzerinde duruyordu- ve sonunda odasına çekildi. Annesi ne aradığını merak ediyordu. Süheyla da ne aradığını merak ediyordu.

Sonunda, müzik dosyalarının arasında bir şey bulduğunu düşündüğünde duvar saatine baktı. 10.15. Müzik klasörlerinin alt klasöründe *'Ders müzikleri'* adlı bir dosyanın içinde bulduğu *'MMKARE'* adlı not defterini açtı.

Ve tek satır bir yazıyla karşılaştı: Kafe.ş.-MMKARE. Ne demekti şimdi bu? Süheyla, yazıdan bir anlam çıkarmaya çalışsa da başaramadı. Ayağa kalktı, kafasında harfler fıldır fıldır dönerken mutfağa çay demlemeye gitti. Çayın demlenmesini beklerken küçük mutfağın içinde volta atıp durmaktan sıkıldığında pencereye yöneldi. Kafasının içinde dönen harflerin arasında karşısında gördüklerini algılaması zordu. Ama sonunda okula geç kaldığı her halinden belli olan bir öğrenciye dalgınca bakarken, kafasında bir ışık parladı.

Çayı, mutfağı ve evi kendi haline bırakıp hızla evden dışarı çıktı. Montunu almayı akıl edemediği için rüzgâr ince bluzundan içeri sızıp onu iliklerine kadar titretti. Ama geri dönerek vakit kaybetmeyi göze alamadı. Umur'un arkadaşlarının artık onu görmekten ve sorularının yağmuruna tutulmaktan hoşlanmadıklarının farkındaydı. Hiçbiri de umurunda değildi...

—*—

Genç kadın internet kafenin kapısından içeri girdi. Umur'un bilgisayarında bir şey bulduğunu sandığı günün üzerinden iki gün geçmiş ve kırık dökük bir bilgiye ancak ulaşabilmişti. Bir arkadaşı Umur'u, evlerinin oldukça uzağında, tamamen alakasız bir yerdeki internet kafede görmüştü. Ve Süheyla da bu bilgiyi aldığı anda kafenin yolunu tutmuştu.

Kafeyi işleten elemanın masası hemen giriş kapısının önünde duruyordu. Seri adımlarla masaya ilerledi. Adam önündeki bilgisayardan gözlerini kaldırıp, Süheyla'nın hesap soran ifadesini gördüğünde kaşları çatıldı. Ve genç kadın ancak o zaman hafifçe gülümsemeyi akıl edebildi.

Çantasından telefonunu çıkarırken, "İyi günler, size sormak istediğim bir iki şey vardı," diye bildirdi.

Adam direkt, "Polis misiniz?" diye sordu.

Çantasının fermuarını kapatan Süheyla başını kaldırdı ve ardından iki yana salladı. Ekranı adamın yüzüne doğru uzattı. "Fotoğraftaki genç çocuk kardeşim olur ve kısa süre önce burada takıldığını öğrendim."

Adam gözlerini kısarak ekrana biraz daha eğildi ve Umur'u tanıdığında yüzüne hafif bir gülümseme yayıldı. Keyifli bir tı-

nıyla, "Umur bu!" dedi. "Ne zamandır gelmiyordu. Bilgisayarını kaldırmak zorunda kaldığımı iletirseniz sevinirim. Allah'a şükür müşteri artışı yaşıyoruz ve masaları çoğaltıp, yeni bilgisayarlar almak zorunda kaldım. Ama bilgisayarı bıraktığı gibi duruyor." Süheyla'nın yüz ifadesini gören adamın sesi cümlenin sonuna doğru iyice kısıldı. "Bir sorun mu var?"
"Kardeşim hayatını kaybetti. Emanetini almak için geldim."
Süheyla başka bir şey söylemeye ihtiyaç duymadı. Adamın üzüntüsünü dile getirmesinin ardından, Umur'un toplama dediği eski püskü bilgisayarı kucakladı.
Eve gittiğinde annesini yine uyurken buldu. Öyle çok sakinleştirici ilaç alıyordu ki, neredeyse tüm günü uyuyarak geçiriyordu. Umur'un bilgisayarını çalışma masasına yerleştirdikten hemen sonra geriye dönüp annesinin üzerine bir örtü örttü. Ve vakit kaybetmeden bilgisayarı kurdu. Giriş şifresi istediğinde kutuya 'MMKARE' yazısını girdi ve bilgisayar açıldı.
Ekranda Meltem'le birlikte sarmaş dolaş çekilmiş bir fotoğrafları vardı. Meltem'in yüzündeki acı ve şiş gözleri bir an için gözlerinin önüne gelince hızla başını iki yana salladı. Masa üstünde birkaç tane dosya vardı.
'K.' dosyası, 'B.' Dosyası ve 'R.' dosyası.
"Neler çeviriyordun, Umur?" diye fısıldadı. 'K.' dosyasını açtı ve 'Sakal' adlı kullanıcı adıyla kopyalanmış bir sohbet geçmişiyle karşılaştı.

**Sakal:** Bana güvenmeni söyledim mi, söylemedim mi? Sen alacağın paraya bak! Gerisini karıştırıp durma!
**Umur:** Akşam barda buluşacak mıyız?
**Sakal:** Bakarız...
**Umur:** Ne demek bakarız? Buradan rahat konuşamıyorum.
**Sakal:** Açık alanda birlikte görülemeyiz, anlamıyor musun?
**Umur:** O zaman eve gelin!
**Sakal:** İki günde adam mı oldun? Emir verip durma!
**Umur:** Konuşmalıyız!
**Sakal:** Sen evi ayarla o zaman.
**Umur:** Tamam.

Süheyla dosyayı kapadı. Ne daha fazla kopyalanmış konuşma vardı ne bir tarih ne bununla ilgili herhangi bir açıklama ne de bunun gibi başka bir konuşma geçmişi vardı.'B.' dosyasını açtı ve Umur'un not aldığı bilgilerle karşılaştı.

*Sakal: Bir yetmiş boy, altmış kilo civarı, siyah gözlü, sivri sakalı ve boynunda Azrail dövmesi var. İstanbul'da yaşıyor, otopark işletiyor.*
*Cüce: Kısa boylu, lakabını 1.55 boyundan alıyor, hiç konuşmuyor! Bal rengi gözleri, sarı saçları var.*
*Gümüş, alt ve üst kenarlarında mor şerit olan bir kart var. Sakal birkaç kez ağzından kaçırdığında Cüce ona uyarı verdi. Bir yere giriş kartı, ama nereye?*
*Sansar kim? Neden yanlarına gittiğimde onun hakkında konuşmayı bıraktılar? Sansar'ı öğren! Ek: İstanbul kalantoru! (Ne demekse)*

Başka bir şey yoktu. Süheyla diğer dosyayı açtığında tek bir fotoğrafla karşılaştı. Bir bar ya da birahane gibi bir yerde, bir masada arkası kameraya dönük oturan iki kişi… Ortam gereğinden fazla loştu ve zaten oturan iki kişinin de sırtı görünüyordu. Onları diğer insanlardan ayırabilecek belirgin bir özellik yoktu. Birinin boyunun ortalama boy oranının çok altında olmasının dışında!

"Ne yapıyorsun?"

Süheyla, annesinin uykulu ve boğuk sesiyle hafifçe sıçradı. Başını arkaya çevirdi ve kararlı gözlerini annesine dikti. "İstanbul'a gidiyorum."

## Bölüm 2

"Evet!"
Süheyla gözlerini kaldırdı ve bakışı, tok sesin geldiği yönü buldu. Patronu Timuçin Bey rengârenk kumaşların arasından ona zaferle gülümsüyordu. Süheyla sorarcasına kaşlarını havaya kaldırdı.

"Sence de bu renk Melisa Hanım'ın rengi, değil mi?" Kendini beğenmiş bir ifadeyle dudaklarını kıvırırken, elindeki kırmızı jarse kumaşı havaya kaldırdı.

Genç kadının dudakları arasından bir homurtu çıktı ve patronu ona gözlerini devirdi. Genç kadın alaycı bir sesle, "Eğer başının iki yanına küçük, şirin boynuzlar da eklersen kırmızının bu tonuyla birlikte kadının içindeki şeytanı su yüzüne çıkarmış olursun!" dedi.

Timuçin Bey, kendine has gülüşüyle tıslayarak güldü. Ardından bir anda ciddileşerek, "Biz işimizi yapıyoruz, tatlım. İçindeki şeytani yönünü irdelemek bize düşmez!" dedi. Burnunun ucunda duran gözlüklerinin üzerinden gözlerini kısarak, tehditkâr bir edayla genç kadına baktı. "Ayrıca kadının ağzını her açışının ardından ona laf sokup durmaktan vazgeç! Seçkin ve sağlam bir müşterimi senin düşük çenen yüzünden kaybetmek istemem. Eğer benim kızım olsay-"

Süheyla sert bir sesle, "Senin kızın değilim!" diyerek adamın sözlerini ağzına tıkadı. Sözlerinin onu yaraladığını görmek için kırgın kelimelerini duymaya ihtiyacı yoktu. Timuçin Bey'in gözlerinden bir hüzün gölgesi geçip giderken, genç kadın tutamadığı diline lanetler okuyordu. "Üzgünüm," diye mırıldandı. Onu yaralamak istememişti. Hayır. Belki de aslında yapmak istediği şey tam olarak buydu, ama büyük bir minnet duyduğu bu adama karşı biraz daha anlayışlı ve saygılı davranması gerekirdi. Her ne kadar annesinin ilk aşkı -ve belki de hâlâ âşıktı- olsa bile!

İlk duyduğunda, yaşadığı hayatın ne kadar dışında kaldığını ve küçücük aile fertleri arasında ne kadar büyük sırlar olduğunu anlaması; üzerinden bir kova buzlu su boşaltılmış gibi hissetmesine neden olmuştu. Kardeşi bilmediği işlerin içine girmiş ve hayatından olmuştu. Annesi, babasının yasını tutarken bile belki de başka bir adamın aşkıyla hâlâ acı çekiyordu. Süheyla, nişanlısı tarafından aldatılmış ve bebeğini aldırmak zorunda kalmıştı. Ve kimsenin kimseden haberi yoktu. Birbirlerine o kadar yakın ve bir o kadar uzaklardı ki, artık gerçekten aile bağlarının sağlamlığından şüphe duymaya başlamıştı.

Yine de bu durum İzmir'i ve annesini ardında bırakıp, kardeşinin ölümü, intiharı ya da başına her ne geldiyse bunun iç yüzünü öğrenme kararını bir nebze olsun azaltmamıştı.

Annesinin yüksek perdeden itirazları hâlâ kulaklarını çınlatıyordu. Gidişine duyduğu öfke, korku ve kırgınlık tek tek yüzündeki çizgilere yerleşmiş, ona yalvarıyordu. Süheyla görmezden gelmeyi tercih etti. Ne sesindeki yakaran tonu ne yüzündeki endişe dolu ifadeyi ne de gözlerine yerleşen acıyı gördü. Ya kalıp vicdanı ve suçluluk duygusuyla savaşacaktı ya da İstanbul yollarına düşüp kardeşinin başına ne geldiğini öğrenecekti. Başka seçeneği yoktu. Annesi kararlılığını anladığında pes etmiş ve sonunda ona yardım etmeye karar vermişti.

Süheyla annesinin yarım kalmış aşk hikâyesini de bu şekilde öğrenmişti. İstanbul'da kalacak bir yeri yoktu. Bir akrabası ya da düzen kurabileceği kadar parası da yoktu. İşte bu noktada Süheyla'nın yardımına annesinin ilk aşkı koşmuştu.

Annesinin pembeleşen yanakları, yıllar sonra ilk kez duyacağı sesin verdiği heyecanla ellerinin titremesi ve dengesiz hareketleri onu ele vermişti. Süheyla gibi romantizmden ve duygusallıktan uzak olan biri bile onda bir gariplik olduğunu anlamakta gecikmemişti. O anda kafasının içindeki hayaletler, kelimeler, isimler ve planlar zihninin içinde bir köşeye çekilip ona düşünecek kadar bir alan bırakmıştı.

Süheyla'ya yardım teklifini sorgulamadan kabul eden bu adamın kimliğini öğrenebilmek için annesinin başının etini yemekle kalmamış, öğrendikten sonra da ağır eleştirilerini ağzının içinde tutamamıştı. Süheyla bazen davranışlarını ve sözlerini kontrol etmekte zorluk çekiyordu, ama kendini ikinci defa aldatılmış gibi hissetmişti. Annesi önce bir tanıdık demişti. Ardından eski bir dost ve sonunda Süheyla'nın yüzündeki ifadeyle bütün hikâyeyi gözyaşları eşliğinde dökülmüştü.

Ailelerin araya girmesiyle ve Timuçin'in bir iş teklifiyle İstanbul'a yerleşmesiyle yarım kalan bu aşkın hikâyesinin, kalbe dokunan bir yanı vardı. Elbette Süheyla bunu itiraf edecek değildi. Babasını çok fazla tanımamasına rağmen, annesinin kalbinin yıllarca başka bir adamın adını zikretmesi kıskanmasına neden olmuştu. Ve annesine derin bir öfke besliyordu. En sinir bozucu olanı ise; Timuçin Bey, annesine öylesine koyu bir aşkla bağlıydı ki, ne evlenmiş ne de hayatına başka bir kadını dâhil etmişti.

İkisi de iyi birer tasarımcıydı. Ve zaten aşkları bu meslek üzerine eğitim görürken filizlenmişti. Annesi şimdi bıraktığı mesleğini yıllar boyunca mahalle aralarında bir terzi dükkânında daim ettirirken, Timuçin Bey seçkin müşterileri olan bir moda evinin sahibiydi. Moda evi bile adını annesinden almıştı. Simge Moda Evi...

Süheyla onların ilişkisini deşecek değildi. Kıskançlıkla ve duygusallıkla kaybedeceği dakikaları yoktu. Timuçin Bey, onun işine yarayacaktı ve işine yaracak olan herkesi harcamayı göze almıştı. Adamın olumlu cevabının ardından hiç vakit kaybetmemiş, tek bir bavula doldurduğu gelişi güzel kıyafetleriyle yola çıkmıştı. Salonu eğitmenlerden birine, annesini de Allah'a emanet etmiş ve İstanbul yollarına düşmüştü.

Daha tanışmalarının ilk dakikasının ardından Süheyla tüm olanları açık ve yalın bir dille anlatmış, onun yardımına da sonuna kadar ihtiyacı olduğunu söylemeyi unutmamıştı. Timuçin Bey de seve seve ona yardım edeceğini söylemişti. Ediyordu da! En azından Süheyla'nın bavulunda olması gereken, ama genç kadının dolabında dahi bulunmayan gösterişli kıyafetleri bir günde temin etmişti. İstanbul'da araştırma yapabileceği tüm mekânların isimlerini listelemiş ve gümüş kart hakkında ufak da olsa bir bilgiye ulaşmıştı.

Henüz gümüş kartı olan bir tanıdığının olup olmadığını bilmiyordu, çünkü kartla giriş yapılan mekân sır gibi saklanıyordu. Ağzından laf almaya çalıştığı birkaç müşterisi de açıkça telaşlanmış, ama kartla ilgili bilgilerini kendilerine saklamayı tercih etmişlerdi. Süheyla en sonunda bu müşterilerden biriyle yakınlık kurmaya da karar vermişti. Ama kartların kimlerde bulunduğundan emin değildi.

Bir dövüş sanatları okulunu işleterek diğer kadınlara göre sıra dışı bir meslek yapıyor olabilirdi, ama annesi yıllarca kendi mesleğini ona öğretme çabası içine girdiği için terzilik hakkında sandığından da fazla şey biliyordu. Timuçin Bey'in de engin bilgileri ve ona yol gösterisi sayesinde moda evinde de hatırı sayılır işlerin altından kalkabiliyordu. Bu işine yaracak bir şey olmayabilirdi, ama Süheyla en azından yediği yemeğin hakkını vermek istiyordu.

Moda evinin kullanılmayan bir odasında kalıyor, gündüzleri Timuçin Bey'in asistanı olarak çalışıyor, geceleri İstanbul sokaklarının ve mekânlarının altını üstüne getiriyordu. Ve bir ay boyunca eline geçen koca bir sıfırdı. İstanbul gibi mega bir kentte bir karıncadan farksızdı. Lakapları dışında hiçbir şey bilmediği adamların peşinde koşuyor, bir milim yol alamıyordu. Bir yerde şansının dönmesi gerekiyordu. Bu umutla ve inatla çabalamaya devam ediyordu, ama tıkanıp yenilgisi ve acısıyla baş başa kalacağından korkuyordu. Kimi zaman yorgun düştükçe umutsuzluk yakasına bir pençe gibi saldırıyordu, ama kardeşinin küvetin içindeki görüntüsü dişlerini sıkarak tekrar yola koyulmasına yetiyordu.

Süheyla izin günlerinde de otoparkları geziyordu. İstanbul'da ne kadar otopark işleten adam varsa yarısını neredeyse tanıyacak duruma gelmişti, ama liste o kadar uzundu ki bazen buna ömrünün yetmeyeceğinden korkuyordu. Ve sakal lakaplı bir adamı hiç kimse tanımıyordu.

Göz ucuyla Timuçin Bey'in sol kolunu ovaladığını fark etti. "Hâlâ bir doktora gitmedin, değil mi?" diye sordu. Sesindeki kızgın ton kendisini de şaşırtmıştı, ama üzerinde durmadı.

Timuçin Bey suçlu bir çocuk gibi omuzlarını düşürüp, başını iki yana salladı. "O kadar çok makineyle muhatap olacak olmak ödümü koparıyor. Bir uzay üssüne girmiş gibi hissetmekten kendimi alamıyorum. Ki uzay biliminden nefret ederim."

"Sana söylüyorum, basit bir kol ağrısı gibi görünmüyor!"

"Dikkatini çekerim, her gün çizim yapıyorum!"

"Kolunun ağrıyor oluşu gayet dikkatimi çekiyor. Ayrıca gümüş kart zımbırtısı için sana ihtiyacım var. Şu durumda hastalanıp işe yaramaz hale gelmeni istemem."

"Tatlım, hiç bu derece dobra oluşunun yanlış bir davranış olduğunu düşünmedin mi?"

"Hayır."

"Annen çok naif, kibar ve düşünceli bir kadın-"

"Belki de ben dobra, yakışıklı ve gayet çekici olan babama benzemişimdir."

"Babana benziyor oluşun su götürmez bir gerçek! Çünkü annen kaliteli karakteri dışında oldukça güzel bir kadındı. Sen babanı gerçekten çok iyi hatırladığına emin misin? Ayrıca beni yaralamaya çalışmaktan ne zaman vazgeçeceksin?"

Süheyla onun kendisi hakkındaki çirkin imasını duymazdan geldi. "Doğruların seni yaralıyor oluşundan haberim yoktu."

"Her şeye verecek bir cevabın var, değil mi?"

"Elbette, kafatasımın içinde beyin taşıyorum. "

Cevabının onu neden eğlendirdiği hakkında hiçbir fikri yoktu, ama Timuçin Bey gür kahkahasıyla konuşmalarını bıçak gibi kesmişti. Ayrıca atışmalarından zevk alıyor gibi görünüyordu. Aslında bu Süheyla'ya da iyi geliyordu. Çünkü susmak, zihninin içindeki baloncuğun sürekli hareket halinde olması demekti. Bazen kendinden o kadar çok bunalıyordu ki, sadece uyumak ve kendinden uzak kalmak istiyordu. Korkunç derecede geveze ve sorularla dolu bir zihni vardı. Bir insan kendisinden sıkılır mıydı? Süheyla kendinden oldukça sıkılmıştı.

İki müşteriyi daha kabul ettikten sonra Timuçin Bey moda evinden ayrıldı. Yüzündeki ürkek ifade Süheyla'nın canını sıkmıştı, ama bunun üzerine kafa yorarak vakit kaybetmeden son çalışanın çıkışı ardından hemen hazırlanmaya koyuldu.

*Lanet olsun.* Taksiye atlarken lanet okuyup duruyordu. Tüm kazancını neredeyse ulaşıma harcıyordu. Bir de bir şey bildiğini sandığı insanların ağızlarından laf alabilmek için sık sık rüşvete başvuruyordu. Bir hafta önce tam bir fiyasko için cüzdanındaki tüm parayı sökülmüştü. 'Cüce' lakaplı adamı bulduğunu sandığında kalbinin patlayacağını düşünmüştü. Ve bir ironinin kurbanı olduğunu anladığında, heyecan ve beklentiyle patlayacak gibi şişen kalbi balon gibi sönmüştü. Karşısında iki metre boyunda bir adamı gördüğünde yaşadığı şoku asla unutmayacaktı.

Taksi Üsküdar'a gitmek için köprü kavşağına doğru ilerlerken, telefonu titredi. Süheyla hızla çantasının fermuarını açmak için hareket ederken, telefonun melodisi aracın içini doldurdu. Ekranda Timuçin Bey'in numarasını gördüğünde şaşkınlıkla kaşları havalandı.

"Alo?"

"Süheyla Hanım, Ben Timuçin Bey'in yardımcısıyım." Bir hıçkırık sesi kadının sözlerini böldüğünde Süheyla'nın kalbi endişeyle titredi." Şu an hastanedeyiz, Timuçin Bey kalp krizi geçirdi."

Süheyla, yirmi dakika sonra kendini hastane koridorlarında koşarken buldu. Maşayla düzleştirdiği saçları terden tekrar kıvrılmaya başlamış, üzerindeki yapay kürk yüzünden sırılsıklam olmuştu. Yüksek topuklu çizmeleri de insanların ilgisini çekmekten ve onu yavaşlatmaktan başka bir işe yaramıyordu.

Altındaki mini etekle, yüzündeki ağır makyajla kesinlikle hastane ortamına uymuyordu ve çoğu insanın dikkatini kendi üzerine çekiyordu. Umurunda değildi. Korkmuştu. Onu kıskanıyordu, ona öfke duyuyordu. Ama yine de Timuçin Bey'e bir şey olacak olmasının ihtimali kalbini sıkıştırıyordu.

Daha ilk günden Süheyla'yı tüm dertleri, sivri dili ve kimi zaman da karakterinde ortaya çıkan çıkarcılığıyla kabul etmişti.

Ve evet, ona bir baba gibi yaklaşmıştı. Ve lanet olsun, görünen o ki bu ilgi, şefkat ve güven Süheyla'nın başıboş bıraktığı bir delikten içeri sızmıştı.

Timuçin Bey'in yardımcısı, Süheyla'yı fark ettiğinde irileşen gözleriyle baştan ayağa genç kadını süzdü. Ardından bakışları tekrar yukarı tırmandı ve göz göze geldiler. Süheyla'nın yukarı kalkmış tek kaşını ve gözlerindeki bakışı fark ettiğinde afallayan kadın silkinerek konuşmaya başladı.

Hastaneye kaldırdıktan hemen sonra, bir saat içinde koroner ameliyatı yapılan Timuçin Bey'i yoğun bakım ünitesine almışlardı. Mutlu haber; durumu iyiydi. Şimdilik… Süheyla duyguları birbirine karışmış halde ertesi güne kadar bekleme koltuklarında oturdu. Sabahın ilk ışıklarıyla birlikte, kardiyolog Samet Bey, Süheyla'ya yarım yamalak bir bilgi verdi. Çünkü yüzüne değil, eteğine -ya da altındakilere- bakıyordu.

Genç kadın ciddiyetle, "Çok beğendiyseniz hediye edebilirim," dedi.

Samet Bey'in boş bakışları aniden yukarı kalkarak onun gözlerini buldu. "Anlamadım?"

"Gözlerinizi alamadığınıza göre eteğimi çok beğenmiş olmalısınız. Hediye edebilirim." Genç doktoru dikkatle süzdü ve alaycı bir gülümseme dudaklarını kıvırdı. "Çok yakışacağından şüphem yok!"

Doktorun yüzü renk değiştirirken mahcup bir tınıyla, "Özür dilerim," dedi. Ardından, "Hastayı birkaç dakikalığına ziyaret edebilirsiniz," diye ekledi.

Hastaneye geldiğinden beri genç kadının kafasını kurcalayan küçük bir ayrıntı vardı ve doktor bilgi vermek için karşısına dikildiğinde bu küçük ayrıntı zihninde ciddi bir soru yığınına dönüşmüştü. Timuçin Bey'in o kadar çok çevresi vardı ki, hastanede onun başını bekleyen sadece iki kişi olması oldukça tuhaf bir durumdu.

Yoğun bakım ünitesine girmek için zorunlu olduğu hazırlıklardan sonra kalbini sıkan o endişe yumağı giderek büyürken, ağır adımlarla Timuçin Bey'in yatağına doğru ilerledi. Ve onun yorgun gözleri her adımında onu takip etti.

Süheyla, "Sana söylemiştim!" dedi. Sesinde kızgın ve keskin bir tını vardı.

"Küçükken de laftan anlamayan bir çocuktum."

"İyi halt ediyorsun."

"Seninle didişecek halim yok. Kendimi topladıktan sonra bomba gibi geleceğim."

"Fosilleşmeye bu kadar yakınken böylesine bir kendine güven... Ayakta alkışlıyorum."

"Güldürme beni. Canım acıyor!"

"İyi. Belki aklın başına gelir."

"Moda evi ve atölye sana emanet. Allah aşkına müşterilerimle kavga etme!"

"Ona söz veremem. Hepsi uzayın bilinmeyen bir gezegeninden gelmişler gibi garip yaratıklar..."

"Sana niye yardım ediyorum ki?"

"Anne torpili!"

"Defol git, Süheyla. İşinin başına dön!"

"Müşterilerinin iyiliğini istiyorsan, çabuk gelmeye bak! İnan senin için değil, sırf senin inadına hepsini çil yavrusu gibi dağıtırım."

Timuçin Bey, hırıltılı bir sesle gülerken başını salladı. Süheyla arkasını dönüp gitmek üzereyken ise eline uzandı, hafifçe sıktı ve daha genç kadın karşılık veremeden hızla bıraktı. Hareketi genç kadının bir an duraksamasına neden oldu. Ardından ona döndü ve güven verici olduğunu umduğu bir gülümseme dudaklarını büktü.

'Ne halt edeceğim?' diye düşünmüyordu. Süheyla hayatta birçok şeyle kendi başına mücadele etmişti. Ve Timuçin Bey'in artık ona bir yararı dokunacak gibi görünmüyordu. Üstlenmek zorunda kaldığı vazifesini yerine getirecekti elbette, ama bunu asla kendi mücadelesinin önünde tutmayacaktı.

Moda evine döndüğünde ilk işi banyo yapıp, rahat bir şeyler giymek olmuştu. Saçları suyla buluştuğu anda düz formundan kurtulup başının tepesine kadar çıkmış, yine bir kuş yuvasını kafasında taşıyormuş gibi hissetmesine neden olmuştu. Nasıl böyle kıvrılabiliyorlardı aklı almıyordu.

Timuçin Bey'in asistanı olarak ona tesis edilen odadan eşyalarını aldı ve artık ne kadar süre olacağını bilmediği süre boyunca idare etmesi gerektiği patron koltuğuna yerleşti. Bazı şeylerin filmlerde ve dizilerde abartıldığını düşünüyordu, ama aslında gerçek hayatta olanların beyaz ekrana uyarlanmış halinden başka bir şey değildi. Yeni olması ve Timuçin Bey'in ayrıcalıklı çalışanı olması zaten kimi çalışanların ona diş bilemelerine neden olmuştu ve patron koltuğuna oturmak da üzerine tuz biber ekerek onları çoktan deli etmişti. Gözlerde haset dolu bakışlar, yüzlerde küçümseyici ifadeler ve sıkı bir kulis havası... Süheyla, insanların bu derece küçük ayrıntılarla ilgileniyor oluşunu komik buluyordu. Başka işleri yok muydu? Hayat onlar için bu kadar yalın, heyecansız ve monoton muydu? Aslında hiçbiri umurunda değildi. O sadece şaşırıyordu.

Derin bir iç çekişin ardından randevu defterini aldı. O gün için tek bir isim kaydedilmişti. Demir Mızrak. Adını hiç duymamıştı. Erkek müşterileri, aslında kadın müşterilerden çok daha olgun ve katlanılabilir oluyorlardı. Süheyla, daha ilk günden, her şeye itiraz etmeye programlanmış o kadınlardan biriyle karşı karşıya gelmeyecek oluşundan memnun oldu.

Bir gün önce kalıplarını çizdiği bir iki elbiseyi biçmek için çalışma masasına doğru ilerlerken, kareli gömleğinin cebinden kemik gözlüklerini çıkarıp taktı. Daha kumaşı kesmeye yeni başlamıştı ki kapıda bir hareketlilik oldu.

Başını kaldırıp gözlüklerinin üzerinden baktığında sırtı ona dönük bir adamla karşılaştı. Adam, arkasındaki birine eliyle bir şey işaret etti, ama Süheyla elinin hareketini yakalayamamıştı. Diğer eli kulağına dayadığı telefonunun üzerinde, hattın karşısındakine hızla ve sert bir tonla emirler yağdırıyordu. Süheyla elindeki makası bıraktı. Onu karşılamak için yüzüne yapmacık bir gülümseme yerleştirdi ve odanın ortasına doğru ilerledi.

Adam arkasını dönüp, ona kısa bir bakış attı. Yarı aralık göz kapaklarının ardında gizlenen gözlerinin rengini seçmek mümkün olmadığı gibi, nereye baktığını anlamak da oldukça güçtü.

Boşta kalan eli sürekli hareket halinde olup, zaten dağınık bir görünümü olan koyu kahverengi saçlarını geriye tarayıp duruyordu. Dudağının bir kenarının hafifçe yana gerilmesi, konuştuğu insandan ya da konudan sıkıldığını işaret ediyordu. Düz, dar kanatları olan bir burnu vardı ve konuşma halindeyken arada bir burnunu kırıştırıyordu. Saçları, kıyafeti ve hareketi ona hem yaramaz bir çocuk hem bir serseri havası katıyordu. Koyu renk bir kot pantolonun üzerine eteklerinin bir kısmını pantolonunun içine sıkıştırdığı beyaz bir gömlek, onun üzerine tek düğmeli spor bir ceket giymişti. Ceketin renginin siyah olmasına karşın tek düğmesi kahverengiydi ve pantolon kemeriyle aynı renkteydi. Kirli sakallı, hafifçe sivri çenesini dalgınlıkla kaşırken, gözlerini Timuçin Bey'in masasına dikti ve anında kaşlarının ortası derinleşti. "Ben seni daha sonra arayacağım," diyerek telefonu hızla kapatıp ceketinin iç cebine attı.

Süheyla, daha o konuşamadan söze girdi. "Demir Bey siz olmalısınız?"

Sıkılmış bir ifade genç adamın tüm yüz hatlarına tembelce yayılırken belli belirsiz başını salladı. "Ve siz de?"

"Süheyla Akgün. Timuçin Bey'in asistanıyım."

Sanki onun için önemsiz bir ayrıntıymış gibi, bariz bir zorlamayla hafifçe gülümsedi. "Ne hoş!" Genç kadın onun sesindeki alaycı tınıyı umursamadı. Gözleri tekrar -Süheyla tam olarak nereye baktığını anlayamasa da- Timuçin Bey'in masasına kaydı. "Timuçin Bey'i göremiyorum?" İki adımda Süheyla'nın karşısına kadar ilerledi.

"Üzülerek söylemeliyim ki, Timuçin Bey kalp krizi geçirdi. Sizinle ben ilgileneceğim."

Yarı kapalı gözkapakları bir anda açıldı ve koyu mavi olduğunu fark ettiği gözlerinde ışıklar parıldayıp söndü. "Ne demek kalp krizi geçirdi? Bugün randevumuz vardı!"

Süheyla, ona sadece baktı. Bu sözlere ne cevap vermesi gerektiğini düşünmeyecekti bile, çünkü bunun için harcadığı nefese acırdı. Ama öfkesi için yapabileceği bir şey yoktu. Bir insan hayatının, diktireceği takım elbiseden daha önemli olduğunu düşünen bu adama öfkelenmek bile bir duygu belirtisi ve önem yüklemek olurdu, ama öfkelenmişti işte.

Karşıdan bakıldığında sağlıklı ve normal bir adam gibi görünmesi bir şeyi değiştirmiyordu. Zavallı adamın beyin hücreleri çoktan ölmüştü ve o artık yaşayan bir ölüydü. Sırf bu nedenden de oldukça gereksiz bir yakışıklılığa sahipti. Kısacası bir zombiden farkı yoktu. En azından onlar konuşarak gereksiz yere gürültü kirliliği de yapmıyordu.

Genç adamın kaşları sorarcasına havaya kalktı. Ve Süheyla, adamın gerçekten ondan bir cevap beklediğini anlayarak afalladı. Müşterisini kaybetme ihtimaline karşın, içinden Timuçin Bey'e özürlerini yolladı. Ve ciddiyetle, "Suskunluğumu mazur görün," dedi. Adam sanki iyi bir şey söylemiş gibi hafifçe başını eğerken, genç kadının dudaklarını küstah bir gülümseme kıvırdı. "Türünüzün bir örneğiyle daha önce hiç karşılaşmadığım için, Timuçin Bey'in can çekişirken sizin adınızı sayıklayıp durduğunu söylemekte geciktim." Sesindeki yakıcı alayı saklamaya gerek görmemişti. "Ölmek üzere olduğunu düşünen bir adam için klasik bir takım elbisenin taşıdığı önem; gerçekten göz yaşartıcı."

Adamın gözlerinde beliren şaşkın bakıştan garip bir haz duydu. Demir Bey'in bir eli pantolonunun cebine doğru usulca yol alırken, diğer elinin parmakları dalgınca burnunun ucunu kaşıdı. "Bağışlayın, ama sözlerinizden hiçbir anlam çıkaramadım." Dudakları titredi ve gözlerinde çılgın bir parıltı oldu.

Süheyla başını yana eğdi. "Sözlerimin anlamını kavrayacağınız gibi boş bir umuda hiç kapılmamıştım."

Demir Bey, genç kadını şaşırtarak güldü. "Sanırım benimle ciddi ciddi alay ediyorsunuz."

Süheyla gayet doğal bir hareketle kolundaki saatine baktı ve başını tekrar kaldırarak, genç adamın ışıltılar saçan koyu renk gözlerine baktı. "Sekiz dakika gibi bir sürede kavrama becerisi sizin için bir rekor olmalı!"

Demir Bey'in diğer eli de pantolonunun cebinin içinde kayboldu. "Sanırım yeniden başlamamız gerekiyor, aksi halde bir kadının boynunu en kısa sürede kırma gibi bir rekora da sahip olup, doğumumdan beri süregelen tabularımdan ödün vereceğim gibi görünüyor."

Aslında duruşunda bir farklılık yoktu. Elleri ceplerinde, başı hafifçe eğik, ama giderek daha da koyulaşan gözlerini Süheyla'nın gözlerine dikmiş öylece sabit duruşunu koruyordu. Ama havada bir şeyler titreşti. Garip bir etkileşimdi ve Süheyla beyinsiz olarak nitelendirdiği bu adamın kurduğu uzun cümleden sonra onu takdirle alkışlamamak için ellerini yumruk yapmak zorunda kalmıştı. Demir Bey sanki gözlerinin önünde ikinci bir bedene bürünürmüş gibi tehditkâr bir hava yayıyordu, belki de değişen sadece gözlerindeki o bakıştı. Korkmamıştı. Süheyla'nın birilerinden korkması için tehditkâr bir duruştan daha fazlasına ihtiyacı vardı. Ama kısa bir an da olsa görmüştü. Tehlikenin kokusunu duymuş, onu sezmişti. Birçok kere de karşılaşmak zorunda olduğu gibi hiç kimse göründüğü gibi değildi. Süheyla çıplak gözlerle baktığı doğal resimde, mercek altına alındığında doğal olmaktan oldukça uzak bir şeyler göreceğinden emindi.

Ve karşısındaki adamın onun ürkek bir harekette bulunmasını beklediği açıktı. Süheyla ona istediğini vermediğinde dudaklarını aralamadan, tek nefeslik bir gülüşle şaşkınlığını ortaya serdi. "Şöyle diyelim; eğer Timuçin Bey'in kalp krizi geçirmesi gibi üzücü bir durum vuku bulduysa ve ben de o listeye bugün için adımı yazdırdıysam, birilerinin de beni bu durumdan haberdar etmesi gerekirdi. Sandığınız kadar beyin yoksunu olmadığım gibi aylak aylak gezen bir insan da değilim."

Süheyla eliyle odanın içinde bulunan paravanı işaret ederek, "O zaman daha fazla zamanınızı almayalım ve siz de bir an önce hazırlanın ki ölçülerinizi alalım," dedi. Zoraki bir gülümsemenin eşliğinde, "Ve bu arada durumdan haberdar edilmediğiniz için de özürlerimi kabul ederseniz sevinirim," diye de ekledi. Süheyla sözleri için asla özür dilemeyecekti, ama adamın bir konuda haklı olduğunu kabul etmişti.

Genç adam paravanın arkasına geçmeye gerek duymadan ceketini çıkarmaya başladı. Aynı anda başını iki yana sallayıp duruyordu. "Biliyor musunuz, sinir uçlarına dokunan bir yanınız var."

"Genellikle muhatabım olan kişilerin problemi olduğu için sorun etmiyorum." Genç kadın çalışma masasının üzerinden bir mezura alarak ceketini çıkarmış olan Demir Bey'in yanına ilerledi.

Başını kaldırdığında adamın onu incelediğini fark etti. Göz kapakları yine yarıya düşmüş ve bakışlarının odağının anlaşılması güçleşmişti. Ama onu incelediğini biliyordu. Hatta iki kafası olan bir yaratığa bakar gibi dikkatli bir gözlem altına alınmıştı. Demir Bey'in dudakları alaycı bir gülümsemeyle kıvrıldı. Ardından o kalın dudaklar hafifçe aralandı, ama her ne söyleyecekse çalan telefonu yüzünden yutmak zorunda kaldı.

Genç adam derin bir iç çekişle ceketini gelişi güzel fırlattığı masanın üzerinden aldı, iç cebine baktı ve gözlerini Süheyla'nın gözlerine dikti. "Üzgünüm, buna bakmam gerekiyor."

Süheyla renksiz bir tınıyla, "Elbette," dedi ve sıkılmış gibi hafif bir iç çekerek istemsizce genç adamın konuşmasını dinlemeye koyuldu.

"Cidden yardımıma ihtiyaç mı duyuyorsun? Bu günün tarihini bir yere yaz, lütfen! Tamam. Tamam. Ama bunun acısını daha sonra zevkle çıkarırım. Bir dakika..." Genç adam telefonunu omzu ve kulağı arasına sıkıştırıp, pantolonunun arka cebinden cüzdanını çıkardı. Cüzdanın iç bölmesindeki kartlığa sıkıştırılmış tüm kartvizitleri tek tek çıkarmaya ve bir elinde toplamaya başladı.

"İşte! Buldum sanırım..." Siyah renkli bir kartvizitin üzerinde yazılan rakamları okumak için yüzüne yaklaştırdı. "Numarayı aktarıyorum," dedi hafif alaycı bir tonla. Bir aksilik, elinde toplu halde bulunan kartvizitlerin kaymasına ve yere düşüp etrafa saçılmasına neden oldu. "Lanet olsun!" diye tısladı.

Süheyla'nın kanı da o anda dondu. Belki damarlarındaki hareketlilik ivme kaybetmiş olabilirdi, ama kalbinin atışı göğsüne sert darbeler yapmaya başlamıştı. Sadece kısa bir an... Belki birkaç saniye, üst ve alt kenar kısımları mor şeritlerden oluşan gümüş kart gözlerinin önünde belirip bir anda kaybolmuştu. Demir Bey hâlâ gevezelik edip duruyordu. Ama Süheyla onu duyamayacak kadar büyük bir heyecanın içinde boğuluyordu. Gözleri onun kartvizitleri yerlerine yerleştiren eline takılı kalmıştı. Kartı artık göremiyordu, görmeye de gereksinim duymuyordu. Ama dikkatle elinin hareketlerini izliyordu. Ve genç adam bir anda ona sırtını döndü. Süheyla da onunla birlikte dönmemek için ayaklarını sertçe zemine basarak, sabit duruşunu sağlamlaştırmaya çalıştı. Yoksa her an cüzdanına atlayabilir ve kartviziti ondan almaya çalışabilirdi.

Genç adam konuşması bittiği anda tekrar yüz yüze gelmek için bedenini ona çevirdi. Ağzının içinden, "Üzgünüm," diye mırıldandı.

Süheyla sadece başını sallamakla yetindi. Dalgın bir şekilde, "Artık başlayabiliriz sanırım," dedi. Demir Bey tam başını onaylarcasına sallamıştı ki telefonu tekrar çalmaya başladı. Mahcup bir ifade yüzüne hızla yayılırken genç kadına özür diler bir bakış gönderdi. Telefonunun ekranına baktı. Numara yüzünün gerilmesine ve burun deliklerinin genişlemesine neden oldu.

Tekrar özür dilemeye gerek duymadan arkasını dönüp seri adımlarla odadan çıktı. Ceketini ve cüzdanını ardında bırakarak! Süheyla, 'Yapmalı mıyım?' diye düşünmedi. Demir Bey odanın kapısını arkasından kapattığı anda cekete atıldı. Cüzdanı iç cepten çıkarıp açtı. İlgilendiği kısım olan kartlık bölümünü titreyen parmaklarla karıştırırken, arada bir gözleriyle kapıyı kontrol ediyordu. Nefesinin boğazında tıkanmış olmasını ve kalbinin patlama noktasına gelmiş olmasını görmezden geldi. Cüzdanda bulunan tüm kartları neredeyse tek tek kontrol etti.

Bir süre sonra, "Lanet olsun!" diye tısladı. Ne gördüğünden emindi. Yanılgı payı olduğunu düşünmüyordu, kart cüzdanın içinde bir yerlerde olmalıydı. Sanki tüm her şey onun suçuymuş gibi Demir Bey'e ağır bir küfür savurdu. Ve son olarak parmakları banknotların olduğu bölüme hızlı bir dalış yaptı.

Kendini araştırmasına öylesine kaptırmıştı ki, bir çift koyu mavi gözün merak, öfke ve dikkatle onu izlediğinin farkında değildi. Gözlerin sahibi elinde duran telefonun kamerasını açtığında da hâlâ cüzdanı karıştırmakla meşguldü. Elinde bir tomar dövizle birlikte fotoğrafının çekildiğinin de farkında değildi.

"Gülümse!"

Süheyla aniden sıçrarken başını hızla sesin geldiği yöne çevirdi. Kalbini ağzından fırlayıp gidecekmiş gibi hissederken, gözleri bir telefon kamerasının merceğiyle buluştu.

## Bölüm 3

Demir, en az sahibi kadar sıkıcı olduğunu düşündüğü için ismini hatırlamadığı kadının açıkça ima ettiği gibi algısı zayıf bir adam değildi. Kaldı ki kadın ulu orta cüzdanını karıştırıyordu. Resim gayet netti ve karmaşıklığa yer bırakmıyordu. Demir zihninin içinde bir çınlama duydu. Yüksek sesle gülmeyi göze alamamıştı. Küstahlığı ve cüretkârlığı öylesine pervasızdı ki afallamıştı. Ne hissetmesi gerektiğini bilmiyordu, ama kendini cüzdanı kurcalama işine kaptıran kadına duyduğu ilk his öfke olmuştu. Sonuçta parmaklanıp duran kendi cüzdanıydı. Cüzdanının da bu durumdan pek hoşnut olduğunu sanmıyordu. Zavallı deri kadının parmakları altında paralanıyordu.

Gördüğü resim karşısında içine düştüğü şaşkınlık bir an duraksamasına neden olmuş, ama kendisini çabuk toparlamıştı. Elinde duran telefonun kamerasını açıp flaşını kapadı ve fotoğraflarını çekmeye başladı. Merakı, öfkesinin ve şaşkınlığının üzerine hızla tırmanmaya devam ederken arka arkaya on tane fotoğraf çekti. Ama hiçbirinde kadının yüzü net olarak görünmüyordu. Elinde onu tehdit edecek iyi bir materyale ihtiyacı vardı.

Renksiz bir tınıyla, "Gülümse," dedi.

Kadın hızla başını çevirdi. İri gözleri fincan altlığı kadar büyümüş, kaşları alnına tırmanmıştı. Ve tek bir fotoğrafını daha çekmek için ekrana dokundu. Demir aldığı keyfi saklamaya gerek duymadığı için dudağının hafifçe yana kıvrılmasına izin verdi. Kadının iri gözlerinin içindeki gözbebekleri anlık bir ürkeklikle jöle gibi titredi. Aslında bunu daha önce yapmalıydı. Demir onu tehdit ettiğinde işte böyle ürkek bakmalıydı. Ama o, küstah bir kaş kaldırmayla Demir'i şaşırtmıştı.

Kadının kalbinin hızlı atışı, göğsünü saran gömleğin kumaşının titremesine neden oldu. Ardından hızlı ve sert aldığı tek solukla birlikte göğsü yukarıya yükselip orada kaldı. Demir korkunun kokusunu o an duymuştu. Kadın yutkundu. Sertçe ve gürültüyle... Ve sonra bir şey oldu. Gözlerindeki titreklik yerini kurnazlığa bıraktı. Usulca doğrulurken, doğal bir hareketle paraları cüzdanın içine yerleştirdi. Ve tuttuğu nefesini usulca dışarı bıraktı. Demir, onun cevaplarını merak ediyordu.

Telefonunu pantolonunun cebine attı. Ama gözlerini onun hesapçı gözlerinden ayırmamıştı. O ürkeklik, korku, utanmışlık, yakalanmanın getirdiği endişeyle kanın yanaklarına serbestçe yayılması... Hepsi bir anda yok oldu. Demir, onun adını bilmiyordu, ama kadının üste çıkmaya hazırlandığından emindi. Bakışları cin gibiydi! Ve bir şekilde -belki de paraları gelişigüzel tutuşundan- onun hırsızlık yapmadığını hissediyordu. Elbette, bu düşüncesini ona sezdirmeyecekti. Çünkü o zaman ortaya daha büyük bir sorun çıkıyordu. Kadın cüzdanının içinde deli gibi ne arıyordu?

Demir, daha odaya girdiği ilk anda onu sıkıcı bulmuştu. Yüzünü buruşturmak isteyeceği ve arkasını dönüp kaçmak isteyeceği kadar! Zaten gitmek istemediği bir davete diktirmek istemediği bir kıyafet için gelmesi yetmiyormuş gibi kadına katlanacak zorunda olması sinirlerini zıplatmıştı. Basit, kareli kırmızı bir gömlek giymiş, uzun bacaklarını yine basit bir kot pantolon sarmıştı. Saçları bir merinos koyununki kadar kıvırcıktı ve birkaç mandal tokayla başının tepesine gelişi güzel tutturulmuştu. Gözlerinde yüzünden büyük siyah, kemik çerçeveli bir gözlük asılıydı. Giydiği kıyafetler bedeninin hatlarını tamamen kapatıyordu. Özelliksiz, sıkıcı, sıkıcı ve sıkıcıydı. O tombul dudaklarını açıp konuşmaya başlayana kadar! Alt dudağı üst dudağından daha kalındı ve sürekli somurtmak isteyen bir çocuğa benziyordu. Öfkelendiğinde alt dudak daha da öne çıkıyor ve insanda onları sıkıştırma isteği uyandırıyordu. Hayır. Cinsellikle ilgisi yoktu. Sadece harekete öfkelenip çıldıracağını hissediyordu.

Kadını sıkıcı bulmasının hemen ardından, kadın Demir'in saçma sorusuna uzun saniyeler boyu ona küçümser bir ifadeyle bakmış ve cevap vermişti. İşte o anda Demir, kadının ismine dikkat etmediği için kendisine kızmıştı. Sıkıcı görüntüsünün altında ilgisini uyandıracak bir şeyler vardı. Sivri bir dil, keskin bir zekâ, kelimelerin üzerinde güçlü bir hâkimiyet ve elbette o küstah bakışlar Demir'in ilgisini çekmeye yetmişti. En azından heyecan verici fiziksel özelliklerine rağmen konuştuklarında ağızlarına fermuar dikmek istediği o kızları düşündükçe kadının hakkını vermeliydi. Bir de göz süzmeleri vardı. Demir, karşısında ona dik dik bakmaya cüret eden bu kadının hayatında kimseye göz süzmediğine yemin edebilirdi. Cüretkârlığı insanın kanını donduruyordu.

Demir, sessizliğin içinde kıran kırana çarpışan bakışmalarının gereğinden fazla uzadığına kadar verdi. Dudaklarını yaladı ve buz gibi bir sesle, "Cüzdanımda ne aradığını öğrenebilir miyim?" diye sordu. Sizli-bizli konuşmalarına gerek kalmayacak kadar samimi olduklarını düşünüyordu. Sonuçta kadın kendisiyle olmasa da cüzdanıyla oldukça yakın bir ilişki içine girmişti. Ve Demir, onun ilgisini çeken her neyse bunu deli gibi merak ediyordu.

Kadın çenesini kaldırdı. Alt dudak öne uzadı ve sivri dil hareketlendi. "46 raporunuzu!"

Demir, göğsünü gıdıklayan kahkahasını bastırmak zorunda kaldı. Hazır cevaplılığı dudak uçurtan türdendi. Kadının alışagelmişin dışında olan davranışları, sözleri onun dakikalarını tuhaf bir şekilde eğlenceli hale getiriyordu. Ama ortada büyük bir sorun vardı ve o, kendisini bulunduğu âna ve olayın ciddiyetine dönmeye zorladı.

"Küstahsın, gereksiz derecede sivri dillisin, hırsızlık yaparken yakalandın ve bu şahane özelliklerini bir de yüzsüzlükle taçlandırıyorsun!"

Demir ağır adımlarla yanına ilerledi. Kadının eline uzanıp cüzdanını geri alırken -kontrol etmeye ihtiyaç duymadı- gözlerini onun gözlerinden bir saniye ayırmamıştı. Cüzdanını arka cebine yerleştirdi. Emin olamamakla birlikte cüzdanı geri almak ister gibi omzunun hafifçe kasıldığını fark etti. Cin bakışlarında bir hayal kırıklığı oldu. Gerçekten cüzdanı geri aldığına hayıflanıyor olabilir miydi?

"Gelir durumum oldukça iyi. Kleptomani gibi bir rahatsızlığım da yok. Hırsızlık yapmak için bir nedenim yok." Sesi tekdüze ve yalındı.

Demir, onun kişisel alanını ihlal etmek için yüzlerinin arasında iki parmak mesafe kalıncaya kadar öne doğru eğildi. Beyninde tasarladığı sözcükler, aniden burnundan içeri sızan ve keyifle ciğerlerine doğru yol alan kokuyla bir anda kayboldu. Belki boynundan, belki de saçlarından yayılan kokunun dikkat dağıtıcı bir yanı vardı. Demir silkinmek istedi. Bir kokuya kendini kaptırmayalı hatırlayamadığı kadar çok yıl olmuştu. Kendini o âna geri döndürmeye zorladı. "İşte bu çok daha fena! Eminim Emniyet'teki dostlarım davranışın hakkında ikimizi de bilgilendirmek için ellerinden geleni yapacaklardır."

Yine, sadece birkaç saniyelik bir bocalamanın ardından doğrudan gözlerinin içine bakarak sakince, "Eminim daha kolay uzlaşmaya varabileceğimiz bir yol vardır," dedi. Sözleri Demir'in karnının altında bir titremeye neden oldu. Hayır. Yine cinsellikle ilgili değildi.

Kadın olduğu yerden bir milim bile kıpırdamamıştı. Gözlerini kırpmamış, korktuğuna dair herhangi bir tepki vermemişti. Ve sonra öyle bir yutkundu ki; boğazındaki hareketliliği çok net duydu. Hayır. Emniyet'e bulaşmak istemiyordu.

"Cüzdanımda ne arıyordun..." Sert ve keskin bir tınıyla başladığı sözlerine bir kaş çatmayla ara verdi. Neden ismine dikkat etmemişti ki?

Kadın yine sakince, "Süheyla!" diye bildirdi. Demir gözlerini devirmemek için kendini zorlukla tuttuğuna yemin edebilirdi.

"Çok sıkıcı ve uzun..." Eğer gözler ateş çıkarabiliyor olsaydı, tüm batmışlığına ve hatalarına rağmen utanmadan Demir'i yakmaya çalışırdı.

Demir onu yanıltmak için oldukça yumuşak ve anlayışlı bir tınıyla, "Süheyla," diye tekrarladı. Süheyla'nın gözlerinde rahatlamanın getirdiği bir ifade belirdi. Atlattığını düşünerek hafif bir iç çekti. Demir içinden güldü. Huzurlu bir soluk daha almasına izin vermeden dişlerini ve pençelerini ortaya çıkardı. "Lanet olası cüzdanın içinde deli gibi ne arıyordun?" Eli kendinden bağımsızca koluna uzandı ve parmakları sertçe etine gömüldü. Ve hareketi karşısında yine soğukkanlılığını koruyan kadına içinden öfkeli bir küfür savurdu.

"Söylemiştim. Bana akıl sağlığı yerinde olan biri gibi görünmediniz!"

Şaşırtıcı ve çıldırtıcı derecede küstahtı. Otokontrolü o kadar sağlamdı ki, Demir bunu yıkmak için büyük bir istek duydu. "Yerinde olsam elimde fotoğrafların varken geri adım atardım!"

Süheyla kuduruyordu. İçinden adamın üzerine atlamak, kendinden geçene kadar boğazını sıkmak istiyordu. Haksız olması umurunda değildi. Ödü kopmuştu. Kendi aptallığıyla deli olduğuna inandığı bu adamın dikkatini çekmeyi başarmıştı. Emniyet'e gitmek, polisle vakit kaybetmek istemiyordu. Adam onunla oynuyor olabilirdi, ama Emniyet'te dostlarım var derken blöf yapmadığına da emindi. Adamın kim olduğunu, nüfuzunun ne kadar güçlü olduğunu ve elinin nerelere uzanacağını bilmiyordu. Eğer bu işten yakasını kurtaracak olursa ilk yapacağı şey araştırma yapmak olacaktı. Ama önce ondan kurtulmanın bir yolunu bulmalıydı.

'Yenilgi bir seçenektir.' Süheyla eğitim verdiği öğrencilerine bu sözü sürekli hatırlatıyordu. Bunun için geri adım atmayı hiç düşünmemişti. Yavuz hırsız olup ev sahibini bastırmayı amaçlamıştı. Ama ev sahibi de en az kendisi kadar dişliydi.

Eğer adam mantıklı olsaydı tehdide başvurup kelime kalabalığı yaparak oyunlara ihtiyaç duymaz, Süheyla'yı doğrudan yetkililerin kucağına bırakırdı. Ama adam mantıkla hareket etmiyordu. Düzenin dışında bir adam olduğunu anlaması için daha fazlasını görmeye de gerek yoktu. Adamın kararan gözlerinin içinde aldığı keyfin parıltıları yüzüyordu. Hayır. Demir Bey, onu Emniyet'e vermek istemiyordu. Şimdilik! Ne zaman sıkılırsa bunu o anda yapacaktı. Adamın keyfinin insafına kalmıştı. Adam oyun istiyordu ve Süheyla, o sıkılana kadar rahattı.

"Tabiatımda geri adım atmak yok. Ama bir uzlaşmaya varabiliriz."

Demir Bey'in gözlerindeki parıltılar hareketlenirken göz bebekleri irileşti. Kıskaç gibi kavrayan parmakları kolunu serbest bıraktı. Ve elleri ceplerine doğru hareket edip gözden kayboldu.

"Özür mü dileyeceksin?"

"Yeterli olursa neden olmasın."

"Ama yeterli olursa!"

Adamın buz gibi gülüşü Süheyla'nın tüylerini havaya dikti. Ve işte o anda genç kadın istemsizce tekrar yutkundu. Emniyet'e gitmemek için ona sunacağı seçeneklerin 'çoğuna!' razı olurdu. Ama dengesiz bir ruhun yönettiği birinin ne isteyeceğini de Allah bilirdi.

Adam onu şaşırtarak aniden arkasını dönüp ofisin ortasına ilerledi. Ve küstahça bir çene hareketiyle onu çağırdığını belirtti. "Yeterince vaktimi çaldın. İşinin başına dönsen iyi olur."

Süheyla öfkelenmekte haksız olduğunu biliyordu. Ama adamın davranışlarındaki tutarsızlık -ya da tamamen bilinçliydi- onu çileden çıkartıyordu. Dişlerini sıktı ve oyununa ayak uydurarak, mezurasını alıp sakin adımlarla yanına ilerledi. Sanki adama daha ilk dakikada hakaret etmemiş gibi, sanki Demir Bey kendini tehdit etmemiş gibi, sanki cüzdanını karıştırmamış gibi ve sanki adam onu kapana kıstırmamış gibi...

Demir Bey'in tam arkasında durdu ve sesine hâkim olmaya çalışarak, "Dik durun!" dedi.

"Zaten dik!" Eğlenceli bir tını Demir Bey'in soğuk sesini kırmıştı. Süheyla göremeyeceğini bildiği için çift anlamlı sözleri üzerine gözlerini devirdi. "Neden bana gözlerini deviriyormuşsun gibi geliyor?"

Genç kadın istemsizce gözlerini adamın başının arkasına dikti. Ne? Kafasının arkasında da mı gözleri vardı? Aynı anda öfkesi tınısına açıkça yansıyan bir sesle, "Çünkü gözlerimi deviriyorum," diye yanıtladı. Demir Bey sözlerinin üzerine yine o tek nefeslik gülüşüyle güldü. Sonunda başını iki yana salladı ve genç adamın omuz boyunun ölçüsünü almak için mezurayı bir omzundan diğer omzuna doğru uzattı. Demir Bey'in omuzları oldukça genişti. Genç kadın mezuradaki ölçü numarasını gördüğünde beğeniyle dudaklarını büzdü ve ardından not defterine yazdı. Kol boyunun ölçüsünü almak için ilerledi ve genç adamın tam önünde durup gözlerini yukarı kaldırdı. Göz kapakları yine yarıya inmişti. "Kolunuzu kaldırır mısınız?"

Demir Bey hareketsizce durdu. Dudağının kenarındaki keyifli kıvrımla uzun saniyeler boyu Süheyla'yı inceledi. Genç kadın renksiz bir sesle tekrar konuştu. "Kolunuzu kaldırır mısınız? Kol boyunuzun ölçüsünü alacağım!"

Adam sahte bir şaşkınlıkla gözlerini kırpıştırdı ve yine sahte bir mahcubiyetle, "Özür dilerim," dedi. Ardından göz kapakları açıldı ve maviler parıldadı. "Seninle uzlaşmam için neleri feda edebileceğini düşünüyordum."

Demir Bey kolunu öne doğru uzattı ve Süheyla düzgün bir ölçü alabilmek için kolunu hafifçe bükerek doğru bir açıya getirdi. Aynı anda parmaklarının altındaki kaslar hafifçe titreşti. Genç kadın aniden gözlerini kaldırıp ifadesine bakma isteğiyle doldu, ama buna cesaret edemedi. Derin bir iç çekişin ardından, "Birçok şeyi," diye mırıldandı.

Genç adamın karşılığı hızlı ve netti. "Güzel!" Süheyla dişlerini sıkarken bileğinin ve pazısının ölçüsünü de aldı.

Belki de sözleri onun elindeki kozun güçlenmesine neden olmuştu. Ama geleceği, adamın anlık bir kararına bağlıydı. Aslında adamın ne isteyeceğini bilemeyeceği gibi istediğini aldıktan sonra onu rahat bırakacağından da emin değildi. Ama denemek zorundaydı.

"Kollarınızı kaldırın."

Demir Bey kollarını iki yana kaldırırken dudakları haylaz bir gülümsemeyle büküldü. "Her zaman böyle emir tonuyla mı konuşursun?"

Süheyla dilinin ucuna kadar gelen iğneleyici sözleri yutmak zorunda kaldı. Lanet olsun. Diline hâkim olabilmesi o kadar kolay bir şey değildi. Yine de onu, "Sıklıkla," diye yanıtladı. Öne doğru uzandı ve göğüs ölçüsünü almak için mezurayla birlikte kollarını adamın kollarının altından geçirdi. Adamın ölçüleri sağlamdı. Kolları kaslarla sarmalanmıştı. Omzuyla göğsü oldukça genişti ve bu yüzden başını iyice göğsüne doğru yaklaştırmak zorunda kaldığında yanağı hafifçe gömleğine sürtündü.

Bir şey oldu. Süheyla'nın algılarının tamamen dışında kalan, yabancıladığı bir şey! Adamdan yayılan sıcaklık teninin üzerinde garip bir etkileşim yarattı. Genç kadın göğüs ölçüsünü hızla alıp, bel ve basen ölçüsünü almak için tekrar vücuduna doğru eğildi. Anlamadığı bir sebepten ötürü yanakları ısınmaya başlamıştı. Bir ateş topu boğazından aşağıya inip midesine çöktü. Ayrıca adam güzel kokuyordu. Genç kadının parmaklarının arkadan öne doğru ilerlerken hafifçe bedenine temas etmesi adamın huzurca yerinde kıpırdanmasına ve yumuşak bir soluk koyuvermesine neden oldu. Ve Süheyla tuhaf bir şekilde bu durumdan haz aldı. Havadaki vızıltıyı sadece kendisi mi duymuştu? Emin olmak için yüzündeki ifadeye bakmayı istiyordu.

Garip durumdan kurtulmak için hızlı davranarak bedeninden uzaklaştı ve genç adamın önünde dizlerinin üstüne çöktü.

Ve Demir Bey yine o keyifli havasına dönerek, "Ne? Bana yalvarmaya mı karar verdin?" diye sordu.

Süheyla sonunda bakışlarını onun bakışlarıyla buluşturma cesaretini buldu ve tek kaşı istemsizce havaya kalktı. "Yan dönün!"

Demir Bey'in dudakları aralandı, dili hafifçe diş ve dudaklarının üzerinde gezindi ve göz kapakları yine yarıya düştü. Hareketi genç kadının sinir uçlarını oynattı ve sözlerini tekrarlayamadan Demir Bey ağır ağır, "Beni hayal kırıklığına uğrattın!" dedi. Sesinde suçlayıcı bir tını vardı. Hemen ardından bedenini hafifçe çevirdi.

Süheyla hızla ölçüyü alıp ayağa kalktı. Ölçüleri yazdığı not defterini de alarak ona arkasını döndü ve Timuçin Bey'in masasına doğru ilerledi. Adamın ölçülerinin kusursuzluğu canını sıkmıştı. Boyu çok uzun olmayabilirdi, ama bu derecede iyi bir bedene sahip olabilmek için sıkı ve disiplinli bir çalışma gerekiyordu.

"Merak ediyorsun, değil mi?" Süheyla, genç adamın renksiz bir tınıyla söylediği sözcüklerin ardından yarı yolda duraksadı ve bedenini ona çevirdi.

Sözlerinin manasını anlamamış gibi yapmadı. Genç adamın uzlaşma için hangi seçeneği sunacağını elbette merak ediyordu. "Evet?"

"Cüzdanımda ne arıyordun?"

Süheyla bir an ona baktı. Doğruyu söylerse yardım eder miydi? Adam cüzdanında gümüş kart taşıyordu ve Süheyla'nın bu karta ve kart her nereye giriyorsa oraya girmeye ihtiyacı vardı! Tüm her şeyi zihninde hayalî bir masaya yatırdı. Adamı tanımıyordu. Dengesiz ve mantıksız hareketlerinin dışında isminden ve beden ölçülerinden başka ona dair hiçbir şey bilmiyordu. Tehlike çanlarını hareket ettiren bir gizeme de sahip olduğunu kabul etmeliydi. Ve bir de arsızlığı vardı.

Gümüş kart ağızları mühürleyip insanları huzursuz ettiğine göre herkesin erişemeyeceği, ama erişebilenlerin bağlantılı olduğu bir kart olmalıydı. Süheyla, ona her şeyi anlatırdı. Adam acıklı hikâyesini dinler, ona yardım edeceğini söyler ve gerçekten de yardım ederdi.

Ya da... Adam acıklı hikâyesini dinler, ona yardım edeceğini söyler ve Süheyla safça yardım beklerken, adam zaten bir milim bile yaklaşamadığı elemanların kendinden uzağa gitmesine neden olurdu. İçlerinden birini tanıyor olması olasılıklar arasındaydı. Süheyla aptal değildi. Açıkça onları aradığını belli ediyordu, çünkü merak ya da endişenin, boğazını sıkamadığı o adamları genç kadının ayağına getirmesini umuyordu.

Süheyla karar verdi. "46 raporunuzu!"
Genç adamın cevabı yine hızlı ve netti. "O halde bir gece?"
Süheyla buz kesti. İhtimaller arsında vardı, ama o arzulanan bir kadın değildi. Onun için bu seçeneği elemişti. Düştüğü bocalamadan zevk alması umurunda değildi. Bocalıyordu! Birçok şeyi feda edebilirdi. Ama... Süheyla'nın hızlı düşünen beynine ve insanların üzerine saldığı sivri diline bir şey olmuştu. Midesinin oralarda bir yerde baş gösteren karıncalanma hoşuna gitmedi. Dizlerinin titremesi ve ayak parmaklarının kıvrılması da hoşuna gitmedi. Bu tepkilere neden olan şeyi düşünmek bile istemiyordu.

Demir Bey başını geriye atıp, omuzları sarsılarak gür bir kahkaha attı. Süheyla, yersiz kahkahasının son bulmasını beklerken ona bakmaya devam etti. Genç adam gülüşü teklerken ağır ağır ona doğru ilerledi. Ve sonunda gülüşü soldu. Doğal bir hareketle uzanıp, açık kaldığını fark etmediği çenesini iki parmağıyla yukarı ittirerek kapanmasını sağladı.

Ve yine kişisel alanını ihlal ederek yüzüne doğru eğildi. "Mekânı ben seçeceğim. Hangi gün ve saat olduğuna da ben karar vereceğim. Bir şeyler içer ve sonra sohbet ederiz. Ve belki de arkadaşlığımdan keyif alırsan, cüzdanımı neden parmakladığını da anlatabilirsin." Süheyla'nın burnunun ucuna düşmüş gözlüklerini sertçe yukarı itti. Göz kapakları da aynı anda yukarı tırmandı. Bakışlarında keskin bir kararlılıkla, "Eğer söylediğim saati bir dakika dahi geçirirsen, fotoğrafların anında Emniyet'teki arkadaşlarımın eline geçer! Ve inan bana, tolerans sahibi biri olarak anılmam," dedi.

Süheyla adamı öldürmek istiyordu. Adamın tatminlikle gevşeyen yüzünü ve üstünlük sağlayan gülüşünü yok etmek istiyordu. Belki de tüm dünya insanlığı adına iyi bir şey yapmış olur ve bunun için ödül alırdı. Adam insan sağlığına ciddi bir tehditti. Ağır ağır başını salladı. Notlarını aldığı küçük defter parmaklarının hışmına uğrarken masaya doğru ilerledi.

Demir Bey'i yanlış yorumlamıştı. Çünkü yanlış yorumlamasına izin vermişti. Sırf yüzünün alacağı şaşkın hâlden zevk almak için! Başarmıştı. Süheyla'yı belirsiz bir oyunun içine çekmeye kararlı gibi görünüyordu. Ve elinde o lanet olası fotoğraflar olduğu sürece, boynuna bağladığı urganı istediği yöne çekecekti. Ama çok beklerdi!

Not defterini masanın üzerine, gözünden çıkardığı gözlükleri de defterin üzerine fırlattı. Ardından arkasını döndü, kalçasını masaya dayadı ve kollarını göğsünde kavuşturdu. Ve gözlerini gözlerine dikti. Adam yine ellerini ceplerine sokmuş usulsüzce Süheyla'yı izliyordu.

Adama öylesine bir öfke duyuyordu ki, kendisini olduğu yerde tutmakta güçlük çekiyordu. Dişlerini aralamadan, "İşimiz bitti, Demir Bey. Değerli zamanınızdan daha fazla harcamayalım!" dedi.

Demir Bey ceketinin yanına ilerledi. Tek parmağıyla ense kısmından kaldırdı ve parmağıyla birlikte ceketi omzuna astı. Bakışları tekrar buluştu. Adamın gözlerinde derin bir merak ve yüzünde ciddi bir ifade vardı. "Gerçekten…" dedi ve kaşlarının ortası derinleşti. "Cüzdanımda ne arıyordun?"

"46 raporunuzu." Süheyla, ona daha fazlasını vermeyecekti. Zaten elinde kendisini parmağında oynatacak yeterince şey vardı.

"O hâlde kısa bir süre sonra görüşmek üzere!" Abartıyla başını eğdi, arkasını döndü ve ağır adımlarla ofisten ayrıldı.

Süheyla gözlerini sımsıkı kapadı. Dişleri sanki birbirine kaynamış gibiydi, aralamakta güçlük çekiyordu. Çene kasları ağrımış, tüm bedeni emsalsiz bir öfkenin kontrolü altına girmiş zangır zangır titriyordu. Bedeninin derinliklerinden yükselmeye devam eden öfkesi göğsünde bir homurtu olarak patladı. Öfkesini bir şekilde dışarı atmak zorundaydı. Demir Bey'in yüzünü dağıtmayı tercih ederdi, ama bu mümkün olmadığı için sımsıkı kavradığı masayı geriye doğru hızla ittirdi.

Yorgundu. Uykusuzluk beyninin burnundan akıverecekmiş gibi hissetmesine neden oluyordu. Korkunç bir baş ağrısı çekiyordu ve artık sinirlerini zımparalanmış gibi hissediyordu. O kadar kasılmıştı ki tüm bedeni sancıyordu. Gözlerini açtı. Üst üste çektiği derin solukların ardından Timuçin Bey'in bilgisayarını açmak için ilerledi.

Arama motoruna 'Demir Mızrak' ismini yazıp onayladı. Ve sayfalar dolusu bilgiyle karşı karşıya geldiğinde tek kaşı yukarı tırmandı. Bilgilerin çoğunun Demir Bey'in abisi olan ve Mızrak Şirketler Grubu'nun yönetim kurulu başkanı olan Çelik Mızrak'la - Süheyla burada isimlerin şahane uyumuna gülmek zorunda hissetti kendisini- ilgili olsa da Demir Bey için de hatırı sayılır bir bilgi girişi mevcuttu.

Demir Mızrak; Mızrak Şirketler Grubu'nun varislerinden biriydi. Sigorta, dijital platform, inşaat malzemeleri, petrol ve birçok girişimde isimleri listenin başında yer alan bir kuruluştu. Sosyal sorumluluk projeleriyle de isimlerinden sıkça söz ettirmeyi başarıyorlardı. Kısacası adamlar zengindi. Süheyla'nın bunu anlaması için bu bilgilere ihtiyacı yoktu. Demir Bey'in kıyafetinden kol saatine ve başını belaya sokan cüzdanına kadar her şey 'Ben kaliteyim' diye bağırıyordu. Ve Süheyla'nın ilgisini çeken konular değildi. Benzer bilgilerin bulunduğu sayfaları hızla geçti. Ve sonunda ilgisini çekebilecek bir şeylerle karşılaştı.

Demir Bey, otuz iki yaşındaydı. Ekonomi üzerine başarılı bir tahsil hayatı vardı ve üç dil biliyordu. Demir Bey için bulabildiği bilgiler buraya kadardı! İş konusunda başarıların tümü abisi Çelik'e aitken, Demir Bey hakkında bunların dışında tek bir bilgi yoktu. Ne özel hayatıyla ne de iş hayatıyla ilgili katıldığı davetlerin dışında herhangi bir görsel de bulabilmişti. Genç kadın dişlerini gıcırdattıktan sonra telefonun ahizesini kaldırıp bir numara tuşladı ve bir kahve istedi. Uykusuzluktan gözleri batıyordu.

Kahvesi geldiğinde ekranı kapadı ve genç kızın çıkışı ardından tekrar açtı. Ve umutsuzca bir sayfaya daha tıkladı. Gözleri okuduğu yazı başlığıyla hafifçe irileşirken, ekrana biraz daha eğildi. 'Demir Mızrak'ın şok görüntüleri!' Süheyla hızla başlığa tıkladı, ama içerik sayfadan kaldırılmıştı.

"Lanet olsun!" diye tısladı. Ekranın sağ tarafında benzer başlıklarla karşılaştığında kalbinin atışının hızlanmasını garipsedi ve başlıkları tek tek okudu.

- Demir Mızrak ortalığı yıkıp geçti!
- Demir Mızrak'tan yine olaylı gece!
- Demir Mızrak uslanmaz serseri.
- Demir Mızrak şok eden hareketlerine bir yenisini daha ekledi.
- Demir Mızrak kameramana kendi kamerasını ayaklarının altında zorla ezdirtti!

Başlıkları bulunan haberlerin içerikleri sayfalardan kaldırılmıştı. Süheyla bir kez daha lanet okurken, zihninde aniden adamın görüntüsü belirdi. Onunla eğlenen yüzü, alaycı ve aynı zamanda buz gibi bakışları... Süheyla zihninde beliren görüntünün üzerine koca bir çarpı işareti çizdi. Yaşanılan olayların haberlerinin yüklendiği tarihler yedi-sekiz yıl öncesine aitti. Ve sonra adam hakkında katıldığı davetler dışında tek bir bilgi yoktu.

Başarılı bir tahsil hayatının ardından deliliğe vurulmuş kısa bir zaman dilimi ve ardından derin bir sessizlik... Süheyla ister istemez hikâyesini merak etti. Görsellerde aylakça gezinirken adamın özel hayatına dair tek bir işarete rastlamadığı gibi hiçbir davette yanında bir kadınla da çekilmiş fotoğrafı yoktu. Sağlıklı bir görüntüsü vardı. Eh, yakışıklı da sayılırdı ve kusursuz bir fiziğe sahip olan bu adam ayrıca zengindi. Böyle bir adamın yanında neden hiç kadın olmazdı? Süheyla adamın deli olduğunu düşünüyordu, ama bunu göz ardı edecek onlarca kadın olduğunu da iyi biliyordu. Ve eğer böyle bir adam gümüş kart zımbırtısına sahipse, açtığı kapıların ardında elit tabaka olmalıydı. *Kahretsin!* Ayrıca kart insanları huzursuz ediyordu. Neden?

Süheyla bilmiyordu. Ama öğrenecekti. Arama geçmişini silip bilgisayarı kapadı. Timuçin Bey'e zarardan başka bir şey getirmiyordu, ama adam onu hâlâ sevmeye devam ediyordu. Bu, tüm yorgunluğuna, çamura batmışlığına ve öfkesine rağmen yüzüne keyifli bir gülümsenin yayılmasına neden oldu. Ilık hissettiren bir his bedenini şöyle bir yoklarken, atölye çalışanlarını kontrol etmek için ofisten ayrıldı.

Demir, aracını birkaç saat önce ayrıldığı garaja tekrar park etti. Başını hafifçe sola çevirdiğinde boynunun tutulma ihtimali olmadan moda evinin binasının giriş kapısını rahatlıkla gözetleyebiliyordu. Bir dizini kaldırıp direksiyona dayadı ve kollarını göğsünde kavuşturdu. Öğlene kadar uyuduğu günlerden birinde olmayı dilerdi, çünkü uykusuzluk gözlerinin ağırlaşmasına ve bedeninin gevşemesine neden oluyordu.

Rekor sayılabilecek bir sürede iki toplantıya girmiş, banyo yapıp üzerini değiştirmiş ve kendini moda evine giden güzergâh üzerinde hızla yol alırken bulmuştu. Daha onun yanından ayrılmadan bile tekrar geleceğini biliyordu. Gün içerisinde fotoğraflarına her bakışında bu istek onu resmen çimdiklemişti. Ve işte burada, filmli camları olan bir arabanın içinde Süheyla Hanım'ın çıkışını bekliyordu. Ne kadın ama!

Onun çıkışını kaçırmadığını umuyordu. Alacakaranlık bile şehrin üzerine henüz çökmüştü. Ve gelebildiği kadar erken gelmişti. Tüm bu hızlı tempoya ve evet, kadının onun cüzdanını karıştırmış olması gerçeğine rağmen keyifli hissediyordu. Hayatı o kadar tekdüze ve sıkıcı bir hale gelmişti ki, farklılık -belki de altından iyi bir şeyler de çıkmayacaktı- iyi gelmişti. Adrenalin tutkunu bir adam için bu kadar sıradan bir hayat sürmek; içinde biriken enerjinin bir yerde bomba gibi patlayacağı hissini veriyordu.

Gün içerisinde boşta kaldığı her an kadının fotoğraflarını tek tek incelemişti. Ve kadının parasıyla ilgilenmediğinden emindi. Bu da onları hızla daha büyük bir açmazın içine çekiyordu. Çünkü kadının araştırdığı şey hakkında bilgi vermeye niyeti yoktu. Tüm kartvizitlerin yere saçıldığı anda kadının yüzüne dikkat etmiş olmayı dilerdi. Eğer dikkat etseydi, onu böylesine cesur bir harekette bulunmaya iten şeyin ne olduğa dair bir tahmin yürütebilirdi. Demir de kendi cüzdanını defalarca karıştırmasına rağmen onun ilgisini neyin çektiği hakkında en ufak bir fikre sahip değildi. Her neyse... Öğrenmeye niyetliydi.

Ne tuhaf bir kadındı. Sıradan bir görünümün altında sıra dışı bir yaratık vardı. Açık sözlülüğü, tahmin edilemez yanı, sivri dili ve hazır cevaplılığı insanın tenini karıncalandırıyordu. Demir, onun da açıldıkça matruşka bebekleri gibi içinden farklı bir kadın çıkacağına inanmaya başlamıştı. Kendi kendine sırıttı. Özellikle belirsiz bir tınıyla ve her yöne çekilebilecek bir kelime seçimiyle, 'Bir gece?' diye sormuştu. Yüzünde beliriveren o şok ifadesinin yerini o an hiçbir şeye değişmezdi. Demir kendini onunla yarışıyor gibi hissetmekten alamıyordu. Ve üstünlüğün elinde oluşundan büyük bir keyif alıyordu. Demir'in onu yatağına almak gibi bir niyeti yoktu. Tıpkı başka kimseyi almaya niyeti olmadığı gibi, ama onun yüzünün aldığı hali görmeye değerdi.

Genç adamın yüzündeki keyifli ifade aniden soldu. Kendini de şoka sokmuştu. Tepkilerine ve arzularına gem vurabilmeyi yıllar önce büyük bir savaş vererek öğrenmişti. Çetin bir savaştı ve sağ çıktığına hâlâ inanamıyordu. İnsan beyni garip bir şeydi. Tek bir gecede, tek bir hadiseyle akıl sağlığı dengesizleşirken, bir başka gece ve bir başka hadiseyle aslında kaybetme ve iyileştirme gücünün o beynin içindeki odacıkların birinde olduğunu bilmek tuhaftı. tabii delilik mi, gerçeklik mi diye sorsalar Demir, deliliği seçerdi. Çünkü acı çekmekten nefret ediyordu. Çünkü gerçeklerden kaçmak zordu. Çünkü gerçekler gerçekten acıydı.

Demir, zihninin ve bedeninin üzerinde kurduğu hâkimiyeti sıkıcı görüntüsü olan bir kadının çatlatmasına ister istemez öfkelenmişti. Ve kendini mayın tarlasının ortasında yürüyormuş gibi hissetmişti. Parmakları -gömleğinin üzerinden de olsa- bedeniyle küçük bir temas haline girdiğinde kadını tutup kendinden uzağa fırlatmamak için zihninin içinde tuğladan duvarlar örmeye başlamıştı. Ve ördüğü duvarın sıvasını yaparken, Süheyla kokusunu da alıp ondan uzaklaştığında derin bir nefes almıştı.

Gözlerini moda evinin binasının çıkış kapısından ayırmadan cebinden çikolata aromalı sigara paketini çıkardı. Ve içinden bir tane alıp hızla yaktı. Her gün kendine sadece bir dal sigara için izin verebiliyordu. Ve lanet olsun ki tadı iğrençti! Gerçek bir sigaranın yerini asla tutmazdı ve gerçek bir sigara içmeyeli uzun zaman olmuştu. Özlemini çekmesi bir şeyi değiştirmiyordu. Ölülerin ardından da büyük bir özlem duyulurdu, ama gidenin geri döndüğü daha görülmemişti. Alkol ve sigara hem çok sıkı iki dost hem de azılı birer düşmandı. Eğer bir odanın içinde elleri kelepçeli yaşamak istemiyorsa -abisi aynı hataya düştüğünde bunu yapmaktan çekinmeyecekti- bu iki dostundan uzak kalmalıydı. Çikolata aromalı sigara ise bildiğin fahişeydi!

Demir sıkıntıyla bina kapısına baktı. Giden gelen olmadığı gibi havanın kararması da görüşünün kısıtlanmasına neden oluyordu. Dakikalar sonra kapıdaki hareketlilikle oturduğu yerde dikleşti. Her çıkanın ardından kapının üzerindeki ışığın yanmasına minnet duydu. Birkaç çalışan arka arkaya çıktı, ama içlerinden hiçbiri Süheyla değildi. Ve sonra tek bir kadının ardından bir ordu çıktı, ama yine içlerinde Süheyla yoktu. Demir, yanına gidip neden dışarı çıkmakta geciktiğini sormamak için kendini olduğu yerde zapt etmeye çalışırken neredeyse gece yarısına gelmişti. Sonunda bina kapısı tekrar açıldı ve dışarıya bir kadın daha çıktı.

Demir atışlarının hızlandığını fark etmediği kalbini içinden azarlarken, dikkatle kadını inceliyordu. Düz saçları, abartılı kıyafetleri ve diz kapaklarının üzerindeki sivri topuklu çizmeleriyle gayet seksi, Süheyla olamayacak kadar ilgi çekici ve alımlı bir kadındı. Müşterilerden biri olmalıydı. Ve muhtemelen Süheyla bu bombayla ilgilenebilmek için gecenin bu saatine kadar ofiste kalmıştı. Derinlerde bir yerde bu duruma -muhtemelen zayıfı güçlüye karşı koruma için duyulan o köklü dürtü- içten içe sinirlenmişti.

Demir, kendisine onu beklemek için bir on beş dakika daha verdi. Zamanın geçmesini beklerken karnının gurultusu arabanın içindeki sessizliği rahatsız edici bir şekilde dağıtıyordu. On beş dakikanın sonunda derin bir nefes aldı ve hâlâ ortalarda görünmeyen kadına içten içe öfkelenerek aracın kapısını açtı. Aynı anda telefonu çaldı ve Demir alçak sesle homurdandı. Telefonunu çıkarıp ekranda yazan ismi görünce yüzünü buruşturdu.

Öfke, sesinin her katmanına sızmak isterken ve o dişlerini sıkarak bunu kontrol altına almaya çalışırken cevap verdi. "Alo?"

"Lanet olası bir moda evinin önünde saatlerdir ne arıyorsun?"

Demir, sözleri üzerine dikiz aynasından karanlık geceye ve gecenin içinde siyah siluetlere bakarak yüzünü buruşturdu.

# Bölüm 4

Genç kadın hafifçe sendeleyerek bar taburesine doğru ilerledi. Yalpalayarak giden adımları ve tek parmağıyla ensesine astığı yapay kürkünün, ayaklarının hemen dibinde yerleri süpürerek gitmesi sürekli takılmasına neden oluyordu. Sonunda tabureye ulaştığında rahat bir nefes aldı. Yüksek tabureye ilk oturma denemesinde başarısız oldu. Son anda parmaklarının tabureyi sıkıca kavraması onu poposunun üzerine sert bir düşüşten kurtardı. Küçük düşürücü hareketlerinde çok eğlenceli bir şeyler bulmuş gibi etrafta bulunan tüm insanların dikkatini çekecek kadar çılgın bir kahkaha attı.

Aslında her şeyin net olarak farkındaydı. İki gencin masalarından kalkarken birbirlerini dürtüp onu işaret etmelerinin ve adımlarının onları kendisine getirmesinin, yüzünü buruşturan bir kadının gözlerini ona dikerek 'Cık cık'lamasının, barmenin ona acımayla karışık eğlenceli bir ifadeyle bakışının... Her şeyin farkındaydı.

Sonunda tabureye oturmayı başardı ve alnını sertçe bar tezgâhına dayadı. "Bana bir bira!" diye bağırdı. Kafasını kaldırdığında göz göze geldiği barmen, ona tek kaşını kaldırmış, 'Emin misin?' der gibi bakıyordu.

Süheyla başını iki yana salladığında saçları yüzünü süpürüp geçti ve burnunu gıdıkladı. Abartılı bir görgüsüzlükle ve dili dolanarak, "Sağır mı oldun, Barış?" diye gürledi.

Barış hafifçe güldü. "Dün gece seni göremeyince bizden sıkıldığını düşündüm." Soluk mavi gözlerinde bariz bir ilgi, merak ve... Ve çözemediği bir şeyler vardı.

Süheyla'nın bu bara dördüncü gelişiydi. İzlediği yol buydu. İlk gelişinde; sivri dili ve müstehcen kelimelerini salıp, bar çalışanları ve müşterilerin ilgisini çekmişti. Ardından hayalî hikâyelerini gerçekmiş gibi anlatırken insanları eğlendirmiş, ona ilgi duyanların kurlarına karşılık vermiş fakat geceyi tek başına noktalamıştı.

İkinci gelişinde; yine hayalî hayat hikâyesini dramatik bir tavır ve sesle anlatmış -keşke ağlayabilmeyi biraz becerebilseydi!- insanların vicdanlarına ve duygularına yumuşak bir dokunuş yapmıştı. Bir demagog gibi demagojinin dibine vurmuş, insanların içlerinde biriktirdikleri isyan dolu sözcüklerin dudaklardan özgürce çıkmasına yol açmış, sempatilerini kazanmıştı.

Üçüncü gelişinde; sanki bar çalışanlarını yıllardır tanıyormuş gibi hepsiyle tek tek ilgilenmiş, kısa muhabbet ortamına çekmiş ve 'ah' çekenlerin dertlerine ortak olmuştu.

Ama asıl ilgilendiği daimi müşterilerdi. Yolu bir kez düşecek insanlarla işi yoktu. Daimi müşteriler neredeyse herkesi tanırlar, barın müdavimlerini de, yabacıları da ismen -ya da lakaplarıyla- bilirler ve yaşanan ilgi çekici olayları hafızalarına kazırlardı. Çünkü her gün orada takıldıklarına göre hayatlarında yüksek tansiyona neden olacak çok fazla durumla karşılaşmazlardı. Süheyla dördüncü gün yine bir hikâye uydurdu, ama bu defa isim vererek yüzlerde isme verilen tepkileri dikkatle inceledi.

Süheyla sarhoş değildi. Hiç olmamıştı. Ama bir sarhoş gibi gözlerini devirdi, güldü ve abartıyla dudaklarını büzdü. "Aşk olsun, şeker! Ben o kadar vefasız mıyım?" Kelimeleri yayarak ve peltekçe konuşuyordu.

Genç adama kirpiklerinin altından baktı ve birkaç kez göz kapaklarını açıp kapadı. Göz kırpıştırmanın bu kadar emek isteyen bir iş olduğunu tahmin edememişti. Ve bunu kusursuzca yapabilen kızlar kesinlikle hayranlığını kazanmıştı. Çapkın bir gülümseme dudaklarına yayıldıktan hemen sonra dudaklarını yaladı. "Dün gece meşguldüm." Göz kırptı. "Anlarsın ya!"

Barmen Barış, genç kadının birasını büyük bir bardağa doldurduktan sonra döndü. Yüzüne keyifli ve büyük bir gülümseme yayıldı. "Demek seni benden önce tavladılar?" Abartılı bir hüsran ifadesi serbestçe yüzüne yayıldı.

"Beni tavlamak mı istiyordun?" Genç kadın duraksayıp şuh bir kahkaha attı. "Hiç farkında değildim."

Biraz önce masalarından kalkıp iki yanındaki taburelere yerleşen iki genç -barım müdavimleri- barın üzerinden eğilerek birbirlerine bakıp sırıttılar. Biri -sağında oturan gözlüklü- derin bir iç çekti. "Ne yani, bizde mi treni kaçırdık?" Sesinde pişmanlık dolu bir tını vardı.

Süheyla ağır ağır başını çevirdi ve işaret parmağını genç adamın göğsüne doğrulttu. "Sen," dedi. Ardından işaret parmağının yönü barmeni buldu. "Sen," dedi ve diğer gence döndü. "Ve sen!" dedi. Ardından gelen abartılı bir iç çekti. "Günlerdir layıkıyla bu treni," işaret parmağı bu defa kendi göğsünü buldu. "aval aval izlediniz!" Omuzlarını silkti. "Atı alan dünya turu yaptı be!"

Gençler gür kahkahalarıyla bulundukları alanı inlettiler. Barmen Barış boğuk bir tonla, "O zaman bu üç öküz affına sığınıyor!" dedi. Beklenti dolu gözleri genç kadının gözlerine takılıp kaldı.

Süheyla şımarık bir tavırla dudaklarını büzdü. "Bilemiyorum," diye mırıldandı. "Sizi affetmeli miyim acaba?"

Göz süzme üzerine çok çalışmıştı. İlk denemelerini ayna karşısında yapmıştı ve kendini göz süzerken gördüğünde aklına ilk gelen düşünce erkek olsaydı, bu görüntü karşısında arkasına bakmadan kaçağı olmuştu. Ama artık bu konuda ilerleme kaydettiği söylenebilirdi.

Genç kadın hıçkırdı ve elinin tersiyle ağzını sildi. Gözlerini kaldırdığında karışık duygularla kararmış gözlerle karşılaştı. Barış, "Bence affetmelisin ki bir gece önceyi zihninden silebileceğimizi sana kanıtlayalım!" dedi. Sesinin katmanlarında belirgin bir heyecan dalgası olmasına rağmen, giderek daha da kalınlaşıyordu.

Genç kadının gözü seğirdi. Tiksintiyle yüzünü buruşturmamak için ifadesini sabit tutmaya çalışsa da her bir kası ayrı oynamaya başladı. Dili iyi olmayan kelimeleri haykırmak için tetikte bekliyordu ve genç kadın dilini dişlerinin arasında sıkıştırarak zapt altına almaya çalıştı.

Barmen pisliği çoğul konuşuyordu! Nasıl bir beyin taşıyorlardı? Hangi mide, hayalinde kurduğu sapkın zevkleri kaldırabilirdi? Ve bu adamlar kendilerine gerçekten adam mı diyorlardı? Yüzeye çıkan öfkesini bastırarak zorlukla kahkaha attı. "Çok yaramazsınız!" Kelimelerinin çok keskin ve net çıkması üzerine dişlerini sıktı. Ve yine peltekçe konuşmasına devam etti. "Zaten bir gece önce de sanki bir değil, iki kişinin yatağındaydım." Kaşlar merakla havaya tırmanırken üç gencin gözü birbirini buldu. "Ay, o ne gevezelikti öyle? Sakal da sakal! Sakal da sakal! Tamam. Sakal, iyi hoş çocuktu da… Bizim aramızda ne işi vardı?" Bir eli birasına uzanırken ve homurdanmaya devam ederken gözleri yüzlerde oluşan tepkileri dikkatle inceliyordu. İfadelerde sadece basit bir merak ve eğlence vardı. Lakaba karşı bir tepki vermediklerine göre aralarında onu tanıyan yoktu. İlgilerini bile çekmemişti. Onlar için herhangi bir isimden başka bir şey değildi. Aşına olduğu hayal kırıklığı onu tekrar yoklarken, konuşmayı kısa tutmaya karar verdi. Dudakları keyifsizce sözlerine devam etmek için aralandı, ama Barış bir müşteriye bakmak için yanlarından çok kısa bir an ayrıldığında birasından küçük bir yudum daha aldı.

Barış, elinde kurulamak için bir bardak ve bezle döndüğünde, "Sakalın sevmediğim tek şeyi, boynundaki Azrail dövmesi! Hoş da… Bari doğru düzgün bir yerde yaptırsaymış," dedi.

Gözleri kuruladığı bardakta olan, ama ilgiyle genç kadını dinleyen Barış'ın başı aniden yukarı kalktı. "Azrail dövmesi mi?"

Tepki aniydi. Barış'ın gözlerindeki bilgi kırıntılarını net olarak görüyordu. Heyecan ve bilgi alabilme hırsı genç kadını adamın yakasına sarılmaya itse de kendini oturduğu yerde kalmaya zorladı. Kalbi olağan hızının çok üzerinde atarken hafifçe yutkunup dudaklarını yaladı ve ardından sesinin titrememesi için bir iki kez hızla nefes aldı. "Evet. Hani sadece pelerin başı ve orak olan! Tamam, şekil güzel de… Sanki kodeste yapılmış gibi.

Çirkin yani!" Süheyla hoşnutsuzlukla yüzünü buruşturdu. "Göz zevkimi bozuyor," diye sözlerini şımarık bir edayla bitirdi.

Barış'ın kafası karışık görünüyordu. Süheyla, tepkilerini kaçırmamak için yüzüne öyle bir kilitlenmişti ki, yanındaki iki genci unutmuştu. Birinin eli diz kapağının üzerine yumuşak bir dokunuşla kondu ve orada kaldı. Genç kadın bacağının üstündeki eli alıp kırma isteğiyle dolup taşarken başını hafifçe gence çevirdi ve gülümsedi. Ve adamın eli yerini sevmiş gibi dokunduğu yerde durmaya devam etti. *Lanet olsun!*

"Öyle dövmesi olan tek bir kişiyi tanıyorum. Ona da sakal dendiğini hiç duymadım." Kayıtsız bir tavırla gözlerini, Süheyla'nın sağ tarafında bulunan gence dikti. "Şey vardı ya? Hani? Yavuz! Onda vardı öyle bir dövme." Birbirine örtüşmeyen isimler yüzünden kafası hâlâ karışıkmış gibi kaşlarının ortası derinleşti ve düşünürken çenesini kaşıdı.

Sağ taraftaki genç kıkırdadı. "Aynen! Onunki de çirkindi." Ve parmakları hafifçe genç kadının dizinde hareketlenmeye başladı.

Genç kadın öfkesine ve eline koluna aynı anda sahip çıkabilmek için tüm kaslarını gerdi ve dişlerini sıktı. "Kim bu Yavuz?" diye sordu yumuşak olduğunu umduğu bir tınıyla.

Barış kayıtsızca omuz silkti. "Salla gitsin! Salağın tekiydi. Artık takılmıyor buralarda, daha büyük yerlerde takılacağını söyleyip duruyordu," dedi ve gözlerini kısıp genç kadına baktı. Herhalde böylesine komik bir bakışın kadınların üzerinde etkili olduğunu düşünüyordu. Ama kabuğundan yeni çıkan şaşkın bir civcivden farksızdı. Barış boğazını temizledi ve gırtlaktan çıkardığı boğuluyormuş gibi bir sesle, "Biz ilgini çekmiyor muyuz?" diye sordu.

Süheyla, konunun ilgisini çektiğini belli etmeden ağızlardan daha fazla nasıl bilgi alabileceğini düşündü. Aklına bir şey gelmedi. Adamların derdiyle onun derdi arasından bir milyon yıl kadar fark vardı. Birasını kafasına dikti ve doğruldu. Dudaklarından bir 'Cık' sesi yükseldi. "Çekmediniz!" dedi ve yine sendeleyerek bardan ayrıldı.

Yüksek topuklu ayakkabı giymekten nefret ediyordu. Ama yüksek topuklu çizme giymenin avantajları vardı. Çantasına saklayamadığı kelebek çakısı için mükemmel bir zulaydı. Arkasından gelen olup olmadığına bakmak için başını arkaya çevirip barın giriş kapısına baktı. Kimse yoktu.

Zihninin içindeki kakafonik seslere yolun karşısındaki taksi durağına varana kadar aldırmamaya çalıştı. Nefesi boğazında bir engel varmış gibi tıkanıyor, ellerinin titremesine engel olamıyordu. Hızlı adımları durağa yaklaşırken açık havada tavla oynayan, gülüşen şoförlerden biri onu fark etti ve bir eliyle diğerlerinden birinin omzuna hafifçe vurup bir şeyler mırıldandı. Ardından Süheyla'ya, "Sıradaki ilk araç, hanımefendi!" dedi. Bir yandan eliyle sıra sıra dizilmiş olan taksileri işaret ediyordu.

Şoförle aynı anda yanına vardıkları aracın kapılarını açıp bindiler. Şoför motoru çalıştırırken, "Nereye, hanımefendi?" diye sordu ve gözleri dikiz aynasında buluştu.

Süheyla, çantasını dizlerinin üzerine yerleştirirken, "Hiçbir yere," diye kayıtsızca cevap verdi. "Burada beklemem gerekiyor. Ne kadar olduğunu bilmiyorum, ama dört saatlik kadar bir ücret söylersen öderim."

Adam şaşkınlıkla ona dikiz aynasından baktı. Ardından başını çevirip arkaya, doğrudan gözlerinin içine baktı. Kaşları hafifçe çatılırken kısa bir an düşündü ve ardından omuz silkip başını çevirdi. "Nasıl isterseniz," diye mırıldandı.

Süheyla, adamın dört saate biçtiği değeri ödedikten sonra şoför araçtan indi ve genç kadını onu sıkıştıran hisleriyle baş başa bıraktı. Genç kadın sadece birkaç saniye dinlendirmek için gözlerini kapadı ve başını arkaya yaslayıp derin nefesler aldı. Açtığında başını çevirdi ve gözlerini bar kapısına dikti.

Atölye çalışanlarını kontrol ettikten sonra ofisteki kanepenin üzerinde bir-iki saat kadar uyuması bedeninin uyku ihtiyacını gidermemişti. Üstelik Demir Bey zihnini ve ruhunu o kadar yormuştu ki tüm kasları ağrıyordu. Yüzünü buruşturdu. Adamı ve onunla geçireceği geceyi düşünmeyi bırakmalıydı. Zaten yıpranmış olan sinirlerini daha fazla zorlamaya gerek yoktu.

Gözlerini giriş kapısından ayırmazken, onlarca kelime, soru ve hipotez zihnine hücum etti. Eğer Yavuz denilen adam onun aradığı adamsa lakabı konusunda yalan söylemişti. Belki işi konusunda da yalan söylemişti. Belki Cüce'nin lakabı da gerçekten Cüce değildi. Birkaç gece önce yaşadığı ironik talihsizliği düşündüğünde, belki de Cüce denilen adamın boyu yüzünden -eğer bir lakabı varsa tabii- lakabı Uzun da olabilirdi. Süheyla her şeyi beyninde öyle çok evirip çeviriyor ve eğip büküyordu ki, ayrıntıların ve ihtimallerin arasında boğulmuştu. Ama denemek zorundaydı. Saçma sapan gibi görünse de aklına gelen her ayrıntı onun için bir umut, tutunup peşinden gideceği başka bir daldı.

Belki Yavuz'un aradığı adam olma ihtimali okyanusta bir damlaydı ve yine de bunu denemek zorundaydı. Ama eğer tahmininde yanılmıyorsa en başından beri adamların niyeti onu öldürmekti. Niye? Peki, Umur bunu hiç düşünmemiş miydi? Kardeşinin ismini düşünmek kalbinin alev almış gibi yanmasına neden oldu. Gözlerini kısa bir an kapadı ve burnunun sızısı geçene kadar açmadı.

Tekrar açtığında yanağından süzülen bir damla yaşı elinin tersiyle hırsla sildi. Ağlayabilmeyi çoğu kez dilemişti. Bu içindeki zehrin birazını dışarı akıtmasına neden olurdu, ama bu konuda beceriksizdi.

İki adam İstanbul'dan çıkıp geliyorlardı ve dünya üzerinde sanki Umur'dan başkası yokmuş gibi onunla paralı bir işe girmek istemişlerdi. Nerede karşılaşmışlardı? Umur'u nasıl kandırmışlardı? Yaptıkları ya da yapacaklarını söyledikleri iş neydi? Umur'un para kazandığını sanmıyordu. Son zamanlarda yaptığı tek harcama telefonunu değiştirmek olmuştu.

Çok fazla soru vardı, ama hiç cevap yoktu. Ortada gerçekten işine yarabilecek bir bilgi edineceği tek materyal; Gümüş karttı. Ve o da asla yan yana gelmek istemediği bir adamın cüzdanında mevcuttu. Adamdan korkmuyordu, ama dengesizlik iyi bir huy değildi. Süheyla yine düşüncelerinin ona kaydığını fark ettiğinde öfkeli bir homurtu göğsünde titredi. Dikkatini barın giriş kapısına yoğunlaştırmaya çalıştı.

Dışarı seyrek çıkan insanları dikkatle izliyordu, ama onun beklediği kişi henüz çıkmamıştı. Sorun değildi. Bar yavaş yavaş dağılıyordu. Eğer çıkmazsa genç kadın içeriye paldır küldür dalmayı da göze almıştı.

Araca binişinin ardından tam iki saat on yedi dakika geçmişti ki, sonunda Barış kafasına taktığı bereyle barın kapısında göründü. Genç kadın aracın kapı mandalına elini uzatırken, Barış'ın ardından biri daha çıktı. Süheyla, arkadan gelen genci garsonlardan birine benzetti. Barış'tan bir kafa boyu daha kısaydı. Genç kadın değer biçer gibi ikisini de inceledi ve haklayabileceğinden emin olduktan sonra hızla araçtan indi. Ve sivri topukları zeminle buluştuğunda lanet okudu. Topuklu ayakkabılarla sadece filmlerde dövüşülürdü. Süheyla hızla ilerlerken, gençler barın on-on beş metre uzağındaki bir sokağa hızlı bir dönüş yaptılar. Hava insanın içini titretmeye yetecek kadar soğuktu, ama Süheyla ayak bileklerinden başlayan ve aylakça yukarıya tırmanan bir öfke ateşiyle sarmalanıyordu.

Genç kadın telaşı fark edilmeyecek şekilde tempolu yürüyordu. Gözlerini önünde ilerleyen gençlerden de bir saniye olsun ayırmamıştı. Kısa bir an durakladıklarında kendi adımları da durdu. Onu fark edebilirlerdi, ama hareket halinde olduğu zaman...

Hızla tokalaşıp, kafalarını tokuşturdular. Süheyla homurdandı. Bu hareketi yapan gençleri çoğu kez görmüş ve anlam verememişti. Tıpkı genç kızların birbirleriyle karşılaştıklarında yanlarında bir adam öldürülüyormuş gibi ciyaklamalarına anlam veremediği gibi...

Garson olduğunu düşündüğü genç sol tarafında kalan sokağa saptı. Ve bingo! Barış, sokaktan aşağıya yalnız yürümeye devam etti. Süheyla da onun peşinden ilerledi. Adımları her saniyede aradaki mesafeyi kapatırken, duraksamadan eğildi ve kelebek çakısının yanındaki muştasını alıp parmaklarına geçirdi.

Dövüşmeyi biliyor olması, cesaretini asla körleştirmemişti. Bir kadının ve erkeğin arasındaki o ham gücün farkını biliyordu. Elbette hepsi aynı değildi, ama bazen sıska ve çelimsiz görünen bir erkeğin içinde barındırdığı güç şaşırtıcıydı.

Barmen Barış da hatırı sayılır derecede güçlü görünüyordu. Süheyla, soğuk ve ağır muştayı parmaklarına tamamen yerleştirdiğinde barmenin sekiz adım kadar arkasında ilerliyordu. Barış gayriihtiyarı başını arkaya çevirdi. Tekrar önüne bakarken yarı yolda duraksadı ve bedeniyle birlikte tamamen arkaya döndü. Ve adımları durdu.

Süheyla kısa sürede etkili bir sonuç alabilmek için tehdit kısmını atladı. Barış'ın iki adım önündeyken duraksamadan sırıtan yüzüne doğru hamle yaptı. Genç adam aniden gelen darbeyle afallayıp, gözleri yuvalarından çıkarken, çenesinden gelen çatırdamayla acı içinde inledi. Arkaya doğru savrulurken, Süheyla onu montundan kavrayıp hızla kendine çekti. Ve kıvrak bir hamleyle bedeninin arkasına geçti. Aynı anda dizlerinin arkasına yaptığı kısa bir hamleyle Barış'a diz çöktürerek saçlarını sıkıca kavradı.

"Şimdi!" dedi kontrollü bir tonlamayla. "Sana neler olabileceğini anladığına ve ciddiyetimi sınama işini geride bıraktığımıza göre soruma tek seferde doğru bir cevap bekliyorum."

Barış'ın dudakları aralandı. İri gözleri genç kadının gözlerine kilitlenmişken ağzı genişçe açıldı, ama kekelemekten başka hiçbir şey dudaklarından dökülmedi. Sorun değildi. Henüz sorusunu sormamıştı.

Sokağın başında bir hareketlilik olduğunu fark ettiğinde başını hızla kaldırdı. Bir erkek diğeri kadın iki kişi hızla sokağa girmişler, onlara doğru ilerliyorlardı. Gölgelerin arasında Barış'ı ve Süheyla'yı fark ettiklerinde adımları önce yavaşladı ardından durdu. Kısa bir duraksamanın ardından sözsüz bir anlaşmayla tekrar geriye döndüler ve yollarına devam edip gözden kayboldular.

Genç kadın onların polise ihbarda bulunmaları ihtimalini göz önüne alarak, Barış'a doğru eğildi. "Şimdi bana cevap vermen için yalnızca bir dakikan var! Yavuz'u nerede bulurum?"

Korkunun şirazesini kaydırdığı algısı, genç kadının sözlerinin hiçbirini kavrayamamasına neden oldu. "Ki...kim?"

"Yavuz! Azrail dövmesi olan... Birkaç saat önce sohbetini ediyorduk."

Barış'ın yüzündeki korku, afallama ve endişe ifadesi birkaç saniyeliğine yerini kafa karışıklığına bıraktı. Gözleri onun gözlerinden uzağa kaydı ve saniyeler sonra tekrar gözlerini buldu.

"Sakal dediğin mi, abla?" Süheyla göğsünde oynaşan kahkahayı bastırdı. Sadece birkaç saat önce, yatağına almak istediği kadına ahlaksız tekliflerde bulunurken ses tonu hiç de böylesine saygı dolu çıkmamıştı. Ve ona abla demişti! Süheyla zaman kaybetmemek için sertçe başını salladı.

"Bi...bilmiyorum." Ağlamaklı bir ifadeyle dudaklarını büzdü. "Ben onu pek tanımam. Son zamanlarda vurgun yapmaktan, parayı bulmaktan bahsediyordu." Burnunu çekti ve hıçkırdı. "Ne yaptıysa benim alakam yok. Vallahi! Tanımam bile onu."

"Yavuz'un otoparkı neredeydi?"

"Yok, öyle otopark değildi. Sokak aralarında araçlarını kaldırıma park eden insanlardan zorla ücret alırlardı. Millet arkalarından beddua ederdi."

"Evinin nerede olduğunu biliyor musun? Semt olarak da olsa? Belki bahsi geçmiştir..."

"Acıbadem'de oturduğunu söylemişti." Aklına bir şey gelmiş gibi kaşları derinleşti ve ardından gözleri fincan altlığı kadar büyüdü. "Minibüs şoförü olan bir abisi var. Adı da... Neydi? Şey... Yıldıray!"

Süheyla, Barış'ın üzerine biraz daha eğildi. "Senin adresini biliyorum. Nereye gider, ne yer, ne içersin biliyorum! Eğer beni yanıltıyorsan; seni bulurum."

Barış başını korkuyla iki yana sallamaya başladı. "Hayır. Hayır. Ne biliyorsam söyledim."

Süheyla, onu bıraktı ve hızla sokağın başına doğru ilerledi. Adresini bildiği filan yoktu, ama korku zihnini öylesine körelmişti ki Barış'ın bunu anlamasına imkân yoktu. Genç kadının listesine yeni isimler ve mekânlar eklenmişti. Belki altı boştu. Bu kazısından da bir şey elde edemeyecekti. Ama en azından belirli bir şeylerin peşinden gidecekti.

Umudun içinde yeniden filizlenmesiyle derin bir iç çekti ve iyi bir uykunun hayaliyle moda evinin yolunu tuttu.

Süheyla aylık raporları, müşterilerin prova çizelgelerini ve randevu saatlerini düzenlemeye çalışırken, Timuçin Bey'in masasındaki sabit hattın telefonu çaldı. Gözlerini çizelgeden ayırmadan -Timuçin Bey asla bu işi başkalarına bırakmazdı- telefona uzandı ve ahizeyi kaldırıp kulağına dayadı.

"Evet?"

"Süheyla Hanım, sizi bir bey arıyor. Acilmiş!"

"Bağlayın," dedi ve kaşları hafifçe derinleşti. Kumaşçı olabilir miydi?

"Selam."

Hattın diğer ucundaki ses, hafızasındaki bir noktaya yumuşak bir dokunuş yaptı. Ama uykulu ve boğuk geldiği için sesin sahibini hatırlayamadı. "Kiminle görüşüyorum?"

"Çok kırıldım! Dünya üzerinde duyabileceğin en seksi seslerden birine sahibim." Süheyla bu noktada sesin sahibini hatırladı ve dişleri gıcırdadı. "Dizlerinin titremesinden anlaman gerekiyordu. Ve sen beni hatırlamıyorsun!"

"Demir Bey!"

"Bingoooo!"

"Boğazında kurbağa besliyormuş gibi konuşan sadece sizi hatırlayabildim."

Süheyla, Demir Bey gür bir kahkaha attığında ahizeyi kulağından uzağa götürmek zorunda kaldı. "Sabah şekeri gibisin! Tadından yenmiyor..."

Süheyla, onun hoş! sohbetini dinlemeye niyetli değildi. "Ne istiyorsunuz, Demir Bey?"

"Cep telefonunun numarasını!"

"Cep telefonu kullanmıyorum."

Aynı anda cep telefonunun melodisi sabit telefonun yanından bir yerlerden yükseldi. Genç kadın ısrarla çalan telefona öfkeli bir bakış attı.

Demir Bey, "Bu da zaten tren düdüğü, değil mi?" diye araya girdi.

Süheyla arayanın annesi olduğunu düşünüp zamanlamasına lanetler okurken cevap verdi. "Evet. Moda evinin arkasında bir istasyon var."

Demir Bey'in keyifli ve yumuşak gülüşü genç kadının kulaklarını doldururken, telefonuna uzandı ve yabancı bir numaranın görüntülü aramasıyla karşılaştı. Beyninde bir şeyler titreşir, anlam kazanır ve kaşları çatılıp uçları birbiriyle öpüşürken, dilinin ucuna kadar gelen sert bir küfrü dudaklarını bastırarak yakaladı. Başparmağı aramayı meşgule almak için ekrana uzanırken Demir Bey'in sesi duyuldu. "Bana sorarsan açmalısın! Arkadaş ısrarcı görünüyor." Genç adamın sesi buyurgandı.

Genç kadın, "Lanet olsun!" diye fısıldadı ve onu başından hızla def etmek için aramayı cevapladı.

"Senin gibi bir kadına lanet okumak hiç yakışıyor mu?" Ve ardından ekranda Demir Bey göründü. Genç adam, Süheyla'nın onun gözündeki çapağı görebileceği kadar ekrana eğildi ve gözlerini açmaya çalışarak genç kadını inceledi. "Evet," dedi kocaman bir sırıtmanın eşliğinde ve arkasına yaslandı. "Yakışıyormuş."

Süheyla şaşkındı. Adamın gözleri yeni uyanmış olduğu için ağırlaşmıştı ve yüzünde tembel bir ifade vardı. Saçları karmakarışıktı. Görüntü o kadar netti ki, yüzündeki yeni çıkan sakalları bile görebiliyordu. Ama tüm bunların dışında, Demir Bey bir yatağın içindeydi. Telefonu belinden aşağısında tuttuğu için bedeninin üst kısmını tamamen görebiliyordu. Adam yarı çıplaktı! Beline kadar çektiği bir örtünün dışında başka hiçbir şey yoktu görünürde. 'Ahlaksız!' dedi genç kadın içinden.

"Selam," Demir Bey'in yüzünde yapmacık, şirin bir gülümseme belirdi. Başının altına aldığı kolu kısa bir an çekti ve parmaklarını selam verir gibi şöyle bir oynatıp, kolunu tekrar başının altına yerleştirdi. Gözlerinin dikkatle kendi yüzünde dolandığını fark ediyordu, ama cüretine o kadar şaşırmıştı ki konuşamamıştı bile. Demir Bey'in gülümsemesi genişlerken gerçekçi bir hâl aldı. "Dilin mi tutuldu? Hayır, buna inanmak çok güç, çünkü maşallah pabuç kadar dilin var!"

Genç kadın sadece homurdandı ve Demir Bey devam etti. "Ama sana hak veriyorum." Abartılı bir iç çekişin eşliğinde gözlerini devirdi. "Karşımda dili tutulan ilk kadın sen değilsin."

Süheyla'nın tek kaşı yukarı tırmandı. "Tahmin ederim. Muhtemelen sizin yapım aşamanızda ebeveynlerinizin nerede hata yaptığını anlamaya çalışıyorlardır." Genç kadın telefonu masanın üzerinde bulunan vazoya dayadı ve raporlarına geri döndü. "Evet, Demir Bey? Sizi dinliyorum."

"Hımm. Kararsızlığımda bana seve seve yardımcı olacağını düşünmüştüm." Süheyla kayıtsızca başını tek bir kere eğdi ve çizelgenin kenarına kısa bir not düştü. "Ben konuşurken yüzüme bak!" Genç kadın dişlerini sıktı, yüz kaslarının her biri ayrı oynamaya başladı ve sinir uçları yerinden oynadı. Sonunda başını kaldırıp doğrudan genç adamın gözlerinin içine baktı. Aynı anda beyninden iyi olmayan bir sürü kelime yakalayamadığı bir hızla geçiyordu. "İşte böyle!"

Genç adam aniden ekranı çevirdi. Ve Süheyla dolap kapaklarına asılmış iki ayrı takım elbiseyle karşılaştı.

"Seninle çıkacağımız gece hangisini giymeliyim?" Ekran hafifçe sola döndü. "Bunu mu?" Ve sağa döndü. "Bunu mu?"

Süheyla biri spor diğeri klasik tarzda olan takım elbiseye şöyle bir baktı. "Pembe payetli olanı giymelisiniz. Size çok yakışacaktır."

Demir Bey ekranı tekrar kendisine çevirdiğinde genç kadın yüzündeki hüzünlü ifadeye şaşırdı. Genç adam ciddiyetle, "Onu kuru temizlemeye verdim," dedi.

Süheyla'nın çenesi istemsizce seğirdi. Dudaklarını bastırarak kaçırmak üzere olduğu gülüşü yakaladı. Hayır. Eğlendiği için değil, sinirinden gülmek istemişti. Eğer belanın bir tanımını isteselerdi, Süheyla düşünmeden Demir Bey'in adını verirdi.

Tekdüze bir sesle, " O zaman sağdaki," dedi ve bu kısa cevapla ondan kurtulabilmeyi diledi.

"Biraz heyecanlanmış gibi görünemez misin?"

"Heyecandan nefesim kesiliyor."

Demir Bey'in tek kaşı kusursuzca havaya kalktı ve bu hareket ifadesine kendini beğenmişlik kattı. "Senin yerinde olmak için birbirini ezen onlarca kadın var!"

"O zaman ben seve seve sıramı onlardan birine verebilirim."

"Keşke görünüşün de keskin zekân kadar biraz ilgi çekici olsaydı."

Genç kadın sözleri üzerine gözlerini devirdi. "Size canlı sohbet hatlarını öneririm, Demir Bey. Muhtemelen seviyenize uygun birini bulabilirsiniz!"

"Sen, bana seviyesiz mi demek istedin?"

"Algıda seçicilik." Genç kadın omuz silkti.

Demir Bey hafifçe güldü. "Balık sever misin?"

"Hayır." Ve genç kadın tekrar başını eğerek başlamış olduğu işe devam etti.

"Kırmızı et?"

"Hayır."

"İtalyan mutfağı?"

"Hayır.

"Burcun ne?"

"Hayır!" Süheyla aniden başını kaldırdı ve genç adamın sırıtan yüzüyle karşı karşıya geldi. Eğer yapabilseydi genç kadın parmaklarını ekrandan içeri uzatır ve zerre vicdan azabı duymadan adamın gözlerini oyardı.

"O ne? Yeni bir burç mu?"

Genç kadın histeri krizi geçirmenin eşiğine gelmiş bir sesle, "Demir Bey, yatakta gerinen ve yarı çıplak olan adamları izlemek zorunda kalmaktan çok daha önemli işlerim var!" dedi.

Genç adam, başının arkasındaki kolu indirdi ve genç kadın onun yüzündeki gülümsemenin ifade ettiklerinden hiç hoşlanmadı. "Tatlım-" Genç adam burada durup yüzünü buruşturdu." Sana tatlım demek iki yüzlülük yapmak gibi geliyor!"

"Kimse kafanıza silah dayamıyor."

Demir Bey, bir kez daha esnedi ve yastığına iyice gömüldü. Tekdüze bir sesle, "Yüzsüzlüğün bu kadarı! Biraz olsun çeneni kapatmanı ve yüzünün kızarmasını bekliyorum. Hiç utanman da yok," dedi. Süheyla sonunda ondan kurtulamayacağını anladı ve kalemi elinden bırakıp arkasına yaslandı. "Siz de sütten çıkmış ak kaşık değilsiniz!"

Demir Bey şaşkınca doğrulup, tek dirseğinin üzerine dayanarak ekrana biraz daha eğildi. "Beni mi araştırdın?"

"Elbette. Ne bekliyorsunuz ki?"

"Bir kez olsun tahmin edilebilir bir cevap versen!" Güldü. "Dişe dokunur bir şey buldun mu, peki?"

"Ergen saçmalıkları."

"Belki ben de seni araştırmalıyım..."

Genç kadın şaşırmış gibi kaşlarını kaldırdı. "Hâlâ yapmadınız mı?"

Demir Bey'in ifadesi bir anda değişti. Sanki düşüncelerine şaşırmış gibi hafifçe güldü ve dudaklarının yalayıp konuştu. "Hayır. Seni kendim çözmek istiyorum."

Belki sözleri, belki bakışı, belki de işaret parmağının ekrana dokunuşundaki zarafet... Süheyla bilmiyordu, ama başından aşağı kaynar su dökülmüş ve doğrudan kalbine ilerlemiş gibi kalbinin gittikçe ısındığını hissediyordu. Bilmediği bir tehdit telaşlanmasına ve tüylerinin diken diken olmasına neden oldu. "Demir Bey, işim var!"

"Ben seni tutmayayım."

"İyi günler." Genç kadın aramayı kapatmak için telefona uzandı. Ekrana dokundu ve Demir Bey yok oldu. Süheyla iç çekti. Keşke onu ekrandan yok ettiği gibi hayatından da kolayca yok edebilseydi. İçinde bir şeyler ters dönüyormuş ya da yer değiştiriyormuş gibi hissediyordu. Gözlerini kapadı ve başını arkaya yaslayıp zaten karmaşık olan zihnini zorladı. Ondan en kısa yolla nasıl kurtulabilirdi? Genç kadın beynini ne kadar zorlarsa zorlasın bunun kolay bir yolunu bulamayacağını biliyordu. Düşünceleri birbirini kovalarken gelip yerinde saydığı nokta gözlerinin aniden açılıp, dişlerini sıkmasına neden oldu. Düşündüğü her şeyin ardından neden adamın görüntüsü aklında aniden beliriyordu? Adam resmen sinsice zihnine sızıyordu! Süheyla onun varlığından önce, zihnindeki görüntüsünden kurtulmaya karar verdi. Ve günün sonunda bunda da başarılı olamayacağını anlayarak paniğe kapıldı.

# Bölüm 5

Genç adam telefon görüşmesinin hemen ardından yüzünde keyifli bir sırıtışla eşofman altını ve tişörtünü giyip, odasından çıktı. Süheyla'nın ön görülemez cevapları, sivri dili ve zekâsının bedenine kattığı neşe ve keyfin izleri merdiven basamaklarını inerken yerini öfkeyle karışık bir huzursuzluğa bıraktı.

Göz kapakları açılıp, kapalı güneşliklerle karşılaştığında ve algısı açıldığında aklına ilk gelen düşünce; Bay Her Şeyi Ben Bilirim'le yapacağı soğuk savaş olmuştu. Güneşin doğacağından ne kadar eminse kahvaltı masasında da savaşın başlayacağına o kadar emindi. Bir gece önce kasıtlı olarak geç gelmiş ve onunla karşılaşmalarını ertelemişti. Çünkü sinirliydi. Çünkü artık onunla tartışmak istemiyordu. Çünkü kalbini kırmak işten bile değildi. Kalp kırmak da Demir'in tam zamanlı işi olduğuna göre ufukta çok parlak şeyler yoktu.

Abisinin yoğun koruma engelinin içinde boğulduğu günlerin geride kaldığını sanıyordu. Ama görünen o ki Demir fazla iyi niyetli davranmış ve abisine sonuna kadar güvenmekle hata etmişti. Biliyordu. Elbette, onun kendisini koruyamaya çalıştığını, Demir'i kaybetmekten korktuğunu biliyordu. Ama bazı şeylerin üzerinden çok zaman geçmişti. Acıyı ilk günkü kadar taze yaşıyor olması tekrar ortalığın anasını ağlatacağı anlamına gelmiyordu.

Gözlerini açar açmaz beynindeki zehirli düşüncelerin içinde debelenirken, nereden geldiğini hatırlamadığı bir anda Süheyla'nın gözlüklerinin üzerinden bakışı zihninde belirmişti. Demir, öfkesinin yoğunluğuna rağmen kendi kendine gülümsediğini fark ettiğinde hiç düşünmeden moda evini aramıştı. Telefonlara bakan kızlardan biriyle samimi bir sohbet tutturup, Süheyla'nın cep telefonu numarasını almış, ardından onunla görüşmek istemişti. Demir, onu neden aradığını bilmiyordu. Ya da biliyordu. İçindeki öfkeyi atmak istediğinde harika bir pasla ona geri savurabilecek kadar dişli bir rakibe ihtiyacı vardı. Ve gözleri Sezin'in hazırladığı kıyafetlere takıldığında Süheyla'ya sunacağı bahanesini de o anda bulmuştu.

Eğer telefon numarasını çalışanlardan birinden aldığını öğrenseydi; zavallı kızı hakkın rahmetine gözlerini ona dikip bakarak kavuşturacağından emindi. Kadın kendisinden nefret ediyordu. Ekranda Demir'i gördüğü anda saç telleri elektriklenerek havaya kalkmışlardı. Ve Demir gülmemek için kendisini tutmaya çalıştığında neredeyse boğuluyordu.

Genç adam kendi kendine fısıldadı. "Sabah şekeri." Ne şeker ama! Yine de Demir'i yanıltmamıştı. Kısa bir an da olsa Demir, beynine masaj yapılmış gibi hissetmişti. Kadın onunla dışarıya çıkmak istemiyordu. Düşüncesi bile gözlerinde kıvılcımlar çakmasına neden oluyordu. Ve Demir, bunu ona sürekli olarak hatırlatıp dengesini bozmaktan büyük keyif alıyordu. Görüşecekleri gece için acele etmeyi düşünmüyordu. Ona sürekli olarak geceyi hatırlatıp diken üstünde durmasını sağlayacak ve elindeki fotoğraflarla tedirgin edecekti. Belki başkasının cüzdanını karıştırmış olsaydı çoktan huzura kavuşmuştu, ama o kadar şanssızdı ki Demir'in eline düşmüştü.

Genç adam kahvaltı salonuna hızlı bir giriş yaptığında, Süheyla beyninin arka kısımlarına süratli bir geçiş yaptı. Aylak adımları masaya doğru ilerlerken, Bay Her Şeyi Ben Bilirim gözlerini kaldırdı ve Demir'in soğuk bakışlarına aynı şekilde karşılık verdi.

Genç adam, "Sayın dük!" dedi abartılmış bir nezaketle ve buz gibi bir sesle. Başını hafifçe eğip, hemen karşısında kendisi için açılmış olan servisin başına geçti.

Abisinin bakışları gözlerinden bir saniye bile ayrılmamıştı. Kızgınlık, merak ve elbette bir parça endişeyle Demir'in her hareketini izlerken, yüzünde küçümseyen bir ifade vardı.

Demir, "Niye şaşırdın?" diye sordu kaşlarını havaya kaldırarak. Sesindeki soğuk tonu istese de kıramıyordu, çünkü artık kendisini kuyruklu bir yıldız gibi hissetmek istemiyordu "Ben her zaman geç kalırım!" diye devam etti.

Sözlerinin tepesini attırdığını yüzündeki seğirmeden fark edebiliyordu. Öfkesi sertçe yutkunmasına ve çenesindeki kasın seri bir şekilde atmasına neden oldu. Sonunda, dükvari havalarından çıktı ve lanet olası abi konumuna geçti. "Lanet olsun! Bütün geceyi bir moda evinin önüne kamp kurarak geçiriyorsun ve ben, yine neyin peşinde olduğunu merak etmek zorunda kalıyorum."

Demir'in bakışlarına yakıcı bir alay gölgesi yerleşti. Tek kaşını havaya kaldırdı. "Yazık! Adamların sana bu konuda bilgi veremediler mi?" Dudaklarından bir cık cık sesi yükseldi ve abisinin bıçağı sıkıca kavrayan eli, o bıçağı Demir'in alnının ortasına saplamak istiyormuş gibi seğirdi. Ve Demir bir anda ciddileşerek, "Sana hiçbir şey için açıklama yapmayacağım!" dedi.

"Yapacaksın!"

"Sana peşime bir kez daha adam takmanı istemediğimi söyledim ve sen beni ezip geçtin! Söz vermiştin. Bir daha beni izletmeyeceğine dair söz vermiştin." Demir tabağını kahvaltılıklarla doldururken, abisine bakmamayı tercih etti.

"Senin için endişeleniyor olmamdan, bir suç işliyormuşum gibi bahsetme!"

Demir gözlerini kaldırdı. Onun sert ve sorgulayan ifadesine baktı. Yüzünde suçluluğun kırıntılarını aradı ve bulamadığında içinden sövdü. "Bana itimadın yok. Söz verdiğim her şeyi yerine getirdiğim halde, bana zerre kadar güvenmiyorsun. Sırf sen bana güvenmediğin için, uğruna mücadele ettiğin bu davada senin haklı çıkman adına dağıtmak istiyorum."

Abisi son sözlerini bir tarafa fırlatır gibi elinin tek bir hareketiyle geçiştirdi. "Söz verdiğin her şeyi yerine getiriyorsun?" Senindeki suçlayıcı ton Demir'in midesini asit gibi yaktı. "Sen lanet olası bir moda evinin önünde amaçsızca beklerken, Berrak tüm geceyi bir restoranda seni bekleyerek tek başına kederle geçirdi. Ve eğer ben nasıl olduğunu sormak için aramasaydım bu durumdan haberim bile olmayacaktı."

Demir gözlerini devirdi. "Onunla görüşeceğime dair bir söz vermedim. Onunla-" Demir, sesi çatallanarak sustu. Abisinin gözlerinin içine delice onu anlamasını dileyerek baktı. Ve fısıltı kadar alçak bir sesle, "Lanet olsun! Bunu bana neden yapıyorsun? Geçici hafıza kaybı mı yaşıyorsun?" diye sordu.

Abisi irkilmesini saklamak için hafifçe öksürdü ve sanki Demir'in sözleri ağır bir anlam taşımıyormuş gibi tekdüze bir sesle devam etti. "Hayatını düzene sokmanı istiyorum. Otuz iki yaşındasın ve-"

Demir, "Sen hayatımı düzene sokmak istemiyorsun!" diye gürleyerek sözlerini bıçak gibi kesti. "Sen o çıtkırıldımla evlenip çocuk yapmamı istiyorsun. Sen biz göçüp gittikten sonra servetinin uzaktan akrabalarına geçmesini istemiyorsun. Sen mirasın için bir varis istiyorsun." Bitkin düşmüş gibi genç adamın omuzları çöktü. "Ve bunu yapamayacağımı en iyi sen biliyorsun!"

"Kimseyle olmamayı tercih eden sensin." Abisi oturduğu sandalye ona dar geliyormuş gibi huzursuzca kıpırdandı. Demir bu konuşmalardan öylesine usanmıştı ki, aynı filmi bir milyon kere izlemiş gibi hissediyordu. "Senin saçma sapan inatçılığın dışında; önünde hiçbir engel yok."

"İşte sorun da zaten bu! Anlamadın. Anlamıyorsun ve anlayamayacaksın da. Bu benim tercihim. Benim hayatım. BENİM."

Abisinin sert bakışları aniden yumuşadı. Yüzünde hem acı dolu hem de şefkatli bir ifade belirdi. Boğazını temizleyip, sesini ayarlayarak tekrar Demir'i ikna etmeye çalıştı. "Unutmayı denesen? Bir kez olsun unutmayı aklından geçirsen? Belki her şey çok daha kolay olacak! Hepimiz için... Berrak çok tatlı, zarif, uyumlu ve anlayışlı bir genç kız-"

"O zaman onunla sen evlen!" Demir, sözleri ağzından çıktığı anda pişman olmuştu. Abisi, Berrak'ın özelliklerini sıralarken tek düşündüğü onun ailesindeki doğurganlık potansiyelini bile araştırmış olabileceğiydi.

"Basitleşme!" Abisinin keskin ses tonu onu pişmanlık dolu düşüncelerinden çekip aldı. Ve daha ağır bir darbe için dudaklarını yalayarak konuşmasına devam etti. "Ve eğer biriyle evlendiğimde çocuk sahibi olabilme gibi bir şansım olsaydı... Bunu çoktan yapardım. Sanırım sen de ufak bir hafıza kaybı yaşıyorsun. Öyle olmalı, çünkü Senem'in beni tam da bu yüzden terk ettiğini unutmuş gibisin." Bunalmış ve bitkin düşmüş gibi ciğerlerine derin bir hava çekti. "Sana yalvarmanın, seni zorlamanın hoşuma gittiğini mi sanıyorsun?"

Demir içinin öldüğünü hissediyordu. Sanki içinde gerçek olan her şey çekilmiş ve yerine sadece yapması gereken zorunluluklar enjekte edilmişti. Demir'e ait olan tek şey kurumaya yüz tutmuş kabuğuydu. Bir görüntüden başka bir şey değildi. Ve kaybolmuş ruhunun o yorgun, kendinden geçmiş adam olarak geri dönme çabalarını görmezden gelmeye çalışıyordu. Abisinin üstüne gelmesinden nefret ediyordu, çünkü tüm yaptıklarının kendi egosunu tatmin etmek için değil, gelecekleri için yaptığını biliyordu. Ve lanet olsun ki, gözlerindeki o kırgın ve afallamış bakışı görmekten de nefret ediyordu. Senem'in onu terk etmiş olmasının şoku hâlâ ilk günkü kadar taze ve capcanlı gözlerinde yüzüyordu. Üzerine çektiği örtüsü keşke bu kadar ince olmasaydı. Belki Demir o zaman onun gerçekten bunu kabullendiğine inanabilirdi.

Dünya üzerinde gerçekten mutlu bir insan var mıydı? Yoksa acı çeken sadece kendileri miydi? Elbette herkesin kendine göre büyük dertleri vardı, ama gerçekten bu kadar acı verici ve devası olan şeyler miydi?

Senem bir çocuk istiyordu ve abisi elindeki güce rağmen bunu ona veremiyordu. Çelik'in maddi gücü vardı. Çok egzotik ve hayranlık uyandıran bir yüz yapısı vardı. Karameli andıran, puslu gözleri vardı. Ve bakan kızlar içinde yüzüyorlarmış gibi ayaklarından eriyemeye başlıyorlardı. Uzun boylu ve atletikti, en büyük gücü kelimeleriydi. Başarılı ve genç bir iş adamıydı. Ama asla bir çocuğa babalık yapamayacaktı. Ve Senem, onu bu nedenle terk ettiği gece Demir de sokaklardan eve yeni dönmüş, daha büyük ve tehlikeli oyunlara başlamıştı.

Ta ki bir gece Çelik, elinde viski şişesi ve iki kadehle -Demir'in içki kullanma yasağına rağmen- odasına dalana, ikisine de birer kadeh doldurana ve monologuna başlayana kadar. Çok sevdiği karısı tarafından terk edilişinin abisine neler yaptığını görmek, Demir'in kaybolmuşluğunda kendisine yer bulmuş, ruhuna dokunmayı başarmıştı. Ve Demir ertesi gün kendisiyle çetin bir savaşa girmişti.

Demir hâlâ savaşıyordu. Ne kazanmış ne de kaybetmişti. Ama mücadele ediyordu. Çok samimi birkaç dostuyla nadir görüşmelerinin dışında sıklıkla evde pinekliyor, odasında kitap okuyor ya da çalışma odasında çıkartmalar yapıyordu.

Emel, çıkartmaları severdi. Büyük bir koleksiyonu vardı ve koleksiyonuyla övünürdü. Zihninden geçirdiği isim; içinde, üzerine yama yaptığı sonsuz boşluğun yürek gibi atmasına ve yamanın dikiş atmasına neden oldu. Demir, deliğin bir gün gerçekten kapanıp kapanmayacağını merak ediyordu. İsmini her andığında kalbinin orta yerine inen sert darbelerin bir gün son bulma ihtimali var mıydı? Bilebilmeyi çok isterdi. Kendisi için değil, abisi için bir şeyler yapmaya, başarmaya çalışıyordu ve çabaladıkça abisi onu daha çok zorluyordu. Anne ve babalarını birer sene arayla kaybettiklerinde abisi henüz yirmi iki yaşına basmıştı. Üzerine binen sorumluk o kadar ağırdı ki, başka birinin altından kalkamayacağına emindi. Ama o, hem şirketleri, hem okulunu hem de Demir'e ebeveynlik görevini tek bir gün şikâyet etmeden yerine getirmişti. Ve Demir, sırf onun için kendini sonuna kadar zorlamaya çalışacaktı. Yine de... Ona rağmen yapamazdı. Bir kadını hayatına sokmayacaktı. Hiçbir şekilde!

"Yapamam!" dedi. Fısıltısında kararlılık vardı. Başını inançla iki yana salladı. "Yapmayacağım! Berrak'ın da umutlanmasına izin verme."

Abisinin parmakları, sıkıca kavradığı bıçağı biraz daha sıktığında parmak boğumları bembeyaz oldu. Bıçağını ve çatalını usulca tabağının üzerine bırakırken, o soylu havasına geri döndü. Birleştirdiği ellerini çenesinin altına koyarak keskin bir tınıyla, "Çünkü dedem ve babam bu serveti; senin saçma sapan düşüncelerin yüzünden uzaktan akrabalarımız faydalansın diye yaptı. Dişlerini ve tırnaklarını sökene kadar çalışarak meydana getirdikleri imparatorluk sırf ikimiz de çocuk sahibi olmayacağımız

için hibe edilecek, öyle mi?" Kararlılıkla başını iki yana salladı.
"Buna izin vermeyeceğim!"

Demir onun son sözlerini duymadı bile! Yüzünde taş kesmiş bir ifadeyle dişlerinin arasından tıslayarak konuştu. "Saçma sapan mı?" Bir fısıltı ancak bu kadar sert ve keskin olabilirdi. "Sevgilimi ve bebeğimi öldürdüm! Bunlar senin için saçmalık mı?" İçindeki tüm acıyı, kendine olan öfkesini ve yitikliğini bu kelimelere yüklemiş ve abisine fırlatmış gibi Çelik irkilerek sarsıldı.

Abisi kendisini çabuk toparlayarak hızla savunmaya geçti. "Onları sen öldürmedin! Kazaydı! Sadece bir kaza!"

"Birini öldürmek için illa ki kafasına silah dayamana gerek yok! Saçma sapan olan; benim anlamsız kıskançlığımdı. Anlamsız, yeni yetme oyunlarımdı."

Demir hızla doğrulurken, dizlerinin arka kısmı sandalyeye çarptı. Sandalye hızla geriye savrulup gürültüyle yere düşerken, "Birini bul! O çok sempatik Berrak bile olabilir... Evlen ve bir çocuğu evlat edin. Bana bulaşma!"

Daha arkasını dönmeden suçluluk duygusu boğazına bir el gibi dolanmıştı. Abisinin isteğini karşılayamayışının ve kalbini kırışının suçluluğu, Emel'in ölümüne neden oluşunun daimi suçluluğu...

Emel, dünyaya gözlerini son kez kapamadan önce belli belirsiz bir fısıltıyla, "Mutlu musun?" diye sormuştu. Hayır. Değildi. Mutlu değildi. Değildi!

Tek bir gün bile zihninden çıkmayan anlar, gözlerini kapadığı kısacık saniyelerde üzerine çöreklendi. Her saniyesini, her detayını, her şeyi yaşadığı gün kadar net hatırlıyordu. O gün kadar yoğun yaşıyordu.

Hızla ilerleyen bedeninin peşinden, onu yakalamak için deli gibi koşarken gözlerini ondan bir saniye ayırmamıştı. Durması için yalvaran bir sesle ismini haykırmış, Emel dönüp bakmış ve hızla caddeye adım atmıştı. Çok hızlıydı. Karanlıktı. Ama Demir her ayrıntıyı ağır çekim bir film izler gibi izlemek zorunda kalmıştı. Hızla gelen minibüs şoförünün ani frenine rağmen duramayışının, Emel'in bedeninin önce arabanın ön paneline sertçe çarpışının, kukla bir bebek gibi havaya fırladıktan sonra bedeni ön cama düşerken, bedeninden kopan kolun caddeye savrulmasının... Ve Emel'in tekrar, kanlar içinde asfalta düşüşünün...

Aralarındaki mesafeyi nasıl kapadığını bilmiyordu. Kendini kimi uzuvlarının kopmuş olduğu bedeninin yanında diz çökmüş bulmuştu. Emel, yaşıyordu. Kulağından, burnundan ve ağzını her açışında dişlerinin arasından kanlar dökülmesine rağmen yaşıyordu ve lanet olsun ki tebessüm ediyordu. Kaburgalarından biri kırılmış, etini ve derisini delip bedeninden taşmıştı. Odağını kaybetmiş gözleri fıldır fıldır dönüyor, dudakları Demir'in adını sayıklıyordu.

Demir, "Buradayım," diye fısıldamıştı. Sonra onu duymadığını fark ederek yüksek sesle tekrarlamıştı.

Emel, nefesi aksadıkça odaklanamayan gözleri korkuyla irileşirken, "Hamileyim," dedi. "Hamileyim. Gitmiyorum."

"Biliyorum." Göğsünü parçalayan acısı ve hıçkırıkları Demir'in nefesini kesti. Başını geriye atarak içine hava çekmeye çalıştı. "Benimlesin!"

Emel bedeninde kalan sağlam kolunu kaldırdı ve körce Demir'in aramaya başladı. Demir, parmaklarını kendi parmakları arasından geçirirken gözyaşları görüşünü engellemişti. Emel, "Hep benim kal!" diye fısıldadı.

"Yemin ederim. Senin kalacağım."

"Mutlu musun?"

"Hayır!"

Emel, içinde kalan son havayı avuç dolusu kanla dışarı verirken ve gözlerini kapatırken Demir aynı sözcüğü tekrarlayıp duruyordu. "Hayır. Hayır. Hayır!" İkisi dışında dünyanın geri kalanı o anda kayıplara karışmıştı ve hâlâ da Demir için geri dönmemişti.

Hayat, işte tam da bu kadardı. Bazen on dakika, bazen on saniye... Demir on dakika önce baba olmuştu ve on dakika sonra bebeğiyle birlikte sevgilisini de kaybetmişti. Hayat bazen bir göz kırpma ânı kadar kısaydı.

Bir şey vardı. Görünmeyen, ama öylesine bir güç ki nokta kadar insanları parmağında oynatıyordu. İnsanoğlu gerçek dünya tepesine düşmeden önce her şeye kadir olacağını, kudretinin her şeye yeteceğini zannederdi. Ve ancak düşüşün ardından o kudretin kendi elinde olmadığını, sadece bir insan... zavallı ve çaresiz bir insan olduğunu anlardı. Ne zamanı geri alabilecek kadar güçlüydünüz, ne de elinizde dünyayı satın alabilecek kadar para varken gerçekten kudretliydiniz. Özür dilemek ve bir şeyleri değiştirmek için geç kaldıysanız elinizdeki para sadece birer kâğıt parçasından başka bir şey değildi. İnsan denen varlık aslında hiçbir şeydi. Ve hiçbir şey değilken, komik bir şekilde tüm kudretin kendi elinde olduğunu zannederdi. Bazen bir kadının peşinden koşar, ama onu durduramayacak kadar bile gücü kendinizde bulamazdınız...

Demir anıların, acının, isyanının ve öfkesinin içinde boğulurken hislerinin dışavurumu göğsünde bir gürleme olarak patladı. Takip eden saniyede arkasından bir gürültü koptu. Demir hızla başını çevirdiğinde, yardımcıları Didem'in donmuş bedenini, ayaklarının dibinde bir tepsi ve tepsinin dışında kırılmış porselen takımlarını gördü. Ve duraksamadan merdivenleri çıkmaya başladı.

Odasına girdiğinde yatağın üzerindeki telefonu titredi ve ekranı yanıp söndü. Yüzünde meraklı bir ifade belirirken, zihnine sızan isimle dudağının bir kenarı hafifçe yana kaydı. Sadece birkaç dakika önce onu alabora eden ve dünyadan kaçma isteğini kafasına vurup duran hisleri, biri tokat atmış gibi dağıldı. Beklenti dolu adımları onu yatağına götürdü. Genç adam telefonunu eline aldı ve ekranda reklam mesajı gördüğünde kaşlarını çattı.

Hissin; ileride başına bela olabilecek bir potansiyeli vardı. Süheyla'nın ölse onu aramayacağını bildiği halde, neden ondan herhangi bir şey gelmesini ummuştu ki? Tartışmaya açık bir durumdu. Ve Demir sabahın köründe tarumar olan hislerini ve zihnini kendisiyle iç çatışma yaşayarak daha fazla yıpratmak istemiyordu.

Adımları çalışma odasına ilerlerken, çoktan gününü bir çıkartmayla geçireceğini biliyordu. Saatler sonra, çıkartmayı bitirmeyi başardığında ortaya beklenmedik -yalancı Demir- bir figür çıktı. Kuş yuvasını andıran kıvrık saçların üzerinde tombul kuşların neşeli bir ötüş tuttukları şirin bir manzaraydı. Manzaranın havasını sertleştiren ve espri katan şeyse kemik çerçeveli gözlüklerin üzerinde kuşlara katil bakışı atan koyu kahverengi iri gözlerdi.

Demir kendi kendine güldü. Çıkartmayı çalışma masasının üzerinde kurumaya bıraktı ve açlıktan akortsuz sesler çıkaran midesine Mozart'ın kırkıncı senfonisini söyletmek için mutfağa indi. Ve yatağına yatmadan önce Süheyla'ya, saçlarının elektriklenmesine yol açacak bir mesaj gönderdi. Cevap gelmedi. Demir de zaten bir cevap beklemiyordu.

Demir, takip eden iki gün boyunca onu aradı ya da mesaj çekti. Zamanın uygun olup olmaması umurunda değildi. Ve artık onun kendisinden nefret ettiğinden tamamen emin oldu.

—⁕—

Genç adam moda evinin bekleme salonunda, elinde ilgisini çekmeyen bir dergiyle otururken sıkılmış gibi iç çekti. Saatine baktı. Prova saatine henüz on beş dakikası daha vardı ve Demir neden bir saat erken geldiğini merak ediyordu.

Dakikalar tembelce ilerlerken, ofisin kapısının her açılışında boynunu ileri doğru uzatıyor, ama net bir görüntü alamıyordu. Sonunda bakımlı ve genç bir sarışın teşekkürlerini sunarak ofisten ayrıldı. Ve sonunda sıra Demir'e geldi. Demir sabahın köründe Süheyla'ya bir mesaj daha atmıştı. 'Beni göreceğin için heyecanlı mısın?'

Cevap hızlıydı. 'Heyecandan bütün gece uyuyamadım!'

Sonunda onunla aşırı derecede ilgilenen genç kız ofise geçebileceğini bildirdi. Genç adam, kalbinde hoşuna gitmeyen ritmi bozuk bir atış baş gösterirken ofisin kapısından içeri girdi. Ve içerideki figür karşısında adımları durdu.

Figürün ince sesli sahibi, "Hoş geldiğiniz, Demir Bey," dedi. Neşeli bir ses tonu, gülümseyen bir ifadesi vardı. Ama Süheyla değildi. Genç adamın kaşları derince çatılırken, gözleri ofisin içinde hızla dolandı. Hayır. Süheyla yoktu.

Demir bir dejavu hissi yaşarken, "Süheyla Hanım nerede?" diye sordu. Sesi istemsizce sert ve sorgulayıcı çıkmıştı.

Minyon tipli genç kadının gülen yüzü hızla endişeli bir ifade kazandı. Özür dileyen bir tınıyla, "Süheyla Hanım, bugün izinli, provanızı benimle yapacaksınız," diye bildirdi.

"Ne demek izinli? Bugün geleceğimi biliyordu."

"Siz selamlarını iletti. Ve sizinle elimizden gelen en iyi şekilde ilgilenmemizi rica etti."

Demir gülsün mü, öfkelensin mi bilemedi. Kendini Süheyla'yla satranç oynuyormuş gibi hissetti. Ve Demir o gün mat olmuştu. Eğer birkaç hamle ileriyi görebilseydi, muhtemelen kadının hamlesini tahmin edebilirdi.

Lanet olsun! Arkasını dönüp gitmek istiyordu. Ama ertesi gün yapacağı konuşması için bu takım elbiseyi diktirmesini abisi rica etmişti. Karşısındaki genç kadın endişeli bir bekleyişin içine girmişken ayağını pıt pıt yere vuruyor, parmakları elindeki kalemi çevirip duruyordu. Yüzünde ürkek ve hayal kırıklığı dolu bir ifade vardı. Demir cebinden telefonunu çıkarırken odanın ortasına doğru ilerledi. Süheyla'nın numarasını aradı ve genç kadın ikinci çalışının ardından hattı meşgule aldı. Demir dilinin dişlerinin üzerinde gezdirdi. Tekrar aramaya gerek olmadığını düşünerek telefonunun cebine attı. Provası yapılırken hayatı boyunca onun kadar çetin bir cevizle karşılaşmadığını düşündü. Kadının soğukkanlılığına hayranlık duyuyordu. Zekâsı ve cesaretine de hayranlık duyuyordu. Ve ayrıca belli belirsiz bir gizemin de kokusunu alıyordu. Bu da Demir'i olanca hızıyla genç kadına çekiyordu.

Demir'in hayranlığının bu kadarla sınırlı kalmasını ummaktan başka seçeneği yoktu. Ve elbette hayranlık duyuyor olması, yaptığının acısını çıkarmayacağı anlamına gelmiyordu.

Ertesi gün moda evinden kıyafetinin hazır olduğunu bildiren bir telefon aldı. Demir ne kıyafeti almaya gitti ne birilerini gönderdi ne de kendi adresine istedi.

—)|\—

Çırağan Palace Kempinski'nin salonlarından birinde yapılacak olan davet için, Demir bir gün öncesine kadar oda tutmayı düşünmüyordu. Ama odasından içeri girdiği anda başını kendine inanamıyormuş gibi başını iki yana salladı. Daha ceketini bile çıkarmadan cebinden telefonunu çıkardı ve Süheyla'yı aradı.

"Evet, Demir Bey?" Genç kadının sesinin her katmanında bastırılmış bir öfke geziniyordu.

"İyi akşamlar, Süheyla." Demir'in sesi hem neşeli hem de özür diler gibi çıkmıştı. "Sana yeni bir isim bulmamız lazım. Bu isim çok yorucu, insanın zamanından çalıyor."

"Ben de sizin bu dünya için çok gereksiz olduğunuzu düşünüyorum, ama elden bir şey gelmiyor."

"Topu tüfeği kısa süre için bir kenara bırakabilir miyiz? Ciddi anlamda yardımına ihtiyacım var."

Genç kadın kısa bir duraksamanın ardından bıkkın bir sesle, "Sizi dinliyorum," dedi.

"Dün ve bugün yoğun işlerimden dolayı -çıkartma yapmak, karikatür dergisi okumak ve konuşmasını okumak- ve aksi gibi seni görebilirim umuduyla takımı almak birini de göndermedim. Ama şu anda ne ben gelebiliyorum ne de aldırabilecek birini bulabiliyorum. Bu durumda kıyafetimi senin getirmeni rica ediyorum." Demir'in sözleri ne kadar nazikse, sesi bir o kadar buyurgandı ve itiraz kabul etmiyordu. Yine de Süheyla, ses tonuna aldırmadı ve cevabı yapıştırdı.

"Ayak işleriyle ilgilenmiyorum, Demir Bey. Kendinize daimi bir uşak tutun."

"Yerinde olsam reddetmeden önce iki kere düşünürdüm." Demir, Süheyla'nın sabır diler gibi nefes alışının ardından telefonu kulağından çektiğinde sırıtıyordu. Adımları onu balkona açılan boydan boya cam pencerelerin önüne götürdü. Aynı anda genç kadının cüzdanını karıştırdığı fotoğraflardan birini buldu ve mesaj olarak ona gönderdi.

Süheyla, "Lanet olsun!" diye tısladı. Ardından homurdandı ve sert bir nefes ardından konuştu. "Biliyor musunuz, Demir Bey? Sanırım... Bir gün sizi öldüreceğim!" Sözlerinin üzerine Demir bir kahkaha patlattı. Kadın bunu o kadar inanarak söylemişti ki, bir gün gerçekten yapmayı deneyebilirdi.

"Hayallerini bölmek istemezdim, ama bir saat sonra konuşma yapmam gerekiyor ve kıyafete ihtiyacım var!"

"Adresi söyleyin."

"Sana mesaj atarım. Ayrıca bana duacı olman gerekiyor! Beni ne kadar özlediğini tahmin ediyorum. Ve muhteşem yüzüme doyasıya bakabilme fırsatını yaratıyorum. Daha ne istiyorsun?"

Süheyla homurdandı ve Demir hiçbir şey anlamadı. Genç kadın dişlerinin arasından, "İyi akşamlar, Demir Bey!" diye tısladı ve telefonu kapadı. Demir başını geriye atarak bir kahkaha attı. Otelin adresini ve oda numarasını mesaj attıktan sonra duşa girdi.

Duştan henüz çıkmıştı ki, oda kapısı tıklandı. Genç adam duvar saatine kısa bir bakış atıp kapıya yöneldi. Kadının bu kadar kısa sürede geleceğini tahmin etmediği için kaşları hafifçe derinleşerek ve çıplak ayakları halıda izler bırakarak kapıya yöneldi. Kapıyı açtığında kıvırcık saç yumağıyla karşılaştı. Tanrım! Bu saçları nasıl tarıyordu? Genç kadın aynı anda başını eğdiği yerden kaldırdı ve göz göze geldiler. Demir onu baştan aşağı şöyle bir süzdü ve tekrar gözlerine çıktı. İlgi çekici hiçbir şeyi yoktu. Sadece gözlerini olduğu yerde sabit tutma çabası vardı ve Demir beline dolanmış bir havluyla durduğu için bunun oldukça mantıklı olduğunu düşünüyordu.

"Doya doya seyrinizi bitirdiyseniz..." Genç kadın elindeki takım elbise kılıfını havaya kaldırdı ve Demir'e uzattı. "...ben fazla zamanınızı almayayım."

"Üzerine aldığın sorumluluğu yerine getirmendeki aceleciliğine hayran kaldım." Demir tek kaşını kaldırdı ve kollarını göğsünde birleştirdi. Kadın hâlâ takım elbise kılıfını havada tutuyordu. "Ya da beni tahmin ettiğimden daha çok özledin."

"Dünya sizin etrafınızda dönüyor sandığınızı biliyorum, Demir Bey. Ama ne yazık ki kötü haber; siz dünya üzerinde nokta bile değilsiniz!"

"Sen bu dilini neyle besliyorsun?"

"Sizi eğlendirmekten çok daha önemli işlerim var."

Demir tembelce eline uzandı, takım elbise kılıfını aldı ve hafifçe yana kaydı. "Belki de içeri gelmelisin..." Sözleri ne kadar masum ise, ses tonu bir o kadar ayartıcıydı.

Süheyla benzersiz bir öfkeyle tepeden tırnağa kızardı. Ardından kaşları alaycı bir tavırla havaya tırmanırken Demir'i baştan ayağı süzdü. "Sanırım boş zamanlarınızda striptiz yapıyorsunuz. Ama ben ilgimi çekecek bir şey göremiyorum. Enerjinizi hayranlarınıza saklayın. İyi akşamlar, Demir Bey." Genç kadın arkasını döndü ve koridorda ilerleyip gözden kayboldu. Ve Demir, kendini onun arkasında bıraktığı boşluğa uzun saniyeler boyu bakarken yakaladı.

Bunun üzerine kafa yormayı reddederek odaya döndü, takımı dolaba astı ve birkaç dakika dinlenmek için yatağa uzandı. Telefonun melodisi onu derin uykusundan uyandırdığında gözlerini zorlukla açtı ve duvar saatiyle karşılaştı. Aynı anda el yordamıyla komodinin üzerine bıraktığı telefonunu ararken orada ne için bulunduğunu hatırladı ve yüzünü buruşturarak bir küfür savurdu.

Davet başlayalı yirmi dakika olmuştu ve Demir neredeyse tüm akşamı uyuyarak geçirecekti. Burnundan solurken telefona cevap verdi. "Alo?"

"Kahretsin! Neredesin? Peşine adam takmadığımda nedense her şey böyle oluyor-"

Demir, "İniyorum," diyerek sözlerini sertçe kesti.

"İniyor musun? Her neyse... Acele et!" Abisi telefonu yüzüne kapadı ve Demir olanca hızıyla giyinmeye başladı. O kadar geç kalmıştı ki saçlarını taramaktan ve yüzünü yıkamaktan başka hiçbir şeye dikkat edememişti. Asansörde kravatını bağlarken konuşma metninin bulunduğu dosyayı kolunun altına sıkıştırdı. Allah'tan metni birkaç kez okumuştu da ne konuşacağından bihaber değildi.

Bu konuşmayı abisinin yapması gerekiyordu! Enerji üretim firmasıyla anlaşma yapmayı başaran oydu! Başarıya imzayı atan, bunun için deli gibi bir toplantıdan diğerine giren abisiydi. Ve o, tutmuş konuşma yapma işini Demir'e yıkmıştı. Demir, sadece basit bir stratejiyle projeye ortak olmak isteyen diğer firmaları saf dışı etmenin yolunu göstermişti. Hiçbir emeği olmayan bir işte, sanki tüm başarı ona aitmiş gibi konuşma yapmak istemiyordu. Ama abisine söz geçirebilmek mümkün değildi. Adam inatçıydı ve kafasına koyduğu her şeyi yapmanın bir yolunu buluyordu.

Ayrıca son konuşma yaptığında okulun konferans salonundaydı ve yirmi iki yaşındaydı. Yine de bunu en iyi şekilde yapmak istiyordu. Bir şekilde bunu abisine borçluydu.

Genç adam yüzüne mesafeli ve kibar bir gülümseme yerleştirip, kristal avizelerle aydınlatılmış yüksek tavanlı davet salonuna giriş yaptı. Birkaç baş ona döndü ve genç adam ilgiyle baştan ayağı süzüldü. Ardından kaşlar havaya kalktı, başlar birbirine eğildi ve fısıldaşmalar başladı. Demir, yüzündeki gülümsemeyi sabit tutmayı başardıysa da kaşlarının çatılmasına ve dişlerinin birbirini ezmesine engel olamadı.

Sonunda abisini kendilerine ayrılmış yuvarlak masanın başında, başını hafifçe yana eğmiş Berrak'la konuşurken gördü. Berrak mı? Kahretsin! O kızın burada ne işi vardı? Abisi gözlerini kaldırdı, Demir'i gördü ve konuşmasını yarıda keserek onu karşılamak için ayağa kalktı. Berrak da aynı anda gözlerini Demir'e dikerek ayağa kalktı. Yüzünde zarif bir gülümseme vardı, ama Demir'le gerçekten ilgilendiğine dair bir işaret yoktu. Abisi asla vazgeçmeyecekti!

"İyi akşamlar," dedi genç adam kibar bir tonlamayla. "Geç kaldığım için üzgünüm, ama mazeretim vardı."

Abisi anlayışla başını eğdi. Lanet olsun! Gözlerinde o kadar gurur dolu bir bakış vardı ki, sanki kendi elleriyle yaptığı sanat eserini görücüye çıkarıyordu. Demir'in daimi suçluluk duygusu tam o anda tavan yaptı. Abisi gururla onu baştan ayağı süzerken ayaklarına kısa bir bakış attı, gözlerine çıktı ve afallayarak tekrar ayaklarına baktı. Demir, Berrak'a kısa bir baş selamı verirken abisiyle tokalaşmak için bir adım öne attı.

Bir şeyler tuhaflaştı. Çelik, elini sıkıca kavradı. Parmaklarını kırmak istiyormuş gibi tutuşunu daha da sıkılaştırırken genç adamı kendisine doğru çekti. Demir ters giden şeyin ne olduğunu anlamaya çalışırken, abisi yüzünde insanların her zaman inandığı mesafeli gülümsemeyle kulağına eğildi. "Lanet olası bir moda evinde diktirdiğin kıyafete servet ödüyorsun..." Sesi öfkeden öylesine titriyordu ki, duraksamak zorunda kaldı. "Ve sen sırf bana inat olsun diye bir paçası kısa pantolonla çok önem verdiğim bu davete katılma cüretini gösteriyorsun. Bunu unutmayacağım, Demir!"

Abisinin soğuk ve mesafeli gülümsemesi yerini korurken, Demir afallayarak bir adım geri çekildi. Ve pantolon paçalarına hızlı bir bakış attı. Dudaklarının arasından fırlayıp giden alçak sesli küfrün ardından gözlerini özür dilercesine Berrak'a dikti. Genç kadın, zarif parmaklarını dudaklarının üzerine bastırmış gülüşünü saklamaya çalışıyordu. Ama buna gerek yoktu, zira gözleri kahkaha atıyordu.

Demir, abisinin gözlerinin içine baktı. Ciddi bir tonla, "Bu defa gerçekten beni kabahatim değil!" En azından doğrudan değildi.

Abisi, "O zaman, o moda evini kapattıracağım," diye tısladı.

"Sen karışma! Ben halledeceğim." Demir bu konuda ondan söz almak istiyordu, ama yanlarına gelen bir davetli konuşmalarını böldü. Demir, abisinin konuklarını güler bir yüz ve saygıyla karşılarken pantolonunun bir paçası kısa değilmiş gibi davrandı.

Süheyla'yı boğacaktı. Bunu hemen o gece yapmayı düşünüyordu. Belki davette bulunmak istemeyebilirdi, belki konuşma yapmak da istemiyor olabilirdi. Ama oradaydı ve abisini en iyi şekilde temsil etmeyi istiyordu. Onun için en azından bu kadarını yapabilmeyi istiyordu. Uzun zamandır bu kadar öfkelendiğini hatırlamıyordu. Nazik bir ilgiyle kendisini izleyen Berrak'la evlilik düşüncesi bile onu bu derecede öfkelendirmemişti. Sonuçta onunla evlenmeyi düşünmüyordu. Süheyla'nın cüreti boyunu aşmıştı.

Konukları karşıladıktan ve konuşmasını yaptıktan sonra davetten ayrıldı. Çıkmadan önce abisine eşyalarının otel odasında olduğunu söyledi ve peşine birilerini takmamasını özellikle rica etti. Ama daha Demir kapıdan çıkmadan abisi köşedeki bir masada oturan iyi giyimli iki kişiye başıyla emir verdi ve onların salondan çıkışının ardından Berrak'a döndü.

"Sanırım bir işi çıktı." Hafifçe gülümsedi. "Umarım arkadaşlığım seni memnun eder..."

Berrak ışıl ışıl parlayan gözlerini Çelik'in gözlerinden ayırmadan, "Bundan hiç şüphem yok," diye cevap verdi.

Demir salondan ayrılırken abisinin sırtını delen bakışlarını hissediyordu, ama bir paçası kısa pantolonla ve içinden dolup taşan öfkesiyle kalmaya devam etseydi ertesi gün gazetelere yine manşet olması işten bile değildi. Ve ayrıca Berrak'la aynı masada oturmaya da dayanamıyordu. Çok güzel bir kadın olabilirdi. Cemiyetin altın kızlarından biri de olabilirdi. Ama Demir, onun için boş bir umuttan başka bir şey değildi.

Genç adam, arabasına bindi. Kravatını boynunda çekip aldı ve arka koltuğa fırlattı. Saat henüz dokuz bile olmamıştı ve Demir onu moda evinde yakalamayı umuyordu. Eğer değilse de sorun değildi, bir şekilde ev adresini öğrenecekti. Süheyla geceyi kendi kendine gülerek geçirmeyi planlıyorsa çok yanılıyordu. Demir'in gözlerinin önüne paçalarına bakış attığı ilk an geldi. Lanet olsun! Buna nasıl cüret ederdi. Bir paçası olması gerektiği gibi parlak ayakkabısının üzerine dökülürken, diğeri ayakkabısının boynunun bir parmak üzerinde kalıyordu. Ve oturduğunda ortaya tamamen komik bir görüntü çıkıyordu.

Öfkeli bir homurtu önce göğsünde titredi ve ardından tıslayarak dişlerinin arasından fırlayıverdi. Demir gaza daha çok yüklendi. Kısa süre sonra moda evinin karşısındaki otoparka aracını park etti. Daha anahtarları çıkarmadan arabanın kapısını açmıştı bile. Moda evinin merdiven basamaklarını hızla çıktı, eli tam zile uzanmak üzereyken giriş kapısının aralık olduğunu fark etti.

"Güzel," diye fısıldadı ve sertçe kapıyı ittirdi. Kapı arkasındaki duvara hızla çarpıp tekrar ona doğru geldi, ama Demir çoktan merdiven basamaklarına varmıştı. Merdivenleri üçer beşer çıkarken, üçüncü katın merdivenlerinin ortasında genç bir kadınla karşılaştı. Süzemeyecek kadar hızla ilerlemesine rağmen, kadının bir an durup tekrar hareket ettiğini fark etmişti. Yanından geçerken istemsizce başını çevirdi. Göz göze geldiler. Demir sırf nezaket adına başını hafifçe eğdi, ama kadından bir karşılık alamadı, çünkü gözlerini hızla kaçırmıştı.

Demir bir anda inme inmiş gibi dondu. Beyninde bir şeyler hızla çarpışıp parçalandı ve tekrar bir bütün haline geldi. Gözler tanıdıktı. Daha birkaç saat önce kibir dolu parıltılarla kendisine küçümseyici bakışlar atıyordu. Demir öylesine afallamıştı ki kadın çoktan diğer basamakları inmek için dönmüştü. Topuklu ayakkabıların sesi ondan hızla uzaklaşırken Demir, "Matruşka!" diye gürledi.

Döndü ve kadının peşinden koşmaya başladı. Süheyla, Demir'in yön değiştirdiğini fark ettiğinde hızını artırdı, topuklu ayakkabılarına rağmen basamakları tıpkı Demir gibi üçer beşer atlayarak iniyordu. Demir onu gözden kaybetmemiş olsa da kadın tazı gibiydi ve aradaki mesafeyi neredeyse açıyordu. Demir, onun peşinden hızla inerken beyninin bir tarafı hâlâ şaşkınlıkla tutulmuş gibiydi. Kadın onu daha fazla ne kadar şaşırtabilirdi? Süheyla, giriş kapısının oraya vardığında Demir neredeyse onu yakalamışken genç kadın son anda tekrar merdivenlere yöneldi ve aşağı kata inmeye başladı.

Demir, onu takip etmeye devam ederken beyninde başka görüntüler belirdi. İki ayrı resim birbirinin üzerine bindi ve genç adam birkaç gece önce Süheyla'yı içeride saatlerce çalıştırdığı için öfkelendiği bomba hatunun aslında peşinden koştuğu kadın olduğunu fark edince neredeyse takılıp düşecekti.

Süheyla kimdi? Ve artık Demir'in cüzdanının içinde ne aradığı çok daha önemli bir soru haline gelmeye başlamıştı. Demir, genç kadının kapısında 'ATÖLYE' yazan bir bölüme girdiğini gördüğünde hızını düşürdü. Sonuçta apartmandan ayrılmadığına göre onu sabaha kadar araması gerekse de nasılsa bulacaktı. Tabii buharlaşma ve parmak şaklatarak ortadan kaybolma gibi özellikleri yoksa...

Demir de onun ardından atölyeye adım attı ve karanlık alanda dikkatle gözleri çevreyi taradı. Ardından kapının hemen yanında düğmeleri gördü. Usulca uzanıp düğmeye bastı ve ortalık güneş atölyenin ortasına düşmüş gibi aydınlandı.

Genç kadının sessiz adımları da o anda durdu. Makinelerin ve onların arkasında sandalyelerin ve büyük masaların olduğu bir yerdi. Süheyla, derin bir nefes alışının ardından usulca arkasını döndü ve gözlerini Demir'e dikti. Tanrım! Bu kadının Süheyla olduğuna inanması için bir kova buzlu suyun başından aşağı dökülmesi gerekiyordu.

"Şimdi nereye kaçacaksın?" diye mırıldandı genç adam.

Süheyla gözlerini alanda şöyle bir gezdirdi ve omuz silkti. "Sanırım hiçbir yere."

Demir ona doğru adımlar atmaya başladığında genç kadının adımları da hareketlendi. Ama bedenini arkaya çevirmeden geriye doğru adımlar atıyordu. Demir aralarındaki mesafeyi hızla kapatırken, Süheyla'nın adımları tekrar durdu. Yolunun ortasında gelişigüzel bırakılmış bir sandalyeye dizlerinin arkası çarptı. Demir, tek kaşını havaya kaldırdığında Süheyla gözlerini devirdi. Aralarında sadece birkaç adım mesafe vardı.

Genç kadın yine gözlerini Demir'den ayırmadan sandalyeye çıktı. Bir ayağı oturma kısmında dururken, diğer ayağını arkalığına koydu, sandalyeyi arkaya doğru ittirdi. Demir'in göz bebeklerinin irileşmesine neden olarak usulca zemine iniş yaptı ve bir anda sandalyenin arkasında duruyordu. Ve ellerini bile kullanmamıştı. Demir, aklını kaçırdığını düşünerek başını geriye atıp bir kahkaha attı. "Lanet olsun! Kimsin sen?" diye gürledi. Genç kadın sırtını duvara dayamışken, Demir birkaç adım ilerledi, sandalyeyi aldı. Yerden kaldırıp, ters olarak üzerine oturdu ve kollarını arkalığına doladı.

Hâlâ şaşkınlığından kurtulamamışken tehditkâr davranmak oldukça zordu, yine de denedi. "Her neyse... Bunu nasılsa çözeceğiz, ama bana..." Bir eliyle kısa olan paçasını işaret etti. "Bunun açıklamasını hemen şimdi yapacaksın. Aklından ne geçiyordu?"

Süheyla düşünmeden cevap verdi. "Elimdeki makasla karnınızı deşmek! Sanırım paçayla kurtulduğunuza duacı olmalısınız."

Demir, öne atılıp onun boynunu mu sıksın, kahkaha mı atsın bilemedi. Bir anda ayaklandı. Sandalyeyi kenara çekti ve başıyla işaret etti. "Yürü! Gidiyoruz."

"Nereye?" Genç kadının gözlerinde temkinli bir bakış vardı.

"Bana verilmiş bir sözün vardı."

# Bölüm 6

Çatışan ve üstünlük sağlamaya çalışan gözlerin bakışmaları uzun sürdü. Süheyla, öylece dikilmiş tek bir kası bile oynamazken, beyni ve sinirleri belki de en yoğun anlarını yaşıyordu. Ona mı daha çok kızıyordu kendine mi, emin değildi. İstanbul'a gelişinin bir nedeni vardı ve Süheyla, eğer tahminlerinde haklı çıkarsa sonunda bir daha İzmir'e dönemeyeceğini de iyi biliyordu. Kardeşinin ölümüne neden olan kaç kişi varsa hiç düşünmeden onları aynı şekilde cezalandıracaktı. Ve sonra ona, 'Ne iyi yaptın?' diyeceklerini de sanmıyordu.

Hayatını tamamen gözden çıkarmışken ve kaybedecek tek bir saniyesi yokken bu adamın ayağına dolanıp durmasından nefret ediyordu. Onu atlatmaya çalışırsa ne olurdu? Adamın yüz hatlarını dikkatle inceledi. Önceki karşılaşmalarından farklı olarak yüzünde, sanki hep orada duruyormuş gibi görünen kayıtsızlık ve alaycılık yoktu. Bastırmaya çalıştığı kafa karışıklığı ve merakın dışında Süheyla'nın bile üzerine gitmekten kaçınacağı koyu bir öfke vardı.

Adamda bir sorun vardı. Ruhsal ve zihinsel bir bozukluk vardı. Öyle olmalıydı, çünkü cüzdanını kurcalarken yakalanmasına rağmen biliyordu ki bu kadar öfkelenmemişti. Şimdi sadece bir paçası kısa pantolon giymek zorunda kaldı diye Süheyla bir böcekmiş de üzerine basmak istiyormuş gibi görünüyordu. Yani... Onu atlatmaya çalışırsa kolaylıkla kendini bir karakolda ifadesi alınırken bulabilirdi.

Genç kadın, kendine ve ona olan öfkesini bastırmak için derin bir iç çekişle elini öne doğru uzatarak, "Önden buyurun!" dedi.

Demir Bey homurdandı ve hâlâ Süheyla'nın yüzsüzce üste çıkmaya çalışmasına inanamıyormuş gibi başını iki yana sallayarak arkasını döndü. Genç adam birkaç adım attı. Ve Süheyla'nın gözleri istemsizce kendi marifeti olan paçalara takıldı. Daha önce adamın işaret etmesine rağmen, kontrolü kendi elinde tutmak için adamın gözlerinden başka bir yere bakmayı reddetmişti. Ama şimdi adam arkasını dönmüş yürüyordu ve her adımında bir paçası bileğinin üzerinde bayrak gibi sallanıyordu. Dudaklarını büzdü. Bir kahkaha dalgasının göğsünü gıdıkladığını hissetti.

Demir Bey, arkasından gelmesi gereken adım seslerini duymadığında sorgulayan bir ifadeyle başını arkaya çevirdi. Genç kadını hâlâ bıraktığı yerde görünce gözlerinde öfke kıvılcımları parıldadı. Bedenini tamamen ona çevirirken bacaklarını hafif aralık bırakıp, ellerini beline koydu. Bastırılmış bir hiddetle, "Davetiye mi bekliyorsun?" diye sordu.

Görüntü tehditkâr olabilirdi. Tabii Demir Bey'in pantolonunun tek paçası kısa olmasaydı... Bastırmaya çalıştığı kahkahası fark edemeden göğsünden bir balon gibi yukarı yükseldi ve dudaklarından fırladı. Süheyla, kısa süre başını arkaya atarak neşeyle güldü. Gülüşü azalırken gözleri genç adamın anlaşılmaz ifadesine takıldı. Yüzünde daha önce görmediği tuhaf bir ifade vardı. Bakışları yoğunlaşırken, sanki bir mucizeye tanıklık ediyormuş gibi yüzünde hülyalı bir ifade belirdi. Ama sadece kısa birkaç saniye...

Gen adam biri onu çimdiklemiş gibi aniden silkelendi. Kaşları tekrar derinleşir ve Süheyla'ya doğru sert ve ağır adımlar atarken, "Demek eğleniyoruz," diye mırıldandı. "Harika. Ben de reflekslerinde bir sorun olduğunu düşünmeye başlamıştım." Genç kadının yanında durdu. Süheyla, gereksiz yere ondan tekrar kaçmaya çalışmadı. Adamın eli koluna doğru uzanırken, gözlerini yüzünden ayırmıyordu. Parmakları aşırı bir baskıyla kolunu kavradı ve genç kadını çekiştirmeye başladı.

Süheyla, dengesini ayarladıktan sonra yanında hızla yürümeye devam ederken, "Nevrotik sorunlarım yok, Demir Bey. Ortada gülünecek bir şey yokken gülemem." Ona yandan kısa bir bakış attı. "Ve siz de ziyadesiyle gülünç görünüyorsunuz."

Demir Bey aniden durdu. Hiddet dolu bakışları genç kadının gözlerini delip geçti. "İnan bana, bu akşam ne kadar gülünç göründüğümün tamamen farkında olan yalnızca sen değilsin! Başarından dolayı seni takdir ve tebrik ediyorum." Anlaşılmaz bir ifade gözlerinden geçip giderken buz gibi gülümsedi. "Ve emeğinin karşılığını 'ziyadesiyle' alacağına garanti veririm. Cehenneme hoş geldin!"

Demek sorun buydu! Adamın diğer insanlar gibi, 'El âlem ne der?' düşüncesiyle, gereksiz takıntıları olduğunu hiç ummamıştı. Daha çok onun, etrafın ne dediğine ve ne gördüğüne karşı tamamen kayıtsız olduğunu düşünmüştü. Bunu ona düşündüren şeyden tam olarak emin değildi, ama bir şekilde bu yönlerinde bir benzerlik yakalamıştı. Süheyla dış görünüşüne önem veren bir insan değildi. Ve insanların onun hakkında ne düşündüğü de umurunda değildi. Hayat kendi haline de zaten zorken, bir de amaçsız takıntılarla uğraşıp daha fazla karmaşa yaratmaya gerek yoktu.

Genç kadın, Demir Bey tarafından pek de nazik olmayan bir şekilde gece mavisi bir araca bindirilirken bunu hak ettiğini düşündü. Adam hızla aracın önünden dolaşıp, sürücü koltuğuna geçti. Motoru çalıştırdı ve duraksamadan gaza yüklendi. Hız, genç kadının sırtının aniden koltuğa yapışmasına neden oldu. Ve Süheyla, ondan çok kendine öfkelendi.

Ayağının altından çekilmesini istediğin bir insanın tüm hamlelerine heyecansız ve sessiz bir karşılık verdiğinde kısa sürede bunu başarma ihtimalin yüksekti. Ama Süheyla, öfkesinin gözünü karartmasına izin vermişti. Ayrıca adamın onun sinir uçlarıyla oynayabilme gibi bir kabiliyeti vardı. Duygusuz biri değildi, ama çoğunlukla duygularının onu yönlendirmesine de izin vermiyordu. Bu adama rastlayana kadar...

Düzenli olarak spor yapıyor ve yediği her şeye dikkat ediyordu. Ama bunu diğer kadınlarla aynı nedenden yapmıyordu.

Zayıf kalmak ve güzel görünmek gibi bir çabası yoktu. O, sağlam kafanın sağlam vücutta olduğuna inanıyordu. Bunun için sağlam sinirleri vardı. Çoğunlukla dingin ve enerjisini atmış bir ruh hali içinde olduğu için de sakin ve soğukkanlı kalabiliyordu. Ama bu adam bedenindeki tüm sinirleri düğüm düğüm yapmayı başarabiliyordu. Ama bu adam en tehlikeli duygulardan biri olan öfkenin onu yönlendirmesine izin veriyordu. Ama bu adam genç kadının tüm planlarını bir anda çıkıp gelerek alt üst edebiliyordu.

Ayrıca, muhtemelen Süheyla'nın kaz kafalının biri olduğunu düşünüyordu. Zekâsına övgü yapıp durmasına rağmen onu aptalca oyunların içine çekmeye çalışıyordu. Ya Süheyla'dan karşılık bekliyordu ya da onu ezmek istiyordu. Genç kadın onun kendisini yenebileceği sanrısına kapılmaması için ona, oyunların iki kişiyle oynanacağını göstermek istemişti. Ve karşılığını; bir aracın içinde, istemediği bir adamla, bilmediği bir yere doğru ilerleyerek alıyordu.

Araç birkaç metre öteden yanan kırmızı ışık yüzünden hızını düşürmeye başladı. Süheyla camdan dışarıya bakıyordu. Sessizlik, aracın her köşesine uğursuzca sinerken Süheyla'nın tüyleri diken diken oldu. İçinden bir ürperti geçerken, koruma mekanizmasının devreye girmesiyle sırtını dikleştirdi. Sanki biri onu dürtmüş gibi başını, yüzünün iki yanına düşen ve zorlukla düzleştirdiği saçlarının savrulmasına neden olacak kadar sertçe çevirip, yanında oturan adama baktı. Adam aracı durdurmuş, usulsüzce ona bakıyordu. Gözleri önce çizmelerine kaydı. Ardından ağır ağır yukarı tırmanıp siyah, mini elbisesine ve sonunda saçlarına kısa bir bakış attı.

Süheyla, adamın saklamaya çalışmadığı yoğun ilgisinden ve bakışlarının görgüsüzlüğünden rahatsız olmuştu, ama gözlerini onun üzerinden çekmedi. Ya da midesinde oluşan ani düğümlenmeyle gelen huzursuzluğu kıpırdanarak ona belli etmedi. Dosdoğru gözlerinin içine bakıyordu.

Salonu ilk açtığı zamanlarda ne eğitmen olarak işe aldığı adamlar ne de eğitim verdiği öğrenciler ona saygı duymuşlardı. O kadar çok imalı bakışa, o kadar çok bel altı espriye maruz kalmıştı ki, artık bu durumlarda sakinliğini korumak konusunda ustalaşmıştı. Ve sağlam sinirlerine her gün şükretmişti. O anda, o sağlam sinirleri midesini düğüm düğüm yapmaya devam ediyordu. Çünkü adamın bakışı ince çorapların altında kalan uzun bacaklarına kaymıştı.

Adam onu öfkelendirmek istiyor olabilirdi. Çünkü bunu yaptığı ilk sefer değildi. Ama bu defa bakışlarında gerçek bir ilgi vardı. Demir Bey'in gözleri aniden yukarı çıktı ve gözlerini buldu. "Her akşam böyle süslenip mi gidiyorsun?"

"Size her akşam çıktığımı düşündüren nedir?"

Demir Bey'in öfkesinin kalıntılarının hâlâ yerini koruduğu yüzünde hafif bir gülümseme belirdi. Sanki kendince bir espriye gülüyormuş gibi sinirli bir gülüşle kıkırdadı, ardından kahkaha atıp aniden sustu. Ama kesinlikle eğlenmiyordu. "Yanlış ifade ettim. Seninle konuşurken söylediğim her şeye dikkat etmem gerektiğini sıklıkla unutuyorum. Yani her akşam işten çıktığında böyle mi giyiniyorsun?" Yeşil ışık yandığında genç adamın seyri kesintiye uğradı.

Süheyla, işten çıktığında moda evinin arka kısmında kalan odasına gidiyordu. Ve Demir Bey'in bu bilgiden bihaber olduğunu unutmuştu. Bilmesine de gerek yoktu.

Demir Bey, gözlerini yoldan ayırıp ona kısa bir bakış attı. "Hayret! Bir cevabın yok mu? Sessizlik senin üzerinde çok kötü duruyor."

"Nerede ne giydiğimin sizi neden ilgilendirdiğini anlamaya çalışıyorum." Süheyla, adam kendisine bakmıyor olsa da başını yana eğerek sorgulayıcı bakışlarını ona dikti.

"Sadece benim gözlerimin canına neden okuyordun, onu merak ediyorum."

"Size oldukça basit bir çözüm önerim var; Bakmayıverin!"

Genç kadın, kayıtsızca bir ayağını diğerinin üzerine attı ve Demir lanet olsun ki bu hareketi yakaladı. Kadının paçasını katletmiş olmasına öfkelenişi giderek soğurken, Demir'in kendi işgüzarlığına olan öfkesi bedenini resmen yakıyordu. Ya da Demir, bedeninde aniden ortaya çıkan ısınmanın nedenini bu şekilde yorumlamak istiyordu. Kadın aynı kadındı. Yine çok güzel değildi. Ama bol kıyafetlerinin altına sakladığı... Lanet olsun! Nefis bir vücudu vardı. Yumuşak değildi. Bundan emindi. Çünkü Süheyla'nın bacaklarında olması gerekenden çok daha fazla kas vardı. Ama bu itici olmak yerine tuhaf bir şekilde doğrudan midesinin alt kısımlarına titreşim gönderiyordu. Muhtemelen yoğun bir spor programı vardı. 'Matruşka' diye mırıldandı iç sesi ve Demir kendi kendine yüzünü buruşturdu.

Kadın ilgisini uyandırıyordu. Soğukkanlı duruşuyla, beklenmedik cevaplarıyla ve zekâsıyla... Hiçbir şeyi normal değildi ve Demir her defasında onu neyle şaşırtacağını merak etmekten kendini alamıyordu. Kazıdıkça hazinelerin fırladığı bir gömü gibiydi. Ama bu... Nefis vücut durumu hiç iyi olmamıştı. Bir şekilde Demir, böylesine hatlara ve bedene sahip olduğu için ona da derin bir öfke duyuyordu.

Yola nereye gideceğini bilmeden çıkmış olsa da, gece dışarıya çıkmadığı için tercih edebileceği tek bir adres vardı. Kayıp Şehir isimli gece kulübüne girerken yoğun kalabalık yüzünü buruşturmasına neden oldu. Hemen yanında olan bir hareketliliğin ve homurdanmanın ardından başını çevirip Matruşka'ya baktı. Kadın, hızla yanından geçen birinin omuz darbesinden kurtulabilmek için Demir'e doğru yanaştı ve genç adam bilinçsizce kolunu beline uzatıp onu tamamen kendisine çektiğinde hıçkırır gibi bir ses çıkardı. Ardından Demir'in kolunu sıkıca kavrayıp belinden uzaklaştırdı. Ve ona buz gibi bir bakış gönderdi.

Demir, kendi iyiliği açısından da kolunun geri savrulmasına memnun olmuştu. Yine de... Kendi hareketini yakalayamadan uzandı ve parmakları sıkıca kolunu kavradı. Ve nispeten kalabalıktan daha uzak bir köşede konuşlanmış yüksek tabureli masalara varana kadar da bırakmadı.

Genç kadın, parmaklarının sıkı kavrayışından kurtulduktan sonra soğuk bakışlarını ona dikti. İfadesine yakıcı bir alay yerleşirken, "Çok sevdiyseniz; paket yapıp eve de götürebilirsiniz, Demir bey! Tüm gece kolumla yakın bir ilişki kuracağınızdan endişelenmeye başlamıştım," dedi. Ardından burun kanatları genişledi ve öfkeli bir soluk hızla dışarı fırladı.

Demir, ona cevap vermedi. Kendi taburesine geçişinin ardından, kadının üzerindeki kabanı sert hareketlerle çıkarmasını izledi. Kadının zarif olmakla alakalı tek bir noktası yoktu. Sert, çözüm odaklı, estetikten uzak... Yine de ilgi çekici bir şeyler vardı. Ve Demir bakışlarına sahip çıkması gerektiğini biliyordu. İlgisi yoğunlaştıkça ondan uzak kalması gerekeceğini de biliyordu. Ama kadını tam olarak çözemeden ondan uzak durmakta istemiyordu. Bir iç çekişi bastırdı. Bu işin sonunun çok boktan olacağını hissediyordu. Ona kapılmadan rotasının ciddi bir değişikliğe ihtiyacı olacaktı.

Kadın taburesine yerleşti ve aniden başını Demir'e çevirdi. Kan, yanaklarından kulaklarına doğru telaşsızca ilerlerken gözlerinde huzursuz bir bakış vardı. Ama kadının kızarmasının utançla uzaktan yakından alakası yoktu. Daha çok eline bir fırsat geçerse Demir'i o anda öldürmek istiyormuş gibi görünüyordu.

"Demir Bey, daha ne kadar süre bana tren muamelesi yapmayı düşünüyorsunuz?"

Demir, ona yarı kapalı göz kapaklarının arasından bakıyordu. Kaşları alaycı bir tavırla yukarı tırmandı. Kadına bakıyordu. Yani gerçekten bakıyordu. Ve huzursuz olması keyifliydi. Ve ancak o, Demir'e bu kadar uzun bir cümleyle 'Öküz' diyebilirdi. Demir'in soruya verecek onlarca cevabı vardı. Ve hepsi de çok duyarlı bir kadının düşüp bayılacağı türdendi. Ama Süheyla bayılmazdı. O farklı bir yaratıktı. Ve Demir tepkisinin ne olacağını merak ediyordu. Yine de hafif tutmaya karar verdi.

"Trene binip binmeme kararı alana kadar..."

Hareket aniydi. Allah'tan Demir'in refleksleri kuvvetliydi, yoksa midesine inecek olan sert darbeyi son anda yakalayamazdı. Parmaklarının sıkıca kavradığı kolu aniden çekmesiyle Süheyla, Demir'in göğsüne sertçe yapıştı. "Belki de sadece kolunu değil... Seni komple paket yapıp evime götürmeliyim."

Süheyla adamın sert ve sıcak göğsüne yapışmışken, sözleriyle birlikte başını yukarı kaldırdı. O kadar yakınlardı ki, başını kaldırırken alnı çenesine sürtünmüş, burunları neredeyse birbirine değecek kadar yakın durmuşlardı. Demir Bey, geri çekilmedi. O zaman Süheyla da çekilmeyecekti. Ve tam orada, adamın burnunun dibinde kaldı. Bunun için içinde dalgalanan ve farklı frekanslarda olan hisleri görmezden gelip öfkeye yüklendi.

"Dikkat edin, Demir Bey! Güzel paketler sürprizlerle doludur. Sonra pişman olmayın."

Genç adamın gülümsemesi keyiften ve yumuşaklıktan oldukça uzaktı. Ve içindeki tehlike alarmlarının tümünü harekete geçirmişti. Genç adam sakince, "İyi de..." dedi. Başının hafif bir hareketiyle dudakları Süheyla'nın kulağında titreşti. "Benim paketim güzel değil ki! İlgimi çeken içindeki gizemi..."

Aynı anda dört çift göz üzerlerine kilitlenmişti. Bir çift gözün sahibi izledikleri adamın tam o anda neler yaptığını harfiyen bir başka adama mesajla iletti ve karşılığında, 'O zaman geri dönün.' Cevabını aldı. İki adamın manidar bakışları tünedikleri masanın üzerinden birbirini buldu. Biri alaycı bir sesle, "Çelik Bey, sevinçten sarhoş olmasın?" diye sordu. Diğeri ona gözlerini devirdi ve birlikte mekânı hızla terk ettiler.

Süheyla homurdanma ve gülme arası bir ses çıkardı. Adam sinir uçlarını tarumar etmişti. Kendini hızla bedeninden ayırırken, "Fazla merakın bünyeye iyi gelmediğini duymuştum," dedi.

Genç adam laf dalaşına devam etmek için dudaklarını araladı, ama masalarında bir anda beliriveren garson sözlerini ağzına tıkadı.

Garson, müşterilerini görmekten oldukça hoşlanmış gibi gözleri ışıldarken, "Hoş geldiniz, Demir Bey. Sizi burada görmek harika!" dedi. Çocuk neredeyse ellerini çırpacak kadar sevinçli görünüyordu.

"Nasılsın, Murat?"

"Teşekkür ederim. Ne alırdınız?"

Demir Bey, gence göz kırptı. "Ben, her zamankinden," ardından bakışı Süheyla'yı buldu. "Aç mısın?" diye sordu. Sesinde, biraz önceki o haşarı ve edepsiz çocuk tınısı yoktu. Oldukça ilgili ve naziktı.

Genç kadın başını iki yana salladı. Adamın ne sipariş verdiğini bilmiyordu, ama kayıtsızca, "Bana da aynısından!" diye bildirdi.

Garson başını eğip hızla uzaklaşırken Süheyla, "Umarım kaliteli zevkleriniz vardır," diye mırıldandı.

Demir Bey'e bakmıyordu, ama adamın yüzündeki, kelimenin tam anlamıyla piç sırıtışı göz ucuyla görmüştü. "Hiç şüphen olmasın!" Ve o haşarı ergen yine sesine geri dönmüştü.

Süheyla abartılmış olduğu bariz olan bir merakla ve yapay bir gülümsemeyle genç adama döndü. "Zihninizin gelişim süreci kaç yaşında sonlandı, Demir Bey? On iki? On üç? Muhtemelen, aileniz beyninizin ani kaybı yüzünden yas tutmuştur."

Demir Bey'in yarı kapalı gözleri kalabalığı tararken, bir anda açılarak ona döndü. "Bence biraz yavaş gitmelisin!" Sesinde bir adım daha atmamasını söyleyen açık bir uyarı tonu vardı. Genç kadının vereceği cevabı umursamadan gözerini tekrar kalabalığa dikti. Başı hafifçe sağa dönerken aniden sırtını dikleştirdi. Ve o noktada takılı kaldı.

Genç kadın onun bakışlarını takip ettiğinde uzun boylu ve ciddi anlamda karizmatik bir adamın kendilerine doğru geldiğini gördü. Adamın yüzünde sıcak bir gülümseme vardı. Genç adam, masalarının birkaç adım uzağındayken Demir Bey kendisiyle birlikte kolundan tutarak Süheyla'yı da ayağa kalkmaya zorladı. Süheyla, dişlerini sıkar ve içinden ayağındaki çizmeleri çıkarıp topuklarıyla kafasında delikler açmayı düşünürken gözlerini gelen adama dikti. Adam, sanki yüzündeki ifadeden her şeyi okuyormuş gibi kaşlarını şaşkınlıkla kaldırdığında, zorlukla dudaklarını iki yana doğru gerdi.

Adam neşeli bir gülümsemeyle, "Seni buraya hangi rüzgâr savurdu diye klişe bir soru sormak zorundayım!" dedi. Sanki Demir Bey'in mekânda bulunmasını garipsemiş gibi görünüyordu.

Demir Bey, "Gereklilik diyelim," dedi.

"Mekânımı şereflendirdiniz." Adam, sözlerinin ardından Demir Bey'e kısa bir bakış attı.

Demir Bey taburesine yerleşirken yine -sanki Süheyla birinin yönlendirmesi olmadan oturmayı beceremiyormuş gibi- kolunu sıkıca kavradı. Ardından basit bir hareketle elini genç kadına uzattı. "Sü." Ardından yanlarına gelen adamı işaret etti. "Aliş... Mekânın sahibi." Genç kadın, adamın yüzünü buruşturduğunu görememişti. Çünkü öfke zihnindeki tüm noktaları kızıla boyamıştı.

Başını sertçe Demir Bey'e çevirerek, "Kalın kafalı olduğunuzu biliyordum ama bu kadarı beni bile şaşırttı, Demir Bey! İsmim; Sü-hey-la. İsterseniz bir kalemle avucunuza yazalım ve ilk heceden sonra zayıf hafızanızda tutamadığınız diğer heceleri bakıp, söyleyebilin." İçinde biriken öfke dışarıya sert bir soluk olarak çıkarken kısa süre duraksadı. "İsmimi bir bütün olarak seviyorum. Tüm harfleriyle!"

Demir Bey, oldukça kayıtsız bir havayla, "Çok uzun," diye mırıldandı. "Sü-hey-la," dedi kelimeleri yayarak, tok bir tonla. "Bak! Nefes nefese kaldım. Söylerken yoruluyorum."

Süheyla çileden çıktığını hissetti. Ona ismini babası vermişti ve kimsenin ona ne takma bir isimle ne de ismini kısaltarak seslenmesine izin vermemişti.

"Sanırım sizi öldürürsem, dünya bir gereksizden kurtulduğu için ceza almam?"

"Kaç kişiyle, yavrum?"

"Sözlerinize dikkat edin!"

"Öyle mi? Hangisini beğenmedin?"

"Aslında beğendiğim tek şey sizsiniz, Demir Bey! Her şeyinizle!"

"Çok yazık!"

"Pi-"

"Yavaş gel!"

Süheyla'nın tüm bedeni öfkeden köpürürken, yanlarında olduğunu unuttuğu Ali Bey alay eden birkaç cümleyle söze karıştı. Süheyla, mekânın methini de Ali Bey'in methini de sık sık duymuştu. Giydiği moda olan, başarılarıyla kendisinden söz ettiren ve kadınların ah çekmelerine neden olan bir adamdı. Ayrıca

İstanbul'un kabini de elinde tuttuğu söylenirdi. Adamın çevresi o kadar genişti ki, yurt dışına taşmıştı. Süheyla'nın düşünceleri bir anda felce uğradı ve ardından hızla koşturmaya başladı. Eğer aynaya baksaydı kafasının içinde yanan ışığı net olarak görebileceğini düşündü.

Daha en başından Ali Bey'in geniş çevresinden ve kolunun uzandığı yerlerden faydalanmayı düşünmesi gerekiyordu, ama Süheyla tutmuş Demir Bey'le laf dalaşı yaparak zamanını tüketiyordu. Ali Bey, ikisinin arasındaki tuhaf diyaloglara ve gerginliğe alaycı bir yaklaşımla göndermeler yaptıktan hemen sonra, iyi dileklerini sunarak geriye doğru bir iki adım attı.

Süheyla, aynı anda yüzüne geniş bir gülümseme yerleştirdi ve gülüşünün gözlerine ulaştığını umdu. Sesinin tonunu ayarlayarak nazik ve hafif ayartıcı bir tonla, "Teşekkürler, Ali Bey," dedi.

"Rica ederim." Ali Bey, kaşlarını kaldırdı ve nazikçe, "Görüşürüz," diye mırıldandı.

Muhtemelen öylesine söylenmiş bir sözdü, ama Süheyla bunu üzerine alınmak için gecikmedi. "Umarım." Flört etmeyi asla becerememişti. Muhtemelen o anda da beceremiyordu, ama en azından bir isteği olduğunu belli edebilecek kadar hevesli göründüğünü umuyordu.

Ali Bey'in ve Demir Bey'in gözleri masanın üzerinden buluştu. Genç kadın, bu tuhaf bakışmanın anlamanı çözemediği için Demir Bey'e yandan, kısa bir bakış attı. Adamın yüzünde taş kesmiş bir ifade vardı. Ve Süheyla ilk defa yüz ifadesinin içini ürperttiğini hissetti.

Ali Bey, kahkahasını tutmaya çalışıyormuş gibi görünürken başını eğdi ve arkasını dönüp uzaklaştı. Ve aynı anda Demir Bey'in fokurdayan bakışları gözlerine kilitlendi. "Sakın!" dedi. Öfke sesinin her katmanına yayılarak titremesine neden oldu. "Sakın benim yanımda bir başkasıyla kurlaşmaya kalkma!"

Bakışlar sert ve etkili olabilirdi. Ama Süheyla'nın sinmek gibi bir huyu yoktu. "Niye? Egonuzu mu zedeliyor?" Nazik bir gülümseme dudaklarında şekillendi. "Ayrıca bugünden sonra görüşmeyeceğimizden emin olun, Demir Bey!"

Adamın ifadesinde bir kırılma oldu. Göz kenarları bir gülümsemenin habercisi gibi kırıştı. Ardından genç adamın tek kaşı havaya kalktı. "Hadi, seninle bir anlaşma yapalım."

Demir, kadının düşünmeyi bıraktığı o ânı yakalamıştı. Ardından yüzüne hesapçı bir ifade yerleşti ve genç kadın bu defa teklifi üzerinde düşünmeye başladı. Temkinli bir tınıyla, "Ne gibi?" diye sordu.

"Sen bana cüzdanımda -yalansız- ne aradığını söyle ve ben de bu günden sonra seni bir daha rahatsız etmeyeyim."

Demir, gözlerini onun yüzünden ayırmadı. Hatta garson gelip, kadehlerini önlerine koyduğunda da gözlerini onun yüzünde tutmaya devam etti. O, beyninde hesaplar yaparken her kas hareketini, her küçük kıpırdanmayı yakalamak için gözlerini bile kırpmayı düşünmüyordu. Bu nedenle kaşlarının ortasındaki küçük hareketliliği ve gözlerinin kenarındaki hafif kısılmayı fark etmesi zor olmamıştı. Bakışlarında bir şeyler değişir ve Süheyla'nın yüz ifadesi utangaç bir ifade alırken, genç kadın söyleyip söylememekte kararsız kalmış gibi alt dudağını ısırdı.

"Evet?" diye sordu Demir karar aşamasında yardımcı olmak için.

"Söyledikten sonra beni özgür bırakacağınızdan emin olabilir miyim?"

"Fotoğrafları gözlerinin önünde sileceğim." Demir bu kelimeleri ona güven vermek için yumuşak bir sesle söylemişti. Ama elbette, bir kopyaları flash belleğinde saklı duruyorlardı.

Ve Süheyla da tek kaşını kusursuzca havaya kaldırarak, "Ya kopyalarını ne yapmayı düşünüyorsunuz?" diye sordu. Demir, onun yeme düşmesini beklemiyordu zaten.

Açık oynayarak, "Onlar da hatıram olarak kalsın. Sözüme güvenebilirsin!"

Genç kadın homurdandı. Ve Demir 'Eminim' gibi bir şey duyduğuna yemin edebilirdi.

Süheyla, sonunda teklifini başıyla onayladı. "Pekâla..." dedi ve yapay bir huzursuzlukla yerinde kıpırdandı. "Bu nasıl söylenir bilmiyorum. Ama kartvizitlerinizin bir tanesi ilgimi çekmişti.

Üstündeki ismi gördüğümde duygularıma yenik düştüm. Ve şahsın bilgilerini öğrenmek istedim. Takdir edersiniz ki, utandığım için de bunu sizinle paylaşamadım."

Demir, sözlerinin tek bir kelimesine bile inanmamıştı. Ama bunu yüzüne vurmaktansa onun sinirlerine dokunmayı tercih etti. "Ben de senin duygusuz olduğunu sanmıştım."

"Duygusal olmak ve duygusuz olmak arasında azımsanmayacak bir fark var!"

Demir, içinden güldü. Kadın kesinlikle diline hâkim olamıyordu. Ciddi bir ifade takınarak, "Ama birinin bilgilerini almak için neden böyle bir yol seçtin? Doğrudan bana sorabilirdin!"

Süheyla'nın yüzünden çileden çıkmış bir ifade gelip geçti ve ardından yüz ifadesini kontrol altına aldı. "Demir Bey, kadınları bilirsiniz..." genç kadın sözlerini yarıda keserken dudaklarını büzüştürdü, "anlarsınız ya!"

Demir, düz bir tonlamayla, "Hayır. Anlamıyorum," dedi.

Genç kadın homurdandı ve Demir bu defa onun, 'Kaz kafalısınız da ondan!' dediğine emindi. Genç kadın yüzünde sabırlı bir gülümsemeyle, "Hoşlandığım birinin sizin tanıdığınız olması durumu; bunu size açıklamamı güçleştirdi diyebiliriz." Bir eli havada süzüldü -gerçekten süzüldü- ve manidar bir tavırla alnına kondu. "Yaptığımdan gerçekten utanıyorum."

Yüzünde pişmanlık dolu bir ifade ve dudaklarında gergin bir gülümseme vardı. Demir, bir elini uzatıp dostça bir tavırla sırtına koydu. Ve genç kadın aynı anda ürpererek elini alnından çekti. Demir, "Beni bağışlayabilecek misin? Ben de, benimle ilgili bir durum olduğunu sandım ve takdir edersin ki bu da tedirgin olmama neden oldu." Abartıyla iç çekti. "Biraz karışık bir geçmişim var." Yüzünde anlayışlı bir ifadeyle sırtını yine dostça sıvazladı. "O zaman, içeceklerimizi içtikten sonra seni evine bırakmamı ister misin?"

Süheyla, içine düştüğü şaşkınlığı saklama çabası içinde gülümsedi ve başını sallamakla yetindi. Masada duran ve geldiği andan beri ilk defa uzandığı kadehini sıkıca kavrarken yüzü duyduğu rahatlıkla gevşedi. Ardından dudakları kadehin ağzına değdi. Büyük bir yudum almak için kadehi kafasına dikerken, Demir ilgiyle onu izliyordu.

Genç kadın gözlerini irice açar ve yüzünü buruştururken, genç adam güldü. Kadın, ağzında bir süre tuttuğu sıvıyı zorlukla yutarken Demir de kendi kadehine uzandı. Ve büyük bir yudum aldı.

Süheyla ekşi bir sesle, "Lanet olsun! Bu da ne?" diye sordu.

Demir alaycı bir tınıyla, "Sebze suyu! " dedi.

Süheyla, yüzünü buruştururken başını sertçe iki yana salladı. "Hayatımda böyle iğrenç bir şey tatmamıştım."

Demir kendi kadehinden bir yudum daha aldı. "İyi ya! İçmedim demezsin."

Demir telaşsızca içeceğini bitirirken, Süheyla'nın bedeninin gerginlikten neredeyse ayrılacağını düşündü. Araca bindiklerinde genç kadının taksiyle gitmek için ısrar etmemesine şaşırmıştı. "Adresin ne?" diye sordu.

"Moda evi." Genç kadın omuz silkti.

Demir, onun yalan söylediğini düşünüyordu, ama bunu kolaylıkla çözebilirdi. "Neden?" diye sordu gerçek bir merakla.

"İstanbul'a yeni geldim ve bir düzen kurabilmek için yeterince param yok. Otele ayırmak için de yok." Tekrar omuz silkti. Ve Demir her nedense bu sözlerin doğruluğuna inandı. Kadın bunu ne hüzünlü bir ifadeyle söylemiş ne de bu duruma üzüldüğüne dair tek bir belirti göstermişti. Sadece olağan durumu hakkında bilgi veriyordu.

Sessizliğin hüküm sürdüğü bir yolculuğun ardından Demir moda evinin önünde durdu. Ve Süheyla, gerçek bir minnetle ona baktı. "Anlayışınız için teşekkür ederim, Demir Bey."

"Eğer daha açık davranmış olsaydın, ben de bu kadar uzatmazdım. Yine de bunun için üzgünüm."

Süheyla, hafifçe gülümsedi. "Rica ederim. İyi akşamlar."

Demir karşılık olarak başını eğerken, genç kadın kaçarcasına araçtan indi ve hızla moda evinin bulunduğu apartmana giriş yaptı.

Demir arkasından sırıtırken, "YALANCI!" dedi ve başını iki yana salladı. Süheyla öylesine mutlu olmuştu ki, fotoğrafları her ihtimale karşı sildirmeyi bile unutmuştu.

Demir ertesi akşam yine moda evinin tam karşısındaki garaja aracını park etti ve genç kadını beklemeye başladı. Tahminlerinde yanılmıyorsa onun yine çıkacağından emindi. Eğer çıkmayacaksa bile nasılsa bir başka gün çıkacaktı ve Demir yine onu tam orada bekliyor olacaktı. Bunun sapkınca olduğunu düşünmek istemiyordu, çünkü kadın bir şeyler gizliyordu.

Uzun bekleyişinin meyvesini gecenin geç saatlerine doğru aldı ve bu defa onu tanımakta zorlanmadı. Sadece Süheyla bu kadar kıvrımlı saçlara sahip olabilirdi. Bir gece önce saçları sanki cetvelle çizilmiş gibi dümdüz görünüyordu. Demir, bunu nasıl başardığına kafa yormayacaktı, çünkü içinden çıkamayacağına emindi.

Genç kadın aceleyle merdivenleri inerken, Demir de motoru çalıştırdı ve arabayı vitese aldı. Genç kadın hiç vakit kaybetmeden binanın önünde duran taksiye bindi ve araç yola koyuldu. Demir de onu gözden kaybetmeden, ama kendisini fark edemeyecekleri mesafesini koruyarak peşlerinden ilerledi. Yarım saat sonra kendini Anadolu Yakası'nda, aracını mini bir marketin önünde park ederken buldu. Genç kadını gözden kaçırmamak için bakışlarını üzerinden ayırmıyordu. Süheyla, cadde boyu ilerlerken ellerini paltosunun ceplerine koyarak ve yine aralarındaki mesafeyi koruyarak onu takip etmeye başladı.

Çok geçmeden bir kaş çatışıyla onu izleyenin sadece kendisi olmadığını fark etti. Süheyla ve kendisinin arasındaki mesafenin tam ortasında başka bir adam, genç kadını takip ettiğini saklamaya gerek duymadan peşinden ilerliyordu. Demir, önce atılıp adamın boğazını sıkmak için güçlü bir istek duydu, ama adam Süheyla'ya zarar vermeye yeltenmedikçe kendisini açık etmemeye karar verdi. Takipleri Süheyla'nın hızla bir sokağa dalmasıyla yön değiştirdi. Adam da hızını artırarak onunla birlikte sokağa döndü. Genç adam içinden Süheyla'ya lanet okurken -insan bu kadar da fütursuz bir cesarete sahip olmamalıydı- kendi adımlarını da hızlandırdı.

Sokağın başında kendini gölgelerin arasından yürümeye zorladı, yoksa bir koşu gidip adamın boğazını sıkacaktı. Demir, daha birkaç adım atmışken genç kadın karanlık bir araya girdi ve Demir sessizce, "Aptal!" diye söylendi. Arkasından gelen bir adam olduğunu nasıl fark etmezdi? Orada bulunmasının iyi bir tesadüf olduğunu düşünürken sokağın karşısına geçmek için adım attı. Gözleri onu takip eden adamdan bir saniye ayrılmıyordu ve artık neredeyse koşmaya başlamıştı. Adam genç kadının girdiği sokağa dalış yaptığında Demir'in kalbi korkuyla gümbürdemeye başlamışken, kurşun yemiş gibi bir anda durdu. Ve fısıldadı. "Siktir!"

Süheyla'yı takip eden adam, kıvırcık bir yumağın kafasına attığı darbeyle arkaya doğru savruldu. Demir'in gözleri yuvalarından çıkarken, genç kadın adamın omuzlarını sıkıca kavradı ve bedenini aşağı çekip, yukarı kaldırdığı diziyle adamın göğüs bölgesini bütünleştirdi. Ve son olarak yumruk olmuş eli, adamın çenesinde patladığında çıkan ses Demir'in bile ürkmesine neden oldu.

Genç adam, önünde bulunduğu binaya biraz daha yanaştı ve sırtını duvara verdi. Ardından genişçe sırıtırken afallamış bir fısıltıyla, "Chun Lee, Matruşka!" dedi. Kadının sürprizleri bir yerde son bulacak mıydı? Şaşkınlıktan başı dönüyordu. Demir, hafifçe başını eğerek gözlerini Süheyla'nın bedenine dikti. Parmaklarına dolanmış muştayı usulca çıkartırken, yerde kıvranan adama bir şeyler mırıldandı. Ve sanki biraz önce adamı yere deviren kendisi değilmiş gibi sokaktan aşağıya doğru seri adımlarla ilerledi.

Demir, nefes nefese kalmıştı ve bunun nedenini kendisine bile açıklayamıyordu. Vakit kaybetmeden bir alttaki sokağa daldı. Sokak boyunca ilerledi ve koşar adımlarla tekrar aşağıya doğru yürüdü. Süheyla'nın yürüdüğü sokağın paralelinden aşağıya doğru hızını artırdı. Her ara sokakta başını çevirip, genç kadını kontrol ediyordu. Ve sonunda onu geçmeyi başardığında hızını ayarlayarak tekrar sokaklardan birine daldı. Sokağın başında, bir binanın duvarına yaslanmış beklerken topuklu ayakkabılarından çıkan sese odaklandı. Ses, adım adım kendisine yaklaşırken genç adam derin bir nefes alarak kaslarını gerdi.

Genç kadın görüş alanına girdiğinde ona doğru uzandı. Hareketleri hızlı ve seriydi. Bir kolunu yakalayıp, onu hızla duvara doğru iterken, Süheyla'nın şoku atlattıktan sonra diğer kolunun hamlesinden başını eğerek kurtuldu. Kadının neler yapabileceğine tanık olduktan sonra kendi gücünü sınamaya çalışıp, rezil olmaya gerek yoktu. Dirseğini kadının boynuna sıkıca bastırıp, yüzüne eğildi ve kısık sesle, "Selam, Bayan Chun Lee," dedi.

Genç kadının bedeni kaskatı kesildi. Ardından kontrolünü sağlamaya çalışır gibi derin bir nefes alırken şaşkın ve öfkeli bir sesle, "Demir Bey?" diye sordu.

"Ta kendisi!"

Süheyla'nın omuzları çökerken öfkeyle tısladı. "Lanet olsun! Beni takip ettiğinize inanamıyorum. Sanırım ölümünüz benim elimden olacak!"

## Bölüm 7

Hızla alıp verilen soluklar birbirine karışıyordu. Giderek ısınan bedenlerinin arasındaki mesafe soğuk havayı aralarından geçirmeyecek kadar kısaydı. Demir, biraz önce kadının dizinin nelere kadir olacağını gördüğü için, bir ayağını kendi ayağının üzerine çapraz olarak yerleştirdi ve kadının bacaklarına hızla bastırarak hareket kabiliyetini tamamen kısıtladı.

Karanlıkta gözlerini göremiyordu. Ama öfkesini anlamak için gözlerine bakmaya gerek yoktu. Bedeninden yükselen öfkeyi somut bir varlık gibi hissediyordu. Kadının nefesi sıktığı dişlerinin arasından tıslayarak çıkıyor, kolunun altındaki boğazının her yutkunuşunu hissedebiliyordu.

Aslında onu takip etmeliydi ve ne işler çevirdiğini öğrenmeliydi. Lanet olsun! Bunu gerçekten deli gibi merak ediyordu. Ama koruma içgüdüsü devreye girmişti bir kere... Dövüşmeyi biliyor gibi görünmesi bir şeyi değiştirmiyordu. Adamı yere bir-iki artistik hareketle yere devirmesi de bir şeyi değiştirmiyordu. Bunların hiçbiri kendisini gerçekten koruyabileceği anlamına gelmiyordu. Ama her şeyden önce kadın yanında muşta taşıyordu. Ve bir kadının muşta taşıması için iyi bir nedene ihtiyacı vardı. Hem göz spreylerinin nesi vardı?

Demir bunun için onun yoluna çıkmıştı. Yine uzaktan seyretmek zorunda kalmamak için... Ve Demir artık ondan doğruları öğrenmeye kararlıydı. Hemen o dakikada!

Genç kadının göğsünden bir mırıltı yükseldi. Ses, Demir'in uyarı mekanizmasını devreye sokacak kadar ayartıcıydı. Süheyla'nın bundan haberi var mıydı? Yarım adım geri çekilerek yapışık olan bedenlerini birbirinden ayırmak zorunda kaldı.

Genç kadın konuşmak için olduğu çok belli olan derin bir nefes aldı. "Beni aptal yerine koydunuz! Sözünüze güvenmemi sağlayarak bana aptal muamelesi yaptınız!"

"Verdiğim sözü tutardım! Eğer yalan söylemeseydin... İnan bana sözlerimi tutmak konusunda sandığından daha hassasım."

Kadının kabullenmişlikle verdiği yavaş soluk, Demir'in yüzünü yalayıp geçti. Yaşattığı hissi orada bırakıp derinin altına sızmasına neden olarak... Demir kadına güvenmiyordu, ama onunla başa çıkabileceğini umuyordu. Bunun için bedenini serbest bıraktı. Belki başka bir nedeni daha vardı, ama Demir bunu kabullenirse beyninin arka taraflarında onu çimdikleyen uyarı sinyallerini görmezden gelme konusunda zorluk yaşardı. Yine de onu tamamen serbest bırakmayı göze alamadı. Ellerini başının iki yanına koyup bir adım daha geri çekildi.

Genç kadının yüzünü o anda net olarak göremese de gözlerini devirdiğine yemin edebilirdi. Ne çok gözlerini deviriyordu! Süheyla nefesini düzene sokmak için derin bir nefes daha aldı. "Bu gece bana izin verin!" Sanki kendine hâkim olamıyormuş gibi bir elini yüzüne doğru götürdü ve avucuyla alnını ovuşturdu. "Benim için önemi çok bir işim var. Ama emin olun yarın nereye isterseniz gelirim ve size sorularınızın cevaplarını dürüstlükle veririm."

"Sana neden inanayım?" Demir, o göremese de sorarcasına tek kaşını havaya kaldırmıştı.

"Çünkü başka türlü peşimi bırakacak gibi görünmüyorsunuz!"

"Söylediğimde bırakacağıma neden bu kadar eminsin?"

"Çünkü bana bir söz verdiniz ve siz sözlerinizi tutmak konusunda hassassınız." Genç kadının sesi son kelimelerinde dişlerinin arasından tıslayarak çıkmış ve sabrının sınırlarının aşılmak üzere olduğunun haberini vermişti.

"O sözü dün verdim ve sen hakkını yalan söyleyerek kaybettin!" Demir başını iki yana salladı. "Hemen şimdi! Burada.

Ne işler çevirdiğini ve cüzdanımı karıştırmanın gerçek nedenini öğrenmek istiyorum."

Genç kadının bedeninden yayılan gerginlik sanki Demir'in tenine çarpmıştı. "Kahretsin! O kadar zamanım yok. Yarın size her şeyi anlatacağım."

Demir, yine başını iki yana salladı. "Ya anlatırsın ya seninle gelirim. Her nereye gidiyorsan!"

Süheyla'nın dişlerinin gıcırtısı kulaklarını tırmaladı. Kadının eli bir an için ona doğru hamle yaparken yarı yolda duraksadı ve yumruk olup tekrar yanına düştü. "Çok baş belası tanıdım, ama bu konuda kimse elinize su dökemez!" Demir'in duvarda duran ellerinden birini sertçe ittirdi. "Keyfiniz bilir! Ama başınıza bir şey gelirse sizi tanımam."

Genç adam başını eğerek, "Hay hay," dedi. Onun zor durumda kalması onu neden keyiflendiriyordu bilmiyordu, ama sesine yayılmasını engellese iyi olurdu.

Kadın bir an için başını ona çevirdi. Öfkeli bir soluğu dışarı koyuverdi. Demir'in geri çekilmesini beklemeden omzuyla bedenine sert bir darbe yaparak yanından geçti ve sokaktan aşağı yürüyüşüne devam etti. Demir'in adımları hiç vakit kaybetmeden onun adımlarını takibe başladı. Genç adam kondisyonunun hâlâ yerinde olduğu için şükrediyordu. Kadın öyle hızlı yürüyordu ki, yanında yürümek çok güçtü.

"Gizli polis falan mısın?" Bu soru bir anda aklından geçerken aynı hızla dudaklarından döküldü.

Kadın kısa bir duraksamanın ardından yürüyüşüne devam etti. Demir, onun soruyu yanıtsız bırakacağını düşünür ve polis olması ihtimali bu sessizlikle ihtimal olmaktan çıkmaya doğru ilerlerken Süheyla, sert bir tonla söze girdi. "Eğer öyle olsaydı, önce sizi bir daha çıkmamak üzere kodese tıkardım."

Sözleri Demir'in içten içe gülmesine ve sırtını dikleştirmesine neden oldu." Ne? Suçum ne?"

"Belirli bir suç işlemenize gerek yok. Varlığınız sinir sistemine ağır bir tahribat yapıyor. İnsan sağlığı için kesinlikle zararlısınız. Tıpkı kötü huylu bir ur gibi yapıştığınız yerde kalmıyor, her yere yayılıyorsunuz!"

Demir güldü. "Geriye dönerken kalbimin dağılan parçalarını toplamama yardım edeceksin!" Kadın ona cevap verme gereği duymadı. Demir ellerini paltosunun ceplerine sokarak yürümeye devam etti. Kadın doğrudan karşıya bakarak hız kesmeden ilerliyordu. Sokak lambalarından birinin altından geçerken yüzü kısa bir an ışıkla yıkandı ve genç adam onun yüz ifadesini net olarak gördü.

Soğukkanlı, sert, heyecansız, ama bir o kadar da düşüncelerinin içinde kaybolmuş gibiydi. Genç adam, "Nereye gidiyoruz?" diye sordu. Genç kadın bir anda başını ona çevirdi. Hâlâ Demir'in yanında yürüyor olmasının mantıksızlığını kendi kendine tartışıyormuş gibi homurdandı. Ardından kısa süre gözlerini adamın yüzünde tuttu ve başını tekrar çevirdi. Ve çenesiyle karşıyı işaret etti.

Demir'in bakışları tembelce işaret ettiği yöne kaydı. Sokağın sonunda bir cadde ve caddenin karşısında birçok dükkân vardı. Süheyla'nın yüzüne bir bakış daha attı ve gözlerinin kilitlendiği noktayı anlamaya çalıştı. Bir bira markasının ambleminin bulunduğu tabelasında 'KARDEŞLER BİRA' yazan ve pek de matah olmayan bir birahaneyle karşılaştı. Emin olamayarak, şüpheci bir sesle, "Kardeşler Bira?" diye sordu.

"Aynen!"

Nemli hava ve daha önce kısa bir süre çiseleyen yağmur, asfaltı yapışkan bir hale getirmişti. Demir'in her adımında ayakkabılarından çıkan sinir bozucu yapışkan bir ses havaya yükseliyordu. Öfke ve şaşkınlıkla durduğunda ses de aniden durdu. "Gecenin bu vaktinde bir birahanede ne işin var?"

Süheyla hız kesmeden hedefine doğru ilerlediğinde ayak bileklerinden yukarıya doğru yükselen bir sıcaklık hissetti. Hızla yukarı tırmanan ve beynine ulaşan öfkeyle başını iki yana salladı. Ve ardından genç kadının tam yanında yürümek için adımlarını hızlandırdı.

"Sana bir soru sordum!" Tempolu yürüyüşüne devam ederken gözlerini kararlı bir ifade taşıyan yüzünde tuttu.

Süheyla ona dişlerini sıktığını ve birazdan hırlamaya başlayabileceğinin habercisi bir bakış gönderdi. "Her açıdan... Sizi ilgilendirmez, Demir Bey!" Ve tekrar yürümeye devam etti.

Demir yüzünü buruşturmak istedi. Bunu kendisi de biliyordu. Orada, bir kadının peşinde ne işi vardı? Kadının nelerin peşinde olduğundan ona neydi? Ama gizemi çözmenin heyecanı dayanılmazdı. Ayrıca o, bir erkekti ve gecenin bu saatinde -hem de o nefis vücutla- tek başına bir birahaneye gitmesi mantığına aykırıydı. Ve doğal olarak tepkisini göstermişti.

Genç kadın onu düşünceleriyle baş başa bırakıp aniden karşıya geçtiğinde, onu dizine yatırıp kaba etini pataklama isteğiyle doldu ve bir küfür savurarak ileri atıldı. Hızla ve vızır vızır geçen arabaların arasına dalıp, başına bir şey gelmeden kendini onun yanında buldu.

Süheyla, mekânın birkaç metre gerisinde durmuş, sert bakışlarını birahanenin giriş kapısına dikmişti. Demir'in hemen yanında durduğunu fark ettiğinde başını ona çevirdi. Derin bir nefes alıp tekdüze bir sesle konuşmaya başladı. "Şimdi sizden isteyeceğim şeyin benim için hayati değer var. Bunun için sözlerinizle beni kandırmayacağınızı ve isteğimi yerine getireceğinizi umuyorum."

Süheyla, zaten ciddi bir kadındı. Her açıdan... Ama o anda sözleri, kelimeleri vurgulayışı ve yüzünün ifadesindeki bir şey bunun gerçekten onun için önemli olduğunu anlatıyordu.

Demir, kısa bir şaşkınlık ânı yaşarken sadece, "Anlıyorum," diyebildi.

"Kapıdan içeri ayrı ayrı girmemizi ve ayrı masalarda oturmamızı rica ediyorum."

"Birbirimizi tanımıyoruz."

"Kesinlikle!"

"Nasıl istersen!" Demir bir adım geri çekildi ve sanki ona yol veriyormuş gibi hafifçe yan döndü.

Süheyla kısa bir baş eğmeyle yanından geçti ve hızla mekânın giriş kapısına doğru ilerledi. Demir, baktığı açıdan girişin hemen önünde, yukarıya doğru tırmanan beton mermerleri görebiliyordu. Genç kadın bu merdivenlerde kısa süre göründü. Genç kadın, sendeleyerek ilerlerken takılır ve düşmekten son anda kurtulurken, Demir istemsizce attığı adımını yarı yolda yakalayarak kendisini güçlükle olduğu yerde sabit tutmayı başardı.

Ve Süheyla hızla görüş alanından çıktı. O gözden kaybolduktan hemen sonra Demir'in kalbini bir el yokladı. Dizlerinde hissetmekten hoşlanmadığı bir titreşim oldu ve midesi ansızın büküldü. Elbette isteğini yerine getirecekti, ama çok da fazla beklemeye niyeti yoktu. Kısa birkaç saniye bekleyişin ardından hızla ileri doğru adım attı.

Merdivenlerin bitiminde iki kanatlı ve kısa boylu bir giriş kapısıyla karşılaştı. Süheyla'yı yarım kapıların üzerinden görebiliyordu. Üç metre ileride bir masaya sarsakça oturmaya çalışıyordu. Demir, onun bir anda neden böyle uyuşuk hareket ettiğini anlamlandırmaya çalışır ve ani bir hastalıkla pençeleşiyor ihtimaliyle endişelenirken, kapıdan içeriye daldı. Ve gözleri barın arkasındaki adamı buldu.

Süheyla, "Bana bir bira!" diye bağırdığında, boş masalardan birine yaklaşmak üzereydi. Hafif bir duraksamanın ardından bir iki adımda masaya ulaştı ve sandalyesine çöktü. Lanet olsun! Kadın sarhoş taklidi yapıyordu. Niye? Ona bakmak zorundaydı! Yüzüne, öylesine etrafı kolaçan ediyormuş gibi kayıtsız bir ifade yerleştirdi. Ve başını hafifçe kadının bulunduğu yöne çevirdi.

Yukarıdan inen aydınlatma, genç kadının yüz hatlarını tüm çıplaklığıyla ortaya çıkararak yüzünün her bir milimini aydınlatıyordu.

Demir'in kanı dondu. Bir şekilde bu fotoğrafın, ömrünün sonuna kadar hafızasının en özel köşesinde saklı duracağını biliyordu. Kadın gülümsüyordu. Gözleri hedefine doğru kilitlenmiş, bakışlarında tatlı bir flörtün izleri, dudakları ıslak ve yarı aralık... Işıl ışıl parlayan, canlı yüzüne utangaçlığın getirdiği o benzersiz rengin albenisi... Demir, hızla başını çevirdi. Kalp atışları göğsüne ani darbeler yaparken yatıştırıcı bir nefes almaya çalıştı, ama boğazına takılan engel yüzünden ihtiyacı olan ferahlatıcı soluğun içeri girişini engelliyordu. Soluğunu hafifçe tekrar dışarı verirken otokontrolünü sağlamaya çalıştı. Ne olduğunu bilmiyordu, ama yıldırım çarpmışa dönmüştü. Başını silkeleyip sarhoşluğundan kurtulmaya çalıştı. Demir bunun ne olduğunu bilmiyordu. Bilmek de istemiyordu.

Aynı esnada Süheyla, birahane sahibine yamuk bir gülücük yolladı. Adam, Süheyla'nın siparişini bir bardağa doldururken, şaşkınlıkla gözlerini kırpıştırdı. Adamın adı, Yıldıray'dı. Yıllar boyu bir minibüs şoförü olarak çalışmış, isteği parayı biriktirince bir birahane açmıştı. Süheyla, iki gün izin kullanarak ancak bu kısa bilgilere ulaşmıştı. En önemli bilgi; Yavuz diye bir kardeşi vardı ve kardeşi boynunda bir Azrail dövmesi taşıyordu.

Eğer Süheyla'nın bir abisi olsaydı ve bir birahaneyi işletiyor olsaydı Süheyla'nın da mutlaka yolu bir gün oraya düşerdi. Mantık hatası yapmıyor olduğunu düşünerek Yavuz'un oraya gelmesini bekleyecekti. O gün gelmezse bir gün mutlaka gelecekti. Ve Süheyla'nın kendine biçtiği belirli bir gün sayısı vardı. Eğer üç günün sonunda Yavuz, mekâna gelmezse Yıldıray'a Yavuz ve kendisi hakkında bir şeyler uyduracaktı. Onu kısa yoldan çekmek için de hamile olduğunu söyleyebilirdi. Kendisinden hamile olduğunu söyleyen bir kadın için herkes gelirdi. Yalanlamak için gelirdi, merakı için gelirdi, kız güzelse gerçekten hamile bırakmak için gelirdi. Ama bir şekilde gelirdi. Eğer o da olmazsa Yıldıray'ı takip edecekti. Yıldıray, kardeşiyle birlikte yaşamıyordu. Karısı ve iki oğluyla birlikte yaşıyordu. Ama bir gün elbette kardeşiyle görüşecekti.

Yıldıray, birasını masasına koyarken çapkın bir gülüş bıyıklarının altındaki dudaklarını kıvırdı. "Başka arzun var mıydı?" Kibar olmaya çalışan bir hödükten başka bir şey değildi.

Genç kadın, adama yılışıkça gülümsedi. "Olursa söyleyeceğim."

Adam başını yana eğerken, ona göz kırpmayı da ihmal etmedi. Ardından kasılarak ilerlerken müşterilerden birine espri olduğunu düşündüğü bir-iki laf attı. Kendi esprisine kendi gülerek barın arkasındaki yerini aldı.

Barın arka tarafındaki duvarda bir plazma asılıydı ve bir avuç müşterinin çoğu -kendisinden başka herkes erkekti- ekrandaki spor programına kilitlenmişti. Evde rahat rahat istediklerini izleyemeyen adamların toplaştıkları bir gruba benziyordu. Süheyla içinden homurdandı. 'Tıpkı bir örgüt gibi...'
Yıldıray, kasanın önündeki sandalyesinin yönünü ekrana çevirmişti, ama gözleri sık sık Süheyla'nın gözleriyle buluşuyordu. Süheyla aslında oldukça huzursuzdu. Kendini oynadığı role veremiyor, aklı sürekli onu izleyen diğer adama kayıyordu. Bunun için dikkatini birkaç kere küçük kare masaların üzerini kaplayan bordo örtülerin zikzak desenlerine odaklamak zorunda kalıyor, ardından sert ifadesini yumuşatmaya çalışıyordu.

Süheyla, ona yalan söylemişti ve adam da inanmış gibi yapmıştı. Demir Bey, aptal bir adam değildi. İstediği kadar öyle görünmeye çalışsın adamın gözlerinde yaşanmışlıkların gölgeleri vardı. O derin mavilerin içinde zekâ parıltılarını görmek için dikkatle bakmak gerekirdi ve Süheyla da bunu birkaç kere yapmış biri olarak onu kandırmaya çalışmanın yersizliğini anlamalıydı. Ama adamın anlayışlı ses tonuna aldanmış, sevinçle sözlerinin üzerine atlamış ve onu gerçekten özgür bırakacağını sanmıştı.

Tabii bir de o anda adamın sırtını sıvazlayan elinin nazik dokunuşu vardı. Dokunuş değil, ama hissettirdikleri genç kadının olması gereken düşüncelerini uzağa yollamış ve çarklarında ani duraksamaya neden olmuştu.

Ama adamın onu takip ettiğine inanamıyordu. Ona anlatacaktı. Gerçekten. Her şeyi en ince ayrıntısına kadar anlatacaktı. Gerekirse yalvaracaktı da. Bu düşünce içinin ürpermesine neden oldu ve anında vazgeçti. Ama bir şekilde gümüş kartı ondan alacaktı. Almalıydı!

Gözleri Yıldıray'ın yüzünde takılı kaldığı için, adamın girişe doğru dalgınca bakıp, ardından gördüğü her neyse sevinmiş gibi geniş gülümseyişini fark etti ve düşüncelerinden sıyrıldı. Süheyla, bakışını takip ederek başını usulca arkaya çevirdi.

Aynı anda Yıldıray, "Aha! Beleşçi geldi." diye böğürdü.

Süheyla, gelen genci izliyordu. Tel tel alnına dökülmüş, bol jöleli saçları ışığın altında parıldıyordu. Otuzlu yaşlarının ortalarında gibi görünen genç gülerek, "N'aber?" diye sordu gözlerini diktiği Yıldıray'a. Genç adam, bara doğru aheste adımlarla ilerlerken, Süheyla'ya kayıtsızca bir bakış attı. Süheyla, gencin gözlerinin içine bakıyordu. Gencin gözleri hafifçe kısılırken ve kaşları düşünceyle çatılırken, tekrar Yıldıray'a döndü. Ardında kafası kopacak gibi hızlı bir baş hareketiyle gözleri tekrar Süheyla'nın gözlerini buldu. Dehşetle açılmışlardı ve gencin yüzü kirece dönmüştü.

Genç aniden barın çıkışına doğru döndüğünde, Süheyla'nın gözleri boynunun diğer tarafından kalan çirkin dövmeyi yakaladı. Dövmeyi hatırlamaması mümkün değildi. Teknolojiden anlayan birilerine karanlık resmin ışıklandırılmış her boyutunu çıkarmalarını istemiş ve bunun için yüklü miktarlar ödemişti.

Süheyla, hızla ayağa fırlarken, dizlerinin arkası sandalyeye çarptı ve gürültüyle yere düştü. Genç kadın o anda çoktan Yavuz'un peşinden koşmaya başlamıştı bile. Yavuz, giriş kapısının hemen yakınındaki bir masanın çevresinden dolanıp vakit kaybetmemek için üzerine çıktı. O daha aşağıya atlayamadan Süheyla da masaya atlamış ve gencin kolunu kıskıvrak yakalamıştı. O andan sonra her şey birkaç saniye içinde oldu.

Yavuz, "Tutun lan karıyı!" diye bağırdı. Sesinin her katmanında korkunun izlerini taşıyordu. Genç kadın, Yavuz'un kolunu tersine çevirirken ve genç adam çılgınca bağırırken biri çizmesini sıkıca yakalayıp çekti ve genç kadın dengesini kaybederken Yavuz elinden kurtuldu. Diğer adamlar Süheyla'yı çepeçevre sararken, Yavuz masanın üzerinden aşağı yuvarlandı. Genç kadının gözleri onun bedeninden ayrılmıyordu. Yavuz, yere sertçe ve ters bir açıyla basarken bileği döndü. Bir çığlık attı, ama bir saniye bile duraksamadan topallayarak merdivenlere yöneldi.

Genç kadın lanet okurken gözlerini giriş kapısından ayırmıyordu. Arkadan bir ses yükseldi. "Sıkı tutun kadını. Sakın bırakmayın!"

Süheyla, afallamıştı. Onu afallatan sözler değil, sesin sahibiydi. Orospu çocuğu ne saçmalıyordu?

"Seni aşağılık, kadın! Sen Türk Polisi'nden kaçabileceğini mi sandın?" Şaşkınca kendisine bakan adamları hızla Süheyla'nın çevresinden ittirdi. Kolunu sıkıca kavradı ve sırt üstü yattığı masanın üzerinden onu kaldırdı. Genç kadının kolunu sertçe geriye kıvırırken, "Masum bir gencin daha kanına girecektin, değil mi?" Homurdanıp, çevredeki adamlara baktı. "Aylardır onu takip ediyoruz. Türk Polisi yaptığınız yardımları asla unutmayacak!"

Ardından Süheyla'yı dışarı çıkarırken, "Sessiz kalma hakkına sahipsin," diye kükredi. Saçma sözlerine devam ederken, bir iki merdiven inmişti ki genç kadının kulağına eğildi. "Koş!" diye fısıldadı ve onu serbest bıraktı. Süheyla, ikinci bir söze gerek duymadan merdivenleri atlayarak indi. Binadan çıktığında gözleri hızla çevreyi taradı. İleride, insanların arasından hızla koşan ve topallayan genç görüş alanına girdiğinde tekrar koşmaya başladı.

Topuklu ayakkabılar yüzünden yeterinde hızlı koşamadığı için öfkelenirken, yanında hızla bir figür geçti. Demir Bey! Adam yanından hızla geçip gitti ve Yavuz'un peşinden koşmaya başladı. Süheyla, tüm telaşı, öfkesi ve Yavuz'u kaçırabileceği ihtimalinin arasında ister istemez adamın çevikliğinden etkilenmişti. Yavuz bir anda arkasına baktı. Ardından caddeye atıldı. Bir araba neredeyse onu ezecekken karşıya geçti ve aksi istikametten gelen bir taksiye el salladı. Daha durmadan araca atladı. Araç en kısa mesafedeki ara sokaklardan birine girip hızla gözden kayboldu.

Süheyla, donup kaldı. Nefesi boğazında tıkanırken onu kıl payı kaçırmış olmanın acısı göğsünde art arda bıçak yaraları gibi derin yaralar açtı.

Demir Bey, gözden kaybolan taksinin arkasından bir-iki saniye baktı. Ardından hızla döndü ve gözleri geliş gidiş yönünde tüm araçları tek tek dolandı. Muhtemelen boş bir taksi arıyordu, ama görünürlerde değil boş, dolu taksi bile yoktu. Genç adam, sakin adımlarla tekrar Süheyla'nın yanına dönüp, donup kalmış bedeninin önünde durdu.

Tekdüze bir sesle, "Plakayı aldım," dedi. Sanki biraz önce engelli koşu yarışında gibi koşturan o değilmiş gibi nefes alışları oldukça normaldi.

"Teşekkür ederim." Süheyla öyle öfkeliydi ki, sesinin tonunda minnetten eser yoktu. Daha çok kinayeli konuşuyormuş gibi çıkmıştı.

Demir Bey, "Dövseydin!" diye karşılık verdi.

Süheyla'nın nevri döndü. Yumruk olmuş ellerini biraz daha sıktı. Tırnakları etine öyle batıyordu ki, açtığı kesikten çıkan sıcakkanı hissediyordu. "Demir Bey, öfkemin derecesini bilseydiniz, tüm hırsımı sizden almanın eşiğinde olduğumu anlayabilirdiniz."

Genç adın, bir elini alnına koydu ve hafifçe ovaladı. Ve umutsuzca başını iki yana salladı. O anda yapabileceği hiçbir şey yoktu. Yavuz, onu tanımıştı. Kendisini nereden tanıyor olduğunu bilmiyordu ve merak da etmiyordu. Önemli olan onu tanımış olmasıydı. Korkmuştu. Hayır. Dehşete düşmüştü. Ve Süheyla artık onun kardeşinin ölümünde parmağı olduğuna emin olmuştu. Koyu öfkesi genç kadının dudaklarından acı bir ses olarak dışarı fırlarken, dişleri birbirini eziyordu. Ve kalbi acıyla kavrulurken onlarca soru beyninin istila etti. Umur ne hissetmişti? Öleceğini anladığında aklından neler geçmişti? Notun üzerindeki damlaları hatırladı. Dizleri titrerken güçsüzce olduğu yere çöktü. Demir Bey tüm bu anında sessiz ve hareketsiz kalarak onu yalnız bıraktı, Süheyla buna içten içe minnettardı.

Umur, çok ağlamış mıydı? Ne kadar süre ağlamıştı? Titremiş miydi? Mücadele vermiş miydi? Onun kardeşinin, hayattaki en değerli varlığının canı yanmış mıydı? Acı, aralık dudaklarının arasından sızdı. Her nefes alışında kendini hatırlatmak için ciğerlerine doğru inerken giderek büyüyen bir top gibi değdiği her yeri kor gibi yaktı. Otopsi raporunda Umur'un bileklerini kendinin kestiği doğrulanmıştı.

Umur, birileri ondan bileklerini kesmesini istediğinde adamların şaka yapıyor olduğunu düşünmüş olmalıydı. Bileklerini keserken ne kadar zorlanmıştı? Kaçıncı denemesinde bunu gerçekten başarabilmişti?

Demir Bey'in iç çekişi onu kaybolduğu acının içinden hızla yukarı çıkardı. Gözlerini kaldırıp, adamın derin anlamlı gözlerine baktı. Yüzünde, sanki Süheyla'nın kafasından geçen her düşünceyi biliyormuş gibi anlayışlı bir ifade vardı.

Bir elini genç kadına uzatırken, kısa süre bakışları birahane'nin girişine yöneldi. "Bence buradan bir an önce ayrılmalıyız." Hayal kırıklığı, öfke ve acı genç kadını çepeçevre sarıp, her bir taraftan çekiştirirken mantığı onun haklı olduğunu söylüyordu.

Adamın uzattığı sıcak ve büyük eli kavrayarak, kendini yukarı doğru çekti. Isısı sanki tenini yakıp, bileğine doğru çıkıyormuş gibi hissederken hızla elini geriye çekti. Karşıdan karşıya geçmek için yan yana durup, hızla karşıya geçtiler. Süheyla, geldikleri sokaktan yukarı çıkarken düşüncelerinin içinde boğuluyormuş gibi dalgın görünen adama bir bakış attı. Ve aklına son anda yaptıkları geldi.

"O yaptığınız şarlatanlık da neydi öyle?"

Adam, ona yandan bir bakış atarken güldü. "İşe yaramadı mı?"

Genç kadın, "Kesinlikle!" diye karışık verdi. Adama alaycı bir bakış attı ve sakin ses tonunun kendi öfkesini sünger gibi çektiğini hissetti. Tekdüze bir sesle, "Ama en azından hepsini indirebileceğinizi düşünerek bir kahramanlık dövüşüne atılmanızı beklerdim," dedi. Sesinin tınısında hafif bir alay vardı.

Demir Bey bir kahkaha attı. "Ben 'Cüneyt Arkın' değilim, Bayan Chun Lee! Tek bir vuruşta beşini birden yere serme gibi becerilerim yok."

Süheyla'nın dudağı gülümsemeye benzer bir şeyle kıvrıldı ve başını iki yana salladı. "Teşekkür ederim," diye mırıldandı ardından.

"İşte bunu sevdim. Rica ederim." Sokağın başına geldiklerinde, "Aç mısın?" diye sordu.

Süheyla iç çekti. Açlıktan geberiyordu. Son müşteri öyle huysuz, öyle gevezeydi ki, şikâyetleri yüzünden provası uzamıştı. Yemek yemeyi doğrudan atlamış, duş almış, giyinmiş ve saçlarını düzleştirmeden hızla çıkmıştı. Gerçek bir minnetle, "Evet," diye mırıldandı.

Yine aklı Yavuz'u kıl payı elinden kaçırmış oluşuna kaydı. Buna inanamıyordu. Adam bir daha abisinin yerine adım atmazdı. Belki bir daha sokağa bile çıkmazdı. Süheyla, buraya kadar milim milim kazarak gelmişti ve şimdi kendisini yine başlangıç noktasında gibi hissediyordu. Sorun değildi. İsterse yıllarca sürsün, onları bulacaktı. Ya da bu uğurda ölüp gidecekti.

Demir Bey, aracının üst sokakta olduğunu mırıldandı ve genç kadın cevap verme gereği duymadı. Adamın aracına binip, ortalama bir hızla ilerlerken Demir Bey başını ona çevirdi. "Nerede anlatmak istersin?"

Soru genç kadının bedeninden elektrik geçmiş gibi titremesine ve parmaklarının sinirden oynamasına neden oldu. Adam asla peşini bırakmayacaktı.

Demir, kadının bedeninin katılaştığını görmüştü. Aynı anda çenesinde bir kas seğirdi ve ardından nefesini sertçe dışarı verdi. "Moda evinde!" Ses tonu sert ve keskindi. Sabrının sınırlarının zorlandığı her katmanına yayılmıştı. Arabada sessizdiler. Demir, gece dışarıda olduğunda ve acıktığında uğradığı seyyar sandviççiden iki soğuk sandviç ve ayran aldıktan sonra da sessizdiler. Hatta Demir, onu moda evinin arka bölümlerine doğru takip ederken de sessizliklerini korudular.

İkisi için de şaşkınlık verici bir durumdu, ama ikisine de iyi gelmişti. Süheyla, içinde mini bir buzdolabı, tek kişilik bir yatak, bir çalışma masası, küçük bir giysi doladı ve küçük penceresinde çirkin kahverengi perdelerin asılı olduğu bir odaya girdi. Kapıyı ardına kadar açık bıraktığı için Demir de sorgusuzca arkasından odaya daldı. Genç kadın yatağın üzerine oturup, bir ayağının dizinin üzerine atınca kaşları alaycı bir şekilde havaya tırmandı ve ayakta dikilirken onu seyre daldı. Genç kadın sert bir hareketle çizmenin fermuarını indirdi.

Demir'in havaya kalkan kaşları hızla aşağıya düştü ve derince çatıldı. Elindeki paketi kapının hemen yanındaki çalışma masasının üzerine fırlatıp, ellerini beline koydu ve gürledi. "Allah aşkına, sen ne işlerin peşindesin?"

Kadın etinde izler bırakmış olan muştayı ve kelebek çakısını yatağın üzerine koydu. Ardından gözlerini kaldırıp, Demir'in gözlerine kirpiklerinin altından baktı. Kısa süre sanki kendi içinde çatışıyormuş gibi bir bocalamanın içine düştü. Ardında gözlerini tekrar aşağı indirirken, diğer çizmeyi çıkarmak için ayağını dizinin üzerine koydu. "Birilerini öldürmenin!" Sesi tekdüze ve duygudan arındırılmıştı.

Demir afalladı. "Kelebek çakısıyla mı? Harika!"

"Hayır!" diye mırıldandı genç kadın. Çizmesinin fermuarını açtı. Yine bacağının üzerine yapışmış küçük bir paket çıkardı. İnce paketi iki parmağının arasına sıkıştırdı. Kararmış gözlerini Demir'in gözleriyle buluştururken, parmaklarını havaya kaldırdı. "Jiletle. Su dolu bir küvetin içinde, bileklerini keserek..."

Kadın öldürmekten bahsediyordu. Hem de ayrıntılarıyla! Demir derin bir şeyler bekliyordu, ama bu kadarı onu bile şaşırtmıştı. Süheyla şaka yapmıyordu. Söylediği her kelimesinde sanki vurgulamak istediği bir şey, bir yemin vardı.

"Tuhaf olduğunu biliyorum, ama psikotik sorunlarının olduğunu fark etmemiştim."

Genç adamın bir yere oturmaya ihtiyacı vardı. Çalışma masasının önündeki sandalyeyi çekti ve sertçe oturdu. Kadının gerçekleri ondan saklamış olması normaldi. Bir insan böylesine sadist düşünceleri nasıl açıklayabilirdi ki? Lanet olsun! Demir, neredeyse öldürmek istediği herifi onun için yakalayacaktı. Yine de... Bunun bir nedeni olduğu fikri onun aklını kurcalıyor ve onun anlatımı bitmeden onun hakkında bir yorumda bulunmak istemiyordu.

"Psikopat değilim." Genç kadın kabanını çıkarıp yatağın üzerine bıraktı. Ardından dirseklerini dizlerine koyup gözlerini Demir'e dikti. "Sapkın zevklerim yok. Sinekleri bile öldürmüşlüğüm de yok. Hasta ruhlu değilim. Ama onları söylediğim şekilde öldürmek istiyorum. Ve bunu yapacağım. Çünkü kardeşimi bu şekilde buldum. Bir küvetin içinde, kan gölünün ortasında, morarmış dudaklar ve kesilmiş bilekleriyle... Üstelik de çıplaktı. Onu öldürmekle kalmayıp, onu aşağılamışlardı. Umur, gururlu bir çocuktu." Süheyla gözlerini yere indirdi. "Onu bu şekilde öldürmüşlerdi."

Demir'in ruhu sarsıntıya uğradı. İçinde bir yerler, köklü bir değişim geçiriyormuş gibi hissetti. Bir şekilde... Nasıl oluyorsa onu anlıyordu. Dünyada gerçekten mutlu bir insan var mıydı? Ona teselli sözcükleri bulmak için çabalamadı. Nasılsa hepsi boş, hepsi havada asılı kalacaktı. Sessizliğini korudu ve sözlerine devam etmesini bekledi. Yine de ona acıyamıyor, onun için garip bir iç sızısının dışında kardeşinin ölümüne duyduğu üzüntüden başka bir duygu hissetmiyordu. Öyle güçlü ve kararlı bir duruşu vardı ki, ona acımak hakaret etmek gibi olacaktı.

"Evde bulunmadığım tek geceydi. Döndüğümde onu buldum. Annem evdeydi, ama sanki üzerine ölü toprağı serpilmiş gibi hiçbir duymadan bütün gece uyumuştu. Görüntüde intihar etmişti, ama buna bir saniye bile inanmayı reddettim. Benden nefret edene kadar kardeşimin arkadaş çevresini, okuldaki öğretmenlerini... Aklıma her kim gelirse hepsini sorguya çektim. Ve hiçbir sonuç alamadım. Sonunda titrek harflerle yazılmış notunda bir şey dikkatimi çekti. Umur..." Burada durup titrek bir nefes çekti ve gözlerini Demir'e dikti. "Benim kardeşim, notuna şifre bırakmıştı. Bilgisayarını kurcaladım ve bir kafede başka bir bilgisayarı olduğunu daha öğrendim. Bu bilgisayarda, Umur'un 'Sakal' lakaplı bir adamla yaptığı bir konuşma geçmişi buldum. Konuşmadan anladığım kadarıyla Sakal ve Cüce ile yasal olmayan bir işlerin içine girmiş ya da girecek gibi görünüyorlardı. Umur, sanırım onlara güvenmediği için kendine birkaç dosya yapıp, bulgularını buraya geçmişti. Bu iki adamın, Umur yanlarında yokken 'Sansar' lakaplı birinden konuştuklarını ve bununla birlikte bir karttan bahsettiklerini duymuş ve bunları da bilgi olarak kaydetmişti." Genç kadın ellerini yatağa dayadı, gözlerini Demir'e tuhaf bir ifadeyle dikti ve arkasına yaslandı. "Gümüş bir kart! Üst ve alt kenarında mor şeritleri olan gümüş bir kart! Ve sizin cüzdanınızda bulunan da bu kartın birebir aynısı gibi görünüyordu. Cüzdanınızı da bu yüzden karıştırdım."

İçine düştüğü şaşkınlık Demir'in zihnini bir an için dondurdu. Cüzdanı onlarca kere aramasına rağmen, gümüş kart aklına bile gelmemiş, hiçbir çağrışım yapmamıştı. Onu kullanmayı bırakmasının üzerinden yıllar geçmişti. Kart, sapkın ve normal olmayan zevklerin, arzuların hizmetinin sunulduğu bir mekânın kapılarını sonuna kadar açıyordu. Herkesin cebinde olmaması çok normaldi, çünkü oldukça gizli tutulan ve en üst tabakaya hizmet eden bir mekândı. Çok iyi kamufle edildiği için de ortada dolaşan fısıltılarla harekete geçen polisler hiçbir şey bulamıyorlardı.

Günahın her türlü hali, mekânın havasına, duvarlarına, insanların tenlerine kadar yayılmış, sanki hiç çıkmayacak bir kokuyla sarmalamıştı. Demir'in günahı çok büyük değildi. Belki de hiç yoktu. En azından mekânın diğer müdavimlerine göre...

"Tüm bunları bana daha önce anlatabilirdin!"

"Siz kimsiniz, Demir Bey?"

"Anlamadım?"

"Evet. İsminiz, Demir. Evet. Çelik Grubun varislerinden birisiniz ve evet, köklü bir aileniz var. Ve kısaca zenginsiziniz... Ama siz kimsiniz? Gümüş kart zımbırtısı her nereye açılıyorsa orada bulunan insanlarla bir bağlantınız olup olmadığını nereden bilebilirim? Beni kandırıp, adamları uyarmayacağınızı nereden bilebilirim?"

Demir, kadının ileri görüşüne ve zekâsına bir kez daha hayranlık duyarken, "Şimdi biliyor musun?" diye sordu.

"Hayır. Ama tam bir baş belasısınız!"

"Doğru." Demir güldü. "Ama zenginlik ve varis olmak konusunda yanılıyorsun. Aylık harçlığım dışında dikili tek bir ağacım yok. Param da yok. Meteliksizim yani!"

Süheyla, ona inanmadığını belli eden bir bakış attı. Ve gözleri kolundaki saate kaydı. Konuşmasına gerek yoktu. Bakışı her şeyi anlatıyordu.

"Sevgili ağabeyciğim, bana ait olan tüm mal varlığını tek bir imzayla kendi üzerine geçirdi."

Genç kadının kaşları alaycı bir şekilde havaya kalktı. "Bu gibi durumlarda insanların birbirlerini yediğini duymuştum. Abin hâlâ yaşıyor yani?"

Demir, onun pratik zekâsına kahkaha attı. "Kesinlikle en doğru şeyi yaptı. Sabahın köründe içmeye başladığım bir gün -alkol problemim vardı- bana ait olan boğaz manzaralı bir villayı sokakta kalmış olduğunu düşündüğüm bir kadına devrettim. Bunu gerçekten yaptım. Ve kadının sokakta kaldığı filan yokmuş..." Genç adam gülerken omuz silkti. "Abim, kadını evi tekrar satmaya çalışırken yakaladı ve kadından geri aldı. Tabii iyi bir ücret karşılığında! Her neyse... Bu olayın ardından tüm mal varlığıma el koydu. Haksız da sayılmazdı."

Süheyla'nın göz bebekleri irileşti. Başını inanamazlıkla iki yana sallarken, "Siz çılgınsınız!" diye bildirdi.

"Belki! Ama sen de çok normal değilsin."

"Pekâlâ. O zaman bu kadar cömert ve iyilik timsali bir insan olduğunuza ve benim davamı tamamen öğrendiğinize göre, belki de gümüş kartı bana vererek bir iyilik yapmış olursunuz."

Demir, onun gözlerindeki parıltılara bakıyordu. O kadar parlak, yoğun ve doluydu ki... Hayatını dört duvar arasında geçirmek için çok değerli ve gençti! Süheyla, belki de dünya için kazanılmış bir insandı. Ve o, davası uğruna kendini harcamayı kafasına koymuş gibi görünüyordu. Kadının içinde temeli sağlam bir yapı vardı. Zekiydi. Marifetliydi. İnce bir espri anlayışı vardı. Kültürlüydü de! Ama her şeyden önce canı yanmış bir insandı. Acının nasıl zehirlediğini kendisi de en az onun kadar biliyordu ve onun kadar derin yaşamıştı. Demir, kendini tüketmeyi seçmişken, Süheyla'nın acısını çıkaracağı ve intikam alacağı hedefleri vardı. Ama çok gençti. Demir, ona yardım ederdi. Ama sadece aradığı insanları bulana kadar...

Sözüne vereceği cevabı daha o anda merak ederek keskin bir sesle, "Hayır!" dedi.

"Siz bir domuzsunuz!"

Demir, hızlı cevabına güldü. "Benden istediğin şeyi alabilmek için biraz daha nazik olman gerekmiyor mu?"

"İşe yarayacak mı?"

"Hayır! Kartı sana vermeyeceğim." Demir'in yüzünde Süheyla'nın nefret ettiği o piç sırıtış belirdi. "Bence harika bir ikili olduk. Sence de öyle değil mi?"

Genç kadının yüzü önce kızarır, ardından öfkeyle morarırken fısıldadı. "Ah! Hayır. Lanet olsun."

## Bölüm 8

"Mutluluktan havalara uçacağını tahmin etmiştim!"

Adam, ona göz kırptı. Yüzsüzce, arsızca... Süheyla derinden titremeye başladığını hissediyordu. Eğer öfke; içeride gerçekten bir ateş yakabiliyor olsaydı, Süheyla bulunduğu alanı küle çevirmişti. Yavuz'u elinden kaçırmış olmanın getirdiği öfke ve acı iliklerine kadar işlemişti. Ve karşısında durup yakışıklı suratının ortasına kocaman bir gülümseme yerleştiren bu adam ona kuyruğu kadar yakın olacağını söylüyordu.

Kendine hâkim olamadan eğildi, çizmelerinden tekini yerden aldı ve adamın kafasına fırlattı. Adam hızla yere eğilirken -ve lanet olsun, gülüyordu- yataktan fırladı. Ona yumruk atacaktı. İçinde patlamaya hazır bir enerji birikimi vardı ve enerjisinin, öfkesinin tümünü ondan çıkaracaktı. Parmakları içe bükülür ve kasları ileri atılmak için gerilirken, diğer eli karın boşluğunun hemen yanında ikinci darbeyi vurmak için hazır bekliyordu.

Adamın güçlü olup olmaması umurunda değildi. Darbelerinin tek bir tanesi bedeninin herhangi bir yerinde patlarsa, içindeki yoğun sıcaklığın dağılacağını hissediyordu. Adam, eğlendiğini saklamayan bir ifadeyle yana kayarak darbesinden kaçmayı başardı. Ve kıvrak bir hamleyle genç kadının arkasına geçmeye çalıştı. Küçücük odanın içinde kedi fare gibi birbirilerinin kuyruklarını yakalamaya çalışıyorlardı. Süheyla, hızla tekrar ona döndüğünde adamın arkasında kalma çabasını boşa çıkarmış oldu. Ama adamın o kıvrak hareketten sonra bilerek böylesine ağır hareket ettiğini anlayamayacak kadar mankafa değildi. Küstah!

Süheyla, nefes nefese kalmıştı ve bunun sarf ettiği efordan değil, içinde sıkışıp kalan öfkesinden kaynaklandığını biliyordu. Adamın gözleri hızla bedeninde dolaştı ve tekrar genç kadının gözlerine çıktı. Çok doğal, ama aynı zamanda zarif bir duruşu vardı. Yüzünden haylazlık dolu bir ifade geçerken, bir dudağının kenarı yana doğru kıvrıldı.

"Ben bir ayak-bacak hareketi bekliyorum. Eğer dayak yiyeceksem, lütfen manzaralı olsun!" Sesinin her tınısından muzırlık akıyordu. Bu adamın gerçekten ciddi bir ânı var mıydı? En azından onun yanında!

Kendi düşüncelerinin arasında kaybolmuşken, adamın sözlerinin manasını kavraması zaman aldı. Bakışı hızla üzerindeki kısacık elbiseye yöneldi. Pantolon giymeye o kadar alışmıştı ki, bir etekle nasıl hareket etmesi gerektiğini unutuveriyordu. Başını kaldırdı. Gözleri, adamın yüzünde ağır ağır dolaştı. Genç adamın tek kaşı kusursuz bir açıyla havaya tırmanırken, gözlerinde yapay olduğu bariz olan bir heves vardı. Adamın dikkat dağıtmada üstüne yoktu. Ve her zaman bel altı vuruyordu.

Genç kadının dudaklarında bilinçsiz, soğuk bir gülümseme belirdi. "Elbiseler..." diye homurdandı ve aynı anda bir elini amaçsızca havada salladı. Süheyla savaşmayı biliyordu. Her haliyle! Adam, ondan bir şey bekliyordu. Bunu gergin bedeninden anlayabiliyordu. Ama sıradaki hamlesinin aklının ucundan geçmeyeceğine emindi. Doğal bir hareketle bir kolunu arkaya kıvırıp sırtına uzandı.

Adama bakmıyordu, ama elbisesinin fermuarını indirirken içine çektiği şaşkın soluğu duymuştu. Elbisesinin altında siyah yarım atleti ve boxerı vardı. Elbisenin askılarını omuzlarından aşağıya indirdi. Ve sonunda elbiseyi bedeninden çıkardı. Başını kaldırıp, kayıtsız bir ifadeyle adamın kırpıştırdığı gözlerine baktı. Hafif aralık dudakları ıslaktı. Kusursuzca yukarı kaldırdığı tek kaşı aşağıya düşmüş, adamın afallamış haline komik bir görünüm kazandırıyordu.

Genç kadın, kısa bakışının ardından ona doğru ilerledi. Bir elinde elbisesi duruyordu. Adamın yanından geçerken tamamen doğal bir tavırla, "Şunu tutabilir misiniz?" diye sordu.

Adam, içine derin bir soluk çekti. "Neyi?"

Süheyla, adamın elini tutup havaya kaldırdı ve elbiseyi elinin içine tutuşturdu. "Madem buradasınız... Biraz işe yarayın!" Ve adama bir kez daha bakmadan dolabına ilerledi. Dolabındaki boş askılardan birini aldı, tekrar adama doğru ilerledi.

Adam elindeki elbiseye patlamak üzere olan bir bombaymış gibi tedirginlikle bakıyordu. Süheyla, yine adamın yanında duraksadı. Bedeni kaskatı kesilen adama, "Demir Bey?" diye sordu.

Genç adam gözlerini kapadı. Burnundan gürültülü bir nefes aldı ve ona döndü. "Ne?"

Süheyla'nın kaşları yukarı tırmandı. "İyisiniz! Bir an için felç geçirdiğinizi sanmıştım." Adam daha cevap veremeden elindeki elbiseyi çekip aldı ve boş askıya astı. "Teşekkür ederim." Soğuk gülümsemesi dudaklarını kıvırırken, Demir Bey'in çenesi titredi. Öfke?

Adam, bir elini beline koydu. "Adil oynamıyorsun!" Sesinde suçlayıcı bir tını ve hafif bir boğukluk vardı.

Genç kadın başını yana eğdi. "Siz de öyle!"

Belki de taktik hatası yapmıştı. Adamın gözlerinin içine gerçekten bakmamış mıydı, yoksa o gözler o anda mı öylesine yoğun bir kararma yaşamıştı, emin değildi. Ama adamın gözleri yanan iki kordu. Genç kadın bir an için tedirgin oldu. Demir Bey'in bedeninden etkilenmesini beklemiyordu. Sadece adamın yaptığı imaların boşa çıktığını göstermek istemişti. Cesurdu, ama asla aptal cesaretine soyunmamıştı. Belki de o anda tam olarak bunu yapmıştı. Her açıdan...

Düşüncelerinin arasında bocalar ve adamın derin bakışlarının arasında nefes almaya çalışırken, adamın eli aniden havada süzüldü. Daha ne olduğunu anlayamadan bir elini ensesine yerleştirdi ve sertçe çekip yüzlerini birbirine yaklaştırdı. Ağır soluğu genç kadının dudaklarında gezindi. Gözlerini kırpmadan Süheyla'nın gözlerinin içine bakarken, başparmağı boyun kıvrımına hafifçe sürtünerek alt dudağına ulaştı. Tüm bu durum... Dokunuşu, bakışları, sıcaklığı ve nefesinin aroması Süheyla'da bir an için gözlerini kapama isteği uyandırmıştı. Midesi acıkmış gibi büküldü ve ardından şiddetle titredi.

Demir Bey dudaklarını hafifçe yaladı. Gözleri kısılırken, belli belirsiz bir gülümseme dudaklarını kıvırdı. "Kiminle oynadığına dikkat et!" Fısıltısında uyarı dolu bir keskinlik vardı. "Sonra ikimizi de üzerim!"

"Oyunu siz başlattınız!" Süheyla, artan nabız atışlarıyla birlikte hızlanan nefesini düzene sokmak için bir çaba göstermeye çalışmadı. Yersizdi çünkü...

Adam hafifçe gülümsedi. Gözleri bir an için kayarak kapandı. Dudakları Süheyla'nın dudaklarının bir santim ötesindeydi ve adam, küçük bir hareketle dudaklarını birleştirdi. Bir öpücük değildi. Sanki sadece hafifçe tadına bakıyor gibiydi. Genç adamın yumuşak dudakları, kendi dudakları üzerinde bir süre öylece durdu. Ve genç kadın kelimenin tam anlamıyla dondu. Bedeni dışarıdaki hareketsizliğini sürdürürken içinde anlamsız bir curcuna, bir kaos vardı. Kalbi, kan akışı, nabzı ve midesinde tuhaf bir hareketlilik patlak vermişti.

Süheyla'nın gözleri fincan altlığı kadar açılır ve lanet olsun ki o dudakların kıpırdanması için aptalca beklerken genç adam dudaklarını sürterek aniden geri çekildi. Ve kendi kendine söylenir gibi, "Gerçekten kül olmadan kendimi nasıl yenileyebilirim?" diye fısıldadı. Genç kadın onun gözlerinin içine bakıyordu. Gözlerinin kontağını koparmaya çalışmamıştı, ama bunu istese de yapamayacağını hissediyordu. Sanki o gözlerin içinde, zincirlerinden kurtulmak isteyen ve çılgınca çırpınan bir adam vardı. Süheyla'nın gördüğünden veya onun göstermek istediğinden farklı bir adam...

Süheyla sözlerini de duymuştu. Ama beynindeki algı merkezi henüz bunları kavrayabilmek için yeterince aktif değildi. Kalbi hızla kan pompalıyor, bedeni giderek ısınıyordu. Adamdan hoşlanmıyordu bile! Neden o dudakların kıpırdanması için öylesine güçlü bir istek duymuştu. Adamın gözlerinin içindeki pusun usul usul dağıldığını an be an izledi. Yarı kapalı göz kapaklarının altındaki yoğun maviler tamamen genç kadının gözlerine odaklandı.

Süheyla bir an için girdiği o anlamsız bulutun içinden çıktı.

Yanaklarının hâlâ yanıyor olduğunu biliyordu, ama bunun için yapabileceği bir şey yoktu. Adamın sözleri beyninde üst üste yankılanırken, hafızası sözleri yakaladı. Ellerinin altından hızla çekilirken, "Nietzsche?" diye sordu kayıtsız bit tınıyla ve tekrar dolabına yöneldi. Bir tişört ve sık giyilmekten diz kısımları deforme olmuş bir eşofman altı çıkardı. "Şimdi de düşünürlüğe mi soyundunuz?" diye sordu. Bir şeyler söylemesi gerekiyordu. Aklını biraz önce yaşanılanlardan uzak tutmak için boş kalabalık olsa da sözlere ihtiyacı vardı.

Genç adamın derin soluk alışını duydu. "Tanrım! Sen gözlerimi zevksizliğinle kör edeceksin!" Adam, sanki biraz önce hiçbir şey yaşanmamış gibi kaygısız ve haylaz velet havasına geri dönmüştü. Ama geç kalmıştı. Süheyla, onun içindeki derin adamı görmüştü. Yine de... Ona ayak uyduracaktı.

Tişörtünü başından geçirdi. Saçlarını iki eliyle toplayıp yukarıda gelişigüzel bir topuz yaptı ve çalışma masasına ilerleyip küçük mandal tokalarını aldı. Saçlarını birkaç yerinden tutturduktan sonra çenesiyle kapıyı işaret etti. "Sizi tutan yok!" Ardından kemik gözlüklerini aldı ve gözlerine taktı. Bakışlarını ona dikti.

Demir Bey, yüzünü buruşturdu. Birkaç adımda gelip çalışma masasının üzerindeki poşeti aldı. İçindeki paketlerden birini ona attı ve Süheyla paketi havada kaptı. Adam kendi paketini ve içeceklerini de çıkararak masanın üzerine koydu. Ardından ağır paltosunu üzerinden çıkarıp yatağını üzerine fırlattı. Süheyla, gözlerini dikmiş huzursuzca onu izliyordu. 'Kuyruk!' dedi içinden. Genç adam kalın gömleğinin kollarını dirseklerine kadar kıvırırken, Süheyla, "Kendinizi evinizde gibi hissedin!" diye homurdandı.

Demir Bey, ikinci kolu da kıvırdıktan sonra ona baktı ve hafifçe gülümsedi. "Öyle yapıyorum zaten!" Ve odada bulunan diğer sandalyeyi alıp, çalışma masasının önünde duran sandalyenin tam yanına koydu. Harika!

Sessizlik içinde paketlerini açıp, sandviçlerinden birer ısırık aldılar. Demir Bey, aniden başını ona çevirdi. Süheyla bakışına karşılık verdiğinde adamın alnındaki çizgilerin düşünceyle kırışmış olduğunu gördü. Daha çok kafası karışmış gibi görünüyordu. Sonunda hafif bir nefes alışın ardından dudaklarını yaladı. "Belirli bir teknikle hareket ediyorsun!" Sesinde bastıramadığı bir merak tınısı vardı. "Nasıl?"

Süheyla, ağzındaki lokmayı yuttu, içeceğinden bir yudum aldı ve omuz silkti. "Çünkü belirli bir teknikle hareket etmeyi biliyorum."

Adam meraktan çıldırıyordu. Süheyla belli etmemeye çalıştığı, ama gözlerinde parıltıları oynaşan merakına içten içe güldü. Ve Allah aşkına! Süheyla gayet hoyratça ekmeğine saldırmışken, bu adam nasıl öyle zarif bir şekilde yiyebiliyordu? Sonuçta ekmek arası yiyorlardı. Züppe!

"O kadarını anladık!" Adamın sesinde aniden bastırılmış bir hiddet belirdi. "Nerede öğrendin?"

Genç kadın gayet doğal bir tavırla, "Okulunda," diye bildirdi. Ardından onunla konuşmak istediğini fark ederek sözlerine devam etti. "Eğitimime ilkokulda başladım. Elimden birçok iş gelir, ama ben bir dövüş sanatları okulu açtım. Ve bunun için oldukça memnunum."

"Kahretsin!"

"Ne?"

"Sen gerçek bir Chun Lee'sin."

Genç kadın gözlerini devirdi. "Hayır. Ben ondan daha iyiyim. Hâlâ farklı spor dalları üzerinde eğitim alıyorum." Aklına gelen bir düşünceyle yüzünü buruşturdu. "En azından buraya gelmeden önce alıyordum."

Genç adamın yüzündeki keyifli ifade yerini hızla ciddiyete bıraktı. Düşüncelerinin ve ihtimallerin arasında boğuluyormuş gibi gözleri kısa bir an odağını kaybetti. Ardından gözleri tekrar buluştu. "Şimdi ne yapacaksın?"

Süheyla, olumsuzca başını iki yana salladı. "Taksi plakasından bir şey çıkacağını sanmıyorum. Yavuz, bir süre ilerledikten sonra araç değiştirmiş de olabilir ve bunu araştırmam çok zamanımı alır." Adam sözlerinin devamını beklerken yemeğine ara vermişti. Genç kadın da öyle... Dişleri dudağının iç kısmını kemirirken kararsızlığından kurtuldu ve sözlerine devam etti. "Yavuz'un abisi -birahanenin sahibi- Yıldıray ile kısa bir görüşme yapmayı planlıyorum."

Demir Bey'in yüz hatları ve bakışları aniden sertleşerek otoriter bir hâl aldı. "Yalnız görüşmeye kalkma! Bu aralar biraz meşgulüm, ama aradığın anda yanında olurum."

Genç kadının aniden tepesi attı. "Gümüş kartla gideceğimiz yere, evet. Ama onun dışında yalnızım, Demir Bey. Ayağımın altında dolaşmayın!"

Demir Bey, kayıtsızca son lokmasını yuttu. Boşalan paketi buruşturup, poşetin içine attı ve poşetin içindeki peçetelerden birini alıp ağzını sildi. Sanki Süheyla biraz önce hiç konuşmamış gibi, "Yok böyle bir lezzet!" dedi.

Süheyla da sinirle boş kalan paketini buruşturdu ve onun gibi poşetin içine attıktan sonra bir peçete aldı. Ardından gözlerini Demir Bey'e dikip, kararlılığını anlatmaya çalıştı. "Ben ciddiyim, Demir Bey!" Ciddiyetini de anlaması için her kelimesine ayrı bir vurgu yapmıştı.

Demir Bey, Süheyla kadar kararlı bakışlara ona geri döndü. "Ben de!" dedi, o ada aynı ses tonuyla ve tonuna tehditkâr bir tını da ekleyerek sözlerine devam etti. "Zırt-pırt karşına çıkmamı istemiyorsan attığın adımdan beni haberdar edeceksin." Aklına bir şey gelmiş gibi yüzünü sıkıntıyla buruşturdu. "Ayrıca Aliş'e neden kur yaptığını anladım."

Süheyla, gözlerini devirdi. "Tam bir zekâ küpüsünüz, Demir Bey. Keskin zekânızın karşısında saygıyla eğiliyorum."

Adam, onun alaycı sözlerini fark etti. Güldü. Ardından tüm ciddiyetiyle, "Teşekkür ederim," dedi.

"Lanet olsun, Demir Bey. Bu. Bir. Oyun. Değil."

"Farkındayım. Bunun için sana yardım etmek istiyorum. Benim kolum Ali'ninkinden çok daha uzun! Cemiyetin içine doğdum. Ama İstanbul'un her tabakasında da sürttüm. En alt tabakada da birçok tanıdığım var. Sana, benden daha fazla yardım edebilecek tek bir insan daha yok. Ayrıca ne kadar kararlı olursan ol ne kadar dövüş bilirsen bil... Bu senin tek başına altından kalkabileceğin bir şey değil!"

Süheyla'nın gözleri öfkeyle kapandı. "Şimdi de hamim mi oldunuz?"

"Adına ne diyeceğin sana kalmış!" Genç adamın kaşları düşünceyle çatıldı. "Ama merak ediyorum. Neden onları bulma işini polise bırakmak yerine kendi başına halletmeye çalışıyorsun. Anlıyorum. İntikam almak istiyorsun, ama en azından senin için onları bulmalarını bekleyebilirdin. Emniyet'ten tanıdıklarım var derken şaka yapmıyordum!"

Süheyla, ona çileden çıktığını gösteren bir bakış gönderdi. "İşte bu yüzden! Kardeşimi öldüren kişilerin veya arkasında bir isim varsa o ismin de bir yerlerde bir tanıdıkları olabilir! Paraya ihtiyacı olan biri bu cinayeti kolaylıkla üstüne alabilir ve olay diğer herkes için çözüme kavuşmuş olur. Benim için değil! Ben, kardeşimi kim ne için öldürdü, önce bunu bilmek istiyorum. Sonra da..." Genç kadın bir elini anlamsızca havada savurdu ve başını iki yana salladı.

Adamın gözlerinden bir gölge geçip gitti. Süheyla, bunun anlamını çözmek için kafa yormaya gerek duymadı. Demir Bey'e başka bir gözle tamamen tarafsız bir açıdan baktı. Adam, ona yardım etmeye hevesliydi. Gümüş karta sahipti. Çevresinin güçlü olduğunu söylüyordu ve belli ki onu polisle uğraştırmayacaktı. Ayrıca... Her ne kadar zekâsıyla alay edip dursa da adam gerçekten zekiydi. Süheyla, yine de ona güvenemiyordu. Ama içindeki kana susamış kadın teklifi çoktan kabul etmiş, bunun üzerine kutlama yapıyordu. Kabullenmişlikle derin bir nefes aldı.

Demir Bey, "Pekâlâ, belki de sen haklısın," dedi. "Topladığın bilgileri görebilir miyim? Belki de gözden kaçırdığın bir şey, bakmadığın bir açı vardır!"

Süheyla o anda anlamıştı. Adamın ciddiyetini bu kadar küçümsediğinin farkında değildi. Ta ki o, elindekileri bilgileri görmek isteye kadar! İstemediği bir his kalbinin kapalı kapılarını hafifçe zorladı. Ve o, kapının üzerindeki sürgülere bir yenisini daha ekledi.

Bilgisayarındaki programları açarken, genç adam dikkatle ekrana bakıyordu. Süheyla, ona konuşma geçmişini, Yavuz ve Cüce'nin loş ortamda arka profilden çekilmiş resimlerini ve Yavuz'un dövmesinin ayrıntılı, aydınlatılmış resimlerini gösterdi.

Genç adam beğeniyle dudaklarını büzdü ve ardından bakışı genç kadının gözlerini buldu. "Sen mi yaptın?" Sesinde beğeni dolu bir tını vardı.

"Hayır. Cebimi boşaltacak bir ücret karşılığında bu işten anlayan birilerine yaptırdım."

"Başarılı!" Adamın ses tonu ve övgü dolu sözlerinde bir tezatlık vardı.

"Teknoloji çocuğu bunlar."

"Bana daha çok orospu çocuklarıymış gibi geldi!"

Genç kadın ona hızla dönüp, uyarı dolu bir bakış gönderdi. Genç adama bakışına karşılık, "Ne?" diye sordu. "Bu işi cebini boşaltmadan yapabilecek bir sürü insan var!"

"Ama onların hiçbiri benim çevremde değil!"

Süheyla, onun bir anda değişen yüz hatlarına bakakaldı. Bazen onun sözlerini gerçekten duymamış olduğunu bile düşünüyordu. Adam, o kadar kayıtsız kalıyordu ki, anlık bir sağırlık yaşıyor olabileceğini de düşünmüyor değildi.

"Sansar hakkında bir şey bulabildin mi?" diye sordu ve genç kadını tekrar konuya çekti.

"Sansar ismi bu ikisi arasında geçen bir konuşma. Bağlantısı olup olmadığı belli değil. Belki de herhangi biri ve öylesine konuşuyorlardı. Boş yere kürek çekmek istemedim. Ama bu ikisini bulursam ve onun da bu işle bağlantısı varsa... O zaman onu da bulurum demektir!"

Demir Bey, ona keskin bir bakış attı. Tek kaşı havaya tırmanırken, "Mantıklı!" dedi. Ardından tekrar ekrana dönerken, yüzünde düşünceli bir ifade vardı. "İstanbul kalantoru derken acaba Sansar'dan mı bahsediyordu?" diye kendi kendine mırıldandı.

"Belki... Bir fikir yürütmek çok zor!"

"Eğer kalantoru benim bildiğim anlamın dışında kullanmıyorlarsa... Kalantor olan birinin takma isim kullanması biraz abes kaçar! Burada farklı iki kişiden bahsediliyor olması büyük bir olasılık."

Süheyla, yürüttüğü teoriyi mantıklı bularak başını salladı. Konuşmayı belki de bininci kez tekrar okurken, Demir Bey cephesinde bir hareketlilik oldu. Genç kadın, onun ne yaptığını öğrenmek için okumayı bitirmeyi bekledi. Ardından başını ona çevirdi. Demir Bey, tam sigarasını yakmak üzereyken!

"Onu burada içmeyi düşünmüyorsunuz, değil mi?"

Genç adam, sıkıntıyla kaşlarını çattı. Yüzünden hızla geçip giden tedirgin ifadeyi bu kadar yakınında olmasaydı göremeyebilirdi. Demir Bey, kolunu kaldırıp kol saatine baktı ve başını iki yana salladı. "Burada içmeyi planlıyorum. Gece yarısına geliyor!"

Süheyla, oturuşunu dikleştirdi. "Ne demek 'Saat gece yarısına geliyor'?" Genç adamın berbat bir taklidini yaptı ve bu genç adamın kıkırdamasına neden oldu.

"Günde bir tane içme hakkım var ve iki dakika sonra bu hakkımı kaybedeceğim. Bunu içmediğim zaman..." Burada kısa süre duraksadı. Gözleri genç kadının gözlerinde kısa süre takılı kaldı. Ardından tüm yüz hatlarında usul usul dolandı. Sanki bir şeye karar verme aşamasındaymış gibi ve bunda gerçekten zorlanıyormuş gibi yüzündeki tüm kaslar gerginleşti. "Benim için bir ritüel gibi! Eğer içmezsem ardından gelecek olan diğer bağımlılıklarımla mücadele etmek zorunda kalıyorum. Bu... oldukça güç!"

Süheyla'nın kafası çorba gibi olmuştu. Adamın sigarayı içmek zorunda olduğundan başka bir şey anlamamıştı. Diğer bağımlılıklar? Alkol sorunu olduğunu söylemişti, ama başka bağımlılıkları da mı vardı? Bıkkın bir iç çekti. "Pekâlâ... Zaten kalkmak üzere olduğunuza göre merdivenlerden inerken içebilirsiniz!"

Süheyla, adam sanki gitmek üzereymiş gibi ayağa fırladı. Ama Demir Bey'in kalkmak gibi bir niyeti yok gibi görünüyordu.

Genç adam, saatine baktı. Tek dal sigarayı havaya kaldırdı ve başını yana eğdi. Masum görünüyordu. Buna gerçekten ihtiyacı varmış gibi görünüyordu. Ayrıca bir şekilde haylaz da görünüyordu. Tam o anda şiddetle onun saçlarını karıştırma isteğiyle doldu ve neden böyle bir istek duyduğunu anlamlandıramadı. Derin bir nefes aldı. Adamın belki de yarım dakikası kalmıştı. Süheyla, prensiplerinden kolay kolay vazgeçen biri değildi. Yine de... Başını salladı. Ve tekrar yerine çöktü.

"Teşekkür ederim." Demir Bey, zipposunu çıkardı ve sigarasını yaktı. Duman kıvrıla kıvrıla havaya süzülürken Süheyla'nın burun deliklerinden içeri girdi. Ortamı tatlı bir çikolata kokusu sararken beklediği o rahatsız edici hissi duymadı.

Genç kadının kaşları şaşkınlıkla çatılırken, "Be nedir?" diye sordu.

Demir Bey, sigaraya öfkeli bir bakış attı. "Bir fahişe!"

Sigara dumanı değil, ama adamın cevabı genç kadının bir anda öksürük krizine tutulmasına yol açtı. Öksürük seslerinin arasına Demir Bey'in keyifli kahkahası karıştı.

Süheyla'nın öksürükleri sona erdiğinde ayağa kalktı. Pencereye doğru ilerleyip açtı. Ve ardından dönüp, yatağının üzerine oturdu. "Yani?" dedi. Kendi sesi kulağına çarptığında, tınısındaki eğlenceye şaşırdı.

Demir Bey, ona bakmak için sandalyesinde döndü. Bir ayağını dizinin üzerine atmıştı. Duruşu, sigarayı tutuşu ve içine çekişi bir şekilde oldukça zarif görünüyordu. "Yani... Çikolata aromalı sigara! Daha fazla ne beklersin ki? Asla gerçeğinin yerini tutmaz. Ama en azından tatmin ediyor."

"Demir Bey, siz... Tam bir rezilsiniz!" Genç kadın başını iki yana salladı.

Adam sanki Süheyla ona iltifat etmiş gibi başını hafifçe eğdi. Sigarasını tamamen bitirmeden boş içecek kutusuna attı. Ve Süheyla'nın da beklediği o an böylelikle gelmiş oldu. "Ve şimdi rezilliğinizi de alıp gitme vaktiniz geldi."

Genç adam şaşırmış gibi kaşlarını kaldırdı. "Nereye?" diye sordu ardından sahte bir masumiyetle.

"Nereye gideceğiniz zerre kadar umurumda değil, bugün size bir ömür yetecek kadar doydum!"

Demir Bey'in yüzünde yine o sevmediği gülüş belirdi. Adamın dudakları muzırlıkla aralanırken, genç kadın aniden elini kaldırdı. "Sakın!" diye sertçe bir uyarıda bulundu.

Demir Bey, yüzünde kararlı bir ifadeyle aniden ayağa kalktı. Süheyla da onun sonunda gidiyor olduğunu düşünerek ayaklandı. Kısa süre sonra yalnızlığıyla ve her gece boğulduğu o derin düşünce çukuruyla baş başa kalacağı için gerçek bir istek duydu. Bu adam yanındayken çok da sağlıklı düşünebildiği söylenemezdi. Adam yatağa doğru ilerledi. Süheyla, yatağın üzerindeki paltosunu alıp gideceğini düşünerek hafifçe yana kaydı. Evet. Adam paltoyu aldı, ama üzerine geçirmek yerine biraz önce oturduğu sandalyenin üzerine fırlattı. Ayakkabılarını çıkardı ve yatağın üzerine ters olarak uzandı. Süheyla'nın yere kadar düşmüş çenesi ve fincan altlığı kadar açılmış gözlerinin farkında gibi görünmüyordu.

Süheyla öfkeden morarırken, "Demir Bey?" diye sordu.

"Evet?" Adam kollarını göğsünde kavuşturup, gözlerini kapadı.

"Ne yaptığınızı sorabilir miyim?"

"Elbette."

"Lanet olsun! Ne halt ettiğinizi sanıyorsunuz?"

Demir Bey, tek gözünü kısarak açtı. "Gecenin bu vaktinde vicdanının beni göndermeye el vermeyeceğini bildiğim için... Seni kelimelerle uğraşmaktan kurtarıyorum."

Süheyla'nın bir eli yüzünü buldu ve delice ovuşturdu. Adam bir kuyruktu. Kelimenin tam anlamıyla! Onunla aynı yatakta yatacağını da nereden çıkarmıştı? Ne çeşit bir adam bir kadının yatağına böyle kayıtsızca ve yüzsüzce yatabilirdi ki? Kendilerine ait bir şeyleri paylaşıyorlar diye buna izin vereceği kanısına da nereden kapılmıştı?

Süheyla, zehir gibi düşüncelerinin arasında kaybolur ve ateş saçan oklar fırlatan gözlerini genç adamın sere serpe uzanan bedenine dikmişken, beyni cevabı kendi kendine verdi. 'Seni korumaya çalışan bir adam!'

Süheyla, aklından geçen ani düşünceyle bir an donup kaldı. Beyninin içindeki tüm ihtimal sözcüklerini bir masaya yatırdı ve saniyeler süren bir iç çatışma yaşadı. Soru ve cevaplar hızla birbirini kovalarken, adamın tam da bunu yaptığını fark etti. Yavuz, onu tanımıştı ve o adamlar kardeşini öldürmüştü. Okşanan kadınlık gururunu -ki böyle bir gurur anlayışı olduğunu da o anda öğreniyordu- görmezden gelerek tekdüze bir sesle, "Demir Bey, kendimi korumayı biliyorum. İnanın bana... Buna hiç gerek yok!"

Demir Bey'in dudakları hafifçe yukarıya doğru kıvrıldı. Ama gözlerini açmadı. "Allah aşkına! Sana kim gereksiz yere bu kadar zeki olmanı öğütledi ki? Gizli kahramanlık denen bir şey var! Ve sen beni bu zevkten mahrum bırakacak kadar zalimsin!"

"Sizinle o yatağa yatmayacağım!" Süheyla'nın tedirginliği aslında tamamen farklı nedenlerdendi. Ama bunu o anda kendine bile itiraf etmek istemiyordu. Keşke kalbi aklını dinleyebilen bir organı olabilseydi. O zaman yersiz yere bu kadar hızlı atmasına engel olabilirdi.

"O zaman sandalyede uyu!"

"Demir Bey! Birazdan size için hiç de hoş anlar yaşatmayacak davranışlarda bulunabilirim ve bunun sınırındasınız!"

Adam hâlâ yatıyordu ve Süheyla hâlâ ayakta dikilmiş onun kalkmasını bekliyordu. Umutsuzca! "Yat ve uyu, Süheyla!" Genç adamın ses tonu keskindi.

Süheyla'nın bir eli sinirle saçlarının arasından geçti. "Nereye?" diye sordu, sinir krizi geçirmenin eşiğine gelmiş bir sesle.

Adam kayıtsızca, "Hiç ayak ayağa diye bir şey duymadın mı?" diye karşılık verdi.

"Sabah kalktığımda ayaklarınızdan birinin ağzıma girmesi korkusuyla nasıl uyumamı bekleyebilirsiniz?"

"Ben dağınık yatmam! Yat ve uyu, Sü!" Adam kıpırdamamıştı bile!

Süheyla, ona bakmaya devam etti. Hem afallamış hem de öfke dolu bir halde! Adamın gitmeye niyeti yoktu. Ve Süheyla bir şekilde bu savaşı kaybedeceğinin farkındaydı. Derin bir nefes aldı. Ve bir adım attı. Hayatında attığı ilk ürkek adımdı. Zayıflıktan hoşlanmazdı. Zayıflık hataları ve hatalar da üzüntüleri beraberinde getirirdi. İkinci adamı her zamanki gibi sağlam ve sertti. Yatağa ulaştığında adamın bacaklarının üzerinden atladı ve içindeki öfkeyle birlikte kollarını göğsünde kavuşturdu. Adama bir tekme atmak istiyordu. "Umarım bu, beni korumak istediğiniz ilk ve son gece olur!" diye tısladı.

"İyi geceler, Sü." Genç adamın sesinde hafif bir eğlence tınısı vardı.

Süheyla, derin bir iç çekti. "Sü-hey-la! İsmimin kalan hecelerini yine unuttunuz."

Adam cevap vermedi. Süheyla, ışığı bilerek kapatmamıştı. Demir Bey de böyle bir ricada bulunmamıştı. Bir şekilde onun da neden bunu istemediğini biliyordu. Her ne kadar yaşadıkları o kısa ânı, o dakikada derinlere gömmüş gibi davranmışlarsa da havadaki o vızıltıyı duymamaları imkânsızdı. Gerginlik tüm odanın içine usul usul yayıldı ve üzerlerini bir battaniye gibi örttü. Süheyla, katılaşan bedenini çözülmeden uyuyamayacağını biliyordu.

Genç adam uyuşuk bir sesle, "Uyu artık," diye fısıldadı. Ve Süheyla karşılık olarak sadece homurdandı. Adamın orada olduğunu biliyordu. Dahası bedenindeki tüm ısı sanki doğrudan bir bağlantıyla onun bedenine akıyor gibi bunu teninde hissediyordu. Binlerce kuzu saysa da uyuması o kadar kolay değil gibi görünüyordu. Aklını başka yere yönlendirmeye çalıştı. Her gece yaptığı gibi gelecek planlarının içinde boğulmak için ve öfkesini taze tutmak için Yavuz'u ve lanet olsun ki, onu elinden kıl payı kaçırdığı ânı düşünmeye başladı. Bu düşünce ardından onlarca düşünceyi beraberinde getirdi. Süheyla yine uykuya dalarken tamamen bilenmiş ve keskin bir haldeydi.

---

Saçları, başının arkasında atkuyruğu yapılmış olan bir adam gösterişli plazanın kapısından içeri girdi. Otuzlu yaşlarının ortalarında görünüyordu. Yüzünde hem tedirgin hem de gördüğü zenginlik karşısında bariz bir öfke ifadesi vardı. Kendinin de maddi durumu fena sayılmazdı, ama böyle bir ihtişam için paranın içinde yüzüyor olmak gerekiyordu. Doğuştan şanslı olan insanlar ve şansı sonradan yakalayan insanlar arasındaki o koca farka içinden küfür savurdu. O, bir yerlere gelebilmek için tırnaklarını bulduğu her şeye geçirmişti. Kimilerinin de işte böyle, havadan başına düşüyordu. Afili asansöre binerken yüzü eğildi ve bir küfür savurdu. Asansör kabini bile onun yatak odasından genişti. Çıkmak istediği katın düğmesine bastı.

El âlemin zenginliğine kafa yormayı bırakıp, önlerine çıkan engeli düşünmeye başladı. Adam onu gördüğüne hiç sevinmeyecekti. Çok da umurundaydı. Bu işi başlarına o açmıştı ve ortalık temizliğini de o yapacaktı. Kendi de yapabilirdi, ama bunun için sağlam cukka gerekiyordu. O da kendisinde yoktu.

Asansörden indiğinde adamın asistanıyla göz göze geldi. Kadının bir dudağının kenarının kıvrılışından fotoğrafını beğenmediğini anladı. Hah! Sanki kendisi çok bir boka benziyordu. Kadının bakışlarına aynı ifadeyle karşılık vererek ilerledi. Kiminle görüşmek istediğini belirtti.

"Randevunuz var mıydı?" diye sordu kadın. Yoktu. Olması da gerekmiyordu.

İsmini söyledi. "Sen söyle, o beni içeri alır!" dedi. Bunu özellikle tepeden bakan bir tonla söylemişti. Bu kadın kim oluyordu da ona böyle küçümseyici bakışlar atabiliyordu. Kadın, sözlerine inanmayarak telefonu kaldırdı. Bir numarayı tuşladı. İsmini karşı tarafa bildirdi ve gözbebekleri şaşkınlıkla irileşti.

"Sizi bekliyorlar," diye bildirdi telefonu kapatışının ardından. Alaycı bir tavırla başını eğdi ve ardından kadına göz kırptı. Kadının çenesi aşağıya düşerken, tembel adımlarla adamın ofisine doğru ilerledi.

Adam ödleğin tekiydi. Hayatında hiç kirli bir işe bulaşmamış, belki karıncayı bile öldürmemişti. Ama bir şekilde bu işin içine girmek zorunda kalmıştı. Neden kaldığını bilmiyordu. Adam bunu hep saklı tutmuştu, ama o kadar korkuyordu ki kendi kendini ele vereceğini sanmıştı.

Ofisin kapısını tıklattı ve cevap beklemeden içeri daldı. Adam, ofisin ortasında kuyruğu yanık kedi gibi dolanıyordu. Onun girişini fark ettiği anda hızla ona döndü. Gözleri dehşetle açılmış bir halde, "Senin burada ne işin var?" diye sordu. Ve daha cevabını beklemeden ardından makineli tüfek gibi saydırmaya başladı. "Sana bir daha görüşmeyeceğimizi söyledim, değil mi? Bir daha beni aramayacaktın! Yanıma gelmeyecektin! Beraber asla görünmeyecektik! Sen ne yapıyorsun? Çıkıp iş yerime geliyorsun! Bu nasıl bir kayıtsızlıktır?"

Dişlerini sıkarak adamın öfkeli sözlerini bitirmesini bekledi, ama adam söylenmeye devam ediyordu. Sonunda daha fazla o tiz ve kız gibi ince sesini dinlemeye tahammül edemedi ve sözlerini böldü. "Yavuz aradı!"

"Yavuz kim?" Adam bir anda ona döndü. Gözleri irice açılmış, dehşet içinde görünüyordu.

"Umur'u öldürenlerden biri!" Başını iki yana salladı. İş verdiği adamları bile hatırlayamayacak kadar aptaldı!

"Ne? Ne dedi?" Bir anda o öfkeli halinden çıkmış, ürkek bir kedi yavrusu gibi miyavlamaya başlamıştı. Telaşlı adımları koca ofisin öbür ucundan kendisine doğru gelmeye başladı.

"Umur'un ablası buradaymış ve görünüşe göre onu arıyormuş. Bulmuş da! Eğer kadını tanımasaymış, kadın neredeyse onu yakalıyormuş." Omuz silkti.

"Ne? Nasıl?" Adam birden titremeye başladı. Dehşetle açılan gözleri onun gözlerine yalvaran ve ürkek bakışlarla bakmaya başladı. "Hani anlayamayacaklardı? Hani bir bağlantı yoktu? Hani kimse hiçbir şey anlamayacaktı? Nasıl? Kadın nasıl anlamış?"

Birkaç adımda tam önünde bitti. Kravatının düğümünü çekiştirdi. Sanki boğuluyormuş gibi bir ses çıkardı ve derin bir nefes almaya çalıştı. Ama anladığı kadarıyla başarılı olamadı.

"Ben nereden bileyim, nasıl anlamış! Anlamış işte. İz sürmüş. Nasıl, nereden anladı bilmiyorum. Ama Yavuz'u biliyor! Onu biliyorsa Minik'i de biliyordur! Ne yapacağız?"

Adamın iki eli birden başını buldu. Sanki büyük bir ağrı çekiyormuş gibi yüzü acıyla buruştu. "Bilmiyorum. Bilmiyorum.

Ben... Bilmiyorum!" Gözlerindeki ifadeden adamın ağlamak üzere olduğunu anladı. "Bir şey söyle? Sen söyle! Ne yapabiliriz?"

Kayıtsızca omuz silkti. "Yapılacak iş belli, ama para lazım!"

"Tamam. Ne kadar istersen veririm. Yeter ki bana bulaşmadan beni bu işten kurtar!"

Onaylarcasına başını salladı. Ve adamın çalışma masasına doğru omurgasızmış gibi ilerleyişini izledi. Ne ödlek herifti? Madem bu kadar ödlekti, ne diye böyle bir işin içine girmişti? Çocuğu neden öldürmek istemişti? Olaya intihar süsü verebilmek için o kadar uzun ve yorucu bir oyun oynamışlardı ki, artık bunalmıştı.

Adam bir tomar parayı ona doğru getirirken, bu oyunun son ayağının da oynanıp biteceğini düşünüyordu. Bir velet yüzünden hayatını mahvetmeye niyeti yoktu ve gerekirse bunun için herkesi ortadan kaldırırdı. Sonra da karşısındaki aptalın parasını uçlanıp ülkeden kaçardı. Geldiği yere, hayatını kodeste geçirmek için gelmemişti.

Adamdan parayı aldı ve arkasını döndü. "Bir daha buraya gelme!" Ona bakmadı bile! Ödleğin tehdit ederken bile sesi titriyordu. Hafifçe başını salladı ve ofisten çıktı. Fazla uzatmaya gerek yoktu. Bu işe o gece bitecekti!

## Bölüm 9

Kapalı gözkapaklarının üzerine düşen ışık onu rahatsız ediyordu. Batma hissini engelleyebilmek için gözlerini biraz daha yumdu. Bir şey için uyanması gerektiğini biliyordu. Uykuya dalmadan önce aklında bu düşünce vardı. Hayır. Bir toplantısı yoktu. Hayır. Önemli bir görüşmesi de yoktu. Ama bir şey vardı. Erkenden uyanması ve yapması gereken bir şey! Tatlı bir uyku ve uyanıklılık halinde olması zorunluluğuyla boğuşurken, sonunda gözlerini açtı. Nasılsa sımsıkı yumması da bir işe yaramamıştı.

Işık doğrudan kirpiklerinin arasından gözlerine çarptı. Gün ışığı, tepeden sarkan basit lambadan gelen ışıkla karışmadığına göre şafak henüz sökmemişti. Ki böyle bir lamba kendi evinin hiçbir odasında yoktu! Kaliteye düşkün olan bir abisi vardı ve bu lamba, onun için kiler lambası bile olamayacak kadar basitti. O zaman kendi yatağında da değildi! Demir neredeydi?

Aydınlığa alışabilmek için gözkapakları birkaç kez titreşti. Karşısında bir şey duruyordu. Olağan olmayan, ama henüz algısının yakalayamadığı bir şey... Gözlerini ovuşturdu ve karşısında duran şeye tekrar baktığında gözkapakları bu defa afallamayla birkaç kez kırpıştı. Göğsünün üzerinde duran şey gerçekten bir ayak olabilir miydi? Narin bir yapısı olan ve hatırı sayılır derecede büyük olan bir ayak.

Zihninde bir gece önceye ait olan sözler aniden yankılandığında hafifçe güldü. Nerede ve kimin yatağında olduğunu hatırladı. Kadının ayağı göğsünün üzerini sevmiş gibi, topuğu hafifçe teninde oynaştı. Parmaklar dans eder gibi kıvrıldı ve topuk göğsünü ezerek tekrar oynaştı. Demir sırıttı. Hemen ardından ifadesi donuk bir hâl aldı. Delirmiş olmalıydı! Yoksa henüz şafak sökmemişken bir ayakla bakışıyor ve çok harika bir şey olmuş gibi sırıtıyor olmazdı.

Demir ayağı göğsünden kaldırmak için elini uzattığında hafifçe kıpırdandı ve daha o dokunmadan genç kadın yan dönerek ayağını çekti. İki hafta önce geceyi bir kadınla -hem de aynı yatakta- geçireceğini söyleyen biri olsaydı, ona kafayı üşüttüğünü söylerdi. Ama işte geceyi Süheyla'nın yatağında, onunla birlikte geçirmişti. Ve kabul etmek istemese de bundan hoşlanmıştı. Derin bir iç çekip usulca doğruldu.

Ve gözleri anında kıvırcık bir yumaktan başka bir şey olmayan saçlarına takıldı. Zaten saçından başka bir şey görmek mümkün değildi. Elini arasına sokarsa muhtemelen kaybolurdu ve o eli aramak için üç güne ihtiyacı olurdu. Nasıl bir saç tipiydi bu böyle? Genç adamın gözleri kıvırcık yumaktan aşağıya kaydı. Gri renkli tişörtü sırtının ortasına kadar sıyrılmış, tenini açıkta bırakmıştı. Ve Demir gözlerini kaçırmaya bile gerek görmeden o açıklığı usulsüzce izledi. Teninin rengi, ışıkla yıkadığında altın gibi parlıyordu. Kadının kusursuz bir vücudu vardı. Zarif hatları incecik belinden yukarıya doğru tırmanıyordu.

Uzun sırtında sanatsal bir dokunuş kadar göz alıcı bir kavis vardı. Ama gözlerini ondan alamamasının nedeni bunların hiçbiri değildi. Kalçasında, o iki gamzenin ortasındaki ilginç doğum lekesiydi. Ancak ilahi bir el böylesine kusursuz bir dokunuş yapabilirdi. Yıldız şeklindeydi. Daha çok denizyıldızı gibi görünüyordu.

Demir, nefes almayı bıraktığının farkına vardığında derin bir iç çekti. Birine arzu duymayalı o kadar çok yıl olmuştu ki, nasıl bir şey olduğunu bile unutmuştu. Ama hatırlaması zor olmadı. Ve hatıralarında dahi böylesine ani ve yoğun bir arzuyla karşılaşmamıştı. Aslında fazla zorlamasına da gerek yoktu. Arzularına ve isteklerine sahip çıkmak onun elinde olurdu. Ama bu sahip çıkmak, bastırmak ya da görmezden gelmek kadar kolay olmuyordu. Resmen bir boğuşmaydı.

Süheyla bir dizini yukarıya çekmiş, kolları yastığının altında kaybolmuştu. Beden dili çok pervasız ve huzurlu olduğunu anlatıyordu. Ama yüzünü görebilseydi, onun ciddiyetinin izlerinin uykusunda bile yerini koruyor olduğuna göreceğine emindi.

Matruşka! Demir ne çevresinde, ne okul arkadaşlarının arasında ne de eski sevgililerinin arasında böylesine farkı biriyle karşılaşmıştı. Dış görünüşün aldatıcı olduğu, kesinlikle onunla birlikte gerçekliğini sağlamlaştırıyordu. Hangi açıdan bakılırsa bakılsın, Süheyla ilk bakışta oldukça sıradan ve heyecansız bir kadındı. Ama o kabuğun altında gökkuşağı kadar renkli, kapılarının ardında bilinmezlikleri olan gizemli bir dünya vardı. Demir, ömrünün sonuna kadar tüm kapıları açmaya çalışsa da o son kapıyı bulamazdı. Çünkü Süheyla farklı bir kadındı.

Huzursuzca gülümsedi. Daha provaya geldiği o gün, ölçülerini alırken dokunuşunu hissettiği anda bedenindeki ani uyanış karşısında afallamıştı. Süheyla'ya karşı titremelerle, kalp sekmeleriyle ve karıncalanmalarla tepki veriyordu. Demir, kendisine yasakladığı her türlü durumun üstesinden üzerine giderek gelmişti. Bunun için Süheyla'ya da bel altı, açık espriler yapıyordu. Bunun nedeninin bir kısmı onun vereceği beklenmedik her karşılıktan keyif almak içindi, ama asıl nedeni ona olan arzusunun üstesinden gelmekti.

Ve bunu yaparken onun farklı biri olduğunu unutmaması gerekiyordu. Demir ona silah çekmişti ve Süheyla da elbisesini çıkararak ona bazukayla karşılık vermişti. Demir, ona el bombası atsaydı muhtemelen karşılığını nükleer bombayla alırdı. Ve o elbisesini çıkardığında Demir, araba farına yakalanmış tavşan gibi kalakalmıştı.

Kendisine acıyarak iç çekti. Çalışanlar moda evine gelmeden önce gitmesi gerekiyordu. Onu korumaya çalışmak başka bir şeydi adını dedikodu malzemesi yapmak başka bir şey! Gerçi Süheyla'nın bu gibi durumları önemseyeceğini sanmıyordu. Yine de gitmesi gerekiyordu.

Ve lanet olsun ki, bir milim bile kıpırdamak istemiyordu. Zihninin içinde kareler birbiriyle çatışmaya girmişti. Demir'in geriye doğru savurduğu halde bumerang gibi geri dönenler ve Demir'in zorla düşünmeye çalıştığı saçmalıklar... Sonunda kabullenmişlikle pes etti. Zihni onun dudaklarının üzerindeki o ânı tekrar yaşamak, dudakları o tadı tekrar duyumsamak istiyordu.

Sanki bir zorunluluktu ve o, arzularının verdiği emre anında uyarak onu öpmüştü. Pekâlâ, tam olarak anında denemezdi. Çetin bir içsel mücadele yaşamış ve sonunda kaybetmişti. Ve Pekâlâ, bir öpücük de sayılmazdı. Dokunuşun ardından gelen istek öyle yakıcı ve ikna ediciydi ki, içsel mücadelesi kıran kırana bir savaşa dönüşmüştü. Savaşı kazanmıştı, ama son zamanlarda aldığı en zorlu galibiyetti. Çünkü eğer hareket etseydi, saniyeler içinde onun içine girerdi!

Bunun Emel'in ardından bir keşiş gibi yaşıyor oluşundan kaynaklandığını söyler ve isteğine karşı bu bahaneyi öne sürebilirdi, ama ancak kendini kandırırdı. Bu, tamamen gözlerini dikip baktığı kadınla ilgiliydi. O bir mıknatıstı ve Demir, ona yapışmak istiyordu. O, hislerini görmezden gelen bir insan değildi. Daha çok bunlarla savaşmayı seçerdi. Süheyla'yı istiyordu. Tam o anda, şafak henüz sökmüşken kıçına bir şaplak atıp, tepesini attırmak ve ardından üzerine atlamak istiyordu.

Ve bu imkânsızdı. Bu yüzden bir an önce o yataktan kalkması gerekiyordu. Demir, ayaklarını usulca yataktan aşağıya sallandırırken bu işin daha da karmaşıklaşacağını biliyordu. Aslında arkasına bakmadan kaçması gerektiğini de biliyordu. Ama kaçmayacaktı. Çünkü onun çekimine girmeseydi bile ona yardım ederdi. Edecekti de!

Paltosunu alıp odadan çıkmadan önce durup ona bakış atma isteğini yok saydı. Bir gün önce çalışma masasının üzerinde bıraktıkları çöp poşetini aldı. Önce odayı, ardından binayı sessizce terk etti. Çöpü binanın dışındaki çöp konteynıra atmasının ardından, hızlı adımlarla aracına ilerledi. Hava paltosunun altından kemiklerine küçük bir dokunuş yapacak kadar soğuktu. Yeni yeni ağaran gün, alçak gri bulutlarla ve kötü hava habercisi sürü halinde uçan kuşlarla birlikte şehri; uğursuz bir 'Merhaba' ile karşılıyordu. Ve Demir griden hiç hoşlanmazdı.

Aracına atlayıp hızla motoru çalıştırdı, ama hareket etmedi. Soğuk havanın sıcak havaylae yer değiştirmesine yetecek kadar klimayı çalıştırdı ve motoru kapattı. Ardından kollarını göğsünde kavuşturup, gözlerini moda evinine dikti.

Süheyla'nın moda evinde kalıyor olması iyi bir şeydi. En azından gün içerisinde dışarı çıkması gerekmeyecekti. Genç adam, moda evi çalışanlarından yeterince kişinin içeriye girdiğini düşündüğünde aracını çalıştırdı ve yola koyuldu.

Tehlikenin farkında, zeki ve kendini koruyabilecek bir donanıma sahip olan birine ne kadar uyarıda bulunursa bulunsun burnunun dikine gideceğine emindi. Ki bu kadın Süheyla ise muhtemelen, "İşinize bakın, Demir Bey!' karşılığını alırdı. Genç adam kendi kendine gülümsedi. İsminin sonuna 'Bey' eklemesinden hem hoşlanıyor hem nefret ediyordu. Garip ve biraz saçmaydı, ama o üç küçük harf aralarına bir sınır çizgisi, bir mesafe koyuyordu. Sanki görünmez bir duvar gibi aralarındaki o sınırı bu üç harf belirliyordu. Demir, ona ismiyle seslenmesini isteyebilirdi. Ve Süheyla da bunu muhtemelen geri çevirirdi. Ve Demir de kendisine ismiyle seslenene kadar onu sinir krizi geçirmenin eşiğine getirirdi. Ama bu küçük çizgiden o da memnundu.

Zaten karışık durumdayken işleri daha fazla karıştırmaya gerek yoktu. Demir kırmızı ışık yandığında durdu. Cebinden telefonunu çıkarıp kulaklıklarını taktı ve bir numara tuşladı.

"Evet, Demir Bey?" Bir insanın sesi nasıl bu kadar donuk olabilirdi.

"Birini arıyorum."

Şaşırarak adamın gülümsediğini hissetti. "Bu defa kime yardım ediyorsunuz?"

Sorusuna karşılık Demir de hafifçe gülümsedi ve tınısındaki o uyarının manasını kavradı. "Tunç Yiğit kadar ünlü biri değil!"

"Buna sevindim. Medyatik yüzlerden hoşlanmıyorum."

"Ama Tunç sana ölüyordu!"

"Hayal kırıklığının tadını çıkarabilir."

"Müsait misin?"

"Sizin için her zaman!"

"Görüşürüz." Demir telefonu kapattı ve tekrar cebine attı. Ve bunu yaparken geniş gülümsemesi yüzünde kalmıştı. Bu adamın neden Tunç'tan nefret ettiğini bir türlü anlayamıyordu. Başını iki yana salladı ve aracını her zaman buluştukları mekâna sürdü.

—⁂—

Genç kadın, onu bekleyen taksiye doğru seri adımlar atarken gözleri hızlıca çevreyi taradı. Hiçbir şey olmayabilirdi, ama her şey de olabilirdi. Çalışır durumdaki araca binip, şoföre Timuçin Bey'in adresini söyledi. Araç, moda evinden çok uzak olmayan Bebek'e doğru telaşsızca ilerlerken, başını arkaya yaslayıp gözlerini kapadı. Yetersiz uykular son zamanlarda alışkın olduğu bir şeydi, ama huzursuz bir uykuya alışık olduğu söylenemezdi.

Yatağında bir adamla -hem de Demir Bey gibi bir adamla- yatıyor olmanın getirdiği rahatsızlık tüm geceyi huzursuz geçirmesine ve verimsiz bir uykuya neden olmuştu. Kıpırdandığı her an adama çarpacağının endişesini taşıyorken kendini ve onu kontrol etmek için sürekli olarak uykusu bölünmüştü. Çünkü Süheyla dağınık uyumayı severdi.

Adamdan endişe etmiyordu. Ve bu kendini koruyabilecek donanıma sahip olmasından değildi. Adam onu öptüğünde -ki bu da düşünmek istediği son şeydi, ama düşünüyordu!- devamını getirmesini istediğini inkâr ederse kendini kandırmış olurdu. Ve muhtemelen adam dudaklarında hareketlenmiş olsaydı sesini çıkarmaz, geceyi adamın kollarında geçirirdi. Bunun ne aşkla ne de hoşlanmayla bir ilgisi vardı. Zaten adamdan hoşlanmıyordu bile! Ama bedeninin onu istediği bir gece önce açıkça belli olmuştu. Süheyla, erkekler tarafından arzu duyulan bir kadın değildi. Bunu fark etmeyecek kadar egosu tavan yapmış bir kadın da değildi. Çok da önemsemiyordu. Onlarsız da yaşabilirdi. Ve bir fiyaskoya dönüşen nişanlılığından sonra karşı cinsi mindere yatırıp ayaklarıyla çiğnemekten başka bir istek duymamıştı. Ama Demir Bey garip bir adamdı ve gözlerindeki kararmanın arzudan başka bir şey olmadığına emindi. Hemen bastırılan ve var olmamış gibi davranılan bir arzu...

Huzursuzca iç çekti. Onun gibi bir adamla birlikte olursa bu... bu olduğu yerde kalmazdı. Neler olabileceğinin tam olarak kestiremese de Demir Bey gibi bir adam güzel bir kılıfın içine saklanmış püsküllü bir belaydı. Bu da Süheyla'nın işine gelmezdi. Sabah uyandığında gittiğini fark etmesiyle derin bir oh çekmişti. Gün içerisinde bir kuyruk gibi peşinde olacağını düşünmek ürkütücüydü ve Süheyla onu korumak görevini fazla abartmayacağını umuyordu. Ama yardımını kabul etmeyecek kadar şuursuz değildi. Adam gücünün farkındaydı. Süheyla da sözlerine inanıyordu. Ve adam bu gücü ona sunuyordu. Almazsa ahmaklık etmiş olurdu. Sinirlerini zıplatmasını, aniden ortaya çıkan mide kıpırtılarını görmezden gelmeyi becerebilirse aradığı adamların yakasına yapışması çok da uzak bir hayal değildi. Ve Süheyla her gece bunu hayal ederek uyuyordu.

Araç verdiği adresin önünde durduğunda ücretini ödedi ve yine inmeden önce çevreyi dikkatle taradı. Araçtan inip hızlı adımlarla büyük ve göz alıcı ahşap bahçe kapısına doğru ilerledi. Küçük bir kabinde duran güvenliğe kimlik kartını uzatıp, içeriye haber vermesini beklerken istemsizce ve huzursuzca yine arkasını kollama ihtiyacı hissetti.

İçeriye kabul edildiğinde önüne bakarak ilerliyordu ve kafasını kaldırdığında adımları aksadı. Lanet olsun! Bir insanın böyle bir evde oturması için paranın içinde yüzüyor olması gerekirdi. Eh Timuçin Bey de elindeki sanatın ona kazandırdıklarıyla paranın içinde yüzüyordu. Yine de adamın normalde takındığı mütevazılık evini gördüğünde şaşırmasına neden olmuştu. Daire şeklinde bir yapı olan villanın bahçesinin taş döşemeli yolu bile basılmaya kıyılamayacak kadar güzeldi. Boydan boya camların bulunduğu ön cephede geleni önce büyük bir veranda karşılıyordu. Villanın ahşap giriş kapısı sonuna kadar açılmıştı ve Timuçin Bey'in yardımcısı kocaman bir gülümsemeyle gelişini izliyordu.

"Sizi gördüğüme çok sevindim!" Kadının sesinin tınısından ve gözlerindeki parıltıdan gerçekten onu görmekten hoşlandığı anlaşılıyordu. Süheyla genelde görmekten hoşlanılan bir insan değildi.

"Bu konuda sizi takdir ediyorum." Kadının afallamış yüzüne karşı hafifçe gülümsedi. Ve bir açıklama yapmadan yanından geçerken, "İhtiyar nerede?" diye sordu.

"Sen hayatında ihtiyar görmemişsin!" Süheyla içeriden bir yerlerden gelen tarazlı ses üzerine gülümsedi. Timuçin Bey'in yardımcısını şaşkınlığıyla birlikte arkasında bıraktı ve göz alıcı bir ışıltıyla parıldayan mermer zeminin üzerinde topukları tangırdayarak ilerledi.

Mermer zemin iki basamaktan oluşan merdivenlerin sonunda bitiyor ve ahşapla döşenmiş geniş bir salona iniliyordu. Yaşlı adam ben buradayım diyen oturma gruplarından birine tembelce yayılmış kitap okuyor gibi görünüyordu. Süheyla biraz ötesinde durduğunda çerçevesiz gözlüklerini gözünden çıkardı. Elindeki kitabı uzandığı koltuğun hemen yanındaki sehpaya bırakıp bakışını ona çevirdi.

Süheyla, "Haklısın!" dedi. Sesinde yoğun bir alay vardı. "Sen fosilleşmeye oldukça yakındın!"

"Büyüklerinle edepli konuşmayı umarım büyüdüğün zaman öğrenebilirsin!" Timuçin Bey, onu karşılamak için doğrulmaya çalışırken Süheyla eliyle oturmasını işaret etti. Yanına ilerledi, kendini de şaşırtarak yanağından bir öpücük aldı ve karşısındaki koltuğa yerleşti.

Yaşlı adamın bakışlarındaki şaşkınlık ve keyfi fark ettiğinde dudağının içini kemirdi. "Bir yerlerini kırmandan korktum. Buna sebebiyet vermek istemem!"

"Tanrım! Bu dilini neyle besliyorsun?"

Süheyla'nın kaşları hafifçe havaya kalktı. Aynı sözleri bir başka ağızdan, ama aynı ses tonuyla duymuştu. Basit bir omuz silkmeyle sözlerini geçiştirdi. "Nasıl hissediyorsun?" diye sordu ciddiyetle.

Yardımcısı elinde bir tepsi ve sıcak içeceklerle yanlarına geldi. Yaşlı adam, "Taşı sıksam suyunu çıkaracak kadar iyi hissediyorum," dedi. Sesi oldukça dinç ve kendinden memnun çıkmıştı. Süheyla, kahvesini tepsiden alırken başını hafifçe yana eğdi, alaycı bakışlarla yaşlı adama değer bir edayla baktı ve dudaklarını büzüp, "hı hı" diye mırıldandı.

Timuçin Bey kendi fincanını alırken homurdandı. Genç kadın onun fincanına gözlerini dikti. "Kahve içmediğini umuyorum?"

"Ne? Beni önemsiyor musun?" Soruyu sorarken yaşlı adamın tek kaşı yukarı tırmanmıştı, ama gözlerinde bariz bir heves ve beklenti vardı.

"Elbette! İş yerindeki kıskanç sürtüklerle sen, benden çok daha iyi uğraşıyorsun. Seni ziyarete geldiğimi söylediğimde arkamdan kafama bir şey indirecekler diye ödüm koptu!"

Timuçin Bey başını arkaya atarak bir kahkaha patlattı. Süheyla neden sözlerinin onu sıklıkla güldürdüğünü anlayamıyordu. Elbette ödü kopmamıştı, ama gözlerinin açtığı delikleri sırtında hissetmişti.

"Çalışanlarımın çoğu senden oldukça kıdemli ve yıllardır benimle birlikteler! Fakat evime ziyarete gelebilen ilk çalışanımsın."

"Umarım bunun anne torpili olduğunu onlara söylemeyi unutmazsın. Bir gün elimden bir kaza çıkacağından endişe ediyorum. Ve ayrıca." Genç kadın kahvesinden bir yudum aldı ve neredeyse gözlerini kapayacakken kendine hâkim oldu. Lanet olsun! Böylesine kaliteli bir kahve içmeyeli uzun zaman olmuştu. "Bir an önce döneceğini umuyorum. Tüm işleri sırtıma yıkıp burada tembelce yatamazsın!"

Timuçin Bey, "Kısa zamanda dönmeyi düşünüyorum," diye mırıldandı. Ama gözlerinde bir huzursuzluk vardı. Sanki aklı başka bir yerdeymiş gibi gözleri hemen yanındaki büyük pencereden dışarı, gri gökyüzüne daldı. Ardından başını çevirip gözlerini genç kadının gözlerine dikti. "Ama işlerimi ayarladıktan sonra da küçük bir tatile çıkmak istiyorum. İnan tüm yükü sana bırakmayacağım."

Süheyla hâlâ bekliyordu. Adamın sözlerinin altında bir şeyler yatıyordu. Tatile çıkması güzeldi. Dinlenmek ona iyi gelirdi. Ama bedenini serbest bıraksa kıvranacağından emin olduğu bir sıkıntısı vardı. "Ve?" diye sordu.

Adam hafifçe güldü. Ses daha çok homurdanır gibi çıkmıştı. "Neden sen de diğer insanlar gibi 'sizin adınıza çok sevindim, Timuçin Bey. Bir tatil size iyi gelecektir!' diyemiyorsun?" Süheyla, "Ve?" diye üsteledi.

"Ve İzmir'e gitmek istiyorum." Genç kadının açılan dudaklarına karşı elini havaya kaldırdı. "Bu hayata bir kez geliyorum. Ve ölümün kıyısından döndüm. Bir daha gelmeyeceğim. Bir daha âşık olmayacağım. Anneni seviyorum. Hâlâ! Ve ölmeden önce onu son bir kez görmek istiyorum. Bunun... hakkım olduğunu düşünüyorum. Ve inansan da inanmasan da babana saygı duyuyorum." Timuçin Bey, omuzlarından büyük bir yük kalkmış gibi derin bir nefes aldı. Ve genç kadının gözlerine sabırsız bir bakışla baktı.

Süheyla'nın oldukça uzun süren sessizliği ve sabit bakışları karşısında elindeki fincan titredi. Kıpırdandı. Dili dudaklarının üzerinde gezindi. Ve suçlu bir çocuk gibi yanakları kızardı. "İnsanı kıvrandırmak için sözlere bile ihtiyacın yok, değil mi?" diye sordu sonunda. Sesinin tonu öylesine güçsüz ve öylesine yenik çıkmıştı ki, genç kadın onun iznine ihtiyacı olduğunu anladı. Bu konu üzerinde hiçbir şey düşünmeyecekti. Eğer düşünürse, yeni yeni hoşlandığı bu adama karşı emsalsiz bir öfke besleyebilirdi.

"Ne haliniz varsa görün!" diye mırıldandı.

Timuçin Bey, yeni yetme bir delikanlı gibi gülümserken genç kadının telefonu çaldı. Süheyla'nın kötücül bakışları gülümsemesi giderek sırıtmaya dönüşen adamın yüzünde asılı kalırken telefonunu çantasından çıkardı ve ekrana baktı. Demir Bey! Ne sürpriz ama...

Adam görüntülü arıyordu. Ve Süheyla telefonu cevaplamak istemiyordu. Bıkkın bir iç çekişin ardından, Timuçin Bey'in sorgulayan bakışları arasında aramayı yanıtladı.

"Evet, Demir Bey?"

Demir Bey'in keyifle aralanan dudakları Süheyla'nın arkasından görünen mekânı fark ettiğinde dondu. Kaşları bariz bir öfkeyle derinleşirken, dudakları düz bir çizgi halini aldı.

"Lanet olsun! Orası moda evi değil!" Adamın sesinin aniden beliriveren öfkeyle titremesi genç kadının şaşırttı.

"Bravo! Tek seferde anladınız."

"Neredesin?" Demir Bey, karanlık bir ortamda olduğu için nerede olduğu anlaşılmıyordu, ama sanki bir arabanın içindeymiş gibi görünüyordu.

Süheyla, "Sizi ilgilendiren bir yer değil, buna emin olun," diye karşılık verdi.

Adamın gözlerinden yersiz -yersizdi çünkü endişelenmesi için bir neden yoktu- bir endişe gölgesi geçerken, dişlerinin arasından konuştu. "Elbette, yalnız da değilsin. Kulaklık tak!"

Süheyla hafifçe güldüğünde karşısında duran yaşlı adam da, ekrandan ona bakan adam da şaşkınlıkla gözlerini irice açtı. "Merak etmeyin, Demir Bey. Şövalyeliğe soyunan ilk siz değilsiniz!"

Genç kadın aniden ekranı Timuçin Bey'e çevirdi. "Ah! Timuçin Bey..." Genç adam bir süre ne diyeceğini bilemiyormuş gibi bir an için duraksadı. "Selam!" diyebildi sonunda.

Aynı şaşkınlığı Timuçin Bey de yaşıyordu. "Demir Bey... Bu... Gerçekten şaşırtıcı," diye karşılık verdi.

"Çok iyi görünüyorsunuz, umarım göründüğünüz kadar iyi de hissediyorsunuzdur. Bu arada gecikmiş geçmiş olsun dileklerimi kabul edin, lütfen."

"Göründüğümden daha iyi hissediyorum. Teşekkür ederim." Timuçin Bey, hâlâ oldukça şaşkın görünüyordu aslında.

"O zaman... Sanırım sizi düelloya davet etmek zorundayım. Yıldırım hızıyla âşık olduğum kadın için şövalye olabilecek tek insanın ben olmasını isterim."

Lanet olsun! Demir Bey'in her sözünden alay akıyordu. Süheyla bıkkınlıkla başını iki yana salladı ve söze karıştı. "Yanlış adres, Demir Bey! Kendisi benim bir önceki versiyonuma âşık!"

Timuçin Bey, "Çok daha naif, terbiyeli, güzel ve az konuşan olanına!" diye araya girdi.

Ve Demir Bey'in gür kahkahası kulaklarında çınladı. "Tanrım! O sivri dilden nasibini alanın sadece ben olduğumu sanıyordum." Adam hâlâ gülüyordu.

"Merak etmeyin, onun için hepimiz oyun hattının sonundaki birer kukayız!" Timuçin Bey'in sözleri üzerine ikili arasında kısa bir gülüşme ânı daha yaşandı.

Demir Bey sonunda, "Sağlığınızın iyi olduğuna gerçekten çok sevindim."dedi.

"Teşekkür ederim. En kısa sürede görüşmek üzere, Demir Bey!"

"Elbette. Sü?"

Süheyla dişlerini sıkarken ekranı kendine çevirdi. Ciddiyetle, "Evet?" diye sordu.

"Adresi bana mesaj atar mısın? Gelip seni alacağım. Yalnız dönmeni istemiyorum." Adamın sesinde öylesine bir buyurganlık vardı ki Süheyla buna karşı gelmek istiyordu. Hayatı boyunca kimseden emir almamıştı. Bundan sonra da almayı düşünmüyordu. Adamın ona karışmak gibi bir hakkı yoktu. Ve asla da olmayacaktı. Önce bunu öğrenmesi gerekiyordu. Öfkenin kanını hızlandırdığını ve bu kanın yanaklarına bastığını hissediyordu.

Demir Bey'in ciddiyetini koruduğu yüzünde aniden ifade değişikliği belirdi. Sevmediği o sırıtma gelip dudaklarını kıvırdığında dişlerini sıktı. Adam dudaklarını aralarken onu bir şekilde söylediklerini yapmaya mecbur bırakacağını biliyordu. "Ve Sanırım senin için bir şeyim var!"

Genç kadın, "Ne gibi?" diye sordu. Sesindeki şüpheci ton öfkeli tınıyı ister istemez bastırmıştı.

"Seni aldığımda öğrenirsin! Adresi mesaj at!"

Ve Demir Bey aniden ekrandan kayboldu. Süheyla dişleriyle birlikte ellerini de aynı anda sıktı. Telefonu tutan eli havaya kalktı ve cihazı fırlatmaktan son anda vazgeçti. Gözleri, Timuçin Bey'in merak ve keyfin aynı anda yüzdüğü bakışlarıyla buluştu.

"Demir Bey?" diye sordu. Dudakları öne doğru uzadı ve sonra dudaklarını aralamadan güldü.

Genç kadın aniden, "Hiçbir şey sorma!" diye gürledi. Gözlerini bir süre kapalı tuttu ve ardından adresi Demir Bey'e mesaj attı. Bir şeylere zorunlu kalmaktan ve bunun tehdit yoluyla yapılmasından nefret ediyordu.

Daha on dakika bile geçmemişti ki, genç adamın geldiğini bildirdiği mesaj ekranında belirdi. Süheyla, Timuçin Bey'le kısa vedalaşmasının ardından hızla evden ayrıldı. Botlarının topukları yürüme yolundaki taşları resmen dövüyordu. Öylesine öfkeliydi ki, adamı sırf sevk olsun diye boğabilirdi. Açılan bahçe kapısından geçti. Demir Bey'in aracı hemen önünde duruyordu.

Araca ilerledi, bindi ve kapıyı usulca çekip kapattı. Demir Bey'in kendisini o piç sırıtışla bekleyeceğini umuyordu, ama yanılmıştı. Adamın yüzünde yoğun bir öfke vardı. "Yalnız başına asla dışarı çıkma!"

Süheyla, bir anda döndü. Adamı yakasından tuttu ve sertçe kendisine çekti. Yüzleri arasında bir parmak mesafe varken tane tane ve sakin bir tonla konuştu. "Bir daha bana asla emir verme!"

Demir Bey'in öfkesi bir yerlere kayboldu. Aniden! Yüzüne keyifli bir ifade yerleşirken uzanıp dudaklarının arasındaki mesafeyi kapadı ve bu defa gerçek, kısa bir öpücükle dudaklarını birleştirdi. "Nasıl istersen!" dedi hızla geri çekildiğinde.

"Ve bir daha beni öpmeye kalkma!" Süheyla'nın sıkılı dişleri arasından söylediği sözcükler adamın pek de umurunda gibi görünmedi.

"Yavuz'un adresini buldum. Oraya gidiyoruz."

Timuçin Bey, öfkesi, adamın dudakları... Her şey bir anda başka yerlere savruldu. "Ne?" dedi kendinden bile beklemediği şaşkın bir fısıltıyla.

"Söylediğimi duydun!"

"Bırakın da biraz şaşırayım!"

"Ah, pardon! Lütfen, devam et. Çok güzel şaşırıyorsun!"

"Pisliksiniz, Demir Bey!"

"İşe yarayan bir pislik."

"Kesinlikle!"

Süheyla, içinde yükselen heyecanın farkındaydı. Bunun bastırmaya çalışmasına gerek yoktu. Çünkü buna imkân da yoktu. Yan döndü ve gözlerini adamın yüzüne dikti. "Nasıl buldunuz? Bu kadar kısa zamanda! Çok uzak mı? Yalnız mı yaşıyor? Onu bu akşam konuşturabilir miyiz?" Süheyla bir-iki soru daha sorabilmek için bir nefes almak için duraksadı ve genç adam yalvaran bakışlarını ona çevirdi.

"İstediğim sorudan başlayabilir miyim, örtmenim?"

Süheyla'nın kalan soruları içinde patladı. Tekrar bir nefes aldı ve fısıltıyla, "Üzgünüm," dedi. "Heyecanımı mazur görün!"

"Lütfen! Sadece espri yapmaya çalışıyordum." Genç adam gözlerini yola dikti ve sözlerine hızla devam etti. "Kadıköy'de, sanırım senin cüce dediğin kişiyle birlikte bir apartman dairesinde kalıyorlar. Otopark adı altında, kaldırama veya benzeri yerlere araçlarını park eden insanlardan park ücreti alarak geçimlerini karşılıyorlar, ama buna uzun bir süre önce son vermişler. Birkaç gündür evden dışarı çıkmıyorlarmış. Sanırım gittiğimizde yine onları evde bulabiliriz."

Genç kadının cevabı kısa ve netti. "Harika!"

Kadıköy'e giden yolda genç kadının teninden yükselen gerilim sanki sessiz aracın içini de sarmıştı. Adamın arada sırada ona attığı bakışların farkındaydı. Konuşmak istemiyordu. Ya da var olan tüm sorularını, sözcüklerini bu iki adama saklıyordu. Onları görmek istiyordu. Umur'un o an yaşadıklarını tek tek dinlemek istiyordu. Bunun kendisine dayanılmaz acılar vereceğinden emindi, çünkü hayal gücünü özgür bıraktığında bile kemiklerine kalın iğneler saplanmış gibi oluyordu. Ama dinleyecekti. O anların her saniyesini adamların dudaklarından dinleyecekti. Ve sonra aynı saniyeleri onlara da yaşatacaktı. Ve elbette, kardeşinden ne istediklerini öğrenecekti.

O anlarda Demir Bey'in yanında olmamasını dilerdi, ama bunu dilemek bir şeyi değiştirmiyordu. Adam, aylardır aradığı kişileri eliyle koymuş gibi bulmuştu.

Demir Bey, gidecekleri adrese yaklaştıkça bütün sokak isimlerini dikkatle okuyordu. Sonunda bir sokak tabelasını gördü ve işaret parmağı havaya kalktı. "İşte!" diye bildirdi. "Bu sokak."

Süheyla'nın ağzı kurumuştu. Kalbi göğüs kafesini daha sık yokluyor, sırtından aşağı buz gibi terler döküyordu.

İki gencin kaşları aynı anda çatıldı. Genç adam aracını durdurmak zorunda kaldı. Sokağın girişinde belli olmayan kalabalık, önlerine bir set kurmuştu sanki. Polis araçları ve bir ambulans sokaktan geçişi engellemiş, tüm meraklı kalabalık da bu araçların etrafında toplanmıştı.

Demir Bey, "Lanet olsun! Neler oluyor?" diye mırıldandı. Muhtemelen kendi kendine mırıldanmıştı, çünkü cevap beklemeden ve bir uyarı vermeden aracından inip birkaç adım ilerledi. Kalabalığın üzerinden boynunu uzatarak neler olup bittiğine bakmaya çalıştı. Kalabalık öylesine yoğun ki, Süheyla adamın bir şey göremeyeceğinden emindi. Kargaşa, hayret nidaları, bağrışmalar tüm sokakta yankılanıyordu. Demir Bey, tekrar arkasını döndü ve hızla araca bindi.

"Lanet olsun! Her ne olduysa bizim ikilinin yaşadığı apartmanda olmuş." Gözlerini kaldırdı ve kirpiklerinin arasından bakarak lacivertlerini ona dikti. Ve hangi açıdan bakılırsa bakılsın o gözlerde karşı konulamaz bir uyarı vardı. "Ben gidiyorum. Neler olduğunu öğrenmeden de geri gelmeyeceğim. Ve senin burada kalman gerekiyor. Bu bir emir değil! Öncelikle bunu bilmeni istiyorum. Sadece bir önlem!" Arka koltuğa uzandı ve doğrulduğunda başına bir kasket geçirdi. "Bu adamlar seni tanıyorlar, ama beni tanımıyorlar. Kısa süre sonra burada olacağım!"

Adam Süheyla'dan emin gibi görünüyordu. Emindi, çünkü mantığına yaptığı ufak bir dokunuşla onun sabırsızlık içinde araçta bekleyeceğini biliyordu. Süheyla'nın onaylarcasına başını sallamasının hemen ardından araçtan indi ve kısa süre içinde kalabalığın arasında kayboldu.

Süheyla tırnak yemezdi, ama o anda tırnaklarını yemek istiyordu. Adamlar iki adım ötesindeydi ve birileri olay yaratmak için o geceyi seçmiş gibi görünüyorlardı. Lanet olsun! İnmek istiyordu. O eve girmek istiyordu. Yakalarına yapışmak istiyordu! Onları küvete sokmak istiyordu. Eğer küvet yoksa kanlarında boğmak istiyordu.

Sabırsızlığı ve öfkesi artarken saniyeler dakikalara dönüştü, ama Demir Bey hâlâ ortalıklarda görünmemişti. Süheyla, öfkesinin ve içindeki intikam ateşiyle yanan kadının mantığının önüne geçmeye çalıştığının farkındaydı. Üç dakika! Sadece üç dakika daha bekleyecekti ve ardından araçtan inecekti.

Saatine baktı. İkinci dakikanın son saniyeleriyle birlikte eli kapı mandalına yapıştı. Ve daha açamadan Demir Bey, dağılmak üzere gibi görünen kalabalığın içinden sıyrılarak araca doğru ilerledi. Hızla araca bindi. Motoru çalıştırıp geri vitese taktı. Süheyla'ya hiçbir açıklama yapmadan!

Süheyla da bir şey sormadı. Adam geldikleri yoldan tekrar geri dönerken sessizliğini korudu. Genç kadın başını çevirip gözlerini onun yüzüne dikti. İfadesindeki bir şey onu huzursuz etmişti. Donuk bakışlarını yola dikmiş, sanki mekanik bir robot gibi tüm dikkatini aracı yönlendirmeye vermişti.

Süheyla, sabrının sınırlarının aşındığını hissettiğinde dişlerini sıktı. Ardından bir kez yutkundu ve fısıldadı. "Ne?"

"Yavuz ve işbirlikçisi ölü bulunmuş!" Genç kadına hem özür dileyen hem de öfkeli bir bakış attı. "Yani birileri senin onları aradığını öğrendi ve sırlarıyla gömülmelerini istedi."

Yıkılmak herhalde böyle bir şeydi. İsyanını gösterecek kadar bile konuşmak istemiyordu. Vücudu sanki ani bir felç geçirmiş gibi donup kalmıştı. İsyan ediyordu. İçten içe sarsılıyor, bir şeyleri kırıp döküyor, beyninde bir şeyler parçalara ayrılıyordu. Ama her şey içinde olup bitiyor ve orada kalıyordu. Bir şeylerin kuyruğundan tutmuşken o kuyruğun sürekli olarak kopmasından nefret ediyordu. Bir iz sürebileceği bu iki ismin dışında belirsizliklerden başka hiçbir şey yoktu ve elindeki iki isim de artık asla konuşamayacaklardı.

Süheyla ne yapacaktı? Umutsuzluk, bir kez daha yakasına bir pençe gibi asıldı. Tekrar başlangıç çizgisine dönecekti ve bu defa başlangıç çizgisinin nerede olduğundan bile haberi yoktu. Elinde sadece koca bir sıfır vardı. Lanet olsun! Bir şeyler kırıp dökmek istiyordu. Belki gösteremiyor olabilirdi, ama içten içe acıyor, sancıyor, kalbi eziliyordu.

"Suçlu mu hissediyorsun?" Yumuşak bir tonla sorulan soruyla birlikte başını genç adama çevirdi. Onu teselli etmemeye çalışması hoşuna gidiyordu. Acısını kendi içinde yaşayabilirdi, ama onu anlayan birilerinin olduğunu bilmek iyi hissettiriyordu.

"Elbette. Kardeşim öldüğünde ifade vermek için Emniyet'e gitmiştim. Ve ölümünden kısa süre önce bir kiralık arabayla kaza yaptığını öğrendim. Haberim yoktu. Ve hiç olmayacaktı. Nasıl bir ablanın kardeşinin yaptığı kazadan haberi olmaz?" Dudaklarından sevimsiz bir gülümseme fırladı. "Benim haberim olmadı." Kendine olan öfkesi ve suçluluğuyla başını iki yana salladı.

"Felsefe yapıp seni bunaltmak istemem, ama inan bana kendinin sebebiyet verdiği bir ölümle başa çıkmak; dolaylı yollardan bir şeyler için suçluluk hissetmekten daha zor! Senin de bir hayatın vardı. Umur'u bileklerinden kelepçeleyecek halin yoktu." Adam kendi kendine homurdandı. "Ama ne söylersem söyleyeyim, ömrünün sonuna kadar kendini suçlu hissedeceksin."

Doğruyu söylüyordu. Öyle hissedecekti. Buna mantıklı bir bakış açısıyla yaklaşamıyordu. Bunu yapmaya çalıştığında duygularının istilasına uğruyordu. Ama tüm bu düşüncelerinin arasında hafif bir şaşkınlık da yaşıyordu. Kardeşinin ismini bir kez kullanmasına rağmen adamın hafızasından silinmemişti. Ya çok güçlü bir hafızası vardı ya da Süheyla'nın davasına gerçekten değer veriyordu.

"Teşekkür ederim," diye mırıldandı nefesini dışarı verirken.

"Harika! Bu iş bir gün sona erecek ve ben, o zaman kadar senden bol bol teşekkür alacağım."

"Çok mu iyisiniz, çok mu dengesizsiniz... Bir türlü karar veremiyorum."

"Sen kanatsız, düşmüş bir melek olduğumu düşünebilirsin." Genç adamın bir dudağının kenarının hafifçe yana kıvrılması Süheyla'nın gözünden kaçmadı. Gülümsemesi bulaşıcıymış gibi Süheyla'nın da dudakları kıpırdandı. "Öyle ki, bu gece de seni kanatlarımın altında tutacağım!"

Süheyla'nın yarım gülümsemesi o anda soldu. "Harika!"

"Sevinçten bayılma ihtimaline karşılık torpidodaki kolonyayı kullanabilirsin!" Süheyla, araç sürerken adamın üzerine saldırmamak için kendini olduğu yerde sabit tutmaya çalışıyordu.

Hayatında onu böylesine ani bir öfkeye boğabilen sınırlı sayıda insan vardı. "Ve unutmadan, yarın gümüş mekâna gidiyoruz!"

Bilerek yapıyordu. Adam önce onu sinir küpüne çeviriyor, ardından işine yarayabilecek iyi bir şeyler söyleyerek öfkenin içinde patlamasına ve onu içten içe yemesine neden oluyordu. Sonunda dayanamadı. Aşağıya eğildi. Botlarından birini çıkardı.

"Hayır!" Genç adam birden gülmeye başladı. "Yapmayacaksın, değil mi?"

Süheyla, konuşmaya gerek duymadı. Ölebilirlerdi. Umurunda değildi. Botunu ayağından çıkardı ve vakit kaybetmeden adamın kafasına indirdi.

## Bölüm 10

Genç adamın parmak uçları başının üzerindeki şişliğe hafifçe dokundu. Ve anında yüzünü buruşturdu. Gerçekten acıyordu. Ona vuracağını anladığında darbe almayı göze almak zorundaydı, çünkü normalin üzerinde bir hızla ilerliyorlardı. Ama bir botun kafasında böylesine bir şişlik oluşturacağını tahmin edememişti. Kadının bordo renkli palyaço tipi botlarının tabanının çelikten olduğunu nereden bilebilirdi ki?

Öfkesinin boyutunu da fark edememişti. Esprileri ya da hareketleri onu deli etse de Süheyla buna soğukkanlılıkla cevap verirdi. Muhtemelen kendisinden çok, adamların onun değil de başka birileri tarafından öldürülmüş olması gerçeği onu böylesine çileden çıkarmıştı. Adamlar Umut'un ölümü hakkında ne biliyorlarsa o bilgileri de yanlarında götürmüşler ve Süheyla'nın tutunduğu tek dalı da kesmişlerdi.

Ve Demir başında bir şişlikle aracının içinde yalnız oturmak zorunda kalmıştı.

Israr edebilirdi. Gece yanında kalmak için onu zorlasaydı muhtemelen kabul ettirebilirdi. Ama kadının yalnız kalmaya ihtiyacı var gibi görünüyordu. Bunun için ısrar etmeyi göze alamamıştı. Eve gitmeyi de göze alamıyordu. Sıkıntıyla iç çekti. Eğer Süheyla'nın başlarına bela olabileceğini düşünselerdi önce onu ortadan kaldırmaya çalışıyor olmaları gerekirdi. Ve muhtemelen Süheyla'ya bir şey olması durumunda, Umur'un ölümünün arkasında gerçekte kimler varsa daha kolay açığa çıkacaklardı. Ve onlar adamları ortadan kaldırarak Süheyla'nın ilerlediği yolun önünü tıkamayı seçmişlerdi.

Demir, bu duruma başka bir açıklama getiremiyordu. Ve tüm

bu teorileri basit bir gerçeği ortaya koyuyor gibi görünüyordu. Umur'u her kim öldürdüyse Süheyla'yla da bir bağlantısı vardı. Ve yine... Eğer teorisi konusunda haklıysa Süheyla o an için güvendeydi. Ama Demir, Süheyla'ya güvenemiyordu.

Kafasına aldığı darbeden sonra ona gerçek anlamda öfkelenmişti. Aracını emniyet şeridine çektiğinde Süheyla'nın boğazını sıkmayı düşünüyordu. Ama başını çevirip gözlerine baktığında... Lanet olsun! O gözlerde kana susamış kadını görmüştü. O, kendini saklamayı becerebilen bir kadındı. Ama hayal kırıklığı ve umutsuzluk tüm hislerini gözlerine taşımıştı. Ve Demir, onun olay yerine gitmesinden endişe ediyordu. Bunun için geceyi tek başına binayı gözetleyerek aracında geçirecekti. Buna bir çözüm -hem de kısa zamanda- getirmesi gerekiyordu ve bunun için de Süheyla'nın hiç hoşuna gitmeyecek şahane planları vardı.

Düşüncelerinin arasında kaybolmuşken gerilerde kalan bir şey bir anda zihninde ön plana çıktı. Abisi onu aramıyor, merak etmiyor, kahvaltı masasında geceyi nerede geçirdiği hakkında sorguya çekmiyordu. Demir, arkasını onlarca kere kollamasına rağmen gölgesi gibi onu takip eden adamları da göremiyordu. Abisinin kafasına saksı düşmediyse... Bu işin içinde bir şeyler vardı. Bunu da kısa zamanda öğrenmesi gerekiyordu. Beklenmedik sürprizlerden nefret ediyordu. Ve içinden bir his çok yakın bir zamanda büyük bir sürprizle karşı karşıya geleceğini söylüyordu.

―※―

"Çorbacı?" Kadının şüphe dolu fısıltısı üzerine genç adamın gözleri yukarı kalktı. Devam etmesini istiyormuş gibi kaşları havalanırken, tepkisinden hoşlandığı dudağının kenarındaki kıvrımda gizliydi. Süheyla, "Bunun kamufle bir yer olduğunu düşünmek istiyorum," diye sözlerine devam ederken, genç adamın gözlerindeki siyah yıldızlar oynaştı.

Demir Bey, kaşığını çorba kâsesinin kenarına bıraktı ve bir şeyleri tartıyormuş gibi gözlerini hafifçe kıstı. "Bir türlü karar veremiyorum."

Süheyla, adamın tamamen başka bir şeyden bahsettiğini sesinin tınısındaki eğlenceden anlamıştı. Sabırsız bir tonla, "Neye?" diye sordu.

"Her boku bilmenden nefret mi ediyorum yoksa hoşlanıyor muyum?"

Süheyla burnundan bıkkın bir nefes çekerken göğsü yukarı kalktı. İşaret parmağı hafifçe şakağına dokundu. "İçinde beyin var! Kullanıldığı zaman oldukça işe yarıyor." Dudağının kenarında hafif bir kıvrım belirdi. "Size de ara sıra kullanmanızı öneririm."

Adamın kahkahası kadının sözlerinin hemen ardından havada çınladı. Ardından alay eden bir sesle, "Aklımda tutmaya çalışırım," diye mırıldandı.

Gülüşü ve sözleri üzerine genç kadının gözleri bir süre adamın yüzünde takılı kaldı. Eğer aynı espriyi salonunda herhangi bir adama yapmış olsa karşılığı; öfkeli bakışlar, sert geri cevaplar ve çenelerin yukarı kalkması olurdu. Demir Bey'in farkı buydu. Anlıyordu.

Demir Bey, sanki Süheyla'nın inceleyen bakışlarından huzursuz olmuş gibi gözlerini kaçırıp etrafta amaçsızca dolandırdı. Tekrar ona baktığında -Süheyla hâlâ onu izliyordu- yüzünde eğlenceden tamamen sıyrılmış ciddi bir ifade vardı. "Kamufle!" diye bildirdi. Ardından uyarı veren bir tınıyla, "Bunun için söylenilenlerin dışına çıkmamaya özen göster!" dedi.

Süheyla gülmek istedi. Adam ona emir vermiyordu. Ama yumuşak da davranmıyordu. Kendine göre ikisinin arasında bir orta yol bulmuş gibi görünüyordu.

Süheyla'nın sözlerine karşı tepkisiz kalışı onu sinirlendirmiş gibi, "Kafanın içinden neler geçtiğini bilmek isterdim," dedi ve bunu gerçekten istiyormuş gibi gözlerini gözlerinde bıraktı.

Süheyla'nın ona verecek bir cevabı elbette vardı, ama yanlarına gelen garson sözlerini dudaklarının arasına hapsetti. Garson, deri kaplı hesap defterini masanın üzerine bıraktı. Demir Bey, ceketinin iç cebinden cüzdanını çıkardı. Hesap defterini araladı ve cüzdanından çıkardığı banknotlarla birlikte gümüş kartı da defterin arasına bıraktı. Hareketleri öylesine zarif, öylesine çabuk ve öylesine doğaldı ki... Süheyla'nın gözlerinde fark etmediği bir parıltının ortaya çıkmasına neden oldu.

Garson defteri aldı. Arkasını döndü. İlerlemeden önce defteri araladı. Sanki bir şey sorulmuş gibi tekrar masaya doğru döndü. Gözleri ikilinin üzerinde kısa süre gidip geldi ve ardından hafifçe Demir Bey'e doğru eğildi. "Tuvaletler üst katta, efendim," diye bildirirken doğruldu. "Size eşlik edeyim."

Demir Bey, Süheyla'ya bakıp kafasını hafifçe eğdiğinde genç kadın çoktan ayaklarının üzerinde durmuştu bile. Çantasını kolunun altına tıkıştırıp genç adamın yanında yerini aldı.

Garson birkaç adım önünde ilerlerken, Demir Bey hafifçe kulağına eğilerek, "Allah'tan daha yüksek topuklu imal etmiyorlar!" diye fısıldadı. "Yanında pire gibi kalmaktan hoşlanmayacağımdan eminim."

Süheyla'nın aniden hiddet dolan bakışları ona çevrildi. "Bir şeye benze! Ve topuklu giy!" Genç adamım berbat bir taklidini yapması, Demir Bey'in kıkırdamasına neden oldu. "Bana aynen bunları söylediniz, Demir Bey!" Burnundan öfkeli bir soluk verdi.

Merdivenleri çıkarken genç adamın eli usulca Süheyla'nın beline uzandı ve orada kaldı. "Ayaklarının altına apartman dik de demedim!"

Süheyla merdivenlerin ortasında duraksadı. "Demir Bey?" diye sordu.

Genç adam, onunla birlikte durdu ve bakışlarını gözlerine dikti. "Evet?"

"Topuklarımı bu kadar sorun etmenizin nedeni acı verici hatıranız olabilir mi?"

Adamın belindeki elinin baskısı arttı. "O, henüz kapanmamış bir dava ve sen karşılığını alacaksın!" Genç kadına göz kırptı ve ardından, "Fazla üsteleme!" diye bir uyarıda bulundu.

Süheyla, tekrar hareket etmeden önce meydan okuyan gözlerini bir süre genç adamın gözlerinde tuttu. Ve karşılığında Demir Bey inanamazmış gibi başını iki yana salladı.

Tuvaletlerin bulunduğu koridora geldiklerinde garson arkasını dönüp işaret parmağını havaya kaldırdı ve beklemelerini söyledi. Ardından kadınlar tuvaletine giriş yaptı. Genç kadın, ellerini cebine atmış ve sabırsız bir kaş çatmayla garsonun tekrar gelmesini bekleyen Demir Bey'e bir adım daha yaklaşıp fısıldadı. "Bu, bana Bond filmlerini anımsattı."

"Sen de bana, Tera Patrick filmlerini anımsatıyorsun."

Süheyla ismi bilmiyordu. Ama adamın bakışındaki ve dudağının kıvrımındaki manayı tanıyordu. "Sırf sizi şu anda öldürmemek için kim olduğunu sormayacağım."

"Çok seksi!"

"Demir Bey!"

"Muhteşem kıvrımlar!"

"Kesin şunu!"

"Ve-"

"Girebilirsiniz!" Garsonun aniden belirivermesi Demir Bey'in sözlerini ağzına tıkamasına ve sırf bu yüzden garsona buz gibi bir bakış atmasına neden oldu. Genç adam, Süheyla'ya kadınlar tuvaletini işaret etti ve ardından erkekler tuvaletine girdi.

Süheyla, kalbinin yüksek perdeden ötüşünü görmezden gelmeye çalışarak kapıdan içeriye adım attı. Ve sadece bir bayanlar tuvaletiyle karşılaştı. Ne beklediğini bilmiyordu, ama bildiğin tuvalete girmeyi de beklemiyordu. Bir de yerleri paspaslayan ve ona kaçamak bakışlar atan elaman vardı.

Süheyla, ne yapması gerektiğini bilmediği için gözleri hafifçe etrafı taradı. Kabinlerden birinin kapısı aralıktı ve üzerinde 'Arızalı' yazıyordu. Aralık kapıdan alaturka bir tuvalet ve eski tip bir sifon görünüyordu. Yapacak bir şeyi olmadığı için içerideki tek canlıya dikti gözlerini. Kadın, yerleri paspaslamayı bıraktı ve ona bir bakış daha attı. Sanki Süheyla, onun kafasındaki tanıma uyuyormuş gibi kafasını onaylarcasına bir kez salladı. Arızalı tuvalete doğru ilerledi. İçeri girdi ve kapıyı kapadı. Saniyeler sonra tekrar açtı. "İçeri girebilirsiniz!" diye mırıldandı. Başıyla arızalı olan kabini işaret ediyordu.

Süheyla, şüpheci bir kaş çatmayla ona baktı, ama kadını sorgulamayacaktı. İki adımda kendisini kabinin içinde buldu. Biraz önce sifonun bulunduğu duvarın yerinde olmadığını gördüğünde şaşkınlıkla kaşları havalandı. Duvarın ardında halıyla kaplanmış ve aşağı doğru uzanan dar bir merdiven vardı.

Duraksamadan adım attı ve topukları koyu yeşil, yumuşak halının içine gömüldü. Dar tavanda karşılıklı ışıklandırmalar bulunuyordu ve merdivenin bitimine kadar devam ediyordu. Halı da muhtemelen adımlarının çıkardığı sesleri önlemek içindi. Genç kadın basamakları inerken arkasında bir gürültü oldu. Süheyla, hızla başını geriye çevirdiğinde girdiği açıklıkta bir duvar belirdiğini gördü.

Tekrar inmeye devam etti. Ama bilinmezliğe attığı her adımda kalbinin atışları da giderek artıyor, göğüs kafesini zorluyordu. Kafasının üzerine ani bir darbe almış gibi bir an merdivenlerin ortasında durdu. Bu adama neden güveniyordu ki? Zihninin birdenbire karışması tüm dengesini alt üst etti. Demir Bey'in ona ardım etmesi için hiçbir gerekçe yoktu. Süheyla'yı gerçekten tanımıyordu bile! Neden ona yardım ediyordu ve gerçekten de ona yardım ediyor muydu?

Yavuz'un adresini eliyle koymuş gibi bulmuştu ve ardından adamların öldürüldüğü haberini ona getirmişti. Adamlar gerçekten ölmüş müydü? Ya da Süheyla, gerçekten Yavuz'un evine mi gitmişti? Bulanmış zihninde cevapları bulamasa da bir tek şey berraktı. Süheyla, kendinden başka kimseye güvenmeyecekti.

Hızla eğildi. Çizmesinin içinden kelebek çakısını aldı. Bileğine doğru götürdü ve ceketinin altına sakladı. Tamamen güvende hissetmiyor olabilirdi, ama tehlikenin her an her yerden gelebileceği gerçeğini ona hatırlatması yeterdi.

Tekrar merdivenleri inmeye başladı. Merdivenlerin bitiminde oldukça aydınlık bir lobiye adım attığında onu gördü. Demir Bey, ileri geri volta atıyordu. Bedeninin her halinden gerginliği belli oluyordu. Süheyla'yı fark ettiğinde hızla başını kaldırdı. Genç kadın, bariz bir rahatlama gelip yerleşmeden önce bakışındaki yoğun endişeyi yakalamıştı.

Genç adam ona doğru sert adımlar attı ve tam önünde durdu. "Lanet olsun! Neredesin? Neredeyse boyut değiştirdiğini düşünüp saçmalayacak kadar endişelendim!"

Adam gerçekten endişeli görünüyordu. Yine de bu, Süheyla'ya bağırmasını gerektirmiyordu. "Sesinizin tonuna dikkat edin, Demir Bey!"

"Sesinizin tonuna dikkat edin, Demir Bey!" Adamın onun taklidini yapması Süheyla'nın çenesinin titremesine neden oldu. Her nedense gülmeyi göze alamamıştı. Yine de Demir Bey, onun eğlendiğini fark etti ve uyarı dolu bir bakışla, "Dibimden ayrılma!" dedi.

Süheyla, gözlerini devirdi. Babası onu küçükken korurdu. Ama o kadar küçüktü ki, bunu neredeyse hatırlayamıyordu. Onun için annesinden başka endişe duyan hiç olmamıştı. Umur, Süheyla'nın bir süper kahraman olduğunu düşündüğü için endişelenmeye gerek duymazdı. Hayır. Duygusala bağlamamıştı. Ama adamın endişesi tuhafına gidiyordu. Bünyesindeki yeni bir oluşum gibiydi. Düzene uymayan, sırıtan bir şey!

Adam, Süheyla'dan beklediği tepkiyi göremediğinde yardım diler gibi gözlerini yukarı kaldırdı ve ardından arkasını dönüp ilerledi. O da peşinden ilerledi. Lobiden çıkıp, şarap rengi duvarlarında pahalı tabloların imitasyonlarının asılı olduğu dar bir koridora girdiler. Koridor bir labirenti andırıyordu. Her koridorun bitişinde onları farklı iki giriş daha karşılıyordu. Ama Demir Bey, hangi yöne gideceği konusunda sıkıntı çekmiyordu.

Sonunda koridorlardan birinin sonunda karşılarına ahşap, büyük bir kapı çıktı. Demir Bey kısa bir duraksama anıyla yan yana yürümelerini sağlarken tekrar ona eğilerek fısıldadı. "İçeride mekânın sahibi var. Adı; Olcay Mutlu! Kurnaz, paragöz ve çıkarcı bir adamdır. İçeride ben ne söylersem söyleyeyim sadece sırıtıp, çeneni kapalı tutmaya çalış!" Ona uyarı dolu bir bakış attı. "Şu göz devirmelerinden de bir an için vazgeç!" Genç kadının ifadesiz yüzüne baktı ve aniden durdu. "Sen beni dinliyor musun?"

"Elbette. Bir aptal olacağım."

"Güzel. Becerebileceğinden emin olamasam da iyi bir performans bekliyorum." Sözlerinin ardından Süheyla'ya göz kırptı.

Süheyla bıkkın bir iç çekişin ardından sıradan bir tonla, "Bu işin sonunda ne olacağım belli olduğuna göre; listeye adınızı eklemekten büyük keyif alacağım," dedi.

Demir Bey, hafifçe güldü. Ardından hüzünlü bir yüz ifadesi ve kınayan bakışlarla tekrar ona döndü. "Vefasızsın kadın!"

"Muhtemelen."

Demir Bey, gerçekten vefasız olup olmadığını anlayacakmış gibi bakışlarını kısa bir süre yüzünde tuttu. Ardından maskesini taktı ve önlerindeki kapıyı tıkladı.

Gösterişli kapısına rağmen küçük ve basit bir ofisin içine adım attılar. Ve ofisin içindeki küçük masanın ardında oturan ellili yaşlarındaki adamın başı aniden yukarı kalktı. Bakışı Demir Bey'i bulduğunda önce gözleri kırpıştı, ardından irice açıldı ve adam resmen gürledi. "Demir Bey!" Sesi kalın ve pürüzlüydü. "İnanın gözlerim yaşardı. Sizi burada görmek harika!"

Demir Bey, ona cevap vermek yerine Süheyla'ya dönerek, "Tatlım, bu adam benim dayak yediğimi görmekten mutluluk duyan tek adam!" dedi.

Olcay Mutlu, kahkahayı basarak küçük alanı inletti. Ortada gülünecek bir şey olmamasına rağmen Süheyla da kibarca sırıtıyordu. Tıpkı Demir Bey'in biraz önce ona uyarıda bulunduğu gibi...

Olcay Mutlu, "Kırmayın bu yaşlı kalbi!" diye atıldı. Ayağa kalktı. Ve masanın altına sakladığı, cumhuriyetini ilan etmiş gibi görünen göbeğini de alarak yanlarına ilerledi. "Yenildiğiniz tek seferde bir servet kazandığım doğru, ama bunun için beni suçlayabilir misiniz?" Demir Bey'e balon gibi şişmiş ellerini uzattı. "Ayrıca tek yenilgiyle tabelada adınız hâlâ ikinci sırada." Demir Bey'in elini aşağı yukarı amaçsızca sallarken ve genç adam da sanki buna alış gibi izin verirken Olcay Mutlu, "Kaç yıl oldu? Yedi? Sekiz?" diye sordu.

Demir Bey, sonunda elini ondan çekti. "İnanın, hatırlamıyorum," diye mırıldandı.

"Sizi hangi rüzgâr buraya savurdu?"

Demir Bey'in gözleri tuhaf bir ifadeyle Süheyla'ya çevrildi. "Kadınım, beni izlemek için çok hevesli!" Abartılı bir iç çekişle göğsü havalandı ve mahzunca, "Kıramadım," diye mırıldandı.

Olcay Mutlu, gözlerinde dolar işaretleri belirirken genç kadına döndü. "Hanımefendi, Olcay Ben."

Süheyla, adamın uzattığı eli nazikçe sıkarken bakışı Demir Bey'i buldu. Genç adam, "Harika!" diye atıldı. "İsmi; Harika!"

Harika! Daha güzel bir isim bulamazdı. Bu arada Süheyla, hâlâ sırıtmaya devam ettiği için dudak kasları ağrımaya başlamıştı. Onaylarca başını sallamasının ardından adamın yumuşak bir dokusu olan elini hızla bıraktı.

Olcay Mutlu'nun kaşları hafifçe çatılırken, acıma dolu bakışları Demir Bey'e kaydı. Sanki Demir Bey için derin bir hüsran duyuyormuş gibi dudakları hafifçe büzüştü. Genç adam, onun tepkisine karşılık iç çekip omuz silkti ve ardından Süheyla'yı baştan ayağa manalı manalı süzdü.

Süheyla o anda ikisinin kafasını birbirine tokuşturmak için sızlayan ellerini zapt altına almak zorunda kaldı.

Olcay Mutlu, bir adım geri çekilerek eliyle masanın önündeki rahat görünen iki deri kotluğu işaret etti. "Oturup bir şeyler içmek ister miydiniz?"

Demir Bey, "Hayır, bir an önce salona gidelim," diye bildirdi.

"Salon 4?"

"Kesinlikle!"

Olcay Mutlu, masasının ardına geçerken Süheyla ölüm saçan bakışlarını genç adamın keyifli aydınlanan yüzüne dikti. Ama adam ona karşılık vermeden doğrudan karşıya bakıyordu.

Olcay Mutlu, "Oğlum, salon dört için müşterilerimiz var," diyen alçak sesiyle Süheyla da gözlerini Olcay'a çevirdi. Adam da onlara bakıyordu. "İstediğiniz zaman salona geçebilirsiniz! İsminizi kayıt ettiler," diye bildirdi.

Genç adam elini Süheyla'nın beline attı ve ofisten çıktılar. Beyaz gömleğin üzerine siyah bir yelek ve siyah pantolon giymiş bir genç hemen kapının önünde onları bekliyordu. Eleman,

"Beni takip edin," diye bildirdi. Ve ikili onun peşinden tekrar koridorlardan birine daldı.

Sessiz adımlarla elemanın arkasından ilerlerken bir şey Süheyla'nın dikkatini çekti. Demir Bey'in omuzlarındaki hafif sarsıntı bir şekilde onu huzursuz etti. Bakışı adamın üzerine yoğunlaşırken, kaşları düşünceyle hafifçe çatıldı. Adam gülüyordu. Sessizce! Niye?

Adımları ağırlaştı. Aniden, "Sizi böylesine eğlendiren şey nedir, Demir Bey?" diye sordu.

Adam, ona bir bakış attı. Gözlerindeki siyah yıldızlar parıldıyordu. Ama sanki biraz önce gülen kendisi değilmiş gibi ifadesi oldukça ciddiydi. Süheyla yanılmadığına emindi. Genç adam ona doğru eğilerek fısıldadı. "Ofisteyken seni bir kamerayla kaydetmek isterdim. Sanırım hayatın boyunca hiç bu kadar aptal görünmeyeceksin!"

Süheyla, onun sözlerini uygulamıştı. Çünkü bilmediği bir yerde, bilmediği insanların arasındaydı. Demir Bey'in sözlerine güvenerek aptalı oynamıştı! Adam sadece onunla alay ediyordu. Muhtemelen bir gece önce kafasına aldığı darbenin diyetini ödetmek istiyordu. Süheyla iç çekerek başını iki yana salladı. "Abiniz servetinizi koruma altına almak yerine; size yaşınıza uygun bir beyin nakli yaptırmış olsaydı muhtemelen tüm dünya huzur içinde uyurduk!" Sözleri üzerine adamın dudakları seyirdi, ama Süheyla durmadı. "Ve en azından ben aptalı oynuyorum. Siz, içinizdeki aptalla sonsuza kadar yaşamaya mahkûmsunuz!"

Demir Bey'in kahkahası önlerinde ilerleyen elamanın arkaya tuhaf bir bakış atmasına yetecek kadar gürdü. "Beni hafife alıyorsun, Sü!"

Süheyla, onunla laf dalaşı yaparken ilerledikleri yoldaki saydığı köşelerin hesabını unutmuştu. Adama sinirli bir bakış atıp, ilerlemeye devam etti. Olcay Mutlu'nun ofis kapısına benzer bir ahşap kapının önüne geldiklerinde durdu. Eleman kapıya bir ritim oluşturur gibi birkaç kez vurdu. Muhtemelen şifreli bir tıklamaydı.

İçeriden kilit döndü ve kapı ardına kadar açıldı. Onlara eşlik eden eleman esenlikler ve iyi eğlenceler dileyip yanlarından ayrılırken, ikiliyi dar bir giriş karşıladı. Girişte bir başka bayan elemanın bulunduğu vestiyer vardı. Eleman onları güler bir yüzle karşıladı. Ceketlerini aldı ve hemen önlerinde bulunan başka bir kapı rüzgâr gibi bir sesle iki yana açıldı.

Kapının açılması, sanki içeride sıkışmış kalan gürültüyü özgür bırakmıştı. Bağrışmalar, tezahüratlar ve küfürler çağlayan gibi bir anda üzerlerine aktı. Süheyla, şaşkın adımlarla kapıdan geçerken adamın elini yine belinde hissetti. Daha korumacı ve daha sıkı bir tutuşla! Genç kadının bakışı istemsizce onun yüzüne kaydı. Adamın yüzünde çok nadir ortaya çıkan bir ifadesizlik ve donukluk vardı. Başını yine genç kadına eğdi. "Bu defa şaka yapmadığımı bilmen gerekiyor! Buraya girmek için adımı yazdırmak zorundaydım. Ve ringe çıkmak zorundayım! Ama ondan önce görüşeceğim birisi var. Eğer davanla ilgili herhangi bir isim hakkında bir şey duyarsan sessiz kalmaya çalış! Lütfen! Yoksa ikimiz de buradan bir daha çıkamayız."

Ring? Bu, genç kadını sersemletmeye yetmişti. Beklediği en son şey gidecekleri yolun sonunda bir ring olmasıydı. Ne tür bir ringden bahsediyordu? Bunu ona soramadı. Sesindeki ciddiyet, Süheyla'nın tereddüt etmeden başını sallamasına neden oldu. İlerledikleri yolda sağa döndüler ve büyük bir dövüş alanıyla karşı karşıya geldiler. Kalabalığın etrafını çevrelediği ringde üç kişi dövüşüyordu. Süheyla, kim kiminle dövüşüyor anlayamadan delirmiş gibi tezahürat yapan kalabalığın arasından kendilerine bir yol bulup, geniş alanın kuytularında gizlenmiş bir masaya doğru ilerlediler.

Adamın neden iyi giyinmesini istediğini ve yüksek topuklu ayakkabıları tercih ettiğini anlayabiliyordu. İçeride onlarca kadın vardı. Bu onlarca kadın arasında sadeliğiyle gözüne çarpan tek bir kadın yoktu. Timuçin Bey'in yeni kreasyonu için manken seçmelerine katıldığında gördüğü fit vücutlu kadınlar bile bu mekânın içinde bulunanların eline su dökemezdi. Eh, Süheyla da dökemezdi. Ama en azından onlardan biri gibi görünüyordu.

Başında, basketbol takımlarından birinin amblemi bulunan bir şapka olan adam, Demir Bey'i fark ettiğinde hızla ayağa fırladı. Oturduğu masanın etrafından dolaşıp onları yarı yolda karşıladı. "Demir? Bu, nasıl güzel bir sürpriz! Bir daha gelmeyeceğini sanıyordum." Küçük, siyah gözleri gerçek bir memnuniyetle ışıldamıştı.

Demir Bey, adamın elini sıkarken gülerek, "Büyük konuşmamayı öğrenmem gerekiyor!" diye karşılık verdi. "Nasıl gidiyor, Oğuz?"

"Bildiğin gibi! Ya da dur! Bilmediğin gibi. Yeni yetmeler çok agresifler, hepsi piç soyu!"

Demir Bey, ağırbaşlılıkla güldü. "Al ayağının altına birkaç tanesini!"

"Sonra patron da beni alsın! Hepsinin cebinde tonla para var."

Demir Bey, adamın sözlerine başını sallayarak karşılık verdi. Ama gözleri hızla büyük alanı tarıyordu. Eli hâlâ Süheyla'nın belindeydi ve onu giderek daha çok kendisine çekiyordu. Oğuz, genç kadına değer biçen gözlerle baktı ve manzarayı idare eder bulmuş gibi göründü.

"Metin nerede?" Demir Bey'in ani sorusu üzerine adamın bakışları Süheyla'dan ayrıldı. "Ona sormam gereken şeyler var."

"O yok. Kaç gündür de gelmedi. Ama yakında çıkar. Ne soracaktın?"

Demir Bey'in bakışları aniden sertleşti. Gözlerinde hesap yapan bir ifade vardı. Sanki karar verme aşamasındaymış gibi gözleri bir an uzağa kaydı ve tekrar odağını buldu. "Sansar, bu adı biliyor musun?"

Adamın kaşları düşünceyle çatıldı. Bir eli çenesinin ucundaki kısa sakala uzandı ve hafifçe kaşıdı. Sanki isim beyninde bir şeyler çağrıştırıyormuş gibi gözleri kısıldı ve ardından başını iki yana salladı. "Sansar diye birini tanımıyorum."

Demir Bey, öne doğru tehditkâr bir adım attı. Attığı adım kadar duruşunda ve bakışında da aynı hava hâkimdi. "Emin misin?" diye sordu. Süheyla da adamın cevabının ardında bir şeyler gizlendiğini düşünmüştü. Ve yakasına yapışıp doğru düzgün bir cevap alma isteğiyle dolmuştu.

"Hop! Ağır ol! Simsar diye biri var ve bir an için onunla karıştırdım."

"O kim, neci?"

"Bilemem. Sadece adını duydum. Ama Metin biliyor, birkaç gün sonra gel ve ona sor!"

Demir Bey, teşekkür edercesine başını salladı. Ardından bir elini adamın omzuna koyup hafifçe vurdu. "Geleceğim," diye mırıldandı. İç çekip hafifçe gülümsedi. "Şimdi… Kadınım, benim için bahis oynayacak! İşlemlerimizi yapsan iyi olur."

Süheyla sabit duruşunu bozmamak için elinden gelen tüm çabayı sarf etti. Bahis oynamamıştı, ama bunun iyi bir meblağ gerektirdiğinden hiç şüphesi yoktu. Ayrıca ona 'Kadınım' demek zorunda mıydı? Boğazına yapışmak istediğini belli eden bir bakışla genç adama döndü ve sinirle gülümsedi. Adam, onu bocalarken görmekten hoşlanıyordu. Demir Bey'in gözlerindeki bakış, genç kadına geçtiğinde donuk ifadesinden çıkıp yumuşak bir hâl aldı.

Adam masasının başına geri dönerken, Demir Bey ceketinin cebinden çıkardığı kâğıt parçasını Süheyla'nın avucuna tıkıştırdı. "Ne? Sana ödeteceğimi mi sandın?"

Süheyla dürüstlükle, "Evet!" diye yanıtladı. Gözlerini hesap sorarcasına adamın bakışlarında tuttu. Ama daha ringe çıkma durumunu tam olarak soramadan, Oğuz onlara seslendi. Süheyla'nın beyninin bir tarafı da tamamen kendisini ilgilendiren kısımda kalmıştı. Adamların kısa konuşması ona orada bulunmalarının tamamen zaman kaybı olduğunu söylüyordu. Lanet olsun! Süheyla, Demir Bey'i atlattığı ilk anda Yavuz'un evine gitmeye karar verdi.

Bahisleri kayıt altına alan adamın masasının yanında hatırı sayılır bir sıra oluşmuştu ve gözler sürekli olarak birbirini inceliyor, kolluyor ya da meydan okuyordu. Nasıl bir yerdi burası böyle?

"Ne oldu?" Süheyla, Demir Bey'in sorusu üzerine dikkatini onlara yoğunlaştırdı. Oğuz'un dudakları 'O' şeklini almıştı ve gözlerini kaldırıp Demir Bey'e acıyan bakışlar attı. Adam önündeki bilgisayarda bir tuşa tıkladı. Ardından gözleriyle karşıdaki duvarı işaret etti.

Süheyla'nın ve genç adamın başları aynı anda arkaya çevrildi. Ve gözleri adamın işaret ettiği yerde kilitlendi. Ringin tam karşısındaki duvarda bir ekran bulunuyordu. Ekranda, bir sonraki maç ve karşılaşmada yer alacak rakiplerin isimleri yazılmıştı. Kısaltılmış adı ile -D.M.- Demir Bey, ekranın ortadan ikiye ayrılmış sol tarafında, rakip isimler sağ tarafında duruyordu. Süheyla'nın dudağı seyirdi.

"Siktir!" Demir Bey'in bilinçsizce dudaklarından dökülen küfrün ardından başını ona çevirip, gözlerini yüzüne dikti. Şaşırmış görünüyordu. Belki de normaldi, çünkü isminin karşısında rakip olarak dört isim yer alıyordu. Genç adam hafif bir gülüşle ona döndü. "Tatlım!" Sözcüğün ardından yüzünü ekşitti ve hafifçe ona eğildi. "Bir daha sana tatlım dersem beni vur, olur mu?"

"Seve seve!"

"Acımasızsın kadın! Her neyse... Sanırım bahsi karşı taraftan herhangi birine yatırmalısın. Deli para kazanacaksın!"

Süheyla'nın küstah ve alaycı bakışları üzerine ne geleceğini biliyormuş gibi, genç adamın dudağı hafifçe yana kıvrıldı. "Sizin üzerinize bahis oynayarak paranızı batırmak çok daha hoşuma gidecek!"

"Hainsin, kadın!"

"Muhtemelen!"

Demir Bey, kınayan bakışlarını bir süre genç kadının ifadesiz yüzünde tuttu. Soyunma odalarına gitmeden önce de Oğuz'la kısa bir görüşme yaptı ve yanlarından ayrıldı. Süheyla, onun için çok fazla endişelenmiyordu. Pekâlâ, birazcık endişe ediyordu, çünkü her halükarda adamın canı yanacaktı. Ama onu öldürecek halleri de yoktu! Düşünce, aklına oyunun kurallarını merak etmesine ve bir kişiye karşı dört kişinin adaletsizliğini sorgulamasına yol açtı.

Kısa iki adımda kendisini, bilgisayarda hızla işlemleri giren Oğuz'un yanı başında buldu. Bu, Demir Bey hakkında bilgi alması için de iyi bir fırsat olacaktı. "Rahatsız etmiyorumdur, umarım?" diye başladı sözlerine ve adamın çapkın gülüşüyle karşı karşıya kaldı. Eh. Adam onu, hem de yanında kendisini sahiplenmiş bir adamla gelmiş olduğunu bilerek ayartacak kadar beğendiyse, Süheyla'nın bunda hiç suçu yoktu.

Daha önce gözüne çarpan, duvara dayanmış bir sandalyeyi çekti ve hemen adamın yanına kuruldu. Demir Bey, soyunma odasından çıkana kadar Süheyla hatırı sayılır bilgiyle dolup taşmıştı.

Demir Bey, uzun yıllar öncesine kadar mekânın müdavimlerindendi. İki sene boyunca aralıksız haftada bir gün gelmiş ve ringe çıkmıştı. Oğuz'a göre Demir Bey, ringe intihar etmek için çıkan adamlardan biriydi, ama içindeki adamın gururu yenilgiyi kabul etmediği için ölümüne dövüşürdü. Ve bunun için gurur tablosunda listede ikinci sırada adı yıllardır kazılı duruyordu. Tek bir yenilgisi olduğunda, neredeyse hayatından oluyordu. Hastanede geçirdiği uzun günlerin ardından da bir daha mekâna adım atmamıştı. Ve yine sırf o gurur tablosunda adı ikinci sırada yer aldığı için o akşam karşısına onunla dövüşmek isteyen dört adam çıkmıştı. Maç da haliyle üzerine oynanacak bahisler yüzünden öne alınmıştı.

Süheyla, ona oyunun kurallarını sorduğunda genç kadının birbirinin üzerine attığı uzun bacaklarını mide bulandıracak bir rahatlıkla incelerken cevap verdi. "Ne kuralı? Kural yok!" Sözleri Süheyla'nın canının sıkılmasına ve huzursuz olmasına neden oldu. Bir endişe yumağı göğüs kafesinde hızla büyürken, boğazına gelip takılan yumruyu yutkunarak geri itmeye çalıştı. Olmadı. Genç kadın, bunu görmezden gelerek diğer sorularına geçti. Ama adamdan kısa ve belirsiz bilgilerin dışında daha fazla bilgi koparamamıştı. Mekândaki kadınların çoğu, aslında Gümüş Mekân'ın sunduğu diğer, farklı hizmetlerin bir parçasıydı. Gümüş Mekân'ın bahis oyunlarıyla ve dövüşlerle revaçta olan bu hizmet bölümü gibi dört bölümü daha vardı. Ve Süheyla'nın alıp alabileceği bilgi kırıntıları bu kadardı. Genç kadın bu küçük kırıntıların arasında kendisine yarayacak bir bilgi olup olmadığını beyninde tartmak için sözlerini tekrar tekrar zihninden geçirirken, anlık bir aydınlanmayla Demir Bey'in neden ona kadınım diye seslenip durduğunu anlamıştı.

Genç kadın, Oğuz'un yanında oturmaya devam ederken ring sıradaki maç için temizlendi. Ve Demir Bey'in rakipleri hızla ringe çıkmaya başladı. Gürültülü tezahüratlar kulakları sağır edecek kadardı. Ve alanda bulunan çoğu kişinin de bu dörtlüden herhangi birinin üzerine bahis oynadığı açıkça ortadaydı. Eğer şans eseri Demir Bey, karşılaşmanın galibi olursa genç adam onun üzerine bahis oynayanlara gerçek bir servet kazandıracaktı. Tıpkı at yarışı gibi!

Süheyla, ringde bulunan adamları tek tek inceledi. Ve sonuçtan hiç hoşlanmadı. İlk defa karşılaşma görmüyordu. Türkiye genelinde kendi salonundaki öğrencileri de birçok karşılaşmaya katılmış, birçoğundan galibiyetler ve madalyalarla geri dönmüşlerdi. Ama o oyunların her birinin kuralları vardı.

Bu adamlar... Ringe çıkan vahşi hayvanlardan farksız görünüyorlardı. Ve Demir Bey'in hiç şansı yoktu. Gözleri soyunma odalarının girişine kaydı. Genç adamın girdiği kapı aniden açıldı ve Demir Bey, kendine has yürüyüşüyle dışarı çıktı. Endişesiz, kayıtsız ve... iyi görünüyordu. Süheyla, onun kusursuz fiziğini spor salonlarına borçlu olduğunu hiç düşünmemişti, ama böyle bir durumu da beklemiyordu. Genç adam gözlerini doğrudan ringe dikmiş, telaşsız adımlarla ilerliyordu. Üzerinde sadece dizlerinin üzerinde biten siyah şortu ve boynunda sallanan siyah havlusu vardı. Ve bir de ağzını kocaman yapan dişlikleri...

Genç adam ringe çıktı. Kendisine ayrılan köşeye geçti. Birkaç boyun ve omuz hareketinin ardından, kendisini sabırsızca bekleyen rakiplerinin karşısına geçti. Süheyla'nın gözleri ona kilitlenmişti. Ortalığı güneş düşmüş gibi aydınlatan spot ışıklarının altında, adamın bedeni resmen altın gibi parıldamıştı. Ayak parmaklarından başlayan ve uyuşmayı andıran bir his sersemletici bir hızla bedenine yayılıyordu. Kalbinin atışının endişeden mi, yoksa bünyesini esir almaya niyetli görünen o tuhaf histen mi artış gösterdiğini bilmiyordu. Ama tüm şiddetiyle göğsünün içinden çıkmak istercesine çarpıyordu.

Farkında olmadan doğruldu. Ve anında bir el bileğini sıkıca kavradı. Oğuz sert bir tonla, "Siz, burada kalıyorsunuz!" diye bildirdi. "Demir Bey'in ricası!"

Genç kadın, önce adamın bileğindeki eline, ardından uyarı dolu gözlerine dikti ifadesiz bakışlarını. "Elini çek!" Sesi sakindi. Adam, kısa süre meydan okurcasına bakışını gözlerinde tuttu. Ardından elini hızla çekti.

Süheyla bir adım attı, ama adamın sözleriyle duraksamak zorunda kaldı. "Adam yenilecek. Belli ki izlemenizi istemiyor!"

"Başlayın!" Ringin hemen yanından ve kimden yükseldiğini bilmediği ses üzerine ikinci adımı atmak için yoğun bir istek duydu. Ayakları bunun için sızlıyordu. Ama Oğuz'un sözleri, görünmez bir el gibi onu ensesinden yakalamıştı. Bunu anlayabilirdi. Demir Bey, bu ricada bulunabilecek bir adamdı. Lanet olsun!

Omuzları kabullenmişlikle çökerken, Oğuz'un onaylayan bakışları arasında tekrar yerine oturdu. Süheyla, gözlerini maçı anbean yansıtan büyük ekrana dikti. Gözlerindeki endişenin yoğunluğunun farkında olmadan...

Adamlardan biri sabırsız ve tamamen yanlış bir atakla Demir Bey'in üzerine saldırdı. Ve Süheyla, gerçek Demir Bey'i o anda gördü. Soğukkanlı, bilinçli, acımasız ve güçlü... Adamın hamlesini basit bir kol hareketiyle geri savurduğunda, Süheyla'nın bir dudağı yana kıvrılırken gözlerinde bir parıltı oldu. Ama ardından ikinci adam atak yaptı. Süheyla, biliyordu. Demir Bey, her halükarda yenilecekti. Eğer oyunun bir kuralı, hamlelerin bir puanlaması olsaydı genç adamın şansı olurdu. Ama oyun kuralsızdı ve hepsinin birden üzerine çullanacağı bir an gelecekti. Demir Bey, hareket edemeyecek kadar dövülene kadar oyun bitmeyecekti. Ve adam, bunu bile bile, belki de sadece Süheyla'nın bir isme, ufacık bir bilgiye ulaşması için bu gecenin tüm sonuçlarını göze almıştı.

Süheyla, yeniden ayaklandı. Ama bu defa öylece oturup beklemek onu boğmaya başladığı için... Demir Bey, oldukça seri ve iyi hamlelerle adamları savuşturmayı başarabiliyordu. Bir an onun gerçekten kazanabileceğini bile düşünmeye başlamışken ve sebepsiz yere tüm benliği gururla dolarken, tahmin ettiği açmaz gelip çattı.

Tek bir adama karşı vasat bir şov sunan rakipler, bir an bakıştıktan sonra Demir Bey'i ringin ortasında bırakıp saldırıya geçtiler. Bu, sportmen bir dövüş değildi. Sporun hiçbir dalında böylesine bir öfke, böyle körü körüne bir hırs ve centilmen olmanın dışında bir rekabet yoktu. Süheyla, istemsizce bir adım daha attı. Demir Bey, adamların arasında kalmış, kollarıyla başını korumaya almıştı. Dizler, yumruklar ve ayak darbeleri genç adamın bedeninde patlıyordu.

Süheyla, o andan sonra yapacaklarının tamamen mantığının dışında olduğunu biliyordu. Ama ne beynine ne de sözlerine engel olabilmişti. "Adımı yaz!" Oğuz'un yanına gitmiş, ama gözlerini ringden ayıramamıştı.

"Ne? Nereye?"

"Şu lanet olası panele, Demir Bey'in yanına adımı yaz!"

"Çıldırdın mı sen kadın? Demir Bey, beni öldürür!" Oğuz'un gözleri dışarı fırlayacak gibi irice açılmış, çenesi resmen aşağıya düşmüştü.

Süheyla'nın gözleri çevreyi hızla taradı. Alanda bulunan herkes maça odaklanmış, deli gibi bağırıyordu. Bileğinin hafif hareketiyle kelebek çakısı avucuna düştü ve vakit kaybetmeden sivri ucu, adamın boyun derisinin üzerine sabitlendi. "Yazmazsan da ben öldürürüm. Ve ben laf olsun diye tehdit savurmam!"

Belki gözlerindeki kararlılık, belki sesinin tonu belki de küçük bir kelebek çakısının nazik derisini deleceğinin korkusu... Oğuz, sert nefesler alırken ve gözlerinde gerçek bir korku belirirken başını salladı. Bilgisayar ekranına, D.M.'nin hemen yanına, Süheyla'nın bildirisi üzerine 'Harika' yazdı.

Genç kadın, Oğuz'un afallamış bakışları arasında çizmelerini ayağından çıkardı. Saçlarını tepede topuz yaptı ve hızla muştasını parmaklarına geçirdi. Oğuz, "Muşta kurallara aykırı! Çıldırdın mı sen?" diye kükredi.

Süheyla, çantasını çizmelerinin üzerine ve eşyalarını da Oğuz'un bilgisayarının yanına koyarken, "Bu oyunda kural yok! Unuttun mu?" dedi.

Ve koşar adımlarla ringe doğru ilerledi. İnsanlar, maça öylesine kilitlenmişti ki ringe çıkana kadar kimse neler olduğunun farkında değildi. Kendisini bir anda ekranda gördüğünde gülmek istedi. Altında minicik bir etek, üzerinde parıltılı bir bluz, parmaklarında muşta! Kesinlikle sıra dışı görünüyordu. Süheyla'nın ringe çıkması alandaki gürültünün önce uğultuya, ardından da sağır edici bir sessizliğe dönüşmesine yol açtı.

Demir Bey'in rakipleri ne onu ne de sessizliği fark etmiş gibi görünüyorlardı. Genç kadın, duraksamadan Demir Bey'e doğru eğilmiş, aralıksız darbeler yağdıran adamlardan birinin saçından kavradı. Afallayan adam, karşısında gördüğü yüzle gözlerini kırpıştırdı. Ardından yüzüne yediği muştalı darbeyle arkaya doğru savruldu. Süheyla, hızla bir diğerine yöneldi. O, ringdeki tuhaflığın ve sessizliğin farkına varmış gibi doğrulup, arkaya döndü ve aynı anda yüzüne bir darbe aldı. Süheyla, çığlık atan ve yüzünü korumaya çalışan adamı omuzlarından kavrayıp, kendisine çekti ve hayalarına attığı bir diz darbesiyle yerde iki büklüm kıvranmasına neden oldu.

"Ah! Lanet olsun, Chun Lee!" Demir Bey'in peltek sesi diğer adamların arasından havaya yükseldi. "İn şuradan. Hemen!"

Süheyla'nın saldırdığı ilk adamın öfkeyle kendisine yönelmesi üzerine genç kadın, Demir Bey'e karşılık veremedi. Adamın savurduğu ayağından eğilerek kurtuldu ve destek aldığı bacağını bileğinden yakalayarak hızla kendisine çekti. Adam, bir un çuvalı gibi yere sırtüstü düşerken, Süheyla hızla doğruldu. Adama ne olacağını umursamadan dirseğini, gergin boğazına hızla indirdi ve adamı nefessiz bıraktı. Ayağa kalktı.

Üzerine gelen bir adam vardı. Ve Demir Bey'in rakiplerinden biri değildi. Adamın ta kendisiydi. Genç adam, nasıl ve hangi ara üzerine çullanmış iki adamı yere sermişti bilmiyordu. Ama gözlerindeki bakışı biliyordu. Yoğun, koyu ve amansız bir öfke! Süheyla, geri adım atmak isteyen adımlarına zorlukla yerinde kalmaları emrini verdi. Dört adam, ringin farklı köşelerinde kıvranırken, insanlar olağan dışı duruma karşı coşkulu bir tezahürat tutturmuşlardı.

Süheyla, öfkeden kararmış gözlerin dışında hiçbir şeyin farkında değildi. Bir de adamın ıslak ve dağınık saçlarının... Demir

Bey, bir adım ötesinde durduğunda genç kadın savunma pozisyonu aldı. Adamın bedeninden yayılan elektrik, onu sersemletecek kadar etrafına yayılmıştı ve Süheyla bu gerilimi bedeninde hissediyordu.

Genç adam sesi öfkeden titreyerek, "Kanatsız, koruyucu meleğim, ha?" dedi. Burnundan birkaç kez derin nefesler aldı. Demir Bey'in göğsü aralıksız şişip dururken, genç kadın adamın yüzünde tek bir darbe izinin olmasının şaşkınlığını yaşıyordu. "Kanatların olmadığı için kollarınla idare etmem gerekiyor."

Süheyla, insanların bu tuhaf durum karşısında şaşkınlıkla onları izlediğinin farkında değilken yutkundu. "Ne için?"

"Kırmak için!" Adamın göz kapakları titreşerek kapandı ve tekrar açıldı. "Gururumla nasıl bir oyun oynadığının farkında bile değilsin!" Fısıltısındaki yakıcılık Süheyla'nın tenine iğneler batırmıştı.

"Bana, böyle mi teşekkür ediyorsunuz? Sizi, evinize sırtımda taşımayı göze alamazdım!" Lanet olsun! İlk defa saçmalıyordu ve bu kendi kulaklarına bile tuhaf gelmişti. Adımın aniden gerilen kasları üzerine, yumruğunu hafifçe sıktı ve hazır konumda bekletti.

"Benimle de mi dövüşeceksin?" diye sordu genç adam. Ama cevap vermesini beklemeden ve öfkesinde zerre azalma olmadan sözlerine devam etti. "Şimdi! Sırf hiçe saydığın hayatını korumak ve bana yaptığın bu hakaretin cezasını çekmen için fotoğraflarını Emniyet'e teslim ederim ve canım ne zaman istiyorsa, özgürlüğüne o zaman kavuşursun! Ya da adım attığımda kıpırdamadan öylece durursun. Seçim senin!"

Süheyla, onun her kelimesinde kararlılığının vurgusunu görmüştü. Eğer, adamın sözlerinin dışına çıkarsa söylediklerini yapacağı, gözlerindeki çılgın bakıştan da anlaşılıyordu. Öylesine bir bocalamanın içine düşmüştü ki, bedeni gergef gibi gerilmiş, sanki ayrılmak üzereymiş gibi hissediyordu. Aptallık etmişti! Neden onu kurtarmak için atılmıştı ki? Dayak yemesine izin vermeliydi, ama kendisini suçlu hissetmekten alamamıştı. Ve inkâr etmeyecekti. En azından kendisine! Adam için benzersiz bir endişe duymuştu. Kardeşi ve annesi için her zaman duyduğu endişeye eşdeğerdi. Ve Süheyla, hissi hatırladığında kendisini çoktan öne atılmak için hazır bulmuştu. Bu, elinde değildi. O... korurdu. En azından sevdiklerini... Bu adamı sevmiyordu bile!

Neredeyse adamın öfkesiyle yarışacak bir öfke bedenini sarmalarken, başını sertçe ve bir kez eğdi. Demir Bey, aynı anda öne doğru eğildi. Bir un çuvalı gibi onu omzuna attı. Ve Süheyla, bunun üzerine sesini bile çıkaramadı. Adam onunla birlikte, sanki biraz önce dayak yiyen o değilmiş gibi ringden atladı. Oğuz'a eliyle bir işaret yaptı. Oğuz'un, kendi eşyalarını hızla, tek eliyle toparladığını tersten görüyordu.

Gülüşmeler, kaba sözler, alkışlar alanda yankılanıyordu. Süheyla, hayatında hiç bu kadar utanmamıştı ve bunun acısını adamdan çıkaracağına yemin etti. Adamın terli bedeni üzerinde taşınırken, kollarını aşağıya doğru sarkıtmış, gözlerini bu olanları unutmak ister gibi kapamıştı.

Demir Bey, ancak giyinmeleri için ona tuvalet kısmına giden merdivenlerde bir süre müsaade etmiş ve onu tekrar, arabaya binene kadar omzunda taşımıştı.

İkili ne araçta, ne yolda telaşsızca ilerlerken sessizliği bölmüşlerdi. Süheyla, utancını ve öfkesini aynı anda bedenindeki her noktada yakıcı bir hasarla hissederken, gittikleri güzergâhın farkında değildi. Küçük, villa tipi iki katlı bir evin hemen önünde durduklarında bakışlarını Demir Bey'e çevirdi. Buz gibi bir sesle, "Kafanıza sert bir darbe aldınız sanırım. Burası moda evi değil!" dedi.

Demir Bey, başını hafifçe ona çevirdi. Alaycı bakışları ve sözleriyle onu cevapladı. "Bravo! Tek seferde bildin!"

"Benimle oynamayın, Demir Bey!" Genç kadının dişlerinin arsından tıslaması, Demir Bey'in umurunda değil gibi görünüyordu.

"Şu dakikadan itibaren bu eve, benimle birlikte yerleşiyorsun. İtiraz edersen ne olacağını da çok iyi biliyorsun! Gecelerimi moda evinin önünde, arabada bekçilik yaparak geçirmekten çok hoşlanmadığımı fark ettim!"

Süheyla, öylesine öfkeyle dolmuştu ki dişlerini bile aralayamamıştı. Adamı dövmek istiyordu. Hayır. Adamı geri götürerek tekrar ringe atmak ve karşısına da on beş kişiyi dikmek istiyordu! "Pisliksiniz, Demir Bey! Ve ben... Bunun karşılığını alacaksınız!"

"Muhtemelen!" Adam bir ıslık tutturarak araçtan indi. Süheyla'nın peşinden gideceğinden öyle emin görünüyordu ki, onu bekleme zahmetine bile girmeden evin bahçe kapısından içeri girdi.

## Bölüm 11

Gecenin sessizliği, evdeki her şeyin üzerine usulca çökmüştü. Gözlerini açtığında, onu bu sessizlik karşıladı. Belki dinginlik ve huzur verici olabilirdi, ama kulaklarında metal müziği aratmayacak o gürültü olmasaydı. Onun için ringe çıkmak, sadece dövüşmek değildi. Dövüşmek işin en kolay tarafıydı. Zaten en fazla ya yenilirdin ya da yenerdin. Onun için ringe çıkmak, geçmişin hayaletini o dumansı görünümünden çıkarıp belirginleştirmek ve somut bir beden haline getirmekti.

Demir, yaşamın her dakika acı verdiği o anlarda ölmek istemişti. İnsan, attığı her adımda varlığını belli eden ve canını yakan bir acıyla birlikte yaşadığında ve ondan kurtulamayacağını düşündüğünde ölmek istiyordu. Hayır. Bunun zayıflığıyla ilgisi olduğunu düşünmüyordu. Varlığı, kendisiyle birlikte etrafındaki her şeye ve herkese zarar veriyordu.

O, insanları kendinden kurtarmak için ringe çıkıyordu. Belki biri onu eşek sudan gelinceye kadar benzetirdi ve o eşek sudan hiç gelmezdi. Bunun özlemini çekiyor olmak, alışılagelmiş özlemlerden farklıydı. Belki de sadece suçluluğundan kaçmak istiyordu. Vicdan azabı koca bir ağız olup onu dişlerinin arasına alarak eziyordu. Ayrılan parçalarını da bir gün yutacaktı ve Demir, vicdanının içinde boğulacaktı.

O akşam ringe Süheyla için çıkmıştı. Onu davasında haklı buluyor ve bir insanın yaşama özgürlüğünü elinden alan insanların da aynı sonda boğulmalarını istiyordu. Ama Süheyla'nın ellerinden olmasını istemiyordu. Ve Demir, bunun için elinden geleni yapacaktı. Süheyla, hayatta ışık saçan nadir insanlardan biriydi.

Bir de Demir'in görmezden geldiği şeyler vardı, ama bunları o anda düşünmek istemiyordu.

Salona girmek için adını listeye yazdırmak zorundaydı. Elbette bahis de oynayabilirdi, ama yıllarca ara verişinin ardından tekrar döndüğünde bahis oynasaydı tüm dikkatleri üzerine çekerdi. İçine çektiği derin soluk sessizliğin içinde çınladı. Ve yer yer ezilen bedeni bu ufak sarsıntıyla bile zonkladı.

Korkmuştu. Hayır. Dayak yiyeceğinden değil! Vicdan azabı, suçluluk duygusu ve acı üçlüsünün onu tekrar yutacağından korkmuştu. Bunun için soyunma odasında uzun dakikalar kalmış ve cesaretini toplamaya çalışmıştı. Fiziksel acıyı göğüslemek kolaydı. Nasılsa bir gün geçerdi. Yüzündeki ifadeye de sahip çıktığında acını kimse göremezdi. Ama ruhunun çektiği acı, zihnini de yanına alıyordu. Beyin hasar aldığında... İşte o zaman insan kendini tanıyamaz hâle geliyor, mantık denen şey ne zaman döneceğini bilmediğin bir tatile çıkıyordu.

Beden gücü, o zaman hiçbir işe yaramıyordu. İçi boş bir kas yığınından, güzel bir dış kabuktan fazlası olamıyordun. Asıl güç; sağlıklı bir beyindi. Ve buna sağlam bir irade, otokontrol ve kararlılık eklendiğinde... İşte o zaman gerçekten güçlüydün.

Demir, soyunma odasında bunları düşünüyordu. Tekrar tekrar zihnini zorluyor ve üstesinden geleceğini söylüyordu. Zayıflığı kabullenemezdi. Ve ringe çıktığında; hâlâ aynı kişi olduğunu, hayaletin hayalet olarak kaldığını görmek yıllardır verdiği mücadelenin boşuna kürek çekmek olmadığını kanıtlamıştı. Bu, bir kendini kanıtlama savaşıydı. Ve Demir, maçta yenileceğini biliyorken bile kendini galip hissediyordu.

Yeniliyordu da! Eğer kahramanı Chun Lee ringin ortasına atlamasaydı. Demir kendi kendine güldü. Ve anında acıyla yüzü buruştu. Kaburgalarına ve midesine aldığı iki sert darbe yüzünden nefes aldıkça canı yanıyordu. Yine hastanelik olacağından eminken ve sadece abisine nasıl bir açıklama yapacağını düşünürken, darbelerin hızı ve sıklığı birden azalmıştı.

Sonra bir şeyler değişti. İnsanların çılgın tezahüratları bile şaşkınlık nidalarına dönüşmüştü. Ortada bir tuhaflık olduğunu fark ettiğinde yüzünü açık hedef yapmayı dahi göze alarak birleştirdiği kollarının arasından baktı. O an ne hissettiğini hatırlıyordu. Kalbi aniden boğazına çıkmış, göğsünün üzerine biri balyoz indirmiş gibi hissetmişti. Sersemlemişti. Kadın, kendine doğru çektiği adamın hayalarının varlığına diziyle son veriyordu.

Şaşırmıştı da... Ama onu serseme çeviren korkusunun üzerine ani bir öfke binmişti. Öfkeliydi, çünkü ringe atılmasını beklemiyordu. Süheyla, davası uğruna her şeyi göze almış bir kadındı. Ve kendine zarar verecek şeylerden uzak duracağını düşünmüştü. Bunun için ringe çıkmasını beklemiyordu. Bir şeyler mırıldandığını hatırlıyordu. Ama kadının umurunda olmamıştı!

Ona vurmayı bırakan rakipleri de muhtemelen kendisi kadar şaşırmıştı. Çünkü ikisi de maçta olduklarını unutmuş gibi görünüp, Süheyla'yı izliyorlardı. Demir, onların bu şaşkınlıkla gelen boşluklarından faydalanarak saldırdı. Gözünü kızıla boyayan öfke aslında onlara yönelik değildi. Ringe çıkmak gibi bir aptallık yapan cesur dişiyeydi. Ama o, öfkesini adamların üzerinde dindirmeye çalışmıştı. Olmamıştı. Öfkelendiği o kadar çok şey vardı ki hangisinin daha ağır bastığını bilmiyordu.

Kadın, kendini ortaya atarak tehlikeyle dans ediyordu. Demir'in yardımına koşarak gururunu ayaklar altına alıyordu. Ve lanet olsun! Nefesi kesilirken görmek istemediği gerçekle yüz yüze kaldı. Rakiplerinden herhangi birinin ona parmaklarının ucuyla bile dokunacağından ve Demir sırf bu yüzden alanı insanların başına yıkacağından ürkmüştü.

Kadın, sonunda durmuştu. Demir, üzerine gittiğinde gözlerinde beliren kaygı genç adama haz vermişti. Ve Demir, kendisine hissettirdikleri yüzünden en çok ona öfkelenerek üzerine yürümüştü. Ödü kopmuştu. Korkuyu ta içinde bir yerlerde hissetmişti. Lanet olsun! İyi değildi. O his, hiç hoşuna gitmemişti.

Onun evin içinde bir yerlerde olduğunu biliyordu. Ama nerede olduğundan emin değildi. Bedeni, onu eve sağ salim getirebilmiş olmanın getirdiği rahatlıkla gevşemiş ve pelte gibi olmuştu. Ama dayanılmaz ağrılar çekiyor, tenine iğneler batıyordu. Bunun için, onun içeri girdiğini ve kapıyı kapattığını duyana kadar beklemiş, ardından kendini odalardan birine atıp uyumuştu.

Gözlerini tavana dikti. Öfkesi dinmiş, o sağlıksız düşünce bulutu zihninin içinde dağılmıştı. Uzun süredir aynı pozisyonda yattığı için ağrılarını hissetmiyordu. Ve geriye dönük düşüncelerinin arasında onu dehşete düşüren bir gerçek açığa çıkmıştı.

Kalbi o anda ortadan ikiye ayrılmış gibiydi. Bir tarafı kanat takmış uçmak için öteki tarafı ikna etmeye çalışırken, diğeri dehşet içinde donup kalmıştı. Kadın ringe atlamıştı, çünkü Demir için endişelenmişti. Onu önemsemişti. Adamlara öylesine bir gözü dönmüşlükle saldırmıştı ki... Demir yutkundu. Tıpkı, Demir'in diğer iki adamın ona dokunma ihtimalinden ürktüğü gibi...

Bir şeyi çok iyi anlıyordu ki, işleri boka sarmakta üstüne yoktu. Hayatı boyunca bunu yapmayı hep başarmıştı. Kadın, onu koca bir mıknatıs gibi çekerken gitmesi gerekiyordu. Ama o, inadına kalmayı seçmişti. Kadın ısrarla onu rahat bırakmasını söyleyip dururken...

Ani bir kararla doğruldu ve anında dudaklarından acı bir inleme fırladı. Bu kadar ağırını beklemiyorsa da, canının yanacağını bildiği için gün içinde ağrı kesiciler ve merhemler almayı ihmal etmemişti. Ve onlara kesinlikle ihtiyacı vardı. Bedeni hareket ettiği için isyan çığlıkları atarken adımlarını banyoya yönlendirdi. Ona soracaktı. Süheyla da muhtemelen çileden çıkacaktı, ama sormak zorundaydı. O ringe neden çıkmıştı?

Banyodan çıkıp, üzerine abisinin eşofmanlarından birini geçirdi. Alt kata inmeden önce tüm odaları dolaştı, ama o odalardan hiçbirinde Süheyla'yı bulamadı. Gittiğini düşünmüyordu. Kadının mantığı kadar sezgileri de kuvvetliydi. Ve gidişinin Demir'in damarına basmak olduğunu bildiğinden yerinde kalırdı. Elbette, acısını sonradan çıkarmak üzere...

Gözleri gecenin karanlığına alışırken, merdivenleri usulca indi. Antrenin ışığını yaktı. Ardından sessizliği yaran bir telefon melodisi yükseldi. Telefonun Süheyla'ya ait olduğunu biliyordu.

Ve gecenin kör saatinde onu arayacak kadar samimi olan kişiyi öğrenmek için sese doğru ilerledi.

Genç kadın, kulaklarını tırmalayan sese uzun süre kayıtsız kalmaya ve uykusuna dönmeye çalıştı. Ama saatin birini aramak için uygun olmaması ve telefonun ısrarla çalması iç çekip doğrulmasına neden oldu. Salonda, üzerinde yattığı üçlü koltuğun hemen yanındaki sehpada duran telefonuna uzandı. Işığı yanıp sönüyor, genç kadının sinirlerini zıplatıyordu.

Ekrana baktı. 'Meltem.' Gözleri kapanırken, omuzları çöktü. Lanet olsun! Açmak istemiyordu. Onunla konuşmak her defasında sinirlerini tarumar ediyor, kalbini oyuyordu. Ama açacaktı. Kızı yüz üstü bırakmak onun vicdanının tamamen dışında kalan bir durumdu. Aramayı onayladı.

"Meltem?" Cızırdayan sesini düzene sokmak için boğazını temizledi.

Kız da boğazını temizledi. "Ben..." hıçkırdı. "Bu... Saatte aradığım için..." tekrar hıçkırdı. "Özür dilerim!"

Süheyla, ansızın uyuşan parmaklarına söz geçiremediği için ve konuşmanın her halükarda uzayacağını bildiği için hoparlörü açtı ve telefonu sehpaya bıraktı. Soluğunu dışarı verirken, "Dileme!" diyebildi. Sesinde hiç kimseye kullanmadığı o anlayışlı ton vardı. "Aynısını yapardım," diyerek onu rahatlatmaya çalıştı.

Meltem hıçkırırken aynı anda gülmeyi de başardı. "Sen yapmazdın. Sen... Yapmazsın."

Süheyla iç çekti. "Evet. Yapmazdım. Sadece seni rahatlatabileceğimi umuyordum."

Salonun girişinde aniden beliren bir karaltı şüpheyle doğrulmasına ve kaslarının anında gerilmesine neden oldu. Hafifçe aksayarak kendisine doğru gelen figürün Demir Bey olduğunu fark etmesiyle rahatlayarak dirseklerini dizlerine dayadı. Elinin küçük bir hareketiyle neredeyse aramayı hoparlörden çıkaracakken son anda vazgeçti. Elleri serbestçe aşağıya düştü.

Demir Bey, hemen yanındaki koltuğa yerleşirken, Meltem, "Onu çok özlüyorum!" diye fısıldadı. Ardından titrek bir iç çekti. Soluk alışında bile belirgin bir acı tat vardı. "Her sabah ondan gelecek olan 'günaydın,' mesajını bekliyorum. Dakikalar geçiyor, saatler geçiyor, günler geçiyor... Ama o mesaj gelmiyor! Günün sonunda gittiğini hatırlıyorum." Sesi boğuldu. Hıçkırıkları devam etmesine engel olurken, göğsündeki titrek inlemeler Süheyla'nın kulaklarında bir bomba gibi patlıyordu.

Keşke doya doya yaşadığı, ağlayabildiği acısının ve sözlerinin Süheyla'ya ne yaptığını bilseydi. Keşke Süheyla'nın kendi zehrini hep içinde tuttuğunu, dışarıya akıtamadığını ve lanet olası bu zehrin onun içinde kapanmayacağına emin olduğu boşluklar açtığını bilseydi. Süheyla'nın, 'Keşke ağlayabilseydim,' dediğini bilebilseydi. Ve Süheyla, keşke ağlayabilseydi.

Parmakları usulca şakaklarına gitti. "Ben de onu özlüyorum," diye mırıldandı. Sesi düzdü. Güçlü durmaya çalışmak içine öyle kök salmıştı ki, sözlerinin yakıcılığı, gerçekliği bile sesini titretememişti. Usulca şakaklarını ovuşturmaya başladı. Acı onu oralardan bir yerlerden yakalıyordu. Sanki kafasının iki yanından birer ok saplıyorlarmış gibi hissediyordu. Acının birikimini, dışarı atılamayan cerahati parmak uçlarıyla dağıtmaya çalışıyordu.

Meltem, "Her şey çok boş!" diye fısıldadı. "Her şey o kadar anlamsız geliyor ki, neden hâlâ yaşıyor olduğumdan bile emin değilim." Gittikçe yükselen sesinde çatlamalar ve dalgalanmalar oluyordu. "Her gün aynı şeyleri yaşamaya katlanamıyorum. Güne, onun varlığına olan inancımla başlıyorum. Kendimi buna öyle inandırıyorum ki, günün sonunda farkına vardığım gerçeklikle yerle bir oluyorum. Bunu her gün yaşıyorum ve delirdiğimi düşünmeye başlıyorum."

Demir, onu izliyordu. Arayan kişinin kim olduğundan emin olmasa da Umur'un sevgilisi olabileceğini tahmin ediyordu. Demir, Süheyla'nın kıza olan tepkisiyle, onun hakkında sıralanan listesine yeni bir madde daha eklemişti. Anlayışlıydı. Ona acı veren gerçeği, bir başkasının acısı gibi dinliyor, anlıyor ve dürüstlüğünden ödün vermeden yara sarmaya çalışıyordu.

Antreden uzanan ışık ve gözlerinin karanlığa alışmasıyla yüz ifadesindeki değişiklikleri seçebiliyordu. Kız, Umur'la olan anılarından dem vurup, sürekli olarak ölümünü sorgulayan sözlerine başladığında Süheyla'nın yüzündeki ani ve keskin değişimi yakalamıştı. Ama belki, tamamen karanlıkta olsalar bile bu acı ifadeyi yakalayabilirdi. Demir'in kalbini sızlatacak kadar ağır olan acısı, yüzünde somut bir hâl almıştı.

Süheyla, "Muhtemelen delirmedin!" dediğinde hafifçe gülümsedi. Ve aynı anda bir şeyi fark etti. Dürüst olmak ona yakışıyordu. Bu nasıl bir şeydi bilmiyordu, ama açık sözlülük üzerinde güzel duruyordu. "Eğer delirmiş olsaydın, günün sonunda o kabullenişi yaşayamazdın. Sen, gittiğine inanmak istemiyorsun."

Telefondaki kız aniden hiddetlenerek, "İstemiyorum!" diye gürledi. Sesi sanki birkaç renge ayrılmış gibi çatallı çıkmıştı. Kız, o kadar hızlı duygu geçişleri yaşıyordu ki... Demir, aslında bir yere kadar kızı da anlıyordu. Tecrübesi; ona, kızın kabullenişin ilk evrelerinde olduğunu söylüyordu. "İstemiyorum, çünkü o intihar edecek biri değildi. Söyle bana! Onun kadar hayat dolu bir insan nasıl yaşamdan vazgeçebilir ki?" Kız kesik kesik soluklar almaya başladı.

Demir, onu izliyordu. Gözlerini bile kırpmamıştı belki. Süheyla, irkilir gibi gözlerini kapadı ve derin iç çekişle birlikte arkasına yaslandı. Demir, buna dayanamayacaktı. Kız, kendi iç huzuru için Süheyla'yı darmaduman ediyordu. Oturduğu yerde hızla doğrulup genç kadının hemen yanında yerini aldı. Öfkeyle telefona uzandı. İşaret parmağı aramayı kapamak için hedefine ilerlerken, uzun parmakları olan eli bileğine yapıştı. Demir, hafifçe başını arkaya çevirdiğinde genç kadının başını iki yana salladığını gördü. Ne yani, birkaç dakikalık terapi için onun sinirlerini ayağının altında eziyordu ve Süheyla buna razı mıydı? Ona onaylamaz bir baş sallamayla karşılık verdi, ama kararına saygı duydu. Süheyla, dirseklerini dizine koyarak oturduğunda o da aynı şekilde oturdu.

Telefondaki kız, "Neşeliydi!" diye devam etti. "İnsanın istediğinde hayatta her şeyi başarabileceğine inanıyordu. İnsanların güçlü olduğuna inanıyordu. Böyle bir inanca sahip birinin kendi kararıyla gidişini kabullenmek istemiyorum. O, hayatından vazgeçemez! Bizden... Benden vazgeçmiş olamaz!" Acıyla inledi. "Kendimi suçlu hissediyorum. Ve herkesi suçlamak istiyorum. Onun hayattan vazgeçmesine neden olacak ne yaptığımızı bilmek istiyorum." Kız, ani duygu değişimleri ve yargı geçişleri yapıyordu. Sanki bir darbe almış gibi soluğu aniden kesildi. "Onu çok özlüyorum. Görmek istiyorum. Ona kırıldığımda, gönlümü alabilmek için benimle şakalaşmasını, kaşlarını indirip bakmasını istiyorum. Dudağının üzerindeki hiç sevmediği beniyle dalga geçmek ve onu kızdırmak istiyorum. Elini tutup, kollarının arasında olmak istiyorum. Onu çok seviyorum."

Süheyla, kafasını ekrandan kaldırdı. Ve tam karşıya dikti. Omuzlarının gerginliğini oturduğu yerden hissedebiliyordu. Bedenindeki kasılmayı görebiliyordu. Yüzüne yerleşen taş kesmiş ifadeyi görüyordu. Bu kız, Süheyla'dan ne istiyordu? Süheyla, kısa süre sessiz kaldı. Boğazındaki yumru bir-iki kez aşağı yukarı oynadı. Göğsü sanki nefesini tutmuş gibi yükseldi ve uzun süre öylece, kıpırtısız kaldı. Sonunda hangi açıdan bakılırsa bakılsın içinde acının zehrini taşıyan bir soluk verdi. "Ben de kardeşimi istiyorum." Boğazı gerilmiş gibi sesi boğuk çıktı. "Ama o, gitmeyi seçti."

Sözleri üzerine Demir'in başı hızla ona çevrildi. Şaşırmıştı, çünkü kardeşinin kendini öldürmediğine olan inancıyla buralara kadar gelmiş, yaşamını ortaya koymuştu. Ve şimdi kıza onun intihar ettiğini ima ediyordu. Süheyla, "Bir sebep olmasına gerek yok!" diye devam etti. "Buhranını fark etmeyi ve ona yardımcı olabilmeyi her şeyden çok isterdim. Ama... Yapabileceğimiz bir şey yok!"

Telefondaki kız itiraz edecekmiş gibi sert bir nefes aldı, ama Süheyla buna izin vermedi. "O gitti, Meltem. Kendini buna kısa zamanda alıştırmaya çalış. Bununla yaşamayı öğreneceksin. Fakat çok geç olmadan, kendini yıpratmadan da başarabilirsin. Hayat gerçekten kısa ve sen çok küçüksün. Sözlerime kızacağını ve belki de benden nefret edeceğini tahmin ediyorum. Ama önünde uzanan yaşamda yalnızlığı seçmek için çok az şey yaşadın.

Yeniden tadacak, yeniden gülecek, yeniden hissedecek ve belki de yeniden seveceksin! Bunları yaşayacaksın. Ama lütfen, bunu kendine zarar vermeden yapmaya çalış."
"Senden nefret ediyorum."
"Sen ilk değilsin."
Demir, Süheyla'nın sesinde gizlenen sertliği duymuştu. Öfke, tınısında bir yerlerde saklanmış ve özgür kalmak istiyordu. Telefondaki kız ise bunu göremeyecek kadar kendi acısı içinde kaybolmuştu.
"İkiyüzlüsün! Sen İzmir'de bile kalamadın. İstanbul'a kaçmayı seçtin." Kız, Umur'un yokluğuna duyduğu öfkeyi birilerinden çıkarmaya çalışıyordu. Ve hedef olarak kendisine Süheyla'yı seçmişti. İçten içe neden onu seçtiğini anlıyordu, çünkü onu ancak Süheyla kaldırabilirdi. Peki, Süheyla'ya ne olurdu?
Süheyla, "Belki bu da benim kabullenme biçimindir," dedi. Demir, onun birilerine karşı bu derecede anlayışlı olabileceğini aklının ucundan bile geçirmezdi. İç sesi şefkatle 'Matruşka!' dedi.
"Yani kaçtığını kabulleniyorsun?" Telefondaki kızın sesi, hiddetten katılaşmıştı.
"Getir onu o zaman!" Süheyla'nın sert çıkışı kızın sessizce hıçkırmasına neden oldu. "Getirebilir misin? Böyle bir gücün, imkânın var mı?"
"Lanet olsun! Hayır."
"O zaman, kabullenmekten başka çaren yok."
"Ölmek istiyorum."
"Böyle hissettiğinde aklına kendini, beni ve gecenin bu saatinde bile Umur'un odasında sessizce gözyaşı döktüğüne emin olduğum annemi düşün. Umur'un bize yaptığı haksızlığı sen de seni seven insanlara yapmak ister misin? Babana, ablana ve özlemine dayanamayıp seni her hafta İzmir'de ziyaret eden teyzene acı çektirmek ister misin? Onları tanımıyorum, ama Umur'un anlattıklarıyla seni ne kadar sevdiklerini biliyorum." Genç kadının sesi giderek hırçın bir hâl alıyordu. Muhtemelen kendisi de bunu fark ettiği için aniden sustu. Ardından odayı uzun süreli bir

sessizlik kapladı. Eğer bu sessizliğe bir isim istenseydi adı; acı olurdu.

Kız sonunda, "Ben... Özür dilerim," diye fısıldadı ve hıçkırıkları eşliğinde telefonu kapadı.

Süheyla, tekrar gözlerini kapayıp başını arkaya yasladı. Lanet olsun. Keşke o da acısını kusarak ruhunu anlık da olsa rahatlatabilecek biri olabilseydi. Meltem, kendi buhranını savuştururken Süheyla'yı ateşlere atmaktan çekinmemişti.

Umur, Süheyla için bir kardeşten öteydi. Nişanlılığına kadar tüm hayatı ve geleceği Umur'un üzerine planlanmıştı. O da özlüyordu. Pazar sabahları yaptığı eşek şakalarına kadar her şeyi özlüyordu. Süheyla'nın çalışma minderine deterjan sürüp, kayıp düştüğü zaman kahkahalarla gülüşünü özlüyordu. Üşüdüğünde Süheyla'nın yorganının altına kıvrılmasını özlüyordu. Süheyla, kardeşini özlüyordu. İçine çektiği derin nefes titrekti.

"Sevgilisi miydi?" Yumuşak bir tınıyla yöneltilen soru üzerine başını genç adama çevirdi.

"Evet."

"Umur'un, senin kardeşin olduğunu unutmuş gibi görünüyor!" Adamın sesinde öfke mi vardı?

"Acı çekiyor."

"Sen çekmiyor musun?"

Süheyla'nın yanıtı aniydi. "Çok fazla."

"Ve acını kusmak için kaç kişiyi taciz ettin."

"Demir Bey, abartmayın!"

Adam, hafifçe ona yaklaştı. "Ne hissediyorsun, Sü?" Süheyla adamın sesine öylesine takılmıştı ki ismini kısalttığını umursamadı. Kullandığı birkaç sözcükte yüce bir anlayış, öylesine ilgili bir tını, öylesine paylaşma isteği vardı ki, içindeki katılığın kısa bir an da olsa çözüldüğünü hissetti.

"Ağlamak. Ya da ağlayabilmeyi dilemek." Süheyla'nın elleri serbestçe aşağıya düştü. "Canım yanıyor. Çok acı veriyor. Çaresizlik ise tüketiyor. Acı, dişlerini geçiriyor ve boşluğa sürüklüyor. Ama aynı zamanda öfkeyle de doluyum. Ve hepsi kabuğun altındaki tabakada... Dışarı atamıyorum. İçimde varlığını ilan eden kötücül ve giderek büyüyen bir ur gibi... Aynı zamanda suçluluk da duyuyorum. Ve Meltem'in de dediği gibi, onu çok özlüyorum."

Hissettiklerinin kısa özetine şaşırmıştı. Daha fazla, daha ağır ve daha yoğun yaşıyordu. Ama birkaç sözcükle dile gelmişti. Belki de tarif etmemeye çalışmak gerekiyordu. Çünkü hisler; sözcüklerin kaldırdığı kadar kısa ve basit değildi.

"Hiç... birilerine sarıldın mı?"

Süheyla, aniden hiddetlendi. Adam onu ne sanıyordu? Mekanik bir robot mu? "Ben hissiz biri değilim, Demir Bey! Elbette sarıldım, anneme... Meltem'e... Sıklıkla Umur'a, salonumda canı yanan öğrencilere..."

Genç kadın onun başını iki yana salladığını fark etti. "Hayır. Sormak istediğim o değil! Hiç kendin için, kendi ihtiyacın için birine sarıldın mı?"

Süheyla düşündü. Annesi ağlıyor ve acı çekiyordu. Onu avutmak için sarılmıştı. Meltem kendini kaybetmek üzereydi ve ona da sarılmıştı. Salonunun minik öğrencilerinin canları yandığında onlara da sarılıyor ve sözleriyle rahatlatmaya çalışıyordu. Aynı şekilde sözleriyle daha birçok insanın üzüntüsünü paylaşmış, destek olmuş ve yön vermişti.

Nişanlısı onu aldattığında -adam Süheyla'nın soğuk ve mesafeli olduğunu düşünüyordu- kendine bile sarılmamıştı. Süheyla, yaşadığı her şeyi içinde taşır, her şey kabuğunun altında olup biterdi. Ona itiraz etmek için aralanan dudakları kapandı. Ve başını iki yana salladı.

Yanı başında oturan adam hareketlenirken, beyninin içinde bir şaşkınlık tınısı çınlıyordu. Kendini görmek için birinin ona hatırlatma yapması mı gerekiyordu? Adamın elleri usulca omzunu buldu. Süheyla, onun ne yapmaya çalıştığını anlayamadan, gerilen bedeni adamın çıplak göğsüne doğru çekildi.

Genç kadının saçları adamın tenini gıdıklarken, "Demir Bey?" diye sordu. Biraz önceki yıkılmışlığının ardından gülmek istemesi garipti, ama gülmek istiyordu.

Demir Bey'in kolları onu sıkıca sardı ve Süheyla'nın başı adamın göğsünde kaldı. Neden hareket etmediğini bilmiyordu, ama öylece kollarının arasından kalmıştı. Ayrıca adam, güzel kokuyordu.

Demir Bey, "Hım?" dedi.

Süheyla'nın başı sanki yüzünü görebilecekmiş gibi yukarı kalktı. "Ne yaptığınızı sorabilir miyim?"

"Sana sarılıyorum." Genç adamın sesinde gerçek bir şaşkınlık vardı.

"Orasını anlayabiliyorum. Neden sarılıyorsunuz?"

Demir Bey'in göğsünde bir mırıldanma oldu. Ardından adamın bedeni sessiz gülüşüyle sarsılmaya başladı. "Sü, bu anın duygusal olması gerekiyordu. Filmlerde hep öyle olur!" Adamın sesinde kahkaha geziniyordu.

Süheyla, iç çekti. "Hayal dünyanızın bir sınırı var mı, acaba? Bunu gerçekten merak ediyorum." Süheyla, onun tutuşundan kurtulmak için hafifçe kıpırdandı. Ama adamın kolları aynı fikirde gibi görünmüyordu. Onu, daha sıkı sararken göğsünde tutmaya devam etti. Dışarı verdiği sert nefes genç kadının saçlarını titretti.

"Bir sus da sarıl be kadın!" Adamın sesi aniden şefkatli bir hâl aldı. "Belki işe yarar..."

"İşte bu, oldukça duygusaldı."

Genç adam, Süheyla'nın sözleri üzerine hafifçe güldü. Süheyla, onun ne demek istediğini biliyordu. Ve sözlerinin devamını getirmeyişinden de memnundu. Demir Bey, anlıyordu. Süheyla, onun hikâyesini hiç sormamıştı. Adamın iki ya da üç yıl kadar süren bir delirme ânı vardı ve insan durduk yere delirmezdi. Ama sormak istemiyordu. Demir Bey, anlıyordu. Çünkü yaşamıştı. Bedeninin ağırlığı adamın göğsünde kendini daha çok belli ederken kolları hafifçe beline dolandı. O an için, ortada kendinden başka acı çeken yoktu. Ve Süheyla, bu adama kendisi için sarılıyordu.

Bu tür küçük şeylerin, insanların hayatında kocaman bir boşluğu doldurmasını her zaman garip bulmuştu. Aslında ihtiyacın olan o küçük şey hep orada dururdu, ama insan o kadar kördü ki onu bile göremezdi.

Orada, adamın sıkıca kavrayan kolları arasında çok eğreti duruyordu. Nişanlısıyla bile böylesine bir yakınlık ânı yaşamamıştı. Hayır. Cinsellikten bahsetmiyordu. Diğerleri nasıl oluyordu bilmiyordu, ama kendi deneyimi bedenin ihtiyaçlarını doyurmaktan öte bir şey değildi. Her iki taraf için de!

Süheyla, duygusal yakınlıktan bahsediyordu. Tıpkı adamın dile getirdiği gibi... Demir Bey'in bir eli usulca saçlarına dokundu ve orada kaldı. Diğer eli yatıştırıcı okşayışlarla sırtında daire çizerken, göğsü sakin nefeslerle inip kalkıyordu. Dokunuşundan hoşlanmıştı. Sırtını sıvazlayan elden de hoşlanmıştı. Adamın hafifçe artış gösteren kalp ritimlerinden de hoşlanmıştı. Süheyla, belki de sadece ona sarılmaktan hoşlanmıştı.

Tuhaftı. Ama aynı zamanda huzur da veriyordu. Kollarının tutuşunun güven veren hissini duyumsamak da iyi geliyordu. İnsan buna kolaylıkla alışabilirdi. Süheyla, adama güveniyordu. Bunu inkâr edemezdi. Ondan başka hiçbir aptal o ringe sırf bir isim için çıkıp, hastanelik olmayı göze alamazdı. Demir Bey, ikinci bir kere düşünmemişti bile!

Bunun için sıcaklığını daha kolay kabul edebiliyordu. İçinde, ona karşı hiçbir tedirginlik olmadığında Süheyla'ya sadece güven veriyordu. Ve adam güzel kokuyordu. Öz kokusunun, duş jeliyle karışımı oldukça uyumluydu ve ortaya kendine has bir koku çıkıyordu. Derin bir nefes alırken kolunu hafifçe kıpırdattığında adam acıyla irkildi. Ve bu, Süheyla'nın aklına, takıldığı bir soruyu getirdi. "Nasıl oluyor da yüzünüzde bir çizik bile bulunmuyor?" Adam yüzünü korumuş olabilirdi. Yine de şaşırtıcıydı.

Demir Bey'in iç çekişinde bile yaramaz bir tını vardı. "Senin de benimki kadar güzel bir yüzün olsaydı, sen de korumak için elinden geleni yapardın!"

Süheyla gözlerini devirdi. Aynı anda adamın bir tırnağı sırtından aşağıya doğru usulca indi ve genç kadının içi ürperdi. Dudaklarını adamı paylamak için açtıysa da, onun gerilen bedeni üzerine hafifçe kaşlarını çattı. Parmaklarının altındaki ten, çelik kadar sertleşmişti.

Demir Bey, "Beni önemsiyorsun!" diye mırıldadı.

Süheyla'nın zihni kulaklarının duyduğu sözcüklerinin manasını önce kavrayamadı. Ardından sanki kafasının içinde bir ampul yanmış gibi gözleri irice açıldı. Adam Süheyla'nın ona farklı hisler beselediğini mi düşünüyordu? Arzu, evet. Adam için endişelendiğine de evet. Ama ona bir his beslemek... Genç kadın hızla doğruldu. Ve daha konuşmasına fırsat kalmadan, adamın şaşkınlığından faydalanmasıyla kendisini onun kucağında, başını koltuk başlığına dayanmış olarak buldu. "Demir Bey, sarhoş musunuz?"

Süheyla, genç adamın kucağından kalkmak için tekrar atak yaptı. Adamın elleri bileklerini sıkıca kavradığında, bıkkınlıkla iç çekti. Ve adam, yüzünün bir milim ötesine kadar eğildiğinde nefesi aksadı. "Seni gördüm! Adamı yere serdiğinde yüzündeki ifadeyi gördüm. Benim için endişeleniyordun!"

Demir, onun şaşkın yüzüne bakıyordu. Gözleri, antreden vuran ışıkla aydınlanmış yüzünde hafifçe dolandı. Kavisli kaşları geniş ve şaşkınlığıyla çizgileri belirginleşen alnına tırmanmıştı. Kalın alt dudağı biraz daha öne çıkmış, kenarları büzüşmüştü. Bu, ona somurtkan bir ifade kazandırmıştı.

Genç kadın homurdanır gibi güldü. Ardından renksiz bir tınıyla, "Elbette endişeleniyorum. Size ihtiyacım var! Benim aylarca uğraşıp kat ettiğim yolu bir günde aşacak bir güce ve çevreye sahipsiniz!" dedi.

Genç kadın sanki bunda anlaşılmayacak ne var der gibi bir bakış attı. Ve Demir'in beynindeki çarklar da aynı anda bir diş atladı. Şaşırarak başını geriye çekti. Bu, olasılıkları arasında yoktu. O, kadın için önem taşıdığını düşünürken, önem taşıyan şeyin elinde bulundurduğu güç olması göğsünde bir kıpırtıya neden oldu. Ardından başını arkaya atarak gürültülü bir kahkaha attı.

Hissettiği hayal kırıklığını görmezden gelmeye çalışarak yüzüne eğildi. "Tamamen bir hata olsa da," dedi ve kendini tutamadan dudaklarına bir öpücük kondurdu. Tadı güzeldi. Bunu o hafif dokunuşla bile duyumsayabiliyordu. Ama kendisinde öpücüğü devam ettirme cesaretini bulamıyordu. Çünkü daha yakınlaştığı anda bedeni ona doğru çekiliyordu. Kalbinin bozuk ritmini de hesaba katarsa... Lanet olsun. tabii bozulurdu. Kadın bir gece önceki kıyafetlerinin içindeyken kucağında oturuyordu. Bluzu yuvarlak omuz hattını açıkta bırakmıştı ve eteği kalçasına doğru sıyrılmıştı. Öylesine pervasız ve aynı zamanda tezat bir şekilde öylesine hükmedici görünüyordu ki... Bu duruşu kırmak için içindeki adamı ayartıyordu. Güçlükle dudaklarını çekti. "Teşekkür ederim."

Kadın öfkeyle soludu. "Tamamen hata olduğunu kabul ediyorum."

Demir onun sesinin tınısındaki farklılığı algıladı. Onun söylemek istediğiyle kendi sözlerinin anlamı tamamen farklıydı. Merakla, "Sen hangi hatadan bahsediyorsun?" diye sordu. Onu kucağından kaldırmak istiyordu, ya da onu tamamen kucağına oturtmak. Demir, zihninin içinde kafasını salladı.

"Bahşedip durmaktan çekinmediğiniz öpücüğünüzden!" Ellerini hızla çekti ve Demir'in sıkı tutuşundan kurtuldu. Aynı anda sinirle göğsünden itip ayağa fırladı. Sert darbesi Demir'in bedenindeki eziklerin üzerinde patladı ve Demir'in acıdan nefesi kesildi.

Süheyla, sert nefes alışını duyduğunda başını hızla ona çevirdi. "İyi misiniz?"

Genç adamın dudakları büzüşürken, tek gözü kısıldı. Antrenin ışığı yüzüne bir yol gibi uzanmıştı. Ve genç kadın, onun yüzündeki acı çeken ifadeyi net olarak görebiliyordu. Üzgündü. Ama bunu ona söylemeyecekti. Üzüntüsünü bir elini ona uzatarak belli etti.

Adam güçlükle, "İyiyim," diye fısıldadı. Kısılmış gözleri biraz daha açıldı. Eline bir bakış attı ve yüzünde şüphe dolu bir ifade belirdi. Süheyla'nın dudakları bu oyunbaz tavrı üzerine titredi.

Genç adam, "Canımı yakarsan!" diye mırıldandı. Ve işaret parmağı tehdit edercesine havaya kalktı.

"Siz de benim canımı yakarsınız." Adamın kaşları yine oyunbaz bir hamleyle yukarı fırladı. "En azından deneyebilirsiniz!" diye ekledi. Adam kıkırdarken onun uzattığı elini sıkıca kavradı ve neredeyse Süheyla'yı tekrar oturtmaya yetecek kadar bir güçle kendisini yukarı çekti.

Genç adam yanından geçerken, "Bir kahve yapacağım," diye bildirdi.

"Benimki şekerli ve bol sütlü olsun!"

Demir Bey, bir anda başını arkaya çevirdi. "Fedailik, evet. Uşaklık, şansına küs!" Ve tekrar yoluna devam etti.

"Ben misafirim!" Süheyla, adamı takip etti. "Ayrıca, kendi güvenliğimi kendim sağlayabiliyorum. Yalnızca bir uşağa ihtiyacım var!"

Demir Bey mutfağa girmiş, dolap kapaklarını açıp kapatıyordu. Ona, uyarı dolu bir bakış attı. "Fazla ileri gidiyorsun, kadın!"

Süheyla cevap vermedi. Onun arkasındana adım attığı, beyaz rengin ağırlıklı olduğu mutfağı inceliyordu. Renk ve alanın sadeliği alana ferah bir hava katıyordu. Düzeni ve aydınlığı insana huzur veriyordu. Gözleri dikkatle mutfağın içinde dolanırken, tezgâhın üzerinde bulunan bıçaklığa kaydı. Üzerindeki bıçaklar sanki daha önceden hiç kullanılmamış gibiydi. Mutfağın huzurunu bozan tek şey, sinmiş olması gereken ama orada bulunmayan hafif yemek kokusuydu.

Demir Bey, kahve fincanlarını hazırladı. Ardından buzdolabına yöneldi ve içinden sütü alıp kapağını kapadı. Süheyla, dolabın içindeki malzemelerin de hiç kullanılmadığını fark etti. Ayrıntı, kafa karışıklığına neden oldu. Evden içeri adımını attığı ilk anda da deterjan kokusunun dışında o yaşanmışlık hissini bulamamıştı.

"Burada mı kalıyorsunuz?" Süheyla'nın kafası küçük ayrıntılarla hâlâ meşgul olmaya devam ederken, sözler düşünmeden dudaklarından fırladı.

Demir, geç kadının sorusuyla birlikte başını ona çevirdi. Kadının gözlerinde sorgulayan bir ifade, yüzünde şüphe kırıntıları vardı. Dürüstçe, "Hayır," diye yanıtladı. Ardından, aklını meşgul etmek için, "Senin gibi sert kızların kahvesini sade içmesi gerekmiyor mu?" diye sordu.

"Tüm bu olanlardan önce benim de normal bir hayatım vardı. Bol şekerli ve sütlü kahveler içtiğim, güldüğüm ve dans ettiğim..." Kadının sesindeki hiddet Demir'i gülümsetti.

Kahvelerini mutfak masasının üzerine, karşılıklı yerleştirdi. Aynı anda, "Dans ve sen?" diye sordu. "Bu ilgi çekici!" Ve onun oturması için sandalyesini hafifçe çekti. Ona bir bakış atmayı göze almıştı. Ama keşke yapmamış olsaydı. Tamamen dağınık ve tamamen seksi görünüyordu. Yüzündeki o ciddi ifadeyle kılığındaki o umursamazlığın tezatlığı kadını daha cezp edici kılıyordu. İçinden homurdandı.

Allah'tan Süheyla'nın beyni farklı işliyordu. Şüphe dolu bakışlarını Demir'in gözlerine dikmişti. Bakışı ve sözleriyle, aniden gelen arzusu aniden gelen kahkahasıyla yer değiştirmişti. "Sandalyemi çekerek bana eşek şakası yapmayacaksınız, değil mi?"

"Ve o sandalyeyi kafama yiyeyim, değil mi?"

Süheyla, onun çektiği sandalyeye oturdu ve alay eden bir sesle, "Oldukça nazik bir hareket," dedi.

"Çünkü ben, nazik bir adamım!" Demir, onun karşısındaki yerini aldı.

"Burası kimin evi?"

Demir, onun aklını mı karıştırmak istiyordu? Öyle bir ihtimal var mıydı? "Abimin... Evlenmeden önce uzun yıllar burada kaldı. Ayrıldıktan sonra da bana bakıcılık yaptığı için tekrar yerleşmedi." Demir omuz silkti.

"Bu gece, buraya ilk defa mı geliyorsunuz?"

Demir, sorularının nereye varacağını fark etmişti. "Evet. Neden?"

"Ev yeni temizlenmiş, dolabın içi paketleri açılmamış malzemelerle dolu." Genç kadının sorgulayan bakışlarından bariz bir şüphe vardı.

Ve Demir, onun sözlerine devam etmesine izin vermedi. "Dedektif olmalıymışsın! Eğer sormak istediğin şey seni buraya getirmeyi daha önce kafaya koyduğumsa, cevabım evet."

"Bu, bana moda evinin önünde bekçilik yapmakla ilgili sözlerinizi hatırlattı."

Demir'in bıkkın bakışları kadınınkilerle kesişti. "Sen yanında kalmama izin vermediğin için ben de geceyi arabamda, bir kahraman gibi seni koruyarak geçirdim."

Süheyla, bakışlarının hiddetten karardığının farkında değildi. Bir noktada adama 'dur' demek zorundaydı. Sesindeki öfkeyi bastırabilmek için derin bir nefes aldı. "Buna gerçekten gerek yok, Demir Bey." Adam konuşmak için dudaklarını araladı, ama Süheyla bir elini kaldırarak konuşmasına izin vermedi. "Ayrıca sizinle buraya yerleşeceğimden nasıl bu kadar emin olabiliyorsunuz?"

Adamın yüzünden anlaşılmaz bir ifade gelip geçti. Ve Süheyla bu ifadeden hiç hoşlanmadı. Adam kayıtsızca, "Bir planım vardı ve sen bu planı bozarak tüm eğlencemi yerle bir ettin!" dedi.

Genç kadın inanamazlıkla başını iki yana salladı. "Bir velet gibi hareket ediyorsunuz! Beni korumanıza ihtiyacım yok. Bana yol gösteriniz, evet! Bana isimleri bulmamda yardımcı olmanız, evet! Daha fazlası, hayır!"

Genç adam yine o ani geçişlerinden birini yaşadı. Yumuşak bakan ve eğlence dolu gözleri aniden sertleşerek keskin bir ifade kazandı. "Kendini tehlikeye atıyorsun. Bu gece yaptığın bile..." Sanki öfkesini bastırmaya çalışıyormuş gibi bir süre duraksadı. "Lanet olsun! İnsanlar sıkılana kadar her gece görüntülerin ekranda oynayacak. Ve belki de birileri seni tanıyacak. Sen onları bulmadan onlar seni bulacaklar."

"Demir Bey, sizin gözünüzden bakıldığında çok mu kafasız görünüyorum?" Genç kadın başını yana eğmiş, dikkatle vereceği cevabı bekliyordu.

"Aksine! Tanıdığım zeki ve mantıkla hareket eden nadir insanlardan birisin."

"Ve tam da bu yüzden kendimi tehlikeye atmıyorum. Onu çağırıyorum."

Eğer parlak ışığın altında adamın ifadesini net olarak görmeseydi delirdiğini düşünebilirdi. Adamın göz bebekleri irileşirken, yüzünün rengi aniden sarardı. Zaten gergin olan yüz kasları daha çok gerilerek dudaklarını çizgi haline getirdi. Süheyla, onun tepkisini ne umursamak istedi ne de bir anlam yüklemek istedi. "Benim onları aramaya devam ettiğimi ve giderek yaklaştığımı fark ettiklerinde panik olacaklar. Ve bu da beni ortadan kaldırmak istemelerine neden olacak. Bunun için beni bulmak zorundalar! Saklanmıyorum. Gizli hareket etmiyorum. Çünkü onların bana ulaşması, benim onlara ulaşmamdan daha kolay... Attığım her adım bilinçli, Demir Bey! Ve tam da bu yüzden sizin yardımınızı kabul etsem de olayın dışında kalmanızı istiyorum." Devamını getirip getirmemek arasında bocaladı. Aklından geçen düşünceleri bir süzgeçten geçirdi ve anlam yüklenmeyecek basit üç kelimeye sığdırdı. "Sizin diyetinizi ödeyemem."

Genç adamın cevabı kısa ve netti. "Sen... Çıldırmışsın!" Sözcükler dişlerinin arasından tıslayarak çıkmıştı. Kısa bir an duraksadı. Sanki beyninin içinde hesap yapar gibi kaşları derinleşirken, gözleri masanın üzerinde amaçsızca dolaştı. Sonunda koyulaşan mavilerini gözlerine dikti. "Bana biraz zaman ver! Senin için isimleri ve adresleri bulacağım. Ama önce dün gece dağıttığın ortalığı toparlamam gerekiyor. Adını nasıl yazdırdın bilmiyorum, ama bu hoş karşılanacak bir durum değil. İnsanlar bir farklılık yaşadıkları için coşkulu tezahürat yapmış olabilirler. Fakat rakiplerime bahis oynayanlar bu durumdan hoşlanmayacaklar. Gidip yenilgiyi kabullenmem ve ortalığın durulmasını sağlamam gerekiyor. Bu, bana dövüşmeden Metin'le konuşma fırsatı da sağlayacak..." Sanki onun için hayati derecede önemi varmış gibi ciddi bir ifadeyle, "Bana biraz zaman ver, olur mu?" diye sordu. Sesinde onu ikna etmek için yumuşacık bir tını vardı.

Süheyla, lafı dolandırmayı sevmezdi. Bunun için doğrudan, "Bana neden yardım ediyorsunuz?" diye sordu.

Adam bir an için afallamış göründü. Ardından kendini çabucak toparlayarak, "Bilmiyorum," dedi. "Ya da biliyorum. Haklı olduğunu düşünüyorum. Davana inanıyorum. Amacına saygı duyuyorum. Ve bu uğurda canının yanmasını... Bak, bunu düşünmek gerçekten hoşuma gitmiyor, tamam mı? Benim de elimde öylece durup daha da artan bir güç varken neden yardım etmeyeyim ki? Ayrıca senden de hoşlanıyorum."

Süheyla gözlerini kırpıştırdı. Kalbi bir an için teklerken, nefesi boğazında tıkandı. Genç adam, sözlerini yanlış yorumladığını anlamış gibi, "Bir insan olarak duruşunu beğeniyorum," diye mırıldandı.

Süheyla'nın iç sesiyle verdiği cevap, 'Külahıma anlat!' oldu. Adam ondan çok daha kötü bir yalancıydı. İkisi de o anda, adları henüz konmamış hislerin bedenlerinden yayılıp, havayı ağırlaştırdığının farkındaydılar. Adamın gözlerinde bunu görebiliyordu. Kendini beğenmiş biri değildi, ama ne gördüğünü biliyordu.

Sessizliği adamı huzursuz etmiş gibiydi. Genç adam, "Bana zaman verecek misin?" diye sordu.

Süheyla'nın adama her koşulda ihtiyacı vardı. Ve adam, onun tehlikenin içinde olmasını istemiyordu. Eğer Demir Bey gibi bir adam onu tehlikeden uzak tutmaya karar verirse... Süheyla bunun önünde duramazdı. Zihninde bir süre belirledi. Üç gün yeterince uzun bir süreydi. Ve ayrıca attığı adımlardan haberi olmak zorunda değildi. Onaylarcasına başını salladığında, genç adam gözle görülür bir şekilde rahatladı. Derin soluğu canını yakmış gibi yüzünü buruşturdu. Ardından ayağa kalkıp bir-iki dolap karıştırarak, yeni olduğu her halinden belli olan bir eczane poşetinin içinden bir ağrı kesici kutusu ve merhem çıkardı. Süheyla, merhemi tanımıştı. Salonundaki öğrencilere ağrılarını dindirmesi ve zarar gören uzuvların uyuşması için bu merhemi tavsiye ederdi.

Demir Bey, ilacı içti. Ardından merhemi alıp karşısına tekrar yerleşirken, "Neden odalardan birinde kalmadın?" diye sordu.

"Çünkü bana kalabileceğim bir oda göstermediniz!"

"Acıdan ölüyordum." Süheyla, adamın elinin hareketlerini izliyordu. Merhemin kapağını açmış, avucuna bolca sıkmış tenindeki eziklerin üzerine yaymaya başlamıştı. Genç adam bilinçli olarak boğuklaştırdığı bir sesle, "Ayrıca... Bizim aynı yatakta yatmışlığımız var. Yanıma da kıvrılabilirdin." Süheyla gözlerini devirirken, "Kendine bir oda seç," diye bitirdi sözlerini.

Süheyla'nın bakışları adamın usulca hareket eden elinden sıyrılıp yukarı, gözlerine çıktı. "Buna gerek kalmayacak, çünkü sabah moda evine gidiyorum."

Gözleri tekrar adamın eline indi. Duraksayan eline! Ve eli kısa sürede tekrar hareket etmeye başladı. Göğsünde, kol boğumlarında, omzunun üzerinde usulca merhemi gezdiriyordu. Adam ona cevap vermemişti. Süheyla'nın gözleri adamın yüzü, eli ve gözleri arasında mekik dokurken neden cevap vermediğini kavradı. Adam acı çekiyordu. Nefesini kesecek kadar!

Düşünmeden ayağa kalktı. İki adımda yanında bitip, adamın şaşkın bakışları arasından merhemi aldı. O gözlerde ürkeklik de görmüştü. Niye? Merhemi avucuna sıkarken genç adamın gürültülü yutkunuşunu duydu.

Demir yutkunmak istiyordu. Aniden hızlanan nefesine ve horona kalkan kalp atışlarına dur demek de istiyordu. Kadının parmaklarını sırtında hissettiğinde bedeni taş kesti. Güçlükle, "Buna gerek yok!" diyebildi. Boğuk çıkan sesine lanet okudu. Ona karşı zayıftı. Bu gerçek bir anda tepesinin üzerine balyoz inmiş gibi hissettirdi. Nazik ve sihirli dokunuşları sırtında gezinirken tüm acısı yerle bir olmuştu. Çünkü Demir, o parmak uçlarından başka hiçbir şeyin farkında değildi.

Kadın, "Bana öyle gelmedi," diye mırıldandı. Sanki acısını nasıl alacağını biliyormuş ve bilinçliymiş gibi parmaklarının baskısı kimi yerinde azalırken kimi yerinde artıyordu. "İyi geliyor mu?"

Demir, onun sesindeki farklı tınıyı algılayamadı. Bedeni pelte gibi olmuş, beyni jöle gibi titreşiyordu. Tanrım! Bu kadın ona ne yapıyordu. Dudaklarından çıkacak inlemeleri bastırmasının ardından ona cevap verdi. "Evet."

"Peki." Süheyla'nın dokunuşlarında bir farklılık oldu. Ve aynı anda Demir'in nefesi kesildi. Arzudan değil! Acıdan... "Bu, acı veriyor mu?"

Demir, onun elinden kaçamıyordu. Çünkü bir elini omzuna sabitlemişti. Kıpırdayamıyordu da çünkü kıpırdadığı anda acısı daha çok artıyordu. "Bu..." dedi nefesini dışarı verirken, "yaptığına... sırtından vurmak denir!"

"Belki beni bir daha utandırmayacağınıza dair söz verirseniz size acıyabilirim."

"Gururuma karşılık gururun."

Kadının parmağı hafifçe kıpırdandı ve Demir'in kasları acıyla gerildi. İnlememek için kendini zor tutuyordu. Gülmek de istiyordu. Onun iyi niyetli olabileceğini de nereden çıkarmıştı? "Sü?"

"Evet!"

"Bunun... Ah. Kes şunu!"

"Sizi dinliyorum."

"Bir daha seni utandırmayacağım."

"Söz veriyor musunuz?"

"Evet. Lanet olsun!"

Sırtındaki baskı hafiflediğinde Demir rahat bir soluk aldı. Ardından genç kadının renksiz bir tınıyla savurduğu sözcüklerle afalladı. "Eğilin biraz."

Demir'in kaşları hafifçe çatıldı. Söylediğini yapmalı mıydı? Sonuçta biraz önce kendisini kıvrandıran da bu kadındı! Ne yapmaya çalıştığını anlamadıysa da sırf merakından hafifçe eğildi.

"Çok cesursunuz!" Kadının sesindeki alay, onu gülümsetti.

Ona esprili bir cevap da verebilirdi, ama kadının sihirli dokunuşlarıyla resmen kendinden geçmişti. Nereye dokunacağını bilen parmaklarının her hareketinde bedeni biraz daha gevşiyordu. Oturduğu sandalyede aşağıya doğru kaymamak için sandalyenin iki yanını sıkıca kavramıştı. Her dokunuş, ona duyduğu arzunun üzerine benzin dökmek kadar tehlikeliyse de durmasını isteyemiyordu. Her dokunuş; bedenindeki tüm noktalarını uyanışa geçiriyor, Demir'in dişleri birbirini daha çok eziyordu. Kadının parmakları omuzlarına, ardından boynuna tırmandı. Demir'in de ona dokunmak isteyeceği kadar yüreğini hoplatan küçük temaslarla... Midesinin altında bando mızıka ekibi kurulmuş, uyumsuz sesler çıkarıyormuş gibi hissediyordu. Resmen içi havalanmıştı.

"Gümüş Mekân hiç de beklediğim gibi bir yer değildi!"

Demir, kadının parmaklarının onu içine aldığı yumuşak bulutun arasında bir süre bocaladı. Ne demişti? Kendini zorlayarak sözlerini ve tonunu ayırt etmeye çalıştı. Sözleri oldukça doğal sesi de renksizdi. Ama bir şekilde o şüpheci tınıyı yakalamıştı.

"Ne bekliyordun ki?" diye sordu.

"Böylesine bir gizlilik için çok sıradan bir yer."

"Sıradan dediğin yerde milyonlar dönüyor. Ayrıca gördüğün alan sadece dörtte biri-" Kadının parmaklarının baskısı aniden kalktığında başını çevirip ona baktı. "Tanrım! Çok iyi geliyordu."

"Ben, masörünüz değilim." Genç kadın kahve fincanlarını aldı. Fincanda kalan soğuk kahveleri evyeye döktü ve tekrar kahve yapmaya koyuldu. Aynı anda, "Devam edin," diye mırıldandı.

Demir devam edecekti. Onun bilgilere ihtiyacı vardı. Kendi kafası da iyi çalışıyordu, ama Süheyla'nın kafası detayları da görüyordu. Ama devam edemiyordu. Kadın çok seksi görünüyordu. Demir hata üzerine hata yapmaya bayılıyordu. Hatta belki de bu onun fark edemediği hobisiydi. Daha sonra acı çekiyor ve bundan da zevk alıyordu. Belki de içinde bir yerlerde mazoşist bir yan vardı. Yoksa insan daha ilk dokunuşunda yere yatırıp üzerine binmek istediği kadının peşinden neden giderdi ki?

Uzun bacakları vardı ve o bacaklar son derece estetik duruyordu. Aşağıya sarkmış bluzunun ortaya çıkardığı o omuz kıvrımının üzerini kaplayan pürüzsüz ten, nazik ve tutkulu bir dudak dokunuşunu davet ediyor gibiydi.

Kadın başını arkaya çevirdiğinde düşüncelerinin yönü de ani bir manevra yaptı. Çıplak kalan omzunun üzerinden bakıyordu. Hafif sivri çenesi neredeyse omzuna değiyordu. Gözlerine çıktı. O gözlerde hafif bir alaycılık, çokça merak ve anlayamadığı bir şey daha vardı. Somurtuk alt dudağı biraz daha öne uzadı. Ve Demir'in aklından o alt dudakla ilgili yüz bin farklı kare hızla geçti.

Süheyla bir şeyler söyledi. Ama kafasının içi o kadar bulutluydu ki sözleri algılayamadı. "Anlamadım?" diye sordu.

"Diyorum ki." Demir'in kahve fincanını sertçe masanın üzerine bıraktı. "Kasabın önündeki kedi gibi bakıyorsunuz!"

Demir, bu kadından hoşlanıyordu. Her şeyinden... Gizeminden, öne doğru uzamış alt dudağına; ciddiyetinden, uzun bacaklarına kadar... Ve hatta o kuş yuvası saçlarına kadar... "O kadar mı belli ediyorum?"

"O kadar!" Genç kadın derin bir nefes aldı ve yüzüne eğildi. "Ya yatak odalarından birine çıkalım ve sistemimizdeki şu yeni ihtiyaçtan kurtulalım ya da arzularınıza bir dur deyin ve sözlerinize devam edin!"

Siktir! Ne demişti?

# Bölüm 12

Kadın doğruldu. Bir elinde kahve kupasıyla, onun karşısındaki yerini aldı. Kahvelerini hazırlamadan önce ellerini yıkadığı için, tırnaklarındaki ıslaklık hafifçe parıldıyordu.

Zihni, sözlerinin çağrıştırdığı hayallerle farklı filmlerin aynı anda oynatıldığı bir sahne gibi karmaşıkken, başı dönüyordu. Sözlerinden önce zaten uyarılmıştı. Ama kadının tane tane sıraladığı sözcüklerle bedeni donmuşken, hareket halinde olmaya ve ısınmaya devam eden kimi yerlerinin masanın altında kaldığı için memnundu.

Kadın, sanki biraz önce Demir'in aklındaki her şeyi bir sel gibi önüne katıp götürmesine sebep olan sözcükleri söyleyen o değilmiş gibi sabit ve ifadesiz gözlerini ona dikti. Demir'in aklında o anda zihninde dönen ve diğerlerinden daha cazip olan bir kare vardı. Onu omzuna atmak ve duraksamadan üst kata çıkmak. Ya da belki çıkmazdı. Ya da… Yine zihninin içinde kafasını salladı. Havanın ağırlığını uyuşmuş beyniyle bile hissedebiliyorken, içinde boğulduğu arzudan çıkmaya çalıştı. Sis perdesi aralanırken zihni bir dakika kadar geriye sardı.

Süheyla, ciddi bir kadındı. Esprilerini bile ciddiyetle yapıyordu. Ve Demir neredeyse ona inanacaktı. Neredeyse… Gerçi ona inansa ve arzu onu omuzlarından tutup çılgınca sarssa bile onunla birlikte olamazdı. Kimseyle olamazdı. Demir hayatı boyunca kimseyi istemeyecekti. Ya da belki isteyecekti, ama asla uzanmayacaktı. O, verdiği sözleri tutmaya çalışırdı. Birine söz vermek kolay değildi. Hele de ölmek üzere olan birine söz verdiyseniz ve hele de bu insanın ölümüne neden olan sizseniz; bu, inançla içilmiş bir ant olurdu.

Kadının bakışları hâlâ sabitti ve ona dikilmişti. Keşke öyle bakmasaydı. Keşke bakışlarının Demir'i ne hale soktuğunu bilseydi. Keşke...

Kahretsin! O kadar yıkılmaz ve sağlam görünüyordu ki! Demir'in ona hayran olması kaçınılmazdı. Süheyla, kahvesinden bir yudum aldı. Ardından arkasına yaslandı. Ve tek kaşı meydan okuyarak, kusursuz bir kavisle yukarı kalktı.

Demir'in dudakları önce hafifçe kıpırdandı. Ardından alçak sesli bir kıkırtıyla iyice yanlara kaydı.

Süheyla gözlerini devirdi. Ardından, "Yapmayın, ama!" diye mırıldandı. Demir, onun sesindeki alayı yakalamıştı. "Konu oldukça ciddi."

Süheyla, Demir'in blöfünü gördüğünü anında yakalamıştı. Ne çeşit bir kadındı bu? Demir, onunla birlikteyken kendini bir satranç oyununun içinde gibi hissediyordu. Kadının beyni farklı işliyordu. Ve Demir, muhtemelen o zihnin nasıl işlediğini asla çözemeyecekti. Ama denemenin bile bir başka keyfi vardı. Demir, daha önce ona bel altı espriler ve imalarda bulunmuştu. Genç kadın da çenesini kapalı tutması için tutup elbisesini çıkarmıştı. Şimdi de Demir'in bakışlarına sahip çıkmasını istiyordu. Ve bunun için de ona nükleer bir bomba atmıştı. Demir, bu kadınla tek bir saniyesinden sıkılmadan bir ömür geçirebilirdi. Düşünceyle kalbi sızladı. Ve sızlayan kalbini daha çok ağrıtmamak için kafasının içinde dönen hayalleri dağıtmaya çalıştı.

Demir de tek kaşını havaya kaldırdı. Oyunbaz olmak ve hafif tutmak her zaman işe yarardı. "Ya kabul etseydim?" diye sordu. Sesi o kadar boğuk çıkmıştı ki hafifçe öksürmek zorunda kaldı.

Süheyla rahat bir tavırla öne doğru eğildi. "Etmezdiniz! Bahsini edip durmanıza ve öpücük çalmanıza rağmen -bir de şu puslu bakışlar var tabii- gerçekten hiç adım atmadınız." Kaşlarının ortası hafifçe derinleşirken, dudakları gerildi. "Zihnim birçok noktada farklı şeyler üzerinde sürekli bir meşguliyet içinde. Karışık, cevabı olmayan sorularla dolu ve bitkin! Bakışlarınız dikkatimi dağıtıyor." Gülümsemeye benzer bir şey dudaklarını kıvırırken, "Gerçek bir dikkat dağınıklığının hiç hoş olmadığını anlamanızı istedim," dedi.

Çözmüştü. Belki nedenlerini kurcalayacak kadar umursamıyordu, ama Demir'in tepkilerini yakalamıştı. Fakat Demir'in bakışları için yapabileceği hiçbir şey yoktu. Gözleri, hissettiklerine ayna vazifesi görüyordu. Kadın, ona olan arzusunu görmüş, bununla ilgili bir hamlede bulunmayacağını fark etmiş ve gereksiz yere onunla oynamaması için uyarı vermişti. Net. Süheyla, farklıydı. Ve Demir ondan acayip derecede fena bir şekilde hoşlanıyordu. Bu, hapı yuttuğu anlamına mı geliyordu? Muhtemelen.

Süheyla, adamın bakışlarından hiçbir şey anlamıyordu. Ne düşünüyordu? Yine cesaretinin sınırlarını zorladığını biliyordu. Ama adamın iyi bir silkelenmeye ihtiyacı vardı. Tahminlerinde haklı olduğunu da biliyordu. Adam kendisine karşı bir şeyler hissediyordu. Fakat bunun için tek bir adım bile atmıyordu. Onu ilk defa öptüğünde Süheyla itiraz etmeden karşılık vermişti. Muhtemelen daha sonrası için de itiraz etmeyecekti. Ama adam durmuş ve sanki onu öpmemiş gibi davranmıştı. Eğer devam etmeyi isteseydi Süheyla'nın karşılığını analiz eder ve ona göre hareket ederdi. Ama etmemişti. Ve bunun için Süheyla'nın midesinin altında titreşimlere neden olan o bakışlarından atmaması gerekiyordu. Çünkü kafasını karıştırıyordu. Süheyla'nın kafasının içindekiler yeterince boyunu aşmıştı ve daha fazlasına ihtiyacı yoktu.

Adam kıkırdadı. Güzel bir gülüşü vardı. Yumuşak. Sakin. Kulakları dolduran... Kendisinin de sıkça söylemekten hoşnut olduğu gibi güzel de bir adamdı.

Adam, "Hoş değil!" diye bildirdi. Ve ardından o haylaz gülümsemesi -Süheyla artık o gülümsemeden hoşlanıyordu- dudaklarını şekillendirdi. "Ama hayal dünyamdaki hareketliliğe değer!"

Süheyla, ona çileden çıktığını gösteren bir bakış attı. "Demir Bey, pisliksiniz!"

"O kadar güzel hakaret ediyorsun ki, iltifat gibi geliyor."

"Konuya dönecek misiniz, yoksa ben 15-18 yaş grubu sohbetinizden mümkün olduğunca uzağa kaçmak için gidip yatmalı mıyım?" Demir Bey, kaşlarını kaldırdı ve genç kadın bir espriyi daha kaldıramayacağını anlayabilmesi için elini havaya kaldırdı. "Lütfen!"

Adam, önce elma şekeri elinden alınan huysuz bir çocuk gibi dudaklarını büzdü. Ve ardından ciddiyete hızlı bir geçiş yaptı. Demir Bey, mekânın diğer hizmetlerinden yaralanmamış olsa da ne tür hizmetler olduğunu iyi biliyordu. Mide bulandırıcı ayrıntıları atlayarak, üst düzey insanların sapkın cinsel isteklerini karşılayan üç farklı salonun ve çok büyük paraların döndüğü bir kumarhanenin varlığından bahsetti. Olcay Mutlu, günahın her halini paraya çevirmeyi başaran ve Süheyla'nın tepelemek istediği türden bir adamdı. Ve bu adam mekânı öyle ince ayrıntılarla donatmıştı ki, bir ilk yardım servisi bile hazır bekliyordu.

Demir Bey'in bir de yürüttüğü bir teori vardı. Umur'u öldüren ve daha sonra bilgileriyle birlikte gömülen iki adamın da mekâna girebilmek için ne paraları ne de onları içeriye alacak isimleri vardı. Belki de yaptıkları işin karşılığında birer gümüş kart elde edeceklerdi. Ve bu da varsayımsal olarak Sansar lakaplı kişinin -ya da Simsar- bu mekâna girebilen bir adam olduğunu, ama Umur'un duyduğu isim konusunda yanılmış olabileceğini düşünüyordu. Süheyla çıkardığı sonuçları mantıklı buldu. Zaten bir şeyleri mantıklı bulmak ve onun peşinden iz sürmek zorundaydı, yoksa kendini sonunda ışığı olmayan bir tünelde gibi hissedecekti.

"Burada kalabilirsin." Adam bir eliyle üst kattaki koridorda sıralanmış odalardan birini işaret ediyordu. Ardından diğer bir kapıyı işaret etti. "Ya da burada," sonra başka birini, "ya da orada... Ayrıca orada ben de kalıyorum!" Süheyla, bıkkınca gözlerini devirdi.

Genç adam, "Sana şimdilik giyecek bir şeyler vereyim," dedi ve arkasını döndü.

Süheyla keskin bir tınıyla, "İhtiyacım yok!" dedi.

Sözlerinin ardından Demir Bey'in dudaklarından abartılı bir inleme çıktı ve hızla ona döndü. "Yapma bana bunu!"

"Umarım kalan saatlerinizi uykusuz geçirirsiniz!"

"Kötüsün, kadın! Sabaha iki saat var ve ben seni düşünmekten kıvranıp dururken gerçekten uykusuz kalacağım!"

Süheyla oyununa ayak uydurarak kayıtsızca omuz silkti. Adamın daha önce işaret ettiği kapıdan içeri girip, kapıyı onun yüzüne kapadı. Daha odayı inceleme fırsatını bulamamıştı ki, kapı tekrar açıldı. Genç kadın gözlerinden öfke kıvılcımları çıkarken hızla arkasını döndü. "Kapı çalmak diye bir şey var!"

Demir Bey, iki parmağıyla kapıyı tıkladı. "Bunun gibi mi?"

"Evet. Ama açmadan önce!"

Adam, "Denerim," diye geçiştirdi. "Seni moda evine ben bırakacağım. Lütfen, kendi kendine gitmeye kalkma!"

Kadının bir eli usulca beline doğru yol aldı ve orada kaldı. Duruşunda tehditkâr bir hava hâkimdi. "Demir Bey, umarım bu fedailik işinin sonunda benden ücret filan almayı düşünmüyorsunuzdur!"

"Elbette düşünüyorum. Sonuçta ben kötü kalpli, zalim, acımasız bir dük olan Çelik Mızrak'ın aylık harçlığa tabii tuttuğu zavallı bir adamım."

"Demir Bey."

"Evet."

"İyi sabahlar."

"Size de Matruşka! Size de."

"Bana acayip lakaplar takmaktan ne zaman vazgeçeceksiniz?"

"Senin acayip gizemlerin son bulduğunda!"

Süheyla sinirle başını iki yana salladı. Ardından gözlerini adama dikti. Gitmesi gereken adama... Bakışlarının anlamı gayet açıktı. Ama Demir Bey orada dikilip durmaya devam ediyordu. Dikilip durmaya ve ona bakmaya...

"Demir Bey, sanırım canınız çizmelerimin topuklarını çekiyor. Ve korkarım ki, onları aşağıda unuttum. Beni yormayın. Direkt inin ve hoşunuza giden tekini kafanıza geçirin."

Adamın bakışları farklılaştı. Kasıtlı bir şey miydi, yoksa gerçekten bakışlarındaki yoğunluk ve kararma duygularının bir göstergesi miydi, bilmiyordu. Ama o bakışlar yine tenindeki tüylerin havaya dikilip, içinin ürpermesine neden oldu. Adamın dudakları usulca aralandı. "Canımım çektiği..." Burada kısa süre duraksayıp bedenini baştan ayağa süzdü. "Her şeyi yapabilirim yani?"

Süheyla'nın hareketi aniydi. Hışımla üzerine saldırdı. Ama adam çoktan gülüşünün eşliğinde koridora kaçmış ve kapıyı kapamıştı. Süheyla, öfkeyle kapıya bir yumruk attı. Eğer peşinden giderse... Gitmesi hiç hoş olmazdı. Adam uslanmazdı! Onun çocukken bile ellerini dizlerinin üzerine koyup ağır başlılıkla koltuğun bir köşesinde oturduğunu düşünmüyordu. Yaşıtları tam da bunu yaparken, Demir Bey muhtemelen bir kızın eteğinin altına ayna tutuyordu. Üzerindekilerden kurtulup yatağa uzanırken, dudaklarındaki şapşal gülümsemeyi fark etti ve öfkeyle alnına bir tokat attı.

—※—

Genç adam, ofis masanın ardındaki sandalyesinde arkaya yaslandı. Gözlerini kapayıp bir süre alnını ovuşturdu ve ardından oturduğu alan ona dar geliyormuş gibi ayaklandı. Masanın üzerindeki ılınmış kahveYle dolu kupayı da kavrayarak cam duvarların önüne doğru ilerledi. Bakışlarının odağında şeffaf tabakanın ardında kalan dünya vardı. Ama bakmak her zaman görmek anlamına gelmiyordu. Yoğun çalışma temposunun arasındaki bu, nadir olan sakinlik anlarından her zaman hoşlanır ve bunu beynini deşarj etmek için kullanırdı.

O an yapamıyordu. Tüm gün boyunca da zaten kendini işine verebilmiş değildi. Kafasının içinde dönüp duran sözlerden ve kusursuz yüz hatlarının üzerindeki kırgın bakışlardan bir türlü kurtulamamıştı. Çelik Mızrak, kadınların bakışlarına karşı tecrübeliydi ve zaten sıklıkla da ilgisizdi. Çünkü bir daha herhangi birine kapılıp yarı yolda kalmak istemiyordu.

Ama gelin görün ki tüm tecrübesine ve ilgisizliğine rağmen Berrak, onu bir akşam önceki yemek masasında allak bullak etmişti. Onu, özür dilemek ve hatasını telafi edemese de gönlünü alabilmek için çağırmıştı. Berrak da her zamanki gibi itirazsız gelmişti. Ve konuşma hiç de beklediği ya da planladığı gibi gitmemişti. Çelik'in hayatı böyleydi. Attığı her adım planlı ve belirli bir düzenle olurdu.

Berrak, birkaç cümleyle düzenini karman çorman etmişti. Demir'in hayatında bir kadın vardı. İlişkilerinin boyutunu bilmiyordu. Ama Demir'i evde pineklemekten vazgeçirecek kadar yanında tutmayı başarabiliyordu. Ve iki adamının da söylediğine göre, oldukça yakın durmaktan hoşlanıyorlardı. Süheyla Akgün. Adını daha önce hiç duymamıştı. Duymaması da normaldi çünkü kendi çevrelerinden biri değildi. Belki de onun ilgisini çekmek için çevresinden bir kızı önerip durmaması gerekiyordu. Her neyse... Sonuçta Demir, artık birine ilgi duyuyordu. Hem de fazlasıyla! Çelik, asla bir kadınla birlikte olmayacağını söyleyip duran Demir'i dizinin dibinde tutan kadını ayakta alkışlardı.

Demir, ona kızıyordu. Hayatına karışıp durduğu için, onu evliliğe zorladığı için ve ondan bir varis beklediği için... İstediği kadar kızabilirdi. Çelik, görüşlerinde sonuna kadar haklıydı. Demir, yalnız ölmek için fazlasıyla hayat dolu ve gençti. Elbette, kendisi bu konuda tam bir hayal kırıklığı olduğuna göre ondan bir varis istemesi de çok doğaldı. Belki de güzelliğine, aklına, zarafetine güvendiği Berrak, Demir için doğru bir seçim değildi.

Aylar boyunca aralarını yapmak için bir çöp çatan gibi davranmıştı. Yaptığından utanmıyordu. Berrak, her erkeğin isteyeceği türden kadındı. Demir'in evlenmesi ya da hayatına bir kadını dâhil etmesi birçok açıdan faydalıydı. Demir hayata çok zor dönmüştü. Kendisini neredeyse öldürecek kadar alkol ve uyuşturucuya bulaşmış, önüne her çıkan belaya balıklama atlamıştı. Onun ölmeye çalıştığını biliyordu. Bu anlar aklına geldikçe, onun tekrar o günlere dönmemesi için elinden gelen her şeyi yapardı. Bir kadının sorumluluğunu almanın da Demir'i frenleyeceğini düşünüyordu.

Ayrıca servetleri de onların tepesine havadan düşmemişti. Kazandıkları her kuruşta alın teri vardı. Onlar göçüp gittikten sonra heba olmasına izin veremeyeceği kadar fazla alın teri... Demir'in anlamadığı bu servete olan boyun borcuydu.

Artık önemli değildi. Çelik, onu rahat bırakmıştı. En azından Berrak konusunda... Ve duygularıyla oynadığı, onu ümitlendirdiği için ondan özür dilemek zorundaydı. Dilemişti de!

Ona, "Tamamen yanlış adımlar attım. Ve bunun için senin duygularınla da oynadım. Umarım bir gün beni bağışlayabilirsin," demişti.

Berrak ona baktığında, gözlerindeki ışıltılarla afallamıştı. Beklediği hüzün veya öfke o gözlerde de yüz ifadesinde de yoktu. "Duygularımla oynamadın!" diye karşılık vermişti. "Demir'le bir geleceği hiçbir zaman ümit etmedim." Keyifli bir kıkırtı dudaklarından usulca süzüldü. "Demir, beni gördüğünde cin çarpmışa dönerken nasıl bir umut besleyebilirdim ki?"

Çelik, ona bakakalmıştı. Göz bebekleri şaşkınlıkla irileşirken, "Ama geldin! Seni çağırdığım her seferinde... Özür dilerim. Seni incitmek istemiyorum, ama umutlanmadıysan; neden geldin?"

Berrak'ın pürüzsüz cildinin üzerini hafif bir pembelik kaplamıştı. Ama gözlerinde utangaçlığın dışında bir de kararlılık vardı. "Geldim. Çünkü seninle konuşmayı seviyorum. Demir, bizi atlatıp durdukça gönlümü alabilmek ve onu haklı çıkarıp durmak için bocalamandan hoşlanıyorum. Geliyorum... Çünkü seninle birlikte vakit geçirmek son zamanlarda yapmaktan hoşlandığım tek şey!"

Susup beklenti dolu gözlerini Çelik'e dikmişti. Şaşkın, bedeni kaskatı kesilen, karmaşık Çelik'e...

Kendi dudaklarından dökülenlerden hâlâ utanıyordu. "Ya?" Kahretsin! Kelimelerinin gücüne o kadar güvenirdi ki, cesaretinin karşısında kalakalmak utanç vericiydi. Daha sonrasında da tek kelime etmemişti. Söyleyeceği her söz kızı utandıracak, cesaretle söylediği sözler için pişman edecekti. Berrak hoşça vakit geçirip, ardından ipleri koparabileceği biri değildi. Ve onunla resmî bir yakınlık demek evliliğe ilk adımı atmak demekti. Çelik, bir daha aynı hatayı yapmayacaktı. Bunun için sessizlik uzadıkça uzamış, Berrak'ın yüzü kireç gibi olana kadar devam etmişti. Gözleri akıtmamak için çabaladığı yaşlarla titremiş ve buğulanmışken bir anda ayağa fırlayıp, "Sanırım duygularımı açıkça dile getirmek büyük bir aptallıktı. Özür dilerim," demişti. Ve arkasını dönüp, başı yukarıda salondan ayrılmıştı. Çelik, onu durdurmak, gönlünü almak için yoğun bir istek duymuşsa da sandalyesinde kalmak için büyük bir mücadele vermişti.

Gözlerini kapayıp derin bir iç çekişle başını arkaya attı. Masasının üzerindeki sabit hat çaldığında kafasını meşgul edebilmeyi umarak hızla telefona yöneldi.

"Evet, Ceyda?"

"Remzi Bey geldiler, efendim."

"Bekliyorum."

Telefonu kapadı ve adam içeri girmeden önce masasının arkasındaki yerini aldı. Remzi Koru, içeri girdiğinde ona hafif bir baş selamı verdi. Ağır adımlarla masasına doğru ilerleyip elindeki dosyayı masanın üzerine usulca bıraktı. "İstediğiniz rapor, efendim," diye bildirdi. "Bazı şeyleri de raporlamadan önce size bilgi vermek istedim."

Çelik, başını sallarken dosyanın kapağını açtı. Ve Süheyla Akgün'ün bir fotoğrafıyla karşılaştı. Uzun boylu, ince bir vücut yapısına sahip olan kadının yüz hatları oldukça sıradandı. Bu kadın Demir'in ilgisini nasıl çekmişti? Arka sayfalarında kadının hayatına dair birçok bilgi bulunuyordu. Çelik, Remzi'nin anlatacaklarını dinlemeden önce tüm satırları tek tek gözden geçirdi. Kimi okuduklarını sindirmeye çalışırken, son sayfada öfke gözlerinde kızıl bir bulut oluşturdu. "Kahretsin!" diye gürledi ve dosyayı öfkeyle kendinden uzağa fırlattı. Sanki dosyayı fırlattığında bilgilerden kurtulabilecekmiş gibi...

Remzi söze başlamak için onun sakinleşmesini beklerken, bir an bocaladı. Ama sonunda bir şekilde üstesinden gelmeyi kafasına koydu. Elbette, Demir'in haberi olmayacaktı! Yoksa aralarındaki bağlar bir daha düzelmemek üzere kopardı.

"Demir Bey, buna mecbur değilsiniz!"

Süheyla, adamın omuzlarından tutup onu ters çevirmek ve ardından poposuna bir tekme atıp merdivenlerden aşağıya yuvarlamak istiyordu.

"Elbette mecbur değilim." Adam kayıtsızlıkla omuz silkti. Ve merdivenlerde onu takip etmeye devam ettiğinde genç kadın onu ikna edemeyeceğini anladı.

Uyandığında hızla giyinmiş, yüzünü yıkamış ve onu uyandırmadan evden çıkmaya kalkmıştı. Ama Demir Bey, tam bir kene gibi ona yapışmaya kesin kararlı görünüyordu. Daha bahçe kapısından çıkamadan kapı tekrar açılmış, sabah sabah Süheyla'nın asla olamayacağı kadar neşeli bir ruh haliyle yanında bitmişti. Sahil kenarındaki bir kafede, Süheyla'ya zorla sabahın köründe kıymalı börek ısmarlamış -düşündükçe hâlâ midesi dönüyordu- ardından onu ofise kadar bırakacağını belirtmişti. Süheyla onu denize atmadığı için gerçekten şanslıydı.

Süheyla moda evinin giriş kapısına geldiğinde arkasını döndü. "Evet?"

Adam da onunla birlikte duraksadı ve nereden bakılırsa bakılsın sahte bir şaşkınlıkla, "Evet?" diye sorusunu tekrarladı.

"Demir Bey, beni ofise kadar takip etmeyeceğinizi umuyordum."

Demir Bey, yüzünü buruşturarak çenesini kaşıdı. "Yanlış umutlar beslemekte üstüne yok!"

Süheyla'nın yanakları havayla şişti. Gözleri bir anlığına, kendine hâkim olabilmek için kapanırken içine çektiği havayı sertçe dışarı verdi. Tekrar açtığında adam onu geçmiş, moda evinin kapısını tıklamak için elini havaya kaldırmıştı.

"Anahtarlarım var!" Süheyla, adamı sinirle kenara doğru itekerken henüz kimsenin gelmemiş olmasını umuyordu. Ama daha içeri girer girmez dört çift göz onların üzerine dikilmişti.

Gözler önce kayıtsızlıkla yüzlerinde dolaşmış, ardından şaşkınlıkla irileşmiş ve sonunda şüpheyle kısılmıştı. Süheyla, hiçbirine selam vermeden doğruca Timuçin Bey'in ofisine doğru hızlı adımlarla ilerlerken, Demir Bey etrafa gülücük dağıtıyordu. "Hoşunuza gittiyse siz burada kalın!" Süheyla, kendi dudaklarından çıkan sözlerin sertliğine şaşırdıysa da belli etmemek için duraksamadan yoluna devam etti.

Demir Bey iki adımda onun hemen yanında bitti. Başını hafifçe ona eğdi ve küstah bir tınıyla, "Kıskandın mı?" diye sordu.

"Kıskançlıktan ölmek üzereyim!"

"Merak etme! Benim gözüm senden başkasını görmüyor." Süheyla, dişlerini sıkıp ona döndüğünde, adam göz kırpma cesaretini gösterecek kadar küstahtı.

"Ölümünüz benim elimden olacak!"

"Hay hay."

Adam onu kendi dairesine kadar takip etti. Süheyla, üzerini değiştirirken vazifesine sonuna kadar bağlı bir adam gibi, onu kapının dışında bekledi ve sonunda genel ofise giderlerken de yanında ilerledi. Durum garipti. Eğer adam onu her adımında takip edecekse Süheyla'nın başı büyük bir dertteydi. Kendisi koridor boyunca homurdanırken, Demir Bey'in bu durumdan zevk alıyormuş gibi bir hali vardı.

İçeri girdiklerinde ofisin içinde bir adam duruyordu. Adam, ellerini ceplerine sokmuş geniş pencerelerden dışarıyı izliyor gibi görünüyordu. Onların gelişini fark ettiğinde omzunun üzerinden arkaya baktı. Gözleri önce Demir Bey'in üzerinde kısa süre meraklı bir bakışla gezindikten sonra Süheyla'yı buldu. "Süheyla Hanım, nihayet!"

"Günaydın, Ertan Bey..." Süheyla, adama zorlukla gülümsedi. Zorlanmıştı. Çünkü hemen yanındaki Demir Bey, Ertan Bey'i bir kaşık suda boğacakmış gibi görünüyordu. Genç kadın, onun gitmesini ima eden ısrarlı bir bakış attı. Ve Demir Bey, bakışlarını görmezden gelerek ofis masasının önündeki sandalyelerden birine oturup, bir ayağını diğerinin üzerine attı. Eline de masanın üzerindeki dergilerden birini alıp incelemeye başladı. Yok artık!

Süheyla, yatıştırıcı olmasını umduğu bir nefes aldı. Ama bir işe yaramadı. Bedeni öfkeyle içinden sarsılırken, güçlükle Ertan

Bey'in sahne alacağı bir gecede giyeceği kostüm için ölçülerini aldı. Sessizlik gergin ve tuhaftı. Her zaman neşeli olan ve saçma sapan espriler yapan Ertan Bey bile tek kelime etmemiş, Süheyla'nın sorularına kısa cevaplar verip, isteklerini tekdüze bir tonla dile getirmişti. Ve ardından tamamen hoşnutsuzluğunu belli ederek ofisten ayrılmıştı.

Süheyla, Ertan Bey'in çıkışının ardından arkasını döndü. Sesi öfkeyle titrerken, "Siz ne yapamaya çalışıyorsunuz?" diye sordu. Ardından sağlam ve kararlı adımlarla üzerine yürümeye başladı.

Demir Bey, sandalyesinden doğruldu. Ve gülmemek için dudaklarını bastırması Süheyla'yı deliye çevirdi.

Genç adam, ondan kaçmak için sandalyenin arkasına geçerken, "Sü! Gerçekten korkutucu görüyorsun? Frankenstein'ın kız kardeşi rolünü oynayabilirsin!" dedi. Süheyla, adamın sandalyeye bıraktığı dergiyi aldı ve hışımla kafasına fırlattı. Demir Bey, gülerek başını eğerken, "Adam hiç tekin gelmedi!" diye açıklamada bulundu. Genç kadın ona cevap vermedi. Ve masanın arkasına kaçan adamı takip etmeye devam etti. Ona vuracaktı. Vurmak zorundaydı, yoksa tüm günü kendi kendini yiyerek geçirirdi.

"Bak, cidden korkmaya başladım. Tamam, özür dilerim."

Demir Bey, daha fazla uzaklaşamadan Süheyla, onu ofisin orta yerinde yakaladı. Sıkılmış yumruklarından biri adamın midesini hedef aldı ve hızla ileriye atıldı. Demir Bey, ani bir hareketle onu bileklerinden kavrayıp kendi bedenine çekti. Ve dudaklarına hızlı bir öpücük kondurdu. Süheyla, isterse tutuşundan kurtulabilirdi, ama bu ikisi arasında ciddi sorunlara neden olurdu.

"Hemen gidin! Yoksa kafa atacağım!"

Demir Bey, başını arkaya atarak güçlü bir kahkaha attı. "Zaten toplantım var," diye bildirdi. Ardından, bedenleri hâlâ yapışıkken ciddiyetle, "Rica ederim, kendine dikkat et!" dedi. Süheyla, nefes alışlarını düzene sokmaya ve ağzından çıkacak kötü kelimeleri tutmaya çalışırken adamın bakışları yüzünde usulca dolaştı. Genç kadını hızla tekrar öptü. Ve Süheyla, aynı anda geri çekilip dizini adamın midesiyle buluşturdu. Darbe çok sert değildi. Ama kesinlikle uyarı veren bir yanı vardı.

Demir Bey, acı bir inlemeyle öne doğru eğildi. "Kahretsin, kadın! Bu öpücük için yollarıma serilen onlarca kadın var!"

"İyi. Gidin onlardan birinin başına musallat olun!"

Demir Bey'in yüzündeki acı çeken ifade silinmemişken doğruldu. "Hiçbiri senin kadar heyecan verici değil!"

Demir Bey, göz kırpıp akşama onu alacağını söyledikten sonra ofisten ayrıldı ve Süheyla'yı öfkesiyle bir başına bıraktı.

---

"Ne yaptığınızı bildiğinize gerçekten emin misiniz?"
"Elbette."
"Daha önce hiç yaptınız mı?"
"Hayır!"
"Bana da öyle geldi. Size, hazır bir şeyler almamız gerektiğini söylemiştim."
"Sü, tadına baktığında parmaklarını yerken söylediklerinden utanacaksın!"

Süheyla, açlıktan ölüyordu. Adam tam bir saattir aldığı malzemelerle yemek sanatının altını üstüne getiriyordu. Altı üstü de et sote yapacaktı! Süheyla hayatında hiç yemek yapmamıştı, ama Demir Bey'in uğraştığı kadar zor olmadığını tahmin ediyordu. Demir Bey, sürekli olarak telefonun ekranında internetten bulduğu tarife bakıyordu ve kendi kendini methedip duruyordu. Kahretsin! Açlıktan bayılmak üzereydi.

Demir Bey, sapı ısınmış tencereyi çıplak eliyle tuttuğunda bir homurtu koyuverdi ve parmağını dudağına götürüp hafifçe emdi. Hareket, Süheyla'nın tek kaşını kaldırmasına neden oldu. Adam ona öfkeli bir bakış attı. "Orada oturup duracağına yardım etsen hiç fena olmazdı! En azından masayı kurabilirsin." Ve tekrar tencerenin içindeki malzemeyi karıştırmaya devam etti.

"Size yardım edeceğimi söylediğimi hatırlamıyorum."

Genç adamın onaylamaz bakışları yine kadının gözlerini buldu ve sinirle başını iki yana sallayıp, meşguliyetine devam etti. Demir Bey, sonunda et sote olduğunu söylediği, ama Süheyla'nın çamur lapasından başka bir şeye benzetemediği soteyi tabaklara servis etti. Masayı da Demir Bey, hazırlamıştı. Homurdanarak!

Süheyla, tabağındaki yemeğe şüpheyle baktı. Aynı anda çatallarına uzandılar ve yemekten birer lokma aldılar. Daha tadı diline yayılırken, genç kadının yüz ifadesi ekşimsi bir hâl aldı. Sırf görgü kurallarıyla büyümüş bir kadın olduğu için aldığı lokmayı ağzından çıkarmadı ve taş kadar sert eti zorlukla çiğneyip yuttu.

"Doğru tahmin etmişsiniz! Parmaklarımı yiyeceğimden eminim. Ama açlıktan!"

Demir Bey'in kafası karışık görünüyordu. "Tarife tamamen uymuştum!" Adamın yüzünde öylesine ekşi bir ifade vardı ki, genç kadın hafif gülüşünü bastıramadı.

Demir Bey'in sert bakışları onun gözlerine dikildi. Hiddetle, "Ben en azından denedim!" dedi. Ve daha fazla görmeye dayanamıyormuş gibi önündeki tabağı kaldırıp, içindekileri çöpe döktü.

Süheyla, başını iki yana sallarken ayağa fırladı. "Size yemek yapmak gibi bir mecburiyetim yok!" Yine de buzdolabına ilerleyip yapabileceğini umduğu tek şey olan yumurtaları çıkardı. Ve pişirmek için bir tava aramaya koyuldu.

On dakika sonra, Süheyla'nın pişirdiği yumurtalar servis tabaklarında duruyordu. İkinci kez çatallarını ellerine aldılar ve tattıklarında aynı anda çatalları tekrar tabakların yanına bıraktılar. Demir Bey, bastıramadığı kahkahasını dudaklarından kaçırırken, Süheyla tekrar ayağa kalktı. "Tek kelime etmeyin!" diye bir uyarıda bulundu. Ardından genç adama omzunun üzerinden bir bakış attı. "Sanırım bana yardım ederseniz, birer sandviç yapmayı becerebiliriz! Yoksa açlıktan bayılacağım."

Genç adam gülerken, "Şüpheliyim," dedi. Yine de ayağa kalktı ve onun yanında buzdolabının önünde durdu.

Demir, yanındaki kadınla buzdolabının içine gerçek bir ciddiyetle bakarken içindeki hislerin sıcaklığıyla boğuşuyordu.

Onunla, bir buzdolabının önünde yıllarını geçirebilirdi. Sonunda aç kalabilirlerdi. Sorun değildi. Kalbi görüntünün aklına üşüştürdükleriyle giderek büyür ve ısınırken, yüz hatları gergef gibi gerildi. Bir insanın birine sırılsıklam âşık olduğunu bir buzdolabının önünde anlaması ne tuhaftı. Süheyla, kaygıyla ve tamamen bilinçsizce kafasını kaşırken Demir, onu kollarının arasına almak istiyordu. Düşünceyle havalanan kollarını hızla göğsünde kavuşturdu. Hapı yutmuştu! Hem de fena halde...

---

Genç adam Gümüş Mekân'ın 4. Salonundaki dev ekranlarda sürekli dönüp duran görüntülere bakıyordu. Kadının ringe çıkışını, ardından adamları yere serişini ve Demir Mızrak'ın sonunda onu omuzlarında taşımasını kaç kez üst üste izlediğini bilmiyordu. Ama maç aralarında sürekli döndüğüne göre insanlar bu görüntülerden sıkılmamıştı.

O, sıkılmıştı. Kadını tanıması güç olmamıştı. Öylesine bir saçı olan ve dövüşebilen kaç tane kadın vardı ki? Kalbi ağzında atmaya başlamıştı. Normalde Gümüş Mekân'ın bu salonunda hiç bulunmamıştı. Ama söylentiler tüm salonlarda dolaşmaya başladığında, merakına ve korkusuna yenik düşüp kendi gözleriyle görmek için vakit kaybetmemişti. Ne yapacaktı? Kadının vazgeçmek gibi bir niyeti yoktu. Yavuz'un ölümü bile onu yıldırmamışken, onu nasıl durduracaktı. Sonunda iş ortaya çıktığında ne yapacaktı? Ülkeden mi kaçmalıydı? Bu, kadın henüz onu bulamamışken hem de yeni bir iş bağlantısı yapmışken çok dikkat çekerdi.

Korkudan dizleri titriyordu. Ah be Umur! Ne diye onu zora sokmuştu ki? İsteğini yerine getirse ve efendi gibi çekip gitse olmaz mıydı? Eğer ortaya çıkarsa ona ne cevap verecekti? Sırtından soğuk terler dökmeye başladı. İş kendisine ulaşmadan Simsar'ın ortalıktan yok olması gerekiyordu. Eğer kadın yalnız olsaydı, yine de bir umut besleyebilirdi. Ama Süheyla yanına

Demir gibi güçlü bir adamı almıştı. İçinden inledi. Onu nereden tanıyordu ki? Böyle bir bilgiden hiç haberi yoktu. Her şey kötüye gidiyordu ve korkudan beyni uyuşmak üzereydi.

Demir Mızrak, hem köklü ailesi bakımından hem de bir dönem sokakları mesken tuttuğundan korkulacak bir adamdı. Elinin uzanamayacağı bir yer yoktu, tanıdığı en gözü kara adamdı ve eğer Süheyla'ya yardım etmeye karar vermişse sonunda kendisine de ulaşması hiç zor olmazdı. Kahretsin! Süheyla'yı da ortadan kaldıramazdı. Belki hemen anlaşılmayabilirdi, ama sonunda iki kardeşin ölümünde de onun parmağı olduğu ortaya çıkardı.

Üstelik Çelik Mızrak'la yeni bir iş anlaşması da yapmışlardı. Hayatında karınca bile ezmemişken, bir insanın canına kast etmenin borcunu ödemekten belki de kaçamayacaktı. Ama sonuna kadar gitmeye kararlıydı. Yoksa tüm dünyaya her şekilde rezil olur, bir daha sevenleri onun yüzüne bile bakmazdı. Yanında bir hareketlilik oldu.

Hafifçe başını çevirdi ve kalpten bağlandığı sevgilisinin ona merakla baktığını fark etti. Bir eli usulca sırtına dokundu. "Burada olduğunu söylediklerinde çok şaşırdım."

Başıyla ekranı işaret etti. Ardından hafifçe ona eğildi. "Umur'un ablası... Çok yaklaştı."

Sevgilisinin gözleri irice açıldı ve nefesi boğazında tıkandı. Sertçe yutkunduktan sonra dehşetle açılmış gözlerini ona çevirdi. "Ne yapacaksın?"

Derin bir iç çekti. "Bilmiyorum. Yine Simsar'ı paraya boğacağım ve ortalıktan toz olması için yalvaracağım."

Sevgilisinin eli yumuşak ve yatıştırıcı dokunuşlarla sırtında gezinmeye başladı. Tedirgin olarak, etrafı hızla kontrol etti ve elinden kaçındı. Gözlerinde uyarı dolu bakışlarla, "Yeri değil! Ne yapıyorsun?" diye tısladı.

"Özür dilerim." Bakışları yoğun bir hâl alırken hafifçe iç çekti. "Hadi, bana gidelim. Belki biraz-"

"İstemiyorum. Simsar denen herifi bulmam lazım."

"Tüm servetini ona mı bağışlayacaksın?"

"Gerekirse evet."
"Ya yetmezse?"
"O zaman Süheyla'yı da öldürmem gerekiyor!"

## Bölüm 13

Okuduğu kitabın açık sayfalarının üzerine aniden düşen eldivenlere şüpheyle baktı. Ve uzun bir süre de bakmaya devam etti. Mat deri, keskin ışığın altında hafifçe parlıyor, bileklerin görünen kısmından eldivenlerin içinin de tamamen yün kaplı olduğu anlaşılıyordu. Derin bir nefes alırken gözleri kapanıp açıldı. Hiddetlenmemeye çalışarak kitabı ve eldivenleri bağdaş kurduğu bacaklarının üzerine bıraktı.

Ve gözlerini kaldırdı. Gözleri onunla ilgilenmeyen ve bir şey arıyormuş gibi görünen adamın bedenine kilitlendi. Ve o, salonun içinde homurdanarak dolaşırken bedenini takip etti. Kendisine bakmasını bekliyordu. Israrla ona seslenmeden uzun bir süre öylece durdu. Ama adam bilinçli olarak sanki Süheyla orada oturmuyormuş ve ona çileden çıkmış bir halde bakmıyormuş gibi davranıyordu.

"Demir Bey?"

Adam, ona şöyle bir baktı ve başından savmak istiyormuş gibi, "Evet?" diye sordu. Sesi o kadar sıkılmış ve geri adım atmasını söylemek ister gibi ters geliyordu ki, Süheyla'nın yerinde başka bir kadın olsaydı muhtemelen susardı.

"Komik olmaya mı çalışıyorsunuz?"

Adam, her ne arıyorsa onu bulamadığı için ağzının içinde bir küfür mırıldandı. Koltuğun minderini yerine yerleştirdikten sonra ona dönüp ellerini beline yerleştirdi. Sanki savunma yapıyormuş gibi bir hali vardı. "Eğleniyor gibi mi görünüyorum?"

Süheyla, ne duruşunu ne de sözlerini umursadı. Gözleri kucağındaki kitabın üzerindeki eldivenlere kaydı. "Bunlar ne?" diye sordu.

Adam gözlerini devirdi. Birkaç adımda yanında bitti ve tam karşısına geçip tıpkı onun gibi bağdaş kurdu. Takım elbisesini çıkarmış ve oldukça rahat olan eşofmanlarından giymişti. Rahat olduğunu biliyordu. Aynısından kendi üzerinde de vardı. Çünkü kendi eşyalarını getirirken eşofmanlarını unuttuğu için Demir Bey istediğini alabileceğini söylemişti. Ve Süheyla, bunu biraz abartmış olabilirdi. Adama tek bir takım eşofman bırakmış gerisini kaldığı odanın dolabına yerleştirmişti. Adam, eşofmanları için ciddi bir mücadeleye girmişse de Süheyla'nın azmi karşısında kaybetmişti.

"Hiç kullanmadığın için bilmemen çok doğal!" Bıkkın sesi Süheyla'yı düşüncelerinden sıyırdı. Gözleri adamın bedeninden yukarı tırmanıp gözleriyle buluştu. Demir Bey sözlerine, "Bunlara eldiven denir," diye devam etti. "Soğuk havalarda insanlar..."

Adam ciddiyetle sözlerine devam ederken, Süheyla onu ciddi ciddi dinlemeyi bıraktı. Gülsün mü boşluğuna bir dirsek atıp kendisine mi getirsin kararsız kaldı. Kısa süre bekledi, ama eldivenin tarihçesine inecek kadar saçmalamaya devam edince sert bir sesle araya girdi. "Demir Bey! Eldivenlerin ne işe yaradığını biliyorum. Neden 'okuduğum' kitabın üzerine bir eldiven atma ihtiyacı hissetiniz, onu anlayamadım."

Adam o kadar konuşmuştu ki, tekrar konuşabilmek için derin bir nefes aldı. "Bu, benim sana ilk hediyem." Genç kadının kaşları bilgiyle birlikte havaya tırmandı. Altından çıkacak muzırlıklara kendisini o kadar hazırlamıştı ki... Bir hediye... Beklenmedik bu duyarlılık o fark edemeden kalbine sıcak bir şeyler yapmıştı. tabii adamın daha sonraki sözleri olmasaydı, bu sıcaklığın nedenini çözümlemeye çalışabilirdi. "Tabi öpücüklerimden sonra."

Öpücüklerini hediyeden mi sayıyordu? Bu, onu çözemediği nadir anlardandı. Gözlerine dikkatle baktı, ama şaka mı yapıyordu gerçekten öyle mi düşünüyordu anlayamadı. Gerçekten söylediğini varsayarak, "Kafanızın üzerine çıkmış egonuza uçan tekme atmak istiyorum. Belki beyninizin üzerine düşer ve sizi gerçek dünyaya geri getirir!" dedi.

Adam keyifle kıkırdadı. "Ego değil, Matruşka! Sen bilmesen de öpücüklerim çok kıymetli. Öyle herkese sunmam!"

"Almak isteyen birilerine sunsaydınız çok daha akıllıca olmaz mıydı?"

Adamın gözlerinde bir parıltı belirip kayboldu. Süheyla, onun kendisini eldiven konusundan uzak tutmak istediğin anladığında, söz düellosuna devam etmek için hazırladığı kelimelerini aralanan dudaklarının gerisinde bıraktı. "Her neyse... Bir eldivene ihtiyacım olduğunu da nereden çıkardınız?"

Demir Bey, Süheyla'nın onu yakaladığını anladığında gözlerini kısarak baktı. Ardından ayağa kalktı ve her ne arıyorsa tekrar peşine düştü. Ama Süheyla'yı da cevapsız bırakmadı. "Her akşam eve gelirken soğuktan moraran tırnaklarından ve kızaran ellerinden..."

Eğer 'dumur olmak' diye bir şey varsa Süheyla tam da öyle olmuştu. Tıpkı iki gece önce olduğu gibi... Bakışları onun üzerine kilitlenmişti. Şaşkınca, kahverengilerinin içine doluşan parıltılardan habersizce... Bunu neden yapıyordu? Alışmanın bu kadar kolay olacağını bilseydi yine yapar mıydı? Ya da yaptıklarının Süheyla'nın kalbinde sağlam yerler edindiğini bilseydi? Süheyla bu ilgiye o kadar kolay alışabilirdi ki, böylesine ürkmesi doğaldı. Ürküyordu, çünkü ona alışmak istemiyordu. Süheyla, geleceğini iki temel yol üzerine inşa ediyordu. Biri ölümden geçiyorsa, diğeri özgürlüğünden vazgeçmekten geçiyordu. Demir Bey, bu iki yolda da onun yanında olmayacaktı. Ya da belki olmak da istemiyordu ve Süheyla kendi kendine kuruntularla dolmuştu.

Keşke yapmasaydı. Keşke onu böyle, sanki dünyanın en özel insanlarından biriymiş gibi hissettirmeseydi. Öyle hissetmeye alışık değildi. Alışmak da istemiyordu. Bağımlılık kadar ürkütücü ve vazgeçilmez görünüyordu. Nihayetinde Süheyla da bir kadındı. Daha önce ilgisizliğe alışmış olsa bile...

Adam eğlenceliydi. Kıvrak bir zekâya sahipti. Beraber kaldıkları altı gün içinde sırf zihinlerini yarıştırmak için söz düellosuna girmişlerdi ve çoğunlukla kimin kimi alt ettiği belli olmuyordu. Adam ilgiliydi. Süheyla 'Ah' dese yanında bitiyor, nesi olduğunu öğrenene kadar Süheyla'yı birkaç kez sinir krizlerine sokup çıkarıyordu.

Süheyla, yıllardır üç gün süren regl döneminin sonunda onun hareket etmesine bile olanak vermeyen ağrılarla boğuşuyordu. İki gece önce de bir farklılık olmamıştı. O an oturduğu koltukta cenin pozisyonunda kalmış ve kıpırdayamamıştı. Bunun için onlarca kere doktora gitmesine rağmen otuz yaşından sonra ya da doğum yaptıktan sonra ağrıların azalarak yok olacağını öğrenmişti. Aptalcaydı, ama tamamen gerçekti.

Sancıdan kendinden geçmiş bir halde yatarken, banyosunu yapıp aşağıya inen adam, dizlerinin üzerine çökmüş ve nesi olduğunu sormuştu. Adamın endişeden yüzü sararmış ve bu o kadar acının içinde bile Süheyla'nın şaşırmasına neden olmuştu.

"Bir şey değil, bir-iki saat içinde geçeceğinden emin olduğum bir sancı!"

"Geçeceğini de nereden biliyorsun? Sen doktor musun? Kalk! Hemen doktora gidiyoruz!"

Süheyla, ağrılarının arasında bir de onunla uğraşmak zorunda kaldığı için çileden çıkmış bir bakışla gözlerini ona dikmiş, "Çünkü ben, bu ağrıyı her ay çekiyorum!" diye neredeyse tıslamıştı.

Demir Bey'in yüzünde oluşan şaşkın tepki; hatırladığında bile gülmek istemesine neden oluyordu. "Ne? Bir hastalığın filan mı var?" Çoğunlukla baygın bakan gözleri fincan altlığı kadar açılmış, ardından ürkekçe yutkunmuştu. "Tanıdığım çok iyi doktorlar var..."

Adam, onu iyi edebilmek için yurtdışına çıkmaya karar vermeden önce sözlerini yarıda keserek, "Demir Bey, rahat bırakırsanız regl ağrımı kendi kendime çekmek istiyorum," dedi. Adam gözlerini kırpıştırırken yüzü şaşkın ördek ifadesini almıştı. Ve Süheyla dayanamayıp, "Rahatladınız mı?" diye sormuştu.

"Kesinlikle!"

Ama Süheyla'yı duygusallığın sınırlarında gezdiren daha sonra yaptıklarıydı. İnternetten, regl sancılarına iyi gelebilecek şeyleri araştırmış, ayaklarına kalın olduğu için övdüğü kendi çoraplarını giydirmiş, ona ağrı kesici vermiş, ayaklarının altına sıcak su torbası yerleştirmiş ve üzerine bir battaniye örtmüştü. Ve bunların hepsini Süheyla itiraz edip dururken yapmıştı. İyi gelmişti. Böylesine bir ilgiye boğulmak mı yoksa yaptıklarımı iyi gelmişti bilmiyordu, ama adam yanı başında uyuyakaldığında saatlerce onu izleyecek kadar iyi hissetmişti. Ve Demir Bey o gece, her gece yaptığı gibi Umur'un ölümünün ardında olan isimleri ve adresleri araştırmak için çıkmamıştı.

Her gece gidiyordu. Gece yarısına doğru evden çıkıyor sabaha karşı geliyordu. Süheyla'ya hiçbir bilgi vermediği gibi bundan kaçınıyor gibi de görünüyordu. Süheyla da sormuyordu. Kendisinden zaman istediğinde Süheyla ona söz vermişti. Ama bu söz üç gün için geçerliydi. Ve üç günün süresi dolalı da bir o kadar olmuştu. Onun bilmesine gerek yoktu. Süheyla verdiği sözü tutmuş, üç gün kıpırdamamıştı. Ama kalan günlerde de boş durmamıştı. Her gece Demir Bey'in ardından çıkmış ve Yavuz'un evini kontrole gitmişti. O geceye kadar içeri girmek gibi bir girişimde bulunmamıştı. Çünkü ilk gittiği gece evde neden olduğunu anlamasa da polislerin gezindiğini fark etmişti. O sadece alan kontrolü yapmıştı. Nereden, nasıl eve girebilir, etrafta kamera var mıdır, polisin dışında eve giren olur mu?

Yavuz'un evi sakinliğini koruyordu. Sanki uğursuzluk mahalleye de çökmüş gibi etraf da o kadar sakindi ki, değil bir insan, bir araba motorunun sesini bile duymak mümkün değildi. Ölümün sessizliği tüm alanı sarmıştı. Süheyla da bundan oldukça memnundu.

Ama tüm bunların peşine düşmüşken de kafasının içinde çınlayan bir 'Demir Bey' vardı. Adam, sanki bir virüs gibi hayatının içine sızdığı gibi beyninin ve kalbinin içine de sızmaya çalışıyormuş gibi hissediyordu. Demir Bey -ve elbette onun ardından kendisi- gece yarısı çıkmadan önce kendi köşelerinde bir türlü duramıyorlardı. Mutlaka birlikte yapacakları bir şeyler oluyordu.

Scrabble, satranç ve Demir Bey'in yaptığı çıkartmalar... Ama asla birlikte yemek yapmaya kalkışmıyorlardı!

Süheyla, çıkartmaları gördüğünde içine düştüğü şaşkınlığı unutmuyordu. Adamın elinde gerçek bir yetenek vardı ve çizdiği her şey hayranlık uyandırıcıydı. Ama asıl şaşırtıcı olan son zamanlarda sıklıkla Süheyla'ya dair resimler yapmış olmasıydı. Saçlarının üzerinde kuş yuvası olan Süheyla, karate elbiseleri giymiş ve savunma pozisyonu almış olan öfkeli bir Süheyla, kocaman poposu yanlardan taşmış olan ve sadece bikini giymiş olan bir Süheyla, matruşka bebeği olan Süheyla...

Kendisini çıkartmaların üzerinde görmek ilginçti. Ama eğlendiğini de kabul etmişti. Her ne kadar bikinili olan Süheyla'nın kalçaları biraz canını sıksa da sanatın konuştuğu bir çizim vardı. Demir Bey, Süheyla'ya da öğretmeye çalışmıştı ve sonuç olarak genç kadının beceriksizliğine kahkahalarla gülmüş, kendi yeteneğini yerlere göklere çıkaramamış ve kendi kendinin göğsünü şişirip durmuştu. Süheyla, adam nasılsa kendi kendini övüyor diye çizimleri hakkında tek bir iyi söz söylemediği için de gecenin sonunda kavga etmişlerdi. Yine de gece yarısı evden çıktığında Süheyla'nın karma karışık hissetmesine neden olmayı başarmıştı. Neden onun için bu kadar kendini paralıyordu? Süheyla, bunu anlamıyordu.

Ve şimdi de o anda olduğu kadar karmaşık hissediyordu. Onu karşı ne hissediyordu? Derin bir iç çekti ve bilmediğine karar verdi. Ya da kabul etmek istemiyordu.

Demir Bey, homurdandığında derinlerine gömüldüğü düşünce çukurundan bir anda fırladı. Eldiven konusunda bir şeyler söylemesi gerekiyordu, ama ne söylemesi gerektiğini bilemiyordu. Hâlâ aradığını bulamayan adama, "Ne diyeceğimi bilemiyorum," diye mırıldandı. Ve ne demek istediğini gösterircesine eldivenleri sıkıca kavrayıp havada salladı.

Adam doğruldu. Tek kaşını hoş bir açıyla yukarı kaldırdı. "Genelde teşekkür edilir."

Ah. Kesinlikle haklıydı. "Teşekkür ederim."

"Bir de öpücük verilir."

Süheyla, eldivenleri hemen yanı başına koydu ve gözlerini kitaba dikti. "Havanızı alırsınız."

Demir Bey, homurdandı. Ardından, "Kumandayı gördün mü?" diye sordu.

Genç kadın omuz silkti. "Hayır."

"Ne demek hayır? Sen de bu evde yaşıyorsun."

"Ama televizyon izleyen ben değilim."

Adam hareketsiz kaldı. Süheyla, ona bakana kadar da öyle dikilmeye devam etti. Gözlerini kaldırdığında onun ellerini beline koymuş tehditkâr bir havayla kendisine baktığını gördü. "Ne?"

"Yardım etsen hiç fena olmazdı."

"Niye? Ben televizyon izlemeyeceğim ki!"

"Buna yardımlaşmak deniyor!"

"Hiç duymadım!"

Genç kadın tekrar gözlerini kitaba çevirdi ve okumaya devam etti. Demir Bey, sonunda coşkulu bir ses çıkardı. Yanındaki yerine kuruldu ve tekrar homurdandı. "En azından kahveleri yapsaydın!"

Tekrar ayaklandı ve mutfağa ilerledi. Genç kadın, "Benimkini biliyorsunuz," diye arkasından seslendi. Adamın aniden geriye dönüşünü görmedi, ama kesinlikle sesini duymuştu.

"Aniden hafızamı kaybettim!" diye hırıldadı. "Kıçını kaldır da kendi kahveni kendin yap!"

Sözlerine rağmen Süheyla'nın yine de bir fincan kahve beklentisi vardı, ama adam kendi kahvesini alıp yanına kurulduğunda umutları tamamen soldu.

Ve Demir Bey, gece yarısına doğru tekrar ayaklandı. Bu defa üzerini değiştirmek ve çıkmak için... Süheyla aynı koltukta onun giyinip aşağıya inmesini bekledi. Bu anlarda çok konuşmuyorlardı. Demir Bey, ona çenesiyle peşinden gitmesini ve kapıyı arkasından kilitlemesini işaret ediyor ve Süheyla da buna tamamen uyuyordu.

Demir Bey merdivenlerde göründüğünde işaret etmesini beklemeden ayaklandı. Girişe kadar arkasından ilerledi ve kapıdan çıkmasını bekledi. Ama adam bu defa çıkmadan önce arkasını döndü. Eli genç kadının kıvırcık saçlarına uzandı ve hafifçe karıştırdı. "Uslu kız!" diye fısıldadı.

Süheyla'nın kafasını kurcalayan sözleri değildi. Ona gözlerini devirdiyse de, bakışları konusunda huzursuz olmuştu. Anlık bir şeydi, ama orada adını koyamadığı net bir şey vardı. Adamın gözlerinde bir hüzün mü vardı? Ya da belki de daha derin ve daha başka bir şeydi. Ve Süheyla, onun arkasından kapıya dayanıp derin bir nefes aldığında, onu okuyamadığı anlardan nefret ettiğine karar verdi.

Yarım saat sonra aynı kapıdan üzerini giyinmiş ve yeni eldivenlerini eline geçişmiş olarak çıktı. Üzerinde, içindeki kıyafetleri saklayacak ince, ama uzun bir palto vardı. İçindeyse bedenine yapışan esnek, siyah bir pantolon, siyah bir boğazlı kazak ve yumuşak spor ayakkabıları vardı. Sırtındaki siyah çantayı üzerindeki paltoyu tıkıştırmak ve cep telefonunu, tornavidayı ve feneri koymak için taşıyordu.

Yavuz'un apartmanının bulunduğu birkaç sokak öteden taksiden indi. Araçtan indiğinde keskin soğuk bir an için nefesini kesti ve boğazını bıçak kesmiş gibi hissetmesine neden oldu. Verdiği her nefes beyaz bir bulut gibi havaya yayılıyor, ama hızından dolayı hemen arkasında kalıp dağılıyordu. Adımları duraksamadan hızla Yavuz'un dairesinin binasına doğru ilerledi.

Binayı fark ettiğinde aniden durdu ve her gece beklediği gibi bir başka binanın küçük bahçesinde izleyemeye koyuldu. Kendince verdiği süreye kadar bir müddet bekledi. Hava o kadar soğuktu ki, ince kıyafetlerinin arasından sızıyor, bedenini içine işliyordu. Dişleri takırdarken kolları kendisini sardı ve bedenini hafifçe ovaladı. Ardından, gizlendiği bahçeden çıkıp Yavuz'un binasının bahçesine doğru ilerledi. Küçük apartman bahçesinde ışık almayan birçok kör nokta vardı ve hepsini tek tespit etmişti.

Bodur bir ağacın altında, sırtındaki çantayı hızla kollarından aşağıya sıyırdı. Ardından üzerindeki paltoyu çıkardı ve önce çantadan telefonunu alıp cebine tıkıştırdı. Uzun düz tornavidayı da diğer cebine yerleştirdi. Beresini, saçlarının hepsini içine alacak şekilde kafasına geçirdi. Paltoyu çantasına tıkıştırdı. Ve çantayı bodur ağacın duvar tarafında kalan dibine yerleştirdi. Karanlık siyah çantayı öyle güzel gizlemişti ki, çanta sanki orada değildi. Son olarak feneri de ağzına tıkıştırdı.

Duraksamadan binanın yan cephesine doğru ilerledi. Balkonların hemen yanından aşağıya doğru uzanan gider borularının toprağa uzandığı yerde durdu. Boruyu iki eliyle hafifçe sarsarak sağlamlığını kontrol etti. Ardından boruları duvara sabitleyen kelepçelerden birine tek ayağıyla kuvvetlice bastı. Sağlam görünüyordu. Ellerinden destek alarak kendisini yukarı çekti. İkinci menteşe biraz yüksekte kaldığı için tekrar kendisini yukarı çekerek kısa bir süre sürtündü ve bu arada kaslarının sağlamlığına minnet duydu. Diğer ayağı kelepçeye değdiğinde derin bir nefes aldı ve sağlamca basarak kendisini tekrar yukarı çekti. Yavuz'un dairesine gireceği balkona kadar hiç duraksamadan bu şekilde devam etti. Balkona atladığında hızla eğildi ve dizlerinin üzerinde balkon kapısına doğru ilerledi.

Plastik kapıyı açmak için tornavidayı cebinden çıkardı. Kilidinin olduğu tarafa düz ucu yerleştirdi ve kastırarak açmaya çalıştı. İlk üç başarısız denemesinin ardından sonunda kilit attı ve kapı ardına kadar açıldı.

Ve anında içeriden dışarıya hızla koşan ağır hava yüzüne çarptı. Koku, midesinin kalkmasına ve öğürmesine neden oldu. Kan kokusu artık o kadar ağır bir hâl almıştı ki, ıslak pas kokusu kadar mide bulandırıcıydı. Dizlerinin üzerinde eve gitmeden önce, yerlere kadar uzanan perdenin arasından başını uzattı. İçeride kimse olmadığını bilse bile, korkmaktan kendini alamıyordu. Cesaretli olmak ayrı bir şeydi. Korku, ayrı bir şey! O, korkusuz değildi. Bunun için dizlerinin üzerinde ağır ağır ilerlerken, kalbinin atışını kulaklarının hassaslığını azaltıyor, uğuldaması başına ağrı olarak geri dönüyordu. Süheyla, korkuyordu.

Bu gece eve girmeye niyetlendiği -ve Demir Bey onu duygusal bir insan yapma yolunda azimle ilerlediği için- annesini aramış ve nasıl olduğunu öğrenmişti. Onun için de korkuyordu, ama eğer annesiyle bir problemleri olsaydı o gece Umur'la birlikte onu da kolaylıkla öldürebilirlerdi. Annesi sanki uyku ilacı içmiş gibi tüm gece deliksiz ve hiçbir şey duymadan uyumuştu. Hayır. Umur'u her kim öldürdüyse kendisine de aynı sebepten dokunmak istemiyordu. Öldürmek istedikleri sadece Umur'du ve daha fazlası işleri karıştırmaktan başka bir işe yaramazdı. Ama Süheyla, üstlerine giderek onları huzursuz etmek istiyordu.

Süheyla havanın ve kokunun ağırlığıyla boğuluyor gibi hissettiği sessiz evde ayağa kalktı. Ne nereden başlaması gerektiğini biliyordu ne de ne araması gerektiğini, ama bir yerlerden başlamak zorundaydı. Bunun için önce ağzından feneri çıkardı ve ışık seviyesini azalttıktan sonra yaktı. Gözleri, yön verdiği fenerin ışığını takip ediyordu. Önce salon olduğunu tahmin ettiği odanın içinde şöyle bir dolandı. Bir büfe, karşılıklı iki koltuk, bir yemek masası ve bir de eski bir televizyonluk vardı. Süheyla, ilk olarak büfeye ilerledi. Ve çekmecelerinden birini açtı. Eski bir takvim, bir gazete sayfası -neden kesildiğini anlamak için tüm yazıları tek tek okudu- boş not kâğıtları, kalemler... Süheyla'nın didik didik araştırdığı, ama işine yaramayacak daha birçok şey...

Büfenin diğer çekmecelerini ve elektronik aletlerin bulunduğu alt dolapları da araştırdı. Ama işine yarayacak hiçbir şey bulamadı. Süheyla, bir bilgisayar, tablet ya da benzeri şeyleri arıyordu. Herhangi bir bilgi kırıntısını yakalayabileceği bir şeyler... Ama bu tür materyallerin polisler tarafından götürülmüş olduğuna da emindi. Belki de yanlış zamanda gelmişti.

Salonun ardından yatak odası olduğunu tahmin ettiği iki odayı da araştırdı. Neredeyse saatlerini harcayarak eline geçen tüm kâğıtları okudu, ama işine yaramayan bir sürü bilgi dışında bir şey öğrenememişti. Ve neredeyse kusmak üzereydi. Adamları her kim öldürdüyse mutfakta öldürmüştü.

Çünkü Süheyla, banyo ve tuvalet de dâhil olmak üzere her yeri araştırmaya karar vermişti. Kan mutfak zemininden hole doğru ilerlemiş, belki de temizleyecek kimse olmadığı için de ya da temizlemek istemedikleri için öylece kalmış ve kurumuştu. İğrenç kokuyordu.

Genç kadının midesi asit gibi kaynıyor, boğazına kadar çıkan tükürükleri sürekli yutmak zorunda kalıyordu. Sonunda dayanamadı ve kazağının bir kolunu ağzının ve burnunun üzerine dayayarak araştırmasına öyle devam etti.

Çatal-kaşıkların bulunduğu çekmeceyi üstün kötü arayarak hızla geçti. Ardından ikinci ve üçüncü çekmeceleri açtı. Üçüncü çekmecenin birinde küçük bir defterle karşılaştı. Alışveriş listesi gibi alt alta dizilmiş yazılarla karşılaştığında feneri iyice yazıların üzerine doğrulttu.

Alışveriş listesi değildi. Soyadları olmayan, ama ilçe isimleri yazılı olan ve aşağıya doğru sıralanan listede isimlerin karşısında belirli para miktarları not düşülmüştü. Listenin başında 'Şahin Rent a Car' yazıyordu.

Süheyla isimleri de miktarları da tek tek kontrol etti. Yazı kargacık burgacıktı, ama okunmayacak gibi de değildi. Listenin sonuna doğru isim olmayan ve sadece 'İzmirli' yazan bir sırayla karşılaştı. Bu, kaşlarını derinleşmesine neden oldu. Listeyi tekrar gözden geçirdi. Tüm isimlerin karşısında İstanbul içindeki ilçeler ve semtler vardı. Sadece tek bir İzmir vardı. Genç kadının kasları heyecanla gerilirken, kalbi boğazında atmaya başladı.

Beyni, ona bir şeyleri anlatmak ister gibi tek tük kareler sunuyordu. Süheyla, elinde liste bir süre olduğu yerde durdu. Gözlerini hafifçe kıstı ve tüm bu listenin ona çağrışım yapmak istediği şeyi yakalamaya çalıştı. Ve sonunda buldu. Nefes alışları o kadar hızlanmıştı ki, göğsü aralıksız inip kalkıyor kalp atışları kulaklarında patlıyordu.

Umur, ölümünden kısa bir süre önce kiralık bir arabayla kaza yapmıştı. Süheyla, listeyi yırttı. Ve dikkatlice pantolonunun arka cebine yerleştirdi. Arkasını döndü. Mutfağı, holü ve içeri girdiği salonu hızla geçip, balkona yöneldi. Balkon kapısının kilidini eski yerine çekti ve kapıyı kastırarak tekrar kapadı. Dizlerinin üzerine çöküp balkon korkuluklarına doğru ilerledi.

Tıpkı çıktığı gibi gider borularını sıkıca kavrayarak ve kelepçelere basarak aşağıya doğru indi. Bedeni ve kasları aşağıya atlamak için gerilmişken, iki büyük el belini kavradı. Ve onu aşağıya çekti.

Süheyla'nın kalbi o an için dondu. Gözleri kararırken, korkudan başı dönmeye başlamıştı. Ağzı sanki bir sünger tarafından emilmiş gibi kupkuru oldu. Tüm bedeni sarsılırken, arkasında duran ve onu sıkıca kavrayan beden hafifçe öne eğildi. Beden sıcak hissettirmişti. Bir umutla ve korkudan titreyen bir sesle, "Demir Bey?" diye sordu. Ve onun olması için Allah'a dualar yakarmaya başladı.

Arkasına bakmaya korkuyordu. Heyecanı, önlemlerini almayı tamamen unutmasına neden olmuş ve arkasını kollamamıştı. Arkasındaki beden ona iyice uyaklaştı. Elleri belini daha sıkı kavradı -sanki uyarı verir gibi- ve adamın nefesini kulaklarında hissetti. Kalbi gümledi. O anda, belki de kalbi yüzünden ölecekti. Ve her şey kendisiyle birlikte bir hiç uğruna gömülecekti.

"Ya ben olmasaydım?"

Ses ürkütücüydü. Demir Bey'in sesi öfkeden o kadar titriyordu ki, konuşmakta güçlük çekiyormuş gibi fısıltıyla konuşmuştu. Ama fısıltısı bile kulaklarının ve kalbinin zonklamasına yetmişti. Belki de bir daha düşünmeliydi. Demir Bey'in onu yakalaması belki de diğerlerinin yakalamasından daha kötü bir şeydi. Çünkü ilk defa adamın öfkesinden ötürü dizleri titriyordu. Bu, suçluluk duygusundan mı kaynaklanıyordu bilmiyordu. Ama ödü kopmuştu.

Adam, bir elini çekmeden onun belinden tutmaya devam ederek genç kadını çekiştirmeye başladı. Süheyla, "Çantam," diye mırıldandı. Sesi korkudan birkaç renge ayrılmıştı. Ve adamın dişlerinden gelen gıcırtı sıçramak istemesine neden oldu.

Adam, onu gözlerinin hapsine alarak gitmesine izin verdi. Süheyla, hızla ve utandığı titrek adımlarıyla bodur ağacın altındaki çantasını alıp, kuzu kuzu Demir Bey'in yanına ilerledi.

Tek kelime etmemişti. Ne arabaya bindiklerinde ne de normalin üzerinde bir hızla yolda ilerlediklerinde. Aracın içindeki sessizlik o kadar sinir bozucuydu ki, Süheyla tırnak yemediği halde tırnak yemek istiyordu. Hem de deli gibi! Ona bir açıklama yapmak zorunda olmadığını biliyordu. Bu, onun davasıydı. Peki, neden bu kadar ödü kopmuştu.

Adamın öfkesini arabanın içinde varlığını ortaya seren başka bir beden gibi hissedebiliyordu. Öfkesi hemen aralarında durmuş, sanki Süheyla'ya bakıyor ve geleceği için endişelenmesini söylüyordu.

Evden içeri adım attıklarında Süheyla önce nereye gideceğini bilemedi. Ardından sırf bir şey yapıyor gibi görünmek için mutfağa ilerledi. Tezgâhın üzerinde parıldayan sürahi imdat çağrısına cevap verir gibi parıldadı ve genç kadının adımları sürahiye ilerledi. Sakin ve kayıtsız hareket etmeye çalışıyordu, ama dolaptan bir bardak alıp su doldururken Demir Bey tüm öfkesini ve gözüne daha büyük görünen bedenini de alarak mutfağa girdi.

"Bana söz vermiştin!" Adamın sesi hâlâ titriyordu. Gözlerinde karmakarışık olduğunu anlatan bir ifade ve onun üzerine binen bir öfkeyle kendi gözlerine bakıyordu. İstemese de ürkek bakan gözlerine...

"Üç gün için," diyebilmeyi başardı. Suyu sonuna kadar içti. Ve ondan bir an önce kurtulmak için yanından geçmeyi göze alarak mutfaktan çıkmak için ilerledi.

Adamın parmakları mengene gibi bir kolunu sıkıca kavradı. "Bu, bana verdiğin sözün içinde yoktu."

Süheyla bakışlarını önce adamın eline dikti, ardından gözlerine kaldırdı. "Size söz verdim. Ama süresine kendim karar verdim!"

"Bana yalan söyledin!" diye tısladı genç adam aniden.

Süheyla, geri adım atmayı da altta kalmayı da sevmezdi. Bu, içine kök salmış bir şeydi. Bu yüzden düşünmeden hareket etti. Adamın iyice dibine kadar girdi, çenesini kaldırdı. "Bu, benim yolum! Siz de bu yolun dışındasınız! Hareketlerimden tamamen ben mesulüm ve sizi ilgilendirmez!"

Tekrar gitmeye çakıştı, ama adamın parmakları onu mutfağın içine öyle bir savurdu ki, ne olduğunu anlayamadan kendisini tezgâha çarpmış buldu. Demir Bey, olanca heybetiyle üzerine doğru geldi. Bedenini tezgâh ve o koca bedeni arasında sıkıştırdı. Elleri onun yanlarından tezgâha uzandı ve orada öylece kalıp, Süheyla'yı tamamen sıkıştırdı.

"Neler hissettiğimden haberin var mı? Senin nerede olduğunu düşünürken, başının hangi belanın içinde olduğu hakkında kafamda türü sahneler geçerken neler çektiğimden haberin var mı?" Bir eli havaya kalktı, tekrar sertçe ve gürültüyle tezgâha indi. "Senin nerede olabileceğini düşünürken arka arkaya kaç tane sigara içtiğimden haberin var mı?"

Bu. İşte bu, Süheyla'nın adamın neler hissettiğini anlamasına yetmişti. Kendine günde bir tane sigara içme şansı tanıyan ve bunu bir ritüel haline getirerek kendi kurallarını çiğnemeyen bir adam için arka arkaya sigaralar tüketmek... Gerçekten aşırı derecede endişeli olduğu anlamına gelirdi. Süheyla'ya gerçekten çok fazla değer verdiği anlamına gelirdi. Onu korumak isterken gerçekten korumak istediği anlamına gelirdi. Adam bu işin içine canı sıkıldı diye ve bir oyun gibi düşündüğü için değil, tamamen Süheyla yüzünden girmişti. Bu, Süheyla'nın iteleyip durduğu aşkı belki de gün yüzüne çıkarması gerektiği anlamına gelirdi. Ona söylemezdi. Ama en azından ona duyduğu aşkı kendi kabullenebilirdi. O, âşık olmasa da olurdu. Süheyla'yı bu kadar sevse de yeterdi. Süheyla, içinde devleşmeye doğru sağlam adımlar atan aşkını belki de rahatlıkla yaşayabilirdi. Korkmadan, zarar geleceğinden endişe etmeden... Onu aldatmayacağına emin olarak...

Adam, "Korkudan ne hale geldiğimden haberin var mı?" diye fısıldadı.

Süheyla, hıçkırır gibi bir nefes aldı. Ve o da fısıldadı. "Artık var."

Demir Bey'in hareketi beklenmedikti. Ama bu beklenmedik öpücüklerinden değildi. Adamın dudakları kendi dudaklarını sertçe, cezalandırırcasına ve öfkeyle kendi dudaklarını hapsetmişken, elleri genç kadının belini kavradı. Onu sıkıca tutup, dudaklarından ayrılmadan tezgâhın üzerine oturttu ve sıkıca bedenine dolandı.

Süheyla'nın ona verdiği cevap nazsız, itirazsızdı. Adam ne kadar istiyorsa, o da aynı derecede dudaklarının çağrısına cevap veriyordu ve belki de aynı derecede talepkâr davranıyordu. Adamın elleri sırtından yukarı çıktı. Tekrar aşağıya indi ve yanlarından öne doğru ilerledi.

Elleri usulca yüzüne tırmanırken, dudakları genç kadının alt dudağını kavradı, ısırdı ve çekiştirdi. Parmakları kıvırcık saçlarının arasına dalarken dudaklarını aniden çekti ve alnını alnına dayadı.

"Bana ne yaptığından haberin var mı?"

## Bölüm 14

Eğer her hissin kendine ait bir rengi olsaydı, Demir gökkuşağı gibi parlıyor olurdu. Belki kan kırmızısı bir aşk ve katran karası bir tutku son zamanlarda bedenindeki en yoğun renklerdi. Ama bir saat öncesinde korku ve gözü dönmüş bir öfkeyle boğuşuyordu. Saatler öncesinde ise onu yiyip bitiren bir suçluluk duygusu ve vicdan muhasebesinin içine düşmüştü. Süheyla'nın, ona ne yaptığından haberi var mıydı?

Kadın, Demir'i atlıkarıncaya bindirip korku tüneline sokmuş, ardından ayaklarına halatları bağlayıp yüksekten atarak bungee jumping yaptırmıştı. Muhtemelen kadının bunların hiçbirinden haberi yoktu. İşin ilginç yanı Demir bu durumdan da hoşlanıyordu. Demir'in, Süheyla'yla ilgili hoşlanmadığı bir şey var mıydı? Onu sıradan biri olarak düşünen kişi gerçekten Demir miydi? Süheyla böyle basitçe kanına nasıl işlemişti? Kadın kanının içindeydi. Damarlarında fink atıyordu. Kalbinin orta yerine salıncak kurmuş, elinde kahvesi o ciddi gülümsemesiyle tek kaşını kaldırmış Demir'e bakıyordu.

İki saat öncesine kadar da suçluluk duygusu midesinin asit gibi yanmasına neden olmuştu. Aracının içinde amaçsızca oradan oraya savrulurken kendini bir bilye kadar ufalmış hissediyordu. Ona yalan söylüyordu. Süheyla'nın verdiği sözü tutmasını beklerken, kendi sözlerini tutamıyordu. Oysa Demir verdiği sözleri tutardı. Arkasından iş çeviriyordu. Yaptığı manevrayla kısa süre sonra duvara toslayacağını biliyordu. Süheyla tanıdığı en zeki insanlardandı ve bir gün nasılsa Demir'i bekleyip durmaktan sıkılacak ve kurcalayacaktı. Ve öğrendiğinde Süheyla gibi yapacaktı. Ne ona öfkeli sözler söyleyecek ne de onu özellikle kızdırdığında kimi zaman yaptığı gibi dirseğini boşluğuna geçirecekti. Gözlerini ona dikecek, minik bir dudak hareketiyle sözlere gerek duymadan dünyayı Demir'in başına yıkacak, yerle bir edecekti. Çünkü Sü... öyleydi.

Hangisinin daha çok acıtacağından emin değildi. Süheyla'yı yamyamların arasına atıp çiğ çiğ yemelerine göz yummak mı, yoksa onun bakışlarının altında ezilip onu her şekilde sonsuza kadar kaybetmek mi? Demir daha önce âşık olmamıştı. Derin bir sevgi ve bağlılık yaşamıştı, çünkü tek eşlilikten hoşlanan bir adamdı. Ama aşk... Aşk çok boktan bir şeydi. Sanki göremediği biri onunla alay etmek için yuları boynuna bağlamış, düşüncelerinin ve hislerinin özgürlüğünü elinden almıştı.

Süheyla'nın İstanbul'a neden geldiğini biliyordu. Ona yardım edeceğine söz vermişti. Ve ediyordu da! Ama şimdi ona bulduğu bilgileri vermek istemiyordu. Kendi kendini avuttuğu tek şey; öğrendikleri henüz hiçbir şey için yeterli değildi. Ama anlaşmalarına göre bilgileri ona vermek zorundaydı ve Demir bunu istemiyordu. Sü, bu bilgileri bilmesin, onların peşinden koşmasın, tehlikeye girmesin... Sü'nün tırnağına bile zarar gelmesin! Demir'in yanında kalsın.

Hoş... Yanında kalmasını sağlamakla eline ne geçecekti onu da bilmiyordu. Bildiği tek şey onu yanında istiyordu. Canı yanmasın istiyordu. Onu ilgiye boğup, bu ilginin karşısında gözlerinde beliren şaşkınlığı izlemek istiyordu. Onu şaşırtmaktan keyif almak istiyordu. Ona olan arzusunu her fırsatta dile getirip kendi kendini cendereye soksa da, onun gözlerinde gördüğü karşılığın Süheyla'nın yanaklarını kızartmasını istiyordu.

Demir katıksız bir sadist ve en ağır mazoşistlerdendi! İçinde bir manyak yaşıyor olmalıydı. Yoksa hangi mantıklı insan kendi kendini çözümü olmayan bir karmaşıklığın içine sokardı? Sonu başından belli olduğu halde dut gibi âşık olmayı hangi normal insan göze alırdı? Ya da belki aşkın kendisi sadistti ve Demir zavallı bir kurbandı.

Aslında ona âşık olduğu saniyeyi de çok net hatırlıyordu. Günüyle birlikte saatini bile söyleyebilirdi. Sadece kabullenmesi biraz uzun sürmüştü. Birahanede yalancı bir sarhoşlukla kur yapmaya çalıştığı ve heyecanla yüzü parıldadığı an Süheyla'ya âşık olmuştu. Ve o andan sonra kadına karşı her şekilde doyumu olmayan bir açlık başlamıştı. Geri dönmesi gerektiğini biliyordu. Attığı her adımda kendi başını yaktığını da biliyordu, ama bu adım atmasını engellememişti. Süheyla'ya atılan adımların en basiti bile katıksız zevkti!

Fotoğraf zihnindeki yerini sağlamlaştırıp, kalbindeki aşkın usul usul demlenmesini sağlarken geleceğin manzarasına bakmaktan kaçınmıştı. Gerçeğin orada durduğunu bilip, görmezden gelmeye çalışmak sandığı kadar zor da olmamıştı. Çünkü Süheyla'nın yanında dünyanın kalanını dışarıda bırakmak kolaydı.

Çocuksuluktu onunki... En basit şekliyle abur cubur yediğinde dişlerinin çürüyeceğini söyleyen anneye inat gizli gizli aşırmaktı. Sorun, zaten hasarlı olan kalbi bu çürümeyi kaldırabilir miydi? Bilmiyordu. İnsan kadar kendi kendini kandırabilen bir aciz daha yoktu.

Ve ne yapacağını eve girip de Süheyla'yı bulamadığı âna kadar bilmiyordu. Demir, ona verdiği sözü elbette tutacaktı. Ama korkudan aklını yediği o dakikalarda bu işi Süheyla'nın yerine yapabileceğine karar vermişti. Sonuçta istediği kardeşinin ölümünü kimin, neden istediğini bulmak ve aynı şekilde cezalandırılmasını sağlamaktı. Ve Demir, ona bunu sunacaktı. Kendi gözetiminde! Sonunda elinde ne yapacağını bilemediği bir aşkla kalakalacağını biliyordu. Ama sonrasına sonra bakacaktı.

O saniye ise Demir'in aklında bu karmaşık düşüncelerden eser yoktu. Arzudan kararan ve erimiş bitter çikolataya benzeyen gözlerine bakıyordu. Parmakları çirkin, kıvırcık saçların temasını sevmiş gibi yumuşak dokunuşundan ayrı bir haz alırken, dudaklarının kendi dudaklarında bıraktığı tadı tekrar duyumsamak için dilini hafifçe dudaklarının üzerinde gezdirdi. Gözleri kısa bir an kadının tezgâhı sıkıca kavramış ellerine kaydı. Ve tekrar kadının

yoğun bakışlarıyla buluştu. Göz kapakları yarıya iner ve gözleri kısılırken, "Benim sana hediye ettiğim eldivenleri suçuna ortak ettiğine inanamıyorum!" diye tısladı. "Onların ne günahı vardı?"
Kadın tam da Süheyla'lık bir tavırla omuz silkti. "Sıcaklardı."
Demir güldü. Elleri saçlarından aşağıya, omuzlarına kaydı. Oradan kadının bedeninin hafifçe titremesine neden olarak kollarından bileklerine... Ve iki bileğini de sıkıca kavrayıp havaya kaldırdı. Eldivenli elleri yüzünün hemen ötesinde duruyordu. Başını hafifçe eğdi. Dudaklarını gerdi ve serçe parmağını ısırarak yukarı çekti. Onun, içine çektiği sert solukla gözlerini tekrar kaldırarak şaşkın gözlerine baktı. Enfes görünüyordu. Teker teker tüm parmakları çekti ve eldiveni elinden çıkarıp, tezgâhın üzerine attı. Ve ardından diğer eline geçmeden önce ona kısa bir bakış daha attı ve bakışları onda kaldı. Şaşkın, halinden memnun ve tutkulu görünüyordu. Diğer eldiven de kısa sürede arkadaşının yanına ulaştı. Demir, ona ne zaman uzandığını bilmiyordu, ama kısa bir öpücükle dudaklarını birleştirip hızla geri çekildi.

Yetmemişti. Biliyordu. Ona da yetmemişti. Çünkü bakışları sabırsız ve azarlayıcıydı. Süheyla buydu! Ciddi, ne istediğini bilen... Demir kıkırdadı. Boğuk kıkırtısı kulaklarına çok uzaklardan ulaşıyormuş gibi geldi. Sanki cam bir fanusun içindeydiler ve Demir kendilerini uzaktan izliyormuş gibi... Beynin nasıl uyuştuğunu biliyordu. Bunu tatmıştı. Ama bu başka bir uyuşukluktu. Mantık zaten süresiz izne ayrılmıştı, ama dokunuşunun ve onu dokunuyor olmanın yarattığı hissi tanımlamak zordu. İstemek... Bu basit kaçıyordu. İstemenin ötesinde bir şey, bir zorunluluk, bir ihtiyaç, onu tamamlayacağına emin olduğu bir şey! Ama ne olduğunu bilmiyordu.

Her neyse... Zaten o anda kendisini beyni yönetmiyordu. Bedeni kendi istekleri doğrultusunda Demir'den bağımsızca hareket ediyordu. Bunun için onun üzerine tekrar ne zaman eğildiğini hatırlamıyordu. Göğsünden çıkan inleme ve gürleme arası sesi de bunun için yabancılamıştı. Süheyla'nın bir eli saçlarını sıkıca kavradığında gözleri de istemsizce kapanmıştı. Kahretsin! Bunu kadını seviyordu. Başka bir şekilde seviyordu. O başkanın nasıl olduğunu bilmiyordu ve yumruğu büyüklüğündeki kalbinin bu yoğun duygunun altından nasıl kalkacağından emin değildi. Belki de bir gün fazla gelir ve patlardı. Sorun değildi! Demir, onu sevmeyi de sevmişti.

Süheyla'nın ayakları beline dolandı. Dudakları nefes almak için bile aralanmazken, genç kadının belini iki eliyle birden sıkıca kavradı ve onu mutfak masasının üzerine taşıdı. Elleri belinden aşağıya kayıp kalçasını buldu ve bedenleri arasında boşluk kalmaması için kendisine doğru çekti. Süheyla'nın dudaklarından inlemeyle birlikte çıkan soluğu kendi ciğerlerine çekti. Parmakları tenini tekrar hissetmek için kazağının altından yukarı doğru tırmandığında başı dönmeye başladı. Bedeni diri, ama aynı zamanda yumuşaktı da... Ve dokunuşun inanılmaz bir tadı vardı. Dilinde daha önce duyumsamadığı bir tat bırakıyordu. Tıpkı dudaklarının bıraktığı tat gibi...

Elleri sutyeninin kopçasına doğru ilerledi. Parmakları onu utandırmadan kopçayı hızla açtı. Demir, özgür kalan yuvarlakların avucunda nasıl hissettireceğini öğrenmenin heyecanıyla ellerini bedeninin önüne doğru usulca gezdirdi. Kadının teni dokunuşunun altında titrerken Demir'in içinde köklü bir sarsıntı oldu.

Demir, çoğu kadının kendisinden etkilendiğini biliyordu. Biraz da kimseyi istemediği herkesçe fark edildiği için davetlerde kendini bir ödül gibi görmekten alamıyordu. Eğer aklını çelen olursa diğerlerinin arasında büyük süksesi olurdu. Bu çirkindi. Bunu biliyor olmak ve o yüzlere karşı nazikçe gülümsemek zorunda olmak daha çirkindi. Ve çoğu zaman gülümsemeyi beceremediği için kaba olarak anılıyordu. Umurunda değildi. Ama Sü'nün onu arzuladığını bilmek, dokunuşundan hoşlandığını görmek... Göğsünün sıkışmasına neden olan bir gurur veriyordu. Onun gibi bir kadının kendisini istediğini bilmek Demir'i dünyanın en özel adamıymış gibi hissettiriyordu. Çünkü Süheyla özel bir kadındı. Ve bunu fark edebilen nadir insanlardan olduğu için şanslıydı.

Dudaklarını, dolgun alt dudağından zorlukla kopardı ve küçük dokunuşlarla çenesine doğru kaydı. Aynı anda bir eli göğsünü hafifçe okşarken, girdiği o uyuşuk ve aynı zamanda canlı dünyanın içinde kadının hoş kıkırtısını duydu. Kulaklarını tatlı bir çınlamayla dolduran bu kıkırtıyla başını kaldırıp gözlerini onun erimiş bitter çikolatalarına dikti.

"Ne?" diye fısıldadı.

Kadın, önemsiz der gibi başını salladı. Demir, alnını alnına dayadı. "Ne?" diye tekrar fısıldadı.

"Sakalın!"

"Senin için keserim."

Demir, kirli sakalı severdi. Üniversiteden beri sinekkaydı bir tıraş yaptığını hatırlamıyordu. Emel de sakalından ara sıra şikâyet ederdi. Ama Demir kesmeye hiç yanaşmamıştı.

Bedeni dondu. Öylesine katılaşmıştı ki, karşısındaki bünye bir şeylerin ters gittiğini anlayarak hafifçe geriye çekildi. Büyü bozuldu. Sadece birkaç saniye önce söylenilen bir kelimeyle Demir'in zihni yıllar öncesine dönüş yaptı.

'Sakalın!' demişti o da... Demir de itiraz etmişti. Yanmış gibi ellerini Süheyla'nın bedeninden hızla çekti. Bakışları gözlerine kilitlenmiş bir halde geriye doğru sendeleyerek bir adım attı. Kadın durumu anlamaya çalışırken kaşlarını derince çatmıştı. Ona kaygıyla, merakla ve şüpheyle bakıyordu. Yanakları beyaz teninin üzerine yayılan tatlı bir pembelikte, gözleri arzudan hâlâ buğulu, dudakları Demir'in ilgisiyle berelenmiş... Güzel görünüyordu. Demir'in içini de dışını da yakacak kadar güzel görünüyordu. Geriye doğru bir adım daha attı. Yoksa adımları hep ileriye dönük olacaktı. "Özür dilerim!" Kendi fısıltısı kulaklarına aciz gelmişti. Karanlık, hüzün yüklü, pişman ve kahredici...

"Özür dilerim."

Bocalıyordu. Yanında kalmak istiyordu. Ama uzaklaşması gerekiyordu. Daha önce yapması gerektiği ama yapamadığı gibi... Körce atılan adımları hızla salonu buldu. Başını ellerinin arasına aldı ve sıkılı dişlerinin arasından tısladı. Bu cenderenin içine bile isteye atlamıştı. Ama şimdi Süheyla'ya da kızıyordu. Onu kendisine neden böylesine geri dönülmesi olmayan bir şekilde âşık etmişti? Neden o kadar farklı olmak zorundaydı ve neden Demir'i kendisine süratle çekmişti?

Demir neden çocukça bir oyun oynayıp sevgilisinin ve bebeğinin ölümüne neden olmuştu? Neden ölmek üzere olan bir insana yemin etmişti? Neden her zaman yanlış yapmak zorundaydı? Belki de Demir yanlışların adamıydı. Çünkü doğru düzgün yaşamayı bir türlü beceremiyordu.

Kendini usulca koltuklardan birine bıraktı. Bedeninde yarım kalan arzuların sertliğini taşıyor ve kasları sancıyordu. Ama daha çok sancıyan bir şey vardı. Kalbi. Ağrıyordu. Ağlamak isteyeceği kadar ağrıyordu. Demir uçurumdan atlamak istemişti. Süheyla'nın da elini tutup yanına çekmişti. Ama boşlukta savrulurken Demir onun elini bırakmıştı. Adi bir pislikti.

Mutfaktan hole uzanan ışığın içinde bir karaltı belirdi. Eğer başka bir kadın olsaydı utanır ve ne yapacağını bilemezdi. Ama Süheyla farklıydı. Hesap soracaktı. Ona bakmadı. Kararlı, bilinçli adım seslerini dinledi. Biraz önce sonsuza kadar tapınmaktan sıkılmayacağını düşündüğü bedeni birkaç adım ötesinde durdu. Derin bir soluk aldı. Soluk alışında bile bir Süheyla'lık vardı. Ve karşısındaki koltuğun koluna oturduğunda, Demir gözlerini kaldırıp sorgulayan bakışlarına karşılık verdi.

Süheyla, "Evet?" diye sordu. Her zaman açık ve net! Biraz önce Demir'in çekiştirip formunu bozduğu kazak oldukça düzgündü ve kopçasını açtığı sutyen yerine takılmış gibi görünüyordu. Sanki savunma pozisyonu alır gibi kollarını göğsünde kavuşturdu. Ama sesindeki kırıklığı saklayamamıştı. Demir'in göğsüne saplanan bir kırıklık...

Derin bir nefes alma ihtiyacı hissetti, ama ne kadar hava çekerse çeksin ciğerlerinin isteğini karşılayamadı. Konuşmaktan, düşünmekten ve anlatmaktan sakındığı konuyu kelimelere dökebilmek güçtü. Belki başka bir insan için unutulabilir ve alışılabilir bir şeydi, ama Demir için asla değildi. "Verdiğin sözleri tutar mısın?" diye sordu. Sesi boğuk çıkmıştı. Hâlâ o tutku girdabının içinde debelenip durduğu için mi, yoksa anlatacaklarının Süheyla tarafından nasıl karşılanacağının kaygısından dolayı mıydı, bilmiyordu.

Süheyla'nın sırtı dikleşti. Yüz ifadesine baktığında şaşkınlığını da net olarak görüyordu. Ama bu, onun yüzünde sevdiği türden bir şaşkınlık değildi. "Elimden geldiğince," diye karşılık verdi.

"Ölmek üzere olan birine ettiğin yemini tutar mıydın?"

Süheyla'nın başı yana eğildi. Sanki nereye varmaya çalışacağını saptamaya, bir tahmin yürütmeye çalışıyordu. Dürüstçe, "Bilmiyorum," diye karşılık verdi.

Demir, onca karmaşanın içinde gülmek istedi. Ancak Süheyla böylesine bir cevap verebilirdi. "Ben tutuyorum."

"Demir Bey, nereye varmaya çalışıyorsunuz?" Sesinin tınısına bıkkınlık ve öfke karışmıştı. Haklıydı. Demir, onun elini bırakmış ve savrulmasına izin vermişti.

Genç adam, "Hâlâ mı 'Demir Bey'?" diye sordu. Bu soru dudaklarından tamamen bilinçsizce dökülmüştü. Belki düşünmemişti bile. Soru kendine bile o kadar saçma gelmişti ki, Süheyla'nın vereceği her tepkiye razıydı.

Yine, o benzersiz ciddiyetiyle cevap verdi. "Aşmak istediğim sınırların sonunda belirsizlik varsa, mesafeyi belirleyen sınır çizgisini çekmeyi severim."

Demir daha fazla kaçamayacağını da uzatamayacağını da biliyordu. "Üniversitede bir sevgilim ve oldukça iyi giden bir ilişkimiz vardı. Adı, Emel'di. Abim, onu severdi. Onun ailesi de beni severdi. İlişkimizi resmiyete dökmemiştik, ama herkes için gelecekleri evlilikle noktalanacak bir çifttik. Ölmeden on dakika önce benden bir çocuk beklediğini öğrendim." Susup, dudaklarını yaladı. Neden her düşündüğünde aynı anları yaşamak zorundaydı? Neden her kelimesinde gözlerinin önünde o sahne canlanıyordu? Bir gün içini oyan bu anıdan kurtulacak mıydı? Süheyla, tepkisizce ona bakıyordu. Bu... can sıkıcıydı. O sakinlik, soğukkanlılık... "Hastalıktan filan ölmedi. Ona karşı oynadığım ergen usulü bir oyunun sonunda, mantığı onu terk edene kadar içip sarhoş oldu. Hamile olduğunu bilmiyordum." Demir, nefes alışlarının hızlandığının ve sesinin giderek sertleştiğinin farkında değildi. "Eğer bilseydim... İçmesine engel olurdum. Eğer bilseydim, gözlerinin önünde başka bir kadınla fingirdeşmeye kalkmaz, onun konuşma isteğini onlarca kere geri çevirmezdim. Eğer bilseydim... Gözlerimin önünde bedeninin parçalanışını izlemek zorunda kalmazdım!"

Demir'in elleri yüzünü buldu ve sertçe ovuşturdu. Sanki Süheyla başının tepesine bir lamba çekerek onu sorgu sandalyesine oturtmuş ve o da kendini aklamaya çalışıyormuş gibi hissediyordu. Ama kadının bakışları o kadar sabitti ki... "Ona bir yüzük almıştım. Tüm arkadaşlarına tek tek gösterip, yüzüğü beğenip beğenmeyeceğini soruşturmuştum. Hepsi yüzüğü beğenmişti, ama yüzlerinde o kadar acıma dolu bir ifade vardı ki... Aptal değildim. Bir şeylerin ters gittiğini anlamıştım. Yapacağım sürpriz nişanın tüm hazırlıklarını durdurdum ve direkt ona sordum. Beni sevdiğini, benimle bir gelecek hayalinin her zaman olduğunu, ama İsviçre'de bir bankada çok iyi bir iş fırsatı yakaladığını anlattı."

Genç adamın elleri yumruk oldu. Emel'in suçlu bir ifadeyle karşısında durduğu o anda hissettiği öfkeyi çok net hatırlıyordu. "Beş yıl gibi bir süre için gidecekti. Ona kızdım. Haber o kadar eskiydi ki, benim ve abimin dışında herkesin haberi vardı. Belki de en çok bu duruma öfkelenmiştim. Ona, ya işten ya da benden vazgeçmesini söyledim." Dudağının bir kenarı kendisiyle alay eder gibi hafifçe yukarı kıvrıldı. Gözlerini yine Süheyla'nın sabit gözlerine dikti. "Benden vazgeçti."

Kısa bir süre ifadesini izledi ve yorum yapmasını bekledi. Çünkü kendi içinde çözümleme yapıyormuş gibi tek kaşı hafifçe yukarı kalkmıştı. Ama dudaklarından tek kelime çıkmadı. "Sanırım gururum tahmin ettiğimden çok daha fazla yara almıştı. Ben de onun canını yakmak istedim. Kendimi nerede görüyordum bilmiyordum, ama kaybettiği şeyi görmesini istedim. Hiçbir zaman parti adamı olmadım. Ama ilk defa çılgın bir partinin organizasyonunu üstlendim. Onu davet ettim ve o da geldi. Mutlu görünmüştü. Heyecanlı görünüyordu. Yüzü çok canlıydı. Ve ondaki bu canlılığı farklı yorumladım. Benimle konuşma girişimlerini nazik bir şekilde geri çevirdim. Ve yapılabilecek en basit şeyi yaparak..." Demir yutkundu. O kadar saçma ve çocukçaydı ki, düşünmekten utanıyorken sözlere nasıl dökeceğini bilemiyordu. "Nefret ettiği ve bana kur yapıp duran bir kızla tek gecelik bir ilişki başlattım. Ve tüm gece kızı sömürüp dururken, Emel'in kadeh kadeh içkiyi yuvarlamasını izledim. Emel, yanında bir arkadaşıyla partiden ayrıldı. Başka bir arkadaşı da yanıma gelmek için o ânı seçti. Emel, gitmekten vazgeçmişti. Çünkü hamileydi. Düşünmeden arkasından koştum. Beni gördü ve neden olduğunu hâlâ çözemediğim bir şekilde kaçmaya çalıştı. Arkasından koştum. Ona seslendim. Keşke seslenmeseydim. Sesim ona ulaştığında çoktan caddeye çıkmıştı... Döndü. Bana baktı."

Demir daha fazlası için yitip giden sesini bir yerlerden bulup çıkarması gerektiğini biliyordu. Uzun süre sessiz kaldı, çünkü boğazının gerginliği nefes almasını bile neredeyse olanaksız kılıyordu. Ama garip bir şekilde konuşmak istiyordu. Hiç... o geceyi hiç kimseye anlatmamıştı. Birileri bir şekilde bir şeyler biliyordu. Çünkü onların ardından koşanlar tanık olmuşlardı. "Sonra bir anda havaya uçtu. Ona çarpan aracın üzerine düştü ve oradan yere... Kırılan kaburgaları bedenini delip geçmişti. Her yerde kan vardı. Bilinçaltıma öyle bir yerleşmiş ki, her gece rüyamda aynı anları yaşayıp duruyorum. O günkü kadar canlı ve gerçek... Bana, 'Hep benim ol' dedi ve ben de ona yemin ettim. Ama bunların hiçbiri önemli değil! O, bir insandı ve ölümüne ben sebep oldum. Yok yere bir oyunla yaşamını elinden aldım. Muhasebesi yok. Vicdanımın elleri her an yakamda beni boğazlıyor. Annesini gördükçe, bana 'kızımı sen öldürdün' der gibi baktıkça ölmek için çok çaba sarf ettim. Ölüm bazen öyle tatlı fısıldıyordu ki, insanın canı çekiyordu. Ama görünen o ki kendimi öldürebilmek konusunda beceriksizim. Ben bir insanı öldürdüm. Ve onunla birlikte bebeğimi de öldürdüm. Sebep olmak ve yapmak arasındaki çizgi öylesine belirsiz ki... Fark yok. Onun için yapabileceğim tek şey verdiğim sözü tutmak. Bunu başarmıştım. Sana kadar..."

Süheyla duru ve renksiz bir sesle, "Beni mi suçluyorsunuz?" diye sordu.

Demir'in kendisinden başka suçlayacağı kimse yoktu. Ama ister istemez onu da suçluyordu. "Kısmen!" diye mırıldandı.

İnanamazmış gibi başını iki yana salladı. Demir'in gözleri onun bedenine kilitlenmişti. Kadın ayaklandı. Demir içindeki birikmiş zehri ilk defa birine akıtmıştı. Ve o, tek kelime etmeden gidiyordu. "Bir şey söylemeyecek misin?"

Süheyla durdu. Birkaç uzun saniye boyu öylece dikildi. Ardından omzunun üzerinden baktı. "Ben bilirdim."

"Neyi?" Demir de ayaklandı. Ama yanına gitmeye cesareti yoktu. Süheyla, kendisinin de sıkça söylediği gibi duygusal bir insan değildi, ama duygusuz da değildi. Onu kırmıştı. Fazlasıyla. Çoğu insanı kırdığı gibi... Kırdığı pek çok insanın gönlünü almayı hiç düşünmemişti. Hepsi arkasında kalmış, ardından birer birer Demir'i terk etmişti. Ya da belki Demir, onları terk etmişti. Tek tük arkadaşı dışında hayatında var olan bir tek abisi vardı. Zaten onu da sıklıkla kırmayı bir görev haline getirmişti. Ama Süheyla'dan af dilemek istiyordu. Demir'i affedene kadar ondan af dilemek istiyordu.

"Eğer sizin sevgiliniz ben olsaydım... Oyun oynadığınızı bilirdim."

Süheyla ve sözleri... Süheyla ve baktığı açının her zaman kör noktayı yakalaması... Süheyla ve Demir'i her zaman birkaç sözcükle her yerinden on ikiden vurması... Demir içindeki aşkın boyut atladığını hissetti. Aşkın katları ve daha fazlası var mıydı, emin değildi. Ama öyle hissediyordu. Ve hâlâ bu aşkla ne yapacağını bilmiyordu.

―✧―

Boşluk. O an hissettiği tek şey boşluktu. Sadece kısa bir an için bile olsa tüm hedeflerinden, amacından, belki kardeşinin acısından bile vazgeçtiği bir boşluğun içine düşmüştü. Uyuşmak gibiydi. Üzerine oturup kan dolaşımını yavaşlattığında ayağını nasıl hissetmiyorsa beyninin üzerine de oturmuş ve tüm bağlantıları kesilmiş gibi hissediyordu. Ve sonra karıncalanma başlamıştı.

Adamın sert ve hoş kokulu bedeni, bedeninden ayrıldığında hissettiği soğuk tenini ürpertmişti.

Sıcaklığı, tadı, dokunuşunun hissettirdikleri öyle güzeldi ki, insan bir ömür ona bağımlı kalabilirdi. Ve sonra bir anda geri çekilerek Süheyla'yı uçurumdan aşağıya atmıştı. O an yalnız kalmak; aniden düşmek gibiydi.

Uyumadan rüya görmek... Ya da belki en doğru tanımlama; halüsinasyon görmek gibiydi. İçinde kaybolmaktan zevk alacağı kadar yoğun yaşamak ve bir an sonra dibi görünmeyen bir boşluğa düşmek. Göremediği için düşüşü ve çakılması da ani olmuştu. Sersemleticiydi.

Onu, kırgınlık ve pişmanlık dolu gözlerini ardından bırakarak merdivenleri usul usul çıktı. O gözlerde koyu ve yoğun başka şeyler de vardı, ama çözmeye uğraşmak için zihnini yormayacaktı.

Bir şekilde anlıyordu. Empati kuramıyor olabilirdi, ama onu anlıyordu. Suçluluk duygusu ve vicdan muhasebesi insanın hücrelerine kadar yerleşen ve ömrünün sonuna kadar orada kalacak olan iki illetti. Attığın her adımda yanı başında durur ve sana yön verirdi. Bu konuda adama kızamıyordu. Kendine göre haklı nedenleri vardı.

Ama öfkesine de dur diyemiyordu. Ona belki de tek şey için kızıyordu. Süheyla'ya karşı hep yalancı adımlar atmıştı. Sonu başından belli olduğu halde tüm silahlarını kuşanarak hücum etmiş, Süheyla'yı vurmayı başarmıştı.

Süheyla'nın içten içe verdiği savaşta beyaz bayrağı çektiği günse son kurşunu kalbine sıkmıştı. Adamın kafasını gözünü dağıtmak istiyordu. Yine aldatılmışlık hissiyle dolmuştu. O anda canı yanmıyor olabilirdi, ama karıncalanma çoktan başlamıştı ve bir şekilde acısını daha sonra derinden çekeceğini biliyordu.

Adama âşık olmak zorunda mıydı? Eğer âşık olmuş olmasaydı durumun üzerinde durmaz, ondan gelecek yardımları kabul eder ve sonunda kıçına tekmeyi basardı. Gel gör ki, nasıl becerdiyse asıl kendi kendinin kıçını tekmelemişti.

Emel denen sürtüğe de kızıyordu. Ölmüş olması umurunda değildi. Muhtemelen hamile olduğunu anlamasaydı, onun yanında kalmaya karar vermeyecekti.

Daha adamı tanımıyordu bile! Süheyla, onun oyun oynadığını bilirdi. O kadar açık bir gerçekti ki, kadına üzülemiyordu. Eğer Emel'in yerinde kendisi olsaydı, adamın fingirdeştiğini söylediği kadını saçından tutup kapı dışarı atardı. Demir Bey, itiraz ettiğinde onun da hakkından gelirdi. Emel, daha onu sahiplenememişti bile!

Adamın hayatını mahvetmişti. Dolaylı yoldan Süheyla'ya da okkalı bir tokat atmıştı. Daha sonra çekmek için sakladığı acılar, sonunda onu boğar mıydı? Biliyordu. Kendi yolunda bir başkası için yer yoktu. Ama bencilce, kısa bir an onu yaşamak istemişti. İstediği o kadar az şey vardı ki... Çok görülmeyeceğini sanmıştı. Yine, çılgın gibi ağlayabilmeyi diledi. Nerede olduğunu bilmediği bu gözyaşlarının bir gün tamamen zamansız bir şekilde çıkıp geleceğinden ürküyordu.

Odasına girdi ve kapıyı usulca kapadı. Ne yapacağını düşünmüyordu. Ne yapacağını biliyordu. Adamdan olabildiğince uzağa gidecekti. Yoksa kafası istemediği kadar karmaşık bir yumak olacaktı. Süheyla'nın karmaşaya ihtiyacı yoktu. Peşinden gitmesi gereken isimlere ihtiyacı vardı. Demir Bey'in yardımı da kendisinde kalacaktı.

Uyumak zorunda olduğunu biliyordu. Ama gözleri tavana kilitlenmiş, boyanın üzerindeki küçük çatlaklardan oluşan damarları inceliyordu. Hızla doğruldu. Darbe almamıştı, ama garip bir şekilde canı yanıyordu. Nefes almak güç olduğu gibi, göğsünün üzerine de bir tır yerleşmiş gibi hissediyordu. Yataktan fırladı. Birkaç parçadan oluşan eşyalarını yatağın hemen yanında duran sırt çantasına yerleştirdi. Ve Demir Bey'in eşofmanlarını da dolabın içindeki küçük bir çantaya yerleştirdi.

Saatler süren bir uykusuzluğun ardından tekrar ayaklandı. Demir Bey, yanına gelmemişti. Gelmesini de beklemiyordu.

Ama odasına da gitmemişti. Sessizlik, evin içindeki sineğin uçuşunu duyacağı kadar derinken, onu duymaması mümkün değildi. Her giyişinde adamın basitliğinden yakındığı kıyafetlerini üzerine geçirdi. Sırt çantasını ve adamın eşofmanlarını tıkıştırdığı çantayı da alarak odadan çıktı. Merdivenlerin sonuna geldiğinde önce girişe doğru bir adım attı. Ardından hızla arkasını dönüp salona ilerledi. Bıraktığı yerde, üçlü koltuğun üzerinde kollarını göğsünde kavuşturmuş uyuyordu.

Adam uyurken bile haylaz görünüyordu. Ama derin bir hüzün, çizgilerine yerleşmiş ve onu olduğundan birkaç yaş daha yaşlı göstermişti. Kesinlikle huzurlu bir uyku çekmiyordu. Başı yana düşmüş, dudakları nefes alışlarıyla aralanıyor ve dışarı verdiği her nefeste sanki canı yanıyormuş gibi yüzünü buruşturuyordu. Süheyla gidip saçlarını elleriyle karıştırmak istiyordu.

Ölmek istediğini söylemişti. Bunu şiirsel birkaç sözcükle ancak o dile getirebilirdi. Süheyla sık sık adamı öldürmek istediğini dile getirebilirdi, ama bu adam ölmek için fazla iyi, fazla merhametli, fazla güzel... fazlaydı işte. Ve Süheyla, onu yaşamak isterdi. Hem de doyasıya... Orada durup gittikçe derinlere gömüldüğünü fark ettiğinde derin bir iç çekti. Arkasını döndü. Tekrar giriş kapısına ilerledi. Kapıyı kapattığı anda, adamı hayatının gerisinde bırakmıştı.

Daha şafak sökmemişken, Demir adlı bu haylaz adamı içinden söküp çıkarmıştı.

Onunla sıklıkla kahvaltı yaptıkları sahil kenarındaki börekçide kahvaltı yaptı. Düşüncelerden sıyrılmış bir zihinle denizi izledi. İlk kar taneleri gözlerinin önünden geçerken hafifçe gülümsedi. Demir Bey, kar yağdığında bir kardan adam yapacağından bahsetmişti. Adını da Matruşka koyacaktı. İlk düşünce ardından bombardıman gibi diğerlerini getirdiğinde sahilden ayrıldı. Bir taksiye bindi ve moda evinin önünde indi.

Daha aracın kapısını kapatıp iki adım atmıştı ki, kafalarında bereleri, siyah şişme montlarıyla robotlara benzeyen iki adam yaslandıkları duvardan ayrılıp ona doğru ilerledi. Süheyla önce ellerini, ardından ifadelerini dikkatle inceledi. Elleri boştu. Ve doldurmayı düşünüyorlarmış gibi görünmüyorlardı. Tehditkâr bir havaları da yoktu, ama adımlarının Süheyla'ya doğru atıldığı aşikârdı. Genç kadının adımları duraksadı ve ardından tamamen durdu. Ve kim olduklarını bilmediği bu adamları beklemeye başladı. Elinde sadece küçük bir bavul vardı. Ve kullanmasını bildiğinde bir bavulla harikalar yaratılırdı.

İçlerinden biri diğerinin bir adım önünde durarak, "Süheyla Akgün, siz misiniz?" diye sordu.

Süheyla, sadece başını eğerek karşılık verdi.

Arkada kalan diğer adam, "Çelik Mızrak, sizinle kısa bir görüşme yapmak istiyor," diye bildirdi.

Beklediği onca şeyin arasında bu kesinlikle yoktu. Demir Bey'in abisinin onunla görüşmek için ne gibi bir mazereti olabilirdi? Sözcüklerle birlikte havaya kalkan kaşları hafifçe çatıldı. "Çok mu istiyor?" diye sordu.

İkili önce birbirlerine, ardından Süheyla'ya şaşkınlıkla baktı. Ona daha yakın olanı, "Biz, sadece görüşmek istediğini biliyoruz," dedi. Çenesiyle Süheyla'nın arkasında bir yeri işaret etti.

Genç kadın, hafifçe yan döndü. Onları tamamen görüş açısından çıkaracak değildi. Kısa bir bakış atıp kaldırımın kenarında motoru çalışan bir aracı gördü.

Tekrar gözlerini ikiliye dikti. "Nerede olduğumu bildiğine ve benimle görüşmeyi rica ettiğine göre istediği zaman çıkıp gelebilir. Moda evinde olmadığım âna denk gelirse bunu da kendi şansızlığına sayabilir." Süheyla ilerledi. İkili yine birbirine kaygılı bakışlar atarken aralarından geçip binaya girdi.

Karşısına çıkma hatasını yapan iki genci nerdeyse gözleriyle oydu. Öfke onu ense kökünden şiddetli bir ağrıyla yakalamışken, ofisin kapısını sertçe açtı. Yine sertçe kapadı ve homurdandı.

"Tatlım, burayı sana, koruman için emanet ettim. Binayı başımıza yıkman için değil!"

Süheyla, olanca öfkesine rağmen Timuçin Bey'i karşısında gördüğünde dudağının bir kenarı yana kaydı. "Hortlakların konuşabildiğini bilmiyordum."

Timuçin Bey, gözlüklerinin üzerinden ona sevimli bir bakış attı. "İnanmayacaksın, ama seni özlemişim."

"Şoka gireceksin, ama ben de!" Çantasını ve küçük bavulunu koltuklardan birine bıraktı. Esprileri, onun sağlıklı görüntüsüne duyduğu mutluluğu ve biraz önce Çelik Bey'in robotlarının onu öfkelendirmesini bir kenara bıraktı.

"Adresini sadece senin bileceğin bir eve, ödeyemeyeceğime emin olduğum yüklü miktarda borç paraya ve yeni bir telefon hattına ihtiyacım var."

Adam, yüzünü dikkatle inceledi. Ciddiyeti, onun da yüz hatlarının sertleşmesine neden oldu. "Ne zamana?"

"En kısa sürede."

Timuçin Bey, başını hafifçe eğdi. "Yarına ihtiyacın olanları temin edebilirim."

Süheyla, arkasını döndü ve üzerindeki paltoyu ayaklı askıya asmak için ilerledi. Adamın titreyen sesini duyduğunda kısa süre duraksadı. "Süheyla, başın ne kadar dertte?"

Genç kadın arkasını döndü. Ona baktı. O kadar endişeli görünüyordu ki, kalbinin ortasında hafif bir sızı hissetti. "Fazlasıyla dertte. Olmamam gereken birine âşık oldum."

Timuçin Bey'in çenesi aşağıya düştü. Saçları elektriklenerek tel tel havalandı ve bir yerden destek almak zorundaymış gibi bir eliyle masayı sıkıca kavradı. "Kahretsin! Bana kalp krizi filan geçirdiğini söyleme!"

Genç kadın gerçek bir endişeyle ona doğru adım atarken, adam kıkırdamaya başladı. Ne yani? Süheyla'nın âşık olmuş olmasında garip olan ne vardı? O insan değil miydi? Adam, omuzları sarsılarak gülmeye başladığında yarı yolda duraksadı ve ellerini beline koydu. Ve ona sadece baktı.

Timuçin Bey, keyiflendiğini gizlemeyen bir ifadeyle masasının ardındaki sandalyeye yerleşti. "Demir Bey?" diye sordu.

O kadar çok mu belli ediyordu? Eğer öyleyse bu, utanç vericiydi. Başını salladı. Ve sonra bir şey oldu. Adam, Süheyla'nın gözlerinde her ne gördüyse yüzüne hüzünlü bir ifade yerleşti. Dudaklarında acı bir gülümsenin belirmesinin ardından, konuşmak için hafifçe araladı. Ama aniden açılan kapı, ikilinin bakışlarının hızla oraya çevrilmesine neden oldu.

Oldukça uzun boylu, muntazam yüz hatlarına sahip olan ve karameli andıran puslu gözlerini kendisine dikmiş bir adam kapının ağzında duruyordu. Adam iriydi. Uzun paltosuyla, siyah deri eldivenleriyle ve başındaki kasketiyle ilgi çekici görünüyordu. Gözlerini hafifçe kıstı. "Ben, Çelik Mızrak," diye bildirdi. Doğrudan Süheyla'nın gözlerinin içine bakıyordu.

Süheyla, kollarını göğsünde kavuşturdu. Eğer yapabilseydi adamı gözleriyle alaşağı etmek isterdi. Adamın nasıl bir cüreti vardı ki, kapıyı vurmaya bile gerek görmeden doğrudan içeri dalıyordu. Keskin bir alay eden bir sesle, "Tahmin etmek güç değil," dedi. Tek kaşı kusursuz bir kavisle havalandı ve başını yana eğdi. "Demir Bey'in türünün tek örneği olduğunu sanıyordum. Fakat görüyorum ki, bozukluk genlerinizden ileri gelen bir şey." Adamın gözlerinden ateş çıkar ve öne doğru tehditkâr bir adım atarken, "Kapının üzerinde 'Doğrudan dalınız' mı yazıyor?" diye sertçe sordu.

Süheyla, onunla kapışmaya kararlıydı. Hem de her şekilde! Kardeşine belki kıyamazdı, ama Çelik denen adam görünümlü yontulmamış kalası çiğ çiğ yiyebilirdi.

## Bölüm 15

Çelik, istemsizce attığı adımı son anda yakaladı. Kadınla görüşmeye, onu ikna etmeye ve gerekirse yerinde bir tehditle gözünü korkutmaya karar vermişti. Çünkü Demir'le bu konuyu konuşmanın imkânı yoktu. Ama karşısında normal bir kadın da yoktu. Sözlerinin ardından bakışları istem dışı usulsüzce savurduğu kapıya kaydı. Hayır. Kapının üzerinde 'doğrudan dalınız' diye bir bildiri yazmıyordu. Bakışları tekrar kadına yönelirken, bir eliyle omzunun üzerinde kristal gibi parıldayan kar tanelerini silkeledi.

Onu ayağına çağırma cüretini gösterebilen bu kadından özür dilemeyecekti. Konuşmanın sert geçeceğini kadının duruşundan anlayabiliyordu. Kollarını göğsünde kavuşturmuş, onu gözleriyle duvara çivilemek ister gibi sert bakışlarını Çelik'e dikmiş ve tamamen alay yüklemeyi başarabildiği tek kaşını havaya kaldırmış resmen ona meydan okuyordu.

Çelik'in duruşuna, bakışına ve ona olan fark edilebilir öfkesine aldırıyor gibi de görünmüyordu. Her ne karıştırıyorsa, Demir'i bu işten uzak tutması için taktik değiştirmek zorunda olduğunun farkına vararak öfkesinin içini kemirmesine izin verdi. Doğrudan kadının gözlerine bakıp, "Birkaç dakikanızı alabilir miyim?" diye sordu. Sesini nazik bir tonda tutmaya çalışmış olsa da, buyurgan tınıyı kendi kulaklarında duyduğunda yüzünü buruşturmamak için kendini güçlükle tuttu. Ve gözleri içeride bulunan sessiz ve şaşkın izleyiciye kaydı. "Özel olarak," diye ekledi.

Kadın, gözlerini bile kırpmadı. Çelik gibi Timuçin Bey'e de bakmadı. Sadece küçük bir baş kaldırmayla çenesini havaya dikti. "Timuçin Bey'den sakladığım bir şeyim yok!" diye karşılık verdi. Sesi, buz parçalarını andıracak kadar soğuktu.

Çelik, yapmak zorunda olmaktan nefret ederek sesini daha da yumuşattı. "Benim varsa?"

"Kendi sorunlarınızla başa çıkabilecek kadar BÜYÜK görünüyorsunuz!"

Çelik'in içinde fokurdayan öfke yüzeye çıkmak için yalvarıyordu. Kadınların ara sıra baş kaldırmasından hoşlanırdı. Ama böyle bir kadınla bir saat yan yana kalmak zorunda kalsaydı, muhtemelen dünya savaşlarından herhangi birini başlatmış olurlardı. Pes etmiş ve alttan alıyormuş gibi görünmeyi başarabildiğini umuyordu. Kadının gözleri, onu baştan ayağa küstah bakışlarla izledi. Kaçamak değildi. Doğrudan, sanki beyninin içinde bir yerlere not alıyormuş gibi gözlerini kısarak Çelik'i incelemeye almış gibi görünüyordu. Bu, rahatsız ediciydi. Kadınlar onu izlerdi. Çünkü Çelik'i izlemekten hoşlanırlardı. Ama karşısındaki bu kadın... Sanki onu kaynattığı kazana atmadan önce yanında hangi sebzelerle daha iyi gideceğini düşünüyor gibiydi.

Çelik, yine istem dışı çenesini sıktı. "Pekâlâ, sanırım Timuçin Bey de zamanında medyayı yakından takip eden kesimin arasındaydı." Gözleri belki kendi kendine akıl eder umuduyla izleyicilerine kaydı. Adam belli belirsiz başını salladığında onun da konuşmaya tanık olacağı anlaşılmıştı. Ama meraktan olmadığından emindi. Adamın kasları gerilmişti. Tedirgin bakışları kadın ve Çelik üzerinde gidip geliyordu. Ve o gözlerde kadın için duyduğu kaygı açık bir şekilde okunuyordu.

Bir iç çekişi son anda bastırarak koltuklardan birine oturmak için ilerledi.

Süheyla, gözlerini onun üzerinden ayırmıyordu. Dik bakışları onun öne atılan bedenini takip etti. Adımları uzun, kendinden emin ve rahattı. Girdiği her yeri kendisinin sayan adamlardan olduğunu anlamak için ilk hamlesini pat diye içeriye dalmasıyla zaten belli etmişti. İkinci hareketi ise sadece sinir uçlarıyla oynamaktan başka bir işe yaramıyordu. En nefret ettiği insan tipi!

Adam koltuğa oturmak için paltosunun eteklerini topladı. Onu asmaya gerek duymaması uzun kalmayı düşünmediğinin bir göstergesiydi. Hafifçe dizlerini kırdı. Tam oturmak üzereyken Süheyla, "Oturabileceğinizi söylediğimizi hatırlamıyorum!" diye çıkıştı.

Adam gözlerinin önünde irkildi. Ardından bedeni dondu ve son olarak kırdığı dizlerini tekrar düz konuma getirerek doğruldu. Keskin, sert ve öfkeyle koyulaşan gözlerini Süheyla'ya dikti. Dudakları gerilip düz bir çizgi olurken genç kadın acımasızca devam etti. "Eğer yaşınızın getirdiği ve ayakta duramayacak kadar sizi zorlayan bir hastalığınız varsa... o başka tabii!"

Adam, burnundan soludu. Eteklerini tekrar toparladı ve göstermelik olduğu belli bir kayıtsızlıkla koltuğa yerleşti. "Hayır. Yaşımın getirdiği ve oturmamı gerektirecek bir hastalığım yok." Dudağının bir kenarı yana kaydı. "Ama sanırım size ancak oturarak tahammül edebileceğim."

Süheyla, adamı şaşırtarak gülümsedi. Göğsünde kavuşturduğu kollarını çözdü. Ağır adımlarla adamın karşısındaki koltuğa ilerledi, ama oturmak yerine arkasında durdu. "Koşa koşa ayağıma gelmenizi ben istemedim."

Adam, yine istem dışı dişlerini sıktı ve çenesinde bir kas seğirdi. Bunun için kendini zorladığı her halinden belli olarak geri adım atmaya gönüllü göründü. "Hanımefendi, sanırım ilk anda yaptığım kabalığın özrünü bekliyorsunuz?"

"Aslında, hayır. Bunun; zaten doğanız gereği sizin yapamayacağınız bir eylem olduğunun farkındayım. Ama... siz yine de bir deneyin,"

Adam bir kez daha irkildi. Muhtemelen kolay kolay özür dileyemeyen adamlardandı. Ona yaptığı 'Hayvan' imasını görmezden gelerek ve ağzının içinde yuvarlayarak, "Özür dilerim. Kabalık ettim!" dedi. Sözcükler dudaklarından çıkarken sanki biri onu omuzlarından oturduğu yere bastırıyormuş gibi görünüyordu. Adamın bu sözleri söylemektense işkence görmeye razı geleceğine emindi.

Genç kadın özrünü kabul ettiğini belirten tek bir harekette bulunmadan doğrudan konuştu. "Regl sancısı çekmediğinize göre karın ağrınızın nedenini söylerseniz, kısa zamanda herkes kendi mühim işlerine bakabilir!"

Süheyla, Timuçin Bey'e bakmıyordu. Ama kollarını göğsünde kavuşturduğunu ve bıyık altından gülümsediğini göz ucuyla görmüştü. Neden güldüğünü biliyordu. Çelik Bey'in gözleri irileşirken, dudakları şaşkınlığını belli edecek şekilde hafifçe aralanmıştı. "Kısa kesmemi istediğinizi anlaya-"

"Gayet açık konuştum, Çelik Bey!"

Çelik Bey'in ellerinden biri yumruk oldu ve usulca kırdığı dizinin üzerine doğru yol alıp orada kaldı. Muhtemelen sıktığı yumruğun yerine ulaşmasını istediği hedef, Süheyla'nın susmayan çenesiydi. Adam, homurdanır gibi güldü. "Demir'in neden senin dizinin dibinden ayrılmadığını anlamak güç değil! Aksime; dik başlı kadınlar her zaman ilgisini çekmiştir."

Süheyla, adama sabrının sınırlarının zorlandığını belli eden bir bakış attı. Adam, konuya girmek yerine boş laf kalabalığı yapıyordu. Bunun çekingenliğinden kaynaklanmadığına da emindi. Ortaya zarfı atıyordu ve Süheyla'nın buna yakalanmasını ve adamın işine yarayacak bir şeyler söylemesini bekliyordu. Süheyla, daha sonra aynaya bakmaya karar verdi. Alnında saf mı yazıyordu acaba?

Adam bir bacağını diğerinin üzerine attı. Eldivenlerini elinden usulca çıkardı, masanın üzerine koydu. Dirseklerinin koltuğun kollarına koyup parmaklarını pergel gibi açarak uçlarını birleştirdi. Ve sonunda gözlerini genç kadına dikti. Süheyla, tüm bu gereksiz şovun kendisinin öfkesini tırmandırmak için yapıldığını biliyordu. Adamın hiddetiyle koyulaşan gözlerindeki parıltılar bile genç kadına meydan okuyor gibi görünüyordu. Adamın anlamadığı, her ne yaparsa yapsın Süheyla'nın tavrının değişmeyeceğiydi.

Adam, tekdüze bir sesle, "Yıllardır Demir'i adım adım takip ettiriyorum," diye söze başladı. "Onu takip ettirmeye başlama kararımı almamın nedeniyse yıllar önce bana karakoldan gelen bir telefondu. Bir çeteyle birlikte basit bir soyguna karışmıştı."

Susup, dikkatle Süheyla'nın tepkisini inceledi. Tam bir kayıtsızlıkla karşılaştığında nefesini dışarı verirken güldü ve dudaklarını yalayarak tekrar devam etti. "Orada ne aradığını bilemeyecek kadar beyni onu terk etmişti. Karakoldan aldığım telefona kadar bir yıl boyunca nerede olduğundan bihaberdim. Onu her yerde arıyordum, ama tamamen yanlış yerlere bakmıştım. Eve getirdiğimde hastaydı. Ölmek üzereydi. Alkole bağlı sarılık olmuştu ve içmeyi bırakmak gibi bir niyeti de yoktu. Onu sokaklardan aldığımda arkasında uğraşacağım bir sürü pislik bırakmıştı. Bir mafya işine karışmış ve kellesi istenilen adamların listesinde ilk sırada yer almayı başarmıştı. Bulaştığı her işin ucunda ölüm vardı. Kendisini katil sandığı için ölmek istediğini o anda anladım. Onu yatağına kelepçeledim! Acımasızca olması umurumda değildi. Kardeşimi hayatta tutmaktan başka gayem yoktu. Tedavisi uzun sürdü. Fiziksel olarak onu iyileştirmeyi başarmıştım, ama psikolojisini düzeltmek için doktorların bile yapacağı bir şey yoktu. Kendisini tamamen kapatmıştı."

Adam, tekrar duraksadığında Süheyla ister istemez yutkundu. Onun tanıdığı Demir Bey'le adamın anlattığı kişi arasında dağlar kadar fark vardı. Belki kısa süreli bir kaybolmuşluğun içine düşmüş olabilirdi, ama böylesi bir sınavın ardından sağ çıkan bir adamla ister istemez gurur duyuyordu. Demir Bey hem duygusal, hem sert, hem zeki, hem eğlenceli, hem merhametli... Onu anlatmak için gerekli olan sıfatların sonu gelmezdi.

Adamın sözlerinin sonunun nereye varacağını da biliyordu. Devam etmesini engeller, onu rahatlatabilirdi. Ama yapmayacaktı. Uyarılışının ardından kasları hâlâ gerginken, Demir Bey'in geçmişten gelen bir hayaletle savaştığını öğrenmesi yıpranan sinirlerinin üzerine tuz biber ekmişti. Ona âşık olması, adamın da ona karşılık vermesini gerektirmiyordu. Kaldı ki, Süheyla böyle bir şeyi istemiyordu. Çünkü kendisi meçhul bir geleceğe adımlar atarken yanında yürüyecek başka birini istemiyordu.

Demir Bey'i kısa bir an yaşamak istemişti. Adam da onu istemiş, ama bir ölüye verdiği sözü tutmak için kendi isteklerinden kolaylıkla vazgeçmişti. Süheyla, her an görmezden gelmek zorunda olduğu bir aşk, her an bastırmak zorunda olduğu bir tutku, sık sık saçlarını elleriyle karıştırmak istediği, ama karşılığında koca bir sıfır alacağı bir adam ve kardeşinin ölümüne neden olan piçlerin peşinden aynı anda gidemezdi. Bunun için adamı hayatından çıkarmıştı. Eğer geleceğini başka temeller üzerine kursaydı onun için uğraşırdı. Sadece sahiplenmeyi göze almamıştı.

Çelik Bey, kararmış bakışlarını kendi gözlerinde tutmaya devam ederken, bakışları resmen savaşıyordu. Adam kısa bir iç çekişin ardından sözlerine devam etti. "Onu sokaklardan kurtardım ve o da kendisini Gümüş Mekân adıyla anılan, içinde her türlü pisliği barındıran bir yere taktı. Yine... ölmek için! Son dövüşünde kaburgaları kırıldığı için uzun bir süre yatağa mahkûm kaldı. Onu tüm bunlardan vazgeçiren şeyse, benim yaşadığım üzücü bir deneyim oldu. Eğer bilseydim, bu acıyı daha önce çekmeye de razı gelirdim." Adam bir anda hiddetlenerek ayağa fırladı. İki adımda Süheyla'nın önünde bitti. Aralarında sadece bir koltuk vardı. İşaret parmağı tehditkâr bir şekilde genç kadının göğsüne doğrultulmuştu. "Onun için verdiğim tüm mücadelenin ardından siz, onu tekrar oraya, ölümüne neden olacak bir yere sürüklediniz! Neyin peşinde olduğunuz umurumda değil, ama kardeşimin yakasını kısa sürede bırakmazsanız hakkınızda hayırlı bir gelecek düşünmeyin!" Son sözlerini dişlerinin arasından neredeyse tıslayarak söylemişti.

Çelik, hiddetlenmek istememişti. Ama yaşadığı deneyimler aklına geldiğinde, bu kaçınılmazdı. Karşısında irkilmemiş, hatta gözünü bile kırpmamış kadının Demir'i tekrar dibe çekmesine izin vermeye hiç niyeti yoktu. Ayrıca bu kadınla ilgili tüm sıkıntı bununla da kalmıyordu. Kadının başından bir nişanlılık dönemi ve bir kürtaj operasyonu geçmişti. Nişanlanmış olması sorun değildi. Ama Çelik, kendi soyunun devamı için doğurganlığı şüpheye düşmüş bir kadının Demir'le ilişki kurmasına izin veremezdi.

Kadın sinir bozucu bir şekilde kayıtsız durmaya devam etti. Ardından yine alaycı tek kaşı havaya kalktı. "Size, kardeşinizin yularını çekmenizi tavsiye ederim. Zira tüm çabalarıma rağmen

sizin de söylediniz gibi 'dizimin dibinden' ayrılmaya niyeti yok."
Kadının dudakları soğuk bir gülümsemeyle aralandı ve gözlerinde hesapçı parıltılar dolandı. Beyaz ve düzgün dişlerini ortaya çıkaracak kadar geniş bir gülümsemeyle Çelik'i beyninden vurulmuşa çevirmeyi başararak yaylım ateşine devam etti. "Kısa sürede onu görüş alanımdan çıkarmazsanız, ona olan ilgisizliğime devam edebilir miyim, emin değilim!"

Kadın, konuşmayı bitirmiş gibi arkasını döndü. Ne anlattıklarıyla ilgili üzüntüsünü dile getiren bir söz söyledi, ne de gözlerinde bir yumuşama oldu. Başka bir kadına anlattığında gözyaşlarını tutamayacağından emin olduğu anıların, bu tuhaf kadın üzerinde bir işe yaramaması sinirlerini darmaduman etmişti. Kadın ofisin ortasında bulunan ve çalışma masasına benzer uzun bir masaya doğru ilerledi. Masanın üzerindeki çirkin gözlükleri gözüne taktı ve eline bir makas alıp kumaş yığınlarının arasına daldı.

"O kadar ilgisizsiniz ki, bir haftadır aynı evde yaşıyorsunuz!" Çelik, onun yalan söylediğine emindi ve düşüncesi yakalayamadan dudaklarından fırladı. Kadın, yaptığı işle oldukça meşgul görünerek ona bakmadı, cevap da vermedi. Çelik kendisini bir duvarla konuşuyormuş gibi hissetse de sözlerini bitirmemişti. Onu her şekilde duyduğuna emin olduğuna göre monologuna devam etmemesi için bir neden yoktu. "Olur da onunla gerçekten ilgilenmeye kalkışırsanız diye söylüyorum; bunu aklınızın ucundan dahi geçirmeyin. Demir'in düzenli bir hayata ve normal bir kadınla evlenmeye ihtiyacı var!" Kadından bir tepki bekledi, ama yaptığı tek şey önüne serdiği kumaşı usulca kesmeye başlamaktı. Çelik'i yok sayıyordu. Çelik, hayatı boyunca birçok insanla tartışmaya girmiş, mücadele vermiş, karşılıklı bir konuda çoğu zaman galip gelmiş, ama hiç bu derece küçümsenen bir şekilde yok sayılmamıştı. Sırf bunun için bile kadının canını yakmak istiyordu. Dudağında istemsizce soğuk bir gülümseme belirdi. Söyleyeceklerinin onun canını yakmasını umuyordu. Ama emin de olamıyordu.

"Aile adımınızın kendi kanımızdan biriyle devam etmesi gerekiyor! Bunun için de Demir'in, doğurganlığı şüpheye düşmemiş bir kadınla birlikte olması gerekiyor!" Kadın, tam burada irkildi. Elindeki makasın hareketi dondu. Yüzünü Çelik'e çevirmemiş olabilirdi, ama onu ilgiyle dinlemeye başladığını biliyordu. "Demir'in ilgisini kısa süre için çekmiş olabilirsiniz, ama onun sorumluluklarının bilincine vardığında yakanızdan düşeceğine olan inancım tam. İstediğim, o farkına varmadan size bir söz vermemiş olması. Çünkü verdiği sözleri tutmak konusunda oldukça başarılı... Başınızdan geçen kürtaj operasyonuysa sizinle bir geleceği tamamen imkânsız kılıyor! Bunun ve onun yanında durmaya devam ederseniz her türlü kötülüğün başınıza geleceğinin bilincinde hareket ederseniz, her iki taraf açısından da iyi olur!"

Kadın, masanın üzerine eğilmiş öylece duruyordu. Ardından başını, hızı neredeyse boynunu kıracak şekilde Çelik'e çevirdi. Kıvırcık saçlarının topuzundan çıkan birkaç tutamı hızıyla savrulurken, kadın doğruldu. Ağır ama kararlı adımları Çelik'e doğru ilerledi. Gözlerinde cehennem ateşi yandığını fark etmemek imkânsızdı.

Çelik hayatı boyunca bir kadına böylesine çirkin bir saldırıda bulunmamıştı. Ama ailesi söz konusu olduğunda basitleşmesi gerekiyorsa basitleşirdi. Kadın üzerine gelmeye devam ederken bir milim bile kıpırdamadı. Fark edemediği, kadının elindeki iki yana açılmış makastı.

Kadın tam karşısında durdu. Soğukkanlı ifadesi, gözlerindeki ateşle uyuşmuyordu. Elini kaldırıp, Çelik'in fark edemediği bir hızla makasın açılmış bir ucunu koluna sapladı. Ve Çelik'in göğsünden bir inleme yükselmesine neden olacak şekilde kolunun içinde çevirdi. "Kahretsin!" diye tısladı.

Hareket edemiyordu. Çünkü kadın makası tehditkâr bir şekilde kolunun içinde tutmaya devam ediyordu. Makasın ucu tamamen koluna saplanmamıştı. Ve tamamen bilinçli bir şekilde sadece bir kısmının etini delmesine izin vermişti. Çelik, boşta kalan elini kaldırıp kadının saçlarını kavramak istedi, ama hayalarına yediği bir diz darbesi ve bileğinin geriye kıvrılmasıyla hareket edemeyecek duruma geldi. Kahretsin! Bir kadından dayak mı yiyordu? Bu, aklına gelmiş olsaydı önlemini alırdı! Ayrıca o, hayatında bir kadına asla vurmamıştı. Kadınlara vurulmazdı ki!

"Süheyla!" Timuçin Bey'in gürleyen sesi onların aralarında kaybolup gitti.

Süheyla Akgün, canını yakarak dizlerini kırmasını ve onunla aynı boya inmesini sağlamıştı. Kadının ifadesiz yüzü kendi yüzünün bir milim ötesinde durdu. "Boş zamanlarınızı elinizdeki imkânları kullanarak insanların özel hayatlarını taciz etmek için mi harcıyorsunuz?" Sesi buz gibiydi, ama o sesteki tehdit tınısını duymuştu. "Gücünüz, isminiz, aileniz ve Allah'ın belası bir hayaletin peşine takılan kardeşiniz umurumda değil! Sanırım çok fazla Yeşilçam filmi izliyorsunuz, Çelik Bey. Size, tehdit savurmadan önce uygulamaya geçmeyi öneririm. Çok daha faydalı oluyor!" Kadın, makası bir kez daha çevirerek Çelik'in dişlerini sıkmasına neden oldu. Çelik'in canını makas yakmıyordu, bu kadının karşısında içene düştüğü rezil durum yakıyordu. "Eğer, uğraşacak daha önemli işlerim olmasaydı, sırf zevk için sizinle uğraşırdım. Ben, kararımı değiştirmeden önce buradan gidin!"

Kadın, geri çekilmeden önce gözlerindeki kararlılığı görme ve yüz ifadesini inceleme fırsatı bulabilmişti. Bazen konuşmaya gerek kalmazdı. İkisi de biliyordu ki, bu olay aralarında yaşanmamış gibi kalacaktı. Çünkü Çelik, itibarlarını göz önünde bulundurarak onu yaralamasını ihbar etmeyecekti. Rengini duruşundan, içeriye girişinden ve sözlerinden zaten belli etmişti. Kadın, hayatında gördüğü en zeki insanlardan biriydi. Çelik laf kalabalığı yaparken o, birkaç adım ötesini tasarlamıştı. Demir'in, kendi başına musallat ettiği hayaletten bahsettiğine göre durumundan da haberdardı. Ve kadın, zaten onun söyleyeceklerini biliyordu, belki kelimelerini bile hesaplamıştı. Çelik, bir anda kendini aptal gibi hissetti. Eğer, Çelik'in onu ihbar edeceğini düşünüyor olsaydı cesur saldırı girişiminde bulunmazdı. Ondan nefret etmişti. Ama bir tarafı ister istemez kadına hayranlık duymuştu. Tek başına bir ordu gibiydi. Görünmeyen askerleri, beyninin merkezinde yüksek savaş stratejisi bulunan bir komutanı, parmaklarında ve ellerinde hücum gücü ve görülmemiş bir cesareti vardı. Çelik'in merak ettiği şey, kadının bir kalbi var mıydı?

Derin bir nefes aldı. Kadın, makası sapladığı yerden çıkardı. Başparmağı, makasın dört parmak gerisinde duruyordu ve kanına bulanmıştı. Çelik'i, dört parmak mesafesinde bir çelikle kırmayı başarmıştı. Çelik, bükemediği eli öperdi. Ama bu kadın, tehlikenin beden bulmuş haliydi. Bir şeyler karıştırdığı açık bir gerçekti ve tam da bu nedenle Demir'den uzak durması gerekiyordu.

"Sanırım anlaştık," diye mırıldandı.

Kadın, öylece karşısında durup, dik ve hiddet dolu bakışlarını gözlerinde tuttu. Soğuk bir gülümseme dudaklarını kıvırdı. Çelik'e tiksinilecek bir böcekmiş gibi bakmayı başararak elindeki makası açıp kapadı. "Boş sözlerle oldukça meşgul olan dilinizi yanlışlıkla kesmeden önce gidin!"

Kadın kendisiyle, bir çocukla alay eder gibi konuşuyordu. Yine de söylediğini gerçekten yapmak istiyor gibi görünüyordu. Ama kadının Demir'den uzak duracağını anlamıştı. Eğer hiddetine yenik düşmeden tehditler savurmaya kalkmasaydı, onun zaten Demir'i gözden çıkardığını fark edebilirdi.

İçinden gelerek, gerçekten gülümsedi. "Sizden nefret etmemek elde değil, yine de tuhaf bir şekilde tanıştığıma memnun oldum!" Kolu yanıyordu. Ama kolunu tutarak kadının karşısında ezik durmayı göze alamadı. Başını eğdi ve eldivenlerini masadan alıp arkasını döndü. Gözlerinin sırtını deldiğini hissediyordu. Kapıyı açtı, arkasını dönüp kadına baktı ve kapıyı tıkladı.

Süheyla, adamın memnun bir halde kapadığı ofis kapısına bakıyordu. İçinde bir yerler yanıyordu. Dumanının kulaklarından çıkmasından korkuyordu. Sıktığı dişleri sanki birbirine kaynamış gibi aralamakta zorlanıyor, çene kasları ağrıyordu. Belki de insanlar böyle cinnet geçiriyorlardı. Makası adamın boynuna saplamayı o kadar isterdi ki...

Hangi cüretle onu araştırabilmişti? Süheyla'nın yaşadığı deneyimi basit bir dilde nasıl öylece ortaya serebilmişti? Adam kendisini ne sanıyordu? Tüm bunların sonunda özgürlüğünden mahrum kalacaksa bir tane eksik bir tane fazla ne fark ederdi? Hiç değilse dünya için bir iyilik yapıp, bu adamı ortadan kaldırırdı. Düşüncelerinin gittiği yön hoşuna gitmedi. Böylesine bir nefretle dolmak kendinden başka kimseye zarar vermezdi. Mızrak kardeşlerin her ikisi de onu deli etmeyi kolaylıkla başarabiliyordu. İkisinin de canı cehenneme!

"Başın yeterince belada değilmiş gibi..."

Kaygıyla dolup taşan ses üzerine başını çevirip Timuçin Bey'e baktı. "O adam, bilmem kaç bin dolarlık saatini düşürse, burnunun büyüklüğünden eğilip yerden almaz!"

Timuçin Bey, hâlâ kaygılı görünüyordu. Ama sadece, "Öyle diyorsan," diye mırıldandı ve omuz silkti.

Süheyla, kaşlarını çattı. "İzmir'e gitme konusundaki kararında bir değişiklik var mı?"

Adam, bir anda kaygıdan meydan okumaya hızlı bir geçiş yaptı. "Asla!"

"Annem bilmiyor."

Timuçin Bey, önce ne anlatmaya çalıştığını anlamamış gibi düşünceyle kaşlarını çattı. Ardından yüzüne üzüntülü bir ifade yerleşti ve onaylayarak başını salladı.

"Teşekkür ederim." Adam, hâlâ ona acımayla karışık bir hüzünle bakmaya devam ederken, "Rica ederim, şu kaşlarını kaldır! Daha yaşlı görünüyorsun!" diye tısladı.

Timuçin Bey, inanamazmış gibi başını iki yana salladı ve sandalyesinde arkaya yaslandı.

Süheyla'nın bakışları hâlâ elinde sımsıkı tuttuğu makasa kaydı. Parmağı adamın kanıyla lekelenmiş, biraz önce Süheyla'nın hangi çizgide olduğunu hatırlatır gibi sırıtıyordu. Ellerini yıkamak üzere ofisten çıkmak için sert adımlarla ilerledi. Ofis kapısının hemen yanındaki çöp kutusuna makası attı ve kapıyı sertçe açtı.

Ve başka bir Mızrak'la burun buruna geldi. Nefesini kesen, bakışlarıyla kalbine bir şeyler yapan, tuhaf hissetmesini sağlayan biriyle... Elleri istemsizce havaya kalktı ve kaşlarını şaşkın ve kahretsin ki sevimli bir şekilde havaya kaldıran adamın göğsüne sertçe indirip onu ittirdi.

Adam, beklemediği bu hareketle arkaya doğru sendelerken, Süheyla hızla yanından geçip tuvaletlerin bulunduğu koridora yöneldi.

"Sü?"

Süheyla, dişlerini sıktı. Ona cevap vermedi ve doğrudan yoluna devam etti. Ofis çalışanlarının gözleri onların üzerine kilitlenmişken Demir Bey'in adımlarını hemen arkasında duyuyordu.

"Süheyla!"

Süheyla, tuvalet kapısını açtı. Bedenini ona çevirdi. "Evet?"

"Eşofmanlarımı bile almışsın!"

Süheyla gülmek istedi. Neden bu adam her zaman karşısına farklı bir şeyle çıkmak ve böylesine sevimli olmak zorundaydı. Sabit duruşunu bozmadı. Tekdüze bir sesle, "Rahatlardı," dedi ve kapıyı adamın suratına kapadı.

Ellerini yıkarken karşısında duran aynaya bakmaktan kaçındı. Yüzü yanıyordu. Neden olduğunu bilmediği bir şekilde tüm kanı sanki yüzüne toplanmıştı. Kalbi anormal hızının üzerinde atıyordu ve Süheyla, elini içeri sokup onu yerinden çıkarmak istiyordu. Belki kendini dinlemeye kalksaydı neden böylesine tuhaf bir tepki verdiğini bilirdi. Ama kendini dinlemek istemiyordu. İçinden çıkacak olan bambaşka bir kadınla karşılaşmaktan ürküyordu. Avucunu suyla doldurup yüzüne birkaç kere su çarptı ve sertçe kuruladı. Adamın kanı parmaklarından ayrıldığında kendisini daha iyi hissetti.

Arkasını döndü, ilerledi ve kapıyı açtı. Adam bir omzunu kapı çerçevesine dayamış esniyordu. Süheyla'yı karşısında gördüğünde kocaman açtığı ağzını aniden kapadı.

"Yapacak başka işleriniz yok mu?" Süheyla, yanından geçip giderken adam omuz silkti.

Demir Bey ısrarla peşinden gelmeye devam ederken, "Neden kaçtın?" diye sordu.

"Kaçmadım."

"Eğer kaçacağını bilseydim, sana anlatmazdım!"

Süheyla durmaması gereken bir yerde durup, bedenini ona çevirdi. Ve adam ona çarpmaktan son anda kurtuldu. Tüm ofis çalışanları meraklı ve heyecanlı bakışlarını onların üzerine dikmişken gözlerini adama dikti. Kollarını göğsünde kavuşturdu ve tek kaşı havaya kalktı.

Hareketi üzerine adam yüzünü buruşturdu. "Çok kötü bir şey geliyor."

Süheyla, onun neden haylaz çocuk rolüne büründüğünü biliyordu. Eğer gerçekten ciddi bir konuşmanın içine çekilirlerse tamamen kopacaklardı. Ve görünen o ki, adam bunu istemiyordu. Ama Süheyla istiyordu. "Tam şu anda üzerinize atlayıp dudaklarınıza yapışsaydım ne yapardınız, Demir bey?"

Adam, "Söylemiştim," diye mırıldandı.

"Demir Bey!"

"Seni öperdim."

"Ya sonra?"

Adamın ifadesi bir anda ciddileşti. Omuzlarını dikleştirdi. "Sonra da bırakırdım."

"Aynı evin içinde her an patlamaya hazır iki bomba ne kadar sağlıklı?"

Süheyla, cevabını beklemeden tekrar arkasını döndü. Ve onun adımları yine kendisini takip etti. Adamın bazen tam bir geri kafalı olduğunu düşünüyordu. Ortada apaçık bir gerçek varken, bunca uğraşı niye veriyordu ki? Bunun için matematiksel bir formüle gerek yoktu. O, hayaletiyle yaşamaya kararlıydı. Süheyla da gittiği yoldan dönmemeye kararlıydı. Bir arada kalmaya çalışarak ve sürekli sıfırla çarpılarak ellerine ne geçecekti. Kahretsin ki sıfır etkisiz elemandı, ama adamın bunu görmek gibi bir niyeti yoktu. Niye uğraşıyordu?

Tekrar Timuçin Bey'in ofisine girdi. Kapıyı kapamadı, çünkü nasılsa arkasından gelecekti. Yorulmuştu. Uykusuz ve duygularının istilasıyla geçen bir gecenin ardından Çelik Bey gibi asap bozmakta sınır tanımayan bir adamla resmen savaşmıştı. Ve onu ayakta tutan adrenalin bedenini terk ediyor gibi görünüyordu.

Sadece birkaç dakika önce Çelik Bey'in oturduğu koltuğa bedenini yığmak için ilerledi. Demir Bey istediği kadar konuşabilirdi. O, gözlerini kapayacak ve biraz kestirecekti.

Ama kolunu kavrayan parmaklar ve sert tutuşla, dişlerini sıkarak arkasını döndü. Ve yine o lacivertlerle karşı karşıya geldi. Kararlı, hüzünlü, yoğun... Süheyla, neden onu geri çeviremiyordu? Neden abisine davrandığı kadar dişli davranamıyordu? Eğer bu aşktan ileri geliyorsa Süheyla bu aşkı geldiği yere geri göndermek istiyordu.

Adam, sıktığı dişlerinin arasından konuşarak aslında ne kadar gergin ve öfkeli olduğunu açığa çıkardı. "Sen, yanımda korunma amaçlı kalıyordun!"

"Anlayamadığınız ya da anlamak istemediğiniz şey; sizin korumanıza ihtiyacım yok!" Süheyla, kolunu sertçe geriye çekti. Adamın gözlerinden tehlikeli bir parıltı geçip gider ve dudakları gerilirken sözlerine devam etti. "Aklımı ve hayatımı karıştırmaktan başka bir işe yaramıyorsunuz. Tüm dertlerinizi, hayaletinizi ve acınızı alıp, beni kendi halime bırakın!"

Demir Bey'in bedeni gözleri önünde kaskatı kesildi. O, siyah yıldızların parıldadığı gözleri karardı. Kısa süre tüm yüz kasları gergin bir halde öylece durdu. Süheyla, ona kararlı bir ifadeyle bakmaya devam ederken adam gülümsedi. Aniden uzanıp, dudaklarına yine kısa bir öpücük kondurdu ve bir eli saçlarının arasına uzandı. Süheyla, geri çekildiğinde onun da mücadele edeceğini bildiği, ne söyleyecekse söylemesini ve gitmesini istediği için kıpırdamadı. Ya da belki başka bir nedeni vardı, ama bunu kabullenmek istemiyordu.

Adam, yumuşak ve ağır bir sesle, "Müptelâsı olduğum birçok şeyi ardımda bıraktım. Zor oldu. Ama başardım. Seni evde bulamadığım bir saat içinde anladım ki, alkol bırakılır, sigara da bırakılır, hatta daha birçok şey bırakılır ama sen Bayan Süpürgesiz Büyücü! Sen bırakılmazsın!"

"Harika! Ne olacak şimdi?" Süheyla, zihninden geçen kelimeleri yüksek sesle söylediğini kendi kulaklarında işitince anladı. Sözlerin insan hayatında ne kadar sağlam yerler edindiğini o yaşında anlaması ne kadar da saçmaydı. Süheyla biliyordu ki, yıllar sonra bile sözler aklına geldiğinde ses tonuna kadar her harfin vurgusunu hatırlayacak, belki de yüzünde küçük bir gülümseme belirirken kalbi sızlayacaktı. Demir Bey, omuz silkti. Elini saçlarının arasından çekmeden önce genç kadının alnına tüy kadar hafif bir öpücük kondurdu. Ve onu tamamen bırakarak, genç kadının soğuk hissetmesine neden oldu.

"Sizi gerçekten öldürmeliydim!" Süheyla, başını iki yana salladı. Ve gözleri bıyık altından gülümseyen Timuçin Bey'e kaydı. Ona laf yetiştiremeyecek kadar yorgun hissettiği için doğrudan koltuğa ilerledi. İki adam kısa bir iki kelimeyle selamlaşırken oturdu ve ayaklarını sehpaya uzattı.

"Abimin burada ne işi vardı?"

Tok sesle sorulan soru üzerine gözlerini Demir Bey'e dikti. "Kendisine sorun!"

"Elbette soracağım. Ama onun olaylara bakış açısı her zaman kendi işine yarayan taraftan olduğu için önceliği sana vermek istedim." Birkaç uzun adımda tam önünde bitti. "Seni üzecek bir şey söyledi mi?" Demir Bey, bunu gerçekten merak ediyor gibi görünüyordu.

Süheyla kollarını göğsünde kavuştururken, kaşlarını havaya kaldırdı. Söylemişti. Hatta canını yakmayı da başarmıştı. Ama genç kadın canını sıkan çoğu şeyi içindeki öğütücüye atmayı başarabiliyordu. Keşke karşısındaki bu adama olan hislerini de o öğütücüye atabilse ve ondan tamamen kurtulabilseydi. "Çok üzdü. Gidin ve onu dövün!" Genç kadın gözlerini kapadı.

Kısa süreli sessizliğin ardından Demir Bey'in gür kahkahası tüm ofisi inletti. "Sanırım gidip zavallı abiciğimin yaralarını sarmalıyım."

Sözleri üzerine Süheyla'nın gözleri aniden açıldı. Demir Bey, tam on ikiden vurmuştu. Ama abisini gerçekten ne kadar yaraladığını kendisinden duymasındansa gözleriyle görmesini yeğlerdi. "Elinizi çabuk tutarsanız iyi olur! Abiniz kan kaybıyla son nefesini veriyor olabilir."

Adam güldü. "Akşama seni alırım," dedi. Bildiri gibi söylenilen sözcüklerin altında gizli bir tehdit yatıyordu. Süheyla bunu gözlerinden, ifadesinden ve sesinin tonundan anlayabiliyordu. Başını onaylarcasına salladı. Adam, bir an için ifadesini dikkatle inceledi. Ardından arkasını döndü ve ofisi terk etti.

Daha kapı kapanır kapanmaz Süheyla, ayağa fırladı. Bakışlarını Timuçin Bey'e dikti. "Evi bugün içinde ayarlayabilir misin?"

Timuçin Bey, sanki bu soruyu bekliyormuş gibi derin bir iç çekti. "Ona bir şans veremez misin?"

Süheyla sanki bunu düşünmemiş gibi..."Masal kitaplarında yaşamıyoruz. Geçen her dakika ayağıma daha çok dolanıyor. Ve ben, bir gün farkında olmadan takılıp düştüğümde kaldıracak kimseyi bulamayacağım!"

Adamın bakışları anlayışla doldu ve başını onaylarcasına salladı. Telefonuna uzanırken derin bir iç çekti. Süheyla, ofisin içinde huzursuz bir kedi gibi tüyleri kabarmış bir halde amaçsızca dolanırken birkaç telefon görüşmesi yaptı. Ve sonunda karşıdan bildirilen bir adresi not kâğıtlarından birine geçirdi.

Başını kaldırdığında tepesinde dikilen Süheyla'yı fark etti. "Demir Bey, bir konuda haklı! Onun yanında en azından güvendeydin." Sesinde azarlayıcı bir tını, bariz bir kaygı ve onu korumak için duyduğu istek vardı.

Adamın sözleri genç kadının kafasındaki saçların elektriklenmesine neden oldu. Sinirleri öylesine bir tahribata uğraşmıştı ki, bir tek kelimeyi bile kaldırabilecek durumda değildi. Sert ve onu geri püskürtmeyi amaçladığı bir tınıyla, "Her ikiniz de hakkımdaki görüşlerinizi kendinize saklayın!" dedi. Adresi aldı. "Teşekkür ederim. Umarım bir gün yardımlarının karşılığını sana geri ödeyebilirim." Toparlanmak üzere odasına gitmek için ilerledi.

"Bu, artık buraya gelmeyeceğin anlamına mı geliyor?" Adamın buruk ses tonu içinde bir noktaya dokundu. Bu adamdan nefret etmeyi o kadar çok isterdi ki! Ama attığı her adımda, içinde en büyük depremlerde bile yıkılmayacak bir yer edinmeyi başarmıştı.

Sert adımları duraksadı. Omuzları çöktü ve ona bakmadan başını salladı. "Anneme iyi olduğumu iletirsen sevinirim."

"Burada senin uşağın yok. Bir gün kendin söylersin!"

Süheyla, sert sözlerinin ardından omzunun üzerinden ona bir bakış attı ve gülümsedi. "Annem sorduğunda istesen de istemesen de söyleyeceksin!"

Adam, genişçe gülümserken tekrar ilerledi ve eşyalarını toplamak için ofisten çıktı.

—⁂—

Her adımında, botları pudra kıvamındaki karın içine gömülüyor ve tınısını sevdiği bir ses kulaklarını dolduruyordu. Gecenin keskin soğuğu şehri esir alırken, ellerini kaplayan ve sıcak tutan eldivenler hafifçe gülümsemesine neden oldu. Biri tarafından önemsenmenin tadı farklıydı. Güzeldi. Özel hissettiriyordu. Bunu, kendisine yaşattığı için ona kızıp kızmamak arasında kalmıştı. Bir daha yaşayamayacağını bilmek sinirini bozsa da, deneyimini yaşamak güzeldi.

Timuçin Bey'in, onun için ayarladığı eve doğru ilerlerken adrese bir daha bakmaya gerek duymamıştı. Ofisten çıktığında doğrudan eve gelmek yerine, Yavuz'un evinde bulduğu listede adı ve adresi bulunan 'Şahin Rent a Car' şirketinin bulunduğu sokağa gitti. Orada bulunduğu anda tek tük müşterinin gelip gittiği iş yerinde görünüşe göre tek bir eleman bulunuyordu. Süheyla, kapanışına kadar mekânı izlemeye devam ettiği için iliklerine kadar donmuştu.

Bedeni, titremeye başladığında neredeyse kapanışı beklemekten vazgeçiyordu. O kadar çok sabit durmuştu ki, bedeni sanki acı soğuğu emmişti. Dişleri takırdarken iş yerindeki eleman sonunda çıktı ve kepenkleri indirdi. İçinden acele etmesini söyleyip dururken olduğu yerde zıplamaya başlamıştı.

Adam, cebinden bir bere çıkarıp başına taktı ve ellerini ceplerine sokup sokak boyunca ilerledi. Süheyla da mesafesini koruyarak peşinden ilerledi. Adamın bir araca binmemesini umuyordu, çünkü kar yağışı yüzünden neredeyse tüm taksiler müşterilerle doluydu.

Adam, birkaç sokak ilerledi. Ardından ara bir sokağa girdi ve ikinci binaya hızlı bir giriş yaptı. Muhtemelen kısa zamanda soğuk adamı da esir almıştı. Süheyla, sokağı, binayı ve numarasını zihnine kontrol edip yine sokak boyunca yürüdü ve ısınabilmek için bir taksiye atladı.

Ve sonra evi daha kolay bulabilmek için yakın bir yerde taksiden indi. Aslında bu, ısındığı anda sığındığı bahanesi olmuştu. Soğuğun zihninin donuklaştırmasını seviyordu. Tüm odak noktası hissettiği soğuk olduğunda düşünceleri onu kemirmeyi bırakıyordu.

Derin bir iç çekti. Telefonu boş sokakta yankılandığında elini pantolonunun arka cebine attı ve telefonunun ekranına baktı.

Demir Bey.

Aramayı meşgule düşürdü. Daha telefonu kapayamadan adamdan kısa mesaj bildirimi geldi.

"Seni bulacağımı biliyorsun, değil mi?"

Süheyla, hafifçe gülümsedi. Deneyebilirdi. Eğer Timuçin Bey, ağzını sıkı tutarsa Demir Bey'in onu bulması kolay değildi. Bulduğunda da zaten iş işten geçmiş olurdu. Telefonu kapadı.

## Bölüm 16

Rüzgârın etkisiyle uçuşan minik kar taneleri kirpiklerine konuyordu. Tamamen bilinçsizce gözlerini birkaç kez kırptı. Ama kirpiklerinden düşen beyaz, yumuşak kütlelerin yerini hızla diğerleri alıyordu. Tipi yüzünden görüşü bulanıktı. Gerçi bir şeyi gördüğü de yoktu ya...

Kalbinin üzerine çöreklenmiş bir korkuyla baş etmeye çalışırken, gözlerinin gördüğü hiçbir şey beynine aksetmiyordu. Elleri paltosunun ceplerinde, ağır bir ritim tutturmuş, nereye gittiğini bilmeden ilerliyordu. Cadde boyunca neredeyse kimseyle karşılaşmamıştı. Hâlbuki insan böylesi beyazın masumiyetini cömertçe sergilediği bir gecede yürümeyecekti de ne zaman yürüyecekti? Bu insanlara ne olmuştu? Herkes sanki bir anda kamburlaşmış gibi masum kar tanelerinden olanca hızıyla kaçıyordu. Hadi Demir'in dünyanın güzelliğini göremeyecek kadar büyük korkuları, azapları ve can çekişleri vardı. Peki insanlara ne oluyordu? Yoksa gerçekten hayatta tek bir mutlu insan yok muydu?

Demir, yürüyordu. Amaçsızca. Çünkü nereye gideceğini bilmiyordu. Bu kötüydü. Kendini kaybolmuş hissediyordu. Ve kaybetmiş hissediyordu. Kocaman, gürültülü ve kalabalık bir şehrin ortasında çıplak kalmış gibi... Bir evsiz gibi...

Sert rüzgâr hızla bedenine çarptı. Genç adamın adımları durdu ve bedenini yana çevirerek rüzgârı karşıladı. Kısa süre duraksayıp, yürüyebilecek duruma geldiğinde de adımları düşünmeden tekrar ileri doğru atıldı. İnsan istediğinde birçok şeye karşı koyabiliyordu. Sert bir rüzgâra bedeniyle karşılık veriyordu. Ama içindeki bu his ne olacaktı? Ona karşı koyamamıştı. Aslında bunu hiç istememişti bile! Geldiği gibi kabullenmiş, zihindeki tüm uyarı sinyallerine rağmen olduğu gibi tüm şiddetiyle, yoğunluğuyla kabul etmişti.

Bağlanmıştı. Ve bu diğer bağımlılıklarından farklıydı. Tedavisinin mümkün olmadığı bir bağımlılık! Ona dair olan belirli şeyleri değil, onu ve ona dair olan her şeyi istiyordu. Bakışını, sıklıkla olmasa da gülüşünü, gözlerini devirmesini, üşüyen ellerini, sohbetini... Süheyla'yla günlük konuşma bile bambaşka bir şey oluyordu. İnsan biriyle konuşmaktan böylesine leziz bir tat alabilir miydi? Demir, onunla konuşurken bile içinde yeni bir şeyler oluşuyordu.

'Akşam seni alırım,' demişti. O da başını sallamıştı. Peki, neden gitmişti?

Haklıydı. Biliyordu. Demir'in ona verecek, onunla gittikçe büyüyen bir kalbi vardı var olmasına ama... Başka bir şey veremezdi. Süheyla da sadece bununla yetinecek bir kadın değildi. Demir, yine kendi ayağına takılmış ve sonunda kör düğüm olmayı başarmıştı. Ondan çok şey istiyor, ama ona geleceğe dair bir şey vaat etmiyordu. Onun duygusal buhranlarla işi yoktu. Doğrudan ya vardı ya da tamamen yoktu. Demir, belki de onu bu yüzden böylesi bir şiddetle seviyordu. Belki kararlılığından, belki dik duruşundan, belki nefis vücudundan, belki de gemi gibi sağlam oluşundan, bakışıyla tepetaklak edişinden... Belki de sadece seviyordu.

Ve Demir korkuyordu. Kararlılığı ve inatçılığı, kafatasının içindeki zehir gibi beyinle bir araya geldiğinde onu gideceği yoldan kimsenin döndüremeyeceğine artık emin olmuştu. Süheyla, onaylarcasına başını salladığında ardında yatan şey konunun uzamaması ve baştan savmaydı. Süheyla, yeri geldiğinde bir baş sallama hareketiyle tüm kaosu durgun bir denize çevirebilirdi.

İç çekti. Nerede olduğunu bilemiyor olmak onu delirtiyordu. Gözü kara bir öfkeyle, sönmeyecek bir intikam ateşiyle ve cesaretiyle bir ordunun içine pervasızca dalabilirdi. Demir, hiçbir şekilde ona 'Hoşça kal' demeye hazır değildi. Zaten böyle bir şeye o saatten sonra hazırlıklı olması imkânsızdı.

Onun zarar görmesini istemiyordu. Onu, tüm bu karmaşanın içinden çekip almak istiyordu. Belki onu daha başka, karışık bir duygusal karmaşanın içine çekecekti, ama hiç değilse zarar görmezdi. Süheyla, duygusal bir karmaşanın içinden dimdik, başı yukarıda çıkabilirdi.

Demir, onu şımartmak istiyordu. Çok zordu. Şımartılmaya alışkın olmayan bir kadının ilgili tavırlara karşı verdiği tepki bazen komik bazen de hemen arkasından yeni bir tanesini yapma isteği uyandıracak kadar keyif vericiydi. Demir, onu şımartmak istiyordu. O ince bedeninin içinde ne kadar acı barındırıyordu? Süheyla'nın içinde kaç kadın yaşıyordu?

Abisiyle yaptığı şiddetli tartışmanın ardından dosyasını ondan istemişti. Abisi de muşmula yemiş gibi ekşi bir suratla raporları ona vermek zorunda kalmıştı. Demir, aniden gülümsedi. Süheyla'nın yanında ne aradığını sormak için hışımla salona girdiğinde koluna sargı yapılıyordu. Yüzünde taş kadar sert bir ifade vardı. Kolundaki yaraya odaklanmış gözlerindeki şaşkın bakışlarla yüz ifadesi uyuşmuyordu.

Yara endişeleneceği kadar büyük olmadığı için geçmiş olsun dileklerini mırıldanarak, "Nasıl oldu?" diye sormuştu.

Abisi başını kaldırıp ona baktı. Ve hemen ardından gözlerini kaçırdı. "Yerler buz tutmuş, kayıp düştüm."

Demir'in dudakları titredi. Hemen ardından ise gözlerindeki bakış sertleşti. Eğer gerçekten düşmüş olsaydı, yerlerin buzlanmasıyla ilgili ciddi bir nutuk çekerdi. Ve eğer Demir'e karşı bir yanlışı olduğunu düşünmeseydi gözlerini kaçırmadı. Demir neredeyse dişlerinin arasından tıslayacakken yutkunarak kendisine hâkim oldu. "Ne kadar damarına bastın?" diye sordu. Nereden geldiğini biliyordu. Onu tanıdığı için az çok neler söylemiş olabileceğini de tahmin ediyordu. Abisinin sessizliğinin hayra alamet olmadığını biliyordu, ama o bile bu kadar ileri gideceğini düşünmemişti.

"Ne söylemeye çalıştığın hakkında hiçbir fikrim yok!"

Demir, oturduğu koltukta ayaklarının dibine kadar ilerledi. "Eğer benim abim olmasaydın sıktığım yumruklarımı seve seve yüzünü dağıtmak için kullanırdım. "Abisi hızla başını ona çevirirken, dizlerinin üzerine çöktü ve bahsini yaptığı yumruklardan birini onun dizine koydu. "Süheyla'nın yanında ne işin vardı?" Çelik, koluna yaptığı sargıyı henüz bitirmiş olan genç kıza şöyle bir baktı ve o salondan çıkana kadar suskun kaldı. "Koşa koşa sana yetiştirdiğine göre ne hakkında konuştuğumuzu biliyor olmalısın!" Sanki öfkelenmeye hakkı varmış gibi dişlerini sıkmıştı.

"Aracımı park ederken senin araban oradan henüz ayrılıyordu." Soğuk bir gülümseme dudaklarını şekillendirdi. Ve bakışları koluna kaydı. "Süheyla, kendi işini başkalarının sırtına bırakmayacak kadar sağlam bir kadın!"

Çelik, Demir'in bastırılmış bir hiddetle dolan ses tonu üzerine günün onun için iyi gitmeyeceğini anladı. "Sadece, seni bir kez daha kaybetmenin eşiğine gelmek istemediğimi ve aranızdaki şey her ne ise buna bir son vermesini istedim! Araştırmalarıma rağmen kadının neyin peşinde olduğunu bilmiyorum. Ve bu belirsiz durumun ucunun sana dokunmasını istemiyorum. Ondan uzak dur!"

Demir, aniden ayağa fırladı. "Onu mu araştırdın? Allah kahretsin! Böyle bir şeyi nasıl yapabilirsin?" Hiddetle kendi etrafında döndü ve yumruklarından birini ona doğru savurdu. Yumruğu havayı yarıp geçse de, hedefinin olmak istediği yer gayet açıktı. "Neden kendi işine bakmayı bir türlü beceremiyorsun? Sen, kendini ne sanıyorsun ki? Aramızdaki şeyden sana ne?"

Demir dişlerini sıkarken yaylım ateşine devam etti. Neredeyse ona vurma isteğini yerine getirecek kadar çok öfkelenmişken abisi aniden sözlerini bıçak gibi kesti. "Ona âşıksın!"

Demir, ithamına cevap vermedi. "Eğer bir kez daha Süheyla'yla ilgili işlerime karışırsan... Bir abim olduğunu unutacağım!"

Ve onun gözlerine yerleşen kaygıyı izlemek zorunda kalmıştı. Demir bir yere kadar onu anlıyordu. Dibe düşerken; onun ve Demir için verdiği özverinin dışında yanında kimse kalmamıştı. Yaptığı her şeyin altında sadece koruma duygusu yatıyordu. Demir'i koruma, ailesini koruma, adını koruma... Yine de bu, hayatını mercek altına almasını gerektirmiyordu. Ona söz verdiği gibi beladan uzak durmuştu. Kendisine zarar veren her şeyden uzak durmuştu. Ama Süheyla'dan uzak kalması imkânsızdı.

Raporları alıp, odasına çekilmişti. Okumuştu. Okumaması imkânsızdı. Ve okudukça Süheyla'ya daha fazla hayranlık duymuştu. Eskrim de dâhil olmak üzere neredeyse tüm dövüş ve savunma sporlarında ileri derecede bir başarısı vardı. İzmir Dokuz Eylül Üniversitesi'nin spor akademisi bölümünü bitirmiş ve hemen ardından bir dövüş sanatları salonu açmıştı. Kendisiyle birlikte sekiz farklı dalda eğitim veren öğretmenleriyle, yüz elli öğrencisi vardı. Olimpiyatlara adaylar hazırlıyorlardı.

Başarılarını okurken ve yüzünde geniş bir gülümseme oluşurken, kardeşinin ölümünden önce yaşadığı olay Demir'in içinde inişleri çıkışları olan, ama tarif edemediği duygulara neden olmuştu. Nişanlanmış, ayrılmış ve kendi isteğiyle bebeğini aldırmıştı.

Nedenler ve niçinler de önemliydi elbette... Çünkü Süheyla'nın bile isteye bunu yapmayacağını bir şekilde biliyordu. Ve neredeyse ortak bir yaşanmışlıkları olduğunu fark ettiğinde içinde oluşan ılıklık hissi, aklına gelen bir başka düşünceyle alabora olmuş ve tüm karmaşa dindiğinde yerini tarif edemeyeceği bir huzursuzluk almıştı. Aslında ne olduğunu biliyordu. Sadece itiraf etmesi güçtü. Ona bir başkası mı dokunmuştu? Saçlarına da mı dokunmuştu? Parmaklarını çıkık elmacık kemiklerinde dolaştırmış mıydı? Ya doğum lekesini öpmüş müydü? Düşünceler; istemsizce aklına, zihnini yok etmek isteyeceği kadar kötü hayalleri getirmişti. Yakıcıydı, yutkunsa da boğazına takılan o yumruyu gönderemeyecek kadar aciz bırakan bir histi.

Kıskançlık onu ense kökünden sımsıkı kavrarken, ikiyüzlülük yaptığını da biliyordu. Kendisinin hatırı sayılır bir sevgili geçmişi vardı. Süheyla'nın da olması kadar doğal bir şey yoktu. Yine de o an, kıskançlığının bedenine getirdiği hisler karların içinde bile bedenini kavurmaya yetiyordu.

Kafasını iki yana sallayarak tekrar zihnine hücum eden görüntüleri geçiştirmeye çalıştı. Nerede olduğunu merak ediyordu. İyi olup olmadığını merak ediyordu. Yanında olmayı isterdi. Hayır. Yanında olmasını isterdi. Demir, onu karların içine yatırırdı ve kaşla göz arasında onu öperdi. Sonra yürüyüş yaparken Demir ortaya Süheyla'nın tartışmaya balıklama dalacağı bir konu atardı. İkisi didişir ve birbirlerine muhalefet olurken sabah olurdu.

Demir'in omuzları çöktü. Telefonuna bile cevap vermemişti. Onu göremeyeceğini bilmek, özleminin daha yakıcı olmasını sağlıyordu.

Onu bulacaktı. Süheyla, bunu bile bile neden kaçarak kendisini yoruyordu ki?

—·ı·—

İnce uzun parmaklar kıvrıldı ve öne doğru atılıp, birkaç santim ötede duran kapıyı hafifçe tıkladı. Kısa bir bekleyişin ardından daha şiddetli bir şekilde tekrar tıkladı. Muhtemelen bir önceki tıklamanın sesi daha evin içine yayılamadan televizyonun gürültüsünün arasında kaybolmuştu.

Dertli kimselerin dertlerine derman olacağını söyleyen, ama tüm kaygısı reyting olan bir programın sunucusunun hüzünlü sesi sanki genç kadının hemen dibinden geliyordu. Kapı açılmadı. Öfkeyle verdiği soluk burnundan sertçe dışarı fırlarken başını eğerek kapıya yanaştı. Zili çalmak istemiyordu.

Günlerdir izlediği binada yaşayan insanların sıkı komşuluğu canını sıkmıştı. Elbette, komşuluk güzel şeydi. Hele de yaşadıkları zamanda komşuluk kavramı anlamını dahi yitirmişken, birilerinin birbirini kolladığını, merak ettiğini görmek güzeldi.

Ama bu durum Süheyla'nın işini baltalıyordu. Zili çalıp kimsenin kulağını bir farklılıkla doldurmak istemiyordu. Dairedeki televizyon gürültüsünün arasına bir homurdanma karıştı. Ardından tüm bu curcunaya terliklerin zeminde çıkardığı ses eklendi.

Ses ağır aksaktı ve usulca dinlediği kapıya yaklaşıyordu. Sesin iyice kapıya -ya da kendisine- doğru gelmesini bekledi. Ve sonunda iyi bir zamanlamayla kapıyı sertçe tıkladı. Terliklerden gelen sesler duraksadı. Kısa bir süre tamamen durdu ve ardından tekrar hareket etti. Sonunda bir sürgü sesi geldi. Zincirle sürgülenmiş kapı aralandı. Yaşlılığın çizgilerini taşıyan bir yüzün yarısıyla, şüpheyle dolmuş tek bir kahverengi göz kapı aralığında göründü.

"Kimsiniz?" Adamın sesi çatallıydı. Bakışlarındaki şüphe ve merak sesinin tınısına da yayılmıştı.

"İyi günler, efendim. Rahatsızlık verdiğim için özür dilerim." Süheyla, dudaklarının iki yana doğru kıvrılmasına izin verdi. Ve eğer varsa olanca sevimliliğiyle başını hafifçe adama doğru eğdi.

Adam ona geri gülümsedi. "Estağfurullah, kızım. Buyur?"

"Efendim, ben öğrenciyim. Derslerimden arta kalan zamanlarda anketörlük yapıyorum. Sosyal sorumluluk kapsamında bir anket çalışması yapıyoruz. Bunun için size birkaç soru sormama müsaade eder misiniz?" Süheyla tatlı tatlı gülümsedi. Ya da öyle yapabildiğini umuyordu. İlk sözleri, adamın vicdanına doğrudan bir etki yapabilmesi için söylenmişti. Ama adamın bakışından ve yarısı görünen ifadesinden onu geri çevireceği anlaşılıyordu.

"Anlıyorum, kızım. Ama-"

Genç kadın elini aniden şakağına götürdü. Ve olduğu yerde yaprak gibi sallandı. "Özür dilerim." Sesi cılız ve güçsüzdü. Dizlerini hafif kırdı ve düşmemek için bir elini hızla kapı kasasına dayadı.

"Hay Allah!" Adam endişeyle kapıyı kapadı. Zincirin sürgüde kayan sesi geldi. Süheyla, kapı kasasına yığılmış bir görüntü sergilerken kapı ardına kadar açıldı. Buruşuk bir derinin kapladığı, cılız görünen ama gayet güçlü olan elleri genç kadının omuzlarını kavradı. Gerçek bir kaygıyla, genç kadının neredeyse bayılacakmış gibi bir ifade sergileyen yüzüne baktı. "İyi misin, evladım?"

Süheyla, titrekçe gülümsedi. "İyiyim. Çok üzgünüm. Şimdi geçer." Ama kapıya yaslanmaya, güçten düşmüş görünmeye ve baygın bakmaya devam ediyordu.

"Hadi, içeri gir. Biraz su içer, soluklanırsın." Aynı anda genç kadının omuzlarına hafifçe baskı uyguluyordu.

Süheyla, "Rahatsızlık vermek istemem," diye ağzının içinde yuvarladı. "Şimdi geçecektir." Sesi sözlerinden emin değilmiş gibi çıkmıştı.

Yaşlı adam cılız itirazına aldırmadı. Omuzlarına tekrar baskı uygulayarak ve Süheyla'nın üzerine yığılmasına izin vererek çizmelerini çıkarmasını bekledi. Ardından onu salon olduğunu tahmin ettiği bir odaya yönlendirdi. İkili bir koltuğa oturttu ve su getireceğini söyleyerek yaşından beklenmeyecek bir hızla odadan çıktı. Süheyla, koltuğa yığılmıştı. Ama gözleri odanın içinde fıldır fıldır dönüyordu. Adamın terliklerinin seslerini duyduğunda tekrar baygın bakmaya başladı. Bu kadar ses çıkan terlikleri de merak etmişti.

Adam tepesinde dikilip su dolu bardağı ona uzattı. Genç kadın da itirazsız suyu aldı ve bir iki yudum içti. Yaşlı adam kaygıyla, "Daya iyi misin?" diye sordu.

"İyiyim. Teşekkür ederim, efendim. Size de rahatsızlık verdim." Ses tonunun olabildiğince cılız ama aynı zamanda nazik olması için uğraşıyordu. "Daha fazla anket yapabilmek için çok erken çıktım. Sanırım yeterince iyi kahvaltı yapamadım."

Adamın gözlerinden bir hüzün bulutu geçti. Acımayla karışık bir öfke -ki bunun nedenini anlayamadı- hızla yüzüne yerleşti. "Ben de daha kahvaltı yapmadım. Gel, birlikte yapalım." Genç kadına içten bir gülümseme gönderdi.

Genç kadın nazikçe başını iki yana salladı. "O kadar vaktim yok." Blöfünün tutması için dua ederek ayaklanmak için ellerinden destek aldı. "Vaktinizi çaldım. Çok teşekkürler."

Adam aniden omuzlarından baskı yaparak onu tekrar oturttu. "Nereye gidiyorsun? Daha anket yapmadık!"

"Gerçekten mi?" Süheyla, genişçe sırıtırken bitkin görünmeyi de ihmal etmiyordu.

Adam, başını salladı. Onun hemen yanına otururken, "Ailen nerede?" diye sordu. Biraz önceki öfkeli ifadesi gibi sesi de öfkeyle dolu çıktığında onun ailesine kızdığını fark etti.

Süheyla'nın cevabı hazırdı. "Konya." Tekrar gülümsedi. "Bana her ay harçlık gönderiyorlar, ama tek başına koca şehirde okuyabilmek o kadar da ucuz değil!" Süheyla dudaklarını bastırıp perişan bir ifadeyle başını iki yana salladı.

"Pekâlâ, sor bakalım!" Adamın ifadesi kendinden memnun bir hâl aldı. Soruları beklediğini belirtircesine kollarını göğsünde kavuşturdu ve genç kadına göz kırptı.

Adamdan hoşlanmıştı. Oğlunun aksine, adam gerçekten iyi niyetli biriydi. Süheyla, günlerdir ikisini ayrı ayrı takip ediyordu. Adam gördüğü bir dilenciye bile para vermeyi ihmal etmiyordu. Oğluysa araba kiralama şirketinin önünden geçen ufacık liseli kızları tavlamanın peşine düşmüştü.

Süheyla, kendisinin hazırladığı ve bilgisayardan çıktısını aldığı anket sorularının bulunduğu dosyayı açtı. Adamdan öğrenmek istediği tek bir şey vardı. Ama bunu doğrudan soramazdı.

Süheyla, "Anket, aile bağları ve yakınlarını kaybeden insanların bu ölümlere verdiği psikolojik tepkileri araştırıyor," diye bildirdi. Yaşlı adam hafifçe başını salladı.

"Adınız, soyadınız?"

"Emin Gülmez."

"Yalnız mı yaşıyorsunuz?"

"Hayır. Erdem adında bir oğlum var, birlikte yaşıyoruz."

Süheyla, adamın cevaplarını kâğıtlara aktarırken gülme isteğini bastırdı. Adam o kadar ciddi görünüyordu ki. Sorularına devam etti. Yaşını, ihtiyacı olmamasına rağmen alışkanlıktan dolayı bir fabrikada gece bekçiliği yaptığını, en çok istediği şeyin oğlunun mürüvvetini görüp torun sevmek olduğunu öğrendi. Ve bunlar gibi gereksiz birçok bilgi daha öğrendi. Süheyla'nın soruları oğluna doğru kayıyordu. Ve adam, oğlunu o kadar çok seviyordu ki, memnuniyetle cevap veriyordu.

"Laf aramızda, patronunu da hiç sevmem. Tilki bakışlı, hesapçı hergelenin teki! Ama oğlum dibinden ayrılmıyor. Yahu, dört yıldır orada çalışıyor daha çocuğa sigorta bile yapmadı. Ama iyi para alıyor, prim de alıyor..."

Oğlunun patronu Süheyla'yı ilgilendirmiyordu. Ama adamın sözlerini kesmeye de cesaret edemedi. Adam bu konu hakkında konuşmaya oldukça hevesli görünüyordu. Bir iç çekişi bastırdı ve ilgili bakışlarını adamın gözlerinde tuttu.

"Ne işler çevirdiyse ortalıktan yok olmuş. Dükkânı da bizim oğlana bırakmış. Bizimki, ona güveniyor diye bir mutlu ki, sorma! Görsen, sanki mübarek devlet başkanı... Hâlbuki bildiğin ufak komisyoncuymuş. Boşuna ona Simsar demiyorlar..."

Süheyla'nın kasları aniden gerildi. Kalbi göğüs kafesinin içinde hareketlenirken, adamı omuzlarından tutup sarsmamak için kendisini zor tutuyordu. Aynı zamanda beklemediği bu sürpriz bilgi için adamı yanaklarından öpmek de istiyordu. Beyninin bir tarafı adamın sözlerine odaklanmışken diğer tarafı hızla planlar denizinin içine dalmıştı. Adamın ortalıktan kaybolmasının kendisiyle ilgili olduğuna emindi. Neden Süheyla'yı da bulmak yerine kaçmayı tercih ediyorlardı? Hele de iki elemanlarını düşünmeden gözden çıkarmışken...

"Çenem düştü, değil mi?" Adamın ani sorusu üzerine nazikçe gülümsedi ve başını iki yana salladı. "Sen sorularına devam et kızım."

Süheyla'nın soru sorma isteği kalmamıştı. Ama hâlâ Yavuz'un o iş yerinde çalışıp çalışmadığını bilemiyordu. Bunun için sorularına devam etti. Önce adamın aile ya da arkadaş çevresinden bir yakının acı kaybını yaşayıp yaşamadığını sordu. Yaşamıştı. Oğlu henüz dört yaşındayken karısını kaybetmiş, büyük bir buhran içine girmiş, ama oğlu için kendisini toparlayıp ona hem anne hem de baba olarak hayatına devam etmişti.

"Ya oğlunuzun? Annesi dışında, onu etkileyen bir kaybı oldu mu?"

Adam önce dudaklarını büzerek başını iki yana salladı. Süheyla'nın canı sıkılmıştı. Ve bunun belli etmemek için dudaklarını gülümser bir açıda tutuyordu. Tam diğer soruya geçmek üzereyken yaşlı adam bir anda "Aslında var!" dedi. "Geçenlerde iş yerinde çalışan bir arkadaşını kaybetti. Zavallı genç evinde ölü bulunmuş. Kalp krizi geçirmiş. Bizimki de birkaç gün tırnaklarını yedi durdu." Adam hüzünle bir iç çekmek için konuşmasına ara verdi. "Herhalde, genç yaşta ölümü bizim oğlanı korkuya saldı."

"İsmi?"
"Yavuz'muş, ama soyadını bilemem."
Süheyla, istediğini almıştı. Birkaç soru daha sorup, teşekkürlerini ve minnetlerini sunarak evden hızla ayrıldı. Adam, Süheyla'ya başı sıkıştığında onu ziyaret etmesini söylediğinde eğilip yaşlı adamın yanağını içtenlikle öptü. Böyle insanlarla karşılaştıkça insanlığın ölmediğini görmek geleceğe dair güzel şeyler düşünmesini sağlıyordu. Sırf yaşlı adam için oğlunun canını faza yakmamaya karar verdi.

Binadan çıkmadan koluna taktığı afili çantanın fermuarını açtı. İçinden makyaj malzemelerini çıkardı. Ayaküstü ve olabildiğince hızlı davranarak abartılı bir makyaj yaptı. Tüm düğmelerinin kapalı olduğu ve dizlerinin altında biten paltosunun düğmelerini açtı. Sabahın köründe düzleştirdiği ve ördüğü saçlarını saldı. Ve bina kapısındaki belirsiz yansımasına baktı.

Dizlerinin üzerinde sivri topuklu çizmeleri, minicik eteği, V yakalı lacivert kazağıyla oldukça hoş görünüyordu. Görünüşüne tek kaşını kaldırarak attığı bakışın ardından hızla binadan ayrıldı. Ve hiç duraksamadan Şahin Rent a Car'a doğru ilerlemeye başladı.

Erkekler; kalp, çiçek ve böcekle işleri olmadığında, yüz güzelliğinden ziyade boyundan aşağısını dikkate alıyorlardı. Süheyla da Erdem'in bir dişide nerelere baktığını gayet iyi anlamıştı. Bunun için işi zor olmadı. Antalya'dan bir iş için İstanbul'a geldiğini ve iki gün için araba kiralamak istediğini söylediğinde Erdem, tüm bedenini baştan ayağı süzdükten sonra ona yardımcı olmuştu.

Süheyla, rahat bir tavırla onunla sohbete başlamış, gevşek herif de ona kolayca ayak uydurmuştu. Ardından Süheyla daha önce yine geldiğini, ona Yavuz adında birinin yardımcı olduğunu hatta İstanbul'u bilmediği için onu bir Acıbadem'de bir bara götürdüğünü anlatmıştı.

"Kahretsin! Hafızam o kadar kötü ki, adresi hatırlayamıyorum. Acıbadem'i de sırf acıbademi yemeye doyamadığım için hatırlıyorum." Süheyla, alt dudağını ısırdı. Ve Erdem'in gözleri dudaklarına kaydı.

Yüzü güzeldi. Orantılı hatları ve kalın dudakları vardı. Aslında basitleşmeden de bir kadının ilgisini kazanabilirdi, ama işte öyle bir babadan böyle bir evlat çıkmıştı. Erdem çapkınca gülümsedi. Ve kayıtsız olmaya uğraşarak, "Çok iyi yerler biliyorum. Yavuz'un seni götürdüğünden daha iyi olduğuna eminim. Akşama seni götürebilirim." Son kelimesindeki çift anlamı bir aptal bile anlayabilirdi.

Süheyla, ona sert bakışlarından fırlatmak isterken hevesli bir gülümseme gönderdi. "Gerçekten mi?" Yeni yetme gibi ellerini çırptı ve şımarık bir eda sergiledi. "Yaşasın!" Ardından somurttu. Kimliğini ona vermek gibi bir niyeti yoktu. Bunun için de araba kiralamaması gerekiyordu.

Erdem, yüzündeki somurtkan ifadeyi fark ettiğinde, "Ne oldu?" diye sordu.

"Eğer sen, beni götüreceksen; arabayı boş yere kiralamış olacağım!"

Erdem, gözlerini devirdi. Teklifsizce yanına geldi ve bir kolunu omzuna doladı. "O da sorun mu? Sen adresini ver. Ben, seni akşama alırım."

Genç kadın başını iki yana salladı. "Hiç gerek yok. Üç sokak ötedeki otelde kalıyorum. Saat verirsen buraya gelirim."

Erdem, omuz silkti. "Bana uyar!" Yanağına uzandı ve bir makas aldı. Süheyla, onun parmaklarını büküp bir tarafına sokma isteğiyle doluyken yine hafifçe gülümsedi.

Erdem'in belirlediği saati bir dakika geçmeden kiralama şirketinin önündeydi. Erdem de kıyafetlerini değiştirmiş, saçlarını muhtemelen bir ineğe yalatmış ve parfüm şişesinin içine düşüp boğulmaktan kurtularak yanına gelmeyi başarmıştı. Süheyla, onu takdir etti. En azından özenliydi.

Süheyla, kıyafet değiştirme gereği duymamıştı. Üç sokak ötedeki otelin kahvaltı salonuna gitmiş, kahvaltı yapmış ve akşama kadar restoranında beklemişti.

Erdem'in, akşamın startını vermek için seçtiği bar nispeten iyiydi. İçtiler, güldüler, dans ettiler... Ve adam ona dokunabileceği hiçbir fırsatı kaçırmadığı gibi onu iki kez de öpmeyi başarmıştı. Süheyla, sonunda onun dudaklarını koparmaya karar verdi.

Daha bara gireli iki saat bile olmamışken sabırsız ve iki kadeh votkayla sarhoş olan Erdem kalkmayı teklif etmiş ve Süheyla da bu işkenceye daha fazla katlanmayı göze alamadığı için teklifinin üzerine atlamıştı. Arabayı Süheyla kullanmıştı, çünkü genç adamın zihninin berraklığına güvenememişti. Ama ilerlerken hata ettiğini anlamıştı. Adam her fırsatta elini bacağına koymuş ve genç kadın gülümsemek için bedeninde bulunan tüm gücü kullanmış ve gerçekten yorgun düşmüştü. Bazı zamanlarda gülümsemenin bu derece yorucu olduğunu tahmin edemezdi.

Sonunda kendini sabahın köründe üçüncü kata çıkmak için kullandığı asansörde bulmuştu. Erdem'in üzerine yığılmasına, dudaklarını boynuna gömmesine izin vermiş, dizini yukarı kaldırmamak için kendisiyle mücadele etmişti.

Genç adam, ceketinin cebinden anahtarlarını çıkarır, sebepsiz yere kıkırdar ve hayatından oldukça memnun görünürken genç kadın bir ayağının yerde ritim tutmasına engel olamadı. Kapı açıldı. Erdem geri çekildi ve dili dolanarak, "Fakirhaneme hoş geldin," dedi.

Süheyla, bu defa çizmelerini çıkarma gereği duymadı. İçeriye adım attı. Ardından Erdem de girdi, ayakkabılarını çıkardı ve kapıyı kapadı. Geniş bir gülümsemeyle arkasını döndüğü anda genç kadının muştalı yumruğunun tadına baktı. Geriye sendeleyip kapıya çarpmadan hemen önce Süheyla yakasına yapışıp bedenini kendisine çekti. Adamın afallamayla irice açılmış gözlerine bakarken dizini sertleşmiş olduğunu iyi bildiği erkekliğine geçirdi ve genç adamın nefesini kesti.

Erdem, iki elini birden bacaklarının arasına götürür ve acıyla bağırırken genç kadının sert tekmesi yüzünde patladı. Erdem, saniyeler içinde yere devrilmiş, inleyerek kıvranıyordu. "Allah'ın belası orospu!" diye bağırdı. Ve gürültü yapmaya devam etti. Genç kadın onun bağrışları ve inlemeleri arasında mutfağa gitti.

Tezgâhın üzerinde duran temizlik bezlerinden birini aldı. Geri döndü. Ve hâlâ küfür etmeye devam eden gencin ağzına tıkıştırdı. Bedeni o fark edemeden acıyı kabullenirken, genç adamın kasları gerildi. Süheyla, onun bitkin düşmesini istiyordu. Art arda iki yumrukla genci tekrar afallamaya ve acıya sevk etti. Çantasında bulunan plastik kelepçeleri çıkardı. Onunla kısa bir mücadelenin ardından ellerini ve ayaklarını, kelepçeler bileklerini acıtacak kadar sıkıca bağladı.

Ve ağzından temizlik bezini çıkarmadan önce, onu ensesinden tutup çekiştirerek kapı girişinden uzaklaştırdı. Önünde iki oda kapısı duruyordu. Süheyla, sol tarafta bulunan odayı tercih etti ve iyice hantallaşan bedenini de yanında sürükleyerek genci odanın içine sokup, oturur pozisyonda kapıya yasladı. Işığı özellikle açmadı. Kapalı perdeleriyle oda neredeyse zifiri karanlıktı. Karanlıkta kalmak, Erdem'in içindeki korkuyu daha da yüzeye çıkaracak ve aklını karıştıracaktı. Ve Süheyla'dan bir an önce kurtulmak için sorularına daha kısa sürede cevap verecekti.

Ama patronunu sevdiği göz önüne alınırsa belki biraz diretebilirdi. Genç kadın yüzünü net olarak göremediği gencin önünde eğildi ve neredeyse aynı boya indi. "Ağzındaki bezi çıkaracağım, ama gürültü yaparsan çeneni kırarım. Cidden yaparım."

Süheyla, onun saçlarını canını acıtmayacak şekilde kavrarken, Erdem başını onaylarcasına salladı. Süheyla, elini geriye çekti. Bezi ağzından çıkardı. Ve Erdem, fısıltıyla, "Orospu! Ne istiyorsun benden?" diye sordu.

"Yavuz'un neden öldürüldüğünü biliyor musun?"

Erdem, inledi. Muhtemelen darbe alan çenesi ve zedelenen dudağı ağzını açtığında canını yakıyordu. "Sevgilisi miydin?"

"Hayır. İzmir'de öldürdüğü Umur'un ablasıyım."

"Ne? İzmir'de birini mi öldürmüş? Yemin ediyorum! Allah belamı versin ki, benim haberim yok!"

"Kardeşim şirketinizdeki bir arabayla kaza yapmış! Yavuz ve cüce lakaplı iki kişiyi de bir yere not almış. Ben onları aradığım için ikisi de öldürüldü."

Süheyla, sözlerine devam edemeden Erdem atıldı. "Bak! İzmir'e gittiklerini ve araçlarımızdan biriyle kaza yapıldığını biliyorum. Biz, kendi belirlediğimiz insanlara araç kiralamış gibi yaparız ve araçlarla kaza yaparak sigortadan para alırız! İzmir'e gitmeleri bana bile garip gelmişti, çünkü İstanbul dışında bir ilde ilk defa iş yapmıştık. Benim öldürülme işiyle bir ilgim yok! Sadece bu kadarını biliyorum."

"Patronun nerede saklanıyor?" Süheyla, ayrıntılarla ilgilenmeyecekti. Gencin hiç itirazsız bilgi vermesi onu hem şaşırtmış hem de fazla uğraşmayacağı için sevindirmişti. Doğrudan patronunu bulacak ve eğer becerebilirse canını alacaktı. Ama önce kardeşini neden öldürmek istediğini soracaktı. Umur, bu alengirli işleri ihbar etmeye mi karar vermişti? Kardeşi dürüst ve düzgün bir gençti. Ve Süheyla, onun her türlü ihtiyacını karşılıyordu ve paraya ihtiyacı olmadığını düşünüyordu. Ama bilmediği bir borcun altına mı girmişti?

Aklına aniden hücum eden soruları zihninde gerilere savurdu ve karşısındaki gence odaklandı. "Evet?"

Gözleri karanlığa alıştığı için kafasını iki yana salladığını fark edebilmişti. "Söyleyemem!" diye fısıldadı.

"Söyleyeceksin. Yoksa istemesem de canını yakacağım. Hatta babandan ne kadar hoşlanırsam hoşlanayım, onun da canını yakacağım!" Gencin çenesine uzandı ve parmakları sertçe etini kavradı. "Yerinde olsam sana hem anne hem de babalık yapmış bir adam için bildiklerimi saklamazdım! Eğer kardeşimin ölümüne neden olanları bulamazsam, gerçekten birilerinin canına kıyacağım."

Sözlerindeki doğruluk kendisini de şaşırtmıştı. Ve doğruluğu tehdidini daha inandırıcı kılmıştı. Erdem, başını hızla yukarı kaldırıp sık nefesler almaya başladı. "Söyleyemem! Beni öldürür." Kendini kaybetmiş gibi başını iki yana sallamaya başladı.

"Sanmıyorum. Bir ölünün başka birini öldürmek gibi meziyetleri olduğunu hiç duymadım."

Erdem, hıçkırmaya başladı. "Şile yakınlarında bir yerde, bir kulübede kalıyor."

Süheyla, ondan tam adresi aldı. Erdem'i bağlı halde bırakarak odadan çıktı. Erdem'in babası gelene kadar fazla zamanı yoktu. Ama evden çıkmadan önce banyoya girdi. Diş macununu ağzına sıktı ve bol suyla çalkaladı. Öğürme isteğini yutkunarak bastırmaya çalıştı. Ve hemen ardından evden ayrıldı.

Timuçin Bey'in, onun için ayarladığı eve vardığında henüz on bir bile olmamıştı. Yorgunluğunu bedeninin her santiminde hissediyordu. Ve kahretsin ki, durup dinlenmek için zamanı yoktu. Banyo yapacak, üzerini giyecek ve hemen ardından çıkacaktı.

Müstakil bir yapı olan geçici evinin bahçe kapısından içeri girdi. Adımları hızlıydı. Ağzından çıkan buhar daha havaya yayılamadan arkasında kalıyordu. Cebinden anahtarlarını çıkardı. Kilide yerleştirdi. Ve ilk çevirişinde kapı kolaylıkla açıldı.

Genç kadının gözleri kapandı. Kapıyı kilitlediğini iyi hatırlıyordu. Bir heyecan dalgası sersemleten bir hızla bedenini yokladı. Gözlerini açtı ve başını inanamazmış gibi iki yana salladı. Ardından içeriye girip kapıyı kapadı. Kalbi, mantığından daha çılgın bir tepki veriyordu. Bedeninin ona karşı verdiği tepkilere hâkim olmak elinde değildi. Onu bulmuştu. Ve kapıyı özellikle kilitlememişti ki geldiğini anlasın…

Paltosunu çıkarmadan önce ışıkları yaktı. Başını hafifçe çevirdi. Ve işte bedeninde farklılıklara yol açan adam, tüm güzelliğiyle karşısında duruyordu. Ona edemezdi belki, ama kendisine itiraf edebilirdi. Özlemişti.

Süheyla'nın dik bakışlarına göz kırparak cevap verdi. Onu öptüğünde güzel hisler uyandıran dudakları aralandı. "Söylemiştim," diye mırıldandı.

Süheyla çantasını yere bıraktı. Giyinip çıkması gerekiyordu. Ama Demir Bey yanındayken bu imkânsızdı. Gelmek isteyeceğini ya da geleceğini adı gibi biliyordu. Ama onu peşinden sürüklemeyecekti.

"O yaşlı bunağın kemiklerinden kendime bir sallanan sandalye yapacağım. Artan kemiklerinin suyuna da bir çorba kaynatacağım. Sandalyemde otururken keyifle çorbamı içeceğim."

Adam hoş sesiyle güldü. "Yapamazsın!" Yaslandığı duvardan kendisini ayırdı. Paltosunu çıkarmaya yardımcı olabilmek için ellerini genç kadının bedenine uzattı. "Yemek yapmak konusunda oldukça beceriksizsin."

Tüm bu karmaşanın içinde onu gülümsetebilecek tek kişi olduğu için madalyayı hak ediyordu. Genç kadın alay eden bir sesle, "Sandalye konusunda ısrarcıyım," dedi.

"Ona şüphem yok." Genç adamın parmakları kasıtlı olarak ensesini kaplayan deriyle kısa bir temas içine girdi. Ve tüy kadar hafif dokunuş genç kadının içinde bir yerlerin hoplamasına neden oldu. İçine düştüğü saçma durum karşısında kendi kendine gözlerini devirirken, adamın paltosunu çıkarmasına izin verdi. Mücadele edecek kadar enerji sarf etmek ahmaklık olurdu, çünkü adam inatçıydı.

Paltoyu kollarından aşağıya çekerken -ve kasıtlı bir yavaşlıkla hareket ediyordu- elleri genç kadının ellerine dokundu. Demir Bey'in yüzüne ciddi bir ifade yerleşti. Paltoyu asmaya gerek duymadan yere bıraktı ve ellerini kendi avuçları arasına aldı.

"Buz kesmişler!" Sesindeki bariz hiddet, Süheyla'nın gözlerini devirmesine neden oldu. Genç adam, başını birleşmiş ellerine eğdi. Sıcak nefesini hafifçe üfledi ve genç kadını tepeden tırnağa titretti. "Sana o eldivenleri süs olsun diye almadım!" Nefesiyle genç kadının ellerini ısıtmaya devam ederken onaylamazca başını iki yana salladı. Süheyla, ellerini geriye çekmedi. Hayır. Onunla tartışmamak için değil... Sadece çekmek istememişti. Adamın nefesi sadece ellerini ısıtmıyordu ki, kalbini de giderek şiddetlenen bir ateşe veriyordu. Süheyla, bu adamla ne yapacaktı?

Alaycı bir sesle, "Kıyafetime uymuyorlardı," dedi.

Adam gözlerini kaldırdı. Bakışları kararmıştı. Ve o gözlerde anlamlandıramadığı bir şeyler vardı. "Ah. O seksi şeyler." Genç kadının ısınmamak için inat eden ellerini kavradı. Usulca boynuna doğru götürdü. Ve omzuyla boynu arasında bir yere hafifçe bıraktı. Ardından ona göz kırptı. "O zaman her kıyafetine uygun bir tane almam gerekiyor."

"Belki." Genç kadın omuz silkti. Aklı, ellerinin altındaki sıcak ve yumuşak ten yüzünden buharlaşma tehlikesi altındaydı.
"Demir Bey, ne yaptığınızı sorabilir miyim?"
"Elbette."
"Ne yapıyorsunuz?"
Adam derince bir iç çekti. Süheyla'nın elleri hâlâ onun teni üzerinde duruyordu ve görünen o ki, bulundukları yeri sevmişlerdi. "Her ne kadar amacım ellerini ısıtmak olsa da sanırım kendimi cehenneme atıyorum."
Süheyla'nın kaşları derinleşti. "Umarım kavrulursunuz."
"Zalimsin, kadın!"
"Muhtemelen."
Adam sanki karşı koymak istiyormuş, ama engel olamıyormuş gibi gözlerini yüzünde aşağıya indirdi. İstemsizce olduğu her halinden belli olarak dişlerinin arasından bir nefes çekti. "Kahretsin! Kimin aklını başından aldığını -çünkü istediğinde bunu çok iyi beceriyorsun- deli gibi merak ediyor olsam da... Neden benim yanımda giyebileceğin en basit şeyleri giyiyorsun?" Adam bunu gerçekten merak ediyormuş gibi görünüyordu.
"Çünkü ben, o'yum!"
Adam sırıttı. Ona uzandı. Dudaklarından hızlı bir öpücük çaldı. "Neredeydin?"
"Sizi ilgilendirmeyeceğine emin olduğum bir yerde!"
"Birkaç günümü seni kıskanmakla geçirdiğim ve daha fazlasına katlanamayacağımı bildiğim için bu konuyu daha sonraya bırakıyorum."
Adam, konuşmaya devam edecekti. Belliydi. Ama sözleri Süheyla'nın kalbine bir şeyler yaptı. "Kıskanmak mı?"
Demir Bey, sorudan hoşlanmamış gibi yüzünü buruşturdu. Yine de dürüstlükle cevap verdi. "Evet." Gözlerine suçlu bakışlar yerleşirken, "Abimin, senin hakkında topladığı raporları okudum," dedi.
Süheyla'nın tepkisi aniydi. Ellerini boynundan çekti. Genç adamın kaburgalarına dirseğini sertçe geçirdi ve başını iki yana sallayıp yanından geçip gitti.

Genç adam iki büklüm olup inlerken, "Ne? Sen okumaz mıydın?" diye sordu.

Süheyla, salona gitti. Koltuklardan birine oturdu ve çizmelerini çıkarırken cevap verdi. "Hem de her satırını."

Genç adam, onun sözlerinin ardından güçlü bir kahkaha patlattı. "Tapıyorum sana, kadın!"

## Bölüm 17

Kulaklıklarını sadece birkaç dakika için çıkarmış olsa da kulakları buz kesmişti. Keskin soğuğa karşı giydiği muhafazalı kıyafetlere rağmen arada bir içi titriyordu. Neyse ki askerlik yaptığı yıllarda böyle zorlu sınavlardan onlarca kere geçmişti. Ve tabii daha sonra, devlet için gizli görevlerde çalıştığı zamanlarda bir tişörtle binanın çatısında, yağmurun altında kaldığı zamanlar da çok olmuştu.

Şimdi kazandığı tüm bu tecrübeyle hayatını devam ettiriyordu. Tecrübeleri kazanmak için tek elini vermiş olsa da bundan gocunmuyordu. O anda soğuktan kulağına yapışmış gibi olan telefonu tutan diğer eli de yeterince iş görüyordu. Bir de istediği kişiye ulaşabilseydi, her şey harika olacaktı! Telefonu kaliteliydi. Operatörü de iyiydi, ama her nedense çevir sesini bir türlü duymuyordu.

Telefonu indirip ekrana baktı. Numarayı tekrar aradı. Sonunda duyduğu çevir sesiyle derin bir nefes aldı.

"Evet?" Karşıdaki seste bariz bir merak ve anlayamadığı bir şey daha vardı. Hüzün mü?

"Sanırım bir dolap dönüyor."

Demir Bey, kısa süre duraksadı. Bu adamdan hoşlanıyordu. Ve kısa süreli duraksama anında bu sebepsiz hoşlanmayı düşündü. Birileri her zaman ona iş verirdi. Kimisi o anda yaptığı gibi gözetleme işi de oluyordu. İşvereniyle asla samimi olmazdı. Ve o insanlar her zaman kendi işleri için onu ararlardı. Demir Bey, değil! O, kendisini ne zaman arasa mutlaka bir başkasına yardım amaçlı oluyordu. Gerçek bir yardımsever gördüğünde bir uzaylıyla karşılaşmış gibi tepki veriyordu. Elinde değildi. Bunun biraz da yaşadığı geçmiş yüzünden olduğunu biliyordu.

"Ne gibi?" Demir Bey'in sesiyle birlikte hızla içsel düşüncelerine son verdi.

Konuşmadan önce yutkunmak zorunda kaldı. Soğuk, sanki boğazından aşağıya keskin bıçaklar gönderiliyormuş gibi hissetmesine neden oluyordu.

"Simsar ve saz arkadaşları dışarı çıktılar-"

"Yani?"

"Sözümü kesmezseniz anlatacağım!"

Demir Bey'in neşesiz gülüşünü duydu. "Yakın bir arkadaşımın sağlık durumuyla ilgili ciddi bir sorun var."

Bunu anlayabilirdi. Ama iyi dileklerle geçirecek vakitleri olmayabilirdi. "Geriye dönmediler... Garip olan tarafıysa hepsinin mont bile almadan, kulübenin kapısını açık bırakıp, kısa aralıklarla tek tek çıkmış olmaları. Işıklar yanıyor, kapı açık. Bu... tuhaf!"

Karşısındaki adam derin ve kaygı dolu bir iç çekti. Ve hatta, 'Matruşka!' diye fısıldadığına yemin bile edebilirdi. Matruşka mı? "Bir şeyi kontrol etmem gerekiyor, sana döneceğim."

Telefonu kapattı. İki gündür adamları izliyordu. Niye izlediği hakkında hiçbir fikri yoktu. Daha önce de İstanbul'da, Simsar takma adlı Şahin Kalkan'ı araştırmıştı. Adamın bir araba kiralama şirketi vardı. Ama asıl parayı sigortadan kazanıyordu. Kolay para kazanma heveslisi gençlere farklı isimlerle araç kiralıyor, kiraladıkları araçlarla kaza yaptırtıyor ve sigortadan para alıyordu. Ve bir de klonlama ya da ikiz araç denilen yöntemlerle bir aracın benzerini yasal olmayan yoldan trafiğe çıkarma işine girişmişlerdi. En bilinen tabiriyle 'change'. Adam parayı illegal işlerden buluyordu. Ve şebeke o kadar sağlamdı ki, yakalanma korkusu bile yaşamıyorlardı. Ancak ve ancak akla hayale gelmeyecek -şu anda kendi durumları gibi- durumlarda anlaşılabilirdi.

Koşturmalı bir hayata alışmış insanların kıç kadar bir kulübeye tıkılıp, sessiz sedasız takılmalarının altında başka nedenler yatardı. Demir Bey'e her gün onlar hakkında rapor veriyordu. Ve verdiği rapor sadece birkaç kelimeydi. 'Bir değişiklik yok.'

Ama o anda bir farklılık vardı. Ve soğuktan hissetmediği burnuna pis kokular geliyordu. Telefonu titredi ve hızla aramayı cevapladı.

Demir Bey, "Başka birine dair bir şeyler fark ettin mi?" diye sordu. Sesi hiç olmadığı kadar sert, ama aynı zamanda korku doluydu. O korkuyu iyi bilirdi. Kokusunu bile duyardı.

"Hayır. Başka birine rastlamadım. Bulunduğum açı sadece kulübeyi uzaktan gözetim altında tutmak için elverişli. Ağaçlar görüşümü kısıtlıyor!"

"Dikkat çekmeden yaklaşabilir misin?"

"Denerim."

Telefonu tekrar kapadı. Adamların ortadan kayboluşunun üzerinden neredeyse bir saat geçmişti. Eğer parkın derinliğine doğru ilerlemişlerse kendisinin de yarım saate ihtiyacı olacaktı. Bulunduğu yerden hoşlandığı için yamaçtan aşağıya inerken homurdanıyordu. Kulübe küçük bir açıklık alanın ortasında konuşlandırılmıştı. Etrafını sık ağaçlar çevreliyordu. Hangi yöne gittiklerini bilmediği gibi tahmin etmekte de zorlanıyordu.

Daha yamacı yeni inmişti ki, bir araç lastiğinden çıkan kulak tırmalayıcı ses kendi kulaklarına kadar ulaştı. Ses uzaktan geliyordu. Ormanın kendine has gece gürültüsünün içindeki bu farklı sesle birlikte kaşları çatıldı ve olduğu yerde birkaç dakika bekledi. Gece görüşlü dürbünüyle etrafı şöyle bir kolaçan edip tekrar ilerledi.

Kulübenin yanına varması bile yirmi beş dakikasını almıştı. Giriş kapısının hemen üstüne asılan lambadan yayınlan cılız ışık hemen ayaklarının dibinde bitiyordu. Daha fazla ileri gitmeden tekrar dürbünüyle etrafı gözden geçirdi. Görünüşte kimsecikler yoktu, ama ensesi karıncalanıyordu.

Birkaç dakika daha bekledikten hemen sonra hızlı adımlarla kulübeye doğru ilerledi. Prefabrik olan yapının giriş kapısından içeri uçarcasına girdi. Televizyonun kısık sesi de kulaklarına o anda doldu. Holün duvarlarının iki yanında olan kapalı kapıları geçip salon olduğunu tahmin ettiği bölüme daldı. Dikkatli gözleri etrafta ayrıntılı bir gözlem yaptı.

Salonun ortasında idareten olarak kullanıldığı belli olan büyükçe bir sehpanın üzerinde televizyon duruyordu. Ekranında, sürekli kadınların podyumda yürüyüp durduğu şu kanallardan biri açıktı. Eski püskü iki çekyat hemen televizyonun önünde, karşılıklı konuşlandırılmıştı. Çekyatların ortasında, üzerinde çerez kâselerinin ve bira kutularının olduğu dikdörtgen bir sehpa vardı. Adamların evden çıkmak gibi bir niyetlerinin olmadığı; sehpanın kıyısına konmuş tepsinin üzerinde, sahanın içindeki henüz dokunulmamış yumurtadan belliydi. Sahanın kenarında üç çatal ve bölünmüş ekmek parçaları vardı.

Arka taraftan gelen bir sesle başı hızla yukarı kalktı. Sert adımlar gittikçe ona ya da kulübeye doğru yaklaşırken kendini kapısı kapalı olan odalardan birine attı. Saklanacak bir yer yoktu. Şansını kapının arkasında beklemekten yana kullanmak zorundaydı.

Adımlar gittikçe kendisine yaklaştı. Kapının önünden hızla geçti.

Biri, "Susturucuyu da al!" diye mırıldandı. "Gecenin köründe milleti işkillendirmeyelim."

"Kaz kaz canım çıktı be! Amelelik yapıyoruz resmen! Anasını bellediğimin karısı da neredeyse öldürecekti bizi!"

"Kes tatavayı da acele et!"

Adımlar tekrar kapının önünden hızla geçti. Birkaç saniye bekledi. Ve telefonunu çıkarıp tüm konuşmayı Demir Bey'e mesaj olarak iletti.

―✵―

Demir, arkasında bir aracın içinde altı kişi ve arkalarında bir ambulansla Ömerli'deki Avcı Koru Mesire Yeri'ne doğru hızla ilerliyordu. Korku, kalbinin üzerine bağdaş kurmuştu. Zihni ara sıra berraklığını yitiriyor, aynı zamanda deli bir öfkenin pençesiyle boğuşuyordu.

Ona rica etmişti. 'Uslu Dur' demişti. Ve o da yine kahretsin ki başını sallamıştı. Demir bunu göz ardı etmezdi, ama Süheyla aniden onu öpmüş ve göz kırpmıştı. Demir de erimiş bir beyinle oradan ayrılmıştı. Veda öpücüğü olduğu aklına bile gelmemişti. Kahretsin! Kahretsin! Kahretsin! Onca itiraftan, onca şeyden sonra... Vedayı hak etmiyordu!

Demir anlayabilirdi. Süheyla'nın bir şeyler çevireceğini fark edebilirdi. Veda öpücüğünü de fark edebilirdi. Ama yakın arkadaşı Ali Tekin'in içinde bulunduğu tehlikeli durum aklını sadece buna yormasına neden olmuştu.

Yine de... Bir şeyleri hissetmiş olmalıydı ki, onu aramıştı. Süheyla, aramasına cevap vermek yerine ona görüntülü bir mesaj atmıştı. Bedeni sarındığı yorganın içine gizlenmiş, sadece kafası dışarıda, Demir'e öfkeli ve uykulu gözlerle bakıp, "Müsaade edin de uyuyayım!" diye cırlamıştı. Demir de aptal gibi ona inanmıştı!

Eli hızla yukarı kalktı. Havayı yararak aşağıya indi ve sertçe direksiyonu buldu. Ne oldurdu sözünü dinleseydi? Demir, ona veda etmek zorunda kalırsa aklını gerçekten yitirirdi. Ve buna memnun olurdu. Acısına katlanmaktansa aklını yitirip hiçbir şeyin farkında olmamaya razıydı.

Araba neden daha hızlı gitmiyordu? Demir Mızrak, kullandığı aracın gaz pedalına sonuna kadar basıyordu. Aracın motoru zorlanıyor, hızıyla titriyordu, ama bunu fark edemiyordu.

*Dört saat önce*

"Kolaya kaçtınız!"

Demir, afallamış göründü. "Kolaya kaçmak mı?" Süheyla'nın ithamına yüzünü buruşturarak cevap verdi. "Timuçin Bey yerine başka bir yol deneseydim muhtemelen daha az sinir harbi yaşar ve daha az yorulurdum!"

Genç kadın, sözlerine inanmıyormuş gibi küçük bir dudak hareketi yaptı. Ancak Süheyla bir dudak hareketine onlarca sözü sığdırabilir ve insanı küçümseyebilirdi. Hemen arkasından genç kadının dudaklarında hoş, hatta muzip sayılabilecek bir gülümseme belirdi. "Timuçin Bey'e acımalı mıyım?"

Genç adam genişçe sırıttı. "Kesinlikle!" Ağır ağır genç kadının oturduğu koltuğa doğru ilerledi. Hafif tutmaya, alaya alıyor gibi görünmeye çalışabilirdi. Ama lanet kadın, tenine yakışan koyu mavi bir kazak, minicik bir etek giymişti. İkisi de bedenini ikinci bir deri gibi sarmıştı. O, böyle karşısında tüm dünyayı yönetebilecek bir edayla oturup aynı anda seksi görünmeyi başarabiliyorken, Demir'in aklını da gözlerini de yerinde tutabilmesi güçtü. Ne konuşuyorlardı? Ah. Evet. "Sanırım doğduğu güne, günde beş yüz kere lanet etmiştir."

Süheyla'nın hemen yanına, bir bacağını altına alarak oturdu. Bedenini ona çevirdi. Bu otokontrolünün dışında olan bir şeydi. O neredeyse Demir de otomatikman o yöne dönüyordu. "Ama şoka girdiği an; sanırım onun odasında, onun masasında sabahın köründe beni bulduğu andı."

Süheyla güldü. "Ne yaptı?"

Demir omuz silkti. "Kendi mekânımdaymış gibi davranmamı ve her ne yapıyorsam devam etmemi söyledi."

Süheyla, gerçek bir merakla kaşlarını kaldırdı. Dudaklarında samimi bir gülümsemeyle, bir dirseğini koltuğun sırtlığına dayayıp başını da eline bıraktı. "Ne yapıyordunuz?"

"Çekmecelerini kurcalıyordum."

Kadın başını arkaya attı. Ve arada sırada bahşettiği kahkahalarından birini koyuverdi. Demir'in suratı asıldı. Gülüşünün, üzerinde tuhaf bir etkisi vardı. Tüyleri hazır ola geçip selam veriyor, ensesi karıncalanıyor, midesine kramplar giriyor ve bedeninin alt kısımlarında hareketlilik baş gösteriyordu. Bunun deneyimini yaşamak garipti. Altı üstü bir kahkahaydı işte! Neydi bu? Bedenlerin kimyasının kaynaşması mı? Hani, her zaman dile getirilen, ama Demir'in bir türlü anlam veremediği şu elektrik olayı mıydı? Eğer öyleyse... Süheyla 1000 vat çekiyordu. Ve Demir, ona dokunursa çarpılacaktı. Dokunursa yanacaktı. Dokunursa o şiddetli akıma kapılacaktı. Yine de bile isteye dokunmak istiyordu. Çok istiyordu.

Genç kadının gülüşü azaldı. Ardından tamamen soldu. Demir, "Yine yapsana," diye mırıldandı.

Kadının kaşları şüphe ve merakla hafifçe çatıldı. "Neyi?"

"Gülsene."

Süheyla, ondan beklenmeyecek bir tepki olarak ona hiç uymayan bir şaşkınlıkla gözlerini kırpıştırdı. "Niye?"

"Hoşuma gidiyor." Demir omuz silkti. "Ya da bedenimin hoşuna gidiyor. İçim bir hoş oluyor."

Süheyla, ona sadece baktı. Baktı. Baktı. Gülmedi. Bir şey de söylemedi. Öylece bakmaya devam etti.

Demir, sonunda dayanamadı. "Ne?"

"Ben, sizinle ne yapacağım?"

"Ben de merak ediyorum."

Demir'in eli kendinden bağımsızca havalandı. Ve ona uzandı. Saçları düz formundaydı. Yüzünün iki yanından aşağıya dümdüz uzanıyordu. Yakışmıştı. Güzel görünüyordu. Yüzündeki makyaj, giydiği kıyafetler ve nefis bedeniyle kafasına girmek için hedeflediği hiç kimsenin onun karşısında şansı yoktu.

Ama Demir onu Süheyla gibi seviyordu. Abartısız, sıradan kıyafetlerinin içinde... Tüm meziyetlerini bakışlarında, sözlerinde saklayan kadını, o çirkin, kıvırcık saçlarıyla seviyordu. Parmakları yumuşak bir tutama usulca dokundu. Süheyla'nın gözleri elinin ağır hareketlerine odaklanmış, başka yere bakmıyordu. Geri de çekilmemişti. Ona izin veriyordu. Demir gülümsedi. Başparmağı çıkık elmacık kemiklerine uzanırken, "Özledin beni!" diye fısıldadı.

Kadının eline odaklanmış bakışları aniden gözlerine kilitlendi. Yüzü bir robot kadar ifadesiz olabilirdi, ama gözlerindeki kararsızlığı saklamıyordu. Dudakları sanki ona zehirli kelimelerinden söylemek için aralandı. Ardından omuzları düşerken dudakları düz bir çizgi halini aldı. Ve sonra Demir'in yüreğinin ağzında atmasına neden olarak başını onaylarcasına salladı. Bir heyecan dalgası bedenini yoklar ve kan akışına ivme kazandırırken gözbebeklerinin irileştiğinden emindi. Ne? Süheyla, onu özlemişti ve bir de üzerine itiraf mı ediyordu?

Ve bu itirafı için huzursuz görünüyordu. Onun kelimelerini saklamak konusunda tereddüdü olmadığını biliyordu. Söylemek isterse söylerdi. Huzursuzluğu niyeydi? Aldırmadı. Onu kızdırmak ve huzursuzluğunu almak adına göğsünü şişirdi. Dudaklarında kendini beğenmiş bir gülümsemeyle, "Öyle bir yan etkim olduğu doğrudur," dedi.

Genç kadın anlayamadığı bir şeyler homurdanırken, bir elini havaya kaldırdı ve Demir'in kolunu sertçe ittirip kendinden uzaklaştırdı. Ayağa fırladı. Ama Demir'in onu bırakmak gibi bir niyeti yoktu. Bileğine yapışıp, bedenini kendisine çekti. Hemen yanında yerini alan genç kadını bir bacağının üzerine yatırdı. "Gitme!" dedi. Alçak sesinde ikna edici bir tını vardı.

Süheyla, isteseydi ona karşı koyabilirdi. Ama yapmadı. Gerginliğini kendi teninde hissettiği bedeni gevşeyerek olduğu yere -Demir'in kucağına- iyice yerleşti. Ve gözlerini genç adama dikti. Demir'in yüzüne, bilim adına çok önemli bir deneyi araştırıyormuş gibi ciddiyetle bakıyordu. Bu ciddiyet Süheyla için bile fazlaydı. Ondan hülyalı bakışlar da bekliyor değildi, ama fazlaydı işte. Umursamadı.

"Seni göremeyince bir garip oluyorum. Bir korku, bir sinir... Önüme kim çıkarsa dünyaya geldiğine pişman oluyor. Öldün mü? Öldürdün mü?" Bıkkın bir nefes çekti. "Ne biçim bir kadınsın sen? Azıcık normal olsana!" Eli yine havalandı. Buna engel olamıyordu. Ona dokunması gerekiyormuş gibi hissediyordu. İşaret parmağı alnına, burnuna, oradan ağız ve burun arasındaki oyuntudan inerek dudaklarına ulaştı. Ve elinin altındaki dudaklar konuşmak için aralandı.

"Bunu gerçekten istiyor musunuz?"

Demir başını iki yana salladı. Dürüstçe, "Hayır," diye fısıldadı. Süheyla'yı öyle seviyordu. İçine öyle işlemişti. Her bebeğin altından çıkan farklı bir Matruşka'ydı o! Parmaklarının dudak çizgisinde dolanmasına izin verdi. Dudaklarının arasından çıkan sakin ve ılık nefes tenine değdikçe içi ürperiyordu. Kalın, onun her an somurtmak istiyormuş gibi görünmesine neden olan alt dudağını çekiştirip bıraktı.

Aralarındaki sınır çizgisinin kopmak üzere olduğunu biliyordu. Eğer o sınırı aşarlarsa ikisini de kimse durduramazdı. Tutku, neredeyse elle tutulurdu. Belki zorlasalar aralarında bir beden bulup onlarla alay bile edebilirdi. Bedenleri arasındaki mesafe ne kadar az ise etkisi o kadar yakıcı oluyordu. Onlar birbirlerine aç iki beden, iki ruhtu. Ondan ayrı kaldığı günler boyunca aralarındaki çekimi düşünüp durmuştu. Yeni yetme gibi abartmak istemiyordu. Ama abartacaktı. Demir, bildiğin tutulmuştu!

"Ne yapmaya çalışıyorsunuz?"

Demir, soru üzerine güldü. Şen şakrak bir gülüş değildi. Hatta biraz hüzün bile barındırıyordu. "Bana zaman verirsen... Senin için sadece 'Demir' olmaya çalışıyorum!"

Gözbebeklerinin irileşmesini keyifle izledi. Kucağındaki bedeni kaskatı kesildi. Ve öyle de kaldı. Yutkundu. Ama gözlerini Demir'in gözlerinden çekmedi. O gözlerdeki ifadenin şaşkınlıktan sorgulayıcı bir ifadeye doğru geçişini izledi. Şüphe, merak, kaygı... Tüm bunlar dikkatli bakmasaydı yakalayamayacağı bir hızla gözlerinden geçip gitmişti. "Niye?"

"Sen, kadın! Sen, beni kendine âşık etmek gibi büyük bir hata yaptın!"

Süheyla'nın şaşırmasını bekliyordu. Hatta o şaşkınlıkla biraz eğlenebilmeyi bile umuyordu. Ama Bayan Matruşka yine şaşırtmayı seçerek gözlerini devirip, "Ciddi olun, Demir Bey!" diye bir uyarıda bulundu.

Demir, onun burnunu sıktı. Sertçe. Genç kadın yüzünü buruştururken, "Böyle bir itirafı benden aldığında ayakkabılarının içine doğru eriyecek kadınlar var!" dedi. Süheyla, ona cevabı yapıştırmak için ağzını açtı, ama Demir büyük eliyle hızla buna engel oldu. Yüzüne eğildi. "Anlıyorum. Duygusal biri değilsin! Ama benim romantizmimin içine etmeye de hakkın yok!"

Kadın ona bakıyordu. Aklından geçenleri bilebilmek için neler vermezdi. Çünkü kalp atışlarının şiddetini hemen göğsünün yanındaki kolunda hissediyordu. Demir A'yı düşünüyorsa, Süheyla muhtemelen Z'nin etrafından dolanıyordu. Beyni farklı işliyordu. Ve hâlâ Demir'i izleyerek bir çıkarım yapmaya çalışıyordu.

Genç adam sertçe, "Aşk bu!" dedi. Elini onun ağzının üzerinden çekti. "Kenarında köşesinde başka bir şey aramana gerek yok! Keşke alay ediyor olsaydım. Ve sana böyle ürkütücü bir şekilde tutulmasaydım." Parmaklarını saçlarının arasından geçirdi. "Bu... Muhtaç hissettiriyor. Aciz, ürkek ve zayıf... Ama aynı zamanda anlamadığım bir şekilde güçlü de hissediyorum." İçine çektiği derin nefesi gürültüyle dışarı verdi. "Karışık bir yumak işte!"

Gözleri onun araştırmacı ve kuşkulu gözlerinde bir süre takılı kaldı. "Allah aşkına! Bana ne düşündüğünü dürüstçe söyler misin?"

Genç kadın konuşmak için dudaklarını yaladı. Kaşları sözlerine başlamadan önce hafifçe derinleşti. "Sözlerinizin benim geleceğimle ilgili yapılmış ince bir plan olduğu konusunda kuşkuluyum. Size karşı zayıf bir noktam var. Bunu görmüyorsanız zaten yaşamayın! Ve siz de bu noktayı hedefleyip duruyorsunuz. Beni, yapmak istediklerimden alıkoymak istediğinizi sanıyorum." İlk defa bakışlarında farklı bir şeyler vardı. Gerçek bir zayıflık... Çıplak bir hüzün... Ve tam da Süheyla gibi bunu saklamak için uğraşmıyordu bile! "Çünkü bir hayalete olan yemininize bağlılığınızı gördüm. Ben paketi bir bütün olarak isterim. Daha azıyla yetinmem. Ne zihnen ne de eyleme dökerek arkamdan iş çevirmediğinizi umuyorum. Eğer yaparsanız... Adınız zihnimden sonsuza dek silinir!"

Süheyla, bunu inanarak söylemişti. Ve eğer söylüyorsa yapardı. Demir'in yüreği hopladı. Bedeninden garip bir akım geçti. Adı korkuydu belli... Çünkü arkasından iş çeviriyordu. Ama onun düşündüğü gibi değildi. Süheyla, bunu öğrenmeden tüm her şeyi avucuna sunması gerekiyordu. Ona istediğini verecekti.

Ama bunu kendi yöntemiyle yapacaktı. Ve Süheyla'nın kılına zarar gelmeyecekti. Demir, ona hoşça kal demeyecekti.

Zihnini ve kalbini endişeyle dolduran tüm bu düşünceleri bir kenara savurdu. Kadının sözlerini beynindeki süzgeçten geçirdi. Demir'i paket olarak nitelendirmesine içten içe güldü. Ve sonra varmak istemediği yere geldi. Dile dökmekten kaçındığı konuyu bir kez daha onun önüne sunacaktı. Sunmak zorundaydı. "Verdiğim söz ona değildi. Kendimeydi." Sözlerinin onu yaralamayacağından emindi. Süheyla, kaldırabilirdi. Demir'den daha güçlüydü. Ve bir şekilde bundan gurur duyuyordu. "Biz birlikteydik. Sabah, öğle, akşam... Beraber yedik, içtik, seviştik. Ayrı kaldığımızda telefonlaştık. Tam iki sene boyunca neredeyse her gün diz dizeydik." Kucağındaki kadın aniden doğruldu. Ve o yoksunluk hissiyle sarsıldı.

Bu nasıl bir şeydi? Sanki kadınla aralarında görünmeyen bağlar vardı ve hepsine kördüğüm atılmıştı. Sanki Demir'in bedeninin yarısı o'ydu. Kadın kalkmıştı ve o, ikiye ayrılmış gibi hissediyordu. Onun konudan hoşlanmadığını gözlerinden net bir şekilde okudu. Süheyla, karşısında ayak ayak üstüne attı. Ve koruma kalkanlarını devreye sokuyormuş gibi kollarını göğsünde kavuşturdu. Rahat göründüğünü söyleyebilirdi. Tamamen kayıtsız kaldığını da söyleyebilirdi. Ama gözlerini saklamayı başarabilseydi...

Genç kadın sakin bir tınıyla, "Devam edin," dedi. Demir, her nedense şefkatini sunmak istedi. Belki de o güçlü kadının gözlerinin içinden incinmiş kadını gördüğü için...

"Aşk değildi. Ama birbirimize alışkanlığımız vardı. Ben nişanlanmayı düşünürken, o bir anda gitmeyi seçmişti. Oturduğun sandalye aniden kaymış ve kendini şaşkınlıkla yerde bulmuşsun gibi bir şey bu! Kızıyorsun, aptalca davranıyorsun. Ve sonra onun parçalanışını izliyorsun. O, herhangi biri değildi! Bir hafta öncesine kadar hayatına onunla devam etmeyi düşündüğün kadındı. Bedeninin bir uzvunun koptuğunu görüyorsun. Ve bunlar sen peşinden gittiğin, ona seslendiğin için oluyor. Sarhoş olduğunu biliyordum. Aptalca davranabileceğini öngörmem gerekirdi.

O, sarhoşken ne yaptığını bilmezdi... Hayatını çalmış gibi hissediyorum. Hakkını almış gibi! Ve sonra ben neden yaşıyorum diyorum. Eğer ölemiyorsam da hayatın hiçbir tadını almayayım diyorum. Çünkü onun hayattan bir şeyler götürme şansını alıyorum." Derin bir iç çekti. Bir parmağı ona uzanıp usulca birbirine dolanmış kolunda gezindi.

"Yeminim kendimeydi! Ve ölmeden önce son isteğini yerine getirebilme çabamdı. Ama senin geleceğini bilemezdim." Gözlerini kaldırıp ciddi ifadesine baktı. "Senden zaman istiyorum. Sadece zaman. Bunu aşmak... inan kolay değil!"

Süheyla, kısa süre bocalamış göründü. Bir eli saçlarının arasına daldı ve öylece de kaldı. İfadesinde bir değişiklik yoktu, ama kararlılığını gözlerinden okumuştu. Demir, neye karar verdiğini çılgın gibi merak ediyordu. Sözlere gerek duymadı. Kadın, ona püsküllü bir belaymış gibi bakarken kaşlarını sorarcasına havaya kaldırdı. Ve kadın inanamazmış gibi başını iki yana sallayışının ardından tekdüze bir sesle konuştu. "Sizi öldürmeyi düşündüğüm ilk anda bunu yapmalıydım! İnsanların üzerindeki genel etkim ülsere neden olmak! Siz ise âşık oluyorsunuz... Sanırım sırf bunun için bile bir şansı hak ediyorsunuz!" Genç kadının yüzünde kurnaz bir ifade, dudaklarında haylaz bir gülümseme belirdi. "Ama en azından abinizin ülser olacağına garanti verebilirim!"

Demir, içinde ani bir patlamaya yol açan mutluluğunu dışarıya sözleriyle de, hareketleriyle de vurmadı. Abisiyle ilgili sözlerinin ardından gürültülü bir kahkaha attı ve uzun zamandır gülmediği kadar çok güldü. Ardından ona uzandı. Bir eli ensesini kavradı ve genç kadının başını göğsüne yaslayıp ona sıkıca sarıldı. Alçak sesle, "Teşekkür ederim," dedi.

Sayamadığı uzun dakikalar boyunca sessizlik içinde öylece kaldılar. Süheyla'nın bedeni kaskatı kesilmiş, her geçen saniye olduğu yeri benimsemiş gibi usul usul gevşemişti. Süheyla, belki bilmiyordu. Ama Demir biliyordu. Onun yeri tam da orasıydı. Demir'in kollarının arası! Oraya çok yakışmış, sanki varlığından bile haberdar olunmayan bir boşluğu doldurmuştu.

Aralarında yükselen bir melodi, sessizliği bozdu. Demir, telefonunu cebinden çıkardı. Tamamen kapatmayı düşünüyordu, ama arayan kişiyi gördüğünde bundan vazgeçti. Tunç Mirza Yiğit, eğer gecenin o saatinde arıyorsa haklı sebepleri olmalıydı.

"Buna bakmam gerekiyor," diye mırıldandı. Süheyla, aniden doğruldu ve başını salladı.

Süheyla, onu izliyordu. Her kim aradıysa duydukları hoşuna gitmemiş, hatta genç adamı derin bir kaygının içine sürüklemişti. Demir Bey salonun ortasında volta atıyor, ellerini saçlarının arasından geçiriyor, dudağını ısırıyor ve gözleri giderek artan öfkesiyle birlikte iki koyu miskete dönüşüyordu.

Birini gerçekten tanımak garipti. Dudağının, elinin bir hareketinden nasıl bir ruh hali içinde olduğunu anlayabilmek hem ürkütücüydü hem de tatlı bir sarhoşluk hissi veriyordu.

Süheyla, normal bir zamanda onu böylesine endişeye sürükleyen durumu merak edebilir ve yardım teklifinde bulunabilirdi. Ama bunu yapamayacak kadar kendi karmaşasının içine düşmüştü.

Ve adamın itirafı kalbinin orta yerine narin bir dokunuş yapmıştı. Yapmıştı yapmasına, ama Süheyla sevincini de mutluluğunu da sonraya ertelemişti. Ona ve dolaylı yoldan kendisine bu şansı verecekti. Ama daha çok onun için yapacaktı. Demir Bey, mutlu olmayı hak eden bir adamdı.

Hayatta çoğu zaman doğrunun peşinde olmuştu. Yanlışları da vardı elbette! Bencillik insanın doğasında vardı. Ama bunlar ufak tefek şeylerdi. Bir defaya mahsus olarak doğru yoldan sapabilirdi. Eğer becerebilirse hem istediğini alırdı, hem de ortadan kaybolabilirdi. Tabii, yanında bu sevimli adamı da götürmek kaydıyla! Bunu başarabilmeyi umuyordu.

Gitmesi gerekiyordu. Biliyordu. Eğer ona anlatsaydı her şeyi ardında bırakır ve kendisiyle gelirdi. Ama Süheyla'nın böyle bir bencilliğe hakkı yoktu. Onun her kelimesini dikkatle dinler, özümser ve bedenine işlemesine izin verirken, beyninin diğer tarafı ondan nasıl kurtulacağının hesabını yapıp durmuştu. Ve sürpriz! Hiçbir şey bulamamıştı!

Ama yardımına koşan Demir Bey'in çalan telefonu oldu. Genç adam, yüzündeki kaygılı ifadeden bir şey kaybetmeden ona döndü. "Ali Tekin'in başında tehlikeli bir durum varmış." Özür dileyen bakışlarını gözlerinde tuttu. "Acil gitmem gerekiyor."

"Elbette." Süheyla, ayağa kalktı. Ve salondan çıkmak için ilerleyen adamın bedenini takip etti.

Genç adam, kabanını giydi. Atkısını taktı ve başına beresini geçirdi. Daha güzel görünemezdi. Yüzünün üzerinde endişeli lacivertleri öylesine parlıyordu ki... Süheyla, onu öpmek istiyordu. Ki bunu yapacaktı. Geri dönemeyebilirdi. Ona veda etmeden gitmeyi istemiyordu.

Demir Bey, ona döndü. Derin bir iç çekti. "Uslu dur! Ne olur," diye mırıldandı. Sesinde neredeyse bir yakarış vardı. Süheyla, her zaman yaptığı gibi onaylarcasına başını salladı.

Adam iki parmağını kaldırdı. Dudaklarına götürdü. Öptü ve öpücüğünü ona yolladı. Süheyla, aniden uzandı. Parmakları atkısını sıkıca kavradı. O, daha ne olduğunu anlamadan dudaklarını birleştirdi. Derin ve duyguların açığa çıkarıldığı bir öpücüktü. Adamın elleri hızla belini buldu. Oradan kalçasına kaydı. Kalçasını sıkıca kavrayıp genç kadını havaya kaldırdı. Süheyla'nın bir eli saçlarının arasına dalmış, diğeri onu kendisine çekerken ayakları hızla beline dolandı. Sanki bedenlerinin yapışması yetmiyormuş ve daha fazlasını istiyormuş gibi...

Adamın göğsünden sert bir mırıldanma yükselirken dudaklarını aniden geriye çekti. Ellerini yüzünün iki yanında sabitledi. "Ben sizi kalmaya ikna etmeden gidin!" Adamın yarıya inmiş gözkapaklarının ardından kararmış lacivertlerine bakıyordu. Süheyla, göz kırptı ve genç adamın omuzları çöktü. Kalçasını hafifçe sıkıp onu ayaklarının üzerine indirdi.

Demir Bey boğuk bir tınıyla, "Umarım varmak istediğim yere gidene kadar ayakkabılarımın içine doğru erimem!" dedi ve inanamazmış gibi başını iki yana sallayıp çıktı.

Süheyla, daha kapı kapandığı anda hızla merdivenlere koşturdu. Duş almak istiyordu, ama buna ayıracak vakti yoktu. Yatağın içine girdi. Adamın onu arayacağını biliyordu. Bir şekilde bunu hissediyordu. Aramasa bile önlemini almak zorundaydı. Cebinden telefonunu çıkardı. Uykulu ve sinirli bir görüntü sergileyerek videosunu çekti ve kaydetti. Ardından yataktan hızla çıkıp, üşümeyeceği ve rahat edebileceği bir şeyler giydi. Sırt çantasını da alıp evden dışarı çıktı.

Taksi bulmakta zorlanacağını düşünüyordu, ama daha caddeye adım atmıştı ki boş bir taksi selektörlerini yaktı. Süheyla, yol boyunca ne yapacağını düşünmedi. Çünkü neyle karşılaşacağını bilmiyordu. Nasılsa gidince öğrenecekti.

Mesire alanına yakın bir yerlerde taksiden indi. Parkın girişinden girmek yerine sık ağaçların arasından daldı. Gözleri geceye ne kadar alışırsa alışsın görmekte zorlanıyordu. Yine de ilerlediği yolun, patika yollarından biri olduğunu anlaması uzun sürmedi. Derinlere ilerledikçe soğuğu kısmen kesen sık ağaçlara şükretti. Kalın giysilerine rağmen soğuk resmen ayak tırnaklarını yemişti. Ellerinde, Demir Bey'in ona hediye ettiği eldivenler vardı. Ve kabul etmesi gerekiyordu ki, sıcak tutuyordu.

Neredeyse yirmi dakika boyunca yürüdü. Etraftaki sesleri dinledi. Ama açıklık alanlara girmekten kaçındı. Sadece ağaçların arasından ilerliyordu. Sonunda şans ona güldü. Prefabrik kulübenin zayıf ışıkları açıklığın bittiği ağaçlara kadar uzanıyordu. Ağaçlardan kendisini ayırmadan kulübenin sağ cephesine doğru ilerledi. İçeriden ışık sızan pencerelerden birine yaklaştı. Ve olduğu yerde kısa süre kaldı.

Yapacak tek bir şeyi vardı. Aptal gibi içeriye girip kendisini açık etmeyecekti. İçeride kaç kişi olduğunu bilmiyordu. Dizlerini kırarak yere eğildi ve el yordamıyla küçük taşlar topladı. Ardından doğrulup avucunda topladığı taşlardan birini pencereye fırlattı. Fazla gürültü yapmasa da içeriden gelen televizyon sesinin kısılmasına yetecek kadar işini görmüştü. Televizyon sesi azaldığı anda bir taş daha fırlattı. Ve hemen ardından bir tane daha...

Ardından hızla geri çekilip kendini ağaçlardan birinin arkasına sakladı. Karanlıkta siyahlar içindeydi ve kolaylıkla fark edilmeyeceğini biliyordu. Tekrar dizlerinin üzerine eğildi ve gözlerini kulübenin kapısına dikti. Saniyeler sonra kapı açıldı. Elinde bir av tüfeği ve fener olan iri yarı bir adam dışarı çıktı. Tüfek olayı hoşuna gitmemişti, ama beklemediği bir şey değildi.

Taşlardan irice bir tane seçip hemen yanındaki çalılıkların içine attı. Ve zaten dikkat kesilmiş olan adamın çalılıklara yoğunlaşmasına neden oldu. Bedeninin duruşundan gerginliği anlaşılıyordu. Arkasından kimsenin çıkmamış olmasına sevinirken, adamın adımlarını dikkatle takip etti. Çalılığa bir taş daha fırlattı.

Adam ani bir hareketle tüfeğini havaya kaldırdı ve bilinmezliğe hedef aldı. Adımlar giderek genç kadına yaklaşıyordu. Sonunda Süheyla'nın tam önünde durdu. Elindeki feneri çalılığa tuttu. Ardından tüfekle çalılığı şöyle bir karıştırdı. Tam rahat bir nefes aldığı sırada Süheyla harekete geçti. Adamın arkasından boğazına sarıldı ve sertçe sıkarak nefes hareketini tamamen kesti. Adam, kendisinden güçlüydü. Debelenirken neredeyse Süheyla'yı savuracakken dizlerinin arkasına yaptığı sert hamleyle diz çökmesini sağladı. Ama boğazını asla serbest bırakmadı. Bu, onun güçten düşmesine neden oluyordu. Süheyla, onu öldürmek niyetinde değildi. Sadece güçten düşürecek ve kolay lokma olmasını sağlayacaktı.

Dizleri üzerine düşen adam titremeye başladı. Nefes ihtiyacı içinde çırpınırken, Süheyla elindeki tüfeği kaptı. Seri hareketlerle yüzüne dipçiğiyle birkaç darbe indirdi. Ardından midesine ve en hassas yerleri olan hayalarına bir darbe daha indirip onu tamamen etkisiz hale getirdi.

"Raşiiitt!" Kulübenin hemen önünden gelen haykırışla birlikte daha hızlı hareket etmeye başladı. Adamın ellerini daha önceden ceplerine yerleştirdiği cırt kelepçelerle bedeninin arkasından bağladı. Ve kendisiyle birlikte onu da ağacın arkasına çekiştirdi. Adam, ayaklarının dibinde inliyordu.

Süheyla ses çıkarmaması için ağzına bir şeyler tıkabilirdi. Ama ses çıkarmasını istiyordu. Raşit denen adamı aramaya gelen arkadaşı iniltisini duyduğunda dikkat kesilerek olduğu yerde durdu. Ardından sese doğru tekrar hareket etti. O da korkuyordu. Normaldi. Temkinli adımlar Süheyla'ya doğru yaklaştı. O ağacın yanına iyice yaklaştığında, genç kadın ağacın diğer tarafına geçip arkasına dolandı.

"Raşit! Ne oldu sana lan?"

Elindeki feneri arkadaşının yerde kıvranan bedenine tutmuştu. Aniden aptalca bir hareketle tüfeğini hemen yanına bırakıp arkadaşına eğilerek kadının işini kolaylaştırdı. Süheyla, elindeki tüfeğin namlusunu başının arkasına dayadığında korkuyla tuhaf bir ses çıkardı. "Kim... Kimsin?"

Süheyla, "İçeride kaç kişi var?" diye sordu. Sesi soğuktan ve uzun süre sessiz kaldığından dolayı çatlak çıkmıştı.

"Bir! Sadece bir kişi!" Adam arkadaşını unutmuş, kendi canını kurtarmanın peşine düşmüş gibi kolaylıkla konuşuyordu.

Süheyla, bir zarf attı. "Simsar mı?"

"Evet!" adamın sesi titremişti. Ama soğuktan mı korkudan mı olduğunu anlayamamıştı. Sorun değildi. Öğrenmek istediğini almıştı. Tüfeğin dipçiğini ensesine geçirdi. Birkaç kez... Adam bilinçsiz halde külçe gibi yere yığıldı. Süheyla vakit kaybetmeden onu da bağladı. Diğer adamın inlemeleri artmaya başladı.

Adamı bağlama işini henüz bitirmişti ki, bir ses daha duydu. Buna gülebilirdi. Hepsi sıra sıra ayağının dibine gelerek onun işini kolaylaştırıyordu. Ama o âna kadar derinlere sakladığı öfkesini serbest bırakmıştı. İçinde kükreyen öfkenin dişleri açığa çıkmış, istediği kişinin etine saplanmak için tarifsiz bir istek duyuyordu. Doğruldu.

"Lan! Nereye kayboldunuz?"

Adamı görebilmek için sessiz adımlarla yana kaydı. Kapı girişinin önünde neon ışığı gibi parlıyordu. Ya da Süheyla'ya öyle geliyordu. Adam onun için hedef tahtasıydı. Ve genç kadın o tahtayı delik deşik etmek istiyordu.

Elinde ne fener ne de tüfek vardı. Ne beklediğinden emin değildi, ama daha cüsseli birini bekliyor olmalıydı ki adamın kendinden kısa boyunu ve çelimsiz bedenini fark ettiğinde şaşırmıştı. Süheyla, buna güvenmiyordu. Çelimsiz insanların da ne kadar güç barındırabileceğini biliyordu. O, öfkesine güveniyordu. Acının kaynağının ta içinden gelen öfkesine güveniyordu. Onu elleriyle parçalamak istiyordu. Kaslarını kemiklerinin üzerinden sıyırmak istiyordu. Yavaş yavaş... Kıvrandıra kıvrandıra...

"Abi!" İlk indirdiği adamın bağrışıyla dikleşen Simsar hızla öne atıldı. Süheyla, tek kaşını kaldırdı. Bu adamlar neden bu kadar kör bir cesaretle hareket ediyorlardı? Adam tekrar inleyen gencin sesine doğru gelip sık ağaçların içine daldığında Süheyla, iki adımda önüne çıktı. Ve tam anlamıyla adamın üzerine atladı.

Süheyla, yirmi sekiz yaşındaydı. Yedi yaşından beri dövüş ve savunma tekniği üzerine eğitim görüyor ve eğitim veriyordu. Yirmi bir yıllık tüm deneyimini Simsar'ın üzerinde kullandı. O kadar seri ve sert hareket ediyordu ki, adamın elini kaldırmaya fırsatı kalmıyordu. Simsar tekme ve yumruk darbeleri ona fazla geldiğinde yere serildi.

"Ne inatçı karı çıktın be!" Adam gülüyor muydu? Sorun değildi. Onu bayıltmayacaktı, ama canına okuyacaktı. Adamın saçlarını kavrayıp, geriye doğru çekiştirdi. "Kardeşimi neden öldürttün?" Cevabını beklemeden çenesine sert bir yumruk attı. Simsar'ın elleri belini kavradı. Parmaklarında güç yokmuş gibi hafif bir tutuşla... Süheyla'yı üzerinden atabilmek için bedeninde kalan tüm gücü kullandı. Ama Süheyla, adamın üzerinde oturuyor, bacakları ve dizleriyle adamın hareket kabiliyetini kısıtlayarak, onu üzerinden atmasını engelliyordu.

Adamın yüzüne son bir yumruk daha attı. "Umur'u neden öldürttün?"

Simsar, ağzının içinde bir küfür yuvarladı. Mecali kalmamış gibi tıslayarak ve kesik kesik konuşuyordu. "Kardeşini tanımam etmem!" Soluklanmak için duraksadı. "Ben, Change araba işi yapıyorum. Zengin piçin birinin arabasını klonlamışım... Arabanın sahibi beni takip edip ne boklar yediğimi öğrenmiş. Öterse hayatım bitecekti. Ama o bana bir teklif sundu. Birini intihar süsü vererek öldürmemi ve telefonunu almamızı istedi. Ben de planı yaptım. Bizim elemanlardan ikisini İzmir'e gönderdim. Kardeşinle tesadüfen karşılaşmış gibi yaptılar ve arkadaş oldular." Adam, bir an için başını aşağıya eğdi ve Süheyla'nın yakasını tutan eline, ardından havada yumruk olmuş halde tetikte bekleyen eline baktı. "Sonra da kendilerine güvendiğinde..." Simsar duraksadı. Sözlerinin devamını getiremedi. Süheyla, detaylarını da öğrenmek istiyordu. Ama öğrenmek zorunda olduğu daha önemli bir şey vardı.

"Kim?" diye soludu. Farkında olmadan nefesi hızlanmış, kalbi göğüs kafesini zorlamaya başlamıştı. Boğazında sonsuza kadar orada kalacakmış gibi görünen bir yumru oluştu. Göğsü ağrıyordu. Kalbi de ağrıyordu. Canı yanıyordu. Fiziksel değildi. Ama ruhunun acısı öyle büyüktü ki... Bedenine sirayet ediyordu.

"Orkun Arıcı adında bir iş adamı!"

Süheyla'nın havadaki eli bir anda aşağıya düştü. Adamı yakasını tutan eli de gevşedi. "Ne?" Tuttuğunu fark etmediği soluğunu dışarı verirken kendi kendine fısıldadı. "Niye?"

Meltem'in babası! Meltem'in babası Umur'u neden öldürmek isterdi ki? Süheyla, kendi kendine daha çok soru sorabilirdi. Ama ensesine inen sert bir darbeyle Simsar'ın üzerine düştü. İkinci ve üçüncü darbenin ardından derin bir karanlığın içine yuvarlandı.

## Bölüm 18

Zihninde bir anı vardı. Üzeri toprakla örtülür ve canlı canlı kendisi için özel olarak kazılan mezara gömülürken, hafızasına takılan anıyla baş başaydı.

Annesi, idare eder karnesinin hatırına Umur'a bisiklet almıştı. İki sene boyunca neredeyse her gün bisiklet istediğini söyleyip durmuştu. O zamanlar annesi, terzi dükkânını yeni açmıştı. Daha önce hep birilerinin yanında çalışmış, kıt kanaat da olsa geçinmelerini sağlamıştı. Ona minnet duyuyordu. Öyle her istedikleri, anında önlerine gelmiyor olabilirdi, ama onlara bakabilmek için uykusundan da, gençliğinden de feragat etmişti.

Kocaman, pembe bir fiyonk attığı bisikletten gözlerini sonunda ayırabildiğinde Süheyla'ya dönmüştü. Ellerini birleştirmiş, heyecanla çenesinin altına koymuştu. "Sevinçten çıldıracak!" diye şakımıştı.

Süheyla bir türlü tutamadığı çenesini açıp, "Fiyongun rengini gördüğünde hediyenin benim için olduğunu düşünüp; dükkânı başımıza yıkacak!" demişti.

Annesi azarlayan bir bakış atıp, "Bir gün senin dudaklarını birbirine dikeceğim ve tüm dünya huzur içinde olacak!" diye söylenmişti. Ardından kızgınlığını hemen unutup neşeyle elini bisiklete ve kocaman pembe fiyonga uzatmıştı. "Renk uyumuna baksana!"

"Elbise dikmiyorsun, anne! O, erkek çocuğu... Pembe renkli şurup bile içmiyor."

Annesinin suratı asıldığında kendi çenesine bir yumruk atmak istemişti. Annesi iflah olmaz bir romantikti. Ve çok güzeldi.

Umur da onun yüz yapısını taşıyarak güzelliğinden faydalanmıştı. Süheyla o zamanlarda da çirkin ördek yavrusuydu.

Ve o zaman da bunu umursamıyordu. Güzel, becerikli ve kesinlikle işveli bir kadın olan annesinin tekrar evlenmemesinden memnundu. Eğer bu bencillikse seve seve kabul etmişti. Babasına çok düşkündü. Onun yerini bir başkasının aldığını görmeyi kabullenemezdi.

Ve zaten annesi de onun yaşında biri için abartıya kaçacak olan evlilik tekliflerini düşünmeden geri çeviriyordu. Süheyla, annesini seviyordu. Ama en çok da kardeşini seviyordu.

*Heyecanlıydı. Okulda olması gereken saatlerde orada ağaç gibi beklemesi de bu yüzdendi. Sırf Umur'un yüz ifadesini izleyebilmek için kalmıştı.*

*Annesi çalışmak zorunda olduğu için Umur'a kendisi bakmıştı. Bir bakıma o da anne sayılırdı. Umur, dükkândan içeri girdiğinde sırtını dikleştirdi. Kasları heyecanla gerilmiş, gözlerini Umur'un yüzüne dikmiş, hiçbir mimiğini kaçırmak istemiyordu.*

*"Anne? Arkadaşlarla sinemaya gidebilir miyim?" Süheyla zihninin içinde gözlerini devirdi. İstediği bir şey olduğunda nezaketin dibine vuruyordu.*

*"Ablan da gelirse olur!" Süheyla, bu defa gözlerini gerçekten devirdi. Ama annesi istememiş olsa da onu sinemaya götürür, çıkana kadar da kapısında beklerdi. Ve Umur'un şikâyetleriyle asık suratını çekerdi. Umurunda değildi. Onu hep korumuştu, hep koruyacaktı.*

*Süheyla'nın da geleceğini anlayan Umur'un yüzü asılırken, annesi geri çekilerek, "Sürpriz!" diye bağırmıştı. Süheyla kollarını göğsünde kavuşturmuş Umur'u izliyordu. Önce gözlerini kırpıştırdı. Ardından gözbebekleri gözlerinin rengini örtecek kadar irileşti. Şaşkın, heyecanlı bir gülümseme dudaklarını büktü. İşaret parmağı kendisi ve bisiklet arasında bilinçsizce gidip geliyordu. "Benim mi?"*

*Annesi başını heyecanla salladığında Umur resmen kadının üzerine atladı. Resmen nefesini kesecek kadar sımsıkı sarıldı. "Dur, oğlum! Boğacaksın beni!"*

*"Teşekkür ederim. Teşekkür ederim."* Bisiklete tekrar baktığında kocaman ayrıntıyı yeni fark etmiş gibi yüzünü buruşturdu. *"Pembe kurdele mi?"* Göğsünü şişirdi. *"Anne! Ben erkeğim! Bunu ne zaman anlayacaksın?"*

Annesi lafı anında yapıştırarak Süheyla'nın kahkaha atmasına, Umur'unsa kızarmasına neden oldu. *"Altını değiştirdiğim her seferinde erkek olduğundan gayet emindim!"*

Umur, Süheyla'ya kötücül bir bakış attı. Çünkü Süheyla, hâlâ gülüyordu. *"Gel! Seni de öpeceğim!"*

Süheyla, yaslandığı dikiş makinesinin ardına saklandı hızla. *"Uzak dur! Köpek yavrusu gibi tüm salyalarını üzerime bırakıyorsun. Bir tarafını kırarım!"*

Sonra her şey unutulmuştu. Umur ilk önce kurdeleyi sökmüştü. Ardından bisikleti kaptığı gibi mahallede bir tur atmıştı. Bisikletini görmeyen arkadaşları olabilir diye iki tur daha atmıştı hatta. Ardından sinemaya bisikletiyle gitmek istediği için Süheyla'nın ayaklarına kara sular inmişti. O, filmi seyrederken kendisi dışarıda bisiklet bakıcılığı yapmış, kendi kendine homurdanıp durmuş, sonra da yüzündeki mutlu ifade için yapmayacağı şey olmadığına karar vermişti.

Ve bir hafta sonra bisikleti kendi elleriyle kaldırıp çöp konteynerine atmıştı. Umur da bir ay boyunca yüzüne bile bakmamıştı. Sorun değildi. Nasılsa unuturdu. Okuldan eve dönerken Umur'u bisikletiyle gezerken görmüştü. Ya da akrobasi yapmaya çalışırken! Artistik hareketler öğrenmiş, ellerini havaya kaldırıyor, yokuştan aşağıya ayağa kalkıp iniyordu. Tam ona haddini bildirecekken, hızla gelen bir okul servisiyle Umur'un bisikleti burun buruna gelmişti. Süheyla'nın kalbi de sanki ağzından fırlayıp çıkmıştı. Çünkü o an atmayı bırakmıştı.

Servis şoförünün aniden direksiyonu kırmasıyla Umur'un hayatı kurtulmuştu. Ama Süheyla korkusunu uzun yıllar boyu yaşamıştı. Kardeşini kaybettiğinde hayatın anlamsızlaşacağını da yüreğini yerinden çıkaracak olan bu tecrübeyle anlamıştı. Umur'un sadece ablası değildi. Annesi, kardeşi, kankası, arkadaşı, koruyucusu... Umur, Süheyla'nın her şeyiydi! Hayatına yön veren tek varlık. Süheyla'nın adımları Umur'un geleceğinin en iyi olması yönünde atılıyordu.

Süheyla, onu koruyamamıştı. Her şeyini kaybetmişti. Umur'la birlikte bedeninden kocaman bir parça da ayrılıp gitmişti. Sanki Süheyla'nın pusulası bozulmuştu. Ne yöne gideceğini bilemeyen bir aptal olmuştu. Güçlü olabilirdi. Ama kardeşine beslediği sevgi de çok güçlüydü. Ve ani kaybı ilk defa onu hiçbir şeymiş gibi hissettirmişti. Yapabileceği tek şey kardeşine olan borcunu ödemekti. Ama o kadar beceriksizdi ki! İkinci kez Umur'a karşı başı yerde kalmıştı.

Vicdan azabı, suçluluk duygusu, yenilmişliği ve kocaman özlemi kendisiyle birlikte, üzerine atılan soğuk topraklarla gömülüyordu. Nefes alabilmek için kendisine açabildiği ufak boşlukta kalan oksijen yetersiz olmaya başladı. Güçlükle aldığı nefesleri değil de yenilmişliğin paniğini yaşıyordu. Simsar'ı öldürmek isterdi. Bunu o anda her şeyden çok isterdi. Karşısına geçmiş, Umur'un ne kadar ağladığını, kendi bileklerini kesmek zorunda kaldığında altına kaçırdığını, bileklerini keserken elektrik verilmiş gibi titrediğini Yavuz'dan dinlemişti. Ve çok gülmüşlerdi. Süheyla da yanındaki adama kafa atarak, iki adımda Simsar'a yaklaşıp yüzüne tekme atmıştı. Ayağını da o anda vurmuşlardı. Sadece bir sıyrıktı. Ama Süheyla kendini yere atmış ve güçlü bir sesle bağırmıştı. İkinci bir kurşunu yemekten öylece kurtulmuştu. Aklında Simsar'ı öldürmeden ölmemekten başka bir şey yoktu. Yine de yapamamıştı. Umur'un gözyaşlarının bedelini ödememişti. Ondan af dilerdi. Biliyordu. Umur, ablasını affederdi. Ablasına dayanamazdı.

Acının bedenine yerleştiği ilk anlarda bebeğini aldırmamış olmayı dilemişti. Düşünce beyninde hızla çakıyor, Süheyla da onu hızla kovalıyordu. Çünkü egoistliğin dibine vurmuşluğundan başka bir şey değildi. Sadece kendi acı boşluğunu doldurması, Umur'un yerini alıp Süheyla'yı avutması için daha gözlerini açar açmaz yarım kalacak bir bebeği dünyaya getirmek bencillikti! Ama istemişti. Çünkü acı; baş edilemez, minik ısırıklarla tüketen bir canavardı.

Arkasında bıraktığı dünyayı düşünmeden adamların peşinde iz sürerken, o boşluk hep oradaydı. Sonsuza kadar da öyle kalacağını hissediyordu. Sonra o çıkmıştı. Sürpriz yumurta gibi... Öylece tepesine inivermişti.

Ölmek üzereyken insanın kendisiyle yüzleşmesi garipti. Her şey şeffaf, her şey gerçek, her şey yalın... Adam bir anda hayatının merkezinde durmuş, kurtulma çabalarına rağmen peşini bırakmamıştı. Süheyla gerilere ite ite çığ gibi büyüttüğü gerçekliğin kapısını artık tutamıyordu. Ve sonunda açılmaması için sırtını dayadığı kapının önünden çekilmişti.

Demir Bey, ihtiyacı olan tek şeydi. Farkında olmadan boşluğu doldurmuş, Süheyla'ya unutma iznini vermişti. Adam püsküllü bela olabilirdi. Ama Süheyla'ya iyi gelmişti. Kaybettiklerinin yerine gelmiş, içindeki acı boşluğu doldurmakla kalmayıp taşmış ve tamamen bilinçsizce yarasını üfleye üfleye sarmıştı. Süheyla, onu sevmeye mecbur kalmıştı. Gürültüyle atan kalbi sızladı. İyi olmasını diledi. Süheyla'nın kaybını kaldırabilmesini diledi. Çünkü bunun için sıkı bir mücadele vermişti.

Derin nefes alma ihtiyacıyla yanmaya başladı. Yapamıyordu. Onu çukura ittiklerinde sözde yardım dilerken debelenmiş gibi yapmış ve kafasını güçlükle geniş, şişme montunun içine sokabilmişti. Elleri arkasında bağlı, cenin pozisyonunda duruyordu. Dizlerini de montunun içine sokup, bedenini gerdiğinde nefes alabilmek için küçük bir boşluk bırakabilmişti.

Ama soğuk toprak üzerine bindikçe boşluk giderek daralmış, ona nefes alacak yeterli alan kalmamıştı. Bedenini artık gergin durumda tutamıyordu. Ayağını sıyırıp geçen kurşunun bıraktığı küçük yara da onu zorluyordu. Kısacası... ölüyordu.

Erdem'in babasının rahatsızlanıp, eve gönderileceğini tahmin edemezdi. Kimse edemezdi. O, kuş beyinli de koşa koşa sevgili abisini kurtarmaya gelmişti. Aptal! Eğer babası gelmeseydi adamlar çoktan Süheyla'nın hışmına uğraşmış olacaklardı.

Simsar'ın yüzündeki tiksinme ifadesini görmüştü. Erdem, kahraman olmak için intihara koşmuştu.

Annesini düşündü. Ona ikinci bir kez evlat acısını yaşatacağı için üzülüyordu, ama annesi zaten Süheyla'yı gönderirken onu da kaybetmiş gözüyle bakıyordu. Timuçin Bey'in ona iyi gelmesini diliyordu.

Nefes alamıyordu. Ciğerleri oksijen diye çığlık atıyor, yanıyordu. Zihni bulanıklaşmaya başladı. Kulakları uğulduyordu, ama sanki bedeninin üzerinde bir köpek eşeleniyormuş gibi hissediyordu. Nefes alamıyordu. Son düşüncesinden önce yine bunu düşünmüştü. Son düşüncesiyse onu bir daha öpmediği için hayıflanmak olmuştu.

—⸱⟋⟍⸱—

Şahin Kalkan, yanındaki elemanlara çaktırmadan derin bir nefes aldı. Öleceğini sanmıştı. Kulübeye doğru ilerlerken, hayatın ne kadar da tatlı olduğunu düşündü. Ödü patlamıştı. Kellesi koltuğunda gezdiği anlar da olmuştu, ama ölmeye hiç bu kadar yaklaşmamıştı. Hem de bir kadın tarafından öldürülecekti. Ama kadını takdir ediyordu. Mangal gibi yüreği vardı. İnatçıydı da yosma! Tekmesinin geldiği yer hâlâ yanıyordu.

Göz ucuyla göğsünü şişirip yürüyen Erdem'e baktı. Piçin yüzünden neredeyse ölecekti. Gevşek ağızlı! Kadın önce onu hacamat edip konuşturmuştu. Ödlek de ötmüştü. Bir de tutmuş onları kurtarmaya gelmişti. Dört yıldır yanında bir beyinsizle mi çalışıyordu? İlk işi ona haddini bildirmek olacaktı.

Kulübenin arkasından eve doğru ilerlerken bedenini gerdi. Deli gibi sancıyordu. Nasıl da kuvveti vardı! Elemanları da kendisi kadar sessizdi. Muhtemelen şoku atlatmaya çalışıyorlardı. Aniden karar verdi. Tatile çıkacaktı. Ama önce zengin iş adamını yolacaktı. Elinde ne kadar parası varsa alacaktı! Aptal herif yüzünden çektikleri yeterdi. Onun yüzünden günahsız iki kişiyi öldürmek zorunda kalmışlardı. Kıza, kardeşinin ölümünü gülerek anlatırken aslında içten içe utanç duyuyordu. Yine de gururu baskın çıkmıştı. Ayağından vurmasaydı belki de daha iyi olacaktı. Canlı canlı gömülmesi yetmiyormuş gibi bir de ayağının acısını çekecekti.

Belki de direkt vurmalıydı. Ama kadından korkmuştu ve gücün kendisinde olduğunu göstermek istemişti. İyi bok yemişti!

Kulübenin köşesini döndü. Elemanları da sessizce onu takip ettiler. Giriş kapısına doğru ilerlerken Erdem'e bir bakış attı. Bir insan bu kadar mankafalı olabilir miydi? Olabiliyormuş demek ki? Başını çevirdi. Giriş kapısına doğru iki adım daha attı.

Ve sonra namluya mermi sürmek için hareket eden mekanizmaların seslerini duydu. Olduğu yerde donup kaldı. Tıpkı elemanları gibi!

"Silahlarınızı atın! Ellerinizi başınızın üzerine koyun ve dizlerinizin üzerine çökün!"

İtaat etmeyebilirdi. Ama çevresi sayamadığı kadar çok adamla çevrelenmişti. Daha silahını atmak için elini öne uzatmışken, biri adamları yarıp hızla ona doğru ilerledi. Adamın kim olduğunu bilmiyordu. Ama üzerine doğru öyle bir gelişi vardı ki! Kalbi ağzına geldi.

Donup kalmıştı. Elemanları silahlarını atıp dizlerinin üzerine çökmüşken, o kıpırdayamamıştı. Gözleri bereli, kabanlı adamın kendisine gelen bedeninde takılıp kalmıştı. Sanki adamdan önce ona başka bir şey çarpmıştı.

Adam tam önünde durdu. Giriş kapısının üzerinden yüzüne yansıyan ışığın yardımıyla gözlerini net olarak görebiliyordu. Kudurmuş, vahşi bir hayvan gibi bakan gözlerini... Adamın elleri yüzünün iki yanında yerlerini aldı.

"Nerede?"

Sakin ses tonu üzerine yutkundu. Daha fazla ölüm kokamazdı. Kimi sorduğunu biliyordu. Kadın çoktan ölmüş olmalıydı. Bu da demek oluyor ki, kendisi de biraz sonra ölecekti. Ve adı gibi emindi ki, bu adam onu elleriyle öldürecekti.

"Gömdük!" diye fısıldadı. Adamın yüzünü kavrayan eli buz kesti. Aniden. Yüzü kireç gibi beyazladı ve nefesi kesildi. Hızla atıldı. "Canlıydı! Gömerken yaşıyordu!" Bunun kendisini kurtarması için bir şans olmasını diledi.

Sanki olabilirmiş gibi adamın yüzü daha da karardı. Kaslarının gerildiğini net olarak görmüştü. Hareket etmek üzereyken, omzuna bir el hızla atıldı.

"Sakin ol, Demir! Onunla ilgilenirler. Sen git!"

Gözleri soğuk bir sesle konuşan adama kaydı. Demir denen adam kendisini çoktan bırakmış, elemanlarından biriyle kulübenin arka tarafına doğru koşturmaya başlamıştı. Adamları da o anda tanışmıştı. Demir Mızrak ve Çelik Mızrak kardeşler...

Hâlâ donmuş bir bedenle yaprak gibi titrerken Çelik Mızrak usulca konuştu. "Dua et, ölmemiş olsun!"

―✦―

Dua ediyor ve koşuyordu. Yaptığı tek şey buydu. Kalbi o kadar büyümüştü ki, sanki bedeni koca bir kalpten oluşuyordu. Ve o kalp korkudan zangır zangır titriyordu. Nefesi kesiliyor, öksürüyor, ama durmaksızın koşuyordu. Ona yol gösteren adamı parçalara ayırmak isterken, sendelediğinde kolundan tutup destek oluyor ve tekrar koşuyordu.

Ona öyle kızıyordu ki! Eğer giderse... Düşünceyi zihninden hızla savurdu. Daha ona hesap verecekti! Hiçbir yere gidemezdi. Onu dizine yatırıp kaba etini kızartana kadar şaplak atacaktı! Arkasından gelen ayak seslerini duyabiliyordu. Ve hâlâ deli gibi koşuyordu. Gelmemişler miydi? Onu nasıl gömerlerdi? Nasıl? Dişlerini bir daha açılmayacak gibi sıkmıştı. Ve aslında Demir, sıktığı dişlerinin arasından konuştuğunun farkında değildi.

Yanında koşturan adam aniden duraksadı. Nefes nefese, "Şurada!" dedi. Eliyle geniş bir alanı işaret ediyordu. Ardından afallamış bir sesle tekrar konuştu. "Orada biri var!"

Demir de görmüştü. Arkasından gelen adamların önlerine doğru uzanan fener ışıkları alanı hafifçe aydınlatıyordu. Biri eğilmiş tek elle toprağı eşeliyordu. Demir, onun kim olduğunu biliyordu. Koşmaya devam etti.

Adamları beklemeden hızla yere çöktü. Ve iki eliyle birden toprağı eşelemeye başladı. Tırnaklarının arasına dolan toprağı fark etmiyordu. Girebildiği kadar derine girip, alabildiği kadar toprak almaya çalışıyordu. Adamları yanlarına geldiğinde ellerinde duran küreklerden birini aldı ve tekrar kazmaya başladı. Çılgın gibi hareket ediyordu. Diğer adamlar da onlara katıldığında dört koldan kazmaya başladılar.

"Daha çabuk!" diye kükredi. Ve aralarına biri daha katıldı. O yine de, "Daha çabuk!" demeye devam ediyordu.

Sağlık ekipleri hemen yanlarında yerini aldı. Ve endişeyle beklemeye başladılar. Kazdıkları çukur iyice derinleşirken, Demir'in umudu onu bırakmak ve ona yapışmak arasında kalmışken, "Durun!" diye soldu. Elindeki küreği yere attı ve açtıkları çukura hafif bir atlayış yaptı. Nefes almaya bile zamanı olmadığı için kesik kesik, "Ona zarar verebilir! Elle devam edeceğiz!" dedi.

Yanına sadece iki kişi gelmişti. Ve elleriyle toprağı eşelemeye devam ettiler. Demir, nefes nefeseydi, ama farkında olmadan konuşmaya başladı. "Seni cezalandıracağım!"

Doğruldu. Avuçlarında biriken toprağı hızla dışarı attı. *"Uslu dur* cümlesinin hangi tarafını anlamadın?" Tekrar eşelemeye başladı. "Ne diye çıktın ki karşıma!" Tekrar toprak attı. "Sana o veda öpücüğünün hesabını soracağım! Beni aptal yerine koymanın karşılığını alacaksın!"

Eli yumuşak bir şeye çarptı. "Burada!" diye soludu. "Daha hızlı, ama daha dikkatli... Canını yakmayın! Canınızı yakarım!"

Demir, dudaklarından çıkan son sözlere hayret etmeyi daha sonraya bıraktı. Bu kadın kendisine ne yapmıştı böyle? Onu gerçekten dizine yatırıp bir güzel... 'Allah'ım ölmesin!' Montu olduğunu tahmin ettiği kumaşın üzerinden toprağı hızla attılar. Ardından karşılarına cenin pozisyonunda, kafası olmayan bir beden çıktı.

Elleri arkasından bağlı bedeni hızla kucakladı ve havaya kaldırdı. Bedeni ellerinin arasından alınırken, tek istediği aslında ona sıkıca sarılmaktı. Yaşıyor muydu? Bunu kontrol etmeye cesaret edememişti.

Onun ardından çukurdan hızla çıktı.

"Nabız aldım! Acele edin!"

Demir ve kendi adamları geriye çekildi. Ama çok fazla uzaklaşamadan sanki bağları çözülmüş gibi dizlerinin üzerine çöktü. Yıllardır nefes almıyormuş gibi derin bir nefes çekerken gözleri kapandı. Yaşıyordu! Şükürler olsun!

Dudağının kenarında istemsizce bir gülümseme belirdi. Ve farkında olmaksızın fısıldadı. "Benim, Jeanne d'Arc'ım!" İnatçılığına hayrandı. Gücüne hayrandı. O anda fark ediyordu ki, üzerine toprak atılırken kendisini montuyla bir koza gibi sarmayı başarmıştı. Hem de elleri bağlıyken! Ölmemişti. Belki de sırf işini yarım bırakmaktan hoşlanmadığı içindi. Bu, tam da Matruşka'ya göre bir hareket olurdu. Önemli değildi. Demir, onu gözünün önünden bir daha ayırmayacaktı. Ne yapıyorlarsa birlikte yapacaklardı. Dirseğini dizlerine koydu ve başını ellerinin arasına aldı. Ona bakmak istiyordu. Kontrol etmek. Yüzünü görmek. En çok da dokunmak ve yaşadığını hissetmek istiyordu. Ama sağlık ekiplerinin işini zorlaştırmaktan başka bir şey yapmış olmazdı.

Omzunda bir el hissettiğinde sanki ağır çekim bir filmin içindeymiş gibi yavaşça başını çevirdi. Abisi omzunu sıkarken hafifçe başını eğdi. Yine yanındaydı. Süheyla'dan nefret ediyor olabilirdi, ama Demir'in her zaman yanındaydı. O da başını salladı. Ve gözlerini sedyeye yerleştirdikleri Süheyla'ya dikti.

Anında ayaklandı. Sedyeyle birlikte koşturan sağlık ekiplerinin -Sü'nün- arkasından koştu. Ve hiç düşünmeden ambulansın içinde yerini aldı.

—•)ı\•—

Kolunun altındaki beden kıpırdadı. Ardından huzursuzca verilen ılık nefes, çıplak omzunu yalayıp geçti. Bu nefesi hissetmenin değeri büyüktü. Yaşadığının, kollarının arasında oluşunun kanıtıydı. Beden tekrar kıpırdandı. Uykusuzluktan ölüyordu. Bayan Söz Dinlemez, bir gece ve tüm bir gün boyunca uyumuştu. Turp gibi de sağlıklıydı. Kafasının arkasında oluşan bir şişlik, ayağında küçük bir sıyrık ve bitkinliği dışında bir şeyi yoktu. Allah'a şükür!

Onu en yakın hastaneye götürdüklerinde hızla tüm tetkikleri yapılmıştı. Oksijensiz kalmış olmasının beynine zarar vermesinden ürkmüştü, ama o konuda da bir sorun yaşamamışlardı. Taburcu olmadan önce gözlerini sadece bir kere açmış, Demir'in gözlerinin içine bakmıştı. Ve sonra tekrar uykuya dalmıştı. O kadar bitkin düşmüştü ki, o kısacık saniyede gözlerinin içinden geçen onlarca sözcük dudaklarından dökülememişti.

Demir, onu kendi odasına yatırmış, duş alıp yanına uzanmış ve neredeyse tüm gün, mışıl mışıl uyuyan Matruşka'yı azarlamıştı. Elinde değildi. O kadar korkmuştu ki, resmen çenesine vurmuştu.

Süheyla, bu defa kalkmak için kıpırdandı.

Demir gözleri kapalı, yüzü yastığa gömülmüş bir halde olduğu için boğuk bir sesle, "Nereye?" diye sordu. Ve beline dolanmış kolunu hafifçe sıktı.

Genç kadın, doğrulmaya çalışmaktan vazgeçip bedenini tekrar yatağa bıraktı. "Kafam ağrıyor," diye mırıldandı. Sesi zayıf çıkmıştı.

Demir iç çekerken doğruldu. Dirseğini yastığa, başını da eline dayadı. Sesini duymak güzeldi. "Ona kafam ağrıyor denmez! Başım ağrıyor denir!"

Süheyla'nın gözleri hızla kendisini buldu. Konuşmak için boğazını temizledi ama canı yanmış olacak ki yüzünü buruşturdu. "Türkçe dersi için teşekkür ederim." Küstahlığından hiçbir şey kaybetmeyen tek kaşı yine havaya tırmandı. "Ama benim; kafam ağrıyor!"

Demir'in kaşları ciddiyetle çatıldı. Doğrulup, komodinin yanındaki sürahiden bir bardak su doldurdu. Sürahinin yanındaki ağrı kesiciden bir tane çıkardı. "Avucunu aç," diyerek hemen yanında bağdaş kurdu.

Süheyla, ilacı itirazsız aldı. Güçlükle doğruldu. Daha arkasına yaslanmak için harekete bile geçmemişken, genç adam sırtına fazladan bir yastık daha yerleştirdi. Süheyla, hareketine karşılık anlık bir şaşkınlık yaşasa da, suyu ve ilacı hızla içti.

Demir, konuşmadan önce dişlerini sıkıp gevşetti. "Başının arkasına darbe almışsın. Muhtemelen 'kafan' bu yüzden ağrıyor."

Genç kadın, ona sinirli bir bakış attı. "Hayır," diye terslendi. "Tüm gece boyunca huysuz bir ihtiyar gibi konuşup durdunuz!"

Demir hafifçe gülümsedi. "Gece değil, gündüz! Şu anda gecedeyiz!" Genç kadının yüzüne eğildi. Aniden sertleşen bakışlarını bakışlarıyla buluşturdu. "Ayrıca beni duymana sevindim. Artık, iyice kendine geldiğinde sana neler yapacağımı biliyorsun!"

Kadının yüzünden tuhaf bir ifade geçti. "Açıkçası... Daha çok zavallı bir fok balığının, bir kutup ayısı tarafından boğazlanırken çıkardığı seslere benziyordu. Hiçbir şey anlamadım."

Demir'in dudakları titredi, ama sabit ifadesini korumayı başardı. "Eğer tercih yapmam istenseydi... Sanırım kutup ayısını seçerdim."

"Hayır. Siz fok balığıydınız!"

Genç adam alınmış gibi kaşlarını düşürdü. "Hayatını kurtardım. Teşekkür etmek yerine; benimle alay ediyorsun!"

"Arkamdan iş çevirdiniz... Ödeşmiş olduk!"

Kadın canlı canlı mezara gömülmüş, ölümün kıyısından dönmüş, öncesinde adamlarla çarpışmıştı. Tam o anda yaşadıklarının şokuyla bocalamak yerine Demir'i yargılıyordu. Gülecek hali dahi kalmamıştı, ama güldü. Ve Süheyla'dan uyarı dolu bir bakış yediğinde gülüşünü öksürükle boğmaya çalıştı. Beceremedi. Genç kadın keskin bir tınıyla, "Bir daha olmasın. Gerçekten!" diye bildirdi.

Demir hızla savunmaya geçti. "Sabretseydin, söyleyecektim!"

Süheyla sözlerini duymazlıktan geldi. Bunun için gerçekten kızgın gibi görünebilirdi. Önemli değildi. Ayrıca Demir daha da kızgındı. Ama onu daha fazla yıpratmak istemiyordu. Çünkü yıpranmıştı. Sanki bir gecede bir yaş daha yaşlanmıştı. Bitkin, yenilmiş ve güçten düşmüş görünüyordu. Süheyla gibi değildi. Onu savunmasız olarak görmenin afallatıcı bir etkisi vardı. Sanki Süheyla, zırhını çıkarmış ve çıplak kalmış gibiydi...

Elindeki su bardağını komodine koymak için Demir'in yanından uzanırken yüzünü acıyla buruşturdu. Ve Demir'in içi sızladı. Tamamen dinlenmeden onu yataktan çıkarmamaya kararlıydı. Genç kadın geri çekilirken, kendine engel olamadı. Elleri yüzünün iki yanında şekillendi ve acıyla büzüşmüş dudaklarına hızlı bir öpücük kondurdu. Aynı hızla geri çekildi.

Süheyla bir an için afallasa da, gözlerini devirmeyi başardı. Ardından hiçbir şey olmamış gibi arkasına yaslanıp dikkatli gözlerle odayı inceledi. "Neredeyiz?" Meraklı gözlerini Demir'e dikti.

"Odamda."

"Tıpkı sizin gibi..."

"Nasıl?"

"Karmaşık!"

"Hah! Diyene bak!"

Genç kadın aniden başını ona çevirdiğinde içinde bir yerler hopladı. Kadının bakışlarında bir şey vardı. Belki haylazca... Demir, hemen yanında bağdaş kurmuş oturuyordu. Süheyla'nın gözleri de onu baştan ayağa süzüyordu. Demir, huzursuz oldu. Sanki gözlerinden tenine bir yol uzanıyormuş gibi bakışları kendisine dokunuyordu. Kadının gözleri üzerinden ayrılıp içinde uzandıkları geniş yatağa takıldığında rahat bir nefes çekti. Genç kadın aniden, "İnanamıyorum!" dedi. Demir kaşlarını sorarcasına kaldırıp baktığında, şımarık kızlar gibi aralanmış dudaklarının üzerine tek elini yerleştirdi. Matruşka! "Beni resmen yatağa atmışsınız!"

Demir'in yüzü asıldı. Kaşlarını çatarken uyarı dolu bir tınıyla, "Kadın! Yapma şöyle şeyler..." dedi. Huzursuzca kıpırdandı. "Bir tuhaf oluyorum."

Süheyla, ona yandan bir bakış attığında gözlerinin arkasında yatan başka şeylerin de varlığını fark etti. Ne olduklarını bilmiyordu, ama iyi şeyler olmadığına emindi. Belki de öyle yoğundu ki, sakladığı yerden taşmak üzereydiler… "Söyleyene bakın! Karşımda donla oturuyorsunuz."

Demir'in çenesi aşağıya düştü. Gözleri istemsizce şortuna kaydı. "Don mu?" Tekrar Süheyla'ya baktı. "Cahil kadın. Şort o?"

Süheyla'nın tek kaşı havalandı. Bu kaş kaldırma tam ona göreydi, ama yaptıkları ve sözleri Süheyla'ya ait değildi. "Şikâyet etsem başım ağrımaz!"

Demir başını iki yana salladı. Kadının şaşkın bakışları arasında tek eliyle omzunu kavradı. Boşta kalan eliyle sırtındaki fazlalık yastığı çekip, onu yatmaya zorladı. "Bayan Çileden Çıkarıcı! Yorgunken tamamen saçmalık abidesi oluyorsunuz." Doğruldu. Uzanıp gece lambalarını söndürdü ve yanına uzandı.

"Evde başka oda yok mu?"

"Var. Neden?"

"Çünkü başka oda yokmuş gibi yanımda kalıyorsunuz!"

"Çünkü ne zaman yalnız kalsan başına bir şey geliyor!"

Süheyla sıkıntılı bir nefes alırken, genç adam bir kolunu onun beline doladı. "Bu arada sana yeni bir isim buldum!"

"Çok şaşırdım!" Genç kadın rahatsız olmuş gibi kıpırdandı. "Bu işi babam yirmi sekiz yıl önce zaten halletmişti. Neden kendinizi yoruyorsunuz ki?"

Demir, burnunu omzuna sürttü. "Çünkü onlar; sana tek bir ismin yeterli olmayacağını öngörememişler!"

Demir, onu göremiyordu. Ama gözlerini devirdiğinden emindi.

"Nedir?"

"Ne, nedir?"

"İsim!"

Demir, sesinin bıkkın, ama meraklı tınısına güldü. "Jeanne d'Arc."

Genç kadın kısa süre sessiz kaldı. "Matruşka'dan iyidir."

Uykusuzluktan ölüyordu. Bedeni başını koyduğu yere de -Süheyla'nın boyun kıvrımı- yumuşak yatağa da bayılmıştı. Yine de gayretle doğrulup genç kadının yüzüne eğildi. Parmakları alnında, kaşında, burnunda ve dudaklarında gezindi. "Matruşka sensin! Diğerleri içinde yaşayan farklı kadınların isimleri... Ve ben, hepsine âşığım!"

Yüzünü göremiyordu. Ama nefesindeki aksamayı duymak hoşuna gitmişti. Onun kendisini sevip sevmediğinden emin değildi. Fakat etkileniyor olduğu bir gerçekti. Kendini tutamadı. Eli, usulca ensesine doğru kaydı. Parmakları kıvırcık saçlarının arasına daldı. Ve hiç duraksamadan soluklarını kesecek bir öpücük için dudaklarını birleştirdi. Süheyla her zaman olduğu gibi dudaklarının çağrısına itirazsız cevap verdi. Bedeni ona karşı dirençsizdi. Bu yüzden uyarılışı da ani oldu. Daha fazlası için tutuşmadan önce dudaklarını hızla geri çekti. "Uyu, Matruşka. İyice dinlenene kadar bu yatağa mahkûmsun!"

Tekrar başını genç kadının boyun kıvrımına gömüp, kolunu beline attı. Bu, uyanır da giderse diye bir önlemdi. Çünkü bu konuda ona güvenemiyordu. Genç kadın ne terslenerek bir şey söylemiş ne de başka bir harekette bulunmuştu. Bu garip gelse de gözlerini kapadı. Saniyeler sonra kolunun altındaki beden kaskatı kesildi. Niye? Sorsaydı, söyler miydi?

Gözlerini açtı. Bir şey gördüğü yoktu, ama uyuyup kalmak istemiyordu. Odada çıt çıkmıyordu. Ardından Süheyla'nın acıyla katılaşmış sesi tüm odada yankılandı. Sessiz bir çığlık gibi...

"Ağlamış," diye fısıldadı. Bedeni şiddetle titredi. Sesinde renk olmayabilirdi. Ama acı da her zaman tek renk değil miydi? "Çok korkmuş." Gürültüyle yutkundu. "Bileklerini kendisine kestirmişler." Sanki havasız kalmış gibi derin bir nefes aldı.

Demir, bir şey söylemedi. Gerek de yoktu. Süheyla'nın biraz önceki saçmalamalarının altında yatanın da ne olduğunu böylelikle öğrenmiş oldu. Acıyı savuşturmaya çalışmanın başka bir yolu... Genç kadın ona arkasını döndü. "Altına kaçırmış," diye tekrar fısıldadı. Demir'in belindeki kolu onu daha sıkı sardı.

Bacaklarını, baldırındaki yaraya dikkat ederek kaskatı kesilmiş bacaklarına doladı. Ve onu sıkıca sardı. "Çok korkmuş." Titrek nefesi odanın duvarlarına çarpıp kulaklarında patladı. Keşke ağlasaydı. Keşke içinde biriken tüm acıyı gözyaşlarına yükleseydi. "Çok ağlamış."

Keşke acısını alabilmenin bir yolu olsaydı. Keşke birbirine yapışık bedenlerinin bir bütün olduğu gibi acısını da bölüşebilselerdi... Uzanıp açıkta kalan omzuna tüy kadar hafif bir öpücük kondurdu. Elinden başka bir şey gelmiyordu. Sözcükler o anda yavan ve gereksiz olacaktı. Yanındaydı. Yanında olacaktı. Belki yine düşecekti ve Demir, onu kaldıracaktı.

"Meltem'in babası!" Aniden öfkeyle kabaran sesinde bariz bir şaşkınlık da vardı. "Neden?"

Demir, "Öğreneceğiz!" diye fısıldadı.

Sanki onun sözlerini bekliyormuş gibi sıkıca sardığı beden aniden gevşedi. Ve minnetle fısıldadı. "Teşekkür ederim." Ardından derin ve rahatlamış bir nefes çekti.

## Bölüm 19

Genç kadın yüzünü buruşturdu. Yürümek bir sorun teşkil etmiyordu, ama merdiven basamaklarını inmek eziyetten farksızdı. Baldırındaki yara sanki kendisiyle birlikte uykuya yatmış ve hareket halinde olduğunda da uyanmışçasına çılgın gibi sızlıyordu. Her adım bir işkenceydi. Ertesi gün bir şeyi olmayacağını biliyordu. Bunu yaşamıştı. Belki küçük, şirin bir kurşun sıyrığı olmamıştı, ama eğer bir dövüş sanatları eğitmeni ve öğrencisiyseniz bazen havada uçtuğunuz ve minder olmayan bir zemine düştüğünüz olurdu. Şikâyet edecek hali yoktu. Sonuçta yaşıyordu, değil mi?

Yaşıyordu ve kafası allak bullaktı. Sistemine yanlış kodlar yüklenmiş bir robot gibiydi. Kardeşini küvetin içinde bulduğunda bile böylesine sarsılmamıştı. Çünkü neler yaşadığını düşünmeyi göze alamamıştı. Şimdi biliyordu. Ne hissettiğini, neler yaşadığını ve o durumdayken sadece birkaç kilometre uzağında olduğunu biliyordu. Bu, Süheyla'nın ömür boyu sendelemesine neden olacaktı. Keşke diyen biri olmamıştı. Saçma bir söz olduğuna inanırdı. Ama o anda, keşkeyle başlayan o kadar çok cümlesi vardı ki... Ruhunun sıkıştığını hissettiğinde titrek bir nefes çekti. Sanki her şeyden böyle kurtulabilirmiş gibi başını iki yana salladı.

Hole indiğinde gözüne ilişen her şeyi dudağının kenarına ilişen küstah bir kıvrımla izledi. Her şey ben kaliteyim diye bağırıyordu. Eğer bir yerlerde toz zerresi olsaydı; muhtemelen onlar da kaliteli toz zerreleri olurdu. Bu, gösteriş budalalığı ve müsriflikten başka bir şey değildi. İç çekip omuz silkti. Kafasına aldığı darbe sandığından daha fazla zarar vermiş olmalıydı. Yoksa insanların evinde yaptığı harcamalardan ona neydi? Yine de... Tepesinde parıldayan avizeyle kaç çocuğun karnının doyacağını düşünmeden edememişti.

Banyo yapması gerekiyordu. Elini saçlarına attığında parmak uçlarına küçük toprak parçacıkları geliyordu. Oldukça rahatsız ediciydi ve elini sürekli saçlarına atmak istemesine neden oluyordu. Ama banyo yapmak için yataktan çıkmaya çalıştığında Demir Bey'den homurdanma ve kükreme arasında bir sesle sıkı bir azar yemişti. Kendini küçük bir velet gibi hissediyordu. Eğer onunla uğraşacak hali olsaydı, muhtemelen bir daha onu azarlamak gibi bir hataya düşmezdi. Ama hali yoktu. Bir de... Demir Bey'in de hali yoktu. Gözlerinin altı resmen morarmış ve şişmişti. Onun tamamen daldığına emin olmadan da bir daha yataktan çıkmayı göze alamamıştı. Sonunda onu, yüzü yastığa gömülmüş, bir kolu Süheyla'nın olması gereken yere doğru uzanmış, ciddi bir horuldamayla derin bir uyku halinde bırakmıştı.

Yanında olmasının içinde yarattığı hisleriyse daha sonra bir çözüme kavuşturmak için zihninin köşelerine göndermişti. Korktuğundan değil... Daha fazla hissin aklını zorlayacağına emin olduğundan! Kırılıp dökülecek narin biri değildi. Ama sırtına çok fazla yük binmeye başlamıştı. Nihayetinde o da bir insandı. Ve hedefine ulaşmadan takılıp düşmekten korkuyordu. Ki düşmek bile ona kapılmaktan daha zordu.

Ama bu defa Demir Bey'e verdiği sözü tutacaktı. Adam uyuyamıyordu. Süheyla'nın gidebilme ihtimali onu o kadar kaygılandırıyordu ki, elini saçına götürse gözlerini açarak, "Nereye?" diye soruyordu.

"Sadece uyuyamıyorum, Demir Bey! Bir yere gittiğim yok."

"Söz ver... Gitmeyeceğine dair, değer verdiğin her şeyin üzerine söz ver."

Sesindeki bir şey ona karşı gelmesini imkânsız kılıyordu. Kararlı, ama aynı zamanda kırılgan bir şey... Ve o ses yorgunluktan öldüğünü haykırıyordu. "Gitmeyeceğim," diye mırıldandı. Ve adam, ancak o andan sonra gerçekten uykuya dalabilmişti. tabii Süheyla'dan küçücük bir öpücük çaldıktan sonra!

Süheyla, homurdandı. Susamıştı ve sadece iki kişinin yaşadığı bu devasa evde mutfağın yerini bulmak bile bir sorundu. Odasındaki sürahide bulunan su banyo suyu gibi ısınmıştı. Ve Allah aşkına, bu ev neden böyle cehennem gibi sıcaktı? Üzerinde sadece atlet tipi bir tişört ve şort vardı. Yine de bedeni nemden parıldıyordu.

Mutfağı buldu. Ama suyu bulmak çok daha uzun zamanını aldı. Allah aşkına! Sadece su içmek istiyordu. Buzdolabını, mutfak dolaplarını ve hatta kileri bile kurcalamıştı. Boğazı susuzluktan kurumuş ve dili damağına yapışmış bir halde homurdanamadığı için, zihni çılgın bir sayıp sövme işine girmişti. Sonunda mutfak mobilyalarıyla uyumlu su sebilini fark etti. Homurdanma işini de üç büyük bardak suyu aralıksız içtikten sonraya bıraktı.

Kısa süre elleri tezgâha dayalı bir halde öylece durdu. Bedenini dinlemeyi reddediyor olmasına rağmen, kaslarının ve kemiklerinin isyanını duyuyordu. Aniden sırtı dikleşti. Ensesindeki tüyler hareketlendi. Ve hızla arkasını döndü.

Adam, gecenin köründe dağılmış üst baş ve karışık saçlarla dikilmiş, onu izliyordu. Ayakları çıplaktı ve muhtemelen geldiğini bunun için duymamıştı. Elleri ceplerinde, başı hafifçe yana eğik, tuhaf renkli gözleri genç kadını mercek altına almıştı.

Süheyla'nın kolları göğsünde düğüm oldu. Ve tek kaşını havaya kaldırdı. "Zengin adamların tuhaf hobileri olduğunu duymuştum." Küstah bir gülümsenin dudaklarına yayılmasına izin verdi. "Hâlbuki sizde hiç de röntgenci tipi yok!"

Adam, onu şaşırtarak güldü. Samimi, keyifli bir kıkırtıydı. "Bunu, iltifat olarak kabul etmek zorundayım!"

Süheyla, omuz silkti. Adam, ister istemez onu tedirgin ediyordu. Bunun için hemen savunmaya geçiyordu. Elinde değildi. Bakışları ne kadar sıcak ve arkadaş canlısı gibi görünürse görünsün, Süheyla'yı yaralamayı başaran bir adama karşı tüm silahlarını ortaya koyardı. "Sözler artık sizin... Ne yapacağınız size kalmış!"

Adamın elleri cebinden çıktı. Süheyla gibi göğsünde kavuşturdu. Kalçasını hemen karşısındaki tezgâha dayayarak kayıtsız bir görüntü çizdi. "Kesici ve delici aletlerden yeterince uzak olduğunuza emin olmak için ses çıkarmamaya özen gösterdim." Süheyla'nın daha önce koluna açtığı yarayı bir eliyle hafifçe ovuşturup, göz kırptı. Süheyla'nın çenesi neredeyse aşağıya düşüyordu. Şakalaşması bir zeytin dalı mıydı? Eğer öyleyse, niye?

"Kesici ve delici aletlerin yardımı olmadan da oldukça iyiyim!"

Adam gözlerini devirdi. "Sanırım önce dilinize bir çare bulmak gerekiyor! Fazla doz ölümcül olabilir."

Süheyla cevap vermedi. Ne istediğini sorarcasına ona bakmaya devam etti. "Kirpi gibi dikenlerinizi kabartmanıza gerek yok! Sadece... Üzgün olduğumu söylemek istemiştim!" Adamın puslu bakışlarında bir şeyler netleşti. Sözlerinin gerçekliğini anlamasını istiyormuş gibi gözlerini bile kırpmadan doğrudan ona bakıyordu.

Süheyla da adamı şaşırtarak güldü. "Sanırım insanlara isim takma olayı da sizin için genetik olan bir durum." Başını iki yana salladı. "Ne için üzgünsünüz?"

Çelik Bey, ona sabırsız bir bakış attı. Bir şeyler hoşuna gitmediğinde yüzünün üzerine sanki bir perde iniyordu. Ve adamın yumuşayıp, ona daha genç bir ifade kazandıran çizgileri anında sertleşiyordu. Sanki kendini güçlükle tutuyormuş ve Süheyla da bir ufaklıkmış gibi alçak sesle, tane tane konuşmaya başladı. "İlk karşılaşmamızda kaba davranışlarım yüzünden, yaşadıklarınız yüzünden, kardeşiniz yüzünden..."

Süheyla, fazla uzatmaya gerek görmediği için hafifçe başını eğerek özür olarak varsaydığı sözlerini kabul etti. Ama adam konuşmaya hevesli gibi görünüyordu. "Demir anlatana kadar sizin para ve eğlence peşinde olan bir kadın olduğunuzu düşünmüştüm. Onu kaybetme tehlikesiyle karşı karşıya kaldığım bir mekâna da sizin zorunuzla gittiğini varsaydım-"

"Demir Bey'e hakaret ediyorsunuz!" Süheyla, istemsizce sözlerini yarıda kestiğinde adamın dudaklarında samimi bir gülümseme belirdi. Elinde değildi. Sahiplendiği insanı her şekilde korumaya alışmıştı. Karşısındaki adam onun abisi olabilirdi, ama Demir Bey'in zekâsını küçümsemeye cesaret edemezdi. Süheyla'nın gözbebekleri irileşti. Onu sahipleniyor muydu?

Adam yumuşak bir tınıyla, "Haklısınız," dedi ve diliyle dudaklarını ıslattı. "Sanırım sizinle ortak bir noktamız var. Konu sevdiğimiz insanlar olunca pençelerimizi ortaya koymaktan geri kalmıyoruz. Ve tam da bu yüzden beni anlayışla karşılayacağınızı umuyorum. Tatsız görüşmemizde sarf ettiğim son sözler basit ve..." adam tam burada irkildi. "ve bayağıydı." Kendi içinde bir espriye gülüyormuş gibi dudaklarından hafif bir soluk çıktı. "Erkekler kendilerinden güçlü biriyle karşılaştığında ve hele de bu bir kadın olduğunda sanırım altta kalmamak için saçmalayabiliyorlar. Canınızı yakmak ve kayıtsızlığınızı kırmak istedim." Başı eğik duruyordu. Aniden gözlerini kaldırıp genç kadının gözlerine baktı. "Sınırı aştım!" diye mırıldandı.

Adamın puslu bakışlarında bir art niyet aradı. Sözlerinden etkilenmediğini söylerse en büyük yalancı olurdu. Dilediği özrün yanında, kendi hatalarını eleştirecek kadar dürüsttü. Yine de emin olamıyordu. Ve ayrıca Demir Bey'i sevdiğini ima etmesini de fark etmemiş değildi. Üzerinde durmamaya karar verdi. Süheyla her zaman yaptığını yaptı. Tekdüze bir tınıyla, "Sınırı aştınız, sınırı aştım," dedi. Ardından mesafeli bir gülümsemeyle, "Sanırım ödeşmiş olduk," diye bildirdi.

Adam kabul edercesine başını salladı. Sanki bir şeyleri hesaplıyormuş gibi tek kaşı hafifçe titreşti. Yüzünden anlaşılmaz bir ifade geçti. Tüm bu süre zarfında Süheyla onun gitmesini bekledi. Konuşacakları bitmişti. Karşılıklı anlaşmışlardı. Peki, neden hâlâ orada yalı kazığı gibi dikiliyordu? Bu kısa sessizlik anında adamı dikkatle inceledi. Eğer Demir Bey, güzel bir adamsa karşısındaki adam da görsel bir şölendi. Elbette benzerlikleri vardı. Ama Çelik Bey, salonun bir köşesine süs diye konulabilecek kadar egzotik yüz hatlarına sahipti. Denizden yeni çıkmış ve güneş gözlerine vurmuş gibi puslu bakıyordu. Bu, özellikle yaptığı bir şey değildi. Sadece rengi öyleydi.

Ama Demir Bey kadar sıcak değildi. Ne gözleri ne bakışları ne de ifadesi...

"Yardımcı olmak isterim."

Adam mırıldandığı anda içinde bir yerler alarma geçti. Kaşları hafifçe derinleşirken, "Ne konuda?" diye sordu. Kendi sesi kulaklarına şüphe dolu geldi.

"Orkun Arıcı konusunda!"

Adam ona yardım etmekten bahsediyordu. Ama gözlerinin arkasında sanki bir meydan okuma vardı. Süheyla'nın bedeni kasıldı. Simsar'ın, Umur'un öldüğü âna dair olan tüm sözleri zihnine doluştu. Yakıcı acı, tıpkı yüksek alkol gibi damarlarına yayıldı ve anında beynini uyuşturdu. Adam güzel yerden vurmuştu. Süheyla, içinde fırtına koparken dışarıya tamamen kayıtsız bir görünüm sunuyordu. Bunun için adam devam etti.

"Bu öğlen, İş Adamları Derneği'nin verdiği bir yemekte davetli olacak. Biliyorum, çünkü ben de davetliyim. Seni içeri aldırırım." Göğsünde bağlı olan kollarını çözdü. Arkasına uzandı ve bir silah çıkardı. Süheyla tepkisiz kalmaya devam etti. Ama içinde silaha uzanmak, daha o anda evden çıkıp kahrolası yemek nerede yenecekse gidip kapısında beklemek vardı. Beklemek ve Orkun Arıcı'nın hayatla bağlantısını kesmek! Kasları bunun için gerilmişti. Seğiren parmakları, göğsünde kavuşturduğu kollarını sıkıca kavradı.

"Üzerime ruhsatlı. Hiç kullanmadım ve kullanmayı da düşünmüyorum. Evden çaldığını söylerim."

Süheyla, hafifçe güldü. "Aç bir kurda kemik uzatıyorsunuz, Çelik Bey." Buz gibi bakışlarını adamın gözlerinde tuttu. "Dikkat edin, kemikle birlikte sizi de ısırmayayım." Adam daha dudaklarını aralamıştı ki, küstah bir tınıyla sözlerine devam etti. "Benden kurtulmak için başka bir yol deneyin. Her şeyi geçtim... Demir Bey'e söz verdim."

Ağır ağır bir alkış sesi duyduklarında ikisinin de başı mutfak kapısına çevrildi. Demir Bey, dudaklarını beğeniyle büzmüş, ağır hareketlerle ellerini birbirine vuruyordu. Aniden durdu. Alaycı bakışları abisini baştan ayağı süzdü. Abisi, ne utanmış ne de ürkmüş görünüyordu. Demir Bey, "Bir türlü karar veremiyorum," diye mırıldandı. Sözlerini abisine yönelttiği için Süheyla konuşma gereği duymadı.

Çelik Bey, silahını tekrar beline yerleştirirken düz bir tonla, "Neye?" diye sordu.

"Daha çok Aliye Rona'ya mı, yoksa Erol Taş'a mı benziyorsun!" İfadesi yine ciddi bir hâl aldı. "Sen ne halt ettiğini sanıyorsun?"

Çelik Mızrak, gayet rahat bir tavırla, "Onu deniyordum!" dedi ve kayıtsızca omuz silkti.

Süheyla, bu adamla ringe çıkmak isterdi. Sonunda yüzünde oluşan renk karmaşasını da zevkle izlerdi. Mor, kırmızı ve yer yer mavilikler... Egzotik yüzüyle uyum sağlayacağına emindi.

Demir Bey, yanlarına gelmek yerine kollarını göğsünde kavuşturdu. Bir omzunu kapı kasasına dayadı. "Korkarım, hatırlatmam gerekiyor; Sü, bir deney faresi değil!"

Süheyla, elini kaldırıp ben de buradayım demek istedi. Ama Çelik Bey'in yüzündeki ifadeye takılıp kalmıştı. Ne olduğunu çözdüğünden değil! Adamın yüzündeki ifadeye bir anlam yükleyemediğinden...

Çelik Mızrak, neredeyse kendisiyle alay eder bir tınıyla, "Geçmişimizdeki kadınların ne kadar sağduyulu ve sadık olduklarını unutma! Kıçına tekme yemeye bayılıyorsan; ben seni tutmayayım!" dedi.

Süheyla, Çelik Mızrak'a bakıyordu. Ama göz ucuyla Demir Bey'in omzunun düştüğünü görmüştü. Ve bir şeyi fark etti. Ya da bir şey ona çarptı. Somut bir şey değildi. Daha çok soyut ve tam o anda anladığında yumruk yemiş gibi hissettiren türden bir şey...

Adamı öylesine dikkatle izliyordu ki, sert bakışların ardında yatanları tek tek görmek zorunda kalmıştı. İhanete uğramışlık, kaybetme korusu, koruma içgüdüsü, endişe... Daha fazla endişe! Korku! Bakışları Çelik Mızrak'tan kardeşine kaydı. İki kardeş birbirine bakıyordu. Ve küçük kardeşin gözlerinde anlayış vardı. Çok fazla anlayış...

Aynı evde kaldıkları zamanlarda Çelik Mızrak'ın hikâyesini dinlemişti. Yoluna dünyayı sereceği kadar çok sevdiği karısı aniden, hiç uyarı vermeden bir gece yarısı onu terk etmişti. Ve giderken adamın kendini kusurlu bulduğu çocuk konusunu önüne savurarak gitmişti. Kısa süre geçmeden de bir başka adamla evlenip çocuk sahibi olmuştu. Adam bir kere değil, birçok kere yara almıştı.

Süheyla, iki kardeşe tekrar baktı. Her şeyleri vardı. Her şeyleri! Paranın ulaşabileceği her şey önlerine serilirdi. Mutluluk hariç! Onca varlığın içinde aslında hiçbir şeyleri yoktu. Birbirlerinden başka! Adamlar güzeldi. Yüzleri, bedenleri... Evleri güzeldi. Yaşadıkları hayat güzeldi. Arabaları güzeldi. Giydikleri, yedikleri, kollarına taktıkları saatleri de güzeldi.

Ama ruhları hasarlıydı. Bedensel tüm zevkler ellerinin altında olabilirdi. Ama ruhları açtı. İki hasarlı ruh, iki yaralı kardeş, iki güçlü adam... Süheyla, sonunda Çelik Mızrak'ı anlamıştı. Kendisinin yaptığından başka bir şey yapmıyordu. Yıllarca kardeşini korumayı görev bilmiş biri olarak onu anlaması çok uzun sürmüştü. Böyle bir adamın soy merakı olduğuna da inanmamayı tercih ediyordu.

Adam, kardeşinin mutlu olmasını istiyordu. En basit haliyle çoluk çocuğa karışmasını istiyordu. Onun mutluluğuyla mutlu olmak istiyordu. Ve tüm bunları, böylesine yalın bir dille anlattığında Demir Bey'in inadını kırmak için yeterli olmayacağını biliyordu. Ona sorumluluk yüklemeye, onu mecbur etmeye çalışıyordu. Onu mutlu olmaya zorluyordu. Tuhaf, ama zekice bir yaklaşımdı.

Yine onlara baktı. Ardından kendi içine döndü. Aslında üçünün de birbirinden farkı yoktu. Bu, benzerlikle önce dudakları kıpırdandı. Ardından gürültülü bir kahkaha atarak ikisinin de şaşkın ve meraklı bakışlarını kendi üzerine çekti.

Genç kadın gülmeye devam ederken başını iki yana salladı. "Bermuda şeytan üçgeni gibiyiz," diye mırıldandı. "Yaklaşan kayboluyor!" Kısa süre Çelik Bey'le gözleri birbirine kilitlendi. Süheyla, ona gözleriyle *yakaladım seni* dedi. Ve adam onun sessiz sözlerini anlayıp hızla gözlerini kaçırdı.

Ardından kaşlarını çatarak kardeşine baktı. İşaret parmağının yönü Süheyla'yı bulurken, kardeşine bakmaya devam ediyordu. "Tercüme et!"

Demir Bey, başını arkaya atarak bir kahkaha patlattı. Takdir dolu bakışları genç kadının gözleriyle kesişti. "İnan bana, ne sen ne ben ne de bir başkası söylemek istediklerinin yanından bile geçemeyiz!" Abisine kısa bir bakış attı. "Tavsiyem; anlamaya çalışma! Çünkü bu kadın, Matruşka!"

Süheyla, ona sinirli bir bakış atmayı denediyse de beceremedi. "Bu listenin sonu gelecek mi, merak ediyorum!"

Demir Bey, kollarını çözüp ona doğru yürümeye başladı. "Ben de!" diye mırıldandı. Süheyla, onun azarlayan bakışlarına karşılık geri adım atmak istedi, ama olduğu yerde sabit duruşunu korudu.

Çelik, kardeşini izliyordu. Dudaklarını gülmemek için birbirine bastırmış, kendisini unutmuş gibi görünen iki gencin aralarındaki yoğunluğun nasıl bir şey olduğunu anlamaya çalışıyordu. Çünkü bu, tamamıyla hissedilen bir şeydi. Çekim, neredeyse elle tutulur gibiydi.

Demir, azarlayan bir tınıyla, "Sen, kadın! Neden yatakta değilsin?" diye sordu. Kadının tam önünde durdu.

Çelik, ciddi ifadesini koruyan ama bakışlarında bir şeyler titreşen kadına baktı. "Çünkü birileri odadaki sürahiye yanlışlıkla banyo suyu doldurmuş,"

Demir, aniden kadını omzunun üzerine aldığında Çelik de, kadın kadar şaşırmıştı. "Demir Bey?"

"Evet?"

İki genç, Çelik'in önünden geçiyordu ve o, şaşırmaya devam ediyordu. Kadın, neden hâlâ kardeşinin isminin ardına 'Bey' kelimesini ekliyordu? Bu, gerçekten şaşırtıcıydı Çünkü kadın kardeşine karşı bir şeyler hissediyordu.

"Kalça ölçünüzün iyi olduğunu kabul ediyorum, ama bu kadar yakından görmeyi istemediğimden eminim!"

"Ne, sadece iyi mi? Orada tam bir göz ziyafeti var!"

"Umarım gaz çıkarmaya filan kalkmazsınız! İkinci kere boğulma tehlikesiyle yüzleşmek istemiyorum."

"Sü! Hiç komik değil!"

Çelik, ağır adımlarla ikiliyi takip etti. Demir, kadını merdivenlere doğru götürürken hâlâ didişiyorlardı. Kadının yüksek perdeden, "Banyo yapmam gerekiyor!" diyen sözlerini duydu. Ve kardeşinin cevabıyla afalladı. "Kesinlikle! Leş gibi kokuyorsun!"

Kendisinin bir kadınla böylesine rahat ve açık konuşabileceğini düşünemiyordu. Ama onlar bu duruma alışmış ve hatta oldukça keyif alıyor gibi görünüyorlardı. Kardeşinin gürleyen kahkahası tekrar evin duvarlarında çınladığında hafifçe gülümsedi.

Ne kadar olmuştu? Gerçek, içten gelen bir kahkahanın evin içine yayılmadığı sanki asırlar kadar uzun bir zamandı. Demir'in gözlerinde titreşen parıltıların kaybolduğu zaman da bir o kadar uzundu. Ve biraz önce o parıltıları görmek, geleceğe dair umutlanmasına neden olmuştu. Kabullenmişlikle iç çekti. Adımları tekrar ofisine doğru ilerlerken kadının onu her şekilde alt ettiğini kabul etmek zorundaydı.

Yaşadıklarını ve hâlâ devam eden davasını düşündüğünde ona hayran olmamak elde değildi. Ölümden dönmüştü. Yine de her şey karşısında kuyruğunu dik tutmayı başarabiliyordu. Şaşırması normaldi. Onun yerinde herhangi bir kadın olsa çoktan kaldırmak zorunda kaldığı yüklerin altında ezilmişti. Ona baktığında, kendi yaşadıkları güçlükler gözüne ufak görünmüştü. Kendini aciz hissetmekten nefret ediyordu. Ama iki kardeş bir Süheyla etmiyorlardı.

Kadından çekinmişti. Gözlerine öylesine bir dikkatle bakmıştı ki, sanki Çelik çıplak kalmıştı. Ve onu yakalamıştı. Yıllardır yan yana yürüdükleri kardeşi bile onu çözmeyi başaramamışken, o ciddi ve sevimsiz kadının kendisini anlıyor olması ironikti.

Demir'i yakın takibe alan adamlardan biri telefon açtığında kıyafetlerini çıkarmak üzereydi. Yoğun bir günün ardından istediği tek şey yatağına devrilmekti. Ama telefondan sonra hiç düşünmeden kendini yollara atmıştı. Sürekli bir telefon trafiğiyle Demir'in gittiği yönü öğrenmiş, kendisi daha yakın olduğu için onu otoyolda yakalayabilmişti.

Aracını gördüğünde yüreği ağzına gelmişti. Bir ambulans ve kendilerine ait başka bir araç da Demir'i takip ediyordu, ama kardeşi öylesine bir hızla ilerliyordu ki, yetişmek mümkün değildi. Ama Çelik yetişmişti. Aracının önüne geçmiş ve onu hız kesmeye zorlamıştı. Yoksa en ufak hatasında kaza yapması işten bile değildi.

Ardından ona telefon açmıştı. Demir sadece, "Süheyla'nın başı dertte!" demişti. Çelik, kadından hoşlanmıyor olabilirdi. Ama o, her zaman kardeşinin yanında olmuştu. Arkası, ileri tuşuna basılmış bir film gibi gelmişti. Çelik, önce Karabatak adıyla anılan emekli askerden kısa bilgiler almıştı. Uzun zamandır adamları takip ediyorlardı ve Çelik habersiz olduğu durumları öğrendiğinde öfkelenmekten kendini alamamıştı. Ama tüm her şeyi açıklığa kavuşturan ve Süheyla yapbozunun son parçasını yerine koymasına yardım eden kardeşi olmuştu.

Sonunda sakinleşen ve hastanede yatağının başından bir saniye ayrılmayan kardeşi, Süheyla hakkında her şeyi anlatmıştı. Ve Çelik utanmıştı. Kadını para, eğlence ve zengin koca avcısı biri olarak değerlendirmiş olması yüz kızartıcıydı.

Yine de... Son bir kez onu denemekten kendini alamamıştı. İşin sonunda kardeşinin acı çekecek olması varsa, Çelik yüzünün kızarmasına razı gelirdi. Şimdi yapacağı tek şey vardı. Süheyla'ya yardım etmek. Kendi başına hareket edecek değildi. Ama ihtiyaçları olduğunda ikisinin de yanında olacaktı. Simsar ve adamları zaten Çelik'in elindeydi. Ve eğer kadın isterse yakalarından tutar, onları önüne savururdu. Kadın istediğini yapabilirdi. Hak etmişlerdi.

Huzursuzlukla iç çekti. Demir'in planları başkaydı. Ve bu planların aralarını bozmayacağını umuyordu. Süheyla'yı kaybetmek, Demir'in de kaybolması demekti.

Demir, genç kadını banyo kapısının önünde ayaklarının üzerine bıraktı.

"Kısa seyahat için teşekkür ederim." Süheyla gözlerini devirdi ve banyoya girdi.

Onu deli edeceğini bildiğinden kendisi de peşinden içeriye girdi. Kendisini fark ettiği anda arkasını dönen Süheyla'nın bakışlarında bir uyarı vardı. "Küvete kadar gelmeyi düşünmediğinizi umuyorum."

Demir bakışlarına masum bir ifade yerleştirdi. "Yorgun ve yaralı olduğuna göre sana yardım etmek görevim. Yani." Ellerini beline koyup, başını yana eğerek ona bakan genç kadının hemen önünde durdu. "Yani, tamamen görev bilinciyle hareket ediyorum. Yoksa harika kıçını görmek filan istediğimden değil!"

"Oksijensin kalan bendim. Neden beynine hasar almış gibi davranan siz oluyorsunuz, anlamıyorum."

Demir, hafifçe güldü. *Siz* derken kelimeyi vurgulayarak abisini de kastetmişti. İşte bu, onun Matruşka'sıydı! Bir adım daha atarak bedenleri arasındaki mesafeyi kapadı. Güzel görünüyordu. Açıkta kalan teni nemlenmiş, parlak ışığın altında parıldıyordu. Ve Demir'in parmakları uçları ona dokunmak için şiddetli bir istek duyuyordu. Ona baktı. Gözlerinde geri adım atma isteğini görebiliyordu. Ama Sü, geri adım atmazdı.

Ağır ağır, "Aslında," dedi. Kurumuş dudaklarını yaladı. Boğazı da kurumuştu. Eli usulca yüzüne uzandı. Ve başparmağı öne doğru uzamış alt dudağının üzerinde hafifçe dolandı. "Beynime hasar veren bu!" diye fısıldadı. Yüzüne eğildiğinde aksayarak dışarı verdiği nefes yüzünü yalayıp geçti. "Şu büzüşmüş şeyi ne zaman görsem, beynim midemin altına kaçıyor."

Sözleri dudaklarının kıvrılmasına neden oldu. Demir, gözlerini dudaklarından yukarı, gözlerine çıkardı. Toparlamış gibi görünüyordu. Kısa sürmesine sevinmişti. Süheyla'yı yenik düşmüş görmeye dayanamıyordu. Tepkisini ölçer gibi gözleri yüzünde gezindi. Biraz daha eğildi ve o, aklını meşgul eden alt dudağı hafifçe ısırdı. İçine çektiği sert soluk hoşuna gitti. Onu etkileyebilmiş olmak iyi hissettiriyordu. Sanki bir savaşı kazanmış kumandan gibiydi. Bir eli saçlarının arasına daldığında, dişlerinin yerini dudakları aldı. Ve onu, sırf yanında oluşuna duyduğu mutlulukla uzun uzun öptü.

Kasları gerilir, dizlerinde hafif bir titreme oluşurken, saç diplerine yapışmış gibi görünen toprak parçalarını parmak uçlarında hissetti ve aniden geri çekildi. Süheyla, afallamış göründüğünde dudak kaslarını zorlayan gülümsemeyi güçlükle tuttu. Eğer gülerse onu kızdırırdı. Saçlarını tek eliyle karıştırırken, "Bu saçları tek başına yıkamayı başarabilecek misin?" diye sordu.

Süheyla'nın sıvılaşmış gibi görünen gözleri aniden eski halini aldı. Ona, bunu yapmaya bayılıyordu! Ve ardından her zamanki gibi gözlerini devirdi. "Uzun yıllardır öyle yapıyorum," diye mırıldandı. Sesi bir garip çıkmıştı. Bunu fark ettiğinde hızla boğazını temizledi.

Bir adım geri çekilirken kaşlarını derince çattı. "Bu ev, neden bu kadar sıcak?"

Neyi sorduğu gayet açıktı. Ama Demir, onu deli etme fırsatını kaçırırsa kendini affetmezdi. "Demek o kadar iyiydi?" diye sordu. Sesinin tınısındaki kendini beğenmişlik, kendi kulaklarına bile sinir bozucu geldi.

Süheyla, yanaklarını şişirerek dışarı sesli bir soluk verdi. "Ben, ciddiyim! Birazdan buharlaşacakmışım gibi hissediyorum."

Demir, alay etmeyi bıraktı. Ve omuz silkti. "Sen çok üşürsün," dedi. Başka hangi nedene ihtiyacı vardı ki? Gayet açıktı.

Süheyla'nın duruşu sabitti, ama gözbebekleri irileşti. Demir, bunun nedenini anlayamadı. Kafa da yormadı. Geri adımlar atarak ve iki parmağını öpüp, öpücüğünü ona fırlatarak banyodan çıktı. Giysi dolabına yöneldi. Banyodan çıktıktan sonra giymesi için ona rahat bir şeyler ayarladı.

Süheyla, hangi ara banyodaki havluluğa asıldığını anlayamadığı kıyafetleri üzerine geçirdi. Saçlarını bir baş havlusuyla sardı ve banyodan dışarı çıktı. Adam, onun aklını öylesine karıştırıyordu ki, içeri girdiği ânı bile duymamıştı.

Onu yatağın uzunda, elleri iki yanında ve başı yere eğilmiş vaziyette buldu. Süheyla'yı fark ettiğinde başını hızla kaldırıp, gözlerinin içine baktı. Bakışlarında bir şeyler vardı. Süheyla'nın uğraşsa da çözemeyeceği bir şeyler... Bu görüntü ister istemez kaşlarını çatmasına neden oldu.

Daha iki adım atmıştı ki, Demir Bey, "Dans edişini izlemek istiyorum!" dedi. Sesinin tınısında bir şeyler gizliydi. Ama isteğinin yoğunluğu o sese yapışmıştı.

Sözlerine duyduğu şaşkınlıkla adımları duraksadı. "Ne?" diye sordu.

Ve adam aniden ayağa fırlayıp önünde bitiverdi. "Söylediğimi duydun!" dedi. Ses tonu onu azarlar gibiydi. Ve bu defa kızmış gibi yapmamıştı. Gerçekten kızmıştı. İyi de niye?

Süheyla, "Elbette duydum!" diye çıkıştı. Adam, uzanıp saçındaki havluyu çözdü ve saçlarını kurulamaya başladı. "Ve ciddi ciddi beyninizin hasar aldığını düşünmeye başlıyorum."

Adamın dudakları hafif bir gülümsemeyle kıvrıldı. Elleri hâlâ saçlarını kurulamaya devam ettiği için havadaydı, ama başını eğip gözlerine baktı. "Ben de!" diye fısıldadı. Ve yine aniden ciddileşti. "Bunu istiyorum. Dans edebildiğini söyledin ve ben bunu görmek istiyorum." Konuşurken, gözlerini kaçırmış ve hayati derecede önemli bir iş yapıyormuş gibi saçlarını kurulamaya odaklanmıştı. "Seninle normal bir gün geçirmek istiyorum. Aklımızda başka hiçbir şey olmadan, sadece ikimiz eğlenelim istiyorum." İç çekerek ellerini aşağıya indirdi. Havluyu bir eliyle sıkıca kavramıştı.

Başını yana eğdi. Yoğun bakışlarını Süheyla'nın gözlerinde tuttu. "Bana bir gününü ver!" Süheyla'nın itiraz etmek için aralanan dudaklarını fark ettiğinde elini kaldırdı. "Karşılığında istediğin her şeyi yaparım!" Kendine acıyormuş gibi güldü. "Gerçi... Sen ne istersen yine yaparım. Ama... Bana bir gününü ver!"

İstediği çok bir şey değildi. Ve aslında Süheyla'nın kalbinde küçük kıpırtılara neden olmuştu. Ama her şeye bu kadar yaklaşmışken vakit kaybetmek istemiyordu. Orkun Arıcı'yı elinden kaçırmak istemiyordu. Kararsızlığının yüzüne de bakışlarına da yansıdığına emindi. Ya her şey bittiğinde, isteğini yerine getirmek için vakitleri olmazsa?

Adam dikkatle gözlerine bakıyordu. Bakıyor ve neredeyse yalvarıyordu. Konuşmak için dudaklarını yaladı. "Onu izliyoruz!" diye mırıldandı. Orkun Arıcı'dan bahsettiğini anlaması için ismini zikretmesine gerek yoktu. "Simsar ve ekibi abimin gözetiminde... Zaten elimizdeler! İstediğin anda gidebiliriz ki zaten iyice kendini toparladığına emin olmadan bir yere gitmene izin vermem!"

Havlu elinden kayıp düştü. Ardından Süheyla'nın yüzünü yumuşak bir kavrayışla ellerinin arasına aldı. "Bir gün!" diye fısıldadı. Uzanıp dudaklarına hafif bir öpücük kondurdu. "Bence, bunu hak ettik." Hüzünlü bir gülümseme dudaklarını şekillendirdi.

Süheyla, kabul edeceğini biliyordu. Belki de en başından beri kabul etmişti. Başını onaylarcasına hafifçe salladığında adamın yüzüne yerleşen ışıl ışıl gülümseme görülmeye değerdi. Aniden Süheyla'yı kendine çekti ve sıkıca sarıldı. "Teşekkür ederim."

Genç kadın geri çekilirken alaycı bir tınıyla, "Şimdi ilk isteğime gelelim," dedi. Demir Bey, şaşırmış gibi göründüğünde, "Ne istersem yapacağınıza söz vermiştiniz," diyerek ona hatırlatmada bulundu.

Adam, dudağını ısırdı. Korkmuş gibi gözlerini irice açtı. "Ne istiyorsun?"

"Açlıktan bayılmak üzereyim!"

—•≻╎≺•—

Genç kadın oda kapısını açtığında, Demir Bey'i omzunu kapı kasasına dayamış, sabırsız bir ifadeyle beklerken buldu. Onu gördüğünde anında doğruldu ve onu baştan ayağı süzdü.

Süheyla, azarlar gibi baktı. "Sizin merdivenlerin bitiminde beklemeniz ve benim o merdivenlerden inişimi izlemeniz gerekiyordu!"

Adam, sanki bir şeyler söylediğini yeni fark etmiş gibi başını kaldırıp gözlerine baktı. "Ne?" Süheyla, önemsiz der gibi başını salladığında, "Söylemeyecek misin?" diye sordu.

"Dinleseydiniz!"

"Sen de böyle güzel giyinmeseydin."

Süheyla, gözlerini devirdi. Abarttığı kadar iyi giyinmediğini biliyordu. Adam, onu yalnız bırakamadığı için birini gönderip, Süheyla'nın kıyafetlerini aldırmıştı. Ve her nasılsa Süheyla'nın günlük kıyafetleri -kot pantolon, gömlek, kazak- bu kıyafetlerin arasında yoktu. Bunu Demir Bey'in istediğinden emindi. Kıyafetleriyle ne alıp veremediği vardı anlamıyordu.

Haki renkli, dizlerinin üzerinde biten sade bir elbise giymiş, üzerine dik yakalı kahverengi deri ceketini geçirmiş ve düztabanlı çizmelerini giymişti. Gayet sade ve kendi gibi giyinmişti. Varla yok arası bir makyaj yapmış, saçlarını da dağınık bırakmıştı. Hazırlanırken aklına salondan arkadaşları ve Umur'la çıktıkları geceler gelmişti. Zihnine doluşan anıların ona acı çektirmesini reddetti. Ve bu anıları gülümseyerek kabullendi. Umur'la çok dans ederlerdi. İkisi de müziğe dayanamayan tiplerdi.

İyi ki de öylelerdi. Biriktirdikleri anıların çoğu yüzünü gülümsetebildiği için şanslıydı. Kardeşiyle ve annesiyle çok güzel anlar yaşamışlardı. Ve Süheyla, hayatının geri kalanında bu anıları canlı tutmaya kararlıydı.

Adamı baştan ayağı süzdü. O da tercihini rahatlıktan yana kullanmıştı. Bir kot pantolon, koyu mavi, pantolonun üzerine sarkıttığı bir gömlek ve kendisi gibi deri ceket giymişti. Adamın bakışlarına karşılık, "Fena değil," diye mırıldandı. Aslında uzanıp saçlarını karıştırmak istiyordu. Çünkü zaten biri karıştırmış gibi görünüyordu.

Demir Bey, başını şaşkınlıkla geriye attı. "Ne demek, fena değil!" Yüzüne kibirli bir ifade yerleşti. "Bu akşam beni diğer kadınlardan uzak tutmaya çalışırken bu sözlerini sana hatırlatacağım!"

Süheyla, kapının önünde fazla zaman kaybettiklerini düşünerek hareket etti. "Hiç işim olmaz!" derken kayıtsızca omuz silkti.

Adamın gülüşünü ayak sesleri takip etti. Gittikleri mekânın üniversite zamanında takıldıkları, nezih bir yer olduğunu söylemişti. Son zamanlarda Ali Tekin'in işlettiği Kayıp Şehir'den başka bir yere gitmemiş olduğu için fazla mekân bilmediğini de utanarak itiraf etti. Ama Ali Tekin'in sağlık durumu iyi değilken, oraya gitmeyi de istememişti. Süheyla için sorun değildi. Sonuçta günü kendilerine ayırmışlardı ve nerede eğleneceklerini umursamıyordu.

"Eskiden her günümüz buralarda sürterek geçerdi." Demir Bey, elini onun beline atmış, Rustik bir tarzı olan mekândan içeri girerken müzik sesini bastırmasın diye yüksek sesle konuştu.

Daha önce rezervasyon yaptırdıkları masalarına geçerken genç kadını yönlendiriyor, dans eden insanların ona çarpmasını engellemeye çalışıyordu.

Tam masalarına varmışlardı ki, arkalarından cırlayan bir ses duyuldu. "Demiiiiiiiiiir!"

Aynı anda başlarını, sesin geldiği yöne çevirdiler. Süheyla kendi kendine, "Hoppala!" diye fısıldadı. Bakışları kendilerine doğru freni patlamış kamyon gibi süratle gelen kadından, Demir Bey'in yüzüne kaydı. Adamın dehşete düşmüş bir hali vardı. Bedeni öylesine gergin görünüyordu ki, Süheyla elini tutup onu arkasına saklamak istedi.

Kadın, adımlarında duraksama bile olmadan, adamın üzerine atladı. Ve bir ahtapot gibi kollarını boynuna doladı. Birlikte iki adım kadar geriye sendelediler.

O andan sonra olanlar tamamen Süheyla'nın kontrolünün dışında gelişen olaylardı. Kadının sırtına yapışmış olan elbisesinin kumaşını kavrayışını gördü. Ardından onu, Demir Bey'in üzerinden çekişini... Kendi hareketlerini sanki dışarıdan izliyormuş gibiydi. Ama kendine engel de olmuyordu.

Afallamış kadını hafifçe geriye ittirdi. Gözlerinde ürkütücü bir bakışla kadına eğildi. "Üzerinde, atlayış serbest mi yazıyor?"

Bir şekilde Demir Bey'in güldüğünü hissediyordu. Ama buna dair bir ses duymamıştı.

Kadın, bir elini dehşetle kalbine götürdü. Gözleri dışarı fırlayacakmış gibi bakarken, "Anlayamadım?" diye sordu.

"Zaten öyle bir ümide hiç kapılmamıştım!"

Kadın gözlerini kırpıştırdı ve yardım diler gibi Demir Bey'e baktı. Adam, tam da tahmin ettiği gibi omuzları sarsılarak gülüyordu. Süheyla, bir adım geri çekildi. Dirseğini hafifçe kaburgalarına geçirdi. Adam, yanlarında hâlâ şokta gibi görünen kadını görmezden gelerek Süheyla'nın belini kavradı. "Sana söylemiştim!" diye mırıldandı.

Süheyla, ne demek istediğini düşünmeye çalışırken evden çıkmadan önce söylediği sözleri hatırladı. Ve gülmeye başladı. O gülerken adamın gülüşü soldu. Sanki yalnızlarmışçasına sesini alçaltmaya bile gerek duymadan, "Tapıyorum sana, kadın!" dedi.

Ve Süheyla, içinde bir yerlerin sarsıldığını hissetti.

## Bölüm 20

Hafif, ama insanın içindeki organların bile ritmine eşlik etmek isteyeceği bir müzik; mekânı etkisi altına almıştı. Dans pistinde bulunan tek tük insanlardan biri kendini müziğe kaptırmış, gözleri kapalı halde salınarak ritme ayak uyduruyordu. Bir grup genç, etraflarında bulunan diğer müşterilere aldırmadan büyük kahkahalar atıp eğleniyordu.

Masalardan birinde, genç bir adam dudaklarını sıkmasına rağmen omuzlarının sarsılmasına engel olamıyordu.

"Demir Bey, gülme hastalığına tutulmuş gibi görünüyorsunuz. Biraz daha gülmeye devam ederseniz; size yardım etmek durumunda kalacağım!"

Demir, bir elini yüzüne kapadı ve sessizce gülmeye devam etti. Süheyla dudaklarını sıkmış, tek kaşını havaya kaldırmış ve tehditkâr bakışlarını onun üzerine salmıştı. Demir, sonunda boğazını temizledi. Gözlerinin önüne Süheyla'nın, üniversiteden arkadaşı olan iyi niyetli Evrim'i, tek eliyle uzağa fırlatışı geldi. Bir baloncuk göğsünü gıdıkladı. Ama o kadar çok abartmıştı ki, gülmeyi göze alamadı.

"Matruşka!" diye mırıldandı. Rahat minderleri olan sedirlerde karşılıklı oturuyorlardı. Genç adam ona imalı bir bakış atıp arkasına yaslandı. "Kıskanınca çok güzel oluyorsun demek isterdim, ama tam bir yavru aslana benziyorsun!" Demir, onun sinirleriyle oynayarak hata yaptığını biliyordu. Ama elinde değildi. Süheyla, onu kıskanmıştı.

Süheyla, gözlerini devirdi. Kollarını göğsünde kavuşturdu ve rahatça arkasına yaslandı. Dudaklarında alaycı bir gülümsemeyle, "Kıskanmak mı?" Hafifçe gülerken başını iki yana salladı. "Kadını gördüğünüzde ürkmüş..." Burada durdu ve gözlerini irice açtı. "Hayır. Dehşete düşmüş bir köpek yavrusunu andırıyordunuz! İçimde engel olamadığım bir yardımsever var!"

Demir, önce hafifçe kıkırdadı. Yumuşak gülüşü azaldı. Sonunda dudağının kenarlarında neşesinin solgun bir yansıması kaldı. Süheyla ile Evrim'i tanıştırdıktan hemen sonra eski arkadaşı, arkasına bakmadan kaçarak masasına dönmüştü. Onun burada olacağını nereden tahmin edebilirdi ki? Üzerinden yıllar geçmişti. Çok uzun yıllar...

Demir, derince bir iç çekti. "Haklısın. Ürktüm. Onu bıraktığım yerde bulacağımı bilemezdim." Dudaklarını yaladı. Dişlerini sıktı. Ve huzursuz bir gülümsemeyle Süheyla'nın gözlerinin en derinine baktı. "Emel'in kan kardeşi! Burada, birlikte çok fazla zaman geçirdik. Bir an için sarsıldım." Sonra neşesi yerine gelmiş gibi, "Ve yavru aslanım da beni kurtardı," dedi.

Süheyla'nın bakışlarında bir şeyler titreşti. O kadar kısa süreliydi ki, belki saniye bile değildi. Ardından o bakışların üzerine sert bir tabaka yerleşti. "Bu akşam benimsiniz, Demir Bey! Eğlencemi geçmişte kalmış bir hayaletle gölgelemeye niyetim yok. Kendi hayaletlerimi evde bıraktım. Mümkünse siz de aynısını yapın," Sözlerinin ardından kayıtsızlıkla üzerindeki ceketi çıkarıp hemen yanına bıraktı.

*Bu akşam benimsiniz...* Bu sözlerin ona ne yaptığından haberi var mıydı? İçinde nasıl bir sarsıntıya yol açtığından? Kalbine davul tokmağıyla vuruluyormuş gibi hissettirdiğinden? Demir, bu kadına tapıyordu. Ve onunla başka ne yapılır bilmiyordu. Başka bir gün, başka bir şekilde Evrim ile karşılaşması; Demir'i çıkmak istemediği o çukurun dibine gönderirdi. Şimdi çukurun nerede olduğunu bile bilmiyordu. Sü, etkisi!

Demir de ceketini çıkardı ve yanına koydu. "Ne içiyoruz?"

Sanki sözlerini duymuş gibi hızlı, ama profesyonel adımlarla ilerleyen bir garson masalarına doğru geliyordu.

Süheyla hiç düşünmeden, "Malibu," diye bildirdi. Ardından ekledi. "Sek!"

Demir, yüzünü buruşturdu. "Onun yerine süt iç daha iyi! Senin gibi ciddi kızların sert bir şeyler içmesi gerekmiyor mu?"

Süheyla gözlerini devirdi. "Eğlenmeye geldim, Demir Bey! Geceyi klozetin başında geçirmeye değil!" Şüphe dolu bir ifade yüzüne hızla yerleşirken, kaşları çatıldı. "Beni sarhoş etmeyi mi planlıyorsunuz?"

Demir sırıttı. "Evet. Sonra da fotoğraflarını çekip sana şantaj yapacağım."

"Yapmadığınız bir şey değil!"

"Hak etmiştin!"

Süheyla, cevap vermek için dudaklarını aralamıştı ki, garson hemen yanlarında bitince susmak zorunda kaldı ve yüzünü buruşturdu.

Demir siparişlerini soran garsona, "İki sek Malibu," diye bildirdi.

Süheyla, sanki tokat yemiş gibi irkildi ve hızla araya girdi. "Beyefendiye portakal suyu, lütfen!"

Genç kadının araya girmesinin ardından şaşıran garson, emin olmak için gözlerini Demir'e dikti. Ama genç adam, hafif bir gülümsemeyle Süheyla'ya bakıyordu. "Bu gecenin adını, Tek Gecelik Özgürlük koydum!"

Süheyla, yanlarındaki garsonu umursamadan ve öfkeden köpürmüş bir halde, "Umurumda değil! Siz alkolden uzak duruyordunuz!" diye çıkıştı.

"Ben aşktan da uzak duruyordum." Demir başını yana eğdi ve omuz silkti. "Şimdi sek içiyorum."

Hemen masalarının yanında hâlâ dikilmeye devam eden garson, profesyonelliğinden ödün vermemek adına kendini tutuyordu. Ama beğeniyle havaya kalkan kaşlarına engel olamadı. Sözleri, sosyal paylaşım platformlarında bulunan hesaplarından birinde paylaşım yapmak için hafızasına kazıdı.

Süheyla, inanamazlıkla başını iki yana sallar ve bir elini *ne halin varsa gör* der gibi havada sallarken, Demir genişçe sırıtıyordu.

Genç kadın bir anda delici bakışlarını garsona çevirdi. "Beyefendinin içeceğinin alkolü az, sütü bol olsun-"

"Ben ananaslı severim!"

Demir'in araya girmesiyle ona da ölümcül bir bakış atan Süheyla, "Alkolü az! Ananası bol olsun!" diye tekrarladı. Garson tekrar onaylaması için Demir'e döndü. Ve genç adam hafifçe başını salladı.

Demir, onu istiyordu. Hayatının her noktasında bu kadını yanında istiyordu. İşine karışsın, ona emir versin, tek kaşını kaldırsın! Demir'i her zaman böyle önemsesin! Süheyla, biliyor muydu emin değildi, ama Demir biliyordu. Matruşka, onu seviyordu. Ne içeceğine karışacak kadar!

Garson yanlarından ayrıldıktan sonra Süheyla'nın bakışları onu buldu. "Ne?"

Demir, gülümsedi. "Ne, ne?"

"Yine bir tuhaf bakıyorsunuz!"

Demir cevap vermek yerine omuz silkti. Dirseğini dizlerine koyarak öne eğildi ve ona gerçek bir merakla baktı. "Bana, seni anlatsana."

Süheyla'nın şaşkınlığı gözlerinden okundu. Kaşları hafifçe havaya kalkarken alaycı bir sesle, "Sandığınız kadar ilgi çekici biri değilim," diye mırıldandı.

"Anlat sen!"

Süheyla, anlattı. Meslek seçimini, okul hayatını, ailesiyle yaşadığı anları, annesinin aşkını… İçkileri geldi ve genç kadın sanki bir düğmesine basılmış ve kapamak için de o düğmenin yerini unutulmuş gibi sürekli anlatıyordu. Demir kimi zaman kahkaha atarken, Süheyla'nın taş gibi sert ifadesiyle anlattığı kimi durumlarda içten içe hüzünleniyordu. Aslında geçmişindeki ilişkisini de deli gibi merak ediyordu. Ama Süheyla bu konuyu hafızasından silmiş gibi göründüğü için sormaya cesaret edememişti. Belki de böylesi daha iyiydi. Demir, tüm geceyi kıskançlıktan içini yiyerek geçirmek yerine Süheyla'yı yemeyi tercih ederdi.

Sonunda genç kadın gözlerini irice açarak ona baktı. "Sanırım, ömrüm boyunca bu kadar çok konuşmadım!"

Demir, ayağa kalktı. İki adımda genç kadının yanında bitti. "Ben de ne zaman susacaksın diye merak ediyordum!" Elini ona uzattı. "Kalk bakalım! Dans edeceğiz."

Süheyla, elini itiraz etmeden ona uzatırken gözlerini devirdi. "Çok incesiniz."

"Elbette, incelik benim göbek adım."

Demir, genç kadının elini sıkıca kavradı ve onu dans pistine doğru çekiştirdi. Pist boştu. Genç adam tam ortasında durdu. Parmaklarını genç kadının parmakları arasından geçirdi, havaya kaldırdı ve diğer elini beline yerleştirip onu kendisine çekti. Yakınlığının tahrip edici bir özelliği vardı, ama üzerinde durmayarak bedenini kendi bedenine yasladı.

Süheyla'nın bir eli zarif bir şekilde omzuna kondu. Ve dansı yönlendiren Demir'in adımlarına mükemmel bir uyumla eşlik etti.

Demir, kulağına eğildi. "Hımm."

"Hımm ne?"

"Fena değil."

Süheyla, güldü. "Ben de sizin için aynı şeyi düşünmüştüm!"

Demir de gülüşüne karşılık verdi. Sırf onu sinirlendirmek adına belindeki elini aşağıya kaydırdı. Kalçasını hafifçe sıkarken muzip bakışlarını, gözlerinden bir saniye ayırmadı. Ve anında yaptığı hamleden pişman oldu. Dokunuş, bedeninde şiddetli bir hareketliliğe yol açarken Süheyla'ya fark ettirmeden hafifçe geri çekildi.

"Demir Bey?"

"Evet?"

"Mottonuz; dans etmek bahane, ellemek şahane mi?"

Neyse ki, Süheyla dikkat dağıtmak konusunda harika hamlelerde bulunuyordu. Demir, başını arkaya attı ve gür bir kahkahayla neredeyse müziğin sesini bastırdı.

"İnanılmazsın, kadın!"

"Muhtemelen."

Ağır müzikte kısa süre daha dans ettiler ve müzik aniden hareketlendi. Kimi insanlar piste yönelirken, Demir kaşlarını *Hadi bakalım* der gibi havaya kaldırdı. Ardından iki adım geri çekilerek Süheyla'yı yalnız bıraktı. Demir, sözlerinde ciddiydi. Onun dans edişini izlemek istiyordu. Ve genç kadının teşvike ihtiyacı var gibi görünmüyordu.

Süheyla, meydan okuyan gözlerini onun gözlerine dikti. Elleri hafifçe havalandı. Bedeni de aynı anda müziğin ritmine göre harekete geçti. Demir de karşısında sırf ona eşlik etmek adına ritme ayak uyduruyordu. Süheyla, elini ona uzattığında hiç düşünmeden tuttu. Kadının, kolunun altında kendi ekseni etrafında dönüşünü izledi.

Ve o, elini bıraktığında kendini yalnız hissetti. Demir, sadece bir dakika sonra ne dans etti ne de sallandı. Öylece durmuş, pistin ortasında onu izliyordu. Elleri, ayakları, kalçaları! Neredeyse tüm bedeni müziğe ayarlanmış gibi hareket ediyor, o sinir bozucu saçları bile gözüne daha güzel görünüyordu. Kadın ciddi ciddi dans edebiliyordu.

Demir'in gözleri genç kadının ayaklarına takıldı. Topuktan parmak ucuna zarif hareketlerle ritim tutuyor, kendi oluşturduğu tarzda hiç ritim kaçırmadan hareket ediyordu. Gözlerini yüzüne kaldırdı. Gevşemiş yüzünden, oldukça keyifli olduğu anlaşılıyordu. Süheyla, güldü. *Ne haber?* der gibi başını hafifçe salladı. Ve Demir, iki elini birden ona uzattı. Belini sıkıca kavrayıp onu bedenine yasladı. Kısa sürede hafızasına kaydettiği adımlarına ayak uydururken, kulağına eğildi.

Alçak sesle, "Kahretsin, kadın!" dedi. "Beni sıkı tut, yoksa dondurma gibi eriyeceğim!"

Süheyla'nın elleri omzunu hafifçe sıkarken, neşeli kahkahası kulaklarını çınlattı. Ve sonra kelimenin tam anlamıyla çılgın gibi dans ettiler. Gerçekten eğlendiler... Kimi zaman nefesleri kesildiğinde ritmi azalttılar, ama çoğunlukla birbirlerinin kollarından ayrılmak istemiyormuş gibi pistin ortasında duran en hareketli çift oldular.

Süheyla eğitim verdiği anlarda da, kardeşiyle gece eğlenmek için çıktığı zamanlarda da böylesine nefessiz kaldığını hatırlamıyordu. Sanki içinde birikmiş olan tüm enerjiyi o gün atmak zorundaymış gibi hareketsiz kaldığı anlar sayılıydı. Genel bir gerginlik halinin olduğunu biliyordu. Ama ruhunun ve bedeninin bu kadar sıkıştığından habersizdi. Sanki bir tablet sakinleştiriciyi mideye indirmiş gibi kaslarını gevşemiş hissediyordu. Ve bir de karşısında olmaktan oldukça keyif aldığı her halinden belli olan şeytanın yardımcısı vardı. Öyle olmalıydı. Yoksa herhangi birine böylesine kolay kanmazdı. Sınırlarını ihlal etmesine izin vermezdi. Adam pistin ortasında değil, kalbinin ortasında dans ediyordu.

Ve o adam, bir eliyle belini kavradı. Onu kendisine çekerken dudakları sözsüz bir şekilde şarkıya eşlik ediyordu. Süheyla, bedenine iyice yaslandığında önce dudağından hızlı bir öpücük çaldı, ardından kulağına eğildi. "Hadi gidelim!"

Genç kadın kafasını hafifçe geriye çekerek yüzüne şüpheyle baktı. "Nereye?"

"Eve," genç adamın hareketleri ağırlaştı. "Suratın pancar gibi kızardı. Yoruldun." Adam geri çekildi. Ve çekilirken bir şeyler daha mırıldandı. Süheyla onun *bütün gece* ve *hareket halinde olmak* ile ilgili bir şeyler söylediğinden emindi. Ama üzerinde durmadı. Gitmek istiyorsa sorun değildi. Omuz silkti. Elini tutmasına ve onu tekrar masalarına götürmesine izin verdi.

Demir Bey, ceketini giymesine yardımcı olurken ona alaycı bir şekilde bakıp, beğeniyle dudaklarını büzdüğünde genç adam tıpkı onun gibi gözlerini devirdi.

Aracın içinde garip bir sessizlik vardı. Süheyla, bu sessizlikteki tuhaflığın adını koyamıyordu. Gergin bir sessizlik değildi. Sanki... beklenti doluydu. Sanki bir şeyler vaat ediyor ya da bir şeyler istiyordu. Ama ilerledikleri yol, Demir Bey'le daha önce bir hafta kaldıkları evin istikametine doğru kıvrıldığında sessizliğin adı da şekli de değişti. Süheyla, ona yandan, şüphe dolu bir bakış attı. Gerginliği yaratan oydu. Aracın içindeki enerjinin değişimi ondan kaynaklanıyordu. Niye? Oldukça kayıtsız görünmesine rağmen yanağındaki bir kasın istemsizce seğirdiğini fark ediyordu.

Demir Bey aracını park ederken de tamamen kayıtsız bir görüntü çizmişti. Ama işaret parmağı pıt pıt direksiyona vuruyordu. Süheyla hafifçe gülümsedi. Ailesinin dışında birini gerçekten tanımak ona hâlâ garip geliyordu. Kaşının havaya kalkışındaki açının ne anlama geldiğini, dudak kaslarının gerildiğinde ne anlama geldiğini, burnunun ucunu dakikada iki kez kaşıdığında ne anlama geldiğini... Bunları bilmek tuhaftı. Ama iyi hissettiren bir tuhaflık...

Yine gerginlik ve beklenti dolu sessizlikle araçtan indiler, eve doğru usulca ilerlediler. Demir Bey, giriş kapısını açarken ona kısa bir bakış attığında Süheyla'nın hazır olda bekleyen tek kaşı havaya kalktı. Ondan bir tepki bekliyordu. Alaycı bir söz, bir ima, Süheyla'yı çıldırtacak herhangi bir şey... Ama hiçbir tepki yoktu. Sonunda Demir Bey, ceketini çıkarmasına yardım ederken kasıtlı olarak tenine dokundu. Ense kökündeki tüyler diken diken olurken tüm sinir uçları da havaya zıpladı.

Görmezden geldiği şey, kendi bedeniydi. Tüm yol boyunca adamın tepkilerine o kadar yoğunlaşmıştı ki, kendini unutmak kolay olmuştu. O anda değil... O anda midesi kasılıyor, kasları sanki ileri atılacakmış gibi geriliyor ve kalp atışı sekteye uğruyordu. Beklenti doluydu. Kahretsin! Elbette beklenti dolu olacaktı. Adamın, onu o eve neden getirdiğini tahmin etmek güç değildi. Ama tepkisiz kalması merdiven basamaklarını ağır ağır çıkarken artık tepesini attırmaya başlamıştı.

Sessizce! Ve yan yana koridorda ilerlediler. Süheyla, daha önce kaldığı oda kapısıyla karşı karşıya geldiğinde kısa bir nefes çekti içine. Çünkü içinde bir yerler hop ediyordu. Arkasını döndü.

Adam ona baktı. Gözlerinde karmaşık bir ifade vardı. İşaret parmağı havalandı. Süheyla'nın burnunun ucuna şakalaşır gibi dokundu. Yüzüne hafifçe eğilerek, "Teşekkürler ve iyi geceler, Matruşka," diye fısıldadı.

Süheyla'nın kaşları çatılırken, adamın elini sertçe kendinden uzaklaştırdı. Demir Bey, onu yakalayabilmek için öne atıldı, ama kendisi daha hızlı davranarak kapıyı hızla açtı. Ardından yine hızla kapattı. Ve kapının ardından bir inleme duyuldu.

Süheyla, "Umarım burnu kırılmıştır!" diye öfkeyle, ama alçak sesle söylendi. Derin bir nefes aldı. Yüzünü tekrar kapıya döndü. Ve bekledi. Birkaç dakika boyunca kapıya bir düşmanmış gibi baktı. Ama gelen giden yoktu. Tek ayağının yerde ritim tuttuğunun ve yanağını kemirdiğinin farkında değildi.

"Ödlek!" diye fısıldadı.

Aptal değildi. Neden o eve geldiklerini biliyordu. İkisi de biliyordu. Ama görünüşe göre adamın geçmişini aşmak gibi bir niyeti yoktu. Ellerini beline koydu. O gece dışarı çıkmamış olmayı diledi, onunla o kadar eğlenmemiş olmayı diledi, sürekli olarak duygularını dile getiren sözlerini dinlememiş olmayı diledi, ona âşık olmamış olmayı diledi. İkisi hakkında bir gelecek düşünmüyorsa neden hâlâ ona adımlar atıp duruyordu ki? Neden 'Demir' olmak için uğraşıyordu? Neden Süheyla'yı kandırıyordu. Adamın aşkına inanıyordu. İnanamazsa ahmaklık etmiş olurdu. Ama boş adımlar atacakları bir ilişkide yok yere kürek de sallamayacaktı!

Karar verdi. Madem yeminini korumak istiyordu. Koruyabilirdi. Süheyla, onun ellerini bağlar kendisine dokunmasına izin vermezdi. Sonuçta yemini dokunmak üzerineydi. Yeminmiş! Belki tacize giriyordu, ama umurunda değildi. Daha sonra onu şikâyet edebilirdi. Süheyla, kendi geleceğini onun için değiştirmeye karar veriyorsa o da değiştirmek zorundaydı.

Kafası yerde, öfkeli bir boğa gibi kapıya doğru ilerledi. Sertçe açtı ve bir adım attı. Fark edemediği Demir Bey'e çarptığında bir an için sarsıldı. Adam omuzlarını sıkıca kavradığında kafasını kaldırdı. Ve sonra tek gördüğü şey dudaklarına eğilen kalın dudaklar oldu.

Gerisi ileriye sarılmış bir film gibiydi. Ya da belki iki gezegenin birbirine çarpışması gibi... Ya da abartıya gerek yoktu. Bedenlerindeki tutku ve birbirlerine olan açlıkları o kadar yoğundu ki, son âna kadar nefes almak bile ihtiyaç dışıydı. Süheyla, daha önce böyle bir şey yaşamamıştı. Sarsıcıydı. Belki dengesini de kaybedecekti. Ama o da umurunda değildi.

Demir, aklına sakin olmasını öğütleyip dururken, elleri kadının kalçasını buldu. Hızla yukarıya kaldırdı ve Süheyla'nın uzun bacakları anında beline dolandı. Sanki gitmesine izin vermeyecekmiş gibi... Sanki onu sonsuza kadar orada tutmaya niyetliymiş gibi... Demir, onun aklını kurcalayan alt dudağıyla şiddetle ilgilenirken, içten içe güldü.

Demir bir adım geriye attı. Ve Süheyla, aynı anda kaşlarını çatarak başını geriye çektiğinde duraksadı. Demir, ona ne yaptığını anlaması ve bu duraksama anında fazla oylanmaması için bedenini sertliğine bastırdı. Kaşlarını kaldırarak, "Ne?" diye sordu. Karga gibi gaklayan sesine lanet okumayı da unutmadı.

"Buradaki yatak daha kısa mesafede, Demir Bey!" Öfkeli miydi? Demir, buna gülerdi, ama önce ortadan kaldırmaları gereken bir sorun vardı. En acil olanından!

"Kahretsin, kadın! Birazdan içine gireceğim ve sen hâlâ bana 'Bey' diyorsun!" Uzanıp çenesini ısırdı. "Adımı söyle... Beysiz!"

Kafasını karıştırmak için uzanıp dudaklarını soluğunu kesen bir öpücükle birleştirdi. Süheyla, onun gözlerine bakabilmek için başını tekrar geriye çekti. Bakışlarındaki tutkunun arasına eğlenceli parıltılar karışmıştı. Genç kadın dudaklarını araladı ve Demir'in kasları beklentiyle kasıldı. "Demiiiiiiiiiirrr!"

Demir, bunu beklemiyordu. Başını geriye atarak tüm kahkahasıyla ortalığı inletti. Ardından alnını onun alnına dayadı. Süheyla, barda karşılaştıkları Evrim'in birebir taklidini yapmıştı. "Matruşka!" diye fısıldadı. "Anlaşılan neşeli günündesin!"

Süheyla'nın cevap vermesine izin vermeden tekrar dudaklarına atıldı. Adım attığını hatırlamıyordu. Ama saniyeler sonra kendi odasının ortasında duruyorlardı. Demir, onu öpmeyi bırakmadan ayaklarının üzerine indirdi. Dudaklarını çekti. Elbisesinin eteğinin ucuna asıldı ve hızla başından çıkarıp bir yerlere attı.

Karşısında yarım atlet ve şort tipi bir çamaşırla kalan Süheyla'yı baştan ayağı süzdü. "Biliyorum. Ağırdan almam gerekiyor, ama yıllardır uykuda olan bir canavarı uyandırdın." Ses telleri o kadar gerilmişti ki, konuşurken kopacağından ürktü. "Bunun için... Hazırlıklı ol!"

Süheyla, gözlerini devirdi. Bir elini beline koyarak Demir'in omuzlarının çökmesine ve inlemesine neden oldu. Birazdan o nefis vücutla iç içe olacaklarını düşündükçe aklını kaçıracak gibi oluyordu. "Çok klişe! Canavar?"

Demir, onun atletine uzantı. Parmaklarını alt kısmındaki lastiklerinden içeri geçirdi. Parmak uçlarındaki ten ürperirken ve bundan şiddetli bir haz alırken, "Birazdan," susup, aksayan nefesini düzene sokmaya çalıştı, "anlayacaksın!"

Süheyla, cevap vermedi. Demir, atletini usulca başının üzerine çıkarırken, kollarını kaldırarak ona yardımcı oldu. Teslimiyetinde adını koyamadığı bir şey vardı. Özel bir şey... Atleti de herhangi bir yere savurdu. "Arkanı dön!"

Demir ona dokunmak için çıldırıyordu. Süheyla, şaşkın göründü, ama söylediğini yaptı. Demir, bir adım daha atarak onun bedenine yaklaştı. Saçlarını tek bir omzuna topladı. Eğilip ensesine hafif bir öpücük kondurdu. Ve Süheyla, tepeden tırnağa titredi. Öpücüklerini hafif ısırıklar ve kirli sakallı çenesindeki sakalların sürtünmesi takip etti.

Demir, sonunda ulaşmak istediği noktaya vardı. Yere diz çökmüş, kadınının beklindeki doğum lekesine bakıyordu. Önce işaret parmağının ucuyla hafifçe dokundu. Ve ardından eğilip oraya bir öpücük bıraktı. Süheyla'nın sırtı yay gibi gerilip, soluğu hızlandı. Demir, denizyıldızı şeklindeki doğum lekesine bir öpücük daha bırakırken gözleri istemsizce kapandı. Ardından parmaklarını çamaşırına taktı. Kasıtlı bir yavaşlıkla ayaklarına kadar indirdi. İçinden çıkması için kısa süre bekledi.

Tekrar yukarı çıkarken kalçalarına birer öpücük kondurdu. Süheyla'nın çıkardığı tuhaf sesler kulağına çalındıkça, gülümsemesine engel olamıyordu.

"Gülümsüyor musun?"

Demir, onun bir omzuna öpücük bırakırken tekrar gülümsedi. "Evet." Bir öpücük daha bıraktı. "Elimde. Değil. Gülümsüyorum. Çok. Hoş. Tahrik. Oluyorsun." Demir, her kelimesinin arasına bir öpücük bıraktı.

Demir'in elleri öne doğru uzanıp göğüslerini usulca kavradı. Ve Süheyla, dudaklarından bir inleme daha kaçırdı. "Kodlayacaksınız diye," genç kadın yutkundu, "ürktüm!"

Demir kıkırdadı. Parmak uçları, onun ve Süheyla'nın nefes alışlarını hızlandıracak minik dokunuşlarda bulunurken, omzunu dişledi. "Kahretsin! Gebereceğim!"

Ve genç kadını aniden kendisine çevirdi. Manzara şahaneydi. Çıplak, beklenti oldu, yanakları hafifçe renk değiştirmiş bir Süheyla... Demir, nefesini tuttuğunun farkında değildi. Elleri saçlarının arasına uzandı. Sana bir şey söyleyeceğim."

"Evet."

"Fena seviyorum seni, kadın!"

Süheyla'nın dudaklarında hafif bir gülümseme belirdi. Elleri Demir'in kollarına asıldı. "Ve attığın her adıma beni de dâhil ediyorsun!"

Demir, neredeyse durduğu yerde sendeliyordu. "Dâhil misin?" diye sordu. Sesi fısıltıdan öteye geçememişti. Kadın kalbinin ortasına el bombası atmıştı.

Süheyla, başını salladı. "İstesem de... İstemesem de..."

Demir, ona baktı. Bu kadın Demir'i seviyordu. Demir, bunu biliyordu. Ama Süheyla'nın itirafı bir başka oluyordu. Yüzündeki huzursuz ifadeyi neden sonra fark etti. Kalbindeki curcunayı görmezden geldi. Ve onu huzursuzluğundan kurtarmak için, "Beni sevdiğini söyleyiş biçimine hayran kaldım!" diye mırıldandı.

Süheyla, ellerini indirdi. Kızmış gibi görünüyordu. Ama kızmamıştı. Sadece öyle görünmek istiyordu. "Canın isterse," diye çıkıştı.

Demir, onu biraz daha kendisine çekti. Dudaklarını dudaklarına sürttü. "İstiyor... Seni, bedenini..." Alt dudağını başparmağıyla okşadı. "Şu dolgun şeyi..."

Ve sonunda dudaklarına yapıştı. Onu tekrar kaldırdı ve bu defa yatağa ulaşmayı başardı. Demir, kendi üzerindekileri ne zaman çıkarmıştı hatırlamıyordu. Ama kendisini onun aralanmış bacaklarının arasında sadece bedeniyle kalmış buldu. Başını geriye çekerek kendi manzaralarını dışarıdan görmeye çalıştı. Erotikti. Fena halde seksiydi.

"Bu gece kendimle birlikte seni de tüketeceğim!"

Süheyla'nın bir eli çıplak göğsünü bulduğunda, o elin konduğu yere ne kadar yakıştığını fark etti. Ve dişlerinin arasından istemsiz bir nefes çekti. Süheyla fısıltıyla, "Yemin?" diye sordu. Sanki ona bir şans verir gibiydi. Daha sonra pişman olmaması için...

"Sen, kadın! Ne yemin bırakırsın, ne acı, ne tabu, ne kural..." Eğilip burnunun ucuna bir öpücük kondurdu. "Tek kaşını kaldırdığında hepsini dağıtırsın!" Kendine acır gibi güldü. "Vay halime!"

Süheyla, ellerini onun saçları arasına daldırdı ve Demir'in başını aşağıya çekerek dudaklarını birleştirdi. Demir de kalçasını sertçe ileri iterek tek seferde bedenlerini birleştirdi. Acı duyduğunu anlaması için Süheyla'nın inlemesine gerek yoktu, çünkü çok dardı. Kısa bir süre duraksayarak geri çekilmek istediyse de Süheyla buna izin vermedi.

Ve Demir hareket etti. Önce ağırdan alan bir ritimle, ardından yavaşça... Onun da kendinin de aklını başından alıyordu. Umurunda değildi. Girdikleri bu bulutun içinde hissettikleri hep böyle yoğun olacaksa delirmeye razıydı.

Böyle değildi. Süheyla, deneyimi birkaç kez nişanlısıyla yaşamıştı. Böyle değildi. Kendinde olmayı, hareketlerinin ve sözlerinin üzerinde hâkimiyet kurmayı seven bir insandı. O anda değil... O anda ne dudaklarından çıkan seslere engel olabiliyordu ne de bedenindeki hareketlerinin hâkimiyetini eline alabiliyordu. Sanki kendini tümüyle ona bırakmıştı. Her şeyiyle... Umurunda değildi. Yaladıkları anlar hep böyle yoğun olacaksa onunla sonsuza kadar tek beden kalmaya razıydı.

Demir, onun rahatlamasını bekledi. Süheyla, bu ânı onunla yaşamak istiyordu, ama genç adam buna engel olmuştu. Dokunuşlarıyla, öpüşleriyle, kulağına fısıldadığı sözlerle... Süheyla, sonunda kendini durdurmamıştı ve bir yerlerden aşağı aniden düşmüştü. Hem de gürültüyle...

Gevşemiş bir beden ve beyinin bir süre onu hareketsiz kılmasına müsaade etti. Başını boynuna gömmüş adamın sert ve hızlı soluklarını teninde hissediyordu. Bedeni öylesine kasılmıştı ki, sanki hiç gevşemeyecek gibi taş kesmişti. Bir gariplik vardı. Ve ne olduğunu anlamak için saçlarının arasında olan parmaklarını büktü. Saçlarını hafifçe kavradı ve başını kaldırdı. Adamın yüzündeki tüm damarlar kabarmış, gözleri neredeyse siyaha çalmıştı. Gergin dudakları Süheyla'nın dişlerinin bıraktığı izlerle doluydu.

"Neden?" Çatallanmış sesini düzene sokmak için boğazını temizledi. "Neden kendini bırakmıyorsun?"

Demir'in gözleri kapandı. Alnını alnına dayadı. "Çok güzel! Bitmesini istemiyorum."

Süheyla, çatık kaşlarının eşliğinde ellerini bedeninden aşağıya kaldırdı. Kalçasını hafifçe sıktı ve onu hızla kendine çekti. "Yeniden başlarız!"

Demir'in dudaklarında soluk gibi bir sesle, "Kadın!" sözleri dökülürken, tüm bedeni şiddetle sarsıldı. Ve ardından Süheyla'nın üzerine yığıldı. Kısa süre nefes alışlarını düzene sokmak için sessiz kaldılar.

Ardından Demir, başını yukarı kaldırdı. Dudaklarından küçük bir öpücük çaldı ve sırıttı. "Sen de yıldızları gördün mü?"

Süheyla'nın dudakları yanlarına kıvrıldı. "Bana daha çok havai fişekler gibi geldi."

Demir, kıkırdadı. Genç kadının çatılan kaşlarını fark ettiğinde otomatikman kendi kaşları da çatıldı. "Ne düşünüyorsun?"

"Neden midemin içinde minik böcekler varmış gibi hissettiğimi ve midemi de yemişler gibi açlıktan öldüğümü!"

"Allah'ım! Ben de bana iki güzel söz söyleyeceksin diye bekliyorum."

Süheyla, gözlerini devirirken Demir onun dudaklarını yakaladı. Derin bir öpücükle ikisinin de bedenlerini tekrar uyandırdı. Ama Süheyla'nın midesinin kendi açlığından daha önemli olduğunu düşündüğü için üzerinden kalktı. Süheyla, kedi gibi kıvrılmaya başlamışken ve Demir kendi açlığını ön plana alsam mı diye düşünürken, onun da elinden tutup yukarı çekti.

"Kalk bakalım. Duş alıp bir şeyler atıştıracağız."

Genç kadın, keyfi bölündüğü için ona öfkeli bir bakış attı. Ardından tek gözünü kısarak, "Sen mi yapacaksın?" diye sordu.

Demir, onu banyoya doğru sürüklerken inanamazlıkla başını iki yana salladı. "Tembel kadın!"

"Muhtemelen!"

Hızlı bir duşun ardından kendilerini buzdolabının önünde buldular. İki gencin kafası, daha önceden kalan yiyeceklerin içinde kolaylıkla yapabilecekleri bir şeyler ararken birbirine dayanmıştı.

Süheyla, "Salata?" diye bir öneride bulundu.

Demir, ona baktı. Azımsayarak yüzünü buruşturdu. Ama evde ekmek dahi yokken, bulduklarıyla yetinmek zorunda oldukları gerçeğiyle, "Ardından Nutella?" diye sordu.

Süheyla genişçe sırıtınca, Demir dudaklarından bir öpücük daha çaldı. Yarım saat içinde domates ve salatalıkları kesmeyi başardılar. Demir, "Senin salata dediğin bu muydu? Bu bildiğin söğüş!" diye homurdandı.

"Daha iyi bir fikrin varsa; ben, seni tutmayayım!"

Demir, homurdanırken ve inanamazlıkla başını iki yana sallarken bir yandan da çatalını ortaya koydukları kâsenin içine daldırıyordu. Kalan son salatalık için kıran kırana bir mücadelenin ardından, Süheyla elinin bir hareketiyle salatalık dilimini ikiye böldü. "Paylaşmayı öğrenmelisin!"

"Diyene bak! O dilim benim hakkımdı!"

Genç kadın omuz silkerken Demir gülümsüyordu. Kahretsin! Bu kadına tapıyordu!

"Ben sevdiğini biliyordum!"

Demir dudaklarından aniden fırlayan sözleriyle hem kendisini hem de onu şaşırtmıştı. Süheyla, tek kaşını havaya kaldırdı. "Nereden?" Ve kollarını göğsünde kavuşturup arkansa yaslandı.

Demir, önce onun sözlerini tekrarlayarak, "Bana karşı zayıf bir noktan var," diye bildirdi ve tam da tahmin ettiği gibi Süheyla gözlerini devirdi. "Ve öperken beni kokluyorsun!"

Süheyla, şaşırarak kafasını geriye attı. "Ne? Farkında değilim!"

"Ben farkındayım. Ben de seni kokluyorum!"

Genç kadın yüzünü buruşturunca Demir, uzanıp alt dudağını çekiştirdi. Süheyla, "Bu çok... Hayvansı gibi geliyor," dedi.

Demir omuz silkti. "Belki! Bence her insanın içinde medenileşmemiş bir yan var. Ve bu, sahiplenmeyle ilgili! Seni seviyorum ve bunun farkını ortaya koyuyorum. Seni kokluyorum. Sen benimsin, ben de seninim-" Demir, kaşlarını çattı. "Şurada felsefe ve ilim karşımı bir şeylere ışık tutuyorum ve sen, bana kahkaha mı atıyorsun?"

"Kahretsin, Demir! Ben hâlâ açım!"

"Yok artık!" Demir, masanın üzerinde duran Nutella kavanozunu aldı ve genç kadının önüne koydu. "Tatlımız!"

Süheyla, kapağını açarken genç adama bakmadan, "Kaşıklar?" diye sordu.

"Senin uşağın yok, kalk kendin al!"

Süheyla, ona baktı. Kayıtsızca omuz silkti ve işaret parmağını direkt kavanozun içine daldırdı. Ardında ağzına götürüp keyifle emdi.

Demir, şoka girmiş gibi kaskatı kesildi. Süheyla, ikinci kez parmağını kavanoza daldırırken, "Gelmiş geçmiş en hızlı uyarılmayı yaşadım!" diye fısıldadı.

Süheyla, gülerek başını iki yana salladı. "Şansına küs! Nutella senden daha tatlı!"

Demir'in kaşları çatıldı. Dudaklarındaki muzip gülümsemeyi bastırmayı başararak, o da parmağını kavanoza daldırdı ve bonkör bir parça aldı. Süheyla, tek kaşını kaldırmış ona bakarken, parmağındaki çikolatayı Süheyla'nın dudaklarına sürdü. Ardından eğilip yoğun bir öpücükle dudaklarını birleştirdi. "Yanılıyorsun!" Alt dudağını dudakları arasına aldı ve emdi. Süheyla, istemsizce inlerken, "Sen bu karışımı tatmadın!" diye fısıldadı.

## Bölüm 21

"Sü?"

Kulağına çarpan yumuşak, fısıltı kadar alçak sesle tek gözünü araladı. İki gözünü birden açmayı denemeyecek kadar yorgundu.

"Hı?" Süheyla, dudaklarını aralamadan ancak bu kadar cevap verebilmişti. Ardından sanki koşmuş ve nefes alma ihtiyacı varmış gibi hızlı ve derin bir soluk çekti.

"Hı mı?" Demir bir 'cık cık' sesi çıkardı. Bedeninin hafifçe kıpırdamasından Süheyla, onun başını iki yana salladığını düşündü. "Kabasın, kadın!"

Süheyla dudaklarını aralamak zorunda kaldığı için farkında olmadan kaşlarını çatarken, "Muhtemelen," diye karşılık verdi.

Bir sesi kediye benzetmek saçmalıktı. Ama Süheyla, kendi sesini gerinen ve mırıldanan tombul bir kediye benzetmişti. Demir, omzunu hafifçe dürttüğünde kaşları daha da derinleşti. Bir dirseğini bilinçli olarak ve sertçe bastırarak bacağına yerleştirirken, başını kaldırıp yüzünü ona çevirdi. "Ne? Uykusuzluktan ölüyorum!" Sesi, farkında olmadan kelimenin sonuna doğru alçaldı.

Demir, sanki şaşırmış gibi gözleri irice açılmış bir halde ona bakıyordu. Gözlerinin içindeki curcunayı görmesi için bir büyütece ihtiyacı yoktu. Orada karmaşık, yoğun ve hülyalı bir şeyler vardı. Yüzünde de anlaşılmaz bir ifade vardı. Adam, omuz silkti. "Orada, o kadar güzel görünüyorsun ki... Ne söyleyeceğimi unuttum!" Sanki kendi kendiyle alay ediyormuş gibi dudaklarını hafifçe büktü.

Süheyla, onun bacaklarının arasında, kafası göbek hizasına gelecek şekilde yüzükoyun uzanıyordu. Midesinin üzerindeki ellerine çenesini dayamış, kolları bacak ve kalçasının birleştiği kısmın üzerinde duruyordu. Onun, bir elinin sürekli arasına daldırdığı karışık ve nemli saçları teninin üzerine yayılmıştı. İtiraf etmek zorundaydı ki; hayatında yattığı en rahat yataktı.

Beyni saniyeler öncesine, adamın sözlerine geri dönüş yaptı. Onu güzel buluyordu. Hafifçe gülümsedi. Süheyla, aynaya bakan bir kadındı ama yüzüyle çok ilgili değildi. Çok çirkin değildi, ama Demir'in yüceltmeye çalıştığı kadar da güzel olmadığını biliyordu.

"Allah aşkına suratındaki imalı gülümsemenin nedenini söyler misin? Bu gülümseme o kadar çok şey anlatıyor ki, çözmem uzun zaman alır!"

Süheyla, onu kıvrandırmayı isterdi. Çok yorgun olmasaydı! Ayrıca adamın, onun sözlerine gerçekten ihtiyacı varmış gibi görünüyordu. "Çok çirkin olmasam da, abarttığın kadar güzel de değilim." Yine hafifçe gülümsedi ve Demir araya girmek ister gibi dudaklarını araladığında kaşlarını havaya kaldırarak devam etti. "Ama senin öyle gördüğünü biliyorum. Dış görünüşümü hiçbir zaman umursamadım. Yıllar sonra buruş buruş olacağım. Herkes olacak! Ama sevilmek... O sevgiye saygı gösterdikten sonra ömür boyu sürer."

Demir hafifçe gülümsedi. Bir eli yüzüne uzandı. Yanağını hafifçe dolandıktan hemen sonra saçlarının arasına daldı. "Güzelsin, kadın!"

Genç kadın, "Söylemiştim!" dedi ve yanağını göbeğinin hemen üzerine yaslayarak tekrar uzandı. Adamın elleri kafasının içindeydi. Saçlarını karıştırıyor, hafifçe çekiyor ve ardından kıvrılmasını izliyordu. Bunu tüm gece yapmıştı ve çok eğleniyor gibi bir hali vardı. Gülümsedi.

"Yine gülümsüyorsun!"

Genç kadın, gözleri kapalı olduğu halde gözlerini devirdi. "Evet. Hayatımda yattığım en yumuşak yatak olduğunu düşünüyorum." Bir elini hafifçe kaldırdı ve yüzünün yanındaki tenine pat pat vurdu. "Kimi erkeklerin baklava değil de, şekerpare stili göbek tercih etmeleri harika bir şey!"

Demir homurdandı. Bacaklarını hafifçe sıkarak genç kadının bedenini sıkıştırdı. "Kör, kadın! Orada kaç tane baklava dilimi var!"

Süheyla, ona cevap yetiştirmeyi istiyordu. Ama o kadar bitkin düşmüştü ki, konuşmaya üşendi. Bitkinliğinin nedeni hafızasına aniden üşüşünce bedeni hızla ısındı. Ağzı kurudu ve ister istemez kasları hareketlendi. Ve ardından bedeninin tepkilerine tamamen zıt olarak hafifçe güldü.

Onun büyük elini yüzünde hissederken, dudaklarında gülüşünün izlerini hâlâ taşıyordu. Adam, çenesini kaldırdı ve ona bakmasını sağladı. "Ne?" Genç kadının yüz ifadesini fark ettiğinde, sırf o güldüğü için dudaklarının kenarı hafifçe kıvrıldı. Ve tekrar, "Ne?" diye sordu.

Kadın, inanamazmış gibi başını iki yana salladığında saçları hafifçe yaylandı. "Nutella!"

Demir, sırıtışına engel olamadı. "O mu tatlı, ben mi?" Tek kaşı kibirli bir şekilde havaya kalkarken, dudağının kenarı küstah bir kıvrımla yana kaydı.

Genç kadının cevabı, üzerinde saniye bile düşünmeden geldi. "Nutella! Senin için de öyle olmalı, yoksa tüm kavanozu bitirmek için beni oyuna getirmezdin." Kaşları genç adamı takdir eder gibi havalandı. "Çok zekiceydi."

Demir, tıpkı onun gibi gözlerini devirdi. "Alakası yok! Sadece," kısa süre duraksadı ve gayet ciddi bir ifadeyle, "boyun çok uzun," diye bildirdi.

Demir, onun gözlerine bakıyordu. Her daim orada olan ciddiyetinin kısmen gerilere kaydığı, eriyip yumuşak bir ifadeyle bakan gözlere... Ve o gözler, aniden kendi gözlerinden uzaklaştığında, görüş alanında kalan tek şey; nemli ve karmaşık bir saç yumağı oldu. Demir'i her zaman hazırlıksız yakalayan ve şaşırtan tepkileri eğlenceliydi. Utanıp sıkılmadan kendini tamamen

Demir'e bıraktığı halde o anları hatırlatmasıyla gözlerini kaçırabiliyordu.

Sadece bir saat öncesinde yüzünü izlemenin tarifsiz bir zevk olduğunu düşünmüştü. Ağırlaşmış göz kapaklarının arasında kalan iki koyu kahverengi gözün üzerini sanki saydam bir tabaka kaplamıştı. Adı belki arzuydu, belki tutku, belki ihtiyaç, haz ya da belki hepsinin karışımıyla birlikte aşktı. Ve o, ikisinin birlikte yarattığı bulutun içinde savunmasızken öylesine güzel oluyor, öylesine okunuyordu ki, Demir'in nutku tutulmuştu. Gözleri içini görecek kadar Demir'e bir şeyler anlatırken, gerilerde saklananları da görmek zorunda kalmıştı. Süheyla, her şeyi bir kenara bırakmış gibi davranabilirdi. Ama beyninin bir tarafının yarım bıraktığı davası için işlediğine yemin edebilirdi. Bunu bekliyordu. Eğer öyle olmasa zaten o Süheyla olmazdı.

Yine de Demir'i her şeyiyle yaşıyordu. Ve Demir, buna ölüyordu. Aralamış dudakları berelenmiş, yanakları nemli ve pembeleşmiş, dişlerinden biri dudağının derisine tutunmuş ve en çok da kendinden geçmiş haliyle Demir'i çılgına çevirmişti.

Şimdi... Şimdi bambaşkaydı. Bacaklarının arasına serbestçe, yüzükoyun uzanmış, tüm dünyayı arkasında bırakmış gibi... İçini çekti. Saçlarının bir tutamını tekrar parmağına doladı. Hoş bir hissi vardı. Yumuşak, kaygan... Dolanan saçının parmağındaki görüntüsünü bile seviyordu. Demir, onu kendine yakıştırıyordu. Ama daha çok kendini ona yakıştırıyordu. İki zıt kutup gibi görünseler de, birleştiklerinde anlam kazanan parçalar gibiydiler. Tekrar iç çekti. Birleşmişlerdi. Ne birleşme ama!

Aralarındaki tutkuyla çekimin farkında olmak ve onu hissetmek başka bir şeydi, onun teslimiyeti bambaşka bir şey... Demir, kendini dünyayı fethetmiş gibi hissediyordu. Ama fethettiği tek şey o'ydu! Parmakları onun yüzüne kaydı. Hatlarının üzerinde usulca gezinirken ve nefesini teninde hissederken gülümsedi. Son zamanlarda Demir için dünyanın tek anlamı Sü olduğuna göre; kendi dünyasını da fethetmişti. Düşünce, kaslarını ve aşağılarda bir yerde bir uzvunu harekete geçirdi.

Kıvırcık saçlar sallandı, görüş alanına sorgulayan gözler ve azarlayan tek kaş girdi. Demir, 'Ne yapabilirim?' der gibi omuz silkti ve Süheyla gözlerini devirdi.

Demir, ağırlaşmış bir sesle, "Hadi gidelim," dedi ve dudaklarından çıkan sözlere kendisi de şaşırdı.

Süheyla'nın itiraz edeceğinden emindi. Ama her zamanki Süheyla terslenmeden önce kuşkulu bir sesle sorusunu sordu. "Nereye?"

"Alışverişe." Demir omuz silkti. "Kahvaltıya... Ne bileyim işte, bir yerlere..."

Kadın kendine acırmış gibi derin bir nefes çekti. Ardından Demir'in kaşlarını çatmasına neden olarak üzerinden kalktı. Yanına uzandı. Ve aniden Demir'i ne olduğunu anlayamadan itip onu yataktan attı. Düşerken Süheyla'nın yüzünü yastığa gömdüğünü görmüştü. "İstediğin yere gidebilirsin. Benim. Uykum. Var." Sesi yastık engeline takıldığı için boğuk çıkmıştı.

Demir şaşkınca gülüyordu. Poposunun üzerine sert bir iniş yapmıştı. Ellerini arkaya doğru uzatıp destek aldı ve bacaklarını öne doğru uzatıp bakışlarını yatağa çevirdi. Üzerinde sadece iç çamaşırları olan Süheyla'ya bir kez bakması zaten içindeki doymak bilmez adamı harekete geçiriyordu. Elinde değildi. Ona karşı olan tepkilerinde kontrol hiçbir zaman kendinde olmuyordu. Onun bedenini daha fazla yormak istemiyordu. Dinlenmesine izin vermesi gerekiyordu. Yapması gereken tam olarak buydu. Ama yanına uzandığında rahat duramayacağını biliyordu.

Bunun için; kırışmış çarşafın düzensizce yataktan sarkan kenarını iki eliyle sıkıca kavradı. Ve tüm gücüyle kendisine çekti.

Süheyla, bir anda yastığıyla ve çarşafla birlikte Demir'in kucağına yerleşmişti. Onun sert ve onaylamaz bakışlarına karşılık hafifçe gülümsedi. İşaret parmağı havalandı ve usulca burnunun ucuna dokundu. "Hoş geldin," diye fısıldadı.

Kadın, ona öfkeyle bakmak için savaş veriyordu. Bedeni garip bir açıyla bükülmüştü. Demir, onun savaşını net olarak görüyordu, ama Süheyla savaşı kaybetti. Başını iki yana sallayarak gülmeye başladı. Demir, onu gülerken daha bir seviyordu. Ellerini saçlarının arasına daldırdı. Dudağından küçük bir öpücük çaldı ve alınlarını birleştirdi. "Hadi gidelim. Yoksa seni rahat bırakmayacağım!"

Süheyla, onun isteğini çoktan kabul etmişti. Bunun gözlerinden okuyordu. Yine de, pes etmeyen biri olarak şansını denedi.

"Dışarıda deli gibi kar yağıyor!"

Demir omuz silkti. "İyi ya! Biz de çok akıllı sayılmayız."

On beş dakika sonra, korunaklı kıyafetleri üzerlerinde, kendilerini sokağın aşağısına doğru yürürken buldular. Dışarı çıktıkları anda, aracın etrafına biriken kar yüzünden park yerinden çıkaramayacakları belli olduğu için bunu denememişlerdi bile.

Süheyla eldivenli ellerini montunun -Demir'in montunun- ceplerine sokmuş, yüz metre ilerisini bile göremezken dışarıya çıktıklarına söylenirken, Demir'in başı arkaya çevrilmişti. Yüzünde taş kadar sert bir ifadeyle, hemen arkalarından gelen ve bedenlerinin üzerine biriken kar nedeniyle kardan adama benzeyen iki adama bakıyordu. Ama aynı zamanda yürümeye de devam ediyordu. Kaşları gözlerini örtecek kadar çatılmış, onların kendileriyle bir alakaları olup olmadıklarını düşünürken, Süheyla'nın, "Hoş," diyen sesini duydu.

Sesindeki bir şey Demir'in başını çevirip, dikkatle yüzüne bakmasına neden oldu. Daha şimdiden beresinin ve kaşlarının üzerine birikmeye başlayan kar tanelerini gördüğünde gülümsedi. Ama Süheyla'nın anlaşılmayan ifadesi gülüşünün dudaklarında donmasına neden oldu.

"Hoş olan ne?" diye sordu.

Genç kadın, başını hafifçe arkaya doğru uzattı. Ardından tamamen arkaya dönerek kısa bir bakış attı. Demir, onun işaret ettiği yere bakmak için bedenini tamamen arkaya çevirdi. Önce kuşkulandığı ve kaygı uyandıran iki adamı gördü. Ve ardından gözleri dehşetle açılarak onları hemen önünden yürüyen uzun boylu bir kadını gördü. Kadının sarı saçları beresinin altında uçuşuyor, arada bir elini yüzüne gelen karları süpürmek için havaya kaldırıyordu.

Biraz endişeyle, çokça hayretle Süheyla'ya döndü. "Ne?" dedi panikleyerek. "Ona bakmıyordum!"

Süheyla omuz silkse de alınmış gibi görünüyordu. Hızla onun önüne geçti ve geri geri yürümeye başladı, çünkü Süheyla hızla ileriye doğru yürüyordu. "Ona bakmıyordum! Deli misin? Arkasındaki iki adam beni kaygılandırdı-"

Süheyla, ellerinden birini hızla havaya kaldırdı ve sert hareketiyle sözlerini kesti. "Sorun değil! Bazen ben bile güzel bir kadın gördüğümde, bazı yaratılmışların ne kadar özenilmiş olduğuna şaşırıp bakabiliyorum."

"Ama ben bakmıyorum!" Demir, hâlâ geri geri yürüyordu. Ve kendine inanması için ne yapması gerektiğinden emin olamadığı için tamamen paniklemişti. "Sü?" diye sordu.

Ve sonra fark etti. Süheyla'nın muzır bakışlarını, dudağının kenarındaki titreşimi... "Kahretsin, Sü!" dedi omuzları gevşemiş bir halde. Süheyla neşeyle gülerken, Demir geri geri yürümeye devam ediyordu. Ayağına bir şey takıldı. Ve tam anlamıyla ikinci kez poposunun üzerine düşecekken, genç kadının iki eli birden kabanını sıkıca kavradı ve onu kendisine çekti.

Demir, ona kızmıştı. Ama Süheyla yüzlerinin arasındaki mesafeyi azaltıp dudaklarına bir öpücük bıraktığında öcünü daha sonra almaya karar vererek, onu sokağın ortasında sıkıca sararak öpücüğü derinleştirdi. Genç kadının bedeni kollarının arasında gevşer ve öpüşüne karşılık verirken, Demir ayağını arkaya uzattı. Ve Süheyla'yı hafifçe itip onu karların üzerine yatırdı. Ardından afallayan genç kadın kalkamadan dizlerinin üzerine çöktü. Bir parça karı avuçladığında tek kaşı havaya kalktı.

Süheyla, "Yapmayacaksın!" dedi.

Demir gayet rahat bir tavırla, "Elbette yapacağım," dedi ve karı Süheyla'nın yüzüne yapıştırdı. Süheyla, homurdanır ve yüzündeki karı silmeye çalışırken, "Ödümü kopardın!" dedi hafifçe azarlar bir tonla. "Hak etmiştin!" diyerek sözlerini bitirdi.

Süheyla sinirle başını iki yana salladıktan sonra, çoktan yanlarından geçip giden iki adama ve kadına bakmak için başını hafifçe yana çevirdi. Bu sırada ona elini uzatan Demir, kaşları çatılmış olan kadını izliyordu.

Elini tutup, kendisiyle birlikte onun da kalkmasına yardımcı olurken, "Ne oldu?" diye sordu.

Genç kadın üzerindeki karları elleriyle silkelerken homurdanıyordu. Demir de farkında olmadan karları silkmesinde yardım etti. Genç kadın kınayan bir sesle, "Bizim değil, kadının peşinden gidiyorlar," diye bildirdi. Tekrar yan yana yürümeye devam ederlerken, Demir'in de gözleri tiksintiyle iki adamın üzerine kilitlenmişti. Süheyla öfkeyle, "Eğer ters bir harekette bulunurlarsa biri benim!" dedi.

Süheyla'nın neler yapabileceğini biliyor olması umurunda değildi. Ona izin vermezdi, ama tartışmamak için de sesini çıkarmamayı uygun gördü. Kadın caddeye inip de bir taksiye binene kadar peşlerinden ayrılmadılar ve sonra rahat bir soluk alıp, buldukları ilk pastanede gerçekten karınlarını doyuracak bir şeyler yediler.

"Anlat!"

Demir, raflardan kendisi için günlük süt alan Süheyla'nın sesiyle başını çevirip ona baktı. Kendi sepeti, mikrodalgada ısıtılabilecek hazır yiyeceklerle doluydu. Süheyla da birkaç konserve yiyecek almıştı. Demir'in alışveriş sepetini ağzına kadar doldurduğunu gördüğünde kelimenin tam anlamıyla gözleri pörtleterek, "Beni eve hapsetmeyi mi düşünüyorsun?" diye sordu.

Fena fikir değildi. Aslında çok cazipti. Demir, sırıtarak, "Aklıma getirdiğin için teşekkür ederim," dedi.

"Neyi anlatayım?" Gözlerini ondan kaçırdı. Bakışından, ifadesinden neyi sorduğunu biliyordu.

Süheyla da bildiğini biliyordu. Ama ona soluklanmak için zaman vermek ister gibi süt şişesinin tüketim tarihini kontrol ederken, renksiz bir sesle, "Şu yemin olayını!" diye bildirdi. "Seni bu kadar derinden yaralayan bir durumu böyle pat diye ezip geçmeni beklemiyordum."

O kadar pervasız, o kadar ilgisiz görünüyordu ki, Demir bir an için rahatladı. Belki bunu bilerek yapıyordu. Ama Süheyla, dünyanın en sarsıcı olayını bile tam bir kayıtsızlıkla karşılıyormuş gibi görünebilirdi. Demir, ona tapıyordu.

Alışverişlerine devam ederken, sanki gayet doğal bir durumdan bahseder gibi konuşmaya başladı. "Moda evine gittim ve seni bulamadım." Sepete çeşitli baharatları olan birkaç cips attı. "O gece de kar yağıyordu. Seni bulacağımı biliyordum, ama zamanını bilmiyordum." Sözlerine ara verdi. Gözlerinde kırgınlık ve kızgınlıkla Süheyla'ya döndü. O, kendisine bakmıyordu. "Biliyor musun?" dediğinde genç kadın hızla başını çevirdi ve 'Nasıl bilebilirim?' der gibi tek kaşını kaldırdı. "Yokluğunun getirdiği histen nefret ettim! Hayatımda hiçbir şeye böylesine bir nefret besleyebileceğimi ummazdım! Bir hisse karşı nefret besleyebilmek..." Başını iki yana salladı ve alışverişine devam ederken, "Çok kötü yan etkilerin var!" dedi.

Süheyla, devam etmesini istediği için sözlerine cevap vermedi. Ya da kendi duygularını ona bildirmedi. Demir, zaten ondan böyle bir şey beklemiyordu. "Kafam çok karışıktı ve sorun sadece yokluğun değildi. Seni bulduğumda ne yapacağımı bilmiyordum. Düşüncelerim ipin ucunu kaçırmışken, kendimi onun mezarında buldum." Sesinin tonundaki renk değişimi yüzünden susmak zorunda kaldı. "Mezarına ilk defa gittim. Nerede olduğunu biliyordum. Annesi ayrıntılı bir şekilde anlatmıştı. Ama karşısına çıkacak cesareti hiçbir zaman bulamadım."

Süheyla'ya kısa bir bakış attı. Kadın, bir şey arar gibi sepetini karıştırıyordu. Ama Demir, kulağının tamamen kendisinde olduğunu biliyordu. "Ne için gittiğimi bilmiyordum. Ve kendimi ona, seni anlatırken buldum. Karşılaştığımız andan o güne kadar olan her şeyi anlattım. Sana âşık olduğumu da..." Süheyla, raflardan birine eğilirken kısa süre duraksadı ve sonra gözlerini kısıp fiyat etiketine baktı. "Ve sonra ondan özür diledim. Beni affetmesini istedim."

Alacaklarını aldılar ve alışveriş sepetleriyle birlikte kasaya doğru yan yana ilerlerken Demir devam etti. "Seni buldum. Bulduğum gece neredeyse kaybediyordum. O zaman, kaybedecek zamanımız olmadığını anladım."

Süheyla'nın bir şeyler söylemesini bekliyordu. Kasadaki sıraya girdiklerinde ona baktı. O da kendisine bakıyordu. Gözlerinden bir sürü duygu gelip geçiyordu, ama Süheyla, "Bunları eve nasıl taşıyacağız?" diye sordu. Ve Demir, herkesin kendisine bakmasına neden olacak şekilde gürültüyle kahkaha attı.

—*\~—

Israrla çalan kapı zili, geniş yatakta birbirilerine dolanmış iki bedenin kıpırdanmasına neden oldu. Kapı zilinin sesine bir tekme ya da yumruk sesi eklendi. Aralıksız çalan zil genç kadının tek gözünü aralamasına neden oldu. Gördüğü ilk şey, kafasını boynuna gömmüş olan Demir'in koyu renk saçlarıydı. Kollarının arasındaki beden kıpırdanıp, hafifçe homurdandığında onun da uyandığını anladı. "Kapı çalıyor!" diye mırıldandı.

Demir, kalkmak yerine ona daha çok sokuldu. "Duyuyorum." Dudaklarının hemen ucundaki tenine bir öpücük kondurdu. "İstersen git bak!" Sesinden gülümsediğini fark etti. Süheyla'nın kılını kıpırdatmayacağını biliyordu.

"Burası sizin eviniz, Demir Bey! Gidin ve beynimi delen şu sesten beni kurtarın!"

Zil hâlâ çalmaya devam ederken, Demir başını hafifçe geriye çekti. Kaşlarını çatarak onun yüzüne baktı. "İkinci tekil şahıs!" diye uyardı.

Süheyla, kollarını bedeninden çekti. Arkasını döndü ve uykulu bir sesle, "Çok memnun oldum 'Bay ikinci tekil şahıs,'" diyerek hafifçe kıpırdandı. "Şimdi, lütfen gidip şu kapıyı açar mısın? Yoksa birazdan evin bir kapısı kalmayacak!"

Demir'in kapıdaki kişi hakkında iki tahmini vardı. Birincisi; abisinin ta kendisi, ikincisi; abisinin adamlarından tam yetki verdiği herhangi biri... Eninde sonunda kapıyı açmak zorunda olduğunu bilerek iç çekti. Yataktan kalktı. Çamaşırının üzerine bir eşofman geçirdi. Kapıdan çıkmadan önce yastığını aldı ve rahatça yatağa kıvrılmış olan Süheyla'nın bedenine fırlattı. Ardından sırıtarak odadan uçarcasına çıktı. Kapıya çarpan nesne her neyse kıl payı kurtulduğu için gülerek merdivenleri inmeye başladı.

Kapıyı açtığında abisi, öfkeli bir boğa gibi içeriye daldı. Demir, onun üzerinden geçmesinden ürktüğü için hızla yana kaydı. Kapıyı kapatırken, onun öfkeli sözlerine kendisini çoktan hazırlamıştı. Hızla salona geçen abisinin peşinden esneyerek ve bir elini saçlarının arasından geçirerek gitti.

Abisi salonun ortasında durdu, kabanını artistik bir hareketle iki yana açtı ve ellerini beline koydu. Demir, aynı anda bir omzunu kapıya yaslamış ve kollarını göğsünde kavuşturmuştu.

Çelik, "İkinizin kafasını birbirine tokuşturmak istiyorum!" diye resmen hırladı. "Gece eğlenmek için, iki gece önce evden çıkıyorsunuz, ama bir daha dönmüyorsunuz! Telefonlarınızı açmıyorsunuz! Bana bir haber verme gereği bile duymuyorsunuz!"

Demir, aynı ithamlarla öyle çok karşılaşmıştı ki, daha sonra gelecek sözlerden de neredeyse emindi. Ama bir şey vardı. Bu defa tüm bu durumu farklı kılan bir şey... Abisi 'sın' yerine 'sınız' diyordu! Anlamı büyük olan bu ufak farklılık dudaklarının titremesine nende oldu. Ama abisinin yanlış anlayacağını düşündüğü için dudaklarını birbirine bastırdı. Çünkü tüm sözlerinde sonuna kadar haklıydı. Abisinin öfkesini tamamen kusmasını bekledi. Ne kadar endişelendiğini anlamak için yüzüne bir kez bakması zaten yeterliydi.

"...Zaten dün gece de-" Çelik bir anda sözlerini yarıda kesti. Dudaklarından neredeyse kaçacak olan kelimeleri yutkunarak aşağılara gönderdi.

"Ne oldu?" Demir, aniden kollarını çözüp ona doğru adımlar atmaya başladı. Abisinin yüzünde anlamlandıramadığı bir ifade vardı. Kaşları endişeyle çatılırken, "Ne oldu?" diye sorusunu tekrarladı.

Çelik, başını önemsiz der gibi iki yana salladı. "Hiç! Sadece bir rüya gördüm!"

"Ben de buna inandım!"

Çelik, onu başından savmak için, "Bir hanım arkadaşımla tartıştım," diye mırıldandı. Abisinin görüştüğü kadınlara böylesine mesafeli olması ve 'Hanım' gibi kelimeler kullanması onda her zaman gülme isteği uyandırıyordu. Önemli bir şey olmadığını anladığında rahat bir nefes aldı. Çelik, "Süheyla nerede?" diye sordu.

"Uyuyor."

Çelik, ellerini belinden indirdi ve pantolonunun ceplerine soktu. Azarlama faslı bittiğine göre artık ciddi konulara geçebilirlerdi. Tekdüze bir tonla, "Her şey ayarlandı. Orkun Arıcı, yarın benimle bir anlaşma yapacağını düşündüğü için şirkete geliyor," dedi.

Demir'in önce gözlerini yukarıya diktiğini, ardından sesini alçaltması için ona işaret ettiğini gördüğünde aniden durdu. Ve 'Ne?' der gibi kaşlarını kaldırdı.

Demir, önce göğüs kafesine tokmak gibi vuran kalbinin sakinleşmesini bekledi. Ardından iki adımda onun bedeninin hemen önünde durdu. "Ona," duraksadı ve yutkundu. "Daha sonra söyleyeceğim," diye bildirdi. Bu sonranın ne zaman olduğunu biliyordu, ama henüz kendisini hazır hissetmiyordu.

Çelik, onun neden böyle davrandığını biliyordu. Başını onaylamaz bir şekilde iki yana salladı. Gözlerinde uyarı dolu bakışlarla ve alçak sesle, "İptal etmek için tek bir sözün yeter!" dedi.

"Hayır. İptal etmeyeceğiz! Onu gördüğünde çıldıracak ve hareketlerini belki de kontrol edemeyecek. Buna izin veremem! Geri dönemem."

Çelik, ona biraz daha sokuldu. "Kahretsin, Demir! Ona istediğini ver. Bize bu konuda güveniyor."

"Biliyorum." Demir, iç çekti ve daha fazlasını söylemeye gerek duymadı. Abisi de daha fazla ısrar etmedi. Demir'in yüzü de gözleri de yeteri kadar şey anlatıyordu. Çelik, son bir denemeyle başını iki yana salladı. Ama inatçı kardeşinin duruşu heykel kadar sert, bakışı kararlılık doluydu. Ona, şirkete geleceği saati söyledi ve hafifçe omzunu sıvazladıktan hemen sonra evden ayrıldı.

Demir, Süheyla'nın yanına çıkmadan önce geleceğini zaten bildiği haberi sindirmek istedi. Salonun büyük pencerelerine doğru ilerledi. Kollarını göğsünde kavuşturdu. Çünkü göğsünde nefesini kesen bir ağrı vardı. Koca bir yumru gelip boğazına oturmadan önce de zorlukla nefes almaya başlamıştı. Karşısında harika bir manzara vardı. Ama bakışları bu manzarayı görmüyordu. Adamdan nefret ediyordu. En az Süheyla kadar onun cezalandırılmasını istiyordu. Ama...

"Çelik Bey miydi?"

Demir, onun sesiyle birlikte hızla arkasını döndü. Başını salladı. Hafifçe gülümserken, "İkimizi birden azarlamaya gelmiş," dedi.

Süheyla, gözlerini devirdi. "Abin, dünyanın kontrolünü kendi elinde tuttuğunu sanıyor," derken, aniden kaşlarını çattı. "Sen, iyi misin?"

Demir, başını onaylarcasına salladı. Aslında değildi. Hem de hiç iyi değildi. Onun gözlerinin içine baktı. Omuzları çöktü. İçinden, 'Allah'ım' dedi. Ona tapıyordu. Ve Süheyla, kendisini bırakırsa... İçinde bir şeyler hop etti. Bırakırsa Demir, ömür boyu peşinden giderdi.

Kollarını çözdü. Düşünmeden attığı adımları, onu çözmeye çalışır gibi kendisini dikkatle izleyen kadının hemen önünde bitti. Uyarı vermeden onu kendisine çekti ve dudaklarına asıldı. Süheyla, daha ne olduğunu anlamadan kendisini zeminde, sırtüstü yatar halde buldu. Onu, sanki hiçbirakmayacakmış gibi sarmalamış adamın kolları arasında, biraz önce ne konuştuklarını bile unutmuş bir halde...


Süheyla duş alıp, mutfakta şarkı mırıldanarak yiyecek bir şeyler hazırlayan Demir'in yanına gitti. Adam, daha onun geldiğini yeni fark etmiş ve gülümsemeye başlamışken genç kadın sertçe atıldı. "Benden ne saklıyorsun?"

Demir'in ifadesi sertleşerek ciddi bir hâl aldı. Elindeki tabakları masanın üzerine bıraktı. Bedenindeki gerginliği bulunduğu mesafeden bile hissedebiliyordu. Adam o kadar gergindi ki, boynundaki damarlar dışarı fırlamıştı. "Abim, yarın için Orkun Arıcı'ya randevu vermiş."

Süheyla'nın başı, beklemediği bu haber karşısında hafifçe döndü. Bedeni derinlerden bir yerden patlak veren bir sarsıntıyla titredi. Ani haberin etkisini bedeninden atmak için duruşunu dikleştirdi. Ama zihninden atması imkânsızdı. Zaten atmak da istemiyordu. Aylardır beklediği şey buydu. Hayatının bile önüne koyduğu amacı buydu. "Ve?" diye sordu.

Demir, aniden önünde bitti. Süheyla şaşırsa da gerilememek için kendini güçlükle tutmuştu. Adam, o kadar hiddetli, o kadar kendinden geçmiş görünüyordu ki, Süheyla onun delirdiğini düşündü.

Demir, yüzüne eğildi ve dişlerinin arasından "Ve... Ve ne?" diye kükredi. "Ne için geldin? Ne için hayatını hiçe saydın? Ne için yaşıyorsun?" Sanki bir şeyden dolayı acizlik hissi yaşıyormuş gibi dudakları hüzünle kıvrıldı. "Ve? Ve ne istiyorsan yap, Bayan Chun Lee! Sen de en az onun kadar acımasız ol ve onu katlet, olur mu?"

Aniden arkasını döndü. Gergin kaslarının ağrısını almak istiyormuş gibi hafifçe omzunu oynattı. Ardından masadaki yerini aldı.

Süheyla, son derece soğukkanlı bir duruş ve sakin bir sesle, "Tamamen öyle yapacağım," dedi. Ve ardından onun karşısına oturdu.

Yediği lokmaların tümü boğazına diziliyordu. Güçlükle yutkunarak ve bir lokma dahi yemek istemezken tabağına aldığı her şeyi bitirdi. Ki tabağına neler koyduğundan da bihaberdi. Ertesi günü düşünmüyordu. Demir'in söylediğini yapacaktı. Bunun için daha İstanbul'a gelmeden hazırdı. Onun kafasını karıştıran ve huzursuz eden, Demir'in bu ani çıkışıydı. O da en az kendisi kadar neler olacağını biliyordu.

Umursamamaya çalıştı. Ama aralarındaki sessizlik ve mesafe giderek uzadıkça kalbi huzursuzlukla atmaya başladı. Onun, kendisine böylesine öfkeli ve soğuk davrandığı olmamıştı. Bu...

kırıcıydı. Süheyla, sanki bir şeyden dolayı ondan özür dilemek zorunda gibi hissediyordu. Ama özür dilemesi gereken bir durum yoktu. Ve Demir de bunu biliyordu. En başından beri... İçi içini yemeye başladığında masadan kalktı. Tabağını şöyle bir sudan geçirip makineye yerleştirdi.

Demir'e bir kez daha bakmadan mutfaktan çıktı. Adımları onu, üstüne üstüne gelen duvarlardan kaçması için giriş kapısının önüne götürdü. Montunu giydi, beresini ve eldivenleri takıp bedenini soğuk havaya attı.

O adamla karşılaşacağı ânı düşünmeyecekti. İçeride, deli bir öfkeye kapılmış ve buz gibi hissettiren adamı da düşünmeyecekti. Ellerini ceplerine sokup bahçeye indi. Soğuk karların botlarının içine girmesini umursamadan bahçenin derinliklerine doğru ilerledi.

Tamamen açıklık olan bir alanda durup gözlerini kapadı. Başını arkaya attı. Zihnindeki sessiz boşluktan keyif alarak ve üzerine yağan kar tanelerini hissederek uzun süre öylece durdu. Üşümüştü. Hatta hafifçe titriyordu, ama zihninde yıllar önce farkında olmadan keşfettiği boşluk o kadar iyi geliyordu ki, o andan vazgeçmek istemedi. Ucu bucağı belli olmayan, sessiz ve huzurlu bir boşluk...

Bir anda, sırtına çarpan bir şeyle irkilerek ve savunma pozisyonu alarak hızla arkasını döndü. Onu, karşısında ikinci bir kartopu yaparken gördüğünde rahatlayarak derin bir nefes aldı. Ardından gülümsedi. Adamı seviyordu. Resmini, kalbine çengelli iğnelerle asmıştı ve Süheyla ne zaman kalbine baksa onun yüzüyle karşılaşıyordu.

"Şansınızı zorlamayın derim, Demir bey!"

Adam, başını yana eğdi. Azarlayan bir tınıyla, "İkinci tekil şahıs!" diye uyardı. Ve ardından hızla elindeki kartopunu Süheyla'ya fırlattı. Genç kadın ani bir hareketle başını eğerek, fırlattığı toptan kurtuldu. Ayağa kalkmadan çoktan bir kartopu yapmıştı bile, ama doğrulduğunda adamı göremedi. Birkaç adım ilerleyip dikkatle etrafına bakınırken sırtından aşağı bir buz parçası indi.

Çığlık atarak arkasını dönerken, adamın kıkırdayan yüzüne kartopunu yapıştırdı. Ve boğuşmaya başladılar...

Boğuşmaları öpücüklere, öpücükleri tutkulu dokunuşlara dönüştü. Kendilerini ne zaman içeri atmışlar, ne zaman bedenlerini örten kıyafetlerden kurtulmuşlardı hatırlamıyorlardı. Dokunuşları daha yakıcı, daha alıcı ve daha ısrarlıydı. Tutkunun, özlemin ve aşkın içinde boğuluyorlardı. Daha yavaşlardı, daha sakinlerdi... Daha farklılardı. Ve farkında olmadan birbirlerine veda ediyorlardı...

# Bölüm 22

Aynadaki aksine bakan genç kadının gözleri şaşkınlıkla irileşti. Çıplak bedeninin üzerinde sadece iç çamaşırları vardı. Yan dönerek daha net bir görüntü almak istedi ve elini karnını üzerine koyarak hafifçe ovdu.

Arkasından bir 'cık cık' sesi yükseldiğinde, gözlerini hızla yukarı kaldırarak kendisine doğru ağır adımlarla ilerleyen adamın bakışlarıyla buluştu. İtiraf etmeliydi ki, onun bedenini seviyordu. Hele de ezberlemediği tek bir noktası kalmadığı için, o anda bedenini seyretmenin yarattığı his, kendi içinde köklü bir sarsıntıya neden oluyordu.

Yoğunlukla lacivert çalan gözler, bedeninin hemen yanında durup, kadının omzu göğsüne çarpana kadar kendi gözlerinden ayrılmadı. Ardından gözleri aynaya kilitlendi. Süheyla'nın bedenini sanki dokunuşuyla okşuyormuş gibi tepeden tırnağa inceledi.

Demir, "Kendini o kadar dikkatli inceliyorsun ki," derin bir iç çekişle sözlerine kısa bir ara verdi. "Neredeyse seni senden kıskanmama neden olacaksın!"

Ardından başını kadının bedeninin arkasına doğru uzattı. Süheyla'nın sıçramasına ve katı bir bakışla ona bakmasına neden olacak bir şaplağı poposuna yapıştırdı. Genç kadın daha dudaklarını sivri kelimelerini kullanmak için yeni aralamıştı ki, Demir, "Sana ayrı," dedi ve dişlerinin arasından sert bir soluk çekip gözlerini tekrar poposuna dikti. "Ona ayrı hasta oluyorum!" Onaylamaz bakışları tekrar gözlerine takıldı. "Senin bile, kendine böyle bakman içimi havalandırıyor... Yapma!"

Genç kadın gözlerini devirmesinin ardından elini hafifçe göbeğinin üzerinde gezdirdi. "Farklı bölgelerle ilgileniyoruz." Şaşırmış gibi başını hafifçe geriye attı. "Yıllardır, ilk defa göbeğimde çıkıntı var!"

Demir nazik bir tutuşla omuzlarını kavradı ve onu tekrar aynaya çevirdi. Bedenini kasıtlı bir şekilde bedeninin arkasına yaslayarak Süheyla'nın dengesini aniden bozdu. Süheyla, ona karşı böylesine bir duyarlılıktan ürkse de, elinden bir şey gelmediği için üzerinde düşünmemeye karar verdi. Adamın elleri, göbeğinin üzerindeki ellerinin üzerine kapanırken, dudaklarında geniş bir gülümsemeyle, "Buraya bir ayva mı konmuş," diye mırıldandı.

Süheyla, göbeğine baktı. Düşünürken kaşları çatıldı ve ardından güldü. "Öyle görünüyor."

Demir tekrar kıkırdarken elleri, kadının ellerinin altına kayarak önce derisini gıdıkladı. Ardından tamamen baştan çıkarmaya odaklı bir dokunuşla parmakları teninin üzerinde hareket etti. Süheyla'nın çenesi istemsizce kasıldı. Dokunuşunun omurgasında yaptığı etkiyi görmezden gelmeye çalışmak enerjisini tüketeceği için buna yeltenmedi bile. Hayatının, hareketlerinin, bedeninin ve daha birçok şeyin kontrolünü her zaman elinde tutmuş biri olarak, tek bir dokunuşun onu böylesine etkileyebilmesi; bedenine sonradan eklenmiş ve adapte olamadığı bir komut gibiydi.

Ona karşı zayıftı. Bu hem ürkütücü, hem de bir şekilde kendine bile aykırı olarak eğlenceliydi. Demir'in elleri göbeğinin üzerinde ısrarlı dokunuşlarına devam eder ve bundan büyük keyif aldığını saklamaya gerek duymazken, genç kadının sırtı içeri doğru kavislendi. Ve bedeni, onun göğsüne baskı yaptı.

Aynı anda gözlerini kaldırdılar ve bakışları buluştu. Adamın gözlerinde, o karanlık arzunun dışında başka bir şey daha vardı. Kaşları istemsizce derinleşirken, ne düşündüğünü merak etti. Ya da onun neyi merak ettiğini merak etti.

Adam, bir anda huzursuz görünürken, ifadesi gergin bir hâl aldı. Dudakları hafifçe aralandı. Aniden gelen gerginliği, o dudakların kenarındaki çizgilere bile yayılmıştı.

Süheyla, böyle karın ağrıtan türden anları sevmiyordu. Bunun için doğrudan sordu. "Sorun ne?"

Adam ona bakmaya devam etti. "Seni incitmek istemesem de," diye huzursuzca mırıldandı. Sesi içinde yaşadığı bocalamayı tamamen ortaya seriyordu. Ve hâlâ kararsız görünüyordu. Süheyla, cesaretlendirmek ister gibi kaşlarını kaldırdı. Ve teşvik olarak teninin üzerindeki elini hafifçe sıktı. Bu, ona gülümsemeye benzer bir şey kazandırdı. "Merak ediyorum... Neden?"

Süheyla, sözlerini devamını bekledi, ama gelmedi. Neyi merak ediyordu? Adamın göbeğinin üzerindeki eli, tekrar teninde kıpırdadı. Ve iki parmağı ufak fiskelerle göbeğine pıt pıt vurdu. O anda anladı. Demir, bebeği neden aldırdığını merak ediyordu. Kısa bir an, ona anlatmak konusunda bocaladı. Bu, düşünmek ve kendine işkence ederek muhakemesini yapmak için daha sonraya bıraktığı konuların başında geliyordu. Demir, hiçbir şekilde ısrar etmiyordu. Ne bakışıyla, ne hareketiyle ne de karar aşamasında ona müdahale ediyordu.

İçten içe onu yaralayan bir durumu konuşmak konusunda istekli sayılmazdı. Aldatılmışlığını umursamıyordu. O an için özgüvenine ufak bir darbe alsa da atlatması sadece bir gününü almıştı. Ama kendini bir bebek düşüncesine alıştırmış olduğu gibi bir gerçekte vardı. Ardından, hayalinde kurmaya cesaret ettiği bebeği kendi tercihiyle yok etmişti. Ve tam o anda, zihinde, en gerilerde sakladığı konu olabilirdi. Ama... adama karşı zayıftı. Utanç verici bir şekilde zayıf...

"Nişanlımın kuzeni beni bir akşam yemeğe davet etti." Muhtemelen olumlu bir sonuç beklemediği için arkasındaki beden, şaşkınlıkla kasıldı. "Kapı zillerinin bozuk olduğunu öne sürerek bana dairesinin anahtarlarını verdi." Kendiyle eğlenir gibi gülüşünün ardından iç çekti. "Hayatımda hep mantık çerçevesinde hareket ettim. Duygusuz değildim. Asla! Ama duygusallıkla uzaktan yakından alakam yok. Bunun için kendi standartlarımda olduğunu düşündüğüm adamın kuzeninin yemek teklifini kabul ettim. İlişkiler konusunda tecrübeli olmadığım ve ince düşünceli biri olmadığım için de onu kurcalama gereği duymamıştım.

Hızlı bir arkadaşlık sürecinin ardından, hiç düşünmeden evlilik teklifini kabul etmiştim." Genç kadının dudaklarından garip bir homurtu yükseldi. "Salonumda eğitmendi. Aynı mesleği yapıyorduk. Her türlü konuda zorlanmadan tartışabiliyor ve konuşabiliyorduk. Benim sivri dilimi ve ciddiyetimi umursamıyor gibi görünüyordu." Yine tek kaşı kendiyle alay eder gibi havalandı.

"Yemeğe davet edildiğim daireye girdiğimde ortamın sessizliğini tuhaf bulmuştum. Sonra kıkırtılar ve o zevzeğin boğuk sesini duydum. Seslere doğru ilerledim. Nişanlım, kendi çapında benimle alay ediyordu." Süheyla'nın elleri üzerindeki eller bir anda tutuşunu sıkılaştırdı. Genç kadın, onun yüzüne araştıran, kısa bir bakış attı ve bunun istemsizce verdiği bir tepki olduğunu düşündü. "Beni kadın olarak görmediğini söylerken, tek istediğinin salonumu kendi üzerine devralmak olduğunu söylüyordu. İçeri girdim. İkisi yatakta çıplaklardı." Demir'in ifadesi aniden karanlık bir hâl aldı. Sanki o piç orada olsa düşünmeden onu boğazlayacaktı. Ama neyse ki, Süheyla bunu kendisi için yapmıştı. Genç kadın, onun kendisi için duyduğu öfke ve üzüntüye gülerek karşılık verdi. "Rahatla! Yüzünü Çarşamba Pazarı'na çevirdim. Ve inan öyle büyük yaralar almadım!"

Sözlerinin Demir'in üzerinde bir etkisi olmadı. Adam dişlerinin arasından fısıldadı. "Orospu Çocuğu!"

Süheyla, omuz silkerek, "Muhtemelen," diye karşılık verdi. "Hamileydim. Üzerinde kısa süre düşündükten hemen sonra bebeği aldırdım. Öfkeden değil." Süheyla başını iki yana salladı. "Ona bakabilirdim. Ama babasız büyümenin zorluğunu yaşadım. Karşısında bir anne olarak belki çok iyi bir figür oluşturmazdım, ama annesi olabilirdim. Bildiğim bir şey varsa; babası asla olamayacağımdı. Ve ona asla değer vermeyecek birine güvenerek hayata getirmeyi göze alamadım."

Demir, uzun süre gözleri odağını kaybetmiş bir halde sessiz kaldı. Tekrar onun gözleriyle buluştuğunda, Süheyla gözlerinin içinde yanan ateşi net olarak gördü. Ve ister istemez bel kemiğinden yukarı tırmanan histen ürktü. Demir, "Sü! Sen çok mükemmel bir anne olurdun," diye fısıldadı. Fısıltısında... akışkan bir şeyler vardı. Adamın zarif elleri, onun ellerini tutup bedeninin iki yanına indirdi. Ve sabit bakışlarının karnının üzerinde tuttu.

Bir eli nazik bir şekilde odaklandığı alanın üzerinde gezindi. Adamın dudaklarını kulağının hemen kıyısında hissettiğinde yutkundu. "Belki burada, ciddi, şirin ve minicik bir Süheyla vardır. Ya da belki doğaya aykırı gelecek kadar yakışıklı bir Demir! Yani bana benziyorsa eğer..." Genç adam omuz silkti.

Aynı anda iki şey oldu. Sözleri Süheyla'nın içindeki alarm düğmelerinin hepsine birden aynı anda basarken, gülmesine de neden oldu. Kendini beğenmiş piç! Demir, hafif tutmaya çalışsa da bunun için yanıp tutuşuyor gibi görünüyordu. Bu adam aptaldı! Gerçek bir aptal! Sanki birazdan evden çıkıp gidecekleri yeri bilmiyormuş gibi...

Onun hayallerini de yıkmak istemiyordu, ama birinin gerçekliği ele alması gerekiyordu. "Hayallerinin içine limon sıkmak istemezdim ama..." Başını iki yana salladı. "Tamamen doğru günlere denk geldik!"

Demir, inlerken dişlerini sıktı. "Acımasızsın, kadın!" diye fısıldadı. Ve bu defa gerçekten kızmış gibi görünüyordu.

Süheyla aniden kollarının arasından sıyrıldığında, onun şaşkın bakışlarını çok kısa bir an aynadaki aksinde görmek zorunda kaldı. "Ayrıca," diye devam etti. Ona bakmıyordu. Odanın ortasındaki yatağın üzerindeki kıyafetlerine doğru ilerliyordu. "Biraz gerçekçi olalım! Adamın birini, abinin ofisinin ortasında öldürmeye gidiyorum. İkimiz de bunun saklayamayacağımız bir şey olduğunu biliyoruz. Hayatımın geri kalan kısmında, tamamen özgürlüğümden yoksun bir haldeyken bir bebek istediğimi sanmıyorum."

Süheyla, başka bir değişle ona yollarının ayrıldığını söylüyordu.

Adamın, onu ne kadar olduğunu bile bilmediği yıllar boyunca beklemesi saçmalık olurdu. İsterdi. Onunla yaşamayı kendisini bile şaşırtan bir hevesle isterdi. Bir ömrü, tek bir saniyesinden bile sıkılmadan geçirebileceklerinden emindi. Ayrıca, adama dut gibi âşıktı. Onu da, ona dair her şeyi de seviyordu. Daha o anda bile, tepesine vura vura bastırdığı koyu özlem duygusu saklandığı yerden çıkmakla tehdit ediyordu. Ama ortada gerçekliğini göz ardı edemeyecekleri bir durum vardı.

Bir kazağı başının üzerinden geçirdi. Kollarını da geçirdi ve tam eteklerini tutup aşağı çekerken, adam onu aniden yakaladı. Süheyla, daha tepki veremeden kendini yatağın üzerine fırlatılmış buldu. İçinden inledi. Ve ona karşı koyma isteğinden vazgeçti. Demir, bileklerini yakalayıp başının tepesine çıkarmıştı. Ve kelimenin tam anlamıyla üzerinde oturuyordu. Yüzlerinin arasında birkaç santim kalana kadar eğildi. Her zaman yaptığı gibi dudaklarından küçük bir öpücük çaldı. "Bir şeyi bilmen gerekiyor, Bayan Hayal Katili!"

Süheyla, ona sadece baktı ve tek kaşı havaya kalktı.

"Her ne olursa olsun, seni asla bırakmayacağım. ASLA! Bunu o, takır takır işleyen beyninin her tarafına kazı! Bunu unutma. Aklından bir an bile çıkarma. Her. Ne. Olursa. Olsun. Seni. Asla. Bırakmayacağım." Hiddetle dudaklarına eğilip, alt dudağını yakaladı. Hafifçe çekiştirdi ve Süheyla altında istemsizce kıvrandı. Ve Demir, sözlerine tam bir kararlılıkla devam etti. "Beni bir virüs olarak düşün. Şansına iyisinden ya da kötüsünden… Sana yayıldım. Bedenine, ruhuna ve istesen de istemesen de kalbine sızdım. Beni atamazsın! Benden kurtulamazsın! Çünkü ben, senin ömür boyu katlanmak mecburiyetinde olduğun virüsünüm!"

Sözlerini sindirmesini bekler gibi duraksadı. Gözlerindeki bir şey, Süheyla'nın çenesini kapalı tutmasını söylüyordu. Bu, ona fazla geliyordu. Çok yoğundu. Ve aslında kalbi patlayacakmış gibi hissettiği için de muhtemelen sağlıksızdı. Ama adam, dibine kadar ciddi ve kararlıydı.

Ona açıklama yapmak, düşündüklerini dile getirerek olacakları kelimelere dökmek sadece durumu dramatikleştirirdi. Bunun için hafif tutmaya karar verdi. "İyi," derken omuz silkti. "Keyfin bilir."

Demir, yatışmış gibi görünüyordu. Küçük bir kıkırtıyla dudaklarına eğildi ve çaldığı her öpücüğün arasına bir kelime sıkıştırdı.

"Tapıyorum. Sana. KADIN!"

Aracın içindeki sessizlik, zaten huzursuz ruhunun ayarlarıyla oynuyordu. Yanındaki kadına kaçamak bakışlar atmaktan kendini alamıyor, onun tepkisizliğiyle çılgına dönüyordu. O kadar serinkanlı ve kayıtsız duruyordu ki, Demir her an sanki onun yerine de patlamaya hazır hissediyordu.

Takım elbisesini üzerine giydikten hemen sonra, onun son hazırlıklarını izlemişti. Saçlarını sıkıca tepesinde topuz yapıp, sıradan tokalarla asi tutamlarını sıkıştırmıştı. Ayaklarına çelik tabanlı botlarını geçirmişti. Ve kabanının ceplerine bir muşta ve jilet koymuştu. O kadar kararlı, geri adım atmaktan ve biraz mantıklı düşünmekten o kadar uzaktı ki, bunun için kelimelerine sığınmaya gerek bile duymadı. Ne söylerse söylesin; ona değmeyecek, kararından vazgeçiremeyecekti. Süheyla'nın hayatındaki öncelikli amacı buydu. Demir, kendini geri planda hissetmekten alıkoyamıyordu. Onu tanıyordu. Ne olacağını biliyordu. En başından beri bir kez bile durma değil, duraksamayı bile düşünmemişti. Şimdi neden düşünsündü ki?

Demir için mi? Kendilerine bir gelecek kurabilmek için mi? Kendini, başını iki yana sallamaktan son anda alıkoydu. Kırılmak istemiyordu. Ama içten içe kırılıyordu. Sanki kalbinin farklı köşeleri farklı nedenlerden dağlanıyordu. Nedenleri sıralamayı bırakmıştı, çünkü zihnine de hasar veriyordu. Kimi zaman, onun bu güçlü duruşunu yıkmayı istiyordu. Diğer her şeyde güçlü durması hoşuna gitse de, kendilerine geldiğinde onun kırılmasını gerçekten istiyordu. Ne olacağını biliyordu. Süheyla, karşılaşacağı sürprizden sonra Demir'i tamamen hayatından çıkarmak isteyecekti. Ama Demir, ona uyarısını yapmıştı.

Yine de... ödü kopuyordu. Panik, ellerinin terlemesine ve kimi zaman direksiyondan kaymasına neden oluyordu.

Abisinin ofisinin bulunduğu kata çıkmak için asansör kabinlerinden birine girdiler. Kabin, hatırı sayılır derecede doluydu. Ayaklarının altından ısı veriliyormuş gibi sıcak hissederken, yukarıdan kar yağıyormuş gibi de içi ürperip duruyordu. Ve asansörün içindeki havasızlık onu boğuyordu. Bir eli, kravatını hafifçe gevşettiğinde, sonunda dikkatini çekerek genç kadının kuşkulu bakışı kendi üzerine çevrildi.

Demir, kendi ifadesinde ne vardı bilmiyordu. Ama Süheyla'nın gözlerinde bir şeyler titreşti. O katı ve ciddi duruşu aniden sarsıldı. Genç kadın, sanki bu olayların tam ortasında kendisi durmuyormuş gibi hafifçe gülümsedi ve Demir'in kaburgasına dirsek attı. Kendi kaşınmıştı!

Demir, etrafındaki insanları umursamadan onu omuzlarından yakaladı. Başını hızla ellerinin arasına alırken Süheyla'nın göğsünden garip bir ses çıkmasına neden olacak şekilde, derin bir öpüşle dudaklarını esir aldı.

Başını aniden geriye çekip gözlerini kadına diktiğinde, o gözlerdeki erimiş ifadeye hafifçe gülümsedi. Ve ardından, "Matruşka!" diye fısıldadı.

Kabindeki öksürükleri, kıkırtıları ve onaylamaz tepkileri belli eden tuhaf sesleri çok daha sonra duydu. Şansına, Süheyla'nın kimseye aldırdığı yoktu. Gülerek başını iki yana salladı ve gözlerini asansör kapısına dikti.

Demir, abisinin ofisinin dışında aşina olmadığı iki kişiyle karşılaştığında kaşları çatılarak Süheyla'yı yakınına çekti. Ama adamların kendileriyle ilgileniyor gibi bir halleri yoktu. Elleri arkalarında, gözlerini karşıya dikmiş, put gibi duruyorlardı. Koruma oldukları belliydi, ama abisinin olmadıkları da kesindi.

Kapıya doğru mesafeyi kısalttıkları her adımda, onu durdurup milyonlarca kelimeyi arka arkaya söylemekten kendisini alıkoymak çok güçtü. Ya da onu omzuna atıp, tüm bu karmaşadan uzağa kaçırma düşüncesini bastırmak... Muhtemelen daha sonra Süheyla, cebindeki araçları ona işkence etmek için kullanırdı. Sorun olmazdı. Demir, buna razı gelirdi.

Derin bir iç çekti. Abisinin asistanının hafif gülümseyişine ve içtenlikle selamlamasına karşılık verdikten sonra, ikisi de kapının önünde aniden durdu. Yandaki adamlar onları ilgisizce süzerken, onlar birbirine kısa bir bakış attı. Süheyla'nın bir eli cebine doğru yol alırken, gözlerini ondan kaçırıp kapıya dikti. Ve sonunda içinde bulunduğu duruma ufak bir tepki gösterdi. Derin bir iç çekiş...

Demir, ofisin kapısını sonuna kadar açtı. Ve Süheyla'nın içeri girmesi için hafifçe yana kaydı. O andan sonra olanlar, bir filmin ileriye sarılan hali gibi hızlı ve anlaşılmazdı.

Orkun Arıcı, abisinin masasının hemen karşısındaki koltuğa rahatça yayılmıştı. Gülüyordu. Kapıdaki hareketliliği fark ettiğinde, dudaklarında asılı kalan gülüşüyle başını onlara çevirdi. Gülüşü soldu. Elleri, telaşla oturduğu koltuğun iki yanını sardı. Ve doğrulmaya çalışırken gözleri dehşetini net bir şekilde ortaya koyarak irice açıldı.

Süheyla'nın ona doğru attığı ilk adımda, sanki çığlık atmak ister gibi ağzını kocaman açtı, ama dudaklarından tek kelime dökülmedi. Buna gerek de yoktu. Gözleri, adamın zihninden geçen her türlü korkuyu onlara net bir şekilde anlatmıştı. Demir, o anda kapıyı kapadı ve masasının önüne geçip kalçasını masaya dayayan abisine doğru ilerlemeye başladı.

Orkun Arıcı'nın yüzü kirece dönmüştü. Abisine hitaben, "Beni kandırdın!" diye fısıldadı.

Çelik kısaca, "Evet," diye cevap verdi. Demir, tıpkı abisi gibi kollarını göğsünde kavuşturdu. Ve gözlerini, hâlâ sessizce Orkun'un üzerine yürüyen Süheyla'ya dikti. Asil bir yürüyüşü vardı. Bir elini cebine atıp, muştasını çıkarıp parmaklarına usulca yerleştirirken bile asildi. Soğukkanlıydı. Hedefine kilitlenmiş bir füze gibi de kararlıydı.

Orkun, sonunda oturduğu koltuğun kollarının sıkı kavrayışını bıraktı. Geriye doğru kaçmak isterken dizlerinin arkası sandalyeye çarptı ve sendeledi. Son anda tekrar koltuğa asılarak düşmekten kurtuldu.

Ve aniden, "Salim!" diye çığlık attı. Sadece birkaç saniye sonra, kapıdaki iki adam paldır küldür içeri dalarken Demir'in hareketi ani ve seri oldu. Birkaç adımda, tehlikeli durumun ne olduğunu anlamaya çalışan adamların önünde bitti. Biri, anında savunma pozisyonu alır ve bir eli ceketinin arkasına kayarken, doğrudan attığı tek yumrukla başı arkaya savrulup kapı kasasına çarptı. Demir, tekrar atılıp adamın yakasına yapıştı ve bedenini tekrar kasaya çarptırdı. Yanındaki hareketliliği fark ettiğinde, göz ucuyla abisinin diğer korumanın alnına, elinde bile tutmayı sevmediği silahını dayadığını gördü.

Demir, "Şimdi, hiç sorun çıkarmadan anında buradan çıkıyorsunuz. Yoksa sizi doğduğunuz güne geri göndereceğiz ve haneye tecavüz olduğu için de öldüğünüzle kalacaksınız!"

Çoktan vazgeçmiş gibi görünen iki adam da başlarını hızla salladılar ve saniyeler içinde ofisi terk ettiler. Bu, muhtemelen kısa anda verilmiş en doğru karardı. Demir, anında arkasını döndü. Orkun Arıcı, sırtını duvara yaslamıştı. Yüzünde dehşet dolu bir ifade vardı. Bedeni gözle görülür bir şekilde titriyordu. Sanki nefes alma güçlüğü çekiyormuş gibi göğsü sertçe yukarı inip kalkıyordu.

Süheyla'nın adımları hemen adamın önünde durdu. Demir ve Çelik, yine masanın önündeki yerlerini aldılar. Süheyla'nın ilk hamlesi ikisinin de irkilmesine neden olacak kadar sert ve gürültülüydü. Tek yumrukla yere serilen adamın bedeninin hemen yanında diz çöktü ve tekdüze bir sesle, "Bu kadar kolay vazgeçme!" dedi. "Kardeşim daha fazla mücadele vermişti. Hem de hiç şansı yokken!" Ve ardından adamın kulaklarını kavradı. Başını sertçe zemine vururken, Orkun Arıcı sadece inliyordu.

"Sen, hayatına bu kadınla devam etmek istediğinden emin misin?"

Abisinin şüpheli ve fısıldar ses tonunu duyunca, ona kısa bir bakış attı. Gözleri dehşetle açılarak Süheyla'nın üzerine kilitlenmişti.

"Hiçbir şeyden bu kadar emin olmamıştım." Demir, her şeye rağmen hafifçe gülümsedi. "İnsan, hayatında kaç kere tapabileceği biriyle karşılaşır ki?"

Çelik, "Tuhaf olduğunu her zaman biliyordum. Eğer seninle

yaşamaya başlarsa tavsiyem; evde, kesici ve delici aletler bulundurma!" diye karşılık verdi. Ardından bariz bir üzüntüyle, "Senin canına okuyacak!" diye bildirdi.

Demir başını iki yana salladı. "Hayır. Sadece bana öylece bakacak. Tek kelime etmeyecek. Sonra da yüreğimi söküp, kendisiyle birlikte götürecek."

Süheyla, birikmiş tüm acısını Orkun Arıcı'nın bedeninden çıkarırcasına adama sert bir yumruk daha salladığında ikisi de irkildi.

Çelik, "Sonra?" diye sordu.

Demir iç çekti. "Sonra bir süre bana olan öfkesinin geçmesini bekleyeceğim. Bir süre de bana olan nefretinin geçmesini bekleyeceğim. Ve beni özlemesini bekleyeceğim. Çünkü özleyecek. Çünkü ben onu manyak gibi özleyeceğime göre o da beni özlemek zorunda. Sonra da götürdüğü yüreğimin peşinden gideceğim!" Demir'in bir eli huzursuzca yüzünü ovaladı. "Bilmiyorum, sonra da ayaklarına filan kapanırım belki..."

"Bu bekleme anında sana ne olacak?"

"Benimle uğraşmayı özlediğini düşünüyordum!"

Çelik inledi. "Ben de bunu söylemenden korkuyordum!"

Demir, aniden doğruldu. Süheyla, tamamen baygın gibi görünen adamın yanında diz çökmüş bir halde bir elini cebine attı. Genç adam, "Siktir!" diye fısıldadı. Süheyla'nın onu konuşturmasını bekliyordu. Öyle yapmalıydı. Adamın neden böyle bir şey yaptığını öğreneceğini ondan onlarca kere dinlemişti. Vazgeçmiş olabilir miydi?

Hızlı adımları genç kadının bedeninin karşısında durdu. Ve onun gibi yere diz çöktü. Orkun Arıcı'nın bedenin diğer yanına... Gözlerini, her bir hareketini dikkatle mercek altına alarak genç kadına dikti. Süheyla, jiletin paketini ağzıyla yırttı ve jileti iki parmağının arasına sıkıştırdı. Adamdan gözlerini ayırmıyordu. Bir eli, Orkun'un bileğini kavradı. Ceketinin kolunu hafifçe geriye sıyırıp, adamın beyaza dönmüş tenini ve damarlarını ortaya çıkardı. Sanki mekanik bir robot gibi görünüyordu. İfadesiz, bir buz kütlesi kadar soğuk...

"Sü?" diye fısıldadı. Demir, böyle ummamıştı. Adamı konuşturması gerekiyordu. Yutkundu. Çünkü kadın onu duyuyor gibi görünmüyordu.

Süheyla, "Şimdi, sana soracağım ve sen de cevaplayacaksın. Ama sonra öleceksin," diye mırıldandı. "Bileklerini keseceğim. Belki ağlarsın... Belki yalvarırsın... Belki çok korkarsın... Belki de altına kaçırırsın! Tüm bunları tek tek yaşamanı diliyorum."

Demir, rahat bir iç çekmeye çalıştı, ama yapamadı. Kalbi ağzına çıkmış gibi hissettiği için üst üste birkaç kez yutkundu. Ve gözlerini yerde yatan adama dikti. Süheyla, işin tekniğini bildiğini öylesine ispat etmişti ki, adamın yüzünde dudakları haricinde her yerinden kan akıyordu. Süheyla, onu tam bayılmak üzereyken bırakmış, konuşturmadan kendinden geçmesine izin vermemişti.

"Umur'u neden öldürttün?"

Orkun, kadının sesiyle irkildi ve çektiği acı inlemesine neden oldu. Ne kadar acı çekerse çeksin, omuzları sarsılarak ağlamasına engel olamıyordu. Demir, ona acımıyordu. Ölmeyi hak etmişti. Her şekilde! Ama Süheyla, özgürlüğü elinden alınmak için fazla kıymetli bir varlıktı.

Orkun, Süheyla'nın hafifçe öne eğilmesiyle geriye kaçmaya çalıştı, ama sırtı zaten zeminde olduğu için bunu başaramadı. "Kardeşinden hoşlanmıştım!" diye inledi. "Kızımla güzel bir aşk yaşıyorlardı." Öksürdü ve art arda yutkundu. "Kızım mutluydu ve onların mutluluğunu asla bozmak istememiştim. Asla! Ama bunu herkes biliyor ki, iflas ettiğim bir zamanda Arabistanlı bir yatırımcıyla iş anlaşması yaparak ekonomik durumumu düzelttim!"

Süheyla, sabırsız bir nefes aldığında, gözlerinden yaşlar akar ve burnunu çekerken, "Dinlemelisin!" diye yalvardı. "Ama adama dağ gibi borcum vardı. Ve bir akşam yemeğinde kızımla karşılaşma talihsizliğini yaşadık. Oğlu da yanımızdaydı. Kızımı görür görmez istemişti. Önce itiraz ettim. Kızımın bunu istemeyeceğini, zaten sözlü olduğunu söyledim. Dinletemedim!" Tekrar inledi. "Beni tehdit etti. Aklının alamayacağı her şekilde! Ama bunu Meltem'den gizli tutmamı istiyordu. Onun karşısına çıkıp, gönlünü kazanmak istiyordu. Tek istedikleri sözlüsüyle arasını bozmamdı." Hıçkırmak için duraksadı. Birkaç kez acı içinde inlerken, ağzından akan salyası yanağından aşağıya kayıyor, kana bulanmış gömlek yakasının altında kayboluyordu. "Umur, İstanbul'a geldiğinde onunla konuştum. Ama durumu anlatamayacağım için... Ona zengin-fakir edebiyatı yaptım! Statü farkımızı ortaya koymak zorunda kaldım. Kızımla olmasını istemediğimi söyledim. Çok ağır konuştum. Ve o da bunu bir inatlaşmaya çevirdi. Bir hafta İstanbul'da kalmıştı."

Uzun dakikalar boyunca küçük bir çocuk gibi hüngür hüngür ağladı. Yüzü dağılmış, acı içinde kıvranıyordu. "Ben aşkı bilirim! Çünkü seviyorum. Çok seviyorum. Ama bu ülkede, tecavüz edilen bir kıza, 'o da mini etek giymeseydi!' diyebilen insanlar var! Nasıl başardıysa Umur, şehir dışındaki evimin bahçesine kadar beni takip edip, sevgilimle uygunsuz fotoğraflarımı çekmiş... Erkek olan sevgilimle! Ve bunu bana karşı kullandı! Elektronik yolu asla denemiyordu. Her İstanbul'a gelişinde, gözlerimin içine bakarak 'hayatın ellerimde' diyordu. Bu, benim sonum olurdu! Anlıyor musun?" Sanki Süheyla'nın onu gerçekten anlamasını istiyormuş gibi yalvaran yeşil gözlerini, onun sabit bakışlarına dikti.

Süheyla, "Hayır," dedi.

Orkun, pişmanlıkla inledi ve ümitlenmeye hakkı varmış gibi, gözlerindeki cılız umut ışığı söndü. "Biliyorum. Onu çok kırmıştım. Yaralamıştım. Ve bana, bunu ödetmek istiyordu. Panikledim ve ondan kurtulmam gerektiğini düşündüm, çünkü Meltem'den de ayrılmamıştı. Onlar bir taraftan sıkıştırıyordu, Umur diğer taraftan!"

Kolunu zorlukla kaldırdı ve gözlerinin üzerine örttü. Sanki Süheyla'nın yüzüne bakmaya dayanamıyormuş gibi görünüyordu. "O adam... Şahin benim arabamın ikiziyle karşıma çıktığında, küçük bir araştırmayla ne halt olduklarını öğrendim. Hayatımda karıncayı bile incitmedim. Ama öyle paniklemiştim ki...

Onlara intihar süsü vermelerini söylemekten başka, sadece en hızlı şekilde ölmesi gerektiğini söyledim. Korkumdan yaptım! Biliyorum. Hiçbir şeyi değiştirmeyecek, ama çok özür dilerim."

Ofisin kapısı aniden açıldı. İçeride bulunan tüm gözler, aniden kapıdan içeri telaşla giren sivil ve üniformalı polis memurlarına çevrildi. Demir, gözlerini Süheyla'ya dikti.

Çok sevdiği kadın, derinden yaralanmış bir bakışla gözlerini Demir'in af dileyen gözlerine dikti. Ardından ani bir hareketle, elindeki jiletle birlikte Orkun Arıcı'ya doğru hamle yaptı.

Demir, hızla bileğine yapışarak ters çevirdi. Orkun'un üzerinden atlayarak genç kadını belinden kavradı. Hızlı bir manevrayla arkasına geçti ve onu sıkıca tuttu. Süheyla, zangır zangır titriyordu. Demir, biliyordu. Eğer Demir'i ezip geçmek isteseydi bunu başarabilirdi. O anda, onun Orkun'a saldırmasını engelleyen tek şey; Demir'in onu sıkıca ablukaya almış bedeniydi. Süheyla, Demir'e zarar vermek istemiyordu.

Polis memurları, Orkun Arcı'ya bir şeyler söyler ve onu tutuklarken, Süheyla dehşet bir titreme nöbetine tutulmuştu. Sonra bir anda, kat kat kıyafetin üzerinde bile hissettiği bir katılık kadının bedenine yayıldı. Kollarının arasındaki beden bir kaya kadar sertleşti, sanki boş bir kalıp gibi oldu.

"O, benim kardeşimdi." Sesi sanki ölü bir çukurun içinden geliyordu. "O benim arkadaşımdı." Demir, onu daha sıkı sardı. Sanki kadının bedenindeki tüm acı, ona fazla geliyormuş gibi Süheyla kollarının arasında iki büklüm oldu. "O benim ailemdi, sırdaşımdı... Her şeyimdi."

Demir, onun acısını hissediyordu. İliklerinde, kemiklerinde, kanında ve en çok da kalbinde... Tüm acısı sanki onun bedeninden kendi bedenine akıyordu. Süheyla, belki de çoktan ondan nefret etmeye başlamıştı. Demir, bunu kaldırıp kaldıramayacağından emin değildi. Onu tutmaya devam ederken, polis memurları bir şeyler geveledier, ama onları duyamayacak kadar kulakları zonkluyordu.

Onu etki eden şey, kollarının arasındaki kadının aniden doğrulması oldu. Yutkunarak, Süheyla'nın bedenini serbest bıraktı.

Süheyla, ona bakmadı. Kendisine soru yönelten bir memura, "Elbette," diye cevap verdi. Demir, onun dışında kimseyi görmüyor, duymuyordu. Süheyla, Demir'den iki adım uzağa kaydı. Bu iki adım, Demir'e sanki iki dünyayı aralarına mesafe koymuş gibi uzak ve soğuk geldi.

"Sü?" diye fısıldadı.

Kadının omuzları dikleşti. Ona dönüp baktı. Tek bir duygu kırıntısı taşımayan o gözler Demir'in ruhuna saplanıp kaldı. Kadın, arkasını döndü ve polis memurlarından biriyle yan yana ilerleyerek ofisten çıktı.

Tüm bu olacakları önceden tahmin etmesine rağmen, paniğin onu tek lokmada yutmasına engel olamadı. Kendisinin de yakından tanıdığı başkomiser, abisine teşekkürlerini sunmak için bir şeyler gevelerken, gözlerini bile kırpmadan açık ofis kapısına bakıyordu.

Beyni bir komut vermeden hızla ve kararlılıkla öne doğru adımlar atmaya başladı. Her adımın ardından paniği artarak onu resmen boğazlıyor, nefesini kesiyordu. Ofisin dışına, polis memurlarıyla asansörlere ilerleyen Süheyla'nın yanına gidene kadar neredeyse soluk almadan hareket etti.

Dinlemeyeceğini bildiği için ona seslenmedi. Doğrudan bedeninin önüne ilerledi ve onu durmaya zorladı. Kadının adımları durdu. Başı sertçe yukarı kalktı ve gözleri doğrudan gözlerinin içine dikildi. Yine, tek bir duygu kıpırtısı olmadan... Demir öfkesine razıydı, nefretine razıydı. Ama bu tepkisiz bakışlar dünyanın ayaklarının altından kaymasına neden oluyordu.

Demir'in işaret parmağı tehdit edercesine havalandı ve genç kadının göğsünü buldu. "Sana söyledim! Benden kurtulamayacaksın! Her ne olursa olsun!"

Kadının dudağının kenarında beliren buz gibi gülümseme, Demir'in içini titretti. Süheyla, sıradan bir tonla, "Size, sanrılarınızla bol güneşli günler dilerim, Demir Bey," dedi.

Ve sanki bir gece önce Demir'in boynuna kollarını sıkıca dolayıp, onu en derinlerinde hissetmeye çalışan kadın o değilmiş gibi... tamamen bir yabancıymış gibi yanından geçip gitti.

Demir içindeki karanlık his yumağının onu sarmasına izin vermeyecekti. Kararlılığı tüm bedenine yayılırken, içindeki korku filizlerinin başını ezdi ve arkasından bakarken gülümsedi. "Keşke bana bu kadar güçlü olmayı öğretmeseydin! Ve keşke tapabileceğim tek kadın olmasaydın! O zaman seni rahat bırakırdım, Bayan Buz Kütlesi!"

Süheyla, ona bakmadı. Ama omuzları sanki kendini korumak ister gibi dikleştiğinde, Demir bir gün onu affetme umudu olduğunu anladı. Toz tanesi kadar olabilirdi. Ama Demir, onu kalbinin en derininde besleyip büyütecekti.

## Bölüm 23

Genç kadın bitkince çöktüğü banka yayılmış, kas ağrılarına bir fayda olmayacağını bilse de omzunu küçük daireler şeklinde hafifçe oynatıyordu. İnsan denen varlık ölmedikçe yeni yeni şeyler öğrenmek durumunda kalıyordu. Bir şeyi unutabilmek için bedeninin canına okumaktan başka seçeneği olmadığını o yaşında yeni öğreniyordu mesela... Ya da aslında bir boku unutmadığını, ama yorgunluktan öldüğü için uyumak zorunda kaldığını...

Sonra... sonra uyanıyordu ve zihni işlemeye başlıyordu. Bedenini öyle çok yoruyordu ki, eve gittiğinde külçe gibi yatağına seriliyordu. İşe yaramıyor olabilirdi. Ama en azından, ona düşünmek için daha az zaman kalıyordu. Ki adam unutmasına ya da daha doğrusu yokluğuna alışmasına bir gün dahi müsaade etmiyordu.

Yedi-on iki yaş grubu öğrencilerinden olan Esra'nın kendisine doğru minik adımlarla geldiğini fark ettiğinde başını kaldırdı. Ve onu dikkatle inceledi. Ağladığı için gözleri kızarmış, tombul dudakları büzülmüştü. Süheyla'nın kaşlarını derin bir şekilde çatmasına neden olan şey ise, sağ yanağındaki kızarıklıktı. Arada bir arka arkaya sert nefesler çekerken, sanki birilerinin onu görmesini istemiyormuş gibi sağa sola kaçamak bakışlar atıyordu. Yüzünde hem öfkeli hem de incinmiş bir ifade vardı.

Genç kadın ihtiyatla, "Neyin var, Esra?" diye sordu. Minik öğrencisi tamamen onun yanına gelene kadar cevap vermedi. Konuşmadan önce bir kez daha hıçkırdı ve gözünden birkaç damla yaş arka arkaya yuvarlandı. Genç kadının gözü tekrar yanağındaki kızarıklığa takıldı. "Yanağına ne oldu?"

"At... Atlas bana vurdu!" Hıçkırıklarıyla birlikte minik omuzlar aşağı yukarı oynuyordu.

Süheyla ona uzandı. Koltuklarının altından tutup kaldırarak, tek bacağının üzerine oturttu. Eğitim sırasında ciddi ve disiplinli olduğu için öğrencileri ondan genellikle çekiniyorlardı. Ama Esra'nın canı çok yanmış olmalıydı ki, onun yanına gelmeyi göze almıştı. Yine de eğitim dışında onlarla daha sıcak bir iletişim kurmaya çalışmanın bir getirisi de olabilirdi.

"Neden böyle bir şey yaptığı hakkında bir fikrin var mı?"

Minik kız, Süheyla'ya bakmaktan kaçınarak başını salladı. "Onu yendim diye bana çok kızdı!" Minik yumruklarını sıkıp, yüzünü ondan korumak için başını boynuna gömdü.

Süheyla'nın eli hafifçe havalandı. Küçük kızın saçlarına uzandı ve usulca okşadı. Aynı anda gözleri salonun içini tarıyordu. Yetişkin öğrencilerinden biriyle göz göze geldiğinde başını hafifçe eğerek yanına gelmesini işaret etti.

Genç çocuk anında çalışmasına ara verip ona doğru hızlı adımlar attı. Süheyla, genç çocuk daha yanına gelmeden, "Atlas'a, onu acilen görmek istediğimi söyler misin?" diye bildirdi.

Genç başını sallarken arkasını dönmüştü bile. Süheyla, Esra'yı kucağından indirip hemen yanına oturttu. Küçük kızın, kucağından ayrılmak istemiyormuş gibi kollarını boynundan zorlukla çözdüğünü fark etmiş olması, Süheyla için bir şey ifade etmedi. İçi sızlamıştı, ama Atlas aynı cinsten oldukları için taraf tuttuğunu düşünebilirdi.

Atlas, kısa süre sonra suçluluğunu bastırmak için yüzüne yerleştirdiği öfke ifadesiyle yanlarına geldi. "Beni çağırmışsınız," diye mırıldandı.

Süheyla, dirseklerini dizine dayayarak öne eğildi. Küçük çocuklar, tamamen içgüdülerinin yönlendirmesiyle beden dilini çok daha iyi kavrıyorlardı. Bunun için tamamen kayıtsız bir görüntü oluşturmaya çalıştı. "Esra'ya neden vurduğunu öğrenebilir miyim?" diye sordu.

Atlas hızla savunmaya geçerek, "O da bana vurdu!" diye parladı.

Süheyla yumuşak bir tınıyla, "Minderde!" diye açıkladı. "O sana, eğitimimiz sırasında yaptığımız müsabakada vurdu."

"Evet. Ama vurdu."

Süheyla, *anlaşılan Atlas'ın egosu derin bir yara almış,* diye düşündü. Ne yumuşak ne de katı bir sesle açıklamaya çalıştı. "Yaptığımız spor! Ve bu sporu sizin bedensel-zihinsel gelişiminiz için, tamamen şiddetten uzak, savunma sanatını öğrenmene sebebiyle öğreniyorsunuz. Sana, size eğittiğim teknikle, canını yakmadan tamamen puan alabilmek adına vurdu. Bu, bir karşılaşma!" Süheyla, kaşlarını çatarken düşündü. "Saklambaç oynuyor olsaydınız ve o da seni sobelemiş olsaydı, ona yine vurmak ister miydin?"

Atlas, çok kısa bir an düşündükten hemen sonra başını iki yana salladı. Öfke, yüzünde geriye çekilirken suçluluk duygusu yüzeye tırmandı.

"Orada, senin rakibin olarak karşındaydı ve seni yendi. Tüm sporların en önemli tarafı bu işin centilmence yapılmasıdır! Karşılaşmanın dışında, tamamen öfkeyle hareket etmen, seni kaba ve aciz gösterir!"

Yaşının küçük olmasına rağmen, Süheyla sözlerinin anlamını kavradığına emindi. Dudakları titremiş, dik başlı davranmak ve pes etmek arasında gidip gelişi yüzüne perde perde yayılmıştı. Sözleri ağır olabilirdi, ama minik zihinler henüz körpeyken öğrendiklerini ya da yaşadıklarını hafızalarının en özel köşelerinde, bir gün kullanmak için saklarlardı.

Süheyla, "Şimdi ne yapıyoruz?" diye sordu.

Atlas, yine kısa süreli bir iç çatışmasının ardından, "Özür diliyoruz," diye mırıldandı. Esra'ya kaçamak bir bakış attı. Yumruklarını sıktı. "Özür dilerim, Esra. Sana vurmamalıydım."

Esra huzursuzca kıpırdandı. "Çok acımadı ki zaten," diye fısıldadı.

Atlas'ın dudakları hafifçe kımıldayarak gülümseme oluşturdu. Başını sertçe sallayıp arkasını döndü. Ama aklına bir şey gelmiş gibi kaşlarını havaya kaldırarak tekrar bedenini onlara çevirdi. "Kantine çok güzel, denişik bir kek gelmiş-"

Süheyla, "Değişik!" diye düzeltti.
"Değişik bir kek gelmiş! Sana alayım mı?"
Esra, banktan atladı. "Aa! Ne'li?"
Süheyla, dudaklarında yumuşak bir gülümsemeyle öğrencilerini gözden kaybolana kadar izledi. Çocuk olmak ne kadar kolay ve güzeldi. Bir an için dünyanın başına yıkıldığını düşünüyordun, diğer bir an dünya tekrar yerinde duruyordu ve sen mutluydun! İşte tüm sorunlar bir 'Denişik Keke' bakıyordu. Düşünceleriyle birlikte yüzündeki gülümseme zayıfladı. Ardından dudakları düz bir çizgi halini aldı.

Mutsuzluk denen şey bu olmalıydı. Asla tamamen iyi hissedemiyordun ve asla gerçekten gülemiyordun. Zihin öylesine işliyordu ki, dudaklarına yayılmaya çalışan gülümseme, yüzünün üzerinde komik duruyordu. Süheyla genel bir bunalım hali içindeydi. Bu deneyimi yaşamak; onu yaptığı her şeyden çok daha fazla yoruyordu. Hiçbir şeyden zevk almadığı gibi hiçbir şey de yapmak istemiyordu. Bu hiçbir şey grubuna, şirin bir hiçbir şey hissetmeme maddesini de eklemek isterdi.

Ama hissediyordu. Kocaman, içine sığmayan bir özlem, varlığının nerede olduğunu bir türlü anlayamadığı bir acı, bir kaybolmuşluk hissi...

En çok da yanlış yerde duruyormuş gibi hissediyordu. Sanki bir yapbozun parçasıydı. Girinti ve çıkıntıları onu yerleştirdikleri yere uymuyormuş gibi olduğu yeri benimseyemiyordu. Bu his bir gün onu bırakacak mıydı? Bir gün gerçekten doğru yerde durduğunu düşünecek miydi?

Bedeninin üzerinde tonlarca ağırlık varmış gibi hissederken ağır ağır doğrulup duşlara ilerledi. Evde hâlâ banyo yapamıyordu. Kapısını bile açmayı düşünmemişti. Adımını attığında kardeşini küvetin içinde gördüğü o an hissettiklerinin aynı şiddetle üzerine çullanacağından emindi. Ve annesi de o evden taşınmamakta hâlâ ısrarcıydı.

Homurdanırken, duş başlığından akan suyun bir kısmı ağzına girdi ve daha çok homurdandı. Nasılsa İsviçre'den döndüğünde taşınmak zorunda kalacaktı. Timuçin Bey ve annesini kendi elleriyle evlendirip, balayına gönderdiğine inanamıyordu. Pekâlâ, tam olarak kendi elleriyle sayılmazdı. Ama annesi, Süheyla'yı kırmamak için evlilik teklifini birkaç kere gerçi çevirmişti. Ve Süheyla, annesiyle tuhaf bir konuşma yapmak durumunda kalmıştı. Tuhaftı, çünkü annesinin evlenmesini istemiyordu.

Ama Süheyla'nın yanlarında olduğunu bile unuttukları o kavuşma anları aşk filmlerine taş çıkartacak türdendi. Ve kavuşmalarının hakları olduğunu düşünmüştü. Timuçin Bey moda evini bir başkasına devrederek, hayatının geri kalanını annesine adamıştı. En azından amacının bu yönde olduğunu söylemişti.

Süheyla, duştan çıkarken gözlerini devirdi. Annesi de yeni yetme genç kızlar gibi ortalıkta kırmızı yanaklarla dolaşmaya başlamıştı. Onların balayına gitmelerine oldukça sevinmişti, çünkü o yaştaki annesini kanat takmış kelebek misali gördükçe cinleri tepesine çıkıyordu.

Bir de tam bir yüzsüzlük örneği sergileyerek Süheyla'yı balayına davet etmişlerdi. Genç kadın onların âşık hallerini görmek istemediği gibi, rahatsız edici bir çıkıntı olarak yanlarında durmak istemezdi. Hem tutamadığı sivri diliyle balayı onlar için de cehennemden farksız olurdu.

Onu neden davet ettikleri açıktı. Dört ay önce annesinin karşısına çıktığında avurtları bile çökmüş durumdaydı. Başladığı işi bitiremeden İzmir'e döndüğünde, yolculuk boyunca yanlış yere gidiyormuş hissine kapılmıştı. Aitlik hissi kaybolmuş, kendisini evsiz ve yersiz gibi hissetmişti. Güçlü durabilirdi. Her insan omuzlarını dik tutup, çenesini kaldırdığında dik dururdu. Ama içinde engel olamadığı bir yıkıntı, hangi yönden estiğini bilmediği şiddetli bir rüzgâr ve kocaman bir delik vardı.

Hiçbirini istemiyordu. Ama istese de istemese de hepsini birden yaşıyordu. Adam, abisinin ofisinden çıktıkları andan itibaren peşini bırakmamıştı. Süheyla, Orkun Arıcı'nın yakalanmasının ardından mahkeme için iki hafta daha İstanbul'da kalmış ve dışarı adımını attığı anda da ilk gördüğü Demir'in yüzü olmuştu. Onunla birlikte ifade vermiş, mahkemede şahitlik yapmış, yine sonuna kadar yanında durmuştu.

Süheyla, İzmir'e dönmek için karayollarını seçmiş, annesini görmeden önce kendisine biraz çeki düzen vermek istemişti. Hoş! Birkaç saatte kilo alıp, ruhunun sıkıştığı yerden çıkmasını beklemiyordu. Ama en azından denemişti. Adam da onu terminalde, elleri ceplerinde sessizce uğurlamıştı. Süheyla, otobüs terminalden ayrılırken arkasına bile bakmamış olmasına rağmen varlığını son âna kadar hissetmişti.

Ve herkes ona öfkeliydi. Annesi de dâhil olmak üzere kimsenin onu anlamak gibi bir çabası yoktu. İsviçre'ye gitmeden önce Timuçin Bey aracılığıyla Demir'le tanışmış olan annesi, yirmi sekiz yıllık kızını anlamak için bir nebze olsun gayret etmiyordu.

Ve Süheyla, her telefon görüşmesinde, annesinin yüzüne telefonu kapamıyorsa bu; yirmi sekiz yıldır annesi olan kadına duyduğu saygıdan kaynaklanıyordu.

"Adam, geleceğini kurtardı! Sen hâlâ ne için diretiyorsun?"

"Bunu anlamıyor olman, benim sana açıklama yapmaya çalışacağım anlamına gelmez, anne!"

"Çok yakışıklı!"

"O kadar da değil! İdare eder..."

"Tam bir centilmen, kibar ve muhteşem biri!"

"O, sana yağ çekmek için girdiği kılıf! İnan bana, onu senden daha iyi tanıyorum."

"Sana âşık!"

İşte Süheyla'nın buna verecek bir cevabı yoktu. Annesi yanında olup, alnının ortasına kurşun sıksa daha iyiydi. Bunu bilmediğini mi sanıyordu? Adam, nasıl başardıysa o duyguyu gözlerine kadar taşımış, Süheyla'ya bir başka bakıyordu. Ama annesinin neden böyle baskı yaptığını biliyordu. Süheyla, o kadar kayıtsız ve geleceğe dair bir o kadar kararlı görünüyordu ki, bunu yıkmak için elinden geleni yapıyordu. Ve annesi, Demir'i çoktan kabullenmişti.

Apartmanın merdivenlerinden tırmanırken iki basamağı bilinçsiz olarak çıktığında, acıyla yüzü buruştu. Bedenine o kadar çok yükleniyordu ki, bu aşırı yoğun tempoya bir türlü alışamamıştı.

Bazen isyan etmenin çok daha kolay olacağını düşünüyordu. Bir anda, başta kendisi olmak üzere her şeyden vazgeçmek, yatağının içinde bir türlü atamadığı o acıyla baş başa kalmak ve kendini yok etmek... İç çekti. Süheyla, hiçbir zaman öyle biri olamamıştı. Olamayacaktı. Ama kimsenin onu anlamamasına içten içe derin bir öfke duymaya başlamıştı. Onu tek bir kişi anlıyordu, affetmeyi düşünmediği adam...

Kardeşinin katilini bulmayı amaçladığı zaman, İzmir'den şuursuzca ayrılmamıştı. Kendi hayatının önüne koyduğu bir amacı vardı. Ve her şeyi ardında bırakarak, kendini de gözden çıkarmışken sonuna kadar gitmeye kararlıydı. Kimse bilemezdi, Umur'un odasının önünden her geçişinde utanç ve yenilmişlikle başının öne düştüğünü... Kimse bilemezdi, onu her zaman bir kahraman olarak gören kardeşinin intikamını alamamasının içinde yarattığı azabı... Kimse bilemezdi, tek bir hedefe kilitlenmişken, o hedef tahtası aniden önünden çekildiğinde içine düştüğü uğursuz boşluğu, kaybolmuşluğu ve hiçliği...

Ve kimse bilemezdi dik omuzlarının üzerinde taşıdığı yeni yükün onun çökecekmiş gibi hissetmesine neden olduğunu! Ve kimse bilemezdi, sevemediği bu ayrılığın onun içinde açtığı uçsuz bucaksız oyukları...

Dairesinin giriş kapısına geldiğinde neredeyse inleyecekti. Bu adam hiç vazgeçmeyecek miydi? Onu unutmasına bir gün dahi izin vermeyecek miydi? Hoş, böyle yapmasaydı bile Süheyla'nın beynine çivi gibi çakılmıştı.

Kapının arasına sıkıştırılmış zarfı hışımla çekip aldı. Keşke kararına saygı duyup, ona yardımcı olsaydı! Demir, ona her şey için yardım ederdi. Ama kendini unutturmak konusunda asla! Zarfın içinde ne olduğuna bakmak için eve girmeyi bekledi. Ayakkabılarını çıkarıp, mutfakta bir şeyler atıştırmayı es geçerek odasına yöneldi. Sancıyan bedenini yatağın üzerine bırakmak istese de zarfın içinde ne olduğuna dair bir tahmini olduğu için bunu daha sonraya bıraktı.

Zarfın içinden tek bir çıkartma çıktı. Süheyla'nın başının tepesine vurulmuş bir balyoz etkisi yaratan, kalbini bir baskı makinesinin arasında sıkışmış gibi hissetmesine neden olan bir çizimle karşı karşıya kaldığı için adamı o an öldürmek istedi.

Demir, bu defa kendini çıkartmaya dâhil etmemişti. Ya da en azından bedeninin bir kısmını eklemişti. Süheyla, onun gözünden böyle mi görünüyordu? Aşkın gözleri kör ettiği belki de doğruydu. Çünkü Süheyla böylesine güzel olmadığını biliyordu. Ve böylesine bir aşkla bakabileceğini sanmıyordu.

Adamın bacaklarının arasında uzandığı anın resme dökülmüş haliydi... Süheyla'nın gevşemiş yüzünün üzerinde mayışmış bir gülümseme vardı ve alt dudağı haylazlıkla öne uzamıştı. Bu sadece bir resimdi. Adam, bu ifadeleri resme aktarmayı nasıl başarıyordu? Çıkartmayı giysi dolabına, diğer onlarcasının arasında kalmış minik bir boşluğa yapıştırırken, kendine tokat atmak istiyordu. Zihnini adamın yeteneğine yoğunlaştırmaya çalışması bir işe yaramıyordu. Aksine; tam da Demir'in istediği gibi o gecenin tüm ayrıntıları saniye saniye gözlerinin önünden geçip gidiyordu.

Dişlerini sıktı. Eğer kendisi tek bir resimle böylesine bir bocalamanın içine düşüp, daha önce yaşamadığı türden bir acıya ışık hızında savruluyorsa... Adamı düşünmek bile istemiyordu.

"Kahretsin!"

Öfkeli fısıltısı odanın duvarlarında çınladı ve kulaklarına çınlama olarak geri döndü. Daha İzmir'e dönüp, eve adım attığı ilk anda tüm bu saçmalıklar da onun peşinden gelmişti. Zarfları ve hediyeleri getiren ne özel bir kargo şirketiydi ne de posta yoluydu. Muhtemelen özel birini tutmuş olmalıydı. Çünkü aylardır bıkmadan usanmadan pazar günleri de dâhil, her Allah'ın günü bir şeyler gönderiyordu.

Önce bir matruşka bebek setinin parçalarını tek tek yollamaya başlamıştı. Kutuların üzerinde ne bir not ne de kimden geldiğine dair bir yazı vardı. Ardından çıkartmalar gelmeye başlamıştı. Ve sonra bir Nutella kavanozu! Ama Süheyla'yı darmaduman eden; her ay regl döneminde, tam olması gereken anda gelen büyük kutulardı. Bir ağrı kesici, bir sıcak su torbası -içinde sıcak suyuyla birlikte!- kalın patikler... Sanki yeterince özlemini çekmiyormuş gibi, adam onlara dair ne varsa -bir eldiven- Süheyla'ya gönderiyordu. Asla unutturmuyor, asla peşini bırakmıyordu. Ama karşına da asla çıkmıyordu. Bu, iyi bir şeydi. Çünkü Süheyla, kararını kesin olarak vermişti. Demir, kendi adına doğruyu yaptığını düşünüyor olabilirdi. Belki de gerçekten doğru olanı yapmıştı. Ama bu, Süheyla'nın kararıydı. Ve adam buna saygı duymamıştı. Onun arkasından iş çevirmiş, Süheyla'yı aptal yerine koymuştu. Kardeşinin kapısının önünden her geçişinde başını yere eğmesine neden olmuştu!

Aşk güçlü olabilirdi. Görünmez dallarıyla, Süheyla'nın katılığının arasındaki çatlaklardan sızacak kadar güçlü olabilirdi. Hatta onu yerle bir etmeye doğru sağlam adımlar atacak kadar da güçlü olabilirdi. Ama o, yanlış yapmıştı! Ve her yanlışın bir bedeli vardı.

Dolabına yapıştırdığı dev boyutlu çıkartmaya bakarken, neden onları atamadığını düşündü. Çıkartmadaki görüntüde Süheyla bir bacağını yukarı çekmiş, tamamen çıplak olarak, yüzükoyun yatmış uyuyordu. Kalçası yatak örtüsüyle örtünmüş, belindeki doğum lekesinin bir kısmı net olarak görünüyordu.

Bu, Süheyla'nın onun gözlerindeki yansımasıydı. Eliyle çizdiği resimler ne kadar sıcak ve gerçekliğe yakın ise, ardından gelen günlerde gönderdiği fotoğraflar bir o kadar soğuktu. Önce, adam resimlerini çektiği için öfkelenmişti. Sonra tam da Demir'den beklenebilecek bir hareket olduğu için gülmüştü. Ve sonra... Onun gözünden resmedilmiş çıkartmalar ve donuk kamera merceğiyle çekilen fotoğraflar arasındaki farkı anladığında tır çarpmışa dönmüştü.

Süheyla, adamın nazarında ilahi bir sanat eseri gibiydi. Hem de ilk karşılaştıklarında onun basitliğinden ve sıkıcılığından yakınmışken...

O anda da, gönderdiği her şeyin ardından artık alışkın olduğu gibi allak bullak olmuştu. Bir eli amaçsızca ve belki de bir parça çaresizlikle saçlarının arasından geçerken yatağına doğru ilerledi.

Adımları utanç duyacağı kadar ağırlaşmıştı ve bedeni tamamen uyuşmuştu. Utanç duyuyordu, çünkü bunun bedeninin yorgunluğundan kaynaklanmadığını biliyordu. Ve aşk dene üç harfin onu böylesine ezmesine hiddetleniyordu. Ama sevgisi çok büyüktü. Yutkunarak, özleminin daha da büyük olduğunu düşündü.

Keşke ağlayabilseydi. İçinde biriken her şeyi o küçük damlalara yükleyebilseydi. O zaman boğazında birikmiş yumruları göndermeye uğraşmak için yutkunmayı tik haline getirmiş olmazdı belki... Ve keşke bu kadar katı ve inatçı olmasaydı. Ve keşke kendi kurallarının dışına çıkmayı bir kez olsun başarabilseydi. Keşke duyguları kendi kurallarıyla savaştığında yenilgiyi kabul etseydi. Keşke bu kadar güçlü olmasaydı ve gururunu, ayaklar altına alıp bir güzel ezebilseydi. Keşke bir defa olsun tükürdüğünü yalayabilseydi.

O zaman çantasını koluna takar, arkasına bakmadan giderdi. Gider, adam hangi kahrolası yerdeyse bulur; kolunun altına, sahibine kavuşmuş bir kedi gibi mırıldanarak kıvrılırdı. Ama ne yazık ki öyle biri değildi. Hiç olmamıştı. Olmayacaktı da.

―⁕―

Uykusunun arasında hayal meyal duyduğu kapı zilinin sesi, sanki beyninin içinde çalıyormuş gibi geliyordu. Süheyla, uykuyla bedenini dinlendirme çabalarından çoktan vazgeçtiği için -çünkü bir işe yaramıyordu- öfkelenmedi bile! Ama yataktan kalkar ve göz ucuyla saate bakarken homurdanmaktan kendini alamadı. Bu saatte ziyaretine gelecek tek bir Allah'ın kulu yoktu.

Merak ve endişeyle kapıya ilerledi. Zil bir kez çalmış ve arkası gelmemişti. Eğer Demir'in gönderdiği bir şeyse, getiren gencin kafasında paralayacaktı. Çoktan bırakıp kaçmış da olabilirdi gerçi.

Kapıyı açtı ve karşısında gördüğü yüzle afalladı. Narin yüzü bir hortlağınki gibi çökmüş, teni sanki saydammış gibi görünüyordu. Sanki uzun süredir banyo yapmıyormuş gibi saçları yağlı ve yapışkan görünüyordu.

Aniden içi buz gibi oldu ve bu soğukluk sesine yansıyarak, "Meltem?" diye sordu. Süheyla, onunla mahkemeden beri görüşmemişti. En arkada sıralarda, tamamen kaybolmuş gibi oturmuştu. Bir kez göz göze gelmişler ve bir daha karşılaşmamışlardı. Ama Süheyla, arada sırada gelen isimsiz aramaların ona ait olduğuna emindi. Demir olduğunu asla düşünmemişti. Çünkü Demir onu arıyor olsaydı, arayanın kendisi olduğunu belli ederdi.

Meltem, "Uyuyamıyorum," diye fısıldadı.

Öylesine çökmüş görünüyordu ki, Süheyla'nın içi sızladı. Yine de kendisini, "Psikiyatr gibi mi görünüyorum?" diye sorarken buldu.

Genç kız, sanki son umut kapısı da yüzüne çarpılmış gibi irkildi. Başını iki yana salladıktan hemen sonra gücünün son kırıntılarına tutunuyormuşçasına arkasını döndü. Ama Süheyla, dönmeden önce ifadesini yakalamıştı. Ağlayacakmış gibi görünse de, muhtemelen akıtacak gözyaşı kalmadığı için tek damla gözyaşı dökmemişti. Ve yüzü iki tarafından geriliyormuş gibi acı çeken bir ifadesi vardı.

Cılızlaşmış bacakları titrek bir adım attı. Ve düşmekten korkar gibi parmakları sıkıca korkulukları kavradı.

Süheyla'nın omuzları çöktü. İstem dışı sert bir tınıyla, "İçeri gel, Meltem!" dedi. Genç kız, ona bakmadan başını iki yana salladığında, "Bir kez daha teklif etmem!" diye bir uyarıda bulundu.

Meltem kaçamak ve ürkek bir bakış attı. Süheyla, aralık tuttuğu kapıyı açmış, içeri girmesi için bekliyordu. Meltem arkasını döndü. Tüm gücüyle koşarak, bedenini Süheyla'nın bedenine attı. Kolları Süheyla'nın boynuna dolanırken hıçkırıklarla ağlamaya başladı.

Süheyla, iç çekerken tek eliyle genç kızın saçlarına uzandı ve yatıştırmak için hafifçe okşadı. "Tamam artık!" diye mırıldandı. Kızın saçlarından gelen koku burnunu kırıştırmasına neden oldu. "Allah aşkına, ne zamandır banyo yapmıyorsun?"

Meltem'in verdiği cevap, genç kadının kollarına yığılmak oldu.

"Bu, senin suçun değil! Neden böyle ağır bir yükü omuzluyorsun ki?" Süheyla, dakikalardır onu ikna etmeye çalıştığına hâlâ inanamıyordu. Genç kızı, salona taşıyıp, ayılmasını sağladıktan sonra onu zorla banyoya sokup yıkamış -Meltem'in yıkanacak gücü bile kalmamıştı- bir şeyler atıştırmasını sağlamış ve sonra da konuşturmaya çalışmıştı.

"Ben, onunla görüşmeseydim, Umur şu anda hayatta olacaktı!"

"Bunu hiç kimse öngöremezdi. Ben de Umur'un babanı tehdit ettiğini bilseydim, onun bacaklarını kırardım! Ve bunların hiçbiri yaşanmamış olurdu. Baban suçlu ve onu öldüremediğim için hâlâ içimde soğumayan bir yer var! Ama her şeyi kendi başına halletmeye çalıştığı için ve babanı tehdit etmek gibi bir aptallık yaptığı için Umur da suçluydu. Biz tüm bu olayların dışında tutulduk ve geriye kalan her şeyi yüklenmek zorunda kaldık. Öfke; evet. Acı; evet. Özlem; çok fazla! Ama senin suçluluk duyacağın hiçbir şey yok. Babanı seçme şansına sahip değildin. Âşık oldun ve… Kahretsin neden hâlâ beni bunlarla uğraştırıyorsun ki? Âşık oldun ve bu kadar işte!" Süheyla, öfkeyle başını iki yana salladı.

Meltem, sözlerinin ardından uzun süre sessiz kaldı. Kaşları, sanki onun sözlerini derinlemesine düşünüyormuş gibi çatılmıştı. Dakikalar sonra Süheyla'ya ürkek bir bakış attı.

Genç kadını kaşları gözlerinden geçen korku için endişeyle çatıldı. "Ne?"

"O adam… Sürekli beni takip ediyor." Meltem sertçe yutkundu. "Senden sığınacak başka kimsem yok! Babamın ilişkisinin ortaya çıkması, benim herkes tarafından yalnız bırakılmama neden oldu."

Süheyla, sığ düşünceli insanlar adına zihninin bir köşesinde tutturduğu tiradını Meltem'e anlatmadı. Sadece, "Kim?" diye sordu.

"Arabistanlı olan… Cemal! Korkuyorum." Aklına bir düşünce gelmiş gibi irkildi. Ve Süheyla, onu kollarının arasına alma isteği duydu.

Yaptığının tamamen hata olduğunu bilerek, ama engel olamayarak, "Birazdan eşyalarını almaya gideceğiz ve bundan sonra benimle kalacaksın! Anlaşıldı mı?" dedi.

"Sana yük olmak da istemiyorum."

"Çok fazla yük olursan seni kapı dışarı atarım, olur biter!"

—*\*—

Süheyla, anahtarlarını kapı kilidine yerleştirirken tek kaşı havaya kalktı. Ardından başını sağa sola çevirip, gözleri kapının her yerini dikkatle taradı. Ama ne bir zarf ne de herhangi bir şey vardı. Kapıyı açıp içeri girmişti ki, bir anda kendine engel olamadan arkasını döndü. Paspası tamamen kaldırdı ve altını kontrol etti. Zarf yoktu. Sonra, her nedense rahatlayarak derin bir iç çekti. Meltem almış olmalıydı.

"Meltem?" diye seslendi.

Mutfaktan gelen tıkırtıların arasına, Meltem'in her geçen gün güç kazanan sesi karıştı. "Mutfaktayım!"

"Kapının önündeki zarfı sen mi aldın?" Süheyla farkında olmadan kaşlarını çatmış, yemek yapmaya çalışan kıza dikkatle bakıyordu.

Meltem, başını çevirip kısa, meraklı bir bakış attı. "Zarf yoktu. Eğer her gün gelen şeylerden-"

"Evet. Onlardan bahsediyorum."

Meltem irkildiğinde sert çıkan sesine içinden küfretti. "Bugün çok yorucuydu," diye mırıldanarak üzüntüsünü belli etmeye çalıştı.

Rahat bir şeyler giyebilmek için odasına ilerledi. Gerçekten bir şey yok muydu? Hiçbir şey! Anlamlandıramadığı bir his, içinde örümcek ağı gibi yayılmaya başladı. Bir adım atmış da, hemen önünde durduğu halde fark edemediği bir çukurun içine düşmüş gibi hissediyordu. Gerçekten bir şey yok muydu? Hiçbir şey!

Meltem'in hazırladığı bilmem ne soslu makarnayı yerken, gözleri bir noktaya sabitlenmiş, kaşları gözlerini örtecek kadar çatılmıştı. Bir şey mi olmuştu? Başına bir şey mi gelmişti? Düşüncesi bile içinde bir noktanın zıplamasına neden oldu. Kalbine davul tokmağıyla sert bir vuruş yapılmış gibi hissederken, endişelerinin zihninin tamamını ele geçirmemesi için başını iki yana salladı.

Karşısında, onu kaygıyla izleyen genç kıza baktı. "Günün nasıl geçti?"

Meltem, kayıtsız bir görüntü sergileyebilmek için omuz silkti. "Her zamanki gibi."

Süheyla, onu evlatlık almış gibi hissediyordu. Arabistanlı adam tam bir manyaktı ve kızı iki hafta içinde onlarca kere aramış, telefonuna mesaj çekmiş, kendi dairesinde kalmadığı için endişelerini dile getirmişti. Ve her defasında karşısında Süheyla'yı bulmuştu. İstediği yola başvurabilirdi, ama yine Süheyla'yla karşılaşacaktı. Birkaç gündür ses soluk çıkmayan adama yine de güvenmiyordu. Onun, kızın peşini bıraktığını sanmıyordu. Meltem'i okula getirip götürmesi için eğitmenlerinden güvendiği üç gence rica ederek, bu konuda da elinden geleni yaptığını düşünüyordu.

Peki, Demir gerçekten bir şey göndermemiş miydi?

—✦—

Aklı karışmıştı. Birçok şeyi aynı anda düşünebilen zihninin hepsi adamın gönderdiği hediyelerin ve çıkartmaların bir anda kesilmesiyle o yöne kaymıştı. Süheyla, zekâsı konusunda asla mütevazı olmayı denememişti. Çünkü zekiydi. Hayatı boyunca mantığa dayalı adımlar atmış, kendi kurallarının dışına çıkmamıştı.

Derinlerde bir yerde, bunun adamın oynadığı oyunlardan biri olduğunu biliyordu. Çünkü Demir, oyunlar oynamayı severdi. Yine de bu, kendisini endişe etmekten alıkoyamıyordu. Üç hafta! Bitmeyen günleri, kocaman saatleri, bir sürü dakikaları, artık saymayı bıraktığı saniyeleri olan kocaman üç hafta boyunca hiçbir şey gelmemişti.

Onun endişeye sevk edip, Demir'i aratmaya çalışmak gibi bir oyunun içinde olduğu ve başına gerçekten bir şey gelmiş olmasının dışında bir seçenek daha vardı. Adam, onu rahat bırakmıştı. Kararına saygı duymuş ve Süheyla'dan vazgeçmişti. Eh... Süheyla'nın da istediği bu olduğuna göre şikâyet etmemeliydi.

Ama ediyordu. En azından iyi olduğunu bilseydi belki de böylesine bir endişenin içine düşmeyecek, zihninde başka bir şeyler için de yer açabilecekti. Süheyla, babasıyla yaşadığı anları net olarak hatırlamıyor olabilirdi, ama öldüğü anda hissettiklerini ve ona duyduğu özlemi hatırlıyordu.

Kardeşini küvetin içinde bulduğunda hissettiklerini bir an için bile unutmamıştı ve özlemi onu yakıp kavuruyordu.

Demir, yaşıyordu. Sadece bedenlerinin arasında kilometreler, insanlar, evler, çayırlar falanlar filanlar vardı. Yine de özlemi onu tüketiyordu. Bu, içinde köklü bir oluşum gibiydi. Yeni ve kabullenmek istemediği bir şey... Çünkü her şeyi daha da zorlaştırıyor, daha da karmaşıklaştırıyor, unutmasını imkânsız kılıyordu.

Aileden olmayan birini böylesine derin bir bağla sevebilmek tuhaftı ve imkânsızmış gibi geliyordu. Ama kanıtı kalbinin içindeydi. Ya da ona dair olan tüm her şeydeydi. Yaşamını kısıtlandıran, onu özgür hissetmekten alıkoyan, evinden uzakmış gibi yabancı kılan bir sevgi...

Her gün daha da iyiye gittiği için biraz olsun mutluluk duyduğu Meltem, erkenden odasına çekilmişti. Süheyla kendi odasının, üzerine gelen duvarlarının arasında sıkışmış gibi hissettiği için yatmayı düşünmemişti bile. Neye öfkelendiğini bilmeden mutfağa doğru sert adımlarla ilerledi.

Dolap kapağını yine hışımla açtı. Demir'in gönderdiği çikolata kavanozlarından birini alıp, bir tatlı kaşığıyla birlikte salona geçti. Hiçbir şeyden tat almadığı gibi televizyon izlemekten de zevk almıyordu. Ama en azından hayvan belgesellerini izlemek kafasını meşgul ediyordu. Edebildiği kadar...

Kanallar arasında hızlı geçişler yaparken, bir yandan da tatlı kaşığını kavanozun içine daldırıyordu. Bir kanalda son dakika haberlerinden birine rastladığında kısa süre duraksadı. Ülkenin son durumundan o kadar uzaktı ki, ilgisini çekecek siyasi bir haber olduğunu ummuştu.

Yanılmıştı. Bir villanın önünde biriken muhabirlerle kameramanların aynı anda konuştuğu ve endişelerini dile getirdikleri bir son dakika haberiydi. Süheyla'nın elindeki kaşık bilinçsizce kavanozun içine düştü.

Villanın, Çelik Mızrak'a ait olduğunu fark etmesi zaten bir türlü doğru düzgün ritim bulamayan kalbinin üzerine kaynar su dökülmüş gibi hissetmesine neden oldu. İzlediği kanalın muhabiri telaşlı telaşlı bir şeyler anlatıyor, arada kurbağa vıraklaması gibi çıkan sesini düzene sokmak için boğazını sertçe temizliyordu. Süheyla, haberi dinlemek istediğinden emin olamayarak kumandayı hızla eline aldı.

Ve gözlerinin anlık kapanmasının ardından, tekrar koltuğun üzerine bıraktı. Kulaklarını kabartarak kadının kelimelerinden anlam çıkarmaya yoğunlaştı.

*"...Biraz önce de söylediğim gibi Demir Mızrak'ın hayati durumu hakkındaki bilgiye henüz ulaşamadık. Durumunun kritik olduğunu öğrenmekle birlikte, sağlam kaynaklardan aldığımız bilgiye göre; Demir Mızrak alkol komasında ve hayati tehlike taşıyor..."* Kadın öyle hızlı konuşuyordu ki, susup dudaklarını yalamak zorunda kaldı. *"Demir Bey'in bakımının neden bir hastanede değil de evde yapılıyor oluşu da sağlığı konusundaki endişelerimizi artırıyor. Ziyaretine üç kişi dışında -aile yakınları ve dostları da dâhil- kimse kabul edilmiyor. Ali Tekin, Tunç Yiğit ve Karaman otellerinin sahibinin kızı Berrak Karaman dışında, ziyarete gelen herkes kapıdan nazikçe geri çevrildi. Bu üç önemli kişiye yönelttiğimiz sorular da cevapsız kaldı fakat yüzlerindeki ifadenin bizce iyi şeyler anlatmadığını söyleyebiliriz..."*

Ekrandaki görüntü aniden bulanıklaştı. Süheyla'nın kaskatı kesilmiş bedeninde hareket eden tek yer sertçe çatılan kaşlarıydı. Sanki daha dikkatli bakarsa o kocaman giriş kapısının ardında Demir'i görecekmiş gibi ekrana iyice yaklaşmışken görüntünün bulanıklaşması sinir uçlarını zıplattı. Televizyonun sesine de aniden bir şey olmuştu. Kadının sesi artık kulak tırmalayıcı bir uğultunun arasından zorlukla çıkıyordu.

İstemsizce gözlerini kırpıştırdı. Yanaklarından aşağıya yuvarlanan gözyaşları çenesine doğru iniyor, çikolata kavanozunun içine düşüyordu. O kadar sessizlerdi ki, genç kadının ağladığını fark etmesi uzun zaman aldı.

Hıçkırmıyordu. Bağırıp çağırmıyordu. Sadece gözyaşı döküyordu. Zihni sessiz bir boşluk olmuştu. Öylesine sessizdi ki, sanki sinyali olmayan bir kanal gibi kara bir ekran ve sessizlik vardı. Sonra kelimeler yavaş yavaş zihnine sızmaya başladı. Ona dair olan değil, Demir'e ait olan da değil... Çelik Mızrak'ın, kardeşinin alkol ve uyuşturucuyla olan sorunlarını, yaşadıkları hayati tehlikeyi, Demir'i kurtarmak için neler yaptığını anlatan kelimeleri beyninin içinde yakalayamadığı bir hızla geçip giderken, kulakları adamın sesiyle dolmuştu.

Suçluluk duygusu, vicdan azabı, kaybolmuşluk hissi ve korku bedenine aynı anda girmeye karar vererek genç kadının dengesini bozdu. Dünya ayağının altından birkaç santim yana kaydı ve genç kadın içten içe sarsılmaya başladı.

İçinde aniden oluşan tüm bu karmaşaya rağmen, koltuğundaki sabit pozisyonunu bir an olsun bozmayan genç kadın, gözlerinin hâlâ televizyon ekranına kilitli kaldığının farkında değildi. Elindeki kavanozu tüm gücüyle sıktığının da farkında değildi. İçindeki acıya dayanamıyormuş gibi ağzının aniden açılıp, tüm kaslarının kilitlendiğinin de farkında değildi.

Dilinin balon gibi şiştiğini hissediyordu. Yoksa açık ağzından dışarı atmak istediği dayanılmaz acıyı çıkmayan sesine yüklemeye çalışmazdı. Çığlık atmak istiyordu. Avazı çıktığı kadar bağırmak istiyordu. Ama tüm acı içinde kalmaya niyetliymiş gibi ağzından tek ses çıkmıyordu.

Babasını kaybetmişti. Kardeşini kaybetmişti. Sayamayacağı onlarca şeyi de kimi zaman üst üste sanki hayat onunla dalga geçiyormuş gibi yaşamıştı. Ve her zaman içindeki acıyı gözyaşlarına yüklemek istemişti. Yanağındaki garipsediği damlaları bilinçsizce silerken ağlamanın bir işe yaramadığını fark etti. Acı olduğu gibi yerinde sayıyor, sonra da katlanarak artıyordu. Gözyaşları hiçbir şeyi alıp götürmüyor içindeki sarsıntıyı durdurmuyordu.

Peki, o zaman neden ağlıyordu?

Aniden ayağa fırladı. Boğazındaki şişlik konuşmasına engel oluyordu. Ama iç sesiyle Demir'e ettiği küfürlerin haddi hesabı yoktu. Adımları sanki nereye gideceğini ve ne yapması gerektiğini biliyormuş gibi onu yatak odasına yönlendirdi.

Süheyla, mekanik bir robot gibi dolabından aldığı rastgele kıyafetleri sırt çantasına tıkıştırırken dişleri bir daha aralanmayacakmış gibi birbirini eziyordu. Cüzdanını da çantasına attıktan hemen sonra üzerini bile değiştirmeden baharlık ceketini giydi. Eğer Meltem'in varlığını unutmuş olmasaydı mutlaka evden çıkarken ona bir not bırakırdı.

# Bölüm 24

Bir gün yüzünü unutur muydu? Belinde, iki gamzesinin hemen ortasındaki denizyıldızını andıran doğum lekesini? Kaşının hemen yanındaki belli belirsiz beni? Saçlarını unutmazdı! O çirkin leylek yuvasını unutmasına imkân yoktu. Tek kaşını havaya kaldırışını da unutmazdı. Ve o tek kaşıyla dünyaya meydan okuyan duruşunu da unutmazdı. Gözlerini devirişini unutmazdı. İçinde ağır ağır hareket ederken tutkuyla kararmış gözlerinin yukarıya dönüşünü de unutmazdı. Yüzündeki saf haz ifadesini de... Demir'in göz kapakları gözlerinin üzerine örtüldü. Hayır. Onu unutmazdı. Hiçbir şeyini! Sü'nün ifadesi, sanki kanlı canlıymış gibi gözlerinin önünde belirdi. Bedeni özlem ve acıyla kasılırken, bir eli kendinden bağımsızca ileriye doğru uzanarak havayı yakaladı. Yokluğu, yine tokat gibi yüzüne çarptığında irkildi. Tokat fiziksel olmayabilirdi, ama acısını en derinlerinde hissetti.

Gözleri tekrar açıldığında üzerinde çalıştığı çıkartmaya dikkatle baktı. Bu, ona göndereceklerinden biri değildi. Kendine saklıyordu. Aynı evde kaldıkları hafta boyunca onu moda evine almaya gittiği günlerden kalan özelliksiz, ama etkili bir andı. Moda evinden çıktıktan sonra anahtarlığını elinde tutmuştu. İşaret parmağını anahtarlık halkasından geçirmiş, anahtarları avucunun içine almıştı. Demir'in bilinçli olarak açtığı koyu bir sohbetin üzerine anahtarları avucunda unutmuş, ona muhalefet olacak sözleri ardı arkasına sıralıyordu.

Demir, sözlerini dinlemiyordu. Onu izliyordu. Beline koyduğu bir elini, bileğinin hafif kıvrımını, parmaklarının arasındaki açıyı ve bir anahtarlığı tutuşunda bile farklılığını ortaya koyuşunu izliyordu. Kadının yaptığı hey şeyde bir ciddiyet vardı.

"Sizin, beni dinlemediğiniz gibi güçlü bir hisse kapıldım!" diye çıkışmıştı.

Demir övgü dolu bir tınıyla, "Hislerinin böylesine kuvvetli olduğu için şükretmelisin!" diye bildirmişti.

Süheyla, gözlerini devirmişti. Sert adımlarla yanından geçerken başını inanamazlıkla iki yana sallıyordu. Demir, sanki beline bağlı halatın bir ucu ondaymış gibi peşinden ilerlemişti. Kadın, "Madem dinlemeyeceksiniz, neden beni konuşturmak için bu kadar zahmete giriyorsunuz?" diye sormuştu.

Bu kadının dikkatinden kaçan bir şey var mıydı? Olabilir miydi? Demir, kendine acır gibi iç çekmişti. Süheyla araca binmiş, dikkatli gözlerle onun aracın etrafından dolanmasını izlemişti. Daha çok sorusuna cevap bekliyordu.

Demir de arabaya binmişti. Sürücü koltuğuna yerleşmiş ve gözlerini ona çevirmişti. "Gerçeği mi bilmek istiyorsun?" diye sormuştu. Sesindeki haylaz tonu gizleyememişti.

Süheyla, elbette onun sesinin tınısını yakalamıştı. Gözlerinde soruyu tarttığını görebiliyordu. Ama kadın cesurdu. Bunun için ifadesi şüpheli de olsa, "Evet," diye yanıtlamıştı.

"Konuşurken çok seksi oluyorsun!" Demir, tam bir kayıtsızlıkla omuz silkmişti. "Seni konuşturmak için değil, konuştuğunda izlemek için zahmete giriyorum!" Araç anayolda usulca kayarken ona kaçamak bir bakış atmıştı. Kadın, oturduğu koltukta duruşunu dikleştirmiş, oldukça derin bir iç çekmişti. Demir, araç kullanırken ona sataşmaması gerektiğini unutmasa iyi olurdu, ama hep unutuyordu.

Süheyla'nın ona atılacağını fark ettiği anda vitesi düşürmek için o da aniden hareket etmişti. Kaburgasına yediği sert darbe, inlemesine ve acıyla birlikte istemsizce hareket etmesine yol açmıştı. Nasıl olduysa elleri Süheyla'nın saçlarının arasında, kadının başı kucağında duruyordu. Ama gözleri yola kilitlenmişti.

Bir heyecan dalgası bedenine sızarken, ona kısa bir bakış atmıştı. Kendisi ne kadar şaşkınsa, kadın da bir o kadar öfkeli görünüyordu. Demir'in başparmağı, boynunun derisi üzerinde hafifçe gezinirken parmağının altındaki âdem elmasının sert hareketini hissetmişti.

Kadın renksiz bir tonla, "Hiç doktora gitmeyi düşündünüz mü?" diye sorduğunda Demir'in kaşları şaşkınlıkla havaya kalkmıştı.

Kadının başının hâlâ kucağında duruyor olmasından aldığı zevki görmezden gelerek, sağ şeride geçmiş ve sormuştu. "Ne için?"

"Dengesiz akıl sağlığınız için!"

Demir, hafifçe gülmüştü. Elinin altında tutmak istediği başı aniden kalktığında yüzünü buruşturmamak için tüm iradesini kullanmıştı. "Elbette, gittim! 46 raporumu odamdaki kasada saklıyorum. Hatta her doktordan bir tane aldığım için koleksiyon yaptım." Muzip bir gülümseme dudaklarını kıvırırken ona kısa bir bakış atmıştı. "Görmek ister misin?"

Süheyla sinirle gülerken başını iki yana sallıyordu. "Sırf, kendi hayatımdan endişe ettiğim için size zarar verme isteğimi şu anda bastırıyorum!" Demir, alaycı bir cevap veremeden kadın devam etmişti. "Ve Allah aşkına gözlerinizi kısıp puslu bakmaya çalışmayın! Küçük Emrah'ın yeni sürümüne benziyorsunuz!"

Anı, Demir'in dudaklarının kenarına hüzünlü bir gülümseme yerleştirirken, burnunun direğinin sızladı. Onu öylesine özlüyordu ki... Görmeye öylesine ihtiyacı vardı ki, nasıl olup da kendini odasında tutabildiğine şaşırıyordu. Abisinin savunduğu tez doğruydu. Süheyla, Demir'in en has bağımlılığıydı. Zamanında tüm bağımlılıklarından kurtulmak için büyük savaş vermişti. Ağır tedaviler görmüştü. Sonsuza kadar kurtulduğunu düşünmüştü, çünkü söz vermişti. Ki o sözlerini tutardı. Bağımlılık yapan hiçbir şeye bulaşmayacaktı. İnsan bir şeye bağladığında hayat sadece ondan ibaret oluyordu. Yalancı bir mutluluk, uyuşukluk ve kayıtsızlık öyle bir huzur veriyordu ki...

Demir, sözünü tutamamıştı. Tutup, bağlanmaması gereken tek şeye; kendi başına bir Cumhuriyet olan kadına tutulmuştu. Bu defa daha kötüydü. Bedenine yayılan o zevkli mutluluk gerçekti. Onunla olmanın tadı öylesine bir şeydi ki, bağımlılık yapmaması mucize olurdu!

Süheyla, Demir'in zaruri ihtiyacıydı. İnsan su içmeden kaç gün dayanabilirdi? Yemek yemeden? Uyumadan? Demir, Matruşka olmadan daha ne kadar götürebilirdi?

Ona elveda demeyecekti. Doksan yaşına gelmiş, bastonlu bir dede olana kadar kendisini affetmese bile ona elveda demeyecekti! Eğer bir gün onu beklemeyi bırakırsa muhtemelen öldüğü gün olurdu.

Yine de bünyesine yerleşmeye çalışan korkuya engel olamıyordu. Gönderdiği paketlere ve çıkartmalara tek bir kere bile cevap vermemişti. Ne arayıp onu rahat bırakmasını söylemiş ne de onunla iletişime geçmek için bir girişimde bulunmuştu. Demir'i korkutan da buydu. Öfke ve nefretle başa çıkabilirdi, ama kayıtsızlıkla nasıl başa çıkabileceğinden emin değildi.

Tutunduğu minik umut kırıntısı da onu terk etmek üzereydi. Ona bakmaya ihtiyacı vardı. Sesini duymaya ihtiyacı vardı. En çok da ona dokunmaya ihtiyacı vardı. Kimi zaman ellerindeki alevlenmeyle onların gerçekten yanıp yanmadığını kontrol ediyordu. Hisleri fiziksel olarak bedenine gerçekten etki edebilir miydi? Demir artık edebileceğinden ürküyordu. Bedenini yavaş yavaş yok olacakmış gibi hissediyordu.

Süheyla'ya ihtiyacı vardı. Bir kadeh viskiye de ihtiyacı vardı. Çalışma odasından çıktı. Kendinden beklemediği bir çeviklikle merdivenleri indi. Ve adımları dosdoğru salona ilerledi. Barda, parlak ışıkların altında ışıl ışıl görünen viski şişesine doğru hızlı adımlar attı. Şişeyi sıkıca kavradı. İki kadeh aldı ve hiç duraksamadan abisinin yatak odasına yöneldi.

Odasının kapısını hafifçe tıkladıktan sonra cevap beklemeden içeri girdi. Abisi yatakta, yüzükoyun yatıyor ve muhtemelen uyuyordu. İç çekerek ve tam bir hayal kırıklığıyla dolarak arkasını döndü.

"Uyumuyorum."

Abisinin çatlak sesiyle hafifçe gülümsedi. "İyi, yoksa gidip çalışanlardan birini kaldıracaktım."

"Çıldırma."

Abisi... Abisiydi işte! Her zaman ona bir şekilde uyarı vermeyi görev haline getirmişti. Yatakta doğrulup, Demir'e şöyle bir bakış attığında elindekileri fark ederek kaşları derince çatıldı. "İninden çıkmanın bir nedeni olmalıydı," diye mırıldandı. Ayaklarını yataktan sarkıtırken, "Umarım bu tek gecelik bir kaçamağın ötesine geçmez," dedi.

Demir, omuz silkti. "Emin değilim!" Ve arkasını dönüp odadan çıktı. Aynı katta bulunan oturma odalarından birine ilerledi. Dakikalar sonra üzerine bir sabahlık geçirmiş olan abisi arkasından odaya girdi.

Demir, onun bu antikalığına güldü. Ve abisinden sert bir bakış yediğinde dudaklarını bastırdı. Abisi yanmayan şöminenin hemen önünde karşılıklı konuşlandırılmış, yüksek arkalıklı koltuklardan birine otururken, Demir kadehleri dolduruyordu. Ve vakit kaybetmeden o da hemen karşısına oturup kadehi ona uzattı.

"Bir şey mi oldu?"

Demir, içkisinden bir yudum aldı. Sert sıvının boğazından aşağı yakarak akıp gitmesini bekledi ve ardından omuz silkti. "Ortada olanın dışında bir değişiklik yok!"

"Yani krizin hâlâ devam ediyor?"

"Öyle de denebilir."

"Sana söylüyorum; kadınlara karşı her zaman nezaket sınırları içinde davrandım. Ama belki de Süheyla için bu durumun dışına çıkmalı ve onu kaçırmalıyız!"

Demir, sözleri üzerine içten bir kahkaha attı. "Sü'den bahsediyorsun, abi! Kadın, Chun Lee'nin kayıp kız kardeşi... Muhtemelen bizi paketler ve üzerimize kocaman bir fiyonk bağlayıp adresimize geri postalar."

Abisi ona tuhaf bir bakış attı. "Ve sen de hâlâ bu kadını istiyorsun!"

Demir, ona cevap vermedi. Abisinin onunla alay ettiğini biliyordu. İkisinin sevgisine de inanıyordu ve en az onlar kadar bir araya gelmelerini istiyordu. Ve en az Demir kadar eli kolu bağlı durumdaydı. Demir, Süheyla'nın insafına kalmıştı. İnsafının ve inatçılığının...

Onu anlıyor olması bir şeyi değiştirmiyordu. Ya da onu daha az istemesine neden olmuyordu. Hayır. Süheyla, attığı her adımla Demir'i kendine daha çok bağlıyor, boynuna attığı çelik halatı bir kez daha doluyordu. Demir'e karşı olan katı davranışında bile onu etkileyen bir şeyler vardı. Ona hayrandı. Ona tapıyordu. Ona bağımlıydı.

Dakikalar sessiz iç çekişlerle ilerlerken, ikisinin de söyleyecek bir şeyi yoktu. Sonunda abisi tamamen ciddi bir ifade ve sesle, "Böyle devam edemezsin!" dedi. "Bir yerde durup, karar vermek zorunda kalacaksın!"

"Biliyorum. Ama şu anda devam etmeye karar verdiğim tek şey..." Demir, kadehini havaya kaldırdı. Abisinin endişeli bakışları ve huzursuz ifadesine karşılık kadehindeki tüm sıvıyı bir dikişte midesine gönderdi.

## Bölüm 25

Ölüyor muydu? Ölürse, Süheyla ne yapacaktı? Demir'in varlığından eksik olan bir dünya nasıl olurdu? Bir gün ona, *dünya üzerinde nokta bile değilsiniz!* demişti. Belki dünya üzerinde nokta olmayabilirdi, ama kendi benliği üzerinde koca bir dağ gibi etkisi vardı.

Korkusunun ve vicdanının şiddetli ötüşlerinin arasından sızmaya çalışan cılız sesi görmezden gelmeye devam edemedi. Süheyla, onu hayatından silmeye karar vermişti. Kendini mi kandırmıştı? Bu, onun yapacağı bir şey değildi. Ya vardı ya da yoktu! Onu yok saymayı tercih etmişti. Belki yapamamıştı, ama sonuna kadar direnmekte kararlıydı.

Aylardır hediyelerini beklemeye öylesine alışmıştı ki, hediyelerin ya da zarfların gelmediği ilk gün içine düştüğü bocalamayı alışkanlığına yormuştu. Öyle değil miydi? Sonunda yorgun düşüp hislerine yenilecek miydi? Bunun cevabını hiçbir zaman bilemeyecekti. Adam, onu öylesine karmaşık bir ruh hali içine sokmuştu ki, kendi karakterinden şüphe duymaya başlamıştı.

Aşk, sağlam temelleri olan bir yapının bile çökmesine yetecek kadar güçlü bir düşmandı. İnsanı, kendi benliğiyle çatışmaya düşürecek kadar kancık ve hırslıydı. Süheyla'nın duygusallıkla işi yoktu, aşk bunu çok da umursuyor gibi görünmüyordu.

Yoksa biri kalbinin üzerinde sivri topuklarıyla tepiniyor gibi hissetmezdi. Ya da dehşet bir korkunun içinde çırpınmazdı. Dışarıya sakin bir duruş sergiliyor olabilirdi, ama içinde kan gövdeyi götürüyordu. Eğer Demir'in ölmek gibi bir niyeti varsa, onu kendi elleriyle boğacaktı! Madem ölmek için böylesine bir çaba sarf etmişti, Süheyla da onun için bunu kolaylaştıracaktı!

Bir de güçlü olduğunu savunmuştu. Acıyı unutmak için kendini alkole vermenin neresinde güçlü olmak vardı? Süheyla, onun kafasını kırmak istiyordu. Beyninin bir tarafında ona hazırladığı harika sözler fink atıyordu. Bol acılı, bol soslu, canını yakabildiği kadar yakmaya amaçlı...

Ölürse Süheyla ne yapacaktı? Hiçbir fikri yoktu.

Otogarda hızla ilerledi. Uçakla gelmek için ne kadar uğraştıysa da bilet bulmak mümkün olmamıştı. Telaşlı insan kalabalığının arasından kendine yol açabilmek için kimilerine omuz atmak zorunda kaldı. Ardından atılan öfkeli bakışları, homurdanmaları ve kabalığı hakkında yapılan sert yorumları duymazdan geldi.

Bir taksiye bindiğinde yaptığı ilk iş telefonunu açmak oldu. Açtığı anda da sanki cevaplar Süheyla'daymış gibi annesinin araması ve Timuçin Bey'in arka arkaya attığı mesajlarla karşılaşmıştı. Boş konuşmanın bir anlamı olmadığı için onlarla görüşmeyi sonraya erteledi.

Telefonunu tekrar cebine atıp kafasını kaldırdı ve camdan dışarıyı izlemeye başladı. Bir şey gördüğü yoktu. Ama yapacak daha iyi bir şey de yoktu. Gözlerini kapasa adamın yüzü anında musallat oluyordu. Kendini daha fazla dibe çekmenin bir âlemi yoktu. Zaten gururu, ruhu, kalbi yerlerde sürünüyordu.

Tekdüze sesi bir anda aracın içinde patladı. "Biraz daha hızlı olabilir misiniz?"

"Abla, daha hızlı gidersem ceza keserler!"

Taksicinin şikâyet eden tonu üzerine kaşları çatıldı. "Tek sorun cezaysa öderim! Daha hızlı, lütfen!"

Daha hızlı gittiğinde ne olacağından emin değildi. Ölmeden önce ona yetişmeye mi çalışıyordu? Aşk filmlerindeki gibi saçma sapan hayallere kapılmamıştı, ama eğer ölmeden önce yetişirse muhtemelen onu kendisi öldürecekti!

Kendini tehlikeli biri olarak tanımlamazdı. Ama insanların hisleri bazen gerçekten kuvvetli oluyordu. Süheyla, ifadesinde bir değişim olmadığını biliyordu. Sesinde de bir değişiklik yoktu. Ama şoför anlamıştı. Bir şekilde, onunla tartışmaya girmesinin iyi olmayacağını hissetmiş ve son sürat ilerlerken dörtlüleri yakmıştı. Akıllıca!

Gereksiz bir şekilde gösterişli bulduğu villanın önüne geldiklerinde araç aniden durdu. Lastiklerden çıkan sinir bozucu çığlık sesleri üzerine, kapının önüne kamp kurmuş habercilerin dikkati kendi üzerlerinde yoğunlaştı. Süheyla, yüklü bir bahşişi de gözden çıkararak adamın ücretini ödedi. Araçtan indi. Bahçe kapısının önünde, bulabildikleri her yere serilmiş ve küçük bir haber kırıntısı yakalamak için bekliyorlardı. Genç kadının ilerlediği yönü fark ettiklerinde kan kokusu almış pirinalar gibi bedeni resmen ablukaya alındı.

Elemanların kulaklarını acıtan sesleri uğultudan farksızdı. Ve ne sorduklarını duymuyordu bile... Ekranda izlediği kadın aniden karşısında belirdiğinde, kadına duyduğu öfkeyle aniden duraksadı. Kadının günahı ne olduğundan emin değildi. Sonuçta o da işini yapıyordu. Mantıksız davrandığını fark edip tekrar ilerlemeye devam etti.

Büyük bahçe kapısının önüne geldiğinde, güvenliğe bağlı telefon ahizesini kaldırıp, ezberinde bulunan numaraları tuşladı. "İsmim, Süheyla Akgün! Çelik Mızrak'la görüşmek istiyorum!" diye bildirdi.

Doğrudan içerideki güvenliğe bağlanmış olması karşısındaki elemanı şaşırtmış olmalıydı ki, adam konuşmadan önce kısa süre duraksadı. Ardından ezbere olduğu her kelimesinde belli olan sözcükleri sıraladı. "Ziyaretçi kabul etmiyorlar, hanımefendi!"

"Ya şimdi şu kapıyı açarsın ya da Çelik Mızrak'ı arar ve beni içeriye kabul etmediğinizi bildiririm. İnanın karşılaşacağınız tavır hoşunuza gitmeyecektir!"

Gereksiz konuşmalar ve tehditlerle vakit kaybettiği için dişlerini sıktı. Arkasındaki, üzerine çullanmayı bekleyen ve haber peşinde koşturan elemanların da bir faydası olmuyordu. Süheyla, tahmininden daha uzun bir süre kapıda beklediğinde, belki de onu kabul etmeyeceklerini düşündü. Böyle bir ihtimal neden aklına gelmemişti, emin değildi. Sonuçta Çelik Mızrak, kardeşinin bu durumu için Süheyla'yı suçluyor olabilirdi.

Sorun değildi. İçeri girmenin bir yolunu bulurdu. Sonunda, bahçe kapısı kayarak yana doğru açıldığında bedeninin sığabileceği bir açıklıktan hızla içeri daldı. Kapanan bahçe kapısının arkasında bir hengâme yaşandı ve sonra her şey sessizliğe gömüldü. Süheyla, süslü taşlarla döşenmiş yürüme yolunda ilerlerken gözleri farkında olmaksızın çevrede dolandı. Sanki ilahi bir şey, içinde bulunduğu durumla alay ediyormuş gibi her şey daha canlı, daha neşeli, daha parlaktı. Yeşiller göz alıcı, yeni açmış çiçekler umut vaat eder gibi... Ufukta, yeşille bütünleşen mavi gökyüzü neşeli, güneş sabahın o saatinde yakıcı ve coşkulu...

Sanki her şey onunla alay ediyordu. Eğer mümkün olsaydı, eline bir silah alır ve hepsini vururdu. Güneş gökyüzünde asılı olduğu yerden düşer, çiçekler parçalanır, gökyüzü delinir... Saçmalıyordu.

Eve on adım kala giriş kapısı aniden açıldı. Çelik Mızrak, yüzünde yorumlamak istemeyeceği kadar perişan bir ifadeyle karşısında belirdi.

Süheyla, parlak ve cilalı merdiven basamaklarını tırmanırken, genç adam, "Geleceğini sanmıyor-" diye konuşmaya başladı.

Süheyla, onun sözlerini sertçe kesti. "O nasıl?"

Çelik Mızrak, önce umutsuzca omuz silkti. Parmakları, öne düşmüş başının üzerindeki alnını sertçe ovarken, adam birkaç kez üst üste ve gürültüyle yutkundu. Süheyla'ya göre abartılı bir iç çekişin ardından oldukça alçak bir sesle, "Git ve kendin gör!" dedi. Ardından, genç kadının geçebilmesi için yana kayarken, "Odasında," diye ekledi.

Genç kadın sertçe başını eğdi ve yanından fırtına gibi geçti. Her adım atışında, onunla arasında kapanan mesafeyle bedenine kaldırmayacağından korktuğu ağır hisler ekleniyordu. Ne göreceğinden emin değildi. Ne görmeyi beklediğini de bilmiyordu. Ama bildiği bir şey varsa, adamı her zamanki canlılığıyla bulamayacağıydı. Düşüncesi bile ortalığın tozunu attırmak istemesine neden oluyordu.

Merdiven basamaklarını çıktığında, boğazında sıra sıra dizilmiş yumruların üzerine bir yenisi daha eklendi. Koridorda ilerlerken gözleri doğrudan odasının kapısına kilitlenmişti. Ne zaman terlediğini hatırlamıyordu, ama saçları terden yüzüne yapışmıştı. Kapısının önüne geldi ve nefes almak için bile kendine zaman tanımadı. Nefes almayı bırakmış olduğunu da o anda anlamıştı. Adamın ona yaptığı şeyden nefret ediyordu! Nasıl etmesindi ki? Kendi iradesine bile hâkim olamayan bir insan hata yapmaya mahkûmdu! Beyninin bir tarafında, aylar öncesinde bu mahkûmiyetten hiç şikâyet etmediği gerçeği zonkladı, ama umursamadı.

Onu, yatağında sessiz ve hareketsiz uzanmış halde görünce, içine çekmeyi unuttuğu tüm oksijeni bir anda almak ister gibi sert bir nefes çekti. Ve kesik kesik dışarıya gönderdi. Gözlerini yüzüne dikmiş, yatağına doğru ilerliyordu. Kalbi, son şiddet bas vuran bir *Woofer* gibi gümlüyor, üzerindeki gömleğin kumaşını titretiyordu.

Ruhunun bir yanı, ona olan özlemini çaresizce gidermeye çalışırken, diğer yanı teninin tazeliğini fark ettiğinde cılız bir sevinç dalgasıyla titriyordu. Uyuyor gibi görünüyordu. Hasta, canlılığını kaybetmiş bir ifadesi yoktu. Kendisine umutlanma izni verebilir miydi?

İfadesini oluşturan çizgilerini dikkatle izlerken gerginliğini fark etti. Kasılarak, acı çekip çekmediğini düşündü? Odaya kısa bir bakış atarak çevresini gözden geçirdi. Yatağının hemen yanında, tuhaf sesler çıkaran bir makine vardı. Diğer yanında, yarısı boşalmış bir serum şişesinin asılı olduğu bir ayaklık vardı. Serum şişesinden uzanan boru, boynuna kadar çekilmiş örtünün altında kayboluyordu.

Örtü, düzensiz olduğunu düşündüğü nefes alış veriş hareketiyle titreşiyordu. Endişelenerek yanına oturmadan hemen önce, tek omzuna astığı çantayı zemine bıraktı. Kalçasını, ona zarar vermemeye dikkat ederek bedeninin hemen yanına iliştirdi.

Özlemi neredeyse inlemesine neden olacaktı. Böylesine şiddetli bir duyguyu bedeninin hangi tarafında saklamıştı? Daha sonra acısı nasıl çıkardı? Usulca iç çekişinin ardından sertçe yutkundu. Bir eli yüzüne uzanırken, kuruduğunu fark etmediği dudaklarını yaladı. Yüzü nispeten iyi görünüyordu. Dolgun dudakları rengini kaybetmemişti, ama saçları ıslak ve karışıktı. Kemikli, düz burnunu başparmağıyla okşadığında hafif nefesi tenine çarptı. Parmakları dudaklarına indi ve biçimli çizgisini takip etti. Uzanıp, dudaklarından tüy kadar hafif bir öpücük çaldığında hissetmediği nefesi endişelenmesine yol açtı. Aniden doğruldu. Parmakları saçlarının arasına dalarken tehditkâr bir fısıltıyla, "Gitme, aşağılık herif! Gitme!" diye çıkıştı. "Gidip de kaldıramayacağım bu yükü omuzlarıma bırakma. Altında ezilirim. İnan... o kadar güçlü değilim! Pislik herif! Aptal!" Parmakları saçlarını sertçe kavradı. "Ölürsen, seni öldürürüm!"

Dudaklarını, ansızın nemlenen alnına değdirmek için hafifçe eğildi. Sonra birinin kıkırdadığını duydu. Yumuşak, hoş, hatıralarını süsleyen bir sesti. Omuzları aniden sıkıca kavranırken, kıkırtı kahkahaya dönüştü. Süheyla, afalladı. Aslında daha çok şoka girmişti. Bu nedenle bedeni hamur kıvamındaydı ve hareket edebilme yetisini kaybetmişti.

Adam -tamamen sağlam olan adam- neşeli sesler çıkarmaya devam ederken, şaşkınlığından faydalanarak, sırtını yatağa yapıştırdığı bedeninin üzerine oturdu. Bileklerini iki eliyle birden kavrayarak başının tepesine çıkardı. Süheyla, gözleri fincan altlığı kadar açılmış bir halde ona bakmaya devam ediyordu.

"Kahretsin, kadın! Harika gidiyordun, ama teknik olarak ölü birini öldüremezsin!"

Demir'in sesi neşeli geliyordu gelmesine, ama titremesine engel olamamıştı. Bakışıyla, Süheyla'yı her zaman dünyanın tepesine yerleştirdiği gözleri çılgınca parlıyordu. Süheyla, o deliliği görüyordu. Ve tepki vermekten öylesine acizdi ki, tek kelime edemiyordu. Kalbi durmuş muydu yoksa çılgınca atıyor muydu, farkında değildi. Hayal mi görüyordu? İyi olmasını istediği için sanrılara mı kapılmıştı? Yoksa acı, beynini yemişti de delirmeye mi başlamıştı?

Demir, yüzüne uzandı. Burnu, ciğerlerine ağır ağır soluk çekerken, kadının yüzünde geziniyordu. Başını hafifçe kaldırdı, dudaklarından öpücüğünü çaldı ve gözlerini Süheyla'nın gözlerine dikti. Acı çeker gibi bir sesle, "Allah'ım," diye soludu. "Onca zaman özleme nasıl dayanmışım?" Bunu gerçekten merak ediyor gibi görünüyordu. "İnsafsızsın, kadın!"

Kütlesi olmayan, somut bir şey Süheyla'nın tepesine sertçe vurdu. Adam yaşıyordu. Turp gibi sağlıklıydı. Kalbi bu gerçekle resmen cıvıldadı. Ve onu yine oyuna getirmişti. Bu gerçekse beyninde kızıl fırtınalar kopuyordu. Adam onu kandırmıştı. Ayağına getirtmişti. Yaban domuzu kadar iyiydi. Ve Süheyla, onu domdom kurşunuyla vurmak istiyordu. Birkaç yerinden...

"Seni." Susup yutkunmak zorunda kaldı. "Canlıyken öldüreceğim!"

—*\*—

*Yirmi dakika önce...*

Demir'in gözleri televizyon ekranına kilitlenmişti. Kanallarda zap yapıp duruyor, komaya girdiği haberinin iyice yayıldığından emin olmak istiyordu. Sosyal medya yeterince coşmuştu. Ama Sü, sosyal medyayla pek ilgilenmiyordu. Haberin ona ulaşmasının en iyi yolu televizyon kanallarıydı.

Anladığında Demir'i öldürmek isteyecekti. Sorun değildi. Demir, çevirdiği bu son oyunun işe yaramasını umuyordu. Son çaresiyse gidip kapısının önündeki paspasa uzanmak ve yavru kedi gibi miyavlamak olacaktı. Süheyla da acımadan üzerine basıp geçecekti.

Bu zokayı yutmasını istiyordu. İstiyordu, çünkü Demir onu kaybettiğini sandığında ne yemini kalmıştı ne de geçmişin acı izleri... Onunla yaşamanın her şeyin ötesinde olacağını gerçekten o anda fark etmişti. Belki Süheyla da anlardı. Birlikte, ayrı ayrı olduklarından çok daha iyilerdi. Kahretsin, mükemmellerdi! Karakterleri birbirine o kadar zıttı ki, sırf bunun için bile en eşsiz melodiyi oluşturuyorlardı. Bunu görmesi gerekiyordu. Ama önce acısını yaşaması lazımdı. Önce tüm gururunu ayaklar altına alması, kendi kurallarını yıkması ve çıkıp gelmesi gerekiyordu. Eğer gelirse, öfkesinden kurtulduğu anda ne anlatmak istediğini kavrayacaktı. Gelmezse... Demir, bir iç çekişi bastırdı. O zaman onun katılığını ömür boyu kıramayacağından emin olacaktı.

Yardımcı kızlardan biri, sebze suyunu hemen yanındaki sehpaya bıraktı. Demir, mırıldanarak teşekkür ettiyse de, kızın yüzüne bakmak için bile gözlerini ekrandan ayırmadı. Ancak, abisi kaşları şaşkınlıkla havaya kalkmış bir şekilde salona girdiğinde gözlerini ona çevirdi.

"Sabahın köründe çıkıp gelmesini beklemiyorsun, değil mi?" Çelik, esnedi. Gözleri sebze suyunun hemen yanındaki kahve fincanına takıldığında, adımları hızlandı ve Demir'in karşısındaki tekli koltuğa yerleşti. Her sabah kahvaltıdan önce bir fincan Türk kahvesi içme gibi bir alışkanlığı vardı. Demir, onun yorgun yüz hatlarını incelerken, abisi soran bakışlarla kahve fincanının üzerinden baktı.

Bir önceki akşam ve gece, Ali Tekin Ve Tunç Yiğit ile birlikte haberi yayabilmek için ellerinden geleni yapmışlardı. Demir, böyle bir abiye sahip olmak için ne yapmış olduğunu merak ediyordu. Ona baktıkça arkasında sağlam bir kaya varmış gibi hissediyordu. Kimi zaman sinir bozucu ve buyurgan olabilirdi, ama işin ucunda Demir'in mutluluğu varsa her şeyini ortaya koymaktan asla çekinmezdi.

Çelik, fincanını tabağına yerleştirdi ve güldü. "Birazdan bana ilanı aşk edeceksin diye ürkmeye başladım!"

Demir de güldü. "Üzgünüm, tipim değilsin!" Ardından yüzünde ciddi bir ifade belirdi. "İlanı aşk demişken, Berrak'ın senden hoşlandığını ne zamandır biliyorsun?" Çelik, oturduğu yerde huzursuzca kıpırdandı. Ve omuz silkerek geçiştirmeye çalıştı. "İnkâr etme! Kız ne zaman odaya girse kaçacak delik aradın!"

Çelik'in sert bakışları, Demir'in alnının ortasına delik açmak ister gibi aniden ona çevrildi. "Onu neden geri çevirmedin?"

"Aylar boyunca baktığım her yerde onu gördüm. Senin yüzünden kalbini kırdığımı sanıyordum. Utandım!"

Çelik, tamamen renksiz bir tınıyla, "O konuda için rahatlayabilir, kalbini kırma işini ben çok iyi becerdim!" dedi.

"Neden abi? Neden denemiyorsun ki? O gerçekten iyi biri!" Abisi, keşiş gibi yaşamıyordu. Ama bir kadınla ciddi bir ilişkiye de girmeyi asla düşünmüyordu.

Çelik, gözlerini televizyon ekranına dikmişti. "İyi biri olduğu için!" diye mırıldandı. "Tutkulu bir aşkı, güzel çocukları, anne olmayı hak ettiği için! Ayrıca onu veya herhangi birini kendime bağlamak için karasevdaya tutulmuş olmam gerekir."

Demir, sözlerini onaylamadığını belirtmek için kafasını iki yana salladı. Onu ikna etmek için bir sürü cümleye başvurabilirdi, ama abisi de Süheyla gibi katı ve inatçı bir kişiliğe sahipti. Sebze suyuna uzandı, kocaman bir yudum aldı.

"Her gün böyle ekranın başına çöküp saniyeleri saymayacaksın, değil mi?" Çelik'in sözlerinin üzerine kayıtsızca omuz silkti. Tam da öyle yapmayı düşünüyordu. Zaten beklemekten başka yapacak hangi önemli işi vardı ki? Ya gelmezse ne olurdu? "Uzun sürebilir." Abisi onu uyarmaya devam ediyordu ve Demir'in abisine sinir olduğu anlar işte böyle gerçekçi olduğu anlardı!

Sebze suyunu tekrar başına dikerek koca bir yudum aldı. Biraz önce sebze suyunu getiren genç kız, hızlı adımlarla salonun kapısından girdi. Elinde bir telefon vardı. "Gelmiş!" diye soludu. Heyecandan sesi kısılmıştı. "Süheyla Hanım, gelmiş. Kapının dışındaymış!"

Onun narin eli heyecanla inip kalkan göğsünü bulurken, Demir'in ağzındaki tüm sebze suyu halının üzerine fışkırdı. Kalbi, havada birkaç parende atıp yere çakıldı. Gelmesini elbette bekliyordu. Umuyordu. Çılgın gibi istiyordu. Ama bu kadar çabuk olmasını beklemiyordu. "Matruşka!" diye fısıldadı. Onu her zaman bir şekilde alt etmeyi başarıyordu.

Abisi de onunla birlikte ayağa fırlamıştı. Çelik soğukkanlı bir sesle, "Sakin ol!" dedi. "Sen, git ve yat! Ben onu oyalarım."

Demir, ona gözlerini devirdi. "Haber gece yayınlanmaya başladı! Süheyla, sabahında burada! Seni dinler mi?"

Çelik, yüzünü buruşturdu. "Gidip yatsana, eşek sıpası! O zaman kapıda bekletiriz!"

Demir, abisinin sözleri üzerine güldü. Ve salondan çıkmak için hızlı adımlarla ilerledi. Bedeni öylesine bir heyecan dalgasıyla boğuşuyordu ki, ayakları uyuşmaya başlamıştı. Telefonun hoparlörünün açıldığını duydu. Ardından abisinin buyurgan sesini. "Evet, Samet?"

"Çelik Bey, Süheyla Akgün diye bir kadın geldi. Sizi görmek istiyor. Ona ziyaretçi kabul etmediğinizi söyledim, ama beni tehdit etti."

Demir, Samet'in sözlerinin ardından sırıttı ve adımlarını hızlandırdı. Aklı bütünüyle Süheyla'nın gelmiş olduğu gerçeğine kaydığı için nereye gittiğinin farkında değildi.

Abisinin, "Yukarı çıksana, sersem herif! Mutfakta ne işin var!" diye gürlediğini duyduğunda yönünü değiştirdi. Merdivenleri üçer beşer çıktı. Çenesine bulaşmış olan sebze suyunu koluna sildi ve kirlenen tişörtünü çıkardı.

Odasına girip hızla yatağına ilerledi. Tişörtü yatağın altına tıkıştırıp, vakit kaybetmeden yatağa uzandı. Koluna bağlı olması gereken serum borusunun kapalı ucunu örtünün altına çekti. Örtüyü de çenesine kadar çekti ve nefesini düzene sokmaya çalıştı. Güçlü ve heyecanlı kalp atışları için yapabileceği bir şey yoktu.

Dakikalar ilerledikçe bedenindeki heyecan durulmasa da nispeten azaldı. Göz kapakları gözlerinin üzerine örtüldü ve aynı anda oda kapısı açıldı. Kokusu, bedeninden önce ulaştı. Yazık ki, ciğerlerini şenlendirecek havayı derince içine çekemiyordu. Kulaklarını kabartmış, attığı adımları dinliyordu.

Yatağının üzerinde bir hareketlilik oldu ve bedeninin hemen yanındaki tenden gelen ısıyı duyumsadı. Kahretsin! Elleri titremeye başlamıştı. Ona koşmak istiyorlardı. Sarılmak. Onu sıkıca bedenine bastırmak... Hiçbirini yapamadı ve öylece yatmaya devam etti. Süheyla'nın parmak ucunu burnunun üzerinde hissettiğinde, göğsünden yükselen sese güçlükle engel oldu. Dudaklarına geçtiğinde neredeyse nefesini tutacaktı. Aslında dişlerini aralayıp parmağını ısırmak istiyordu! Ve sonra Sü, onu öptü. İşte o anda Demir'in nefesi içine hapsoldu. Karşılığını vermemek için iradesinden kalan tüm kırıntıları kullandı.

O, dudaklarını hissetmiş olmanın etkisinden kurtulmaya çalışırken, Süheyla fısıldadı. "Gitme, aşağılık herif! Gitme! Gidip de kaldıramayacağım bu yükü omuzlarıma bırakma. Altında ezilirim. İnan... o kadar güçlü değilim! Pislik herif! Aptal!" Parmakları saçlarını sertçe kavradı. Demir, belki gözlerini açmamıştı. Ama yüzünün afallamayla eğildiğini hissediyordu. Muhtemelen kadının, ömür boyunca görüp görebileceği en zayıf ânı bu olacaktı. Sesi titriyordu. Fısıltısında, öfkeli tehdidinin arkasında bir yakarış vardı. Bunca yoğun hissin içinde ayrı kalmanın âlemi neydi ki? Acı çekmenin manası neydi? Onlara ne yaptığını görmüyor muydu? Demir, gözlerini açmaya ve onunla boğuşmaya karar vermişti. Çünkü biliyordu ki, Sü onu öldürmeye çalışacaktı. Ama Süheyla, sözlerine devam etti.

"Ölürsen, seni öldürürüm!"

## Bölüm 26

Demir, gülmek zorundaydı. Süheyla yine yapacağını yapmıştı! Gözlerini açtı. Dolgun alt dudak büzüşmüş, muhtemelen alnını hedef almıştı. Ve Demir, onu dişlerinin arasına almak istiyordu. Ama gülmek zorundaydı! Kıkırdadı. Ve onun aptala dönmüş yüz ifadesinden şoka girdiğini anladı. Bundan faydalanmazsa Demir değildi!

Bir çırpıda onu bedeninin altına aldı ve onun için ciddi bir tehdit olan ellerini ortadan kaldırmak için bileklerini kavrayarak, başının tepesine sabitledi. Bu arada hâlâ gülmeye devam ediyordu. Sözleri heyecanını bastırmış olabilirdi, ama afallamış ifadesini izlemek Demir'in, onu içine sokma isteğini körükledi. Ya da doğrudan içine girse ve tek beden olsalar çok daha iyi olurdu.

Kadının yüzü allak bullak olmuştu. Farklı duygular hızla yüzünde beliriyor, ardından yerini bir diğerine bırakıyordu. Afallama, bocalama, umut, sevinç… Ve sonunda gerçeğin kafasına dank ettiği o ânı gördü. Dizginlenemez olduğundan emin olduğu bir öfke gözlerini karartmış, gözbebeklerini irileştirmişti. Yüzü, utangaçlıktan uzak bir kızıllığa boyanırken tüm kasları harekete geçerek gerilmişti. Burun delikleri irileşirken, dudakları düz bir çizgi halini aldı. Süheyla'yı bir matadora benzetmek isterdi, ama kadın daha çok sırtına oku yemiş bir boğaya benziyordu.

Gözünün önündeki değişimi muhteşemdi. Ve eğer kendisini bu büyülü âna kaptırırsa hapı yutardı.

"Seni… Canlıyken öldüreceğim!"

Allah'tan Sü'nün insanın dikkatini ışık hızıyla dağıtmak gibi harika bir özelliği vardı. Sözleri üzerine gülüşünü içinde tutamadı. "Bunu kabul edebilirim, ama tek bir şartla!" Süheyla'nın, öne sürdüğü şartı merak etmediğinden emindi. Kadın, hedefe kilitlenmiş güdümlü bir füzeden farksızdı. Ne yazık ki o hedef Demir'in ta kendisiydi! Yine de devam etti. "Hayatının on yılını bana ver! Ve eğer on yıl sonra beni hâlâ öldürmek istiyorsan... seve seve boynumu huzuruna eğeceğim!"

"Hayır. Seni şimdi öldüreceğim. Ve on yıl boyunca da yasını tutacağım."

Demir sahte bir öfkeyle, "Mantıksızsın, kadın!" diye tısladı.

"Muhtemelen."

Bedeninin kaskatı kesildiğini kendi teninde hissediyordu. Demir'den hıncını almak için henüz bir hamlede bulunmamış olması, bulunmayacağı anlamına gelmiyordu. Bunun için sıkıca kavradığı bileklerini biraz daha sıkıp, yataktaki baskını artırdı.

Kadın, "Beni oyuna getirdin. Yine!" diye soludu.

"Evet."

"Ayağına getirttin!"

"Evet."

"Canımı yaktın!"

"Evet. Ve nedenini sana açıklamak istiyorum."

Süheyla, kalkmak için altında kıpırdandığında, Demir yüzünü buruşturdu. Beyni, onun hareketinin saldırmayı amaçladığını biliyordu. Kahretsin ki, bedenine bunu açıklayabilmesinin imkânı yoktu.

Hiddetle, "Yapma şunu, kadın!" diye söylendi. "Şurada ciddi bir şey konuşuyoruz. Kıpırdanıp durdukça içim hopluyor!"

Sözleri kadını daha da öfkelendirdi. "Kalk üzerimden! Hemen!"

"Eğer sakin sakin konuşmayı kabul edersen, kalkacağım!"

Demir, onunla sakin konuşmak konusunda pek umutlu olmasa da ifadesini dikkatle inceledi. Önerisini tartarken tek kaşının yukarı tırmanmasını, gözlerinde hesapçı parıltıların belirmesini ve çenesinin kasılmasını keyifle izledi. Keyifliydi, çünkü Süheyla altında tamamen kendi insafına kalmış bir halde uzanıyor ve hareket edemiyordu. Keyifliydi, çünkü kadının sıcaklığını iliklerine kadar hissediyordu. Keyifliydi, çünkü Matruşka... gelmişti!

Kararını verdiği an, yüzündeki ifade ciddiyetini korusa da sakin bir hâl aldı. Dudağının bir kenarı yenilmişliğine hayıflanır gibi hafifçe yana kayarken alçak sesle, "Tamam," dedi.

Demir, hafif bir şaşkınlıkla, "Kabul ediyor musun?" diye sordu.

Kadın yanaklarını şişirerek bıkkın bir nefes koyuverdi. "Tek seferde algılayamayacağını tahmin etmeliydim! Beyninde kaç hücre canlı kaldı, merak ediyorum."

Demir gülerek yüzüne eğildi. Dudaklarından hızlı bir öpücük çaldı. Ardından dayanamayıp, alt dudağını ısırıp çekiştirdi. Dişlerinin arasından çektiği sert nefesten sonra, "Şu tombul şeyi senden daha fazla özlemişim!" diye fısıldadı. "Yemin ediyorum, bir gün onu yiyeceğim!"

Eğer sadece kadının yüzüne bakmıyor olsaydı, sözlerinin üzerinde yarattığı etkiyi fark edemezdi. Bacaklarının arasındaki beden önce kasıldı ve ardından ürperdi. Gözleri, kendi çıplak göğsüne kaçamak bir bakış attığında, dudaklarına yayılan kendini beğenmiş gülümsemeye engel olamadı. Ve Süheyla, gözlerini tekrar hızla yukarıya, gözlerine dikti.

Sanki biraz önce titreyen kendisi değilmiş gibi gözlerini devirdi. Sakin bir tınıyla, "Artık üzerimden kalkacak mısın?" diye sordu.

Demir'in kaşları istemsizce çatıldı. Başını onaylarcasına sallamıştı sallamasına, ama kadının yelkenleri suya bu kadar kolay indirmesini beklemiyordu. Ayrıca üzerinden de kalkmak istemiyordu. Homurdanarak bileklerini serbest bıraktı. Ardından iç çekerek üzerinden kalktı ve yataktan zıpladı.

Süheyla'nın hareketlendiğini duyduğunda tekrar ona döndü. Aniden omuzlarından kavrandı, aşağı çekildi ve midesi kadının diziyle akraba oldu. "Seni. Adi. Herif."

Demir'in nefesi içine kaçarken öne doğru büküldü. Eli, istemsizce deli gibi acıyan midesini buldu. "Düzenbazsın, kadın!" diye soludu.

"Muhtemelen!"

Demir'in gözleri, tekrar saldırmak için bekleyen kadının kararmış gözlerine kilitlendi. "Kahretsin, Sü! Midem bağırsaklarımın içine kaçtı."

Süheyla, buz gibi bir sesle güldü. "O da bir şey mi? Birazdan kıçına kaçan beynini kafatasının içine yerleştireceğim!"

Demir, gülüşünü içinde tutamadı ve hareket canını yaktı. Süheyla, o kadar inanarak söylemişti ki, yapacağına neredeyse inanacaktı. Midesi hâlâ sancıyordu. Yine de doğruldu. "Eğer bir hamlede daha bulunursan, karşılık vereceğim!"

Süheyla'nın tek kaşı yukarı kalkarken, başı yana eğildi. "Deneyebilirsin!" Ve Demir'in üzerine atladı.

Demir Mızrak, uyarısını yaparken şaka yapmamıştı. Genç kadın üzerine atıldığında, onu belinden yakaladı. Süheyla'nın etkili yumruğu başının yanına isabet etmişti. Fakat üzerinde durmaya değecek kadar canı yanmamıştı. Kollarının arasında tuttuğu narin ama daha önce dengine rastlamadığı kadar güçlü bedeni yatağın üzerine fırlattı. Ve vakit kaybetmeden peşinden ilerledi.

Süheyla, ters takla atarak yataktan tekrar çıktığında Demir gülerek üzerine yürüdü. Hangisi av, hangisi avcı artık mühim değildi. Belki de onların birbirini anlayabileceği tek yöntem buydu. Belki de gerçekten ortak bir noktada ancak bu şekilde buluşabilirlerdi.

Genç adam, kadının yüzünü hedef alan tekmesini tek eliyle savurdu. Dizinden kavrayıp yere serebilmek için hızla aşağıya eğildi, ama Süheyla bir adım geri çekilerek hamlesinden kurtuldu.

Kadın, "Sen-" diye başlamıştı ki, Demir'in ensesini yakalamayı amaçlayan elinden dönerek kurtulmak için susmak zorunda kaldı.

Demir, nefes nefese duraksadı. Süheyla'nın göğsü de sık ve sert aldığı soluklarla şişip iniyordu. Aralarında iki kol boyu mesafe vardı. "Ben, sana tapan adamım. Ben, özleminden aklını kaçıracak olan adamım! Ben, seni görebilmek için, tüm televizyon kanallarında rezil olmayı göze alan adamım! Kahretsin, Sü! Ben, hayatını seninle geçirmek için yanıp tutuşan adamım! Ben, senin sevdiğin adamım!"

Süheyla, sözlerinden etkilenmiş görünüyordu. Yine de o, Süheyla'ydı işte! Gözlerinde patlayan yoğun duyguların önüne set çekti ve dişlerini sıktı. "Sen, öleceğini düşünmemi sağlayıp beni ağlatan adamsın! Sırf gözyaşlarım boşa gitmesin diye seni öldüreceğim!"

Demir'in ifadesi aniden değişti. O, her an kendisine saldırabilir diye gerilmiş olan kasları pelte gibi oldu. Ve omuzları çöktü. Fısıldayarak, "Ağladın mı?" diye sordu. Kalbi, onca acıyı içinde saklayan ve tek damla gözyaşı dökmeyen kadının kendisi için ağlamış olduğu gerçeğiyle ezildi.

Süheyla, çileden çıkmış bir halde, "Neden her söylediğim sözü daha sonra teyit etmek zorunda bırakıyorsun ki?" diye çıkıştı.

Demir, ona sarılmak zorundaydı. İsterse boğazını kessin umurunda değildi. Uzun iki adımda yanında bitti. Kendini korumaya alışmış olan kadının kasları anında gözle görülür bir şekilde gerildi. Gözlerine temkinli bakışlar yerleşti. Umursamadı. Bir eli belini kavrayıp, bedenini kendine çekerken diğer eli hâlâ çirkin bulduğu saçlarının arasına daldı. Ve onu sıkıca bedenine bastırdı. "Özür dilerim," diye fısıldadı. "Akıttığın tek damla gözyaşına bile değmem! Ve sen, bu adam için gözyaşı mı döktün?"

Parmakları, kalın saç tellerinin arasında usulca ilerlerken başını iki yana salladı. "Tek başıma hiçbir şeyim, ama seninle çok şeyim, Sü! Ziyan etme bizi..."

Süheyla'nın yüzünü avuçları arasına aldı. Hâlâ temkinli, hâlâ biraz öfkeli görünüyordu. Yine de o gözlerde yumuşayan bir şeyler görüyordu. "Sana gelseydim, beni ezer geçerdin. Arasaydım, açmazdın." Süheyla, sanki soru sormuş gibi onaylayarak kafasını salladı. "Senin toprak altında gömülü olduğun o an..." Anıyı hatırlamasıyla irkildi. "Öldüğünü sandığım o an, her şeyi ardımda

bırakma kararını almıştım. Eğer benim kadar canın yanarsa, benim kadar acı çekersen, benim kadar dünya başına yıkılmış gibi hissedersen bize bir şans verebilirsin sandım. Ya da umut ettim."
Eğilip alnını alnına dayadı. "Biliyorum. Beni seviyorsun. Beni özledin. Kahretsin, kadın! Eğer benim özlediğimin yarısı kadar bile özlediysen bizi ayırmazsın!"
Başını kaldırdı. Neredeyse yalvararak gözlerinin içine baktı. *Hadi,* diyordu. *Hadi, artık inat etme!*
Kadının tek kaşı yukarı tırmandı. Aynı anda gözlerinde bir şeyler titreşti. Yine de o Süheyla'ydı! Hiçbir şeyi normal olamazdı. "Bir gün, dünyanın senin etrafında dönmediğini fark edeceksin! Ve sırf fark ettiğin o an sana gülebilmek için hemen dibinde olacağım!"
Demir, güldü. Bu Süheyla'ca, *'Ömür boyu dizinin dibinden ayrılmayacağım, canım aşkım!"* demekti. Ve anında kendi düşüncesine yüzünü buruşturdu.
Hareketi kadının merakla kaşlarını kaldırmasına neden oldu. "Ne?"
Demir ekşi bir yüzle, "İçimden, senin adına tatlı sözler geçirmiş olabilirim!" dedi. Sesinde alay tınısı vardı.
Kadın, gözlerini devirdi. Ve Demir, daha fazla kendine engel olamadı. Zaten avuçları arasında duran yüzü kendine çekerek dudaklarına atıldı. İçinde havai fişekler patlıyordu. Kalbi, davullu zurnalı bir kutlamayla gümbürdüyordu. Çok şey barındıran öpüşmeleri nefesi tıkanana kadar devam etti. Ellerine hâkim olamıyordu. Aslında olmak da istemiyordu. Onu hissedebilmek için kıvrımlarına ulaştı ve zaten uyarılmış olan kadının arzusunu körüklemek için dokunuşuyla sataştı. Nefes alabilmek için başına geriye çektiğinde çatlamış bir sesle, "Seni ben mi soyayım, yoksa bunu kendin mi yapacaksın?" diye sordu.
Omuzlarının üzerinde dünyayı taşıdığını o anda fark etmişti. Süheyla, onu sonsuza kadar affetmeseydi ne yapardı gerçekten bilmiyordu. Sonunda dizleri yükün ağırlığını kaldıramaz ve çökerdi. Birine böylesine bağlanmak deli işiydi. Görünen o ki, karşısındaki kadın da en az kendisi kadar deliydi! Demir, göğsünün

kabardığını hissetti. Süheyla'yı tam anlamıyla fethetmişti! Tek kaşıyla dünyaya meydan okuyan bir kadını kendine bağlamıştı. Eh. Azıcık böbürlenmek hakkıydı.

Kadın, aniden kollarının arasından sıyrıldığında kaşlarını çattı. Süheyla, "Hiçbiri!" dedi. Ve yüzüne saf haz dalgası yayılırken, "Çünkü soyunmayacağım!" diye bildirdi.

"Sakın. Bunu. Yapma. Kadın!"

Süheyla, bir adım daha geri atarken, "Yapacağım! Bir oyun oynadın ve canımı yaktın. Eğer seni öldüremeyeceksem," dedi ve bir dudağının kenarı keyifle yana kaydı. "Gerçekten senin olana kadar kıvranmanı izleyebilirim! Hatta sırf acı çekmen için yanında iç çamaşırlarıyla dolaşacağım!" Gözlerindeki meydan okuyan ifade Demir'in hiç hoşuna gitmedi. Kahretsin! Kadın ciddi görünüyordu.

"Kahretsin! O zaman zaten ölürüm, Sü!"

"Keyfin bilir."

---

Süheyla'nın adamı birkaç gün kıvrandırma hayalleri suya düşmüştü. İhtarından sonra Demir, ertesi güne tarih alabilmek için çok çabalamış olsa da, ancak bir sonraki güne bulabilmişti. Onun telaşlı heyecanını kılını bile kıpırdatmadan izlemek keyifliydi. İki gün içinde onunla evlenecek olması fikrine hâlâ ısınamamıştı. Ki zaten evlenecek bir kadın gibi de hareket etmiyordu. O, sıklıkla Demir'i izliyordu. Demir de onun sakinliğine öfkeleniyor, laf atıp duruyordu. Süheyla'yı nerede yalnız yakalasa edepsiz sözler söylüyor, ona yapacaklarını anlatıyordu. Hiçbir ayrıntıyı atlamadan! Allah'tan utanıp sıkılan bir insan değildi. Yoksa sözleriyle kafasını deve kuşu gibi bir yere gömmek isteyeceğinden emindi. Bir de böyle bir ihtar verdiğine pişman olacağını söylüyordu. Süheyla, pişman olacağı o ânı iple çekiyordu. Ama Demir'in bunu bilmesine gerek yoktu.

Kolay vazgeçtiğini biliyordu. Bunun için beyninin bir tarafı onu çimdikleyip duruyordu. Umursuyor muydu? Hayır. Kendi kurallarına arkasını dönmek de iyi hissettirmiyordu. Ama adamın yanında iyi olacağını biliyordu. Utanarak -belki azıcık yanakları da ısınıyor olabilirdi- onunla olmayı her şeyden çok istediğini defalarca düşünmüştü. Kuralların canı cehenneme! Sonuçta, ileride adamın canına okuyacağı çok günler olacaktı.

Fazlasıyla mutluydu. Ve bunun için kimi zaman suçluluk hissediyordu. Mutlu olmakla Umur'a ihanet ediyormuş gibi hissediyordu. Ardından onun da kararını onaylayacağını düşünerek kalbini ferahlatıyordu. Son zamanlarda oldukça karışık hislerin istilasına uğruyordu ve eğer bu kendisi için bir değişimse, ileriyi düşünmek bile istemiyordu. Belki de sadece yaşanan her şeyin tamamen son bulması onu böylesine dengeden yoksun hissettirmişti. Neyse ki Demir kafasını meşgul etmek konusunda oldukça iyi işler başarıyordu.

Annesi ve Timuçin Bey, haberi sevinçle karşılaşmışlar, balaylarını yarıda kesip nikâha katılma kararı almışlardı. Ve doğru bir karar verdiğini yineleyip durmuşlardı. Sonunda Süheyla, telefonu yüzlerine kapatmakla tehdit edene kadar Demir'i övüp durmuşlardı. Adam, herkesi kendine hayran bırakma işini iyi beceriyordu. Ölesiye yakışıklı değildi, çok düzgün bir adam değildi. Hatta serserinin tekiydi! Dengesizdi! Ruhunda küflenen bir şeyler de vardı. Zengin de değildi! Ama seksiydi, bunu kabul ediyordu. Süheyla, onun bedenini izlerken keyif alıyordu. Sözün özü; adam mükemmel değildi. Belki de sırf bu yüzden onu böylesine derinden sevebiliyordu.

Düşüncelerinin odak noktası olan adam bir anda, elinde koca bir kutuyla salona daldı. Dudaklarında, yüzüne sığmayan bir gülümseme vardı. İfadesindeki çocuksu mutluluk Süheyla'nın gülümsemesine neden oldu.

Demir, kadının oturduğu yerde istifini bozmadığını gördü. Sahte bir ciddiyetle, "Müstakbel Bey'in geldi, kadın! Kalk, yerlere kadar eğil ve 'Emret, efendi!' de! Belki o zaman seni affedebilirim!" dedi.

Süheyla, gözlerini devirdi. "Boşa sarf edecek ne kadar çok kelimen var!" Kaşları hafifçe çatıldı ve gözleri elindeki kutuya kaydı. "O ne?"

"Gördüğünde, sevinç çığlıkları atarak kucağıma atlayacağın bir hediye!"

Adamın dudaklarında kendini beğenmiş bir gülümseme belirdi. Süheyla, merakla ayaklandı. Elbette, hiçbir şekilde çığlık atmayacaktı, ama adam abartmayı seviyordu. Demir'i yarı yolda karşıladı ve kutuyu elinden aldı. Eğer kutuya odaklanmış olmasaydı, adamın gözlerindeki muzip parıltıları yakalayabilirdi.

"Bir teşekkür öpücüğü?"

Süheyla, ona kısa bir bakış attı. "Öpücüğe değecek mi, önce onu kontrol etmeliyim!"

Demir homurdanırken, genç kadın parlak ve değerli taşlarla süslenmiş gelinliği kutusundan çıkardı. Havaya kaldırıp, acayip bir cisme bakar gibi incelemeye koyuldu. Gerçek bir endişeyle, "Bu ne?" diye sordu. Gerçekten o şeyi giyeceğini düşünmüş müydü? Gözleri, adamın yoğun gözleriyle kesişti.

Demir, tam bir ciddiyetle, "Özel bir giysi!" diye açıklamaya başladı ve Süheyla inledi. "Evlenen kadın," burada işaret parmağıyla genç kadını işaret etti. "Yani gelin, bu elbiseyi düğünde ya da nikâh-"

"Demir, ne olduğunu bildiğimi biliyorsun!"

Adam, şaşırmış göründü. "O zaman neden sordun, kadın? Benimle kafa mı buluyorsun?"

Süheyla, hayretler içerisinde gelinliği havaya kaldırdı. "Bunu giyeceğime gerçekten inandın mı?"

"Elbette! Fransa'nın en iyi modacısının elinden çıkan, senin beden ölçülerine birebir uyan, bilmem ne taşlı, servet değerinde bir gelinliği giymek istemeyeceğin aklımın ucundan geçmedi."

Süheyla, dişlerini sıktı. "Bunun yanında yedi cüceleri hediye etmeyi unutmuşlar sanırım!"

"Çok güzel bir gelinlik! Zavallı kalbimin kırılmaması için, en azından beğenmiş gibi yapamaz mıydın?"

Adamın gözlerinde yaralı bakışlar belirdi. Süheyla, umursamadı. Sonuçta bir kere evlenecekti. "Bir kere evleneceğim! Ve bu şeyi üzerime geçirmemek için bir orduyla savaşmaya hazırım! Çok istiyorsan sen giy!"

Demir, gelinliğe alıcı gözüyle baktığında genç kadın güldü.

"Çok isterdim, ama bedenime uymuyor!" Tekrar gözlerini kadının gözleriyle buluşturdu. "Yani giymeyeceksin!"

Süheyla, başını iki yana sallarken kaşlarını da kaldırdı ve bir 'cık' sesi çıkardı. Demir alaycı bir sesle, "Sadece başını sallaman yeterdi," diye mırıldandı. Başını arkaya çevirdi. "O zaman onlardan birini seç!" Tekrar Süheyla'ya döndü.

Genç kadın, onun baktığı yerde bir şey göremediğinde kaşlarını kaldırdı. Tam adama çıkışmak üzereydi ki, ikişer elemanın hareket ettirdiği seyyar askılıklarda bulunan onlarca gelinlik birkaç adım ötesinde belirdi. Süheyla'nın tek kaşı beğeniyle havaya kalktı. "İşte bu iyiydi!" diye mırıldandı.

"Yine de çığlık atmanı yeğlerdim." Demir'in sözleri üzerine güldü. Ve kendi tarzına uygun bir gelinlik seçmek için askılara ilerledi. Çok değil, baktığı dört gelinlikten sonra aradığını bulmuştu.

Sade, belinde parlak bir kemeri olan, mini bir gelinlikti. Tek abartısı; dantel ayrıntılı bolerosuydu. Çan şeklindeki eteğinde cepleri vardı. Gelinliği askısından aldı. Havaya kaldırdı. "İşte, bu!" dedi.

Demir, inledi. "Sadece sen, onlarca gelinlik arasında en zevksizini seçebilirdin! Kahretsin, Sü! Senin, benim gözlerimle ne alıp veremediğin var?"

Süheyla, giysiye baktı. Dikkatle inceledi ve tekrar çok beğendi. "Gayet hoş! Neresini beğenmedin?"

Demir, tıpkı Süheyla gibi gözlerini devirdi. "Beğendiğim bir yeri yok ki! Sade, basit, gösterişsiz... Zevksizsin, kadın!"

Genç kadın omuz silkti. Sözlerine alınmadı da, hafifçe gülümseyerek, "Muhtemelen," dedi. Giysiyi denemek için salona kurulan paravanın arkasına geçerken adamın mırıltısını duydu. "Nasılsa üzerinde çok kalmayacak, Matruşka!"


Gelinlik Süheyla'nın üzerinde çok kalmadı. Demir, daha imzaları atar atmaz kadının dudaklarına basit bir öpücük kondurdu. Ve hemen ardından elini sıkıca kavrayıp, davetlilerden özür dileyerek onu salondan çıkarmaya çalıştı. Ne kadının gözlerindeki ateşli oklar umurundaydı, ne de sivri dilinden çıkan uyarı dolu sözler...

Sonunda Süheyla'yı omzuna attığı gibi yukarı taşıdı. Daha ayaklarının üzerine indirmeden gelinliği bedeninden çıkarmaya başlamıştı. "Önce seni şu zevksiz şeyden kurtaralım!"

Süheyla, "Gelinliğime hakaret edip durursan, bu geceyi yan odada geçirirsin!" diye sahte bir tehdit savurdu.

"Tamamen benimsin, Matruşka! Geceyi derinlerde bir yerde geçirmeyi planlıyorum!" Kadının üzerinden bir çırpıda çıkardığı gelinliği odanın bir köşesine savurdu. Ve ona döndü. Süheyla'nın gelinliğinin altında bir şey olmadığını ancak o anda fark etti. Çenesi aşağıya düşer, göğüs kafesi coşkulu bir halde hareketlenirken, "Tapıyorum sana, kadın!" diye soludu.

## Sonsöz

Çelik Mızrak, etrafa dikkatli bakışlar atarak bebek odasına doğru ilerledi. Süheyla'yla Demir, her hafta sonu olduğu gibi eğitim vermeye gitmişlerdi. Yaptıkları şeyle gurur duyuyordu. Kadınların, dışarıdaki tehlikelere karşı kendilerini koruyabilmeleri için ücretsiz savunma eğitimi veriyorlardı. Baktığı her yerde bir Süheyla görme fikri ürkütücü olsa da yerinde bir karardı. Ki muhtemelen Süheyla dünya üzerinde tekti.

Umut'un odasının kapısı aralık duruyordu. Parmak uçlarında ilerledi ve başını kapıdan içeri uzatırken oldukça sessiz olmaya özen gösterdi. O sevimsiz kadının mutfağa indiğini görmüştü. Yine de temkinli olmakta fayda vardı. Süheyla'nın bulduğu kadın da kendisi gibi garipti. Sadece hafta sonları geliyordu ve geldiği anda evin içinde buz fırtınaları esiyordu.

İki yaşındaki Umut'un yatağına yine parmak uçlarında ilerledi. Eğer uyuyorsa uyandırmak istemezdi. Ama o kadar yoğun çalışıyordu ki, bebeği ancak hafta sonları doya doya sevebiliyordu. Ona ölüyordu. Minicik elleri vardı. Annesi gibi kıvırcık saçları vardı ve Demir'in lacivert gözlerini çalmıştı. Öyle güzel bir bebekti ki, kendi yeğeni olmasaydı da yine bu kadar içine sokası gelirdi. Hele de ıslak dudaklarını büzüp 'Amca' dediğinde, Çelik resmen keyiften dört köşe oluyordu.

Korunaklı yatağın içini görmek için hafifçe başını eğdi. Onu görür görmez Umut'un yüzüne kocaman bir sırıtış yerleşti. Doğrulup oturdu ve kollarını Çelik'e uzattı. "Ay beni, amca."

Genç adam, minik bebeğin isteğini anında yerine getirdi. Kollarını ona uzattı ve kaldırıp göğsüne bastırdı. "Amcacım," diye fısıldadı. Başının tepesine bir öpücük kondururken, hafifçe sırtını ovuyordu. "Nasılsın, amcacım?" Başını geriye çekerek neşeli yüzünün tüm hatlarını keyifle izlemeye daldı.

Umut, "İi," diye cevapladığında kıkırdadı.

"Baban gibi tembel olacaksın sen de!" Eğilip burnunun ucuna bir öpücük kondurdu. "Gel bakalım. Yeleğini giydireyim!"

Çelik, yeleği almak için giysi dolabına ilerlerken, ilerisi için daha o andan heyecan duyuyordu. Umut, biraz daha büyüdüğünde ona daha fazla vakit ayırmak için emekli olmayı planlıyordu. Onu biraz fazla sahiplendiğini biliyordu. Allah'tan ne Süheyla ne de Demir bu konuda tek kelime ediyorlardı. Kendi çocuğu olmayacağı için üzüldüğü zamanlar çok geride kalmıştı. Bir aile kuramamanın içinde açtığı yaralar kabuk bağlamış olabilirdi. Ama sonsuza kadar da o kabuklarla yaşamaya mahkûmdu.

Demir'in mutlu olmasını biraz da bu yüzden istiyordu. Gelecek için umutlanma şansı varken, her şeyi bırakması Çelik'in sinirlerine dokunmuştu. Onu mutlu olmaya zorlamıştı. Ve ancak Süheyla, Demir'in karşısına çıktığında mutluluğun zorlamayla olmayacağını anlamıştı. Süheyla'dan hâlâ çok fazla hoşlanmıyor olabilirdi. Kadın da ondan hoşlanmıyordu. Kardeşini mutlu ettiği sürece sorun yoktu. Ki fazlasıyla mutluydular... Çelik de onların yakınında, Umut'un hayatlarına getirdiği neşeyle kalbinin içindeki boşluğu tam olarak dolduramasa da, üzerini örtebiliyordu.

Umut'un yeleğini giydirirken, odanın içindeki sallanan sandalyeye oturdu. Ve onunla konuşmaya başladı. Arada bir burnunu boynuna sürterek Umut'u gıdıklıyor, kıkırtısının dünyadaki en güzel ses olduğunu düşünüyordu.

"Sana inanamıyorum!"

Ve tüm neşe bu çatlak sesle yerle bir olmuştu. Yüzünde sert bir ifadeyle onu azarlamayı kendine görev bilen kadına döndü. "Size, benimle saygı çerçevesi içinde konuşmanız gerektiğini kaç kere daha söylemem gerekiyor?"

Kadın, içinde Umut'un katlanmış kıyafetlerinin bulunduğu sepetle birlikte odanın içine ilerledi. "Ben, senin çalışanın değilim. Ne yapıp yapmayacağımı söyleyemezsin." Elindeki sepeti hışımla yatağın üzerine bıraktı. Ellerini beline koydu ve Çelik'e döndü. "Ayrıca, sürekli olarak Umut'un uyku düzenini bozuyorsun. Buna bir son versen iyi olacak yoksa-"

Çelik, kucağında Umut'un varlığının bilinciyle alçak sesle konuşmaya çalıştı. Ama sesinin her yanına tehditkâr bir tını yayılmıştı. "Yoksa ne, Çiğdem Hanım?"

"Yoksa..." Bir an ne diyeceğini bilemiyormuş gibi yeşil gözleri uzağa kaydı ve sonra başını sertçe sallayarak, "Seni, Süheyla Hanım'a şikâyet ederim!" diye çıkıştı.

Çelik, gözlerini devirdi. Süheyla, bu hareketi öyle çok yapıyordu ki, herkes alışkanlık haline getirmişti. "Saçmalamayı kesin, lütfen! Birincisi, bana saygı göstermeniz için illa ki çalışanım olmanız gerekmiyor. Bu, adabı muaşeret kurallarına özgü bir şeydir, ama tahmin ederim ki sizin öyle bir tanımlamadan bile haberiniz yok! İkincisi, geldiğimde Umut çoktan uyanmıştı ve o benim yeğenim. Onunla istediğim zaman vakit geçirebilirim. Üçüncüsü, Süheyla'ya beni şikâyet ederken, sade bir Türk kahvesi de rica ettiğimi iletin." Çelik, elleri hâlâ belinde olan kadının sözlerini sindirmesini bekledi. Ve uyarı niteliğindeki kaş kaldırışının ardından, kucağında Umut'la birlikte odayı terk etti.

Tam kapının önüne çıkmıştı ki, kadının, "Sana kıl oluyorum!" dediğini duydu. Kıl mı? Bunun ne anlama geldiğini bilmiyordu, ama iyi bir şey olmadığına da emindi. Kadın, tüm sinir uçlarını aynı anda harekete geçirebiliyordu. Birkaç adım atıp, Umut'un oyun odasına girdi. Bebeği, kısa süre sonra almak üzere oyun parkının içine yerleştirdi. Arkasını döndü. Uzun ve ağır adımlarla tekrar Umut'un odasına döndü.

Çiğdem, katlanmış kıyafetleri giysi dolabına yerleştirirken homurdanıyordu. Çelik, kadının bedeninin hemen arkasında durdu. Ellerini pantolonunun cebine soktu. Gür bir sesle, "Pardon?" dedi. "Kıl mı?"

"Ay!"

Kadın, korkuyla sıçrarken arkasını döndü. Dengesini kaybederek Çelik'in üzerine yuvarlandı. Genç adam ellerini cebinden çıkarmak için yeterince hızlı olamadığından, kadının dengesini bulmasında yardımcı olamadı. Geri adım atmak isterken bir şekilde kendi ayağına dolandı ve halının üzerine beraberce sert bir düşüş yaptılar.

Çelik, "Kahretsin, Çiğdem Hanım! Amma ağırmışsınız!" diye sızlandı. Kadın, boylu boyunca kendi üzerinde yatıyordu. Başı, yüzünün hemen yanına düşmüştü. "İyi misiniz?" diye sordu.

Kadın, aniden yüzünü kaldırdığında burnu Çelik'in yanağını sürtüp geçti. Kokusu, Çelik'in istemeyeceği kadar güzeldi. "Ödümü patlattın... ız!" diye cırladı. Ama hâlâ üzerinde uzanmaya devam ediyordu. Çelik, ellerini cebinden çıkarmayı ancak akıl ederken, bedenleri birbirine sürtündü.

Uyarılışı aniydi. Genç kadının gözleri büyürken, Çelik hâlâ üzerinden kalkmayan kadını kaldırmak için belinden kavradı. Kendi şaşkınlığını kayıtsızlığının altına saklamaya çalışıyordu. Becerebildiğinden emin değildi. Çiğdem, sonunda kalkmaya karar vermiş gibi ellerini Çelik'in başının iki yanına sabitledi. Ve bir dizini yukarıya çekti.

Genç adam yutkundu. Kadının yüzü, kendi yüzünün bir santim ötesinde duruyordu. Neden yaptığından emin olamayarak, başını hafifçe öne uzattı. Dudaklarını birleştirdi. Ve onu öpmeye başladı. Pekâlâ, tam olarak bir öpüşme değildi. Resmen kadının dudaklarına gömülmüştü. Kontrolünü kaybetmiş gibi hareketlerine engel olamıyordu. Aniden kadını ters çevirdi ve bedeninin altına aldı. Dudaklarından ayrılmadan!

"Oğlumu yalnız bırakıp, burada erotik film mi çekiyorsunuz?"

Süheyla'nın tekdüze sesiyle dudakları birbirinden ayrıldı. İkisi de dehşete düşmüş bir halde kapıda, tek eli belinde dikilen kadına baktı. Ve sonra Çelik, yanağına yediği okkalı tokatla irkildi. Sıkıca kavradığı kadının belini serbest bıraktı.

Çiğdem, ondan beklenmeyecek bir çeviklikle ayağa zıpladı. Eğer biraz önce de üzerinden kalkmak için böyle bir atiklik göstermiş olsaydı, muhtemelen Çelik, onu öpmeyecekti! Kendisi de ayağa kalkarken haksızlık ettiğini düşündü. Kadını neden öptüğünü bilmiyordu. Ama bu işi kendisi başlatmıştı. Süheyla, onların geçmesine izin vermek istemiyormuş gibi omzunu kapı kasasına dayadı ve kollarını göğsünde birleştirip, gözlerini Çelik'e dikti.

Genç adam, tüm karizmasının yerlerde olduğunu biliyordu. Yine de, bir elini saçlarından geçirirken diğerini pantolonunu cebine soktu. Çiğdem, onlardan başka her yere bakıyordu. Omuzları utançla aşağıya düşmüş, yüzü domates bahçesine dönmüştü. Bir an onun için içi sızladı. "Sü, çekil oradan!" diye bir uyarıda bulundu.

"Sü-hey-la!"

Çelik, gözlerini devirdiğinde Süheyla'nın dudakları titredi. Ve kadının omzunun üzerinde aniden Demir'in bereli yüzü belirdi. Demir, "Biri, birini mi tokatladı?" diye sordu.

Süheyla, başını çevirip Demir'e gereksiz bir öfkeyle baktı. "Evet. Abin, Çiğdem'i halının üzerine yatırmış öpüyordu. Çiğdem de onu tokatladı."

Sözleri üzerine Demir gür bir kahkaha patlattı. Kahretsin! Süheyla ve Demir her zaman o kadar açık sözlü davranıyordu ki, Çelik onların bu dobralıklarını seviyordu. Ama o anda değil! Resmen Çiğdem'i ve kendisini yerin dibine sokuyordu. Gözleri, aniden Demir'in yüzündeki berelere takıldı. "Sana ne oldu?" diye merakla sordu.

O cevap veremeden Süheyla atıldı. "Bugün, temsili sapık olmaya gönüllü oldu ve bütün kadınlardan dayak yedi!"

"Kocanı dövmelerine izin mi verdin?"

"Kendi istedi!"

Demir, Süheyla'ya gözlerini devirdi. Kahretsin! Kadın hastalıklı göz devirme olayını evdeki çalışanlara bile yaymıştı! "Abartıyor, abi! O kadar kadınla yakın temas içine girdiğim için kıskançlıktan ölüyor!"

Süheyla kayıtsızca omuz silkti. Ardından ciddiyetle, "Her neyse... En azından oğlumu oyun odasına götürmeyi akıl etmişsiniz!" dedi. Başını iki yana sallarken arkasını döndü ve kıskandığını kabul eden bir hareketle Demir'e omuz atıp ilerledi.

Demir sırıtırken, "Söylemiştim!" dedi. "Beni deli gibi kıskanıyor!" Ve karısının arkasından ilerledi.

Çelik, bir an için odanın içinde vahşi bir aslanla kalmış gibi hissetti. Her zaman ne söyleyeceğini bilen ve kelimelerine hâkim olan biri olduğu için söyleyecek tek kelime bulamaması dengesiz hissetmesine neden oldu. Dudaklarından sadece alçak sesle, "Çiğdem," sözcüğü yükseldi.

Adını söylemiş olması sanki kadını tetiklemişti. Ona bakmadan ve elbette cevap vermeden kaçarcasına odadan çıktı. Çelik, önce peşinden gitmeyi düşündü. Ardından hâlâ ne söylemesi gerektiğini bilemediği için olduğu yerde kaldı.

Ve tüm gün evin içinde köşe kapmaca oynadılar. Ev hatırı sayılır derecede büyük olduğu için birbirleriyle karşılaşmamış olmaları tuhaf bir şey değildi. Ama birbirlerinden kaçıyor oldukları da su götürmez bir gerçekti. Sonunda, tüm gün onu yiyip bitiren huzursuzluğuna son vermek için kadının haftada sadece iki gece kaldığı odasına ilerledi. Ne söylemesi gerektiğini bilemiyor olabilirdi. Çünkü onu neden öptüğü hakkında hiçbir fikri yoktu. Ama en azından özür dileyebilirdi.

Kapısının önünde kısa süre duraksayıp, kendini kapıyı tıklamak için zorladı. Kız cılız bir sesle karşılık verdi. Çelik, içeri süzüldü ve bir şekilde tüm geceyi Çiğdem'in odasında geçirdi.

*Son*